SANDRA BROWN

Scharade

Buch

Cat Delaney ist eine echte Karrierefrau – dynamisch, zielstrebig und erfolgsorientiert. Ihr Beruf als Schauspielerin beim Fernsehen hat in ihrem Leben absoluten Vorrang. Doch unvermittelt muß sie einen schweren Schlag hinnehmen. Nach einer Untersuchung stellen die Ärzte eine schreckliche Diagnose: Sie braucht ein neues Herz. Mit der erfolgreich verlaufenen Transplantation beginnt für die einst so ehrgeizige Cat ein völlig neuer Lebensabschnitt. Sie verläßt das schillernde Hollywood, um nach San Antonio zu ziehen, wo sie sich für die Probleme von Waisenkindern engagiert. Eines Tages begegnet sie Alex Pierce, einem Expolizisten, der ihr mit der Zeit wieder ein neues Selbstbewußtsein schenkt. Aber als Cat zufällig von mysteriösen »Unfällen« erfährt, die all jene ereilen, die etwa gleichzeitig mit ihr ein neues Herz bekommen haben, sieht sie ihre Umgebung plötzlich in einem neuen Licht …

Autorin

Sandra Brown ist nicht nur eine Meisterin spannender Liebesromane: Bevor sie mit ihrem ersten Roman auf Anhieb einen Bestsellererfolg landete, arbeitete sie als gefragtes Model, Schauspielerin, Unternehmerin und Fernsehstar. Inzwischen gehört sie weltweit zu den Top-Autorinnen. Die Gesamtauflage ihrer Bücher beträgt über vierzig Millionen Exemplare; ihre Romane werden in 24 Sprachen übersetzt und besetzten regelmäßig die ersten Plätze der New York Times-Bestsellerliste. Sandra Brown lebt mit ihrer Familie in Texas.

Von Sandra Brown sind außerdem als Taschenbuch lieferbar

Im Haus meines Feindes. Roman (35289) · Blindes Vertrauen. Roman (35134) · Die Zeugin. Roman (35012) · Celinas Tochter. Roman (35002) · Ein Hauch von Skandal. Roman (42063) · Glut unter der Haut. Roman (42411) · Jenseits aller Vernunft. Roman (42778) · Schöne Lügen. Roman (42536) · Schwelende Feuer. Roman (42216) · Sündige Seide. Roman (42284) · Tanz im Feuer. Roman (42539) · Trügerischer Spiegel. Roman (42209) · Wie ein reißender Strom. Roman (42779) · Feuer in Eden. Roman (42482)

SANDRA
BROWN

Scharade

Roman

Deutsch von
Gabriela Prahm

BLANVALET

Die Originalausgabe erschien unter dem Titel
»Charade« bei Warner Books, Inc., New York

Umwelthinweis:
Alle bedruckten Materialien dieses Taschenbuches
sind chlorfrei und umweltschonend.

Blanvalet Taschenbücher erscheinen im Goldmann Verlag,
einem Unternehmen der Verlagsgruppe Bertelsmann.

Einmalige Sonderausgabe Februar 2001

Umschlaggestaltung: Design Team München
Umschlagfoto: Elke Hesser
Druck: Elsnerdruck, Berlin
Verlagsnummer: 35551
KvD · Herstellung: sc
Made in Germany
ISBN 3-442-35551-6
www.blanvalet-verlag.de

1 3 5 7 9 10 8 6 4 2

Kapitel 1

10. Oktober 1990

»Cat, wach auf! Wir haben ein Herz!«

Nur mühsam gelang es Cat Delaney, aus der von Medikamenten verursachten, klebrigen Benommenheit in die Realität aufzutauchen. Sie schlug die Augen auf und versuchte, den Blick auf Dean zu richten. Nur verschwommen nahm sie ihn wahr, sah aber sein breites, strahlendes und vielversprechendes Lächeln.

»Wir haben ein Herz für dich!« wiederholte er.

»Wirklich?« fragte sie mit heiserer und schwacher Stimme. Als sie in die Klinik eingeliefert worden war, hatte sie die Aussicht gehabt, diese entweder mit einem neuen Herzen wieder zu verlassen – oder im Sarg.

»Das Rettungsteam ist unterwegs und bringt es hierher.«

Dr. Dean Spicer wandte sich zu seinen Kollegen um, die ihn auf die Intensivstation begleitet hatten. Cat vernahm zwar seine Stimme, doch was er sagte, schien keinen Sinn zu ergeben.

Träumte sie? Nein. Dean hatte gerade klar und deutlich gesagt, daß ein Spenderherz unterwegs war. Ein neues Herz – für sie! Leben!

Plötzlich spürte sie einen Energieschub wie schon seit Monaten nicht mehr. Sie setzte sich in ihrem Krankenhausbett auf und plauderte mit den Schwestern und Technikern, die um sie herumschwirrten und sie mit Infusionsnadeln und Kathetern malträtierten.

Diese schmerzhafte Prozedur war schon derart alltäglich für sie geworden, daß sie diese kaum noch wahrnahm. Während der vergangenen Monate war ihr so viel Blut abgezapft worden, daß es für einen Swimmingpool gereicht hätte. Sie hatte erheblich an Gewicht verloren und war – ohnehin von zarter Statur – fast nur noch Haut und Knochen.

»Dean? Wo ist Dean?«

»Ich bin hier.« Der Kardiologe schob sich zwischen den anderen durch zu ihr ans Bett und ergriff ihre Hand. »Habe ich dir nicht immer gesagt, daß wir rechtzeitig ein Spenderherz für dich auftreiben werden?«

»Ihr Ärzte seid doch alle gleich. Rechthaberisch und eingebildet bis zum Gehtnichtmehr. Halbgötter allesamt.«

»Das will ich überhört haben.« Dr. Jeffries, der für die Transplantation verantwortliche Herzchirurg, betrat das Zimmer so lässig, als sei er bei seinem abendlichen Spaziergang – über Wasser. Er entsprach haargenau dem Klischee, auf das sie mit ihrer Bemerkung angespielt hatte. Sie wußte um sein Können, vertraute seinen Fähigkeiten, konnte ihn aber persönlich überhaupt nicht leiden.

»Was machen Sie denn hier?« fragte sie. »Sollten Sie jetzt nicht eigentlich im OP sein und Ihre Instrumente sterilisieren?«

»Schnippisch wie eh und je. Was glauben Sie eigentlich, wer Sie sind? Ein Fernsehstar?«

»Haargenau.«

Ungerührt wandte sich der Chirurg der Schwester der Intensivstation zu. »Hat die Patientin Fieber?«

»Nein.«

»Erkältung? Virusinfektionen irgendwelcher Art?«

»Was soll das?« mischte sich Cat verärgert ein. »Wollen Sie etwa einen Rückzieher machen? Schon auf einen freien Abend gefreut? Was Besseres vor?«

»Reiner Routinecheck, ob Sie wohlauf sind.«

»Das bin ich. Nehmen Sie das Herz und tauschen Sie es aus. Meinetwegen auch ohne Narkose.«

Ohne ein Wort wandte er sich um und verließ das Zimmer.

»Arrogantes Arschloch«, murmelte Cat.

»Sag so was nicht«, mahnte Dean sie in heiterem Ton. »Du wirst ihn heute abend noch brauchen.«

»Wann geht es los?« wollte Cat wissen.

»Ein bißchen Geduld wirst du schon noch brauchen.«

Sie drängte auf eine genauere Auskunft, doch erfolglos. Angewiesen, sich auszuruhen, doch innerlich zu aufgeputscht, lag sie hellwach in ihrem Bett und schaute immer wieder auf die Uhr, während die Stunden quälend langsam verstrichen. Sie war mehr aufgeregt als ängstlich.

Die Neuigkeit von der bevorstehenden Transplantation machte rasch die Runde im Krankenhaus. Operationen wie eine Herzverpflanzung zählten zwar längst zur Routine, wurden aber dennoch mit Ehrfurcht betrachtet. Den ganzen Abend über bekam Cat Besuch von Menschen, die ihr Glück wünschten.

Cat erhielt ein Jodbad; eine klebrige und unangenehme Prozedur, die ihre Haut kupfern färbte. Sie schluckte ihre erste Dosis Cyclosporin, das lebenswichtige Medikament gegen Gewebeabstoßung. Die Flüssigkeit war in Kakao eingerührt worden in dem vergeblichen Versuch, den Olivenölgeschmack zu überdecken. Cat beschwerte sich noch darüber, als Dean ins Zimmer gestürmt kam und die ersehnte Nachricht überbrachte.

»Sie sind unterwegs mit dem neuen Herz. Bist du bereit?«

»Ist der Papst katholisch?«

Er beugte sich über sie und küßte sie auf die Stirn. »Ich werde jetzt runtergehen und mich umziehen. Keine Sorge, ich werde die ganze Zeit dabeisein und Jeffries über die Schulter schauen.« Er hielt kurz inne. »Ich werde dich bei jedem Schritt begleiten.«

Sie packte ihn beim Ärmel. »Wenn ich aufwache, will ich sofort wissen, ob ich ein neues Herz habe.«

»Aber sicher.«

Sie hatte schon von anderen Patienten gehört, denen gesagt worden war, daß man ein passendes Spenderherz für sie gefunden habe. Ein Mann, den sie kannte, war sogar schon für die Operation vorbereitet und narkotisiert gewesen. Als das Herz eingetroffen war, hatte Dr. Jeffries es untersucht und für mangelhaft befunden. Die Transplantation hatte nicht stattgefunden. Für den Patienten war dies ein derart schwerer emotionaler Rückschlag gewesen, daß er sich noch immer nicht davon erholt hatte; was der kritischen Verfassung seines Herzens ganz sicher nicht gutgetan hatte.

Nun zog Cat überraschend kräftig am Ärmel von Deans Armani-Jackett. »Ich will es sofort wissen, wenn ich wieder aufwache. Versprich es mir!«

Er legte seine Hand auf ihre und nickte. »Ich gebe dir mein Wort drauf.«

»Dr. Spicer – bitte!« drängelte eine der Schwestern.

»Wir sehen uns im OP, Schatz.«

Nachdem Dean gegangen war, ging alles ungeheuer schnell. Cat hielt sich am Rand der Bahre fest, als man sie den Flur hinunterschob. Als sie durch die Flügeltür in den OP gerollt wurde, wurde sie für einen Moment vom gleißenden Licht geblendet und war verwirrt wegen des maskierten Personals, das sich mit konzentrierten und geschickten Handgriffen auf die bevorstehende Aufgabe vorbereitete.

Hinter den gleißenden Strahlern über dem Operationstisch konnte sie einige Gesichter hinter der Glasscheibe oben auf der Observationsgalerie ausmachen.

»Wie ich sehe, habe ich Publikum. Haben die da oben alle Eintrittskarten und Programmhefte? Wer sind die überhaupt? Hey, würde mir vielleicht mal jemand antworten? Was macht ihr denn da?«

Jemand mit Atemschutz und Gummihandschuhen stöhnte auf und fragte: »Wo bleibt denn Dr. Ashford?«

»Schon da.« Der Anästhesist kam hereingeeilt.

»Gott sei Dank. Schalten Sie sie endlich ab, damit wir anfangen können.«

»Die kann einem mit ihrer Klappe gehörig auf den Wecker gehen.«

Cat wußte, daß es nicht so gemeint war, und war daher nicht beleidigt. Die Augen über der Maske lächelten ihr zu. Es herrschte eine ausgelassene Stimmung im OP, und so war es ihr auch lieber.

»Kein Wunder, daß ihr alle Masken tragt, wenn ihr den ganzen Tag eure Patienten beleidigt«, lästerte Cat. »Feiglinge, die ihr alle seid.«

Der Anästhesist trat an ihre Seite. »Mir scheint, daß wir ein wenig hyperaktiv und überdreht sind, Ms. Delaney...«

»Das ist mein großer Auftritt. Ich spiele die Szene so, wie es mir paßt.«

»Sie werden umwerfend sein.«

»Haben Sie mein neues Herz schon gesehen?«

»Nein, das Interessante kriege ich immer nicht mit. Ich sorge nur für süße Träume. Und jetzt entspannen, bitte.« Er tupfte ihren Handrücken zur Vorbereitung für die Injektion ab. »Gleich werden Sie einen klitzekleinen Piekser spüren.«

»Das sagt ihr Männer alle.«

Gelächter ringsum.

Dr. Jeffries traf zusammen mit Dean und Dr. Sholden ein, dem Kardiologen, an den Dean sie überwiesen hatte, nachdem er aus persönlichen Gründen von der Behandlung zurückgetreten war.

»Wie sieht's aus?« fragte Dr. Jeffries.

»Sie sollten mal Ihr Script überprüfen lassen, Doktor«, sagte Cat mißbilligend. »Eigentlich müßte ich ›Wie sieht's aus?‹ fragen.«

»Wir haben das Herz untersucht«, antwortete der Arzt ruhig.

Sie hielt erwartungsvoll den Atem an, sah dann stirnrunzelnd zu ihm auf. »Solche Antworten setzten wir bei den Fernsehserien auch immer ein, um die Spannung zu erhöhen. Das ist billig. Sagen Sie schon – was ist mit dem Herz?«

»Es ist wunderschön«, antwortete Dr. Sholden. »Sieht fabelhaft aus. Steht Ihr Name drauf.«

Aus dem Augenwinkel nahm sie eine Gruppe von OP-Technikern wahr, die über eine Kühltruhe gebeugt hantierten.

»Wenn du aufwachst, wird es in deiner Brust schlagen«, sagte Dean.

»Bereit?« fragte Dr. Jeffries.

War sie bereit?

Natürlich hatte sie, als die Möglichkeit einer Herztransplantation zum erstenmal mit ihr besprochen wurde, Bedenken gehabt. Doch mittlerweile hatte sie diese für komplett ausgeräumt gehalten.

Kurz nachdem Dean ihr Herzproblem erstmalig diagnostizierte, hatte sich ihre Verfassung langsam, aber stetig verschlechtert. Über die tiefe Müdigkeit und den Mangel an Energie halfen kurzfristig Medikamente hinweg, doch gegen die Krankheit selbst gab es laut Dean keine Kur. Doch sogar zu diesem Zeitpunkt hatte sie sich geweigert, den Ernst ihrer Erkrankung anzuerkennen.

Erst als sie sich wirklich krank zu fühlen begann, als schon das Duschen oder Essen zu einer wahren Strapaze und mühseligen Übung für sie wurde, begriff sie, daß ihre Herzschwäche tödlich sein konnte.

»Ich brauche ein neues Herz.«

Bis zu ihrer tapferen und gewagten Ankündigung gegenüber ihren Chefs beim Fernsehsender hatte niemand etwas von ihren gesundheitlichen Problemen geahnt. Ihre Schauspielerkollegen und das Aufnahmeteam der Vormittagsfernsehserie *Der Lauf der Dinge* hatten, obwohl sie sich jeden

Tag bei der Arbeit sahen, nie etwas von der zunehmenden und verräterischen Blässe unter ihrer Schminke bemerkt.

Und so reagierten ihre Kollegen wie ihre Vorgesetzten beim Sender – niemand wollte es wahrhaben. Niemand wollte glaubten, daß Cat Delaney, dreimalige EMMY-Preisträgerin, ihr Star, deren Rolle der Laura Madison unverzichtbar für die Serie war, daß ausgerechnet Cat Delaney ernsthaft krank sein sollte. Und so hatte sie noch eine Weile ihre Arbeit fortgesetzt, unterstützt von ihrem Team und mit Hilfe ihres schauspielerischen Könnens und ihrer robusten Art.

Doch dann war unweigerlich der Punkt gekommen, als sie – ungeachtet ihres großen Ehrgeizes – den strapaziösen Drehplan nicht mehr bewältigen konnte, und so war sie vorübergehend aus der Serie ausgeschieden.

Mit fortwährender Verschlechterung ihres Zustands verlor sie so viel an Gewicht, daß ihre große Fangemeinde sie nicht mehr erkannt hätte. Sie hatte tiefe Ringe unter den Augen, weil sie trotz ihrer völligen Erschöpfung nicht schlafen konnte. Ihre Fingerkuppen und Lippen färbten sich blau.

Die Boulevardpresse dichtete ihr alle möglichen Krankheiten an; angefangen von Windpocken bis hin zu Aids. Normalerweise hätte diese Art häßlicher Ausbeutung durch die Medien sie wütend gemacht und beunruhigt, doch dazu fehlte ihr längst die Energie. Also ignorierte sie derartige Meldungen und konzentrierte sich aufs Überleben.

Ihre Verfassung wurde derart instabil und ihre Depressionen so schlimm, daß sie eines Nachmittags zu Dean sagte: »Ich habe es so satt, schwach und nutzlos zu sein, von mir aus kann bald der Abspann kommen.«

Für gewöhnlich mißbilligte Dean ihre Anspielungen auf den Tod, auch die scherzhaften, doch an diesem Tag spürte er ihr Bedürfnis, sich die plagenden Ängste von der Seele zu reden.

»Sag, was geht dir durch den Kopf?« fragte er.

»Ich führe schon tägliche Gespräche mit dem Tod«, gestand sie leise. »Ich verhandle mit ihm. Morgens sage ich: ›Gönn mir noch diesen einen Tag. Bitte, einen Tag noch.‹ Bei allem, was ich tue, bin ich mir bewußt, daß es vielleicht das letzte Mal ist. Das letzte Mal, daß ich den Regen sehe. Ananas esse, einen Song der Beatles höre.«

Sie hob den Blick und sah Dean an. »Ich habe meinen Frieden mit Gott geschlossen. Ich habe keine Angst vor dem Sterben, aber ich hoffe, daß es nicht schmerzvoll und beängstigend ist. Wie wird es sein, wenn ich mich verabschiede, Dean?«

Er tat ihre Ängste nicht leichtfertig ab, sondern antwortete ihr aufrichtig: »Dein Herz wird ganz einfach aufhören zu schlagen, Cat.«

»Keine Fanfare? Kein Trommelwirbel?«

»Nein. Es wird nicht so traumatisch sein wie ein Herzinfarkt. Kein Kribbeln im Arm. Dein Herz wird einfach –«

»Aufgeben.«

»Richtig.«

Dieses Gespräch war erst einige Tage her. Nun sah ihre Zukunft durch eine Laune des Schicksals völlig anders aus: *Leben.*

Doch plötzlich wurde ihr bewußt, daß die Ärzte, um ihr ein neues Herz einpflanzen zu können, zuvor ein anderes herausschneiden mußten. Diese Vorstellung ließ sie frösteln. Sosehr sie das nicht mehr funktionstüchtige Organ haßte, das während der vergangenen zwei Jahre ihr Leben völlig bestimmt hatte, so groß war ihre unerklärliche Zuneigung zu ihm. Gewiß, sie wollte ihr krankes Herz endlich loswerden, doch irgendwie kam es ihr obszön vor, wie gutgelaunt diejenigen nun waren, die es ihr gleich entfernen würden.

Natürlich war es jetzt zu spät für Skrupel. Außerdem war der Eingriff – verglichen mit anderen Operationen am offenen Herzen – relativ simpel. Aufschneiden. Rausnehmen. Austauschen. Zunähen.

Während der Zeit des Wartens auf ihr Spenderherz war sie von den Ärzten immer wieder ermuntert worden, Fragen zu stellen. Sie hatte sie in endlose Diskussionen verstrickt und so viele Informationen wie möglich aufgesogen. Bei den Treffen ihrer Selbsthilfegruppe, die aus anderen Patienten bestand, die ebenfalls auf eine Organspende warteten, waren ihre Ängste offen ausgesprochen worden. Diese Sitzungen waren stets äußerst interessant und hilfreich für sie gewesen, weil eine Transplantation ein facettenreiches Thema mit sehr unterschiedlichen und kontroversen Positionen war. Diese waren von Person zu Person verschieden und reichten von allgemeinen Emotionen, religiösen Überzeugungen und moralischen Grundsätzen bis hin zu juristischen Problemen.

Während des monatelangen Wartens hatte Cat all diese Argumente durchdacht und war zu einer Entscheidung gelangt, von der sie zutiefst überzeugt war. Sie war sich der möglichen Risiken vollauf bewußt und vorbereitet auf die Schrecken, die ihr möglicherweise während der Genesung auf der Intensivstation bevorstanden. Sie akzeptierte sogar die Möglichkeit, daß ihr Körper das neue Herz abstieß.

Doch ihre einzige Alternative zu einer Transplantation war der sichere Tod – und zwar bald. Und so blieb ihr im Grunde keine Wahl.

»Ich bin bereit«, sagte sie entschlossen. »O Moment, eines noch. Wenn ich unter Narkose anfange, irgendwelche intimen Geständnisse von mir zu geben: Nichts davon ist wahr.«

Ersticktes Gelächter unter den Masken.

Sekunden später durchströmte die flüssige Mattigkeit der Narkose ihre Adern und ließ sie in seidenweiche Schläfrigkeit sinken. Sie sah zu Dean, lächelte und schloß die Augen – vielleicht zum letztenmal.

Und kurz vor der endgültigen Bewußtlosigkeit schoß ihr

ein allerletzter Gedanke durch den Kopf, grell und gleißend wie ein explodierender Stern.

Wessen Herz ist es?

Kapitel 2

10. Oktober 1990

»Wie könnte eine Scheidung die größere Sünde von beiden sein?« fragte er.

Sie lagen in dem Bett, das sie normalerweise mit ihrem Mann teilte, der um diese Zeit Schichtarbeit bei seiner Fleischverpackungsfirma machte. Wegen eines Lecks in der Gasleitung war das Bürogebäude, in dem sie beide arbeiteten, für den Rest des Tages evakuiert worden. Sie hatten diesen unerwartet freien Nachmittag auf ihre Weise genutzt.

Im engen, vollgestopften Schlafzimmer roch es nach verschwitztem Sex. Der Schweiß trocknete auf ihrer Haut, gekühlt vom träge kreisenden Deckenventilator. Die Laken waren feucht und zerknittert. Die Fensterläden sperrten die Nachmittagssonne aus. Die brennenden Duftkerzen auf dem Nachttisch warfen ein flackerndes Licht auf das Kruzifix an der Wand mit der ausgeblichenen Blumenmustertapete.

Doch die schläfrige Atmosphäre täuschte. Sie standen unter Zeitdruck; und sie versuchten verzweifelt, ihr jede Sekunde an Vergnügen abzuringen. Bald würden ihre Töchter von der Schule heimkommen. Sie haßte es, die kostbaren kurzen gemeinsamen Augenblicke durch den ständig wiederkehrenden und schmerzlichen Streit zu vergeuden.

Es war nicht das erste Mal, daß er sie drängte, sich scheiden zu lassen und ihn zu heiraten. Aber sie war katholisch. Eine Scheidung war völlig indiskutabel.

»Ich habe Ehebruch begangen, ja«, sagte sie leise. »Aber meine Sünde betrifft nur uns beide. Wir sind die einzigen, die davon wissen. Außer meinem Beichtvater.«

»Du hast unser Verhältnis gebeichtet?«

»Nur so lange, bis es immer wieder geschah. Jetzt gehe ich nicht mehr zur Beichte. Ich schäme mich zu sehr.«

Sie setzte sich auf und rückte zur Bettkante, das Gesicht von ihm abgewandt. Ihr schweres dunkles Haar klebte ihr feucht im Nacken. Im Standspiegel in der Ecke betrachtete sie ihr Spiegelbild.

Sie kritisierte ihre Figur, hielt ihre Hüften für zu breit und ihre Oberschenkel für zu massig. Doch ihm schien die Üppigkeit ihres Körpers und ihr dunkler Teint zu gefallen. Sie schmecke sogar dunkel, hatte er einmal zu ihr gesagt. Natürlich war das nichts weiter als Bettgeflüster in der Hitze der Leidenschaft und hatte daher nichts zu bedeuten. Trotzdem hatte sie seine Bemerkung gern gehört.

Er strich ihr mit einer Hand über den makellosen Rücken. »Schäm dich nicht für das, was wir tun. Es bricht mir das Herz, dich sagen zu hören, daß du dich wegen unserer Liebe schämst.«

Vor vier Monaten hatte ihr Verhältnis so richtig begonnen. Vorausgegangen waren mehrere qualvolle und zermürbende Monate des Ringens mit Gewissen und Schuldgefühlen. Sie arbeiteten in verschiedenen Stockwerken, waren einander aber häufig im Fahrstuhl des Bürohochhauses begegnet. Das erste Mal hatten sie sich in der kleinen Cafeteria im Erdgeschoß getroffen, wo er versehentlich mit ihr zusammenstieß und sie ihren Kaffee verschüttete. Sie hatten verdrossen gelächelt, während sie sich entschuldigten und sich einander vorstellten.

Schon bald richteten sie es so ein, daß sie gemeinsam die Mittags- und Kaffeepause machten. Sich unten in der Cafeteria zu treffen, das wurde zur Gewohnheit, aus der bald eine

Notwendigkeit wurde. Ihr Wohlsein hing davon ab, daß sie sich sahen. Die Wochenenden schienen quälend lang zu sein, Ewigkeiten, die irgendwie überstanden werden mußten, bis es endlich wieder Montag war und sie sich wiedersehen konnten. Sie begannen beide, Überstunden einzulegen, damit sie einige Momente ungestört verbringen konnten, ehe sie sich auf den Heimweg machten.

Als sie eines Abends gemeinsam das Büro verließen, fing es an zu regnen. Er bot ihr an, sie mit seinem Wagen nach Hause zu bringen.

Sie schüttelte den Kopf. »Ich fahre mit dem Bus, wie immer. Trotzdem danke.«

Mit Blicken voller Bedauern und Sehnsucht wünschten sie sich gegenseitig einen schönen Abend und verabschiedeten sich voneinander. Die Handtasche mit einer Hand an die Brust gepreßt, in der anderen Hand den Regenschirm, eilte sie durch den Wolkenbruch bis zur Bushaltestelle an der Ecke.

Dort stand sie noch immer in ihrem dünnen Mantel, als ein Auto direkt vor ihr am Randstein hielt. Er kurbelte das Seitenfenster herunter.

»Steig ein. Bitte.«

»Der Bus kommt bestimmt gleich.«

»Du wirst doch pitschnaß. Steig ein.«

»Er hat sicher nur ein paar Minuten Verspätung.«

»Bitte ...«

Er bat um mehr als nur das Privileg, sie heimfahren zu dürfen, und das war ihnen beiden bewußt. Unfähig, der Versuchung zu widerstehen, stieg sie zu ihm ins Auto, als er die Tür für sie aufhielt. Ohne ein weiteres Wort fuhr er mit ihr zu einer entlegenen Stelle im Stadtpark, nicht weit von Downtown.

Kaum hatte er den Motor abgestellt und sich zu ihr hingedreht, als sie sich auch schon hungrig küßten. Bei der ersten

Berührung seiner Lippen hatte sie bereits ihren Ehemann vergessen, ihre Kinder und religiösen Überzeugungen. Sie wurde von animalischer Lust beherrscht, nicht vom Sittenkodex, den sie gelobt hatte, seit sie alt genug war, zwischen falsch und richtig zu unterscheiden.

Ungeduldig hantierten sie mit Knöpfen, Reißverschlüssen und Ösen, bis sie ihre durchnäßte Kleidung gelöst hatten und sich Haut an Haut berührten. Was seine Hände, dann sein Mund mit ihr taten, war ebenso aufregend wie schockierend für sie. Als er in sie eindrang, verstummte ihr Gewissen vollends unter seinen glühenden Liebesbekundungen.

Diese anfängliche Leidenschaft hatte nicht abgenommen. Wenn, dann hatte sie während ihrer folgenden heimlichen Treffen nur noch zugenommen. Nun wandte sie den Kopf zu ihm um und sah ihn über die Schulter hinweg an. Auf ihren üppigen Lippen lag ein schüchternes Lächeln.

»Ich schäme mich nicht genug, um unser Verhältnis zu beenden. Auch wenn ich weiß, daß es eine Sünde ist, würde ich sterben, wenn ich nie wieder mit dir schlafen könnte.«

Mit einem Stöhnen erneuten Verlangens zog er sie wieder an sich. Sie drehte sich, bis sie auf ihm lag, ihre gespreizten Schenkel auf seinen Hüften.

Er stieß tief in sie, hob dann den Kopf, um an ihren Brüsten zu saugen und zu knabbern. Sie preßte ihre große Knospe an seine Lippen. Er liebkoste sie mit der Zunge, dann lutschte er gierig daran.

Diese Position war noch immer eine neue und aufregende Erfahrung für sie. Sie ritt ihn so lange, bis sie einen erneuten heftigen gemeinsamen Höhepunkt hatten, der sie beide erschöpft und außer Atem zurückließ.

»Verlaß ihn«, drängte er keuchend. »Heute. Jetzt gleich. Verbring gar nicht erst noch eine weitere Nacht mit ihm.«

»Ich kann nicht.«

»Doch, du kannst. Der Gedanke, daß du mit ihm zusammen bist, macht mich wahnsinnig. Ich liebe dich. *Ich liebe dich.*«

»Ich liebe dich auch«, sagte sie unter Tränen. »Aber ich kann nicht einfach so von zu Hause fortgehen. Ich kann doch meine Kinder nicht verlassen.«

»Du bist jetzt bei mir zu Hause. Ich verlange doch gar nicht, daß du die Kinder zurückläßt. Bring sie mit. Ich werde ihnen ein Vater sein.«

»*Er* ist ihr Vater. Sie lieben ihn. Er ist mein Mann. Vor Gott gehöre ich ihm. Ich kann ihn nicht verlassen.«

»Du liebst ihn doch gar nicht.«

»Das stimmt«, gab sie zu. »Nicht so, wie ich dich liebe. Aber er ist ein guter Mann. Er sorgt für mich und die Mädchen.«

»Das ist keine Liebe. Er erfüllt nur seine Pflichten.«

»Für ihn ist das mehr oder weniger dasselbe.« Sie legte den Kopf in seine Schulterbeuge, wollte, daß er verstand. »Wir sind in derselben Nachbarschaft aufgewachsen. Wir waren schon in der Schule ineinander verliebt. Unsere Leben sind miteinander verbunden. Er ist ein Teil von mir, und ich bin ein Teil von ihm. Wenn ich ihn verlasse, würde er das nie verstehen. Es würde ihn zerstören.«

»Es wird mich zerstören, wenn du es nicht tust.«

»Nein«, widersprach sie. »Du bist viel schlauer als er. Selbstsicherer und stärker. Du wirst es überleben. Aber bei ihm bin ich mir nicht sicher.«

»Er liebt dich nicht so wie ich.«

»Er macht nicht so Liebe wie du. Er würde niemals...« Verlegen senkte sie den Kopf.

Über Sex zu reden, fiel ihr nach wie vor schwer. In ihrer Familie war darüber niemals offen gesprochen worden, weder in ihrer Pubertät noch später in ihrer Ehe. Sex wurde im Dunkeln gemacht, ein notwendiges Übel, von Gott toleriert und vergeben, wenn es der Fortpflanzung diente.

»Er schert sich nicht um mein Verlangen«, sagte sie errötend. »Es würde ihn schockieren, wenn er wüßte, daß ich überhaupt Lust verspüre. Du ermutigst mich, dich anzufassen und zu küssen, wie ich es bei ihm niemals wagen würde, weil es ihn beleidigen würde. Er würde deine Sensibilität als Schwäche abtun. Er ist nicht dazu erzogen worden, im Bett zärtlich zu sein.«

»Dieser Machomist«, sagte er bitter. »Willst du dich für den Rest deines Lebens damit zufriedengeben?«

Sie sah ihn traurig an. »Ich liebe dich mehr als mein Leben, aber er ist mein Mann. Wir haben Kinder. Wir haben ein gemeinsames Erbe.«

»Wir könnten auch Kinder bekommen.«

Sie berührte seine Wange, verspürte Zuneigung und Bedauern. Manchmal führte er sich auf wie ein Kind, das stur verlangt, was es nicht haben kann.

»Die Ehe ist ein heiliges Sakrament. Ich habe vor Gott den Schwur geleistet, bei ihm zu bleiben, bis daß der Tod – und der Tod allein – uns trennt.« Tränen traten ihr in die Augen. »Ich habe das Treuegebot für dich gebrochen. Ich werde nicht auch die anderen brechen.«

»Nicht … nicht weinen. Das letzte, was ich will, ist, dich unglücklich zu machen.«

»Halt mich.« Sie schmiegte sich an ihn.

Er strich ihr über das Haar. »Ich weiß, daß es gegen deine religiöse Überzeugung verstößt, wenn du mit mir zusammen bist, aber das vertieft unsere Liebe doch nur, nicht wahr? Dein Gefühl für Moral würde dir nicht erlauben, mit mir zu schlafen, wenn du mich nicht von ganzem Herzen lieben würdest.«

»Das tue ich.«

»Ich weiß.« Er wischte ihr die Tränen von den Wangen. »Bitte, weine nicht, Judy. Wir kriegen das schon hin. Das werden wir. Leg dich nur noch ein bißchen neben mich.«

Sie klammerten sich aneinander; ihr Kummer wegen ihrer Situation war so absolut wie ihre Freude über ihre Liebe; die nackten Körper vereinigten sich vollkommen.

Und genau so fand ihr Ehemann sie Minuten später vor.

Sie war die erste, die ihn in der Tür zum Schlafzimmer stehen sah, zitternd vor Entrüstung. Sie sprang auf, griff nach dem Laken, um sich zu bedecken. Sie versuchte, seinen Namen auszusprechen, doch ihr Mund war trocken vor Furcht und Scham.

Fluchend kam er quer durchs Zimmer auf das Bett zugestürzt und holte mit einem Baseballschläger zum tödlichen Schlag aus.

Später hatten sogar die Männer der Ambulanz, die den Anblick schrecklicher Tatorte gewohnt waren, Schwierigkeiten, ihr Entsetzen zu verbergen. Es war ein Gemisch aus Blut und Gehirn, über die geblümte Tapete hinter dem Bett verteilt.

Nicht als Respektlosigkeit gegenüber dem blutverschmierten Kruzifix an der Wand gemeint, flüsterte einer: »Jesus Christus.«

Sein Partner kniete sich neben das Opfer: »Verdammt, ich fühle noch einen Puls!«

Der andere schaute skeptisch auf die blutige Masse, die aus dem gespaltenen Schädel quoll. »Meinst du wirklich, da besteht 'ne Chance?«

»Nein, aber laß sie uns trotzdem einladen. Könnte sein, daß wir hier eine Organspende haben.«

Kapitel 3

10. Oktober 1990

»Stimmt was nicht mit meinen Pfannkuchen?«

Er schaute auf und sah sie mit leerem Blick an. »Was?«

»Auf der Packung steht, daß der Teig jedesmal superluftig wird. Ich muß was falsch gemacht haben.«

Er hatte seit mehr als fünf Minuten in seinem Frühstück herumgestochert, ohne einen Bissen zu essen. Nun spießte er mit der Gabel den sirupartigen Klumpen auf seinem Teller auf und lächelte entschuldigend. »Nein, nein. Du hast nichts falsch gemacht.«

Er war nur höflich. Amandas Kochkünste waren katastrophal. »Wie schmeckt dir der Kaffee?«

»Toll. Kann ich noch eine Tasse haben?«

Sie warf einen Blick auf die Küchenuhr. »Hast du noch soviel Zeit?«

»Ich nehm sie mir.«

Er erlaubte sich nur höchst selten den Luxus, zu spät zur Arbeit zu kommen. Was auch immer ihn die letzten Tage beschäftigt hatte, es mußte sehr wichtig sein, dachte sie sich.

Nichts Gutes ahnend, stand sie auf und ging zur Kaffeemaschine auf der Anrichte. Sie brachte die Kanne mit an den Tisch und schenkte ihm nach.

»Wir müssen reden.«

»Nichts dagegen.« Sie nahm wieder Platz. »Ich würde schon gern wissen, wo du in letzter Zeit mit deinen Gedanken bist.«

»Ja, du hast recht. Tut mir leid.« Zwischen seinen Brauen formte sich eine Falte, während er in die dampfende Tasse Kaffee starrte, die er eigentlich gar nicht mehr wollte. Er hatte nur Zeit gewinnen wollen.

»Du machst mir angst«, sagte sie leise. »Was immer du auch auf dem Herzen hast – du kannst es mir doch sagen. Was ist es? Eine andere Frau?«

Er warf ihr einen scharfen Blick zu, der ihr deutlich sagte, daß sie es doch besser wissen müßte.

»Ich hab's!« Sie schlug mit der Handfläche auf die Tischplatte. »Du bist angewidert von mir, weil ich aussehe wie Dumbos Mutter. Meine dicken Fußgelenke und mein Hinterteil törnen dich ab, stimmt's? Du vermißt meine kleinen, festen Brüste, mit denen du mich immer aufgezogen hast. Ich habe durch die Schwangerschaft all meinen Sexappeal verloren, und jetzt hast du dich in ein süßes, junges, schlankes Ding verguckt und hast Angst, es mir zu beichten. Heiß oder kalt?«

»Du bist verrückt.« Er griff über den kleinen runden Tisch und zog sie hoch. Als sie vor ihm stand, strich er mit beiden Händen über ihren angeschwollenen Bauch. »Ich liebe dich so, wie du bist.«

Er küßte sie durch den dünnen Stoff ihres Nachthemdes auf den Bauchnabel. »Ich liebe das Baby«, sagte er. »Ich liebe dich. Es gibt keine andere Frau in meinem Leben, und die wird es auch nie geben.«

»Unsinn.«

»Tatsache.«

»Und was ist mit Michelle Pfeiffer?«

Er grinste, während er so tat, als würde er darüber nachdenken. »Hm, das ist natürlich schwer zu sagen. Wie sind ihre Pfannkuchen?«

»Wär dir das wichtig?«

Lachend zog er sie auf seinen Schoß und umarmte sie.

»Vorsichtig«, sagte sie. »Ich zerdrücke dir sonst den Familienschmuck.«

»Ich passe schon auf.«

Sie küßten sich innig. Als er sich schließlich von ihr löste, schaute sie in sein besorgtes Gesicht. Obwohl es noch frühmorgens war und er gerade erst geduscht und sich rasiert hatte, sah er so mitgenommen aus, als hätte er bereits einen langen und strapaziösen Tag hinter sich.

»Wenn es nicht meine Kochkünste sind, es keine andere Frau ist und du nicht von meinem aufgeblähten Bauch angewidert bist, was ist es dann?«

»Ich komme einfach nicht damit klar, daß du deinen Beruf aufgegeben hast.«

Sie verspürte eine unendliche Erleichterung, weil sie insgeheim mit etwas viel Schlimmerem gerechnet hatte. »Das hat die ganze Zeit an dir genagt?«

»Es ist unfair«, sagte er stur.

»Für wen?«

»Für dich, natürlich.«

Amanda sah ihn mißtrauisch an. »Oder hast du etwa vor, vorzeitig in Rente zu gehen, den ganzen Tag auf dem Sofa rumzulümmeln und dich von mir aushalten zu lassen?«

»Keine schlechte Idee«, sagte er mit einem schiefen Lächeln. »Aber im Ernst: Ich denke dabei nur an dich. Weil die Biologie die Männer eindeutig bevorzugt –«

»Verdammt richtig«, grummelte sie.

»Mußt du nun alles opfern.«

»Wie oft habe ich dir schon gesagt, daß ich genau das tue, was ich tun will. Ich bekomme ein Kind, unser Kind. Das macht mich sehr glücklich.«

Er hatte die Nachricht von der Schwangerschaft mit gemischten Gefühlen aufgenommen. Zuerst war er schockiert gewesen. Sie hatte die Pille abgesetzt, ohne mit ihm darüber zu reden. Doch nachdem der erste Schreck abgeklungen war und er sich an die Idee, Vater zu werden, gewöhnt hatte, hatte es ihm gefallen.

Nach dem dritten Monat hatte sie die Partner der Anwaltskanzlei, in der sie tätig war, davon informiert, daß sie während der ersten wichtigen Monate nach der Geburt zu Hause bleiben werde. Damals hatte er ihre Entscheidung nicht kritisiert. Daß er nun Bedenken bekam, überraschte sie.

»Du bist erst seit zwei Wochen nicht mehr im Büro und bist schon kribbelig«, sagte er. »Ich erkenne die Anzeichen. Ich sehe doch, wenn du ruhelos wirst.«

Mit einer sanften Geste wischte sie ihm eine widerspenstige Strähne aus der Stirn. »Mag sein, aber nur weil ich nicht mehr weiß, was ich im Haus noch erledigen soll. Ich habe die Regale abgewischt, die Einmachgläser neu beschriftet und die Schubladen mit den Socken sortiert. Ich habe alles erledigt, was ich vor der Geburt erledigen wollte. Aber wenn das Kind erst mal da ist, werde ich mehr als genug um die Ohren haben.«

Sein zweifelnder Blick blieb. »Während du hier happy Hausfrau spielst, machen dich die anderen in der Kanzlei schlecht.«

»Und wenn schon.« Sie lachte. »Für mich gibt es nichts Wichtigeres, als unser Kind zu kriegen. Und daran glaube ich von ganzem Herzen.«

Sie nahm seine Hand und legte sie auf ihren Bauch. Das Baby bewegte sich. »Fühlst du das? Wie könnte ein Prozeß beeindruckender sein als das? Ich habe mich entschieden und bin sehr zufrieden damit. Und ich möchte, daß du das auch bist.«

»Das ist vielleicht zuviel verlangt.«

Insgeheim pflichtete sie ihm bei. Er würde niemals wirklich damit zufrieden sein. Doch er fand Trost in seiner Liebe zu ihr und im Wissen um die baldige Geburt seines Kindes. Er massierte die Stelle, wo das Baby gerade einen kräftigen Tritt gelandet hatte.

»Ich dachte, es sei euch Männern ganz recht, wenn die kleine Frau brav daheim bleibt und die Kinder kriegt«, neckte sie ihn. »Was ist los mit dir?«

»Ich will nur einfach nicht den Tag erleben, an dem du es bereust, deine Arbeit aufgegeben zu haben.«

Sie beruhigte ihn mit einem Lächeln. »Das wird nie passieren.«

»Und warum habe ich dann dauernd das Gefühl, als würde ein Damoklesschwert über mir hängen?«

»Weil für dich das Glas immer halb leer ist.«

»Und für dich halb voll.«

»Ich sehe es so voll, daß es gleich überläuft.« Sie machte eine Geste mit den Händen, die ihn lächeln ließ, woraufhin sich sein Schnurrbart verbog, wie sie es so sehr mochte.

»Ja, ja, ich bin der ewige Pessimist.«

»Du gibst es also zu?«

»Nein. Es ist nur, daß wir das schon alles einmal hatten.«

»Bis zum Überdruß«, sagte sie.

Sie lächelten einander zu, und er zog sie wieder an sich. »Du hast schon soviel für mich aufgegeben. Ich verdiene dich gar nicht.«

»Denk daran, wenn Michelle Pfeiffer die Finger nach dir ausstreckt.«

Sie lehnte sich in die Beuge seines Armes, als er sie mit wachsender Leidenschaft küßte. Seine Hand glitt unter den Stoff ihres Nachthemdes und fand ihre Brüste. Sie waren prall und schwer, bereit, Milch zu geben. Er liebkoste sie und knetete sanft ihre Brustwarzen.

Dann zog er ihr Nachthemd tiefer und liebkoste ihre Brüste mit Lippen und Zunge. Als er ihre harten Perlen mit seinem Schnurrbart kitzelte, stöhnte sie auf. »Das ist nicht fair.«

»Wie lange müssen wir warten?«

»Mindestens sechs Wochen nach der Geburt.«

Er stöhnte.

»Wir fangen besser gar nicht an, womit wir dann nicht aufhören können.«

»Zu spät«, sagte er wimmernd.

Lachend zog sie ihr Nachthemd hoch und glitt von seinem Schoß. »Du solltest dich jetzt besser auf den Weg machen.«

»Ja, hast recht.« Er stand auf, zog die Jacke an und ging zur Tür. »Wie geht es euch heute?«

Sie hielt ihren großen Bauch mit beiden Händen. »Uns geht es bestens.«

»Du hast unruhig geschlafen.«

»Versuch du mal zu schlafen, wenn jemand mit deinen inneren Organen Fußball spielt.«

An der Tür gaben sie sich einen Abschiedskuß. »Was möchtest du heute abend gern essen?«

»Ich lade dich ein. Wir gehen aus.«

»Zum Chinesen?«

»Aber sicher.«

Meist winkte sie ihm morgens von der Tür aus zu. Heute jedoch gingen sie Arm in Arm bis zum Wagen. Als es Zeit wurde, ihn loszulassen, fiel ihr dies unerklärlich schwer. Es war, als wäre sein Pessimismus ansteckend. Seine düstere Ahnung mußte sich auf sie übertragen haben, weil sie plötzlich das dringende Bedürfnis verspürte, sich an ihm festzuhalten und ihn zu bitten, er solle sich krank melden und heute bei ihr zu Hause bleiben.

Doch um das, was wahrscheinlich nur eine vorübergehende, von der Schwangerschaft hervorgerufene, emotionale Unsicherheit war, zu überspielen, zog sie ihn auf. »Glaub ja nicht, daß ich zur Märtyrerin für die Mutterschaft werde. Wenn unser Schatz erst auf der Welt ist, wirst du auch deinen Anteil an Windeln wechseln.«

»Darauf freue ich mich schon.« Er grinste. Dann wurde er wieder ernst, legte ihr die Hände auf die Schultern und zog sie an sich. »Du machst es mir so leicht, dich zu lieben. Wirst du je wissen, wie sehr ich dich liebe?«

Sie schaute zu ihm auf. »Ich weiß es.« Das Sonnenlicht

blendete sie. Vielleicht traten ihr deshalb Tränen in die Augen. »Ich liebe dich auch.«

Ehe er sie küßte, nahm er ihr Gesicht in beide Hände und sah sie lange an. Seine Stimme war belegt, als er sagte: »Ich werde versuchen, heute früher nach Hause zu kommen.« Als er ins Auto stieg, fügte er noch hinzu: »Ruf mich an, wenn du mich brauchst.«

»Mache ich.« Als er um die Ecke bog, winkte sie ihm nach.

Während des Abwaschs machten sich Schmerzen im Rücken bemerkbar. Sie ruhte sich ein wenig aus, bevor sie die Betten machte, doch der dumpfe Schmerz blieb.

Gegen Mittag konnte sie die Krämpfe im Unterleib nicht mehr ignorieren. Sie überlegte einen Moment, ihn anzurufen, tat es aber nicht. Solche Kontraktionen konnten Wochen vor den eigentlichen Wehen eintreten. Das Baby würde erst in zwei Wochen kommen. Es konnte also nur falscher Alarm sein. Seine Arbeit war schwierig und aufreibend, und sie wollte ihn nicht stören, wenn es nicht wirklich etwas Ernstes war.

Kurz nach vier Uhr brach ihre Fruchtblase, und die Wehen setzten ein. Sie rief ihren Hausarzt an. Der versicherte ihr, daß es keinen Grund zu überstürzter Eile gebe, daß die Geburt des ersten Kindes manchmal Stunden dauerte, riet ihr aber dennoch, ins Krankenhaus zu fahren.

Nun mußte sie ihn benachrichtigen. Sie rief bei ihm im Büro an, erhielt aber die Auskunft, er sei gerade nicht zu sprechen. Das war nicht weiter schlimm. Sie mußte noch einiges erledigen, ehe sie ins Krankenhaus fahren würde.

Sie nahm eine Dusche, rasierte sich die Beine, wusch sich die Haare, weil sie nicht wußte, wann sie das nächste Mal Gelegenheit dazu haben würde. Ihr Koffer war bereits gepackt mit Nachthemden, einem neuen Bademantel und Hausschuhen, ferner mit einem Strampelanzug für das

Baby auf der Heimfahrt. Sie verstaute noch ihre Kosmetika, dann verschloß sie den Koffer und stellte ihn neben die Haustür.

Die Wehen wurden heftiger und kamen in kürzeren Abständen. Sie rief erneut bei ihm im Büro an. »Er ist unterwegs«, wurde ihr gesagt. »Aber ich kann ihn ausfindig machen für Sie. Handelt es sich um einen Notfall?«

War es ein Notfall? Eigentlich nicht. Frauen bekamen ihre Kinder in allen möglichen Situationen. Sicherlich würde sie die Fahrt ins Krankenhaus auch ohne ihn schaffen. Außerdem würde er dann nicht erst nach Hause und von dort zum Krankenhaus fahren müssen.

Sie wollte nur so gern mit ihm reden. Seine Stimme zu hören hätte ihr Mut gemacht. Doch statt dessen mußte sie sich nun damit zufriedengeben, ihm die Nachricht zu hinterlassen, er solle so schnell wie möglich ins Krankenhaus kommen.

Sie dachte sich, daß dies nicht die Situation war, um tapfer zu sein und selber zu fahren, aber sie konnte keinen ihrer Freunde oder jemand aus ihrer Familie erreichen. Also rief sie die Ambulanz. »Ich habe Wehen und muß schnell ins Krankenhaus.«

Innerhalb von Minuten traf die Ambulanz ein. Der Notarzt checkte sie kurz durch. »Sonderbarer Blutdruck«, sagte er, als er ihr die Manschette vom Oberarm löste. »Wann etwa haben die Wehen eingesetzt?«

»Vor einigen Stunden.«

Die Schmerzen waren nun stark. Die Atem- und Konzentrationsübungen der vorbereitenden Kurse waren weniger wirkungsvoll, wenn man sie allein machte. Sie versuchte es, doch es milderte die Schmerzen nicht.

»Wie weit ist es noch?« fragte sie keuchend.

»Wir sind gleich da. Halten Sie durch. Sie haben es gleich geschafft.«

Doch es sollte anders kommen. Und sie wußte, daß etwas nicht stimmte, als sie das Stirnrunzeln des Arztes nach der Beckenuntersuchung sah. »Das Baby ist in der Steißlage.«

»O Gott«, wimmerte sie.

»Kein Grund zur Aufregung. Das kommt öfter vor. Wir werden versuchen, es zu drehen. Wenn das nicht funktioniert, holen wir es mit Kaiserschnitt.«

»Ich habe die Nummer angerufen, die Sie mir gegeben haben«, sagte die Hebamme, die Amandas Panik spürte. »Er ist unterwegs.«

»Gott sei Dank«, seufzte Amanda und entspannte sich etwas. Nicht mehr lange, und er würde hier sein. »Gott sei Dank.«

»Er ist Ihr Geburtshelfer?«

»Er ist mein ein und alles.«

Die Schwester drückte ihre Hand und begleitete sie plaudernd durch den nächsten dunklen Tunnel des Schmerzes, während der Arzt versuchte, das Baby in die richtige Position zu drehen. Dabei wurde ständig der Herzschlag kontrolliert. Die Schwester maß in immer kürzeren Abständen ihren Blutdruck.

Schließlich sagte der Arzt: »Kaiserschnitt vorbereiten.«

Die nächsten Minuten verstrichen in einem verschwommenen Kaleidoskop von Licht, Geräuschen und Bewegung. Sie wurde in einen Kreißsaal geschoben.

Wo blieb er denn nur? Sie rief mit leiser Stimme nach ihm, biß die Zähne zusammen bei einem Versuch, die Schmerzen zu besiegen, die wie ein Messer in ihren Bauch stachen.

Dann hörte sie, wie eine Schwester zur anderen sagte: »Auf der Autobahn hat es eine schreckliche Massenkarambolage gegeben.«

»Ich weiß. Bin gerade hergekommen. Das ist ein Irrsinn da draußen. Etliche Tote, die meisten mit Kopfverletzungen. Es sind einige Teams wegen Organ- und Gewebespenden unten und reden mit Angehörigen, sobald die eintreffen.«

Amanda spürte, wie ihr eine Nadel in die Hand gestochen wurde. Ihr Bauch wurde mit einer kalten Paste eingestrichen; ihre Beine mit sterilen blauen Laken bedeckt.

Ein Massenunfall auf der Autobahn Richtung Krankenhaus?

Das war doch auch sein Weg...

Er hatte es sicher eilig gehabt, hierherzukommen, ehe sie das Baby zur Welt gebracht hatte.

Zu schnell gefahren.

Risiken eingehend, die er normalerweise nicht eingehen würde.

»Nein!« Sie stöhnte auf.

»Halten Sie durch. Noch ein paar Minuten und Sie haben Ihr Baby im Arm.« Es war eine freundliche Stimme. Aber nicht seine. Nicht die, nach der sie sich so sehr sehnte.

Und plötzlich wußte sie, daß sie seine Stimme nie mehr hören würde. In einem Moment grausam scharfer Klarheit wußte sie, unbegreiflich, aber nicht abstreitbar, daß sie ihn nie mehr wiedersehen würde.

Am Morgen, als ihre Augen gebrannt hatten vor unvergossenen Tränen, hatte sie eine Vorahnung gehabt, daß ihr Abschiedskuß auch ihr letzter Kuß sein würde. Irgendwie hatte sie gewußt, daß sie ihn nie mehr berühren würde.

Deshalb hatte sie ihn auch nicht gehen lassen wollen. Jetzt fiel ihr ein, wie eindringlich er sie angesehen hatte, so als wolle er sich jede Nuance ihres Gesichts einprägen. Hatte er auch gespürt, daß es ein endgültiger Abschied war?

»Nein«, schluchzte sie. »Nein.« Doch ihr Schicksal war besiegelt, und diese Erkenntnis war profund und unmißverständlich. »Ich liebe dich. Ich liebe dich.«

Ihr heiserer Schrei hallte von den gekachelten Wänden

des Kreißsaals wider. Doch er war nicht da, um ihn zu hören. Er war fort.

Für immer.

Kapitel 4

10. Oktober 1990

»Zyk is'n potthäßlicher Scheißkerl.« Petey pulte ein Stück öligen Dreck unter seinem Fingernagel hervor, dann wischte er das Taschenmesser an seiner Jeans ab. »Und er ist noch fieser, als er häßlich ist. Ich an deiner Stelle würde sie ihm überlassen. Würdest dir damit 'ne Menge Scherereien ersparen, Sparky.«

»Tja, du bist aber nicht an meiner Stelle.« Er schneuzte sich und spuckte knapp neben die zerschlissenen schwarzen Stiefel seines Kumpans. »Und ich werde Zyklop 'ne Lektion erteilen, wenn er sich hier noch mal blicken läßt.«

»Kismet war zuerst seine Alte, vergiß das nicht. Lange bevor du hier aufgekreuzt bist. Das wird er nicht vergessen.«

»Wie ein Stück Scheiße hat er sie behandelt.«

Petey zuckte philosophisch mit den Schultern.

»Wenn er sie anrührt, ... wenn er sie auch nur so anguckt, als wolle er sie anfassen, dann nagele ich seine Eier an einen Pfeiler.«

»Du bist doch nicht ganz dicht, Mann«, meinte Petey. »Ein prächtiger Arsch is 'ne feine Sache, okay, aber der ist nicht schwer zu kriegen, Menschenskind. Auf keinen Fall lohnt es sich, dafür zu sterben.« Er fuchtelte mit der Spitze seines Messers herum wie mit einem erhobenen Zeigefinger. »Paß auf dich auf, Mann. Zyk kriegt immer, was er will. Deshalb ist er ja auch der Boß.«

Sparky stieß einen leisen Fluch aus. »Boß? Scheiß drauf. Ein gottverdammter Schläger ist er.«

»Ist dasselbe.«

»Ich hab jedenfalls keinen Schiß vor ihm. Von dem laß ich mir nichts bieten, und sie von jetzt an auch nicht mehr.«

Er schaute zu der Gruppe Frauen, die aus einer Kneipe kamen, in der sie sich aufgehalten hatten, während er und Sparky auf der klapprigen Veranda der Raststätte gesessen hatten. Die Spelunke lag am Hang an einer Landstraße, die kaum noch benutzt wurde, seit es die Autobahn in der Nähe gab.

Es war ein abgelegener Ort. Früher hatte er Ganoven aller Art angezogen, Huren, Spieler und Verbrecher auf der Flucht. Nun kamen die Biker hierher, kleinere Fische aus dem Teich der Kriminellen und sonstige finstere Gestalten, die am Rande der Gesellschaft lebten. So ziemlich jeden Abend gab es eine Schlägerei, doch wurden sämtliche Auseinandersetzungen ohne Polizei geregelt, selbst jene, bei denen Blut floß.

Unter den Frauen auf der Veranda ragte Kismet wie ein Juwel aus der Asche heraus. Sie hatte dunkles, dichtes, lockiges Haar, sinnliche Augen und eine üppige Figur, die sie stolz präsentierte in ihrer hautengen Jeans. Um ihre Hüfte schmiegte sich ein breiter schwarzer Ledergürtel mit silbernen Nieten. Heute abend trug sie ein ärmelloses Top mit einem so tiefen Ausschnitt, daß ihre Tätowierung, ein Halbmond, über dem Herzen zu sehen war. Zufrieden bemerkte er, daß sie um den Oberarm das Kupferband trug, das er für sie vor wenigen Wochen aus Mexiko mitgebracht hatte. An ihren Ohren klimperten mehrere glitzernde Ringe und Anhänger.

Sie spürte seinen Blick und erwiderte ihn mit einem herausfordernden Schwung ihres Kopfes. Ihre Lippen öffneten sich verführerisch. Sie lachte über eine Bemerkung einer ihrer Freundinnen, doch ihre dunklen Augen ruhten weiterhin auf ihm.

»Die Pussy hat dich verhext, Mann, ganz klar«, sagte Petey resigniert.

Er ließ Petey diese unverschämte Bemerkung durchgehen. Diese geistige Null war die Energie nicht wert, sich mit ihm zu streiten. Außerdem war sich Sparky nicht sicher, ob er die richtigen Worte finden würde, um auszudrücken, was er für Kismet empfand, aber es war auf jeden Fall mehr und anders als bei jeder anderen Frau bisher.

Er hielt sich bedeckt, was seine Vergangenheit betraf, und gab seinen wahren Namen nicht preis. Die übrigen Biker der Gang hätten sich gewundert, wenn sie gewußt hätten, daß er einen Abschluß in Literaturwissenschaften an einer renommierten Universität abgelegt hatte. Unter ihresgleichen war Intelligenz und Wissen aus Büchern verpönt. Je weniger sie über ihn wußten, desto besser.

Und auch Kismet redete nicht gern über ihre Vergangenheit vor ihrer Zeit mit Zyklop. Sie hatte das Thema von sich aus nie angesprochen, und er hatte nicht danach gefragt.

Wie verwandte Seelen hatten sie einander an der Ruhelosigkeit erkannt, die ihnen beiden gemeinsam und eher eine Flucht als ein Ziel war. Beide liefen sie vor einer Situation weg, die sie nicht länger hinnehmen konnten.

Vielleicht hatten sie, ohne es zu wissen, einander gesucht. Vielleicht war ihre Suche nun beendet. Eine Vorstellung, die ihm sehr gut gefiel, und er hielt sie in seinen Tagträumen aufrecht.

Als er sie das erste Mal sah, hatte sie ein geschwollenes blaues Auge und eine aufgeplatzte Lippe gehabt.

»Was glotzt du denn so?« fragte sie gereizt, als sie seine Blicke bemerkte.

»Hab mich gefragt, wer das getan hat.«

»Was schert's dich?«

»Na ja, vielleicht willst du ja, daß ich dem Scheißkerl 'nen ordentlichen Denkzettel verpasse.«

Sie musterte ihn von Kopf bis Fuß und schnaubte verächtlich. »Du?«

»Ich bin zäher, als ich aussehe.«

»Klar, und ich bin die verdammte Königin von Saba. Außerdem kann ich schon allein auf mich aufpassen.«

Doch es hatte den Anschein, als könne sie das nicht. Einige Tage später wiesen ihr Gesicht und Oberkörper erneut Schrammen und Schwellungen auf. Inzwischen hatte er erfahren, daß sie zu Zyklop gehörte, dem Anführer der Biker-Gang, der seinen Spitznamen wegen seines Glasauges hatte.

Doch dieses Handicap minderte seine Bösartigkeit nicht. Sein gesundes Auge war ebenso kalt und leblos wie das aus Glas. Wenn er seinen stechenden Blick auf jemanden richtete, der es sich mit ihm verscherzt hatte, dann fiel sein künstliches Auge, das leicht schielte, kaum auf.

Zyklop wurde hinter seinem Rücken nur der »Mischling« genannt, weil niemand genau wußte, was außer mexikanischem und indianischem Blut noch in seinen Adern floß. Wahrscheinlich wußte Zyklop es selber nicht. Und es war zweifelhaft, ob er sich überhaupt dafür interessierte.

Er war dunkelhäutig, geschmeidig und zäh wie Leder. Seine Waffe war das Messer. Wäre da nicht Kismet gewesen – Sparky wäre ihm tunlichst aus dem Weg gegangen.

Doch unglücklicherweise hatte sich das Schicksal eingemischt. Vom ersten Moment an fühlte er sich magisch angezogen von Kismets üppiger Figur, ihren dunklen Augen, ihrer wilden Lockenmähne. Er hatte instinktiv auf die Furcht und Verletzlichkeit reagiert, die er hinter ihrem trotzigen Blick und ihrer feindseligen Art erkannte. Und auf wundersame Weise fühlte sie sich ebenso zu ihm hingezogen.

Er hatte nie direkt etwas unternommen, noch je die Einladung ausgesprochen, mit ihm zu fahren. Doch sie mußte seine indirekten Signale erkannt haben. Eines Morgens stieg sie einfach hinter ihm auf sein Motorrad und schlang ihre bloßen, schlanken Arme fest um seine Taille.

Ein gespanntes Schweigen breitete sich unter den Mitgliedern der Gang aus, als Zyklop zu seiner Maschine ging. Er sah Kismet hinter Sparky sitzen, kniff drohend sein gesundes Auge zusammen und verzog die schmalen Lippen. Dann trat er die Pedale seiner Maschine durch und röhrte davon.

In dieser Nacht blieb Kismet bei Sparky. Er hatte eigentlich vorgehabt, sie zärtlich zu behandeln wegen der kürzlichen Prügel von Zyklop. Doch dann war überraschenderweise sie die Aktive gewesen, hatte sich mit Zähnen und Klauen über ihn hergemacht und mit einem ungeheuren sexuellen Hunger, den er aber mehr als nur zu befriedigen vermochte.

Seither betrachteten sie sich als festes Paar. Doch jene, die der Gang schon länger angehörten, jene, die Zyklop gut kannten und um seine Rachsucht und Grausamkeit wußten, fürchteten, die im stillen kochende Wut ihres Anführers könne jeden Moment ausbrechen wie ein Vulkan.

Niemand nahm sich ungestraft, was Zyklop gehörte.

Doch Peteys Warnung, auf der Hut zu sein, war gar nicht nötig gewesen. Sparky beobachtete Zyklop längst, weil ihm klar war, daß dessen Gleichgültigkeit darüber, daß Kismet ihm den Laufpaß gegeben hatte, nur der Versuch war, vor der Gang das Gesicht zu wahren. Er traute ihm nicht und war ständig auf einen möglichen Angriff gefaßt.

Deshalb sträubten sich ihm auch die Nackenhaare, als er Zyklop aus der Bar auf die Veranda stolpern sah. Er stützte sich mit einer Hand am Türrahmen ab, um das Gleichgewicht zu halten, in der anderen hielt er eine Flasche Wodka, aus der er einen kräftigen Schluck nahm. Selbst auf die Entfernung sah Sparky, wie Zyklops gesundes Auge nach Kismet suchte.

Zyklop ging zu ihr hin, streckte die Hand aus und wollte ihr den Hals streicheln. Sie stieß seine Pranke weg. Er beugte sich vor und sagte etwas zu ihr. Ihre dreiste Antwort ließ die anderen Frauen lachen.

Zyklop fand das gar nicht lustig. Er ließ die Wodkaflasche fallen und zog sein Messer aus dem schmalen Lederhalfter auf seinem Rücken. Die anderen Frauen wichen erschrokken zurück. Kismet rührte sich nicht von der Stelle, auch dann nicht, als er mit der Messerspitze vor ihrem Gesicht herumfuchtelte. Sie zuckte nicht mal mit der Wimper, erst als er mit einer blitzschnellen Bewegung so tat, als wolle er zustechen, wich sie zurück, und er lachte schallend.

In diesem Augenblick waren für Sparky alle Warnungen vergessen. Er stürmte über die Veranda. Zyklop spürte ihn kommen und nahm eine geduckte Angriffspose ein. Er ließ das Messer von einer Hand in die andere gleiten und musterte Sparky.

»Komm doch...«

Sparky wich blitzschnell mehreren Attacken aus, von der ihn jede einzelne hätte aufschlitzen können. Körperlich war ihm Zyklop überlegen. Aber Sparky machte sich seine Schnelligkeit, Geschicklichkeit und die Tatsache, daß er im Gegensatz zu seinem Gegner nüchtern war, zunutze.

Er wartete auf den günstigsten Moment und trat Zyklop ans Handgelenk. Sein Stiefel krachte gegen den Knochen. Zyklop jaulte auf, und das Messer flog in hohem Bogen zur Seite. Sparky verpaßte ihm einen Kinnhaken, der ihn nach hinten schleuderte. Zyklop krachte gegen die Hauswand und sackte zu einem schmachvollen betrunkenen Häufchen zusammen.

Sparky hob das Messer auf und warf es weit fort. Alle schauten gebannt zu, wie es durch die Luft wirbelte, die

Klinge im Licht der Neonreklame der Raststätte aufblitzend, und im Gebüsch landete.

Sparkys Arm ging schwer, doch mit ruhiger Würde reichte er Kismet die Hand. Sie ergriff sie, ohne zu zögern. Zusammen gingen sie zu seiner Maschine und stiegen auf. Er drehte sich nicht um. Sie schon. Zyklop rappelte sich gerade auf und schüttelte benommen den Kopf.

Sie zeigte ihm den Mittelfinger, ehe die Maschine in die hereinbrechende Dunkelheit schoß.

Der heulende Fahrtwind machte jede Unterhaltung unmöglich, also verständigten sie sich mit anderen Mitteln. Sie preßte die Oberschenkel fest an seine Hüften und rieb die Brüste an seinem Rücken, während sie ihn mit gierigen Händen im Schritt liebkoste. Sie biß ihm in die Schulter. Er stöhnte auf vor Lust, Schmerz und Vorfreude.

Nun gehörte sie ihm. Keine Frage. Hätte sie noch irgend etwas für den ausgebooteten Zyklop übrig gehabt, wäre sie bei ihm geblieben. Doch das hatte sie nicht getan. Nun war sie sein Preis. Als Sieger hatte er das Recht auf sie erworben. Noch ein paar Kilometer, und er würde sie...

»Scheiße, er kommt uns nach, Sparky!«

Einen Sekundenbruchteil, bevor sie aufschrie, hatte er den aufblitzenden Scheinwerfer bemerkt, grell wie das Auge eines einäugigen Monstrums; was er einerseits passend fand, andererseits jedoch beunruhigend.

Der Scheinwerfer wurde im Rückspiegel größer, als Zyklop ihnen in einem Höllentempo folgte. Sparky donnerte die kurvenreiche Strecke bereits selbst in halsbrecherischer Geschwindigkeit entlang, gab aber noch mehr Gas, um Zyklop auf sicherer Distanz zu halten.

Er wußte, daß sein Verfolger durch Wodka und rasende Wut aufgeputscht war, und so konzentrierte er sich ganz auf die wilde Jagd die Haarnadelkurven hinunter Richtung Stadt, wo er hoffte, Zyklop abzuhängen.

Er schrie Kismet zu, sie solle sich gut festhalten, dann legte er sich gefährlich steil in die nächste Kurve. Als sich die Maschine wieder aufrichtete, sah er im Rückspiegel, daß Zyklop ihm noch immer dicht auf den Fersen war.

»Schneller!« rief Kismet. »Er holt uns ein. Wenn er uns kriegt, wird er uns umbringen.«

Er holte das letzte aus seiner Maschine heraus. Die Landschaft verschwamm. Nur jetzt keinen Gegenverkehr. Bisher war ihnen niemand entgegengekommen, doch –

»Paß auf!«

Zyklop war fast auf gleicher Höhe mit ihnen. Sparky schoß auf die Gegenfahrbahn, um den Vorsprung zu halten. Wenn er zuließ, daß Zyklop sie einholte oder gar überholte, waren sie so gut wie tot.

Es ging nun nicht mehr ganz so steil bergab. Es war nicht mehr weit bis zur Stadt. Wenn sie die erreichten, würden sie den wahnsinnigen Bastard schon abhängen.

Er überlegte sich gerade eine Strategie, als es in eine weitere Kurve ging. Nachdem sie aus ihr herausgefahren waren, schien es, als würden sie in eine völlig andere Landschaft geschleudert. Unvermittelt lag die Ebene vor ihnen. Offene Straßen zogen sich wie ein straff gespanntes, silbernes Band dahin, das direkt in die Stadt führte. Hätte das Schicksal es gut mit ihnen gemeint, wäre dies ein willkommener Anblick gewesen.

So aber schrie Kismet auf. Sparky fluchte. Sie rasten geradewegs auf eine breite Kreuzung zu. Von rechts kam ihnen ein Viehtransporter entgegen. Sie fuhren zu schnell, um ausweichen zu können. Zyklop hing ihnen am Auspuffrohr. Der Viehtransporter war zu langsam, um die Kreuzung rechtzeitig freizumachen.

Es blieb keine Zeit, zu überlegen.

Eineinhalb Stunden später eilte ein milchgesichtiger Arzt den Korridor Richtung Warteraum der Notaufnahme entlang, wo eine Schar Motorradfahrer auf Auskunft über den Zustand ihrer Freunde wartete. Selbst der abgebrühteste unter ihnen mußte schlucken, angesichts des vielen Bluts auf dem Kittel des Arztes.

»Tut mir leid«, sagte er zu ihnen. »Wir haben alles versucht. Jetzt müssen wir dringend mit einem Angehörigen sprechen – wegen einer Organspende. Und zwar rasch.«

Kapitel 5

Mai 1991

»Hey, Pierce, nimm gefälligst die Füße runter. Das ist ein öffentliches Gebäude, verdammt noch mal.«

Die Stimme hätte Tote aufwecken können. Auf jeden Fall ließ sie Alex Pierce vor Schreck zusammenfahren. Ein Lächeln trat auf sein ausgemergeltes Gesicht, als er die Gerichtsdienerin auf sich zukommen sah. Reuig und folgsam setzte er sich gerade hin.

»Hallo, Linda.«

»Mehr hast du nicht zu sagen als ›Hallo, Linda‹? Nach allem, was wir einander bedeutet haben?« Sie stemmte die fleischigen Fäuste in die Hüften und starrte ihn an, dann klopfte sie ihm freundschaftlich auf die Schulter. »Wie geht's meinem Hübschen?«

»Kann nicht klagen. Und du?«

»Dasselbe wie immer.« Sie schaute mit einem Stirnrunzeln zum dicht besetzten Gerichtssaal, wo Hunderte von Geschworenenkandidaten inständig hofften, von der Erfüllung ihrer öffentlichen Pflicht befreit zu werden.

»Hier ändert sich nie was, nur die Gesichter. Immer dieselben lahmen Ausreden, das Zeter und Mordio, nur weil sie als Geschworene bei Gericht berufen wurden.«

Ihr Blick glitt wieder zu ihm. »Wo hast du dich in letzter Zeit rumgetrieben? Hab gehört, du hättest Houston verlassen.«

Vor dem vierten Juli letzten Jahres war er gelegentlich im Harris-County-Gericht gewesen, um als Zeuge bei Verfahren gegen Kriminelle auszusagen, bei deren Verhaftung er selber mitgemischt hatte.

»Ich hab meine Postanschrift noch hier«, antwortete er ausweichend. »War die meiste Zeit auf Achse. Bin eine Weile in Mexiko gewesen. Angeln.«

»Was gefangen?«

»Nicht der Rede wert.«

»Hoffentlich keinen Tripper eingefangen.«

Er grinste trocken. »Heutzutage kann man doch froh sein, wenn es nur ein Tripper ist, was man sich eingefangen hat.«

»Kann man wohl sagen.« Die kernige Gerichtsdienerin schüttelte traurig ihre rote Mähne. »Erst gestern habe ich in der Zeitung gelesen, daß mein Deo Löcher in die Ozonschicht macht. Meine Tampons können bei mir einen toxischen Schock auslösen. Alles, was ich esse, verstopft entweder meine Arterien oder verursacht Dickdarmkrebs. Und jetzt ist es auch vorbei mit dem Spaß beim Rumbumsen.«

Alex lachte. Ihre vulgäre Art beleidigte ihn nicht. Sie kannten einander seit seiner Anfangszeit bei der Polizei von Houston, als er noch Streife gefahren war. Linda kannte jeder hier am Gericht. Man konnte sich darauf verlassen, daß sie den neuesten Klatsch wußte und die dreckigsten Witze, die zur Zeit im Umlauf waren. Ihre rauhe Schale sollte nur den zarten Kern verbergen, den sie bei sehr wenigen Menschen zu erkennen gab. Alex gehörte dazu.

Sie sah ihn mit einem bedeutsamen Blick an. »Sag, wie geht es dir wirklich?«

»Bestens, echt.«

»Sehnsucht nach deinem Job?«

»Nein.«

»Ich weiß, daß dir die Politik und der ganze Scheiß nicht fehlen. Aber was ist mit der Action?«

»Neuerdings kriegen meine Hauptfiguren die Kugeln ab.«

»Hauptfiguren?«

»Ja...« Er wirkte verlegen. »Ich hab ein bißchen geschrieben.«

»Kein Scheiß?« Sie schien beeindruckt. »Schreibst ein Buch, in dem du über die Arbeit bei einem großen Polizeirevier auspackst?«

»Eigentlich eher Romane. Aber die Geschichten basieren schon auf eigenen Erlebnissen.«

»Und wie läuft's?«

»Veröffentlichungen?« Er schüttelte den Kopf. »Das wird wohl noch dauern. Wenn's überhaupt je was wird.«

»Du schaffst es.«

»Ich weiß nicht. Mein bisheriger Karrierekurs sieht nicht gut aus.«

»Du schaffst es. Ich drücke dir auf jeden Fall die Daumen.« Dann fragte sie: »Gehst du mit jemandem?«

»Du meinst mit einer Frau?«

»Natürlich mit einer Frau. Es sei denn, du hast das Lager gewechselt.«

»Nein und nein. Da läuft im Moment nichts.«

Sie musterte ihn mit einem kritischen Blick von oben bis unten. »Sollte es aber vielleicht besser. Deine Klamotten sind nicht die neuesten...«

»Was stimmt denn nicht damit?«

»Das Hemd könnte mal wieder gebügelt werden.«

»Es ist frisch gewaschen. Genau wie meine Jeans.«

»Für mich sieht es so aus wie damals, als du ausgestiegen bist. Schlampig.«

»Das hat damit zu tun, daß ich mein eigener Boß bin. Ich ziehe an, was bequem ist, und wenn ich keine Lust habe, mich zu rasieren, dann lasse ich es bleiben.«

»Du bist dürr wie eine Vogelscheuche«, bemerkte sie.

»Ich bin durchtrainiert.«

Sie zog skeptisch eine Augenbraue nach oben.

»Also gut, mich hat es in Mexiko erwischt. Hab mir die Seele aus dem Leib gereihert. Hab noch nicht wieder mein altes Gewicht zurück.«

Ihr Blick verriet ihm, daß sie ihm das nicht glaubte.

»Hör zu, mir geht es bestens«, beharrte er. »Manchmal vergesse ich zu essen, das ist schon alles. Ich fange abends an zu schreiben, und dann bricht schon mal der nächste Tag an, ehe ich merke, daß ich gar nichts zu Abend gegessen habe. Lieber zu schlafen, als zu essen, ist eine Gefahr meines neuen Berufs.«

»Und das Trinken auch, wie ich gehört habe.«

Alex wandte rasch den Kopf ab und sagte zögernd: »Ich hab's im Griff.«

»Das habe ich *nicht* gehört. Vielleicht solltest du dich ein wenig zurückhalten.«

»Ja, Mutter.«

»Hör zu, Arschloch, ich betrachte mich als deine Freundin. Und davon hast du nicht so viele, um dumme Sprüche zu machen.« Sie klang sowohl beleidigt wie besorgt. »Schätzchen, ich habe gehört, daß du sogar Aussetzer hast.«

Dieser verdammte Tratsch am Gericht. Er hatte hier nichts mehr zu tun, dennoch zerrissen sich die Leute weiterhin das Maul über ihn. »Schon eine ganze Weile nicht mehr«, log er.

»Ich habe deine Liebesaffäre mit Johnny Walker nur erwähnt, weil ich mir Sorgen um dich mache.«

»Da bist du aber die einzige hier.« Als er sein Selbstmitleid hörte, riß er sich zusammen. »Ich weiß es zu schätzen, Linda. Ich weiß ja selber, daß ich ein bißchen ausgerastet bin nach all dem Scheiß, aber jetzt bin ich wieder auf dem Damm. Ehrlich. Vergiß einfach, was sich die Leute so an dummem Zeug über mich erzählen.«

Die Gerichtsangestellte bedachte ihn mit einem skeptischen Blick, ließ das Thema dann aber fallen. »Und was treibt dich heute hierher?«

»Dachte, ich könnte vielleicht eine Idee für ein Buch aufschnappen. Der bevorstehende Reyes-Prozeß könnte was hergeben.«

Die Gerichtsdienerin kniff mißtrauisch die Augen zusammen. »Gibt es einen besonderen Grund, warum du dir den Reyes-Prozeß ausgesucht hast?«

Alex hatte diesen interessanten Fall schon seit Monaten verfolgt. »Hat alles, was ein spannender Roman braucht«, antwortete er. »Verbotener Sex. Religion. Ein Liebespaar, das vom Ehemann der Frau in flagranti erwischt wird. Ein Baseballschläger als Tatwaffe – viel dramatischer als eine Kugel aus einem Revolver. Blut und Hirn auf der Tapete. Ein Körper auf dem Weg ins Leichenschauhaus.«

»Ein Körper, der noch nicht ganz tot ist.«

»Aber hirntot.«

»Medizinisch gesehen, ja, aber nicht nach dem Gesetz«, widersprach sie.

»Reyes' Anwalt argumentiert, daß sein Mandant das Opfer nicht ermordet hat, weil das Herz für eine Organspende funktionstüchtig gehalten wurde.«

»Organspende«, sagte Linda verächtlich. »Wie das schon klingt! Wie dem auch sei, da ist eine Menge gesetzlicher Probleme aufgewirbelt worden. Ist eine knifflige Frage – wenn das Opfer noch nicht wirklich tot war, als sie das Herz rausgenommen haben, ist Reyes dann wirklich des Mordes schuldig?«

»Zum Glück müssen wir beide nicht darüber entscheiden«, sagte Alex. »Das wird Aufgabe der Geschworenen sein.«

»Und wie würdest du entscheiden, wenn du einer von ihnen wärst?«

»Kann ich nicht sagen, weil ich noch nicht alle Beweise kenne. Aber das werde ich bald. Weißt du, in welchem Saal die Verhandlung stattfindet?«

»Klar weiß ich das.« Sie grinste und entblößte eine große goldene Brücke. »Was läßt du dich das kosten?«

Er hätte die Auskunft auch von jeder anderen Gerichtsangestellten bekommen können, doch er ging auf ihr Spielchen ein. »Ein paar Bierchen nach Feierabend?«

Sie lächelte. »Ich hab da eigentlich eher an ein Abendessen bei mir zu Hause gedacht. Und danach ... wer weiß?«

»Ach ja?«

»Steak, Kartoffeln und Sex. Nicht unbedingt in dieser Reihenfolge. Gib's zu, Alex. Das ist das beste Angebot, das du heute gekriegt hast.«

Er lachte. Er nahm die Einladung nicht ernst und wußte, daß sie auch gar nicht darauf abgezielt hatte. »Tut mir leid, Linda. Heute abend geht's nicht. Hab schon was vor.«

»Ich bin zwar keine Schönheitskönigin, aber laß dich nicht von meinem Aussehen täuschen. Ich kenne mich aus mit der männlichen Anatomie. Ich könnte dir Tränen der Dankbarkeit in die Augen treiben. Das schwöre ich. Du weißt ja gar nicht, was du dir entgehen läßt.«

»Das glaube ich dir aufs Wort«, sagte er ernst. »Du hast enormen Sexappeal, Linda. Fand ich schon immer.«

Ihr Lächeln wurde noch breiter. »Das ist zwar glatt gelogen, aber du warst schon immer gut darin, so zu tun als ob. Manchmal habe ich es dir sogar abgenommen. Deshalb glaube ich ja auch an deinen Erfolg als Schriftsteller. Hast echtes Talent, die Leute alles glauben zu lassen.«

Sie hakte sich bei ihm unter. »Komm, mein Hübscher, ich bringe dich zum Gerichtssaal. Die Wahl der Geschworenen müßte bald losgehen. Versuch, dich zu benehmen, okay? Wenn du dich besoffen blicken läßt, dich schlecht benimmst und sie dich rauswerfen, dann werde ich keinerlei Verantwortung dafür übernehmen.«

»Ich verspreche, daß ich mich brav wie ein Schäfchen aufführen werde.« Er legte die Hand aufs Herz.

Die Gerichtsdienerin schnaubte verächtlich. »Wie ich schon sagte – Unsinn.«

Der Mordprozeß gegen Paul Reyes hatte für erhebliches öffentliches Aufsehen und Neugierde gesorgt. Alex mußte jeden Tag früher erscheinen, um noch einen Platz im Saal zu ergattern. Die meisten Plätze waren von Mitgliedern von Reyes' Familie und von Bekannten besetzt.

Die Staatsanwaltschaft berief sich vorwiegend auf die Aussagen der Polizisten, die zuerst am Tatort eingetroffen waren, der bis ins grausigste Detail geschildert wurde. Als den Geschworenen Fotos gezeigt wurden, erschauderten sie.

Die Verteidigung hatte eine ganze Phalanx von Arbeitskollegen und Freunden des Angeklagten aufgeboten, darunter auch einen Priester, der Reyes' guten Charakter bezeugte. Nur der Ehebruch seiner so geliebten Frau hatte ihn zu einer solch grausamen Tat treiben können.

Dann sagten die beiden Notärzte aus, die von Reyes selbst an den Tatort gerufen worden waren. Das Opfer hatte noch einen Pulsschlag gehabt, als sie eingetroffen waren. Der Arzt in der Notaufnahme später hatte entschieden, daß es keinerlei Gehirnaktivität mehr gäbe, ließ aber Herz- und Lungenfunktion per Maschine weiterhin aufrechterhalten bis zu der Erlaubnis, Organe und Gewebe entnehmen zu dürfen. Der Chirurg, der diese Eingriffe vorgenommen hatte, sagte aus, das Herz habe noch immer geschlagen, als man es entnahm.

Diese Aussage sorgte für einigen Aufruhr im Verhandlungssaal. Der Richter schlug mit seinem Hammer und bat um Ruhe. Der assistierende Staatsanwalt versuchte vergeblich, Gelassenheit zu zeigen. Nach Alex' Ansicht hätte die Staatsanwaltschaft besser auf Totschlag und nicht auf Mord plädieren sollen. Mord implizierte stets einen Vorsatz, der in diesem Fall nicht nachgewiesen werden konnte.

Trotzdem lieferte der Staatsanwalt ein überzeugendes Plädoyer und drängte die Geschworenen, den Angeklagten im Sinne der Anklage schuldig zu sprechen. Ob das Opfer nun im Moment des Angriffs gestorben war oder nicht – Paul Reyes war verantwortlich für den Tod eines Menschen und daher schuldig.

Die Verteidigung mußte die Geschworenen nur daran erinnern, wieder und wieder, daß Paul Reyes im Gefängnis gesessen hatte, als das Opfer tatsächlich gestorben war.

Nach einer dreitägigen Verhandlung mußten die Geschworenen entscheiden. Vier Stunden und achtzehn Minuten später wurde verkündet, daß die Jury zu einem Urteil gekommen sei, und Alex war als einer der ersten wieder im Gerichtssaal.

Er versuchte, die Stimmung der einzelnen Geschworenen zu erraten, als sie ihre Plätze wieder einnahmen, doch es war unmöglich, in ihren leeren Mienen ihre Entscheidung abzulesen.

Atemlose Stille herrschte, als der Angeklagte aufgefordert wurde, sich zu erheben.

Nicht schuldig.

Reyes' Knie gaben leicht nach, sein triumphierender Verteidiger stützte ihn. Verwandte und Freunde eilten herbei, um ihn zu umarmen. Der Richter dankte den Geschworenen und entließ sie.

Reporter drängelten sich vor wegen Stellungnahmen, doch Reyes' Anwalt ignorierte sie und schob seinen Mandanten durch den Mittelgang aus dem Saal Richtung Ausgang. Als Reyes an Alex' Stuhlreihe vorbeikam, mußte er dessen Blick gespürt haben.

Plötzlich blieb er stehen, drehte den Kopf, und für den Bruchteil einer Sekunde trafen sich ihre Blicke.

Kapitel 6

Mai 1991

Essen. Schlafen. Atmen. Diese lebensnotwendigen Funktionen erfolgten rein mechanisch. Wozu auch mehr? Das Leben hatte jeden Sinn verloren.

Es gab keinen Trost mehr – weder in Religion, Meditation, Arbeit, noch in ermüdendem Sport oder Raufereien. Alles war ausprobiert worden als Mittel, den zermürbenden Schmerz des Verlustes zu betäuben. Doch vergeblich.

Es gab keinen Frieden. Jeder Atemzug war voller Trauer. Die Welt war reduziert auf eine winzige Sphäre demütigen Leids. Nur sehr wenige Aufheiterungen drangen durch diesen betäubenden Schmerz. Für einen so tief in Trauer versunkenen Menschen wirkt die Welt monochrom, lautlos, fad und öde. Der Schmerz saß so tief, daß er buchstäblich lähmte.

Der viel zu frühe Tod war ungerecht gewesen und hatte ihn mit unendlicher Wut erfüllt.

Warum hatte es sie treffen müssen? Nie hatten sich zwei Menschen so sehr geliebt. Ihre Liebe war selten und rein gewesen und hätte noch Jahre – und dann über den Tod hinaus – währen sollen. Sie hatten darüber gesprochen, hatten einander ewige Liebe geschworen.

Nun war die Unsterblichkeit ihrer Liebe unmöglich geworden, weil der Behälter, in dem sie ruhte, herausgenommen und einem anderen Menschen eingepflanzt worden war.

Eine Grausamkeit, dieser postmortale Vandalismus. Zuerst des Lebens beraubt, dann des Kerns der Existenz; beraubt der Kammer, wo dieser Geist gewohnt hatte.

Nun schlug dieses geliebte Herz irgendwo in der Brust eines fremden Menschen.

Stöhnen erklang leise in dem kleinen Zimmer. »Ich ertrage es nicht mehr. Ich kann nicht…«

Auch wenn der geliebte Mensch eines Tages tot ins Grab gesenkt worden war, so lebte das Herz weiter. *Das Herz lebte weiter.* Ein unheimlicher Gedanke, grausam, erschütternd und unentrinnbar.

Das Skalpell des Chirurgen war flink und präzise gewesen. So schmerzlich es auch war, es zu akzeptieren – es konnte nicht mehr ungeschehen gemacht werden. Das Herz lebte weiter, während die Seele auf unfaire Weise dem Untergang geweiht gewesen war. Die Seele würde endlos und vergeblich nach einer Heimat suchen, während das noch immer schlagende Herz fortfuhr, die Unantastbarkeit des Todes zu verspotten. Es sei denn…

Es gab einen Weg!

Plötzlich ließ das Klagen nach.

Der Atem wurde heftig und schnell vor Aufregung.

Der trauernde Mensch lauschte den plötzlich eintretenden wilden, fließenden, galvanisierenden Gedanken.

Die Idee nahm Gestalt an, teilte sich, weitete sich aus, rasch wie eine befruchtete Eizelle. Gerade eben geboren, sproß sie in einem Hirn, das seit Monaten vor Verzweiflung zu keinem klaren Gedanken fähig gewesen war.

Es gab einen Weg, diese unerträgliche Folter zu beenden. Nur einen einzigen Weg. Eine Lösung, die aus dieser einzelnen Zelle einer Idee blitzschnell entsprang und plötzlich vollends ausgeformt war. Sie wurde in Worte übertragen, die präzise geflüstert wurden, mit der Ehrfurcht eines Schülers, dem sich eine göttliche Mission offenbart.

»Ja. Natürlich, natürlich. Ich werde mein geliebtes Herz suchen. Und wenn ich es finde, dann werde ich es aus Erbarmen und Liebe, um unsere Seelen zu vereinen und uns Frieden zu schenken, zum Stillstand bringen.«

Kapitel 7

10. Oktober 1991

Cat Delaney schwebte wie ein schillernder Schmetterling durch den Festsaal, nur kurz aufleuchtend, um mit einer Schar Gäste zu plaudern, um dann zur nächsten Gruppe weiterzuflattern. Mit wem sie auch sprach, jeder war erstaunt über ihren Elan und ihre Ausgelassenheit.

»Sie ist unglaublich.«

Dr. Dean Spicer, der Cat von der Seite des Saals aus stolz beobachtet hatte, wandte sich zu dem Mann um, von dem dieses Kompliment stammte. Dean hatte Cat bereits zu zahllosen gesellschaftlichen Anlässen begleitet und kannte die meisten Leute, mit denen sie zusammenarbeitete. Dieser distinguierte Gentleman jedoch war ihm fremd.

»Ja, sie ist ziemlich unglaublich«, erwiderte er aus reiner Höflichkeit.

»Darf ich mich vorstellen? Bill Webster.« Dean stellte sich ebenfalls vor, und die beiden Männer gaben sich die Hand. »Waren Sie nicht Ms. Delaneys Kardiologe?«

»Anfangs ja.« Dean war geschmeichelt, daß sein Name seinem Gegenüber etwas sagte. »Bis unser persönliches Verhältnis dies verbot.«

Webster lächelte verständig, dann schaute er wieder zu Cat. »Sie ist eine ganz bezaubernde junge Dame.«

Dean fragte sich, wer dieser Webster sein mochte und weshalb er zu diesem feierlichen Empfang eingeladen worden war, den der Fernsehsender zur Feier von Cats einjährigem Jubiläum ihrer Herztransplantation ausgerichtet hatte. Zahlreiche Angestellte angeschlossener Sender waren anwesend, Werbekunden, Vertreter der Nachrichtenmedien, Talentagenten, Schauspieler und viele andere, die ein persönliches Interesse am Erfolg von *Der Lauf der Dinge* hatten.

Neugierig fragte Dean: »Woher kennen Sie mich?«

»Unterschätzen Sie Ihren Bekanntheitsgrad nicht, Dr. Spicer. Sie sind fast so berühmt wie Ihre Begleiterin.«

»Ach, na ja, die Boulevardpresse«, erwiderte Dean mit einer Zurückhaltung, die er gar nicht empfand. Er genoß den öffentlichen Rummel als Cat Delaneys »bedeutende Hälfte«, wie eine Hollywood-Klatschkolumnistin ihn getauft hatte.

»Die Publizität durch die Boulevardpresse hat Ihrem Ruf als Kardiologe keinen Abbruch getan«, sagte Webster.

»Vielen Dank.« Dean hielt inne. »Ich wünschte nur, ich könnte all meinen Patienten eine derart gute Prognose stellen wie Cat. Ihre Genesung war bemerkenswert.«

»Überrascht Sie das?«

»Im Gegenteil. Ich habe nichts anderes von ihr erwartet. Sie war nicht nur eine außergewöhnliche Patientin, sondern sie ist auch ein außergewöhnliches Individuum. Als sie die ersten kritischen Wochen der Genesung hinter sich hatte, beschloß sie, hundert Jahre alt zu werden. Was sie auch schaffen wird. Ihr größter Vorteil ist ihr Optimismus. Das gesamte Transplantationsteam unserer Klinik ist stolz auf sie.«

»Ich nehme mal an, daß sie eine sehr effektive Befürworterin von Organtransplantationen ist.«

»Sie wirbt für Spendenbewußtsein und besucht regelmäßig Patienten, die auf Organspenden warten. Wenn sie niedergeschlagen sind, spricht sie ihnen Mut zu, die Hoffnung nicht aufzugeben. Sie halten sie für einen Engel.« Er lächelte voller Zuneigung. »Die kennen sie natürlich nicht so gut wie ich. Sie hat das feurige Temperament, für das Rothaarige bekannt sind.«

»Aber trotz ihres Temperaments zählen Sie augenscheinlich zu ihren Bewunderern.«

»Und ob. Wir planen sogar, bald zu heiraten.«

Was nicht ganz der Wahrheit entsprach. *Er* plante, Cat zu heiraten. Sie sträubte sich immer noch. Er hatte ihr schon mehrmals angeboten, in sein Haus in Beverly Hills zu ziehen, doch sie wohnte weiterhin in ihrem Strandhaus in Malibu und behauptete, das Meer wirke auf sie therapeutisch und sei aufbauend für ihr geistiges und körperliches Wohlergehen. »Der Blick aufs Meer gibt mir neue Kraft.« Sie beharrte ebenfalls darauf, daß ihre Ungebundenheit wichtig für ihre Gesundheit sei.

Dieses Beharren auf ihrer Unabhängigkeit war ein fadenscheiniger Grund, nicht zu heiraten. Dean war ganz sicher nicht darauf aus, sie an den heimischen Herd zu verbannen, sobald sie seine Frau geworden war. Im Grunde wollte er sogar, daß sie ihre Karriere fortsetzte. Eine Hausfrau war das letzte, was er sich wünschte.

Es gab für beide keine anderen Verabredungen. Keine Geister aus früheren Beziehungen suchten sie heim. Nach Cats vollständiger Genesung hatte Dean erfreut festgestellt, daß sie auch sexuell zusammenpaßten. Beide waren sie finanziell unabhängig, so daß es auch nicht um große Einkommensunterschiede ging. Er sah beim besten Willen keinen einleuchtenden Grund für ihre fortgesetzten Ablehnungen seiner Anträge.

Bislang hatte er sich geduldig nach ihren Wünschen gerichtet, doch nun, da ihre Transplantation als voller Erfolg galt und Cat fest etabliert war in ihrer Serie, war er entschlossen, etwas mehr Druck auf sie auszuüben.

Er würde nicht aufgeben, bis Cat Delaney ganz ihm gehörte.

»Dann sind wohl Glückwünsche angebracht.« Webster hob sein Champagnerglas.

Dean erwiderte Bill Websters Lächeln und stieß mit ihm an.

Während sie der peinlichen Lobhudelei eines Werbemenschen – die nie einen Patienten einer Herztransplantation auch nur angefaßt hatte – auf ihren unglaublichen Mut lauschte, schaute Cat über seine Schulter zu Dean und dem Mann, mit dem er sich schon seit einigen Minuten unterhielt. Sie kannte ihn nicht; ihre Neugier war geweckt.

»Noch mal vielen Dank für all die Karten, die Sie mir in die Klinik geschickt haben.« So höflich wie möglich zog sie ihre Hand aus der des Werbemenschen. »Bitte entschuldigen Sie mich jetzt. Ich habe gerade einen guten Freund entdeckt, den ich schon lange nicht mehr gesehen habe.«

Mit der geübten Leichtigkeit einer Diplomatin bahnte sie sich ihren Weg durch die Menge. Mehrere Gäste versuchten, sie in ein Gespräch zu verwickeln, aber sie blieb jeweils nur kurz stehen, um Artigkeiten auszutauschen und sich für Komplimente und Glückwünsche zu bedanken.

Weil sie vor ihrer Operation lange Zeit sehr mitgenommen ausgesehen hatte, nahm sie die Komplimente, wie fabelhaft sie heute abend aussehe, gern entgegen. Und sie waren auch gerechtfertigt. Ihr Haar glänzte wieder, auch wenn es nun ein dunkleres Rot bekommen hatte durch die Stereoide, die sie nach dem Eingriff hatte einnehmen müssen. Für die heutige Feier hatte sie es zu einem lockeren Knoten frisiert.

Ihre Augen, die von der Presse gern und häufig als »laserstrahlblau« beschrieben wurden, wurden wirkungsvoll durch ihr Make-up betont. Ihr Teint war so rosig wie noch nie. Und sie zeigte reichlich Haut in ihrem engen, rückenfreien und ärmellosen schwarzen Paillettenkleid.

Selbstverständlich war es am Hals hochgeschlossen. Sie wollte nämlich nicht, daß jemand ihren »Reißverschluß« sah, wie sie die Narbe nannte, die vertikal von ihrer Kehle bis zum Zentrum ihres Brustknochens, dort wo sich die Rippen trennten, verlief. Ihre gesamte Garderobe war danach ausgewählt, diese Narbe zu verdecken. Dean betonte zwar unablässig, sie sei doch kaum noch zu erkennen und verblasse mit jedem Tag mehr, aber sie selbst konnte sie noch immer deutlich sehen.

Sie war sich natürlich bewußt, daß diese Narbe ein geringer Preis für ihr neues Herz war. Ihre Verlegenheit darüber stammte unzweifelhaft aus ihrer Kindheit, als sie oft auf grausame Weise von ihren Mitschülern gehänselt worden war. Damals hatte sie ihr ständiges Kranksein zu einem beliebten Objekt der allgemeinen Neugier gemacht, heute war es ihre Herztransplantation. Sie hatte noch nie Mitleid oder Ehrfurcht von anderen gewollt, also versteckte sie ihre Narbe sorgsam.

So gut sie sich heute abend auch fühlte – sie würde ihre Gesundheit niemals für selbstverständlich nehmen, zu frisch war ihre Krankheit noch in Erinnerung. Sie war froh, am Leben und in der Lage zu sein, zu arbeiten. Ihre Rolle der Laura Madison und sämtliche damit verbundenen Strapazen hatten keine gesundheitlichen Probleme heraufbeschworen. Heute, ein Jahr nach ihrer Operation, fühlte sie sich besser denn je.

Schmunzelnd trat sie hinter Dean und hakte sich bei ihm ein. »Wie kommt's, daß die beiden attraktivsten Männer weit und breit sich so abkapseln und den Rest von uns ihrer Gegenwart berauben?«

Dean lächelte. »Danke für das Kompliment.«

»Dem kann ich mich nur anschließen«, sagte der andere Mann. »Zumal es von der schönsten Frau des Abends kommt.«

Sie deutete neckisch einen Knicks an, dann streckte sie lächelnd die Hand aus. »Cat Delaney.«

»Bill Webster.«

»Aus...?«

»San Antonio, Texas.«

»Oh, richtig! WWSA! Sie sind der berühmte Webster.« Sie wandte sich zu Dean und sagte im Bühnenflüsterton: »Großes Tier. Eigner und Vorstandsvorsitzender des Senders. Mit anderen Worten: nett zu ihm sein.«

Webster lachte amüsiert.

Sein Name war in der Branche bekannt und respektiert. Er war in den Fünfzigern, mit grauen Schläfen und gebräuntem Teint; eine Reife, die ihm sehr gut stand. Cat mochte ihn auf Anhieb.

»Sie sind kein gebürtiger Texaner, nicht wahr?«

»Sie haben ein gutes Ohr.«

»Und tolle Beine«, lachte sie augenzwinkernd.

»Dem kann ich nur beipflichten«, sagte Dean.

Wieder lachte Webster. »Ich komme aus dem Mittelwesten. Lebe seit fünfzehn Jahren in Texas. Ist meine zweite Heimat geworden.«

»Danke, daß Sie sich lange genug loseisen konnten, um zu dieser Party zu kommen«, sagte sie aufrichtig erfreut.

»Hätte ich mir um nichts entgehen lassen.« Er nickte Dean zu. »Dr. Spicer und ich haben gerade über Ihre bemerkenswerte Genesung gesprochen.«

»Ihm gebührt das Lob«, sagte sie mit einem Lächeln zu Dean. »Ihm und all den Ärzten und Schwestern des Transplantationsteams. Sie haben all die Arbeit gemacht. Ich war nur das Versuchskaninchen.«

Dean legte ihr einen Arm um die schlanke Taille und sagte stolz: »Sie ist die ideale Patientin gewesen, zuerst für mich, dann für Dr. Sholden, der ihren Fall übernahm, als unsere Beziehung an einen Punkt kam, wo sie sich mit medizinischen Überlegungen mischte. Und wie Sie sehen – es hat funktioniert.«

»Zumindest dann«, sagte Cat theatralisch, »als die Dosis der Stereoide verringert wurde. Natürlich mußte ich auf meinen Schnurrbart und die Hamsterbacken verzichten, aber man kann nicht alles haben.«

Die unangenehmen Nebeneffekte der Stereoide waren mit geringerer Dosierung verschwunden. Sie legte die verlorenen Pfunde wieder zu und hielt nun ihr Idealgewicht von vor der Operation.

Sie hatte schon von jeher keine kurvenreiche Figur gehabt. Sie war ein dürres Kind gewesen, und die Pubertät hatte nicht die ersehnten üppigeren Formen gebracht. Die scharfe Kontur ihres Gesichts und ihr leuchtender Teint, dazu die Haarfarbe, das waren eindeutig ihre Vorzüge, und sie lernte, diese optimal zur Geltung zu bringen. Die Kameras liebten sie.

»Ich bin ein hoffnungsloser Fan von Ihnen, Ms. Delaney«, sagte Bill Webster.

»Bitte sagen Sie Cat. Und Fans wie Sie sind mir die liebsten.«

»Nur eine sehr wichtige Verabredung zum Geschäftsessen kann mich davon abhalten, täglich Ihre Serie einzuschalten.«

»Ich fühle mich geschmeichelt.«

»*Der Lauf der Dinge* hat den großen Erfolg ohne Frage Ihnen und Ihrer Rolle als Laura Madison zu verdanken.«

»Vielen Dank, aber das ist denn wohl doch des Lobs zuviel. Die Serie war bereits erfolgreich, bevor ich dazukam. Und die Einschaltquoten haben sich auch während meines vorübergehenden Ausstiegs gehalten. Ich teile also den Erfolg mit allen an der Serie Beteiligten, den Autoren, der ganzen Crew.«

Webster schaute zu Dean. »Ist sie immer so bescheiden?«

»Leider ja, fürchte ich.«

»Sie können sich glücklich schätzen.«

»Hey, Jungs«, sagte Cat, »ich denke, es ist nur fair, euch zu warnen, daß ich es auf den Tod nicht ausstehen kann, wenn in meiner Anwesenheit über mich geredet wird.«

»Bitte vielmals um Vergebung«, sagte Webster. »Ich habe nur unser Gespräch wieder aufgegriffen, bevor Sie sich zu uns gesellten. Ich hatte Dr. Spicer gerade meine Glückwünsche zu Ihrer bevorstehenden Hochzeit ausgesprochen.«

Cats Lächeln erlosch. Sie spürte zornige Röte auf ihren Wangen. Das war nicht das erste Mal, daß Dean das gesagt hatte. Sein Selbstverständnis ließ ihn ihre Ablehnung auf seine wiederholten Anträge einfach nicht ernst nehmen.

Anfangs hatte ihre sich vertiefende Beziehung seine Objektivität als ihr behandelnder Kardiologe beeinträchtigt. Während ihrer Krankheit und in der Zeit nach der Operation hatte sie sich auf diese Freundschaft gestützt. Während des vergangenen Jahres war diese noch tiefer und reifer geworden. Er *war* ihr wichtig, doch er verstand die Natur ihrer Liebe zu ihm weiterhin falsch.

»Danke, Bill, sehr nett. Aber Dean und ich haben noch keinen endgültigen Termin festgelegt.«

Trotz ihres Bemühens, sich ihre Verärgerung nicht anmerken zu lassen, mußte Webster es gespürt haben. Verlegen räusperte er sich und sagte: »Nun, da warten bestimmt eine Menge Leute darauf, mit Ihnen zu reden, Cat. Also sage ich für heute auf Wiedersehen.«

Sie gab ihm die Hand. »War mir ein Vergnügen, Ihre Bekanntschaft gemacht zu haben. Ich hoffe, wir sehen uns bald mal wieder.«

Er erwiderte ihren Händedruck. »Worauf Sie sich verlassen können.« Und genau das tat sie.

Kapitel 8

10. Oktober 1991

Der neue Tag war erst wenige Minuten alt, als sie fanden, daß sie genug von den Videospielen hatten.

Nach der Dunkelheit der Spielhalle, in der sich die einzelnen Gesichter kaum voneinander unterscheiden ließen, wirkte das gleißende Licht des menschenleeren Einkaufszentrums unnatürlich grell. Sie lachten, weil sich ihre Augen erst daran gewöhnen mußten.

Die Geschäfte, Cafés und Imbisse des Einkaufszentrums waren schon seit Stunden geschlossen. Ihre Stimmen hallten in der leeren Halle wider, aber es war eine Erholung, sich unterhalten zu können, ohne sich über das Getöse in der Automatenspielhalle hinweg anschreien zu müssen.

»Und du bist sicher, daß das in Ordnung geht?«

Jerry Ward warf seinem neuen Bekannten diesen hochnäsigen, selbstsicheren Blick eines sorglosen, gut erzogenen Sechzehnjährigen zu. »Meine Alten schlafen schon. Die bleiben nicht mehr wegen mir auf.«

»Ich weiß nicht. Sieht doch bestimmt komisch aus, daß du mich einfach so zu dir nach Hause einlädst. Ich meine, wo wir uns doch gar nicht kennen.«

»Gibt's 'ne bessere Art, sich kennenzulernen?« Jerry sah, daß er noch immer Überzeugungsarbeit leisten mußte. »Schau, du bist gerade vor die Tür gesetzt worden und brauchst einen Job, richtig? Mein Dad hat eine Firma. Er stellt ständig neue Leute ein.

Und heute nacht brauchst du einen Platz zum Pennen. Ich erspare dir ein teures Hotel, wenn du bei uns übernachtest. Wir haben ein Gästezimmer. Wenn du dir Gedanken machst, was meine Eltern darüber denken, dann wecke ich dich vor ihnen auf, lasse dich morgen früh raus und mache dich später mit ihnen bekannt. Sie müssen gar nicht mitkriegen, daß du bei uns geschlafen hast. Also, entspann dich.« Er lachte und breitete die Arme weit aus. »Okay? Alles klar?«

Jerrys liebenswerte Art war ansteckend und wurde mit einem unsicheren Lächeln beantwortet. »Alles klar.«

»Astrein. Oh, wow! Guck dir mal die Blades an!« Jerry lief zur Auslage eines Sportgeschäftes. Im Schaufenster waren Inline-Skates samt Sicherheitsutensilien ausgestellt. »Guck dir mal die an, die mit den grünen Rädern. Die sind *stark*. Die wünsch ich mir zu Weihnachten. Und den Helm auch. Das komplette Outfit.«

»Ich bin noch nie mit solchen Dingern gelaufen. Sieht gefährlich aus.«

»Sagt meine Mom auch dauernd, aber ich denke, bis Weihnachten hat sie sich eingekriegt. Sie ist so froh, daß ich endlich wieder normale Sachen machen kann, daß sie echt ein weiches Herz hat.« Jerry schaute mit einem letzten sehnsüchtigen Blick ins Schaufenster, ehe er weiterging.

»Was meinst du mit ›normalen Sachen‹?«

»Was? Ach, nichts.«

»'tschuldige. Wollte meine Nase nicht in Privatangelegenheiten stecken.«

Jerry hatte es nicht böse gemeint. Aber er war so viele Jahre lang schwächlich gewesen, daß er die Erinnerung an seine Gebrechlichkeit haßte.

»Es ist nur... schau, ich war sehr krank als Kind. Ich meine, echt krank. Seit ich fünf war bis letztes Jahr. Morgen ist es genau ein Jahr her. Mom schmeißt eine große Party, um es zu feiern.«

»Feiern? Was feiern? Wenn es dir nichts ausmacht, wenn ich frage.«

Sie kamen zum Ausgang. Der Mann vom Wachpersonal saß zusammengesunken auf einer Bank und schlief tief und fest. Jerry sah mit skeptischem Blick zu seinem neuen Freund. »Versprichst du mir, daß du mich nicht für ein Monster hältst, wenn ich es dir erzähle?«

»Versprochen.«

»Na ja, es gibt Leute, die reagieren total komisch drauf.« Jerry schnappte kurz nach Luft. »Ich hatte eine Herztransplantation.«

Dieser Satz wurde mit einem ungläubigen Staunen beantwortet. »Ja, klar.«

»Ich schwör's. Bin fast dabei draufgegangen. Sie haben gerade noch rechtzeitig ein Herz für mich auftreiben können.«

»Im Ernst? Heiliger Himmel!«

Jerry lachte. »O ja. Meine Alten glauben auch, daß Er was damit zu tun hat. Komm.« Er stieß die Tür auf, und ein kalter, feuchter Wind schlug ihm entgegen. »Ach, Scheiße. Es regnet schon wieder. Jedesmal, wenn's so gießt, steigt der Fluß bei uns über die Ufer. Wo hast du dein Auto?«

»Da drüben.«

»Da hab ich auch geparkt. Soll ich mitkommen?«

»Nicht nötig. Warte einfach vor *Sears* auf mich. Ich folge dir dann.«

Jerry streckte seinen Daumen in die Höhe, zog die Kapuze seines Anoraks über den Kopf und lief hinaus in den Regen. Er sah nicht, wie sein Begleiter zum schlafenden Wächter schaute.

Nach der erfolgreichen Operation hatten die Wards Jerry einen nagelneuen Pick-up geschenkt. Mit dem fuhr er nun stolz vor *Sears* vor, hupte zweimal und sah dann im Rückspiegel, wie ihm der andere Wagen folgte.

Er sang laut zu der Musik aus dem Radio mit, während er über die ihm vertrauten Straßen aus Memphis hinaus in eine ländliche Gegend fuhr. Er fuhr mit mäßigem Tempo, damit der andere ihm bequem folgen konnte. Wenn man sich in diesem Teil der Wälder nicht auskannte, konnte man sich nach Einbruch der Dunkelheit leicht verfahren.

Als er sich der schmalen Brücke näherte, verlangsamte Jerry die Geschwindigkeit. Wie er vorausgesagt hatte, war der Fluß unter der Brücke zu einem reißenden Strom angestiegen. Er war fast auf der Mitte der Brücke, als sein Pick-up von hinten gerammt wurde.

»Was zum –«

Der Aufprall schleuderte Jerry nach vorn, doch sein Sicherheitsgurt hielt ihn. Dann schnellte er wieder zurück; ein Gefühl, als wäre ihm ein heißer Stachel durch den Nacken gedrungen.

Er schrie vor Schmerz auf. Gerade als er das Lenkrad losließ, rammte ihn das andere Fahrzeug erneut. Holz splitterte und zerbarst, als der Pick-up durch das morsche Geländer schoß. Nur für einen kurzen Augenblick schwebte der Wagen in der Luft, dann tauchte der Kühler in das wirbelnde, schwarze Wasser. Innerhalb von Sekunden schlug die Gischt gegen die Windschutzscheibe.

Jerry schrie heiser auf und tastete nach dem Verschluß des Sicherheitsgurts. Der sprang auf, und er war frei. In der Dunkelheit suchte er nach dem Türgriff und zerrte mit aller Kraft daran, bis ihm einfiel, daß die Türen automatisch verriegelt waren, wenn der Motor lief. Scheiße.

Er spürte das Wasser an seinen Knien. Er zog die Beine an und trat gegen die Seitenscheibe, trat mit aller Kraft, bis das Glas splitterte. Doch es war der Druck des Wassers, der die Scheibe schließlich bersten ließ.

Die Wassermassen drangen ins Wageninnere und fluteten innerhalb von Sekunden die Fahrerkabine des Trucks.

Jerry hielt den Atem an, obwohl ihm bewußt war, daß sein Leben vorbei war. Der Tod, dem er auf so wundersame Weise während seiner Kindheit getrotzt hatte, nahm sich schließlich, was ihm zustand.

Er war auf dem Weg in den Himmel. Genauer gesagt, ein Fremder hatte ihn auf diesen Weg geschickt.

Und so waren Jerry Wards letzte Gedanken die der Wut und Verwunderung.

Warum?

Kapitel 9

Sommer 1992

»Du bist sauer.« Das war ganz eindeutig keine Frage, die Dean stellte.

Cat starrte weiterhin durch die Windschutzscheibe seines Jaguars. »Wie kommst du denn darauf?«

»Du hast schon seit zwanzig Minuten kein Wort mehr gesagt.«

»Das machst *du* doch für mich. Du hast schon wieder versucht, mich vor vollendete Tatsachen zu stellen.«

»Cat, ich habe mich während des Essens nur mit meiner Tischnachbarin unterhalten.«

»Die mich hinterher wegen der Details unserer bevorstehenden Hochzeit gelöchert hat.« Sie wandte sich zu ihm um. »Du mußt ihr gegenüber so getan haben, als stünde sie unmittelbar bevor. Nur leider haben wir keinerlei Heiratspläne.«

»Und ob.«

Cat hätte heftig widersprochen, aber in diesem Moment bog er auf die halbrunde Auffahrt vor seinem Haus ein. Wie auf Stichwort erschien die Haushälterin zur Begrüßung am Eingang. Cat lächelte und sagte kurz hallo, als sie das hohe Foyer betrat. Von Hauspersonal bedient zu werden, war ihr unangenehm. Dean dagegen wurde spielend damit fertig.

Cat bereute, daß sie eingewilligt hatte, bei ihm zu Hause zu übernachten. Sie hatte es nur getan, weil der Abend versprach, lang zu werden, und sie sich die weite Fahrt zurück nach Malibu und am nächsten Morgen von dort ins Studio ersparen wollte.

Sollte sich ihr schwelender Streit so entwickeln, wie sie es befürchtete, würde sie sich ein Taxi rufen. Sie ging ins Arbeitszimmer, das sie den übrigen Zimmern des Hauses vorzog, weil es das gemütlichste und am wenigsten formelle war.

»Möchtest du was trinken?« fragte Dean, der ihr folgte.

»Nein, danke.«

»Einen Happen zu essen? Hab gesehen, daß du dein Abendessen kaum angerührt hast. Bist viel zu beschäftigt gewesen, dich mit Bill Webster zu unterhalten.«

Sie ignorierte diese Bemerkung. Seit ihrer ersten Begegnung hatte sie den texanischen TV-Boß noch einige Male bei offiziellen Anlässen getroffen. Dean hatte ein völlig falsches Bild von dieser Sache. »Nein, danke. Ich bin nicht hungrig.«

»Ich kann dir von Celeste schnell was machen lassen.«

»Ist wirklich nicht nötig, sie zu bemühen.«

»Aber sie kriegt Geld dafür. Was möchtest du?«

»Nichts!« Der scharfe Ton tat ihr leid, und sie holte tief Luft, um sich zu beruhigen. »Bitte verhätschel mich nicht, Dean. Wenn ich hungrig wäre, würde ich es schon sagen.«

Er verließ das Arbeitszimmer nur kurz, um die Haushälterin für den Rest des Abends zu entlassen. Als er zurückkam, stand Cat mit dem Rücken zum Raum am Fenster und schaute hinaus auf den Ziergarten. Sie hörte Dean näher kommen, drehte sich aber nicht um.

Er legte ihr sanft die Hände auf die Schultern. »Es tut mir

leid. Ich habe nicht geahnt, daß eine lockere Bemerkung gleich solche Wellen schlagen würde. Warum heiraten wir nicht einfach und ersparen uns dieses ständige Hickhack?«

»Wohl kaum ein guter Grund für eine Heirat.«

»Cat.« Sein Griff an ihrer Schulter wurde fester, und er drehte sie zu sich herum. »Das ist auch nicht der Grund, warum ich dich heiraten will.«

Gleichgültig, worüber sie auch redeten – das Wetter, ihre Lieblingseissorte, die Verschuldung der öffentlichen Kassen –, sie landeten stets bei diesem Thema. Sie schloß die Augen. »Ich möchte heute abend nicht schon wieder damit anfangen, Dean.«

»Ich bin geduldig gewesen, Cat.«

»Ich weiß.«

»Unsere Hochzeit muß ja kein großer Medienzirkus werden. Wir könnten nach Mexiko oder Vegas fliegen und es hinter uns bringen, ehe auch nur ein einziger Reporter Wind davon bekommt.«

»Das ist es nicht.«

»Was denn dann?« drängte er. »Erzähl mir jetzt bloß nicht wieder, daß du dein Haus in Malibu nicht aufgeben willst oder daß du Angst hast, deine Unabhängigkeit zu verlieren. Das sind doch abgedroschene Argumente. Wenn du mir weiterhin einen Korb gibst, dann wirst du dir allmählich was Besseres einfallen lassen müssen.«

»Es sind gerade mal eineinhalb Jahre seit meiner Transplantation vergangen«, sagte sie leise.

»Und?«

»Und du lädst dir möglicherweise eine Frau auf, die den Großteil ihres und deines Lebens im Krankenhaus verbringt.«

»Es hat noch kein einziges Anzeichen von Abstoßung gegeben.« Er hob den Zeigefinger. »Nicht ein einziges, Cat.«

»Aber es gibt keine Garantie, daß es nicht doch geschehen

wird. Manche Patienten leben jahrelang mit ihrem neuen Herzen, und dann peng! Ohne ersichtlichen Grund wird es abgestoßen.«

»Und manche sterben an Ursachen, die absolut nichts mit ihrem Herzen zu tun haben. Immerhin besteht eine Chance von eins zu einer Million, vom Blitz getroffen zu werden.«

»Ich meine es ernst.«

»Ich auch.« Er entschärfte seinen Ton. »Viele Transplantationspatienten haben zwanzig Jahre und mehr ohne jedes Anzeichen von Abstoßung gelebt, Cat. Und die haben ihr Herz bekommen, als diese Art von Operationen noch im Experimentierstadium waren. Die Technologie hat in der Zwischenzeit große Fortschritte gemacht. Du hast eine ausgezeichnete Chance, ein ganz normales und langes Leben zu leben.«

»Und jeden Tag dieses ›normalen Lebens‹ werden meine Lebenszeichen überwacht.«

Er schaute sie irritiert an.

»Ich war zuerst deine Patientin, Dean, ehe ich deine Freundin und Geliebte wurde. Ich denke, du wirst mich immer als Patientin betrachten.«

»Unsinn.«

Doch sie wußte es besser. Er gab ständig auf sie acht, eine unentwegte Erinnerung an ihre einstige Zerbrechlichkeit. Er behandelte sie noch immer, als wäre sie aus Glas. Selbst wenn sie sich liebten, tat er es, als habe er Angst, sie könne zerbrechen. Diese Zurückhaltung gab ihr eher das Gefühl, betrogen, nicht begehrt, zu werden, und sie wirkte wie eine kalte Dusche auf ihre Leidenschaft.

Aus Furcht, sein Ego zu verletzen, hatte sie ihre Frustration im stillen ausgetragen, während sie sich danach sehnte, wie eine Frau behandelt zu werden, ohne gleich als Patientin einer Herztransplantation eingestuft zu werden. Bei Dean hatte sie große Zweifel, ob dies jemals der Fall sein würde.

Doch sie wußte auch, daß seine übereifrige Beschützerhaltung nur ein Symptom war. Das wahre Problem war, daß sie ihn nicht liebte. Nicht so, wie sie sollte, um eine Ehe mit ihm einzugehen. Das Leben wäre einfacher, wenn sie ihn lieben würde. Mitunter wünschte sie sich sehr, es sei so.

Sie hatte versucht, auf seine Gefühle Rücksicht zu nehmen, doch nun war sie der Ansicht, daß es an der Zeit war, die Dinge klipp und klar beim Namen zu nennen.

»Ich will dich nicht heiraten, Dean. Ich empfinde sehr viel für dich. Ohne dich hätte ich es niemals geschafft.« Ihm zärtlich zulächelnd, fügte sie hinzu: »Aber ich bin nicht gerade Hals über Kopf in dich verknallt.«

»Das ist mir klar. Ich erwarte das auch gar nicht von dir. So was ist für Teenager. Über derartige romantische Albernheiten sind wir doch hinaus. Und wir beide geben ein gutes Team ab.«

»Ein Team«, wiederholte sie. »Das finde ich auch nicht so toll. Ich habe seit meinem achten Lebensjahr zu niemandem mehr gehört, als meine Eltern ... starben.«

»Um so mehr ein Grund, dich umsorgen zu lassen.«

»Aber das will ich gar nicht! Ich möchte ich sein. Cat. Die *neue* Cat. Die gesunde, starke Cat. Seit meiner Operation ist jeder Tag eine Entdeckung meines neuen Ichs. Ich gewöhne mich gerade erst wieder an diese Frau, die Treppen steigen kann, anstatt den Fahrstuhl nehmen zu müssen. Die sich die Haare in drei Minuten waschen kann und nicht mehr eine halbe Stunde dafür braucht.«

Sie preßte die Fäuste gegen die Brust. »Zeit hat eine ganz neue Dimension für mich, Dean. Sie ist kostbar. Ich wache sorgsam über die Zeit, die ich für mich habe. Bis ich diese neue Cat Delaney noch nicht ganz kenne, bin ich nicht bereit, sie mit einem anderen Menschen zu teilen.«

»Ich verstehe«, sagte er gespreizt und klang eher beleidigt als betrübt.

Sie lachte. »Nun hör auf zu schmollen. Das nehme ich dir nicht ab. Du wirst schon nicht davon sterben, daß wir nicht heiraten. Was du am meisten an mir liebst, ist doch meine Popularität. Du liebst es, mit mir im Rampenlicht zu stehen, zu Hollywood-Premieren zu gehen und dich im *Spago's* in Begleitung eines Fernsehstars sehen zu lassen.« Sie nahm die Pose eines Starlets ein, eine Hand auf der Hüfte, die andere hinter dem Kopf.

Er lachte; sein verschmitztes Grinsen war so gut wie ein Eingeständnis. Doch sie ließ nicht locker. »Mal ehrlich, Dean. Wenn ich eine kleine Verkäuferin in einem Supermarkt wäre, würdest du dann auch um meine Hand anhalten?« Sie hatte den Kern getroffen, und sie beide wußten es.

»Du bist eine eiskalte Frau, Cat Delaney.«

»Ich spreche nur die Wahrheit aus.«

Wäre Deans Liebe zu ihr anderer Natur gewesen, hätte sie die Beziehung schon längst beendet, um ihm wirklichen Kummer zu ersparen. So aber gab er zu, sie nur so sehr zu lieben, wie er in der Lage war, zu lieben.

Er schloß sie in die Arme und küßte sie auf die Stirn. »Auf meine Weise, Cat, liebe ich dich und will dich auch heiraten, aber fürs erste gebe ich nach. Fair genug?«

Sie hatten nichts wirklich gelöst, aber zumindest war ihr eine weitere Gnadenfrist eingeräumt worden. »Fair genug.«

»Gut.« Er drückte sie an sich. »Bereit fürs Bett?«

»Ich würde gern vorher noch ein paar Bahnen schwimmen.«

»Allein?«

Er machte sich nicht sonderlich viel aus Schwimmen, was eine Schande war, weil er einen Pool hatte, umgeben von üppigem Grün, der prächtiger war als eine Lagune in den Tropen.

»Geh du schon hoch«, sagte sie. »Ich komme bald nach.«

Er lief die geschwungene Treppe in den zweiten Stock

hinauf. Cat ging durch die geöffneten Terrassentüren hinaus und folgte dem Steinweg durch den manikürten Garten zum Pool. Ohne jede Verlegenheit streifte sie ihr Kleid ab, entledigte sich ihrer Stockings und des Slips, dann ließ sie sich nackt in das herrlich kühle Wasser gleiten. Es fühlte sich reinigend an. Vielleicht würde es die nagende Unzufriedenheit fortwaschen, die ihr schon seit Monaten zu schaffen machte, nicht nur wegen Dean, sondern wegen ihres Lebens im allgemeinen.

Sie schwamm drei Züge, ehe sie sich auf dem Rücken liegend treiben ließ. Es war noch immer ein Wunder für sie, daß sie schwimmen konnte, ohne nach Luft schnappen oder Angst haben zu müssen, ihr Herz würde komplett aussetzen. Vor eineinhalb Jahren hätte sie ein solches Kunststück nicht für möglich gehalten. Und sie wäre gestorben, wenn nicht ein anderer Mensch vor ihr gestorben wäre.

Dieser Gedanke ging ihr nie ganz aus dem Kopf, und wenn sie sich dieser Tatsache in vollem Ausmaß bewußt wurde, war es wie ein Schlag. Nun trieb er sie aus dem Pool. Zitternd tapste sie auf Zehenspitzen zur Cabana und schlang sich ein großes Handtuch um den Körper.

Doch der Gedanke ließ sie nicht los: Der Tod eines anderen Menschen hatte ihr das Geschenk des Lebens bereitet.

Sie hatte Dean und auch jedem anderen des Transplantationsteams deutlich gesagt, daß sie nicht wissen wollte, wer der Spender ihres neuen Herzens gewesen war.

Nur selten ließ sie den Gedanken an diese anonyme Person als Individuum zu, mit einer Familie, die ein ungeheures Opfer gebracht hatte, damit sie, Cat, weiterleben konnte. Wenn sie es erlaubte, über diese namenlosen Menschen nachzudenken, kam ihr ihre doppeldeutige Unzufriedenheit wie der Mount Everest der Selbstsucht und des Selbstmitleids vor. Ein Leben war erloschen; sie hatte ein zweites bekommen.

Sie machte es sich auf einem der Liegestühle bequem, schloß die Augen und dachte über ihr Glück nach. Sie hatte die überwältigenden Nachteile einer unglücklichen Kindheit gemeistert, hatte ihren Traum verfolgt und wahr werden lassen. Sie war auf dem Höhepunkt ihrer Karriere und arbeitete mit talentierten Menschen, die sie mochten und bewunderten. Geld verdiente sie mehr als genug; es fehlte ihr an nichts. Sie wurde vergöttert und begehrt von einem gutaussehenden, kultivierten, höchst angesehenen Kardiologen, der das Leben eines Prinzen führte.

Warum also diese vage Ruhelosigkeit, diese innere Unruhe, die sie weder erklären noch vertreiben konnte? Ihr Leben, so hart errungen, schien nun ohne Sinn und Ziel. Sie sehnte sich nach etwas, was sie nicht beschreiben oder identifizieren konnte, etwas jenseits ihrer Einschätzung und ihres Zugriffs.

Was konnte sie nur wollen, was sie nicht schon hatte? Was konnte sie noch verlangen, wenn sie bereits das Geschenk des Lebens erhalten hatte?

Plötzlich setzte sich Cat auf; Einsicht erfüllte sie mit neuer Energie.

Zweifel an sich selbst konnten eine positive Motivation sein, und ein selbstkritisches Hinterfragen war nicht falsch. Was nicht stimmte, war allerdings die Tendenz dieser Selbstanalyse.

Anstatt sich zu fragen, was sie noch wollen könnte, sollte sie sich vielleicht besser fragen, was sie in der Lage war, zu *geben.*

Kapitel 10

10. Oktober 1992

In ihrem Haus duftete es stets nach etwas, das gerade frisch aus dem Ofen kam. An diesem Morgen waren es Kekse. Goldgelb und mit Zucker bestreut, kühlten sie nun auf einem Rost auf dem Küchentisch aus, gleich neben einem Schokoladenkuchen und zwei Obsttorten.

Rüschenvorhänge wehten an den offenen Fenstern. Am Kühlschrank waren mit kleinen Magneten Valentinskarten aus rotem Bastelpapier und weiße Papierdecken angebracht, Thanksgiving-Truthähne, um kleine Fingerabdrücke herum gemalt, und Weihnachtsengel, die eine beunruhigende Ähnlichkeit mit Halloween-Fledermäusen hatten. All das Kunstwerke einer großen Enkelschar.

Sie beantwortete das Klopfen an der hinteren Küchentür mit einem Lächeln und bedeutete ihrem Besucher mit einem Winken, hereinzukommen.

»Allen in der Nachbarschaft läuft schon das Wasser im Mund zusammen. Ich konnte die Kekse bereits riechen, als ich aus der Tür kam.«

Ihr rundliches Gesicht war gerötet von der Hitze des Backofens. Als sie lächelte, gruben sich Falten in die Winkel ihrer lebhaften, arglosen Augen. »Greifen Sie doch zu, solange sie noch warm sind.« Sie deutete auf das Gebäck.

»Nein. Die sind doch für Ihre Party.«

»Nehmen Sie einen. Ich möchte Ihre Meinung hören. Aber seien Sie ehrlich.« Sie nahm einen der Kekse und hielt ihn ihrem Besucher erwartungsvoll hin.

Weil es unhöflich wäre, abzulehnen, griff der Besucher zu. »Mm. Köstlich. Genauso hat meine Oma sie auch immer gebacken.«

»Sie haben mir nie von Ihrer Familie erzählt. In den ganzen drei Monaten nicht, die wir nun schon Tür an Tür wohnen.« Ihm den Rücken zukehrend, machte sie sich daran, die Töpfe, Meßbecher und Schüsseln auszuspülen, die sie in der Spüle eingeweicht hatte.

»Da gibt es nicht viel zu erzählen. Mein Vater war beim Militär. Wir sind sehr oft umgezogen, als ich ein Kind war. Zwölf Klassen, zwölf Schulen.«

»Das kann sehr hart für ein Kind sein.« Ihr für gewöhnlich heiteres Lächeln wurde zu einem mitfühlenden Stirnrunzeln.

»Aber, aber! Keine betrübten Gedanken heute! Das ist ein Befehl! Ich erkläre diesen Tag zum Tag Ihrer Feier! *Ihrem* Tag.«

Sie kicherte wie ein kleines Mädchen, auch wenn sie schon weit in den Fünfzigern war. »Ich habe noch soviel zu erledigen bis heute nachmittag. Fred macht früher Schluß heute. Hat gesagt, daß er bis um zwei zu Hause ist. Die Kinder müßten mit ihren Familien so gegen fünf kommen.«

»Sie können doch unmöglich alles allein machen. Lassen Sie mich Ihnen helfen. Spannen Sie mich ruhig ein. Ich hab mir extra den Tag frei genommen, um Ihnen zur Hand zu gehen.«

»Oh, das wäre aber nicht nötig gewesen!« rief sie. »Wird Ihr Chef da nicht böse sein?«

»Und wenn schon. Ich hab ihm gesagt, welch großes Glück ich habe, neben einer ganz besonderen Dame zu wohnen, und daß ich ihr, ob es ihm paßt oder nicht, helfen werde, ihr zweites Jahr mit einem neuen Herzen feierlich zu begehen.«

Sie war gerührt. Tränen glitzerten in ihren Augen. »Ich habe solch ein Glück gehabt. Ein Segen war es. Wenn ich dran denke, wie knapp es war...«

»Hey, nichts davon jetzt. Vergessen Sie meine Anordnung nicht. Heute wird gefeiert. Womit wollen wir anfangen?«

Sie tupfte sich mit einem bestickten Tuch die Augen ab, dann steckte sie es wieder in ihre Schürze. »Sie können eigentlich schon mal die zusätzlichen Stühle aufklappen und hinstellen, während ich die Blumen gieße.«

»Zeigen Sie mir, wo.«

Sie gingen hinüber ins Wohnzimmer. Es war gemütlich und hell. An einer Wand befand sich eine gläserne Schiebetür, die zum Innenhof führte. Um die Morgensonne einzufangen, war ein großer Farn an der Decke befestigt worden, direkt vor der breiten Fensterfront.

»Ich nehme mal an, daß Fred den Farn sonst immer gießt. Sie kommen da ja wohl nicht dran, oder?«

»Ach, das ist gar nicht so schwer«, sagte sie. »Ich benutze eine Trittleiter.«

Ein Jahr lag der tragische Unfall des Ward-Jungen in Memphis nun zurück. Zwölf Monate sorgfältiger Planung waren vergangen. Auch wenn es an den Nerven zerrte, so war dieses Warten doch nötig. Die Vorgehensweise war entscheidend bei dieser Mission. Ohne Ordnung und Disziplin würde es der reinste Wahnsinn sein.

Die längste Zeit dieses Jahres waren die Stunden nach Mitternacht letzte Nacht gewesen. Sie waren so lang erschienen wie sämtliche Stunden zuvor zusammen. Jede Sekunde war in freudiger Erwartung gezählt worden. Nun war das lange Warten fast vorüber; nur noch Minuten, und die Erwartung würde erfüllt werden.

»Schau her, meine Liebste, ich tue das für dich. Es ist ein Beweis der Liebe, die nicht einmal der Tod zu bezwingen vermag.«

»Eine Trittleiter. Das ist ja praktisch...«

Kapitel 11

November 1993

»Ich habe nicht geklingelt.«

»Ich habe deinen Wagen gehört.« Cat trat zur Seite und ließ Dean schweigend eintreten; dann ging sie ihm voran ins Wohnzimmer ihres Hauses in Malibu.

Drei Emmy-Trophäen standen auf einem extra dafür angebrachten Regal. An den weißen Wänden hingen eingerahmte Titelbilder verschiedener Magazine mit ihrem Porträt. Es war ein sehr persönlicher Raum, der trotz der hohen Wände und breiten Fensterfront eine warme und behagliche Atmosphäre verbreitete. Die Architektur des Hauses war modern; es stand an einem Steilhang direkt an der Küste, mittels einer gewundenen Holztreppe mit dem Strand verbunden. Das Feuer im Kamin nahm dem bedeckten Himmel die fröstelnde Kühle. Jenseits der Glasfront erstreckte sich der Pazifik, ein monochromer Anblick, der Horizont nicht auszumachen; das Meer hatte dasselbe stumpfe Grau wie die dichte Wolkendecke.

Selbst an weniger schönen Tagen wie diesem liebte Cat das Leben am Meer. Es faszinierte sie stets aufs neue. Immer wenn sie hinaus auf die unendliche Weite des Meeres blickte, kam es ihr vor wie das erste Mal. Der unablässige Rhythmus der Brandung erfüllte sie mit Ehrfurcht; es war ein ewiges Rätsel für sie und gab ihr das Gefühl, angesichts solcher Naturgewalt klein und unbedeutend zu sein.

In letzter Zeit hatte sie ausgedehnte Spaziergänge am Strand unternommen. Stundenlang schaute sie hinaus auf die Wellen, wägte ihre Möglichkeiten ab, suchte in der schäumenden Brandung nach Antworten.

»Möchtest du was trinken?« fragte sie Dean.

»Nein danke.«

Sie setzte sich wieder in ihren gemütlichen Sessel, aus dem sie sich erhoben hatte, als sie Deans Auto hörte. Auf einem Beistelltisch stand eine Tasse Kräutertee; eine Leselampe war auf ihren Schoß gerichtet.

Dean nahm ihr gegenüber in einem Sessel Platz. »Was liest du da?«

»Scriptentwürfe. Jeder Autor des Teams macht Vorschläge, wie es mit Laura Madison enden soll. Die Ideen sind alle sehr gut, aber auch sehr traurig. Ich habe ja darauf gedrängt, die Rolle mit einer anderen Schauspielerin zu besetzen, anstatt Laura rauszuschreiben.« Seufzend fuhr sie sich durchs Haar. »Aber sie bestehen darauf.«

»Weil es keine andere gibt, die deine Rolle übernehmen könnte«, sagte Dean. »Du bist einfach viel zu gut. Nicht mal Meryl Streep würde es hinkriegen. Du *bist* Laura Madison.«

Sie sah ihm die Frustration und Besorgnis an, was jemandem, der Dean nicht so gut kannte, vielleicht gar nicht aufgefallen wäre. Und sie war schuld an seiner schlechten Laune; ein Umstand, der ihr zu schaffen machte.

»Aber es ist ja wohl nicht mehr zu ändern, stimmt's?« sagte er. »Gestern stand's im *Entertainment Today.* Du steigst also bei *Der Lauf der Dinge* mit Ablauf deines Vertrages aus, kurz nach Beginn des neuen Jahres, wenn ich das richtig gelesen habe.«

Sie nickte, sagte aber nichts. Der Wind schlug gegen die Fenster, so als wollte er die Kerzen auf dem Kaminsims auspusten. Cat spielte mit den Fransen der Decke auf ihrem Schoß. Als sie aufschaute, blickte Dean aus dem Fenster, seine Miene war so aufgewühlt wie das Meer.

»Wie groß ist Bill Websters Einfluß bei dieser Entscheidung?«

Ihre Antwort kam zögerlich. »WWSA ist sein Sender.«

»Das meinte ich nicht.«

»Wenn du damit andeuten willst, daß unser Verhältnis über das Berufliche hinausgeht, liegst du völlig falsch. Ich habe meine Macken, Dean, aber ich bin keine Lügnerin. Eher bin ich manchmal zu ehrlich. Außerdem ist Bill glücklich verheiratet mit einer Frau, die ebenso attraktiv und charmant ist wie er.«

Seine Miene blieb gespannt. »Ich habe mir wirklich Mühe gegeben, zu verstehen, weshalb du deine Karriere beendest, warum du alles wegwirfst, wofür du gearbeitet hast. Ich habe alle Möglichkeiten in Betracht gezogen. Und selbstverständlich auch den Faktor einer eventuellen Romanze.«

»Aber dem ist nicht so«, ereiferte sie sich. »Die Websters haben sechs Kinder. Eine Tochter ist vor einigen Jahren gestorben. Ihr erstes Kind. Ihr Tod hat sie sehr hart getroffen.

Ich war eine ganze Weile mit meinem Leben unzufrieden. Aber als mir Bill von seiner verstorbenen Tochter erzählte – vor einem halben Jahr etwa –, wurde mir klar, daß ich einen Neuanfang brauche. Das Leben ist zu kostbar, um auch nur einen einzigen Tag zu vergeuden.

An diesem Abend hatten Bill und ich ein sehr ernstes und offenes Gespräch über den Verlust seiner Tochter, und ehe es mir klar wurde, erzählte ich ihm von meiner Kindheit. Ich erzählte ihm, wie es ist, ein Waisenkind zu sein, zwischen Heimen hin und her geschubst zu werden, nirgends dazuzugehören.

Dabei kamen wir auf eine sehr erfolgreiche Sendung zu sprechen, die es bereits in mehreren Großstädten im Lokalfernsehen gibt. Darin werden Kinder vorgestellt, die Adoptiveltern brauchen. Er zeigte sich interessiert, eine solche Sendung auch bei WWSA zu starten. Und da erkannte ich die Chance für meinen Neuanfang.

Ich wollte dich nicht ausschließen, Dean. Unzählige Male wollte ich dir von der Idee erzählen, aber ich wußte, du würdest nicht objektiv sein können. Genausowenig wie du meine Gründe – meinen tiefen Wunsch –, dies zu tun, verstehen könntest.«

Sie lachte leise. »Ich bin mir nicht mal sicher, ob ich es überhaupt selber verstehe. Aber ich kann es intensiv fühlen. Ich habe damit gerungen, habe versucht, diese Sehnsucht loszuwerden, aber sie ließ mich einfach nicht mehr los. Je mehr ich darüber nachdachte, was eine solche Sendung an Gutem bewirken kann, desto begeisterter war ich.

Ich mußte an all die Begebenheiten denken, als ich wegen meines Alters, Geschlechts oder meiner angegriffenen Gesundheit nicht adoptiert worden bin. Manchmal schien selbst mein rotes Haar ein Grund zu sein.

Es gibt so viele Kinder mit besonderen Problemen, die keine liebevollen Eltern haben. Sie fingen an, mich zu verfolgen, Dean. Ich fand keinen Schlaf mehr. Weil ich sie hören konnte, wie sie in der Dunkelheit weinen, einsam, ängstlich und ungeliebt.« Sie lächelte traurig. »Ich muß diesen Kindern helfen. So einfach ist das.«

»Ich bewundere deine Nächstenliebe, Cat. Wenn du ein Kind adoptieren willst oder auch mehrere – von mir aus herzlich gern.«

Sie lachte. »O ja, das kann ich mir vorstellen. Dean, bitte bleib ernst, ja? Du bist ein brillanter Arzt, aber für Kinder fehlt dir die notwendige Flexibilität.«

»Aber wenn es bedeutet, dich zu behalten oder zu verlieren –«

»Darum geht es nicht. Glaub mir, wenn ich wüßte, daß mir – Patientin einer Herztransplantation – eine Adoption möglich wäre, hätte ich es längst getan. Bei *Cats Kids* geht es darum, andere Menschen zur Adoption eines Kindes zu bewegen.«

»*Cats Kids?*«

»Nancy Websters Idee. Wie findest du's?«

»Ist echt... einprägsam.«

Sie wünschte sich, er würde ihre Begeisterung teilen, aber für ihn war die ganze Sache grotesk.

»Cat, willst du dich wirklich auf diese Weise... degradieren? Deine Karriere aufgeben und nach Texas ziehen?«

»Es wird anders sein«, sagte sie lächelnd.

»Kannst du nicht einfach der Sendung deinen Namen leihen, so als eine Art Schirmherrin, ohne persönlich etwas damit zu schaffen zu haben?«

»Du meinst als Galionsfigur?«

»So was in der Art.«

»Das wäre doch Betrug. Wenn mein Name dranhängt, ist es mein Baby. Das ist ein Projekt, bei dem ich die Zügel fest in der Hand halte. Außerdem ist es auch keine Degradierung. Für mich ist das kein Schritt zurück, sondern mehrere nach vorn. Ich erwarte eine überwältigende Belohnung dafür.«

Aufgeregt schlug sie die Decke zurück und erhob sich aus ihrem Sessel. »Das ist es, was du nicht verstehst.« Sie wandte sich zu ihm um, eine Hand auf der Brust. »Ich tue dies, weil ich sonst nicht mehr mit mir selbst leben könnte.«

»Du hast recht«, sagte er und erhob sich ebenfalls. »Ich kapier's nicht. Du hattest eine harte Kindheit. Aber wer, zum Teufel, hat die nicht gehabt? Wach auf aus deinen Träumereien, Cat! Im wahren Leben wächst jeder von uns mit dem Gefühl auf, nicht geliebt zu werden.«

»Ja, ganz besonders, wenn deine Eltern lieber in den Tod gehen, als mit dir zusammenzuleben.«

Es verschlug ihm die Sprache. Verdutzt sah er Cat an. »Selbstmord? Aber du hast mir doch erzählt, deine Eltern seien bei einem Unfall ums Leben gekommen...«

»Nun, das sind sie aber nicht.« Sie bereute bereits, daß ihr die häßliche Wahrheit über den Tod ihrer Eltern im Zorn herausgerutscht war. Dean sah sie mit derselben Mischung aus Faszination und Entsetzen an, wie einst die Sozialarbeiter der kleinen dürren, rothaarigen, aufsässigen Catherine Delaney begegnet waren.

»Ich habe gelernt, darüber zu lachen, anstatt zu weinen. Weil ich sonst den Verstand verloren hätte. Also spar dir dein Mitleid, Dean. Es war ein häßlicher Anblick, aber es hat mich stark gemacht und gab mir genügend Mut, um sogar eine Herztransplantation zu überleben. Ich hoffe, du kannst verstehen, weshalb ich es tun muß.

Ich habe am eigenen Leib erfahren müssen, was es heißt, von den anderen Kindern ausgeschlossen zu sein. Wenn deine Eltern tot sind oder du behindert bist oder arm, dann will keiner was mit dir zu tun haben. Solche Benachteiligungen machen einen zum Sonderling. Und du weißt genausogut wie ich, was es heißt, anders als die anderen zu sein – du bist draußen. Basta.

Unendlich viele Kinder leiden auf diese Weise, Dean. Sie haben Probleme, die wir uns nicht vorstellen können. Allein den nächsten Tag zu überstehen, kostet sie schon ungeheure Kraft. Sie können nicht spielen, lernen oder mit anderen Kindern zusammen sein, weil sie zu sehr unter der Last ihrer Mißhandlung leiden, darunter, Waisen oder krank zu sein.

Aber es gibt Familien, die sogar die problematischsten dieser Kinder aufnehmen würden, wenn sie nur wüßten, wie. Ich werde dabei helfen, diese beiden Parteien zusammenzu bringen. Das ist eine Herausforderung, die ich brauche. Sie gibt mir ein Ziel. Ich glaube, das ist auch der Grund, warum ich ein zweites Leben geschenkt bekommen habe.«

Dean stöhnte auf. »Nun werd bloß nicht philosophisch, Cat. Dein zweites Leben verdankst du der Technik der Medizin.«

»Du hast deine Interpretation, ich habe meine«, entgegnete sie. »Ich weiß nur, daß ich etwas zurückgeben muß für mein großes Glück. Ein TV-Star zu sein, viel Geld zu verdienen und von schönen Menschen umgeben zu sein – darum geht es nicht im Leben. Jedenfalls nicht in meinem. Ich will mehr als das. Und mit mehr meine ich nicht mehr Geld oder mehr Ruhm. Ich möchte etwas Echtes.«

Sie ergriff seine Hände. »Du bist unschätzbar wichtig für mich. Ich habe mich in der schwierigsten Phase meines Lebens voll und ganz auf dich verlassen können. Ich liebe und bewundere dich. Und du wirst mir schrecklich fehlen. Aber du kannst nicht länger mein Sicherheitsnetz sein.«

»Ich wäre auch lieber dein Mann.«

»Für Romantik und Heiraten ist jetzt nicht der richtige Zeitpunkt. Was ich tun werde, wird mich voll und ganz beanspruchen. Bitte, halte zu mir und wünsch mir Glück.«

Er sah ihr lange in die flehenden Augen. Schließlich lächelte er reuevoll. »Ich bin sicher, daß du *Cats Kids* zu einem großen Erfolg machen wirst. Du hast das Talent, den Ehrgeiz und das Wissen, alles zu erreichen.«

»Ich weiß dein Vertrauen zu schätzen.«

»Allerdings«, fügte er ernst hinzu, »bin ich ein schlechter Verlierer. Ich denke noch immer, daß Bill Webster dir den Kopf verdreht hat mit seinem Gerede über Nächstenliebe-TV. Das mit seiner Tochter tut mir aufrichtig leid, aber ich denke, er hat dein Mitgefühl ausgenutzt, um dich zu seinem Sender zu locken.

Durch dich werden seine Einschaltquoten steigen, und das weiß er verdammt genau. Ich bezweifle, daß es ihm bei diesem Projekt um reine Nächstenliebe geht. Ich schätze, du wirst bald erkennen, daß er auch nur ein Mensch mit Fehlern und egoistisch ist wie wir alle.«

»Bill hat mir eine Chance gegeben«, sagte Cat. »Aber er ist nicht der einzige ausschlaggebende Grund für meinen Entschluß. Seine Motive haben nichts mit meinen zu tun. Ich wollte eine grundlegende Veränderung in meinem Leben. Wäre es nicht *Cats Kids* gewesen, dann eben etwas anderes.«

Dean verkniff sich eine Entgegnung. Statt dessen sagte er:

»Ich schätze, du wirst mich und das Leben hier so sehr vermissen, daß du im Handumdrehen wieder zurückkommen wirst.« Er streichelte ihren Nacken. »Und dann werde ich für dich dasein.«

»Bitte, verlaß dich nicht darauf.«

»Eines Tages wirst du zurückkehren. Bis dahin werde ich warten und tun, worum du mich bittest. Und ich wünsche dir viel Glück.«

Kapitel 12

Januar 1994

Die Uhr auf dem Tisch war ein altmodisches Modell mit rundem weißen Ziffernblatt und arabischen Ziffern. Das rhythmische Ticken des roten Sekundenzeigers erinnerte an einen Herzschlag.

Der Einband des Notizbuches war aus sehr gutem Lederimitat, mit echt wirkender Musterung. Schwer und stabil, fühlte es sich gut in der Hand an, die es nun liebevoll streichelte, als wäre es ein geliebtes Haustier.

In gewisser Weise war es das auch. Ein guter Freund, dem man Geheimnisse anvertrauen konnte. Etwas zum Streicheln, zum Spielen in Momenten der Muße oder Zeiten, in denen Trost und Gesellschaft gebraucht wurde. Und uneingeschränkte Zustimmung.

Die Seiten des Buches waren mit Zeitungsausschnitten gefüllt, die über das Leben des jungen Jerry Ward, seinen tapferen Kampf gegen sein Herzleiden, seine Transplantation und schließlich über seinen tragischen Tod durch Ertrinken berichteten. Welch eine Tragödie, nach allem, was er durchgemacht hatte.

Und dann war da die Großmutter aus Florida. Im Kreise ihrer Familie und Freunde, die allesamt niedergeschmettert waren wegen ihres unerwarteten Todes, war sie beigesetzt worden. Niemand auf Erden hatte dieser Frau etwas Schlechtes gewünscht. Alle hatten sie geliebt. Ihr Kardiologe hatte ihr nach ihrer Transplantation eine gute Prognose gestellt. Sie hätte gewiß noch viele Jahre vor sich gehabt, wäre sie nicht beim Blumengießen von der Trittleiter gefallen und durchs Fenster gestürzt. Und das ausgerechnet am zweiten Jahrestag ihrer Transplantation.

Die nächste Seite trug das Datum vom 10. Oktober 1993. Das war vor drei Monaten gewesen. Ein anderer Bundesstaat. Eine andere Stadt. Ein weiterer Empfänger eines Spenderherzens. Ein weiterer entsetzlicher Unglücksfall.

Schrecklich, was die Kettensäge angerichtet hatte. Eine schlechte Idee. Aber er hatte ja schon immer so gern gebastelt und gewerkelt, also...

Die Mission hatte nur einen entscheidenden Nachteil – es gab keine Möglichkeit, zu wissen, wann sie vollendet sein würde. Möglicherweise war sie das bereits, etwa mit Jerry Wards Tod oder mit einem der anderen beiden. Doch die Mission mußte fortgesetzt werden, bis alle in Frage kommenden Empfänger ausgeschaltet waren. Erst dann bestand die Gewähr, daß das Herz und die Seele des geliebten Menschen wieder vereint waren.

Das Buch wurde andächtig geschlossen. Die Rückseite wurde liebevoll gestreichelt, ehe es wieder in die Schublade gelegt und vor fremden Blicken weggeschlossen wurde. Nicht, daß es solche gegeben hätte. Niemand wurde jemals hierher eingeladen.

Vor dem Verschließen wurde der Schublade noch ein Manilaordner entnommen, die Metallklammer aufgebogen und der Inhalt auf dem Schreibtisch ausgebreitet. Alles, jeder Artikel, jedes Foto und jeder Ausschnitt, war sorgfältig beschriftet. Jedes Detail an Information war angestrichen und analysiert.

Bekannt waren ihre Größe, Gewicht, Konfektionsgröße, Vorlieben und Abneigungen, Lieblingsparfüm, Glaubensrichtung, Nummer des Führerscheins, Sozialversicherungsnummer, politische Orientierung, Ringgröße, bis hin zur Telefonnummer des Personaldienstes, der mit der Reinigung und Wartung ihres Hauses in Malibu beauftragt war.

Er hatte Monate gebraucht, um all diese Informationen zusammenzutragen, aber es war erstaunlich, wieviel man über einen Menschen in Erfahrung bringen konnte, wenn man sich richtig dahinterklemmte. Vieles stammte selbstverständlich aus den Medien; immerhin war sie ein Star. Wenngleich so manche Information durchaus fragwürdig war. Die Boulevardpresse nahm es manchmal mit der Wahrheit über Prominente nicht allzu genau, also mußten etliche vermeintliche »Fakten« erst nachgeprüft werden.

Bemerkenswert, ihre kürzliche Veränderung. Ließ sie doch ihr fabelhaftes Leben in Hollywood zurück und ging nach San Antonio in Texas, um dort sozial engagiertes Fernsehen zu machen.

Es würde höchst interessant werden, Cat Delaneys Bekanntschaft zu machen.

Und es war eine echte Herausforderung, sie umzubringen.

Kapitel 13

Mai 1994

»Entschuldigen Sie, wenn ich Sie störe. Aber ich habe da drüben am Tisch gesessen und Sie gesehen, und da hab ich mir gedacht: Mensch, den kennst du doch von irgendwoher!

Und plötzlich fiel's mir wie Schuppen von den Augen. Sie sind doch Alex Pearson, nicht wahr?«

»Nein.«

»Sicher?«

»Absolut.«

»Verflucht noch mal. Ich hätte schwören können... Sie sehen genauso aus. Wie der Schriftsteller, wissen Sie? Hat diesen Krimi geschrieben, den gerade alle lesen. Also ehrlich, Sie sind dem wirklich wie aus dem Gesicht geschnitten.«

Alex ließ es gut sein. Er streckte die Hand aus. »Alex *Pierce.*«

»Heiliger Bimbam! Wußt ich's doch. Hab Sie vom Foto auf der Rückseite des Buches erkannt. Gestatten – Lester Dobbs.« Der freundliche Fremde schüttelte ihm begeistert die Hand. »Sehr angenehm, Alex. Darf ich Sie Alex nennen?«

»Aber klar.«

Ohne Aufforderung setzte sich Dobbs zu Alex an den Tisch. Es war Frühstückszeit bei *Danny's.* Hier trafen sich Menschen auf dem Weg zur Arbeit und jene, die gerade ihre Nachtschicht beendet hatten.

Dobbs gab der abgehetzten Kellnerin ein Zeichen und bestellte frischen Kaffee. »Keine Ahnung, warum die so zikkig tut«, maulte er, nachdem er nachgeschenkt bekommen hatte. »Ist doch ein Tisch frei geworden, dadurch daß ich jetzt hier sitze.«

Alex faltete seine Zeitung zusammen und legte sie neben sich auf die Sitzbank. Wie es den Anschein hatte, würde er in nächster Zeit sowieso nicht zum Lesen kommen.

»Hab gelesen, Sie kommen aus Texas«, sagte Dobbs. »Hab aber nicht gewußt, daß Sie immer noch in Houston leben.«

»Tue ich auch nicht. Jedenfalls nicht ständig. Ich ziehe durch die Lande.«

»Schätze mal, das ist bei Ihrem Beruf auch ohne weiteres möglich.«

»Meinen Computer kann ich überall einstöpseln. Hauptsache, es gibt eine Post und ein Telefon.«

»So ein Leben könnt ich mir nicht leisten«, sagte Dobbs bedauernd. »Ich arbeite in einer Raffinerie. Schon seit zweiundzwanzig Jahren. Die Fabrik bleibt, wo sie ist, und ich auch. Von dem Job kann man die Brötchen bezahlen, aber das ist auch schon alles. Mein Vorgesetzter, das ist ein echter Scheißkerl. Stellt sich an wie ein Arschloch, wenn's um den pünktlichen Feierabend geht, wenn Sie verstehen, was ich meine.«

»Ja, solche Typen kenne ich.«

»Sie sind mal bei der Polizei gewesen, nich'?«

»Stimmt.«

»Haben Ihre Kanone gegen 'nen Computer eingetauscht...«

Alex sah ihn verdutzt an.

»Nicht schlecht, was?« Dobbs strahlte. »Ist aber nicht von mir, der Spruch. Hab ihn vor ein paar Monaten in 'nem Artikel über Sie gelesen. Ist irgendwie hängengeblieben. Ist hier eigentlich Nichtraucher? Scheiße. Na ja, also meine Frau und ich sind jedenfalls echte Fans von Ihnen.«

»Freut mich zu hören.«

»Ich les ja eigentlich nicht soviel, wissen Sie? Aber sie steckt dauernd die Nase in Bücher. Kauft sie sich im Dutzend oder mehr im Secondhand-Buchladen. Ich, ich lese nur so Sachen, wie Sie sie schreiben. Je blutrünstiger, desto besser.«

Alex nickte und nippte an seinem Kaffee.

Dobbs beugte sich vor und senkte vertraulich die Stimme. »Und je dreckiger, desto besser, verstehen Sie? Mann, was Sie da in Ihrem Buch aufgefahren haben. Hab alle zwanzig Seiten 'nen Ständer gekriegt. Meiner Frau gefällt's übrigens auch.« Er zwinkerte.

Alex mußte sich zusammenreißen. »Freut mich, daß die Story Sie so gepackt hat.«

»Sagen Sie ... äh, kennen Sie eigentlich echt solche Bräute wie die in Ihrem Buch? Hat schon mal eine diesen Trick mit der Feder bei Ihnen gemacht?«

Alle Lester Dobbs dieser Welt wollten partout glauben, daß er aus Erfahrung schrieb. »Es ist ein Kriminalroman, okay?«

»Schon klar, aber man muß ja 'n bißchen was kennen von dem, was man so zu Papier bringt, oder?«

Alex wollte weder über sein Privatleben reden noch seinen Fan enttäuschen, also erwiderte er nichts und ließ Dobbs seine eigenen Schlüsse ziehen. Was der auch tat. Er kicherte und hustete Raucherschleim.

»Manche haben eben Schwein im Leben. Bei mir wird keine Frau so was machen, das steht mal fest. Schätze, das ist auch besser so«, fügte er hinzu. »Ich würde wahrscheinlich 'nen Herzanfall kriegen und abnippeln, alle viere von mir gestreckt auf'm Bett, splitternackt, mein Schwanz aufrecht wie 'n Flaggenmast –«

»Möchten Sie noch Kaffee, Mr. Pierce?« Die Kellnerin hielt die Kanne über seine Tasse.

»Oh, danke nein. Aber zahlen möchte ich. Und schreiben Sie das von Mr. Dobbs mit auf meine Rechnung.«

»Na, das ist aber echt nett von Ihnen. Danke.«

»Gern geschehen.«

»Meine Frau macht sich ein, wenn ich ihr erzähle, daß ich Sie getroffen habe. Wann kommt denn Ihr nächstes Buch?«

»In einem Monat etwa.«

»Toll. So gut wie das erste?«

»Ich finde es sogar noch besser, aber die Beurteilung sollte man als Autor lieber anderen überlassen.«

»Na, ich kann's jedenfalls kaum abwarten.«

»Danke.« Alex nahm seine Rechnung und die Zeitung.

»Seien Sie mir nicht böse, aber ich muß mich jetzt auf die Socken machen. Hat mich gefreut, Sie kennenzulernen.«

Alex bezahlte an der Kasse und verließ den lärmenden Coffeeshop, auch wenn er gern noch auf eine weitere Tasse Kaffee geblieben wäre. Er hatte nämlich gearbeitet, als Dobbs sich so dreist zu ihm gesetzt hatte. Er hatte die Atmosphäre auf sich einwirken lassen, hatte die Menschen studiert, ihre Gewohnheiten und Gesichtszüge und hatte sich im Geist Notizen zur späteren Verwendung gemacht. All das tat er, ohne aufzufallen. Es hatte ihn gewundert, daß Dobbs ihn überhaupt erkannt hatte.

Nach wie vor war es ungewohnt für ihn, von seinen Lesern erkannt zu werden. Sein erster Roman, vor einem Jahr als Hardcover erschienen, war ein mittelmäßiger Verkaufserfolg gewesen.

Was sich aber änderte, als die Taschenbuchausgabe auf den Markt kam; die Qualität des Buches sprach sich rasch herum, und der Verlag rührte kräftig die Werbetrommel. Nun stand es auf der Bestsellerliste und machte derzeit gerade die Runde in Hollywood zwecks Verfilmung fürs Fernsehen. Das Publikum wartete gespannt auf das zweite Buch, angekündigt für den kommenden Monat.

Für seinen dritten Roman hatte sein Agent einen hohen Vorschuß verlangt, den der Verlag auch gezahlt hatte. Das Manuskript war dort auf helle Begeisterung gestoßen. Ein umwerfendes Cover war gestaltet worden, und es gab Pläne für eine Werbekampagne im großen Stil.

Doch trotz seines jüngsten Erfolgs als Schriftsteller war Alex Pierce noch ein gutes Stück vom großen Ruhm entfernt.

Seine Kriminalromane erzählten von Frauen und Männern in gefährlichen, brutalen Situationen. In seinen Büchern wimmelte es von Drogenbossen, Slumkönigen, Zuhältern, Nutten, Banden, Killern, Kredithaien, Knochenbrechern, Brandstiftern, Vergewaltigern, Dieben, Spitzeln –

dem Abschaum der Gesellschaft. Seine Helden waren die Cops, die sich mit dem Gesindel herumschlugen, entweder im Rahmen der Gesetze oder außerhalb. In seinen Geschichten waren die Grenzen zwischen richtig und falsch, zwischen gut und böse so schmal gezeichnet, daß sie praktisch unsichtbar waren.

Seine Geschichten waren hart und realistisch. Er schonte seine Leser nicht und stellte ihre Empfindsamkeit gehörig auf die Probe. Er versuchte, die Gewalt und Unbarmherzigkeit der Straße so wirklichkeitsgetreu wie möglich wiederzugeben, ebenso wie die Gründe für die Dinge, die sich die Menschen gegenseitig antaten.

Vor allem die Sexstellen waren in der Sprache der Gosse verfaßt, drastisch, ohne zu beschönigen. Seine Bücher waren nichts für zarte Gemüter.

Doch ein Kritiker hatte ihm trotz aller Härte bescheinigt: »...Pierce *hat Herz. Und er besitzt einen unheimlichen Einblick in die Tiefen der menschlichen Seele. Er seziert bis auf die Knochen, um die Seele freizulegen.*«

Alex blieb skeptisch gegenüber Lob. Er fürchtete, die ersten drei Bücher könnten ein Strohfeuer sein. Täglich zweifelte er an seinem Talent. Er war nicht so gut, wie er sich das wünschte, und er war zu der düsteren Schlußfolgerung gelangt, daß Schreiben und Erfolg unvereinbar waren, je nachdem, wie ein Autor das eigene Werk beurteilt.

Doch trotz aller Selbstzweifel wuchs die Schar treuer Leser zusehends. Sein Verleger hielt große Stücke auf ihn, aber Alex hatte sich dieses Lob nicht zu Kopf steigen lassen. Er traute dem Erfolg nicht. Seine jüngsten Erlebnisse im Scheinwerferlicht der Medien waren die turbulenteste Zeit seines Lebens gewesen. Sosehr er als Autor auch den Erfolg wollte, so zufrieden war er mit seinem Leben in der Anonymität. Er hatte genug Erfolg und Aufregung gehabt.

Er stieg in seinen Sportwagen und jagte Minuten später

über den Freeway, das Seitenfenster runtergekurbelt, dem Verkehrslärm lauschend, den Fahrtwind im Haar; selbst den Geruch der Autoabgase mochte er.

Er genoß solch einfache Empfindungen. Er hatte gestaunt, wie sinnlich stimulierend die Welt war, wenn die Sinne nicht länger vom Alkohol betäubt waren.

Er hatte sich von seiner Sucht befreit, indem er sich freiwillig in eine Entziehungsklinik eincheckte. Nach Wochen reinster Höllenqualen war er wieder herausgekommen, bleich, ausgemergelt und zitternd, aber trocken. Und das war er nun schon seit mehr als zwei Jahren.

Gleichgültig unter welchen Druck er in Zukunft auch geraten mochte – er war fest entschlossen, nie wieder mit dem Trinken anzufangen. Diese Aussetzer hatten ihm eine Heidenangst eingejagt.

Er erreichte sein Apartment, doch es war kein Nachhausekommen. In den spartanisch eingerichteten Räumen stapelten sich Umzugskartons. Seine Recherchen machten es erforderlich, ständig auf Achse zu sein, und so blieb er nie lange an einem Ort. Es hatte keinen Sinn, sich niederzulassen. Eigentlich hatte er bereits alles für die erneute Abreise vorbereitet.

Er schlängelte sich zwischen den Kartons hindurch hinüber zum Schlafzimmer, das auch als Arbeitszimmer diente. Dies war der einzige Raum der Wohnung, der auch bewohnt aussah – in einer Ecke das ungemachte Bett und ein Schreibtisch und ein Arbeitstisch nahmen den meisten Platz ein.

Und überall Papier; stapelweise ausgedruckte Seiten, wo immer gerade Platz war, auch an die Wand geheftet. Dieses Chaos war die grimmige Erinnerung an seinen Abgabetermin. Sein Blick fiel auf den Wandkalender: 1. Mai. Die Zeit verging wie im Flug. Zu schnell.

Und er hatte noch so schrecklich viel zu tun.

Kapitel 14

»Was müssen wir machen, um den Kleinen ins Fernsehen zu kriegen und ein festes Zuhause für ihn zu finden?«

Aufgebracht blätterte Cat die Akte durch. Der kleine Danny hatte mit seinen vier Jahren schon mehr Schläge einstecken müssen als die meisten Menschen in ihrem ganzen Leben.

Sie überflog die Berichte und faßte sie dabei laut zusammen. »Der Freund seiner Mutter hat ihn ständig verprügelt, bis ihr das Sorgerecht entzogen wurde und der Junge zu einer Pflegefamilie kam, wo es bereits mehrere andere Kinder gibt.«

Sie schaute auf und richtete den Rest ihrer Bemerkung an Sherry Parks, Expertin für Kinderschutz bei der Sozialfürsorge des Bundesstaates Texas.

»Wenigstens muß er nicht weiter als Sandsack für diesen Freund herhalten. Aber was Danny braucht, das ist jemand, der sich wirklich um ihn kümmert. Er braucht Menschen, die ihn adoptieren, Sherry.«

»Seine Mutter ist ja nur allzu bereit, ihn herzugeben.«

»Ja, wo liegt denn dann das Problem? Laß uns einen Beitrag über ihn drehen und Familien finden, die Interesse haben, ihn zu adoptieren.«

»Der Haken an der Sache ist der Richter, Cat. Wenn du willst, kann ich ihm Dannys Fall erneut vorlegen, aber ich kann nicht versprechen, daß er anders entscheiden wird als beim ersten Mal. Die Sachbearbeiterin für Danny vertritt hartnäckig die Meinung, daß er in eine Pflegefamilie gehört. Bis jetzt hat sich der Richter dieser Meinung angeschlossen.«

Seit dem Start von *Cats Kids* war Sherry Parks – in den mittleren Jahren und von mütterlicher Art – Cats Verbindungsperson zur Behörde gewesen. Sie setzte sich besonders dafür ein, mißhandelte oder sonstige Problemkinder aus dem Heimsystem rauszuholen und ihnen ein festes Zuhause durch Adoption zu ermöglichen.

Was kein einfaches Unterfangen war. Es gab unzählige Hürden. Regelmäßig geriet Sherry mit Sachbearbeitern und zuständigen Richtern aneinander, die – wie jeder andere auch – vorgefaßte Meinungen hatten, die ihre Entscheidungen bestimmten. So kam es vor, daß Kinder, die bereits im Elternhaus Opfer waren, nun zu Opfern der erbarmungslos mahlenden Mühlen der Behörden wurden.

»Ich bin sicher«, sagte Cat, »daß es die Sachbearbeiterin gut meint, aber ich bin der Überzeugung, daß Danny ein festes Zuhause braucht. Woran es ihm fehlt, ist Geborgenheit, und er braucht Eltern, bei denen er sich darauf verlassen kann, daß sie für ihn da sind.«

»Die Sachbearbeiterin beharrt darauf, daß er noch weitere Therapie benötigt, ehe er bereit für eine Adoption ist«, sagte Sherry Parks und spielte des Teufels Advokat. »Er wurde vom ersten Tag an vernachlässigt. Er muß lernen, was es heißt, in einer familiären Struktur zu leben. Eine Empfehlung zur Adoption käme zum jetzigen Zeitpunkt zu früh und würde nur ein Scheitern zur Folge haben, argumentiert sie. Wir würden ihn zu schnell durchs System schleusen.«

Cats rote Brauen zogen sich über ihrem Nasenrücken zusammen. »Und inzwischen kriegt er eine klare und deutliche Botschaft: *Keiner will dich.* Deine Pflegeeltern dulden dich nur so lange, bis du dich als wert erwiesen hast, adoptiert zu werden.

Sehen die denn nicht, daß damit Danny die Last der Verantwortung aufgebürdet wird? Und weil er es nicht schaffen kann, wird sein Gefühl des Versagens und der Entfremdung nur noch verstärkt. Das ist ein Teufelskreis, aus dem es kein Entrinnen für ihn gibt.«

»Bei aller Fairneß, Cat«, sagte Sherry. »Er ist höllisch

schwierig. Er beißt jeden. Er hat Tobsuchtsanfälle. Alles, was er in die Finger kriegt, demoliert er.«

Cat warf ihr Haar zurück und hob die Hände. »Ich weiß, ich weiß. Ich habe den Bericht gelesen. Aber sein schlechtes Benehmen ist doch nur symptomatisch. Es ist ein Versuch, Aufmerksamkeit zu bekommen. Ich erinnere mich noch, was ich alles angestellt habe, nur um zu beweisen, wie wenig liebenswert und unadoptierbar ich bin. Das war nach mehreren guten Chancen, die am Ende auf Absagen hinausliefen.

Ich kann den Kleinen verstehen. Es wird so lange unmöglich sein, mit ihm zusammenzuleben, bis sich einer zu ihm setzt und sagt: ›Mach ruhig Rabatz, Danny. Ich werde dich trotzdem lieben. Ganz egal, was du tust, nichts kann mich davon abhalten, dich zu lieben. Nichts! Und ich werde dich niemals schlagen oder verlassen oder weggeben. Du gehörst zu mir. Und ich zu dir.‹

Dann sollte ihn dieser Jemand in den Arm nehmen, bis die Botschaft all den Müll um sein Herz und seinen Geist herum durchdrungen hat, der ihn sozial und emotional verhaltensgestört hat werden lassen.«

Jeff Doyle applaudierte. »Das war eine bewegende Rede, Cat. Die sollten wir in einem Werbetrailer verwenden.«

Sie lächelte dem jungen Mann aus ihrem Team zu. In der kurzen Zeit ihrer Zusammenarbeit war er zu einem fähigen Assistenten geworden. Er hatte so großen Anteil am Erfolg von *Cats Kids,* daß sie ihn seit kurzem einlud, an den Treffen mit Sherry teilzunehmen. Er hatte sich nicht nur um die Sendequalitäten der einzelnen Beiträge gekümmert, sondern auch um das Wohlergehen der jeweils vorgestellten Kinder.

»Danke, Jeff«, sagte Cat. »Aber dafür war es nicht gedacht. Ich meine jedes einzelne Wort davon ernst.« Sie wandte sich wieder Sherry zu und fragte: »Würde es dir etwas ausmachen, dem Richter Dannys Fall erneut vorzutragen?«

»Natürlich macht es mir nichts aus. Nur, ich mache mir

auch keine allzu großen Hoffnungen«, antwortete Sherry. »Aber ich tu's trotzdem.« Sie nahm die Akte und verstaute sie in ihrem überquellenden Aktenkoffer. »Ich melde mich, wenn es einen Termin zur Anhörung gibt.«

Cat nickte. »Falls ich nicht zu erreichen sein sollte... einfach eine Nachricht bei Jeff oder Melia hinterlassen.«

»Besser bei mir«, beharrte Jeff. »Sonst kommt die Nachricht möglicherweise nicht bei Cat an.«

Sherry schaute verwundert von Cat zu Jeff, aber Cat ignorierte diesen Blick. Jeff hatte das spontan gesagt. Sie würde ihn sich später vorknöpfen. Ihre innerbetrieblichen Querelen gingen Außenstehende nichts an.

Die Sozialarbeiterin suchte ihre Sachen zusammen. »Ich schätze, das wär's dann für heute. Wir bleiben in Verbindung.« An der Tür zu Cats Büro blieb sie stehen und fügte hinzu: »Übrigens, das war ein hervorragender Beitrag gestern abend.«

»Danke. Ich werde das Kompliment an die Crew weitergeben. Der Kameramann hat wirklich ein paar zauberhafte Shots von Sally gemacht.«

Die Fünfjährige litt an einer Sprachbehinderung, die durch wiederholte körperliche Mißhandlung bedingt war. Diese Behinderung sowie ihre eingeschränkten sozialen Fähigkeiten konnten durch liebevolle Fürsorge und Aufmerksamkeit geheilt und behoben werden.

»Natürlich haben ihre Augen alles gesagt. Alles, was wir machen mußten, waren Nahaufnahmen. Sie haben ihre Geschichte erzählt und machten ein Script fast überflüssig. Sie hat ein so großes Potential, solch eine Fähigkeit zur Liebe«, sagte Cat traurig. »Ich hoffe, die Telefonleitungen laufen heute morgen heiß.«

»Das hoffe ich auch«, meinte Sherry. »Aber noch mal: Bist du sicher, daß es dir nichts ausmacht, nachher für mich einzuspringen?«

»Hab mich doch freiwillig gemeldet.«

Sherry hatte feststellen müssen, daß sich ihr vereinbartes Erstgespräch mit einem an einer Adoption interessierten Paar mit einem anderen wichtigen Termin überschnitt. Daraufhin hatte Cat darauf bestanden, dieses Gespräch für sie zu übernehmen.

»Nochmals danke. Ich rufe heute nachmittag an, um zu hören,wie es gelaufen ist.«

Nachdem sich Sherry verabschiedet hatte, schenkte Jeff ihnen Kaffee nach. »Was liegt heute an?«

»Hol doch bitte mal Melia herein. Und in Zukunft, Jeff, behalte deine Meinung über sie und jeden anderen hier bei WWSA für dich. Okay?«

»Tut mir leid«, sagte er zerknirscht. »Ich weiß, daß ich das nicht vor Ms. Parks hätte sagen dürfen, aber es ist mir so rausgerutscht. Außerdem stimmt es ja auch. Bei Nachrichten, die bei Melia hinterlassen werden, kann man nie sicher sein, ob sie auch ankommen.«

»Das ist mein Problem, nicht deines.«

»Aber –«

»*Mein* Problem. Und ich kümmere mich drum. Einverstanden?«

»Einverstanden.«

Er ging hinaus und kehrte Minuten später mit Melia zurück. Die beiden unterschieden sich in einer Weise, die weit über das Geschlecht hinausging. Jeff war blond und blauäugig; seine Kleidung stets tadellos und geschmackvoll.

Melia hatte große Augen, die ihre spanische Herkunft verrieten und die sie geschickt mit Eyeliner betonte. Ihre Lippen waren voll und sinnlich. Sie hatte eine Vorliebe für leuchtende Farben, die ihre dunkle Haut und das schwarze Haar betonten.

»Guten Morgen, Melia.«

»Hi.«

An diesem Morgen trug sie ein enges Strickkleid in der Farbe von Klatschmohn. Sie nahm Platz und schlug ihre langen, wohlgeformten Beine übereinander. Ihr Lächeln war selbstgefällig, arrogant, affektiert und wirkte auf Cat so aufreizend wie eine eingerissene Nagelhaut. Sie wurde zu einer Quelle der Unzufriedenheit im Büro. Nur leider galt unausgewogene Chemie nicht als Grund für eine Entlassung, sonst hätte Cat sie schon vor Monaten gefeuert.

Außerdem hatte sie das Gefühl, eine solche Entscheidung nicht allein treffen zu können. Bill Webster hatte ihr Team vor ihrem Antritt bei WWSA persönlich ausgesucht. Die »Kandidaten« waren ihr dann zur Zustimmung vorgestellt worden.

Jeff Doyle hatte sich eigentlich um eine Stelle in der Nachrichtenredaktion beworben, hatte dann aber sofort zugegriffen, als ihm *Cats Kids* angeboten wurde, weil er sich davon eine größere kreative Herausforderung versprach.

Melia King war aus der Nachrichtenredaktion rekrutiert worden. Auch sie hatte mehr Abwechslung, eine neue Herausforderung und mehr Lohn haben wollen. *Cats Kids* bot ihr diese Gelegenheit.

Cat hatte Bills Vorschläge nicht ablehnen wollen, auch wenn sie Melias Antipathie schon beim ersten Händedruck gespürt hatte. Weil sie keine andere Erklärung für die Feindseligkeit der jungen Frau fand, nahm sie an, daß Melia nur nervös war, ihre neue Chefin kennenzulernen, und daß sie schon bald lockerer werden würde. Doch nach nunmehr sechs Monaten Zusammenarbeit herrschte noch immer ein frostiges Verhältnis zwischen ihnen.

Melia kam nie zu spät. Sie hatte sich noch keine großen Patzer erlaubt, was ihre Aufgaben betraf. Und wenn ihr einmal ein kleinerer Fehler unterlief, dann hatte sie stets eine Erklärung dafür parat. Zwar waren das dann wenig plausible Ausreden, dennoch kam sie damit durch.

Mit anderen Worten, dachte Cat im stillen: *Sie paßt auf ihren Arsch auf.*

»Welche Termine habe ich heute?« fragte sie.

Mit einem kurzen Schwung klappte Melia den Deckel ihres Spiralblocks auf. »Ein Gespräch mit einem Ehepaar Walters für Ms. Parks.«

»Richtig. Wann?« Cat schaute auf die Uhr auf ihrem Schreibtisch.

»Um elf. Sie hat die Akte auf meinem Schreibtisch gelassen.«

»Ich hole sie mir, wenn ich nachher weggehe.«

»Die wohnen ein Stück draußen, Richtung Kerrvill. Wissen Sie, wo das liegt?«

»Nein.«

Melia verdrehte die Augen, als wäre Cats Unkenntnis der texanischen Geographie der Gipfel der Dummheit. »Dann werde ich Ihnen erklären, wie Sie dorthin kommen.«

»Das wäre sehr nett«, sagte Cat knapp. »Was liegt sonst noch an?«

»Um drei Uhr haben Sie ein Meeting im Schneideraum.«

»Bis dahin bin ich längst wieder zurück.«

»Und Mr. Webster möchte Sie heute noch sehen. Wann es Ihnen paßt, hat er ausrichten lassen.«

»Klingeln Sie oben durch und fragen Sie, ob er jetzt Zeit hat. Ich würde ihn gern noch sprechen, bevor ich losfahre.«

Ohne darauf zu antworten, stand Melia auf und verließ das Büro. Sie hatte den geschmeidigen Gang einer Raubkatze. Jeff schien davon allerdings nicht beeindruckt. Er verzog nur den Mund, als Melia hinausging.

Cat tat so, als hätte sie es nicht gesehen. Sie war nicht gewillt, die Mitglieder ihres Teams gegeneinander auszuspielen. Auch wollte sie nicht offen Partei ergreifen. Sich wieder der Arbeit zuwendend, sagte sie: »Steht denn jetzt schon fest, wo wir die Aufnahmen mit Tony machen?«

Sie nannte die vorgestellten Kinder stets beim Vornamen, weil sie noch sehr gut wußte, wie sie es früher immer gehaßt hatte, wenn Leute von ihr als »das Kind« oder »das Mädchen« gesprochen hatten, so als wäre sie eine Unperson, nur weil sie der staatlichen Fürsorge unterlag.

»Wie wär's im Brackenridge Park?« schlug Jeff vor. »Wir könnten Tony auf die Mini-Eisenbahn setzen. Das würde sich von der Optik gut machen.«

»Noch wichtiger: Tony fände es sicher gut. Welcher sechsjährige Junge mag keine Eisenbahn?«

Melia steckte den Kopf zur Tür herein. »Mr. Webster ist in seinem Büro. Er sagt, Sie können gern hochkommen.« Sie verschwand wieder.

Cat kam um ihren Schreibtisch herum. »Fahr doch schon mal zum Park, während ich weg bin, und schau dich um«, sagte sie zu Jeff. »Sag den Leuten dort, daß wir Mittwoch früh zum Drehen kommen, damit die Eisenbahn in Betrieb ist und so weiter. Und sag in Sherrys Büro Bescheid, damit sie wissen,wann sie Tony rüberbringen sollen. Check den Drehtermin auch mit dem Nachrichtenteam ab, damit wir eine Kameracrew haben.«

Jeff machte sich rasche Notizen. »Noch was?«

»Ja. Entspann dich. Das Leben ist zu kurz, um es so schrecklich ernst zu nehmen.«

Er hob den Kopf, unterbrach sein hektisches Schreiben und schaute sie verdutzt an.

»Glaub mir. Ich weiß es.«

Cats Büro lag, verbunden durch einen schmalen Flur, auf einer Etage mit der hektischen und betriebsamen Nachrichtenredaktion. Bill Webster hatte ihr ein größeres und besser gelegenes Büro auf der Verwaltungsetage des Gebäudes angeboten, aber das hatte sie abgelehnt. *Cats Kids* lief im Rahmen des Nachrichtenblocks, ebenso wie sämtliche lokalen

Sendungen. Ihr Team mit den Kameraleuten, Cuttern und anderen Redakteuren zu integrieren und mit der Studiocrew zusammenzuarbeiten, war ihr wichtig.

Sie hatte zu Webster gesagt: »Von ihnen hängt es ab, ob ich gut rüberkomme auf der Mattscheibe. Ich kann es mir nicht leisten, mich von ihnen zu entfremden, indem ich mich absondere.«

Es hatte innerhalb der Belegschaft der Nachrichtenredaktion erhebliche Ressentiments ihr gegenüber gegeben. Cat Delaney hatte ihren Job nicht von der Pike auf gelernt, wie sie es getan hatten. Sie war Schauspielerin, keine Journalistin.

Cat machte aber kein Hehl aus ihren mangelnden journalistischen Fähigkeiten und war sich bewußt, daß sie mit ihrer Sendung der Redaktion quasi aufs Auge gedrückt worden war. Und die Nachrichtenleute erwarteten sicherlich von ihr, daß sie sie herablassend behandelte, der hochnäsige, besserwisserische Fernsehstar aus Hollywood.

Doch statt dessen hatte sie immer wieder um Rat gefragt. Auch wenn sie jahrelange Erfahrung vor der Fernsehkamera mitbrachte, war es etwas ganz anderes, eine Reportage zu gestalten. Indem sie Fragen stellte, ihre Texte übte, Kritik verlangte und Witze über sich selber machen konnte, erwarb sie sich Respekt und wurde akzeptiert.

Die Sekretärin des Bosses begrüßte sie herzlich. »Mr. Webster erwartet Sie schon, Ms. Delaney. Gehen Sie gleich durch.«

»Ich könnte nicht zufriedener sein, wie sich die Dinge entwickeln«, lobte Bill, kaum daß Cat Platz genommen hatte.

»Das haben Sie mir schon so oft gesagt.« Sie lächelte ihm über seinen schwarzen Schreibtisch hinweg zu, der so blankpoliert war, daß man sich drin spiegeln konnte. »Noch so ein Lob, und ich werde schrecklich rot.«

»Das sind keine leeren Komplimente«, sagte er lachend. »Die steigenden Marktanteile beweisen das. *Cats Kids* ist ein überwältigender Erfolg.«

Ihr Lächeln erhielt einen bitteren Zug. »Nicht, wenn es nach Mr. Truitt ginge.« Ron Truitt, Kritiker des *San Francisco Light*, hatte an *Cats Kids* seit dem Sendestart kein gutes Haar gelassen.

»Sein letzter Artikel war besonders boshaft«, sagte Cat. »Was hat er doch gleich noch geschrieben? ›Diese Beiträge triefen vor Sentimentalität und haben in einem Nachrichtenblock etwa genausoviel zu suchen wie Aerobicübungen.‹ Der Mistkerl kann leider sehr gut schreiben.«

Webster nahm die Kritik gelassen hin. »Leider ist San Antonio in TV-Kreisen als ›Blutmarkt‹ verrufen. Wir haben hier ein Ausmaß an Gewalt wie jede andere Großstadt auch. In den Nachrichtenabteilungen gilt: je mehr Gewalt, desto besser.

WWSA ist da keine Ausnahme, fürchte ich. Wir müssen dem allgemeinen Trend folgen, um konkurrenzfähig zu bleiben. Mir persönlich gefällt das gar nicht. Aber so ist es nun mal.

Ihre Beiträge sind da wie frische Luft in all dem Zeug über Verbrechen, Unfälle und so weiter. Sie erinnern die Zuschauer daran, daß es auch noch Gutes in der Welt gibt. Also vergessen Sie Truitts Kritik. Betrachten Sie dies als kostenlose Publicity.«

Sie teilte Bill Websters sorglose Haltung gegenüber diesen Artikeln nicht. Schlechte Presse blieb schlechte Presse. Es wäre weit weniger schlimm gewesen, wenn Truitt ihr Auftreten vor der Kamera kritisieren würde – das hätte sie locker abtun können. Aber er attackierte ihr »Baby«, und wie eine Bärenmutter beschützte sie es bis zur Bösartigkeit.

»Wenn die Leute Gewalt und Blut sehen wollen, dann sollten wir ihnen einfach zeigen, aus welchen Verhältnissen die meisten dieser Kinder kommen«, sagte sie in bitterem Ton.

»Um so mehr Grund, sich nicht um die Kritiker zu scheren. Knöpfen Sie sich diesen Truitt doch mal vor.«

»Hab ich ja versucht, aber der Feigling ruft nie zurück.« Sie zuckte mit den Achseln. »Ist wahrscheinlich auch besser so, schätze ich mal. Ich möchte ihm eigentlich nicht die Befriedigung gönnen, zu wissen, wie sehr mich seine miesen Artikel auf die Palme bringen.«

Webster bot ihr etwas zu trinken an, aber sie lehnte dankend ab und erwähnte ihren Termin mit dem Ehepaar, das sich um eine Adoption beworben hatte.

»Gespräche mit Bewerbern gehören aber nicht zu Ihrem Job.«

»Eigentlich nicht. Aber Sherry hat Terminprobleme. Also springe ich für sie ein, um das Ehepaar nicht zu enttäuschen. Sie scheinen nämlich sehr geeignete Aspiranten zu sein.

Um ehrlich zu sein, Bill: Ich würde gern die Antragsteller kennenlernen. Dadurch hätte ich die Möglichkeit, ihnen genaustens zu beschreiben, was sie erwartet, was ich aus meiner eigenen Erfahrung tun kann.«

»Als ehemaliges Pflegekind...«

»Richtig. Die meisten machen zwar spezielle Kurse, aber solch ein zehnwöchiges Training kann nicht auf alle Eventualitäten vorbereiten, zu denen es im Umgang mit einem schwierigen Kind kommen kann. Sie hätten dann auch die Gelegenheit, zu sehen, daß ich und das Programm völlig okay sind.«

»Sie haben auch so schon genug am Hals.«

»Ich kann gar nicht genug davon kriegen.«

»Und Sie sind ein Kontrollfreak. Sie müssen alles überblicken.«

»Schuldig, Euer Ehren«, sagte sie lächelnd.

»Übernehmen Sie sich bloß nicht.«

Wenn sie etwas nicht akzeptieren konnte, dann, wegen ihrer Transplantation besonders behandelt zu werden. »Hätscheln Sie mich nicht, Bill.«

»Cat, ich rate all meinen Topleuten, sich nicht zu überarbeiten und auf ihre Gesundheit zu achten. Niemand von denen hat eine Herztransplantation gehabt. Es ist ein guter Rat für jeden.«

»Ich werd's mir merken.«

»Und? Alles klar in eurem Team?« Als sie zögerte, verzog Webster die Augenbrauen und fragte: »Gibt's Probleme?«

»Bei jedem Projekt, an dem mehr als einer arbeitet, kommt es ganz zwangsläufig zu Spannungen«, antwortete sie ausweichend.

Er lehnte sich auf seinem Stuhl zurück. »Spannungen können oft zu fruchtbaren Einfällen führen. Ich denke, Ihr Team ist sorgsam ausgesucht.«

Sie beschloß, ihre Probleme mit Melia durch die Hintertür anzubringen. »Jeff ist ein echtes Arbeitstier. Superfleißig. Aber er wird leicht nervös.«

»Ist er schwul?«

»Tut das was zur Sache?«

»Nein, gar nicht«, antwortete er, verdutzt über ihren scharfen Ton. »Hat mich nur interessiert. Es wird getratscht. So oder so – ich persönlich finde ihn für *Cats Kids* geeigneter als für das harte News-Geschäft. Wie kommen Sie mit Melia klar?«

»Sie hat so ihre Launen.«

»Haben wir die nicht alle?«

»Schon. Nur manchmal rasseln ihre und meine gehörig zusammen.«

Sie wollte es auf keinen Fall so klingen lassen, als sei es allein Melias Schuld. Vielleicht war es das auch gar nicht. Ihre Abneigung basierte auf Gegenseitigkeit, auch wenn Cat wirklich versucht hatte, mit Melia auszukommen. Sie brachte ihr mehr Geduld entgegen, als sie ihrer Meinung nach verdiente.

Webster reagierte auf ihre Andeutung bezüglich Disharmonie nicht. »Wie Sie schon sagten, Cat – wenn mehr als einer beteiligt ist, kommt es zwangsläufig zu gegensätzlichen Meinungen.«

Bill hatte sich allergrößte Mühe gegeben, ihren Wechsel zu WWSA einfach und angenehm zu machen. Deshalb wollte sie nicht als Nörglerin dastehen. Und so ließ sie es zumindest fürs erste auf sich beruhen. »Ich bin sicher, daß wir irgendwann alle Falten ausgebügelt haben.«

»Da bin ich mir auch ganz sicher. Gibt es sonst noch was?«

Sie schaute auf die Uhr; sie hatte noch einige Minuten Zeit. »Ich möchte, daß Sie mal über die Möglichkeit einer Spendenaktion nachdenken.«

»Spendenaktion?«

»Zugunsten der Kinder, die noch immer in Pflegefamilien sind, und für die, die bereits adoptiert wurden. Pflegeeltern bekommen vom Staat gerade mal zweihundert Dollar Zuschuß pro Kind. Und natürlich Beihilfe im Krankheitsfall. Aber das reicht natürlich vorn und hinten nicht.

Wäre es nicht eine prächtige Werbung für den Sender, ebenso wie es toll für die Kinder wäre, wenn WWSA ein Konzert sponsern würde oder ein Prominentengolfturnier oder so was in der Art, um Geld zusammenzubringen? Für solche Ausgaben wie kieferorthopädische Eingriffe, Brillen und Sommercamp.«

»Fabelhafte Idee. Legen Sie los.«

»Danke. Aber ich brauche Unterstützung. Ich bin noch immer die Neue und kenne noch nicht so viele Leute. Meinen Sie, Nancy würde mir dabei helfen?«

»Ha! Nichts lieber als das.« Er lachte. »Mit so was laufen Sie offene Türen bei ihr ein. Nichts tut sie lieber, als die

Ärmel hochzukrempeln und sich Hals über Kopf in ein Projekt zu stürzen. Spendenaktionen sind ihre Spezialität.«

»Großartig. Ich werde sie anrufen.« Cat erhob sich. »Wenn sonst nichts mehr anliegt – ich muß mich beeilen.«

Er kam um den Schreibtisch herum und begleitete sie zur Tür. »Sie leisten großartige Arbeit, Cat. Wir können uns sehr glücklich schätzen, Sie bei uns zu haben. Sie haben dem Sender Glaubwürdigkeit und eine Aura von Qualität verliehen. Aber sind wir auch so gut zu Ihnen? Haben Sie es schon mal bereut, aus Kalifornien fortgegangen zu sein? Sind Sie glücklich?«

»Bedauert? Nein, Bill, ich bereue es nicht. Ich liebe die Kids. Meine Arbeit lohnt sich, und es ist ein gutes Gefühl.«

Er wartete, doch als sie nichts mehr sagte, hakte er nach. »Damit ist meine Frage aber noch nicht ganz beantwortet.«

»Ob ich glücklich bin? Sicher. Warum sollte ich das nicht sein?«

»Was ist mit Dr. Spicer?«

Cat hatte sich zwar mit ihren neuen Kollegen angefreundet, aber noch nicht die Zeit gehabt, eine wirkliche Freundschaft zu entwickeln. Zudem war es ihre Gepflogenheit, berufliche und private Dinge fein säuberlich zu trennen. Für Bekanntschaften außerhalb der Fernsehbranche ließen ihr die langen, anstrengenden Arbeitstage kaum Zeit. Und daher war Dean noch immer ihr bester Freund, und so lautete auch ihre Antwort auf Bills Frage.

»Wir telefonieren öfter.«

Er wirkte besorgt. »Hat er eine Chance, Sie zur Rückkehr nach Kalifornien zu bewegen?«

»Nein. Ich habe hier viel zuviel zu tun.« Sie schaute auf ihre Uhr. »Und jetzt muß ich los, sonst komme ich noch zu spät zu meinem Termin.«

Kapitel 15

Die Klingel schrillte durchs Farmhaus. Durch die Fliegengittertür am Eingang erblickte Cat einen breiten Flur zum hinteren Teil des Hauses hin. Mehrere Zimmer gingen von der zentralen Diele ab, aber sie konnte von hier aus nicht erkennen, welche Art Räume dies waren.

Irgendwo in der Nähe kläffte ein Hund; ein großer, dem tiefen Klang seines Bellens nach zu urteilen. Glücklicherweise hörte es sich eher neugierig als bedrohlich an.

Sie klingelte erneut und schaute über die Schulter in die Richtung, aus der sie gekommen war. Das Grundstück der Ranch war von einem weißen Lattenzaun umgeben, der es in mehrere Parzellen unterteilte, auf denen Pferde und Vieh grasten.

Das Haus war ein schlichtes einstöckiges Kalksteingebäude mit einer breiten Veranda, an deren Überdachung Glyzinien rankten. In Tontöpfen blühten scharlachrote Geranien. Alles machte einen überaus gepflegten Eindruck, genau wie der Golden Retriever, der um die Hausecke und die steinernen Stufen heraufgelaufen kam.

»Hallo, mein Hündchen.« Sie hielt die Hand hin, und der Hund schnupperte daran, dann leckte er freundlich. »Bist du ganz allein zu Hause? Ich dachte, ich – oder Sherry – würde schon erwartet.«

Sie klingelte ein zweites Mal. Mr. und Mrs. Walters mußten sich irgendwo im Haus aufhalten, so nahm Cat an. Höchst unwahrscheinlich, daß die beiden weggefahren waren und die Tür offengelassen hatten.

Sie schirmte die Augen mit den Händen ab, spähte durch das Fliegengitter und rief: »Hallo? Ist jemand da?«

Im hinteren Teil des Hauses öffnete sich knarrend eine Tür, und ein Mann erschien in dem Flur. Cat ließ die Hände sinken und trat zurück; es war ihr peinlich, beim Spähen ertappt worden zu sein.

Der Mann war groß und barfuß. Um sein Kinn lag der Schatten eines Zweitagebarts. Während er zur Haustür kam, knöpfte er ohne Hast seine Jeans zu, gab aber schon nach zwei Knöpfen auf. Er versuchte, sein zerzaustes Haar zu glätten, gähnte breit und kratzte sich dann an der nackten Brust.

»Kann ich etwas für Sie tun?« fragte er grummelig durch das Fliegengitter.

Cat war verwirrt. Hatte Melia Uhrzeit oder Datum falsch notiert? Oder hatte Sherry sich in der Adresse geirrt?

Mr. Walters erwartete offensichtlich keinen Besuch. Er kam geradewegs aus dem Bett. War Mrs. Walters mit ihm im Bett gewesen? Und wenn ja – wobei hatte sie die beiden gerade gestört? Beim Schlafen, hoffte Cat inständig.

»Ich ... äh ... ich bin Cat Delaney.«

Er starrte sie lange an, dann öffnete er abrupt die Fliegengittertür und sah Cat noch eindringlicher aus zusammengekniffenen, mißtrauischen Augen an. »Ja und?«

Normalerweise genügte die Erwähnung ihres Namens. Wenn Verkäuferinnen begriffen, wer ihnen gerade ihre Kreditkarte zum Bezahlen gegeben hatte, verschlug es ihnen entweder die Sprache, oder sie plapperten dummes Zeug. Oberkellner kamen ins Stottern, während sie sie zum reservierten Tisch führten. Wenn sie in der Öffentlichkeit erkannt wurde, verrenkten sich die Leute für gewöhnlich den Hals nach ihr.

Mr. Walters hatte nicht mal mit der Wimper gezuckt. Offensichtlich sagte ihm ihr Name nichts.

»Ich komme in Vertretung für Ms. Parks. Sie ist leider verhindert heute vormittag, und deshalb bin ich –«

»Schwachkopf!« rief er und schlug sich klatschend auf den Oberschenkel.

Cat zuckte zusammen, doch dann erkannte sie, daß er nicht sie gemeint hatte, sondern den Hund, der noch immer ihre Hand abschleckte.

»Platz, Gauner!« befahl er barsch.

Der Hund verdrückte sich gehorsam und legte sich hin, die Schnauze auf den Vorderpfoten, den traurigen Blick fest auf Cat gerichtet.

Sie wandte sich wieder zu dem Mann um. Er hielt die Fliegengittertür mit seinen ausgestreckten muskulösen Armen auf. Cat sah, wie eine einzelne Schweißperle aus seiner Achselhöhle über die Rippen zu seiner Taille rann.

Sie schluckte. »Ich fürchte, da liegt ein Irrtum vor.«

»Ich brauche jetzt 'nen Kaffee. Kommen Sie rein.«

Er machte kehrt und verschwand im Haus. Cat fing die Fliegengittertür auf, ehe sie ins Schloß krachte, zögerte aber einen Moment und überlegte, ob es klug war, ihm zu folgen. Er schien nicht gerade in der Stimmung, Gäste zu bewirten. Seine Frau hatte sich noch gar nicht blicken lassen.

Andererseits ging es ihr gegen den Strich, einfach unverrichteter Dinge wieder abzuziehen. Mehr als eine Stunde ihrer Zeit hatte sie in die Fahrt hierher investiert. Wenn sie sich jetzt wieder auf den Heimweg machte, war alles umsonst gewesen. Außerdem erwartete Sherry einen ausführlichen Bericht. Sie mußte der Sache auf den Grund gehen.

Sie fand Mr. Walters' ungehobelte Art nicht gerade nett, aber es weckte auch ihre Neugier. Sie hatte die Bewerbung des Ehepaares selber gelesen, und die war ausgezeichnet gewesen. Beide hatten Collegeabschluß, waren in den Vierzigern, aber ihre Ehe war nach fünfzehn Jahren noch immer kinderlos.

Mrs. Walters war gewillt, ihre Anstellung als Bibliothekarin aufzugeben, um sich voll und ganz um ein Kind zu kümmern. Was keine finanzielle Last für die Familie bedeuten würde, da Mr. Walters ein erfolgreicher Zementhändler war.

Sie waren die idealen Eltern für eines von *Cats Kids.* Daher machte es überhaupt keinen Sinn, daß sie erst die Zeit und Mühe für einen Antrag auf Adoption auf sich nahmen und sich dann nicht auf das erste persönliche Gespräch vorbereiteten. Cat war viel zu neugierig, um diese Frage unbeantwortet zu lassen.

Und so schob sie alle Bedenken beiseite und betrat das Haus.

Vor ihr erstreckte sich ein geräumiges Wohnzimmer. Breite Fenster ließen viel Licht herein und boten einen atemberaubenden Blick auf die herrliche Berglandschaft. Die Einrichtung war gemütlich. Und alles wäre perfekt gewesen, gäbe es nicht diese Unordnung.

Ein Männerhemd hing über der Sofalehne. Ein Paar Cowboystiefel und Socken lagen mitten im Zimmer. Der Fernseher lief, allerdings ohne Ton, was ihr glücklicherweise das Geplärre und Getöse eines albernen Zeichentrickfilms ersparte.

Überall lagen Zeitungen verstreut. Das Kissen am Kopfende der Couch war zerknautscht; auf dem Tisch standen zwei Coladosen, daneben lag eine leere Tüte Kartoffelchips und ewas, das aussah wie die Überreste eines Salamisandwiches.

Cat verharrte unter der Tür und schaute sich angewidert um. Hinter einem Tresen als Raumteiler lag die Küche, wo Mr. Walters gerade Tassen vom Regel nahm. Er pustete den Staub heraus.

»Ist Mrs. Walters auch da?« fragte sie zögernd.

»Nee.«

»Wann wird sie denn zurück sein?«

»Kann ich nicht sagen. In ein paar Tagen, schätze ich. Der Kaffee ist fertig. Steht zwar schon eine Weile, aber je stärker, desto besser, hab ich recht? Milch? Zucker?«

»Ich möchte wirklich nicht –«

»Vergessen Sie die Milch.« Er hatte eine Tüte Milch aus dem Kühlschrank genommen und geöffnet. Cat konnte es bis hierher riechen. »Der Zucker muß da irgendwo rumstehen«, murmelte er, während er danach suchte. »Ich kann mich dran erinnern, ihn vor ein oder zwei Tagen gesehen zu haben.«

»Ich möchte keinen Zucker.«

»Gut. Ich kann ihn nämlich nirgends finden.«

Was sie gar nicht überraschte. Die Unordnung in der Küche war noch schlimmer als die im Wohnzimmer. In der Spüle türmte sich das schmutzige Geschirr und breitete sich auf jedes nur erdenkliche freie Plätzchen aus. Auf dem Herd standen verkrustete Pfannen und Töpfe. Der Tisch war übersät mit weiterem gebrauchten Geschirr, ungeöffneter Post, Büchern und Zeitschriften, stapelweise Papier und einem fettigen Karton mit der Aufschrift *Carlottas Tamales nach Hausmacherart.* Etwas Gelbes und Glibbriges war auf den Fußboden getropft.

Die nette Einrichtung der Zimmer täuschte. Die Bewohner dieses Hauses waren alles andere als sauber und ordentlich.

»Bitteschön.« Er schob ihr eine Tasse über den Tresen zu. Es schien ihm völlig egal, daß dabei Kaffee herausschwappte. Er nippte bereits an seiner Tasse. Nach mehreren Schlucken seufzte er. »Ah... schon besser. Also, was wollen Sie mir andrehen?«

Cat lachte ungläubig. »Ihnen andrehen? Ich will Ihnen nichts andrehen. Sherry Parks war der Meinung, ich hätte heute einen Termin mit Ihnen.«

»Hm. Wie war doch gleich noch Ihr werter Name?«

»Cat Delaney.«

»Cat –« Er musterte sie von Kopf bis Fuß durch den aufsteigenden Dampf aus seiner Tasse. »Ja, richtig. Sie sind doch die aus dieser Fernsehdings, nicht wahr?«

»Gewissermaßen«, entgegnete sie kühl. »Ich bin heute morgen für Ms. Parks eingesprungen, die einen Termin mit Ihnen um elf Uhr hatte.«

»Termin? Heute?« Er schüttelte ungläubig den Kopf.

Cat winkte genervt ab. »Vergessen Sie's. Mag sein, daß da jemand was verwechselt oder falsch verstanden hat, aber es spielt ohnehin keine Rolle.« Ihr Blick schweifte erneut über die Unordnung, ehe sie ihn wieder anblickte. »Es tut mir schrecklich leid, aber ich glaube kaum, daß Sie in Betracht kommen.«

Er schlürfte seinen Kaffee. »Wofür?«

Entweder war er begriffsstutzig oder extrem gerissen. Sie konnte nicht sagen, ob er sie ärgerte oder ob er tatsächlich keine Ahnung hatte, weshalb sie hier war.

Gut möglich, daß Mrs. Walters die Bewerbung eigenhändig eingereicht und den Termin ohne Wissen ihres Mannes vereinbart hatte, um ihn auf diese Weise dazu zu bringen, einer Adoption zuzustimmen. So was kam durchaus vor. Einer der beiden Partner, für gewöhnlich die Frau, hatte den Wunsch nach einem Kind, der Mann hingegen nicht. Mitunter war er sogar strikt dagegen.

Genau das konnte auch hier der Fall sein.

So oder so – Cat wollte auf keinen Fall ins Kreuzfeuer eines ehelichen Disputs geraten. »Haben Sie und Mrs. Walters auch alle Aspekte besprochen?«

Er goß sich eine zweite Tasse Kaffee ein und fragte über die Schulter: »Alle Aspekte *wovon?*«

»Ein Kind zu adoptieren«, antwortete sie ungehalten.

Er warf ihr einen harten, stechenden Blick zu, senkte den Kopf, schloß die Augen und kniff sich in die Nasenwurzel. »Ich muß doch länger aufgeblieben sein, als ich gedacht habe«, murmelte er, schaute wieder auf und sah zu ihr. »Sie sind hier, um über die Adoption eines Kindes zu sprechen...«

»Ja gewiß. Was dachten Sie denn?«

»Was weiß denn ich?« entgegnete er nicht minder gereizt. »Hätte ja sein können, daß Sie Kosmetik verkaufen.«

»Nein, das tue ich nicht.«

»Also, was –« Er brach mitten im Satz ab, als ihm urplötzlich etwas einfiel. Scheppernd stellte er die Tasse ab. »Oh, Scheiße! Welcher Tag ist heute?«

»Montag.«

Er schaute auf den Kalender neben dem Kühlschrank und schlug mit der flachen Hand gegen die Wand. »Verdammt.« Er drehte sich wieder um, raufte sich die Haare.

»Ich habe ganz verschwitzt, Sie – oder Ms. Parks – am Freitag anzurufen und den Termin abzublasen. Ist mein Fehler gewesen. Hab nicht auf den Kalender geguckt, obwohl sie's mir gesagt hat. Na, die wird vielleicht sauer sein«, sagte er fast zu sich selbst. »Hören Sie, es tut mir wirklich sehr leid. Ich hätte Ihnen die lange Fahrt ersparen können. Da wird wohl ein neuer Termin gemacht werden müssen.«

»Ich glaube kaum, daß das nötig sein wird«, widersprach sie ihm barsch. »Richten Sie bitte Ihrer Frau aus –«

»Meiner Frau?«

»Sie meinen, Sie sind gar nicht verheiratet?«

»Nein, sind wir nicht.«

»Aber sie ist doch Mrs. Walters, oder?«

»Aber klar doch.« Auf seinen Lippen deutete sich ein Schmunzeln an. »Irene Walters ist mit Charlie Walters verheiratet. Das werden die beiden bestimmt lustig finden, daß Sie mich für ihn gehalten haben.«

Als Antwort auf ihren verdutzten Blick schüttelte er den Kopf und fügte hinzu: »Ich hüte das Haus für die beiden. Sie mußten vergangene Woche kurzfristig nach Georgia, als jemand aus Charlies Verwandtschaft krank geworden ist. Ich brauche ein ruhiges Plätzchen, weil meine Wohnung gerade renoviert wird. War also eine günstige Gelegenheit.«

»Sie haben *Ihnen* das Haus überlassen?« Sie schaute absichtlich zum Geschirrberg.

Er folgte ihrem Blick und tat so, als würde ihm die Unordnung erst jetzt auffallen. »Schätze, ich sollte besser mal gründlich Hausputz machen, ehe sie zurückkommen. Bis vorgestern – ich glaube, es war vorgestern –, kam immer eine Frau zum Saubermachen, aber ich habe sie rausgeekelt. Hat ständig um mich rumgeputzt und Staub gesaugt, während ich versucht habe zu schreiben. Das hat mich wahnsinnig gemacht. Hab sie mächtig angeblafft. Na ja, sie ist jedenfalls weg. Irene wird sie wieder besänftigen müssen. Deswegen wird sie bestimmt sauer auf mich sein.«

»Sie schreiben?«

Er drehte sich wieder zu Cat um. »Wie bitte?«

»Sie sagten, Sie hätten versucht zu schreiben.«

Er ging an ihr vorbei zu einer Regalwand im Wohnzimmer. Er nahm eines der Bücher dort und warf es ihr zu. »Alex Pierce.«

Sie las den Titel auf dem Umschlag, drehte das Buch um und besah sich das Foto auf der Rückseite. Seine Augen jedoch waren dieselben – blau und eindringlich unter buschigen Brauen, von denen eine durch eine senkrechte Narbe geteilt wurde. Attraktive Falten um die Augen. Ebenmäßige Nase. Ernster, aber sinnlicher Mund. Hart und hübsch.

Sie hielt den Blick aufs Buch gesenkt, weil es ihr leichter fiel, in die Augen auf dem Foto zu schauen, als in die richtigen. Ihr war unerklärlich heiß, und sie hatte einen Kloß im Hals. »Ich habe schon von Ihnen gehört. Aber ich hätte Sie nicht wiedererkannt.«

»Hab mich zurechtgemacht für das Foto. Mein Agent Arnie hat drauf bestanden.«

»Wie viele Bücher haben Sie denn schon veröffentlicht, Mr. Pierce?«

»Zwei. Das dritte erscheint Anfang nächsten Jahres.«

»Krimis, nicht wahr? So was in der Art?«

»So was in der Art.«

»Tut mir leid, aber ich habe noch keines davon gelesen.«

»Würde Ihnen sowieso nicht zusagen.«

Sie schaute abrupt auf. »Wieso nicht?«

»Sie sehen nicht so aus.« Er zuckte mit den Achseln. »In meinen Stories geht es hart zur Sache. Sex und Gewalt. Mord und Totschlag. Nicht gerade nett.«

»Und warum glauben Sie, daß mir so etwas nicht zusagt?«

Er musterte sie erneut mit dreistem Blick von Kopf bis Fuß, dann streckte er die Hand aus und berührte eine Strähne ihres Haars. »Weil die Rothaarigen bei mir leicht zu haben sind.«

Ihr Magen verkrampfte sich; was sie fuchsteufelswild machte, weil sie vermutete, daß er es mit seiner Bemerkung genau darauf angelegt hatte. Sie stieß seine Hand weg.

»Und leicht aufbrausend«, fügte er mit arrogantem Grinsen hinzu.

Sie gab ihm das Buch zurück. »Sie haben recht. Mir würde diese Art zu schreiben ganz gewiß nicht zusagen.« Sie schaffte es nur deshalb, ihre Wut so sehr zu zügeln, weil sie diesem Klischee nicht entsprechen wollte. »Wann erwarten Sie Mr. und Mrs. Walters zurück?«

Er legte das Buch auf einen Beistelltisch und nahm noch einen Schluck von seinem Kaffee. »Sie wollten anrufen, ehe sie losfahren. Solange ich nichts von ihnen gehört habe, kann man es also nicht sagen.«

»Richten Sie den beiden bitte aus, sie möchten sich bei Ms. Parks melden, sobald sie zurück sind. Sie wird dann einen neuen Termin vereinbaren.«

»Irene und Charlie sind klasse. Sie würden prächtige Eltern sein.«

»Das wird ein Richter entscheiden.«

»Aber Ihre Meinung ist dabei nicht ganz unwichtig, oder? Ich wette, daß Ms. Parks und auch andere von den Behörden auf Sie hören und Wert auf Ihre Beurteilung legen.«

»Worauf wollen Sie hinaus, Mr. Pierce?«

»Worauf ich hinaus will«, sagte er kurz und knapp. »Verbauen Sie es Irene und Charlie nicht wegen ein bißchen schmutzigem Geschirr. Beurteilen Sie die beiden nicht nach dem Eindruck, den Sie von mir haben.«

»Hören Sie, ich bin wirklich nicht hierhergekommen, um Urteile über andere Menschen zu fällen.«

»Von wegen. Sie haben doch selber vorhin gesagt, daß sie nicht in Betracht kämen.«

»Damit habe ich *Sie* gemeint.«

»Na bitte. Sie sind ganz schön eingebildet und lieben es, über andere den Stab zu brechen. Warum sonst wohl sollte ein Fernsehstar wie Sie sich mit San Antonio abgeben?«

Cat kochte innerlich, fürchtete aber, in einem Krieg der Worte die Unterlegene zu sein. »Leben Sie wohl, Mr. Pierce.«

Er folgte ihr zur Tür. Cat spürte seinen bohrenden Blick im Rücken.

»Mach's gut, Gauner.«

Der Hund erhob sich winselnd; wahrscheinlich war er unglücklich, weil Herrchen und Frauchen ihn in der Obhut dieses Unholds zurückgelassen hatten.

Alex Pierce war aufreibender als Sandpapier. Er war ihr auf die Nerven gegangen, hatte sie beleidigt. Aber noch wütender war sie auf sich selbst. Wieso hatte sie ihm alles durchgehen lassen? Warum hatte sie ihren Fauxpas nicht mit einem Lachen abgetan, anstatt verlegen zu sein? Sonst war doch Humor in peinlichen Situationen stets ihr bewährtes Mittel.

Doch diesmal hatte ihre Schlagfertigkeit sie im Stich gelassen. Wie ein nervöses Schulmädchen hatte sie gestottert, war rot geworden und stand nun da mit den Scherben ihres Stolzes und einer tiefen Abneigung gegenüber einem Verfasser schmieriger Krimis, der hauste wie ein Schwein und abgestandenen schwarzen Kaffee in sich hineinschüttete, als wäre es Leitungswasser.

Doppelt ärgerlich war es, daß ihrer Meinung nach jeder nach dem Aufstehen so gut aussehen sollte wie er.

Das Objekt ihres Zorns kam auf die Veranda und ließ sich in die Schaukel sinken, die leise unter seinem Gewicht ächzte. Er klopfte auf den Platz neben sich. Gauner, hocherfreut über die stumme Einladung, sprang ebenfalls auf die Schaukel und legte die Schnauze auf den Oberschenkel des Krimiautors.

Und dieses Bild hatte Cat noch vor Augen, als sie sich auf den Heimweg machte – Alex Pierce, sanft schaukelnd, der an seinem Kaffee nippte und müßig Gauner hinter den Ohren kraulte.

Kapitel 16

»Was ist denn mit euch passiert?« begrüßte Melia, frisch wie eine exotische Blume im Kühlfach eines Floristen, hinter ihrem Schreibtisch Cat und Jeff, als die beiden hereingetrottet kamen.

»Wir waren in der Sauna. Auch bekannt als Brackenridge Park.« Cat hob ihre schwere Tasche von der Schulter. »Nicht ein Lüftchen hat sich da gerührt. Erinnert mich bloß dran, in San Antonio im Sommer nie wieder Seidenkleider anzuziehen.« Sie zupfte den Stoff von ihrer feuchten Haut.

»Und wie ist es sonst gelaufen?«

»Sehr gut.«

»Wir haben tolle Aufnahmen von Tony im Kasten«, sagte

Jeff zu Melia und ließ sich auf einen der Stühle sinken. »Er war überhaupt nicht kamerascheu.«

Melia reichte Cat einige telefonische Nachrichten. »Sherry Parks möchte Sie unbedingt gleich sprechen. Sie glaubt, daß der Richter Dannys Adoption zustimmt.«

»Wundervoll!« Cats Müdigkeit war schlagartig verflogen. »Probieren Sie doch bitte gleich mal, ob Sie sie an die Strippe kriegen.«

Sie stellte die Tasche ab, ging in ihr Büro, streifte die Schuhe ab und nahm hinter ihrem Schreibtisch Platz. Aus reiner Gewohnheit warf sie einen Blick auf die Uhr und griff nach der Schublade.

Das Telefon schnarrte. Sie betätigte die Sprechtaste, während sie die Schublade öffnete. »Ja, Melia?«

»Ms. Parks auf Leitung eins.«

Die Schublade war leer.

»Soll ich sie durchstellen?«

Die Schublade war leer.

»Cat? Sind Sie noch dran?«

»Ja, aber meine ... Melia, wo sind meine Medikamente?«

»Was?«

»Meine Tabletten. Meine Medikamente. Wo sind die geblieben?«

»Sind die nicht immer im Schreibtisch?« Melia klang verdutzt.

»Natürlich, aber sie sind weg.«

Sie stieß die Schublade zu und zog sie sofort wieder auf, als sei die leere Schublade nur eine optische Täuschung gewesen.

Doch sie blieb leer. Ihre Tabletten waren verschwunden.

Melia erschien in der Tür. »Ich habe Ms. Parks gesagt, daß Sie gleich zurückrufen. Was ist denn los?«

»Na, was ich gesagt habe.« Sie mäßigte ihren Ton. »Meine Medikamente sind nicht mehr da. Ich bewahre sie immer in dieser Schublade auf. Immer. Aber sie sind nicht mehr da. Jemand hat sie geklaut.«

»Wer sollte so was denn tun?«

Cat starrte sie an. »Das würde ich auch gern wissen!«

Jeff kam ins Zimmer. »Was ist?«

»Jemand hat meine Medikamente aus der Schublade entwendet.«

»Was!?«

»Seid ihr beide taub?« schrie Cat. »Muß ich denn alles zweimal sagen? Irgendwer ist hier reinmarschiert und hat meine Tabletten geklaut.«

Ihr war klar, wie aufgebracht sie klang, aber von diesen Medikamenten hing ihr Leben ab.

Jeff kam um den Schreibtisch herum und schaute in die leere Schublade. »Wer sollte denn deine Tabletten klauen?«

Cat raufte sich die Haare.

»Das habe ich sie auch gerade gefragt«, meldete sich Melia. »Da ist sie stocksauer geworden.«

»Kann es sein, daß du sie verlegt hast?« fragte Jeff.

Sein gutgemeinter Versuch einer Besänftigung brachte Cat nur noch mehr in Rage. »Man kann ja vielleicht einen Streifen Aspirin verlegen und sechs Wochen später in der Manteltasche wiederfinden, aber nicht vierzehn Röhrchen mit Tabletten!«

»Vielleicht hast du sie gestern abend aus Versehen mit nach Hause genommen.«

»Nein, habe ich nicht.« Sie schrie schon wieder. »Ich habe jedes Medikament doppelt. Einmal für zu Hause, einmal fürs Büro.«

Drei der vierzehn Medikamente waren wichtige Mittel zur Vermeidung von Gewebeabstoßung, die übrigen elf bewahrten vor deren Nebenwirkungen. Sie hielt sich mit religiösem Eifer an den vorgeschriebenen Plan zur dreimal täglichen Einnahme.

»Das müßte ich ja wohl wissen, wenn ich vierzehn Röhrchen eingesteckt habe, was aber nicht der Fall gewesen ist. Irgendwer ist an meinem Schreibtisch gewesen. Irgendwer hat meine Medikamente geklaut. Wer ist heute vormittag in meinem Büro gewesen?«

»Nur ich und Mr. Webster«, antwortete Melia. »Er hat ein Video gebracht, das Sie sich ansehen wollten.« Sie zeigte auf die Kassette auf ihrem Schreibtisch. »Zumindest habe ich außer ihm niemanden gesehen.«

»Warst du die ganze Zeit an deinem Platz, oder bist du mal länger weg gewesen?« fragte Jeff.

Melia behagte diese Frage ganz und gar nicht. Ihre ausweichende Antwort belegte das. »Was soll ich denn machen – mich einpinkeln? Natürlich bin ich ein paarmal auf die Toilette gegangen, und ich war in der Mittagspause weg. Seit wann ist das ein Verbrechen?«

Cat haßte den Verdacht, Melia könne ihr einen üblen Streich gespielt haben. Sie hatte es ihr geradewegs ins Gesicht sagen wollen, doch was hätte das gebracht? Wenn Melia schuldig war, würde sie es abstreiten. Wenn sie unschuldig war, würde die Anschuldigung nur einen noch größeren Keil zwischen sie treiben.

Noch schwerwiegender aber war, daß die Medikamente in den falschen Händen Unheil anrichten konnten.

»Melia, bitte verbinden Sie mich mit Dr. Sullivan.« Die Praxis des örtlichen Kardiologen, den Dean ihr empfohlen hatte, lag ganz in der Nähe. »Treiben Sie ihn notfalls auf. Sagen Sie ihm, daß ich meine Medikamente brauche, und dann lassen Sie sie, so schnell es geht, aus der Apotheke kommen.«

Wortlos wandte sich Melia um und stapfte aus dem Büro.

»Ich könnte zu dir nach Hause fahren und deine Tabletten holen«, bot Jeff an.

»Lieb von dir, danke. Aber ich kann das auch selber.«

»Du bist viel zu aufgeregt, um dich hinters Steuer zu setzen.«

Sie gab es nur ungern zu, aber er hatte recht. Es waren gar nicht die entwendeten Medikamente, worüber sie sich so aufregte. Sie würde in Kürze Ersatz für ihre Tabletten haben, und sie hatte in ihrem Schreibtisch nun wahrlich nicht den letzten Vorrat auf Erden aufbewahrt. Was ihr so zu schaffen machte, war der Umstand, daß jemand etwas gestohlen hatte, das noch kostbarer war als Schmuck, Pelz oder Geld. Diese Medikamente waren buchstäblich lebenswichtig für sie.

»Ich weiß dein Angebot zu schätzen, glaub mir, Jeff«, sagte sie mit größerer Ruhe, als sie tatsächlich empfand. »Aber Dr. Sullivan wird sich schon drum kümmern, daß ich meine Tabletten bald habe.«

»Wo willst du hin?« Jeff hatte Mühe, ihr zu folgen, als sie aus dem Büro stürmte.

»Ich habe Dr. Sullivan gleich dran«, sagte Melia, als Cat an ihrem Platz vorbeikam. »Er hat gerade eine Patientin, aber seine Sprechstundenhilfe meinte, sie werde ihn kurz unterbrechen.«

»Danke.«

Sie wandte sich an Jeff, der immer noch hinter ihr war. »Wenn irgend so ein Vollidiot denkt, daß das witzig ist, dann will ich das gleich mal graderücken. Auf der Stelle.«

Die Nachrichtenredaktion war ein wahres Paradies für Spaßvögel und Witzbolde. Ständig ging es darum, wer den derbsten Spaß machte. Dabei wurden die Grenzen des guten Geschmacks regelmäßig und vorsätzlich überschritten.

Cat trat an den Schreibtisch des Chefredakteurs, einem mürrischen Kettenraucher mit Husten, der es haßte, daß in sämtlichen Redaktionsräumen das Rauchen untersagt war. Er trug seine miese Laune auf dem Gesicht und kam mit niemandem aus. Doch sein untrüglicher Riecher für Nachrichten und Meldungen trug ihm allgemeine Bewunderung ein. Selbst die egoistischsten Reporter tanzten willig nach seiner Pfeife.

»Hallo, Leute«, dröhnte Cats Stimme aus der Lautsprecheranlage der Redaktion. »Hört mal, ich möchte nur dem kranken Typen, der gedacht hat, es wäre witzig, mir meine Medikamente zu klauen, sagen, daß ich darüber überhaupt nicht lachen kann.«

»Was, zum Teufel, soll das?« Der Chefredakteur schäumte.

Unbeirrt fuhr Cat fort. »Ich erwarte gar nicht, daß sich derjenige jetzt meldet und sich entschuldigt. Mach es nur einfach nicht noch einmal, okay?«

»Gehen Sie von der Sprechanlage weg!« herrschte sie der Chefredakteur an. Das hatte noch niemand gewagt! »Was erlauben Sie sich?«

»Jemand hat meine Medikamente geklaut.«

Mehrere Redakteure kamen näher und sahen Cat neugierig an.

Der Redaktionsleiter tauchte auf, die Stirn gerunzelt. »Was ist hier los?«

Cat wiederholte ihren Vorwurf. »Ich nehme mal an, daß es nicht böse gemeint war. Aber es war dumm und gefährlich.«

»Woher wollen Sie wissen, daß es jemand aus der Nachrichtenredaktion war?« fragte der Redaktionsleiter.

»Ich weiß es ja nicht hundertprozentig«, gestand Cat ein. »Aber jemand aus dieser Etage hätte die beste Möglichkeit, sich unbemerkt in mein Büro zu schleichen. Und hier sind doch alle auf einen guten Scherz aus. Je bescheuerter, desto besser. Aber meine Medikamente zu klauen, das ist nicht witzig.«

»Ich bin mir sicher, daß sich hier jeder dessen vollauf bewußt ist, Ms. Delaney.« Sein Vertrauen in seine Belegschaft machte Cat, was ihre impulsive Reaktion betraf, unsicher. Vielleicht war ihre Beschuldigung doch zu voreilig gewesen.

»Entschuldigen Sie, daß ich den Betrieb aufgehalten habe«, sagte sie kleinlaut. »Sagen Sie mir bitte Bescheid, wenn Sie etwas hören.« Ehe es noch weitere Diskussionen gab, kehrte sie in ihr Büro zurück.

»Die Medikamente sind auf dem Weg«, sagte Melia, die noch immer beleidigt dreinschaute. »Wird etwa zwanzig Minuten dauern. Ist das noch rechtzeitig?«

»Ja, danke. Lassen Sie mich kurz verschnaufen, und dann verbinden Sie mich bitte noch mal mit Sherry. Und, Jeff, bring du mir doch bitte Dannys Akte.«

Weil sie einen Moment ungestört sein mußte, schloß sie die Tür ihres Büros hinter sich, lehnte sich dagegen und holte mehrmals tief Luft. Ihre Seidenbluse klebte ihr nun noch mehr am Leib als vorhin. Sie war in nervösen Schweiß gebadet. Ihre Knie zitterten.

Drei Jahre lang hatte sie versucht, sich vorzumachen, sie sei ein ganz normaler Mensch wie jeder andere auch. Doch Tatsache war und blieb – sie war Patientin einer Herztransplantation.

Das bedeutete, daß sie nicht wie jeder andere war; ob es ihr nun gefiel oder nicht. Und daran würde sich bis ans Ende ihrer Tage nichts ändern.

Die heutige Krise war nur von kurzer Dauer gewesen und nicht in eine lebensgefährliche Situation ausgeartet. Und doch hatte es sie auf höchst unsanfte Weise daran erinnert, wie anfällig und zerbrechlich sie war.

Kapitel 17

Cat erhielt einen ersten Eindruck von Bill Websters berühmter kontrollierter Wut. Er verlor nur äußerst selten die Fassung, aber wenn, dann zitterte das ganze Hochhaus des Senders. An diesem Morgen war sie an der Reihe.

»Die waren wirklich verärgert, Cat.«

Ihre Antwort klang unterwürfig. »Was man ja nur zu gut verstehen kann.«

»Sie sind der Ansicht, daß ihnen das Mädchen absichtlich nicht richtig vorgestellt wurde.«

»Aber das ist nicht wahr. Und ganz sicher nicht mit Absicht.«

Webster schnaufte ärgerlich. Er nahm sich sichtlich zusammen, hochrot im Gesicht. »*Cats Kids* hat bereits etliche und beeindruckende Erfolge verbuchen können. Die Sendung ist ein wichtiger Bestandteil von WWSA.«

»Aber *Cats Kids* hat leider auch das Potential, zur Achillessehne zu werden«, sagte sie, seine Gedanken erratend.

»Ganz genau. Ich stehe nach wie vor hinter der Sendung. Ich möchte nicht, daß der Eindruck entsteht, ich bekäme jetzt kalte Füße. Aber die Sendung macht uns anfällig für kostspielige Prozesse. Wir sind eine Zielscheibe für Rechtsstreitigkeiten, sei es nun mit Behörden, Adoptionsbewerbern oder den leiblichen Eltern des betreffenden Kindes. Im Grunde kann uns jeder wegen jeder Kleinigkeit vor Gericht zerren, ob was dran ist oder nicht. Dieser Sender befindet sich auf dem Präsentierteller.«

»Und kann jederzeit einen vor den Bug kriegen.«

Er nickte brüsk. »Als wir die Sendung starteten, waren wir uns der Risiken sehr wohl bewußt. Als Vorstandsvorsitzender des Senders bin ich nach wie vor bereit, diese Risiken einzugehen, weil die Vorteile bei weitem überwiegen. Aber wir werden besondere Vorsichtsmaßnahmen ergreifen müssen, damit sich ein solcher Vorfall nicht wiederholt.«

Cat rieb sich die Stirn. Tags zuvor hatte ein Ehepaar namens O'Connor bei Sherry Parks angerufen und ihre kürzliche Adoption eines Mädchens widerrufen. Die Kleine hatte sexuelles Vorspiel mit Mr. O'Connor machen wollen.

»Sie behaupten, die sexuelle Frühreife des Kindes sei absichtlich aus dem Bericht rausgenommen worden, um die Adoption zu ermöglichen.«

»Aber das ist doch einfach nicht wahr, Bill. Sie ist von mehreren Kinderpsychologen untersucht worden. Sie hat ihre fortgeschrittene Sexualität vor all diesen Ärzten verheimlicht, vor den Mitarbeitern der Fürsorge, vor uns, vor jedem, der mit ihr zu tun hatte.«

»Ich begreife nicht, wieso das niemandem aufgefallen ist.«

»Sie ist sieben Jahre alt!« rief Cat. »Sie hat Zöpfe und Grübchen und keine Hörner und Klumpfuß. Wer konnte denn ahnen, daß sie solche Probleme sexueller Natur hat? Ihr Stiefvater hat ihr beigebracht, wie sie ihn befriedigen soll. Er hat ihr beigebracht –«

»Herrje!« Bill war blaß geworden. »Verschonen Sie mich bitte mit Details.«

»Aber jeder sollte sie hören«, entgegnete Cat fest. »Denn würden alle die unschönen Details zur Kenntnis nehmen, wäre der entsetzte Aufschrei in unserer Gesellschaft vielleicht nur noch halb so laut.«

»Botschaft angekommen. Weiter.«

»In Anbetracht ihrer Geschichte haben sich die Psychologen anfangs gewundert, wie sie das Ganze überhaupt so scheinbar unbeschadet überstanden hat. Jetzt wissen wir, wie groß ihre Probleme tatsächlich sind. Sie setzt ihre Sexualität ein, um die Menschen in ihrer nächsten Nähe zu manipulieren – besonders Männer, jeden Mann. Das kann man nicht ihr anlasten, Bill.«

»Aber man kann den O'Connors auch keinen Vorwurf machen, daß sie die Adoption annullieren wollen.«

»Natürlich nicht. Sicher, ihnen ist gesagt worden, daß die Kleine sexuell mißbraucht wurde. Sie waren bereit, sich damit auseinanderzusetzen, als niemand das Ausmaß des Schadens kannte. Keiner von uns hatte auch nur die geringste Ahnung, wie gekonnt sie die Experten hinters Licht geführt hat.

Sie wußte auf jede Frage die richtige Antwort. Sie hat sie um den Finger gewickelt, weil sie unbedingt zu den O'Connors wollte. Sie wollte in dem hübschen pinkfarbenen Bettchen schlafen, das sie in ihr Kinderzimmer gestellt hatten. Das hat sie jetzt gegenüber Sherry zugegeben.«

Bill schüttelte fassungslos den Kopf.

»Das ist nicht das erste Mal, daß ich von einem derart ernsten Fall höre«, sagte Cat. »Sie sind für alle Beteiligten tragisch.«

»Wohl wahr. Und allein schon aus diesem Grund können wir es uns nicht leisten, damit in Verbindung gebracht zu werden. Ein Malheur wie dieses darf es nie wieder geben, Cat.«

»Das kann ich nicht garantieren. Aber ich übernehme die volle Verantwortung für die Kinder, die in der Sendung vorgestellt werden. Sollte es auch nur den geringsten Zweifel geben –«

»– dann lassen Sie die Finger davon.«

Sie fand seine Bemerkung unpassend. Hier ging es nicht um Melonen. Es behagte ihr gar nicht, sich sagen lassen zu müssen, sie solle die Kinder mit den wenigsten Narben handverlesen. Dennoch nickte sie zustimmend.

»Ich habe den O'Connors heute morgen eine persönliche Entschuldigung zukommen lassen. Es tut mir schrecklich leid für sie. Verständlicherweise waren sie heillos entsetzt über das, was die Kleine getan hat; aber sie hatten sie gerade lange genug bei sich, um sie liebzugewinnen. Es ist ein schreckliches Dilemma für sie.«

»Ich hoffe nur, daß Sie uns keine Millionenklage anhängen.« Aus Webster sprach nun ganz der Geschäftsmann.

»Tut mir leid, daß der Sender das abgekriegt hat.«

Besänftigt tat er ihre Entschuldigung mit einer knappen Geste ab. »Sie sind in vorderster Front. Aber wir sitzen alle in einem Boot, Cat. Was auch immer geschieht, ich werde Ihnen hundertprozentige Rückendeckung geben. Unsere Anwälte warten nur auf ein Zeichen von mir, und die sind bösartiger als Vielfraße.«

Ihr mißfiel die Vorstellung, daß ein Rudel skrupelloser Anwälte auf ein Paar losgelassen werden würde, das schon viel hatte durchmachen müssen. »Ich hoffe, das wird nicht nötig sein.«

»Ich doch auch.« Er nahm die Pose eines Richters ein, bereit zum Urteilsspruch. »Aber nach einer Geschichte wie dieser sollten Sie es sich vielleicht zweimal überlegen, sich so persönlich auf diese Kinder einzulassen. Sie machen deren Probleme zu Ihren eigenen. Sie büßen dabei Ihre Objektivität ein.«

»Na, Gott sei Dank«, ereiferte sie sich. »Ich will gar nicht objektiv sein. Es sind Kinder, Bill, keine Zahlen, keine Statistiken. Es sind menschliche Wesen, mit einem Herzen, Verstand und Seele, und man hat ihnen weh getan.

Für Sie mag es vielleicht ein Publicitytrick sein; eine Möglichkeit, die Einschaltquoten in die Höhe zu treiben. Und die Beteiligten an *Cats Kids* sehen sie vielleicht als braves Thema, als etwas für die Kamera.«

Sie beugte sich über seinen Schreibtisch, stützte sich auf den Ellenbogen ab. »Aber mir geht es einzig und allein um die Kinder. Alles andere ist lediglich Mittel zum Zweck. Wenn es mir um Geld und Erfolg ginge, wäre ich in Hollywood geblieben.

Doch statt dessen kam ich hierher, um mich einem Ziel zu widmen, das ich niemals aus den Augen verlieren werde. Um dieses Ziel zu verwirklichen, muß ich mich engagieren.«

»Das sehe ich anders, aber ich vertraue darauf, daß Sie wissen, was Sie tun.«

»Ich werde Ihr Vertrauen nicht enttäuschen.«

Er schob ihr die aktuelle Zeitung über den Schreibtisch zu, aber sie hatte den von ihm rot angestrichenen Artikel bereits gelesen. »Wo wir das mit den O'Connors hätten, würde ich gern Ihre Meinung hören, was wir in *dieser* Sache unternehmen.«

Kaum war Cat wieder in ihrem Büro, rief sie Jeff und Melia zu sich. »Um Zeit und Energie zu sparen, will ich gleich zur Sache kommen. Gestern nachmittag habt ihr beide von der Sache mit den O'Connors erfahren. Hat einer von euch beiden gegenüber der Presse geplaudert?«

Beide sagten nichts.

Sie tippte auf die Zeitung, die sie aus Bills Büro mitgebracht hatte. »Ron Truitt hat wieder zugeschlagen. Nur daß er diesmal schweres Geschütz auffährt. Er kann wohl kaum zufällig auf die Story gestoßen sein. Irgend jemand muß es ihm gesteckt haben.

Fest steht, daß es niemand von der Fürsorge gewesen sein kann, weil die wohl kaum ein Interesse an einem solchen Artikel haben. Die O'Connors sind fast so erbost über den Rummel wie über den Vorfall selbst. Von denen hat es Truitt also auch ganz gewiß nicht. Alle Finger zeigen auf WWSA, vor allem auf dieses Büro.

Also, wer von euch war's? Und außer einem Geständnis verlange ich auch eine Erklärung. Wenn *Cats Kids* abgesetzt wird, sind wir alle unseren Job los. Also, was sollte das?«

Nach wie vor standen beide mit gesenktem Blick und schweigend da.

»Jeff«, sagte Cat nach einer Weile, »würdest du uns bitte kurz allein lassen?«

Er räusperte sich und schaute zu Melia. »Klar.«

Er drückte sich aus dem Büro und schloß die Tür hinter sich. Ein bleischweres Schweigen breitete sich zwischen den beiden Frauen aus. Eines mußte man Melia King lassen – sie hatte Nerven. Sie zuckte nicht mal mit der Wimper. Unbeirrt hielt sie Cats Blick stand.

»Melia, ich gebe dir eine letzte Gelegenheit, zuzugeben, daß du Ron Truitt die Story gesteckt hast. Du wirst eine Abmahnung kriegen. Aber wenn du versprichst, daß es nicht wieder vorkommt, wollen wir es dabei bewenden lassen.«

»Ich habe weder diesen Journalisten angerufen noch sonst jemanden. Das ist die Wahrheit.«

Cat öffnete die unterste Schublade ihres Schreibtisches und holte eine McDonald's-Tüte hervor, die sie auf den Tisch stellte. Was eine eindeutige Reaktion bei Melia hervorrief, mit der Cat gerechnet hatte. Melia starrte die Tüte mit offenem Mund an.

»Nach dem mysteriösen Verschwinden meiner Medikamente kam jemand aus der Nachrichtenredaktion zu mir«, sagte Cat. »Er hat gesehen, wie du in der Mittagspause auf den Parkplatz gegangen bist und diese Tüte in den Abfall geworfen hast. Er erinnerte sich, wie sonderbar er es fand, daß du mittags das klimatisierte Gebäude verläßt und auf einen brütend heißen Parkplatz gehst, um deine Lunchtüte in den Müll zu werfen.

Daraufhin habe ich die Tonne durchsucht und diese Tüte gefunden. Sie enthielt alte Pommes, eine ungeöffnete Packung Ketchup und vierzehn Röhrchen Tabletten.«

Melia wußte, daß sie ertappt worden war. Sie warf das Haar zurück. »Ich war stocksauer an dem Morgen. Sie hatten mich angemacht wegen einer dusseligen, falsch aufgeschriebenen Telefonnummer.«

»Und das ist die Rechtfertigung dafür?« Cat wies auf die Tüte.

»Ist ja wohl nicht weiter tragisch gewesen, oder? Sie haben Ihre Tabletten ja rechtzeitig gekriegt.«

»Darum geht es nicht. Es war gemein und hinterhältig.«

»Selber schuld«, maulte Melia. »Sie putzen mich doch dauernd runter vor diesem kleinen Schwuli und tun so, als wäre ich doof. Aber das bin ich nicht!«

Cat erhob sich. »Das habe ich auch nie angenommen, Melia. Ich halte dich sogar für außerordentlich gerissen. Aber nicht gerissen und schlau genug, um dich nicht erwischen zu lassen.«

Sie straffte ihre Schultern. »Bitte, räume sofort deinen Schreibtisch.«

»Sie wollen mich feuern?«

»Ich werde dafür sorgen, daß du bekommst, was an Lohn aussteht, plus den üblichen Ausgleich, was meiner Meinung nach unter den gegebenen Umständen mehr als fair ist.«

Melia kniff drohend die Augen zusammen, was Cat jedoch nicht beeindruckte. Schließlich machte Melia auf dem Absatz kehrt und ging zur Tür. Dort drehte sie sich noch einmal um: »Das wird Ihnen noch leid tun.« Gegen Mittag hatte sie ihren Schreibtisch geräumt und das Gebäude verlassen.

Cat erkundigte sich beim Leiter der Nachrichtenredaktion, ob der eine Sekretärin abstellen könnte, bis sie Ersatz für Melia gefunden habe. Sie war erleichtert, Melia endlich los zu sein, doch die ganze Episode, angefangen vom gestrigen O'Connor-Vorfall, hatte sie arg mitgenommen. Und so war sie kaum in der Stimmung für den Besucher, der bereits auf sie wartete, als sie abends nach Hause kam.

»Was machen Sie denn hier?« fragte sie durchs Seitenfenster ihres Autos. »Und woher wissen Sie, wo ich wohne?«

Er saß auf seinem am Bordstein geparkten Motorrad. »Ein einfaches ›Hallo, wie geht's?‹ würde es auch tun.«

Cat bog in ihre Auffahrt ein. Als sie ausstieg, kam er zu ihr und wollte ihr den schweren Aktenkoffer abnehmen. »Das schaffe ich schon allein, danke«, sagte sie barsch.

Sie stieg die Stufen zu ihrem Haus hinauf und nahm die Post, hauptsächlich Werbesendungen, aus dem Kasten. »Wieso kriege ich all diesen Mist? Dutzende armer Bäume müssen sterben, damit das hier beim Altpapier landet.«

Ihre miese Laune schien ihn zu amüsieren. »Harter Tag im Büro?«

»Übler geht's kaum.«

»Ja, kann ich mir vorstellen. Hab Ihren Namen in der Zeitung gelesen.«

»Nicht gerade die beste Presse, die ich je hatte.«

»Blöde Geschichte, das mit dem Mädchen.«

»Ziemlich.«

Sie mußte mit Post, Handtasche, Aktenkoffer und Schlüssel jonglieren, um die Haustür zu öffnen. Hilfe wäre ihr sehr willkommen gewesen, doch sie wollte ihn nicht darum bitten. Sie warf die Post auf den Tisch im Foyer, stellte Aktenkoffer und Handtasche ab, dann wandte sie sich zu ihm um und versperrte ihm den Weg.

Er schaute über ihre Schulter in die Wohnung. »Schön haben Sie's hier.«

»Netter Versuch. Nur vergeblich.«

»Netter Konter. Nur unnötig.« Er beugte sich vor und fügte im Flüsterton hinzu: »Dieses Spielchen können wir beide. Und ich bin gut im Spielespielen.«

»Da halte ich jede Wette!« Sie stemmte eine Hand in die Hüfte. »Was wollen Sie, Mr. Pierce?«

»Warum sagen Sie nicht Alex, jetzt, wo Sie meine Bücher gelesen haben.«

»Woher wissen Sie –?« Mitten im Satz brach Cat ab, als sie begriff, daß sie geradewegs in seine Falle getappt war. »Okay, überführt. Ich habe sie gelesen.«

»Gleich beide?«

»Ich war neugierig, okay? Aber mich würde mal interessieren, wie Sie meine Adresse rausgefunden haben und wozu all die Mühe?«

»Hunger?«

»Bitte?«

»Haben Sie Lust, irgendwo einen Hamburger zu verputzen?«

»Mit Ihnen?«

Er hob die Hände. »Hab mir die Pfoten gewaschen. Sogar die Fingernägel saubergemacht.«

Trotz ihres Entschlusses, seinem dreisten Charme zu widerstehen, senkte sie den Kopf und lachte. Er lehnte sich lässig mit der Schulter an den Türrahmen. »Wir haben uns gestern irgendwie auf dem falschen Fuß erwischt, was?«

»Nicht irgendwie, sondern ganz bestimmt.«

»Ich bin so frühmorgens nie gut drauf. Und nach einer Marathonnacht schon gar nicht.«

»Geschrieben?« Die Frage rutschte ihr raus, ehe sie es sich versah. Im Grunde war sie nicht sicher, ob sie wirklich wissen wollte, welche Art von Marathon er letzte Nacht absolviert hatte.

Er mußte ihre Gedanken gelesen haben, denn er sagte schmunzelnd: »Eigentlich eher Recherchen. Was nicht annähernd soviel Spaß macht wie das Schreiben.«

»Wie kommt's?«

»Weil es Realität ist und keine Fiktion.«

»Und Sie ziehen die Phantasie der Wirklichkeit vor?«

»So wie ich die Wirklichkeit erlebt habe – ja, denke schon.« Und nach einer kurzen Pause fügte er hinzu: »Jedenfalls bin ich vor der ersten Tasse Kaffee nicht zurechnungsfähig. Es war noch so früh –«

»Es war elf Uhr.«

»Und Sie hatten 'ne Klette im Arsch.«

Sie wollte sich das verbitten, besann sich aber eines Besseren. »Ich war ziemlich mürrisch und von oben herab, was?«

»Hm-hm.«

»Tut mir leid. Aber Sie haben mich auf dem falschen Fuß erwischt, und ich habe überreagiert.«

Er quittierte ihre Entschuldigung mit einem Achselzukken. »Ich scheine ein besonderes Talent zu haben, Leute zu verärgern.« In seinen Worten schwang Bitterkeit mit. »Also – geben wir uns noch eine zweite Chance?«

Seit ihrem Umzug nach San Antonio hatte sie keine sozialen Kontakte geknüpft. Beim Sender gab es niemanden, der sie sonderlich interessierte, doch selbst wenn, sie hätte es kaum darauf ankommen lassen. Sie war strikt gegen Affären am Arbeitsplatz. Ging eine in die Brüche, litt die Arbeit zwangsläufig darunter.

Aber wollte sie wirklich mit Alex Pierce ausgehen?

Er war wortgewandt und offenkundig intelligent. Bei den Walters hatte sie seine Reizbarkeit erlebt, doch nun entdeckte sie Anzeichen von Humor, der nicht albern, sondern geistreich war. Ihr könnte eine solche Herausforderung zum geistigen Sparring durchaus gefallen.

Er war bedeutend besser zurechtgemacht als bei ihrer ersten Begegnung, dennoch erinnerte er nach wie vor eher an die Bösewichte seiner Bücher als an die Helden. Er strahlte einen Hauch von Gefahr aus. Sein Charme verdeckte eine dunkle Seite, die ebenso verlockend wie beängstigend war.

Er sah sehr gut aus. Und er hatte keinerlei peinliche Verlegenheit erkennen lassen, einer Fremden – einer Frau – in nichts weiter als einer halb zugeknöpften Jeans gegenüberzutreten. Wahrscheinlich war er sich bewußt, wie umwerfend er aussah; wie er sich ebenfalls bewußt gewesen war, welche Wirkung er auf sie hatte.

Cat dachte über die Einladung nach und kam zu der Einsicht, daß er ganz eindeutig zu der Sorte von Mann gehörte, der sie besser ganz weit aus dem Weg gehen sollte.

Doch was sie sagte, war: »Macht es Ihnen etwas aus, einen Moment zu warten? Ich möchte mich noch schnell umziehen.«

Kapitel 18

Es war ganz sicher kein Restaurant ihrer Wahl, und allein hätte sie niemals auch nur einen Fuß über die Türschwelle gesetzt. Draußen auf dem Parkplatz drängelten sich die Pick-up-Trucks. Drinnen das Klackern von Billardkugeln und das Gedröhn und Gedudel einer Musicbox. Die Pinte warb mit den besten Hamburgern und dem kühlsten Bier in ganz Texas.

Und die Riesenburger waren tatsächlich dick und saftig. Nach einigen kleinen, zaghaften Bissen verabschiedete sich Cat von allen Eßmanieren und langte kräftig zu.

Sie tippte ein Pommesstäbchen in Ketchup und verschlang es. »Sie sind noch nicht vom Haken, was Ihre unverschämte Bemerkung über Rothaarige neulich betrifft.«

»Kann mich nicht erinnern.«

»Und ob Sie können. Sie sagten, die Rothaarigen in Ihren Büchern seien immer eine leichte Beute.«

»War ein blöder Spruch«, räumte er ein, doch es mißlang ihm völlig, den Eindruck zu erwecken, als täte es ihm tatsächlich leid.

»Aber leider nur allzu wahr«, sagte Cat. »Die Rothaarigen in Ihren Büchern *sind* leichte Beute. Genau wie die Blondinen, Brünetten und alle anderen. Alle paar Seiten gibt es eine, die –«

»Sich auszieht.«

»Ja. Und nie müssen die Männer vorher fragen. Nie sagen die Frauen nein.«

»In jedem Roman steckt eine gehörige Portion Phantasie.«

»In diesem Fall sexistische Phantasien.«

»Ein Autor wie Ian Fleming hat Erfolg damit gehabt. Hat James Bond je gefragt ›Darf ich?‹ Hat er je eine Abfuhr gekriegt?«

Er knüllte das Papier zusammen, in das sein Hamburger eingewickelt gewesen war, wischte sich mit einer Papierserviette den Mund ab und stützte sich dann mit den Unterarmen auf, so als solle nun ein ernstes Gespräch folgen.

»Mal abgesehen vom offenen Sexismus und davon, daß sich alle Frauen ausziehen und auf Kommando mit den Kerlen ins Bett gehen – wie haben Ihnen die Bücher gefallen?«

Nur ungern gab sie zu, wie gut sie ihr gefallen hatten, aber sie fühlte sich der Wahrheit verpflichtet. Da ihm ihre Meinung wichtig zu sein schien, würde ihr Gewissen keine Ausflüchte zulassen.

»Ich finde sie gut, Alex. Hart. Brutal realistisch. Einige der gewalttätigsten Stellen mußte ich überfliegen. Aber sie sind verdammt gut. Und so schwer mir das auch fällt – ich muß sagen, daß es paßte, wenn sich eine Frau mit einem Kerl einließ.«

»Danke.«

»Allerdings –«

»Oh-oh, jetzt kommt's. Wissen Sie, Sie hätten Kritikerin werden sollen. Erst verteilen Sie Lorbeeren, dann gibt's den Tritt in den Arsch.«

Sie lachte. »Ich wollte keine Kritik üben. Ich finde sogar, daß Sie brillant schreiben.«

»Also, was dann ›allerdings‹?«

Sie zögerte. »Sie sind deprimierend.«

»Deprimierend?«

»Ihre Art zu schreiben hat so etwas...« Sie suchte nach dem passenden Wort. »Eine Hoffnungslosigkeit. Alles erscheint so fatalistisch.«

Er sann einen Moment darüber nach. »Schätze, das kommt daher, daß ich soviel Gewalt miterlebt habe.«

»Während Ihrer Zeit als Polizist?« Er schien überrascht, daß sie das wußte. »Es steht in Ihrer Kurz-Bio auf dem Einband.«

»Richtig.« Er trank einen Schluck. »Wissen Sie, zu oft zahlt sich Unrecht aus. Die Bösen bleiben Sieger. Und das scheint heutzutage immer öfter der Fall zu sein. Wenn meine Art zu schreiben fatalistisch wirkt, dann liegt das wohl daran.«

»Es kam mir sehr vertraut vor, weil ich selber so gefühlt habe, als ich...« Wieder zögerte sie. Sie war das erste Mal mit ihm zusammen. Wieviel wollte sie ihm über sich erzählen?

»Als *was?*«

Sie senkte den Blick und spielte verlegen mit dem roten Plastikkörbchen, das die Überreste ihres Essens enthielt. »Ich weiß nicht, ob Sie es überhaupt wissen. Es ging durch die Medien, aber ich mache nicht viel Aufhebens drum, weil manche Menschen sich so sonderbar benehmen, wenn sie es erfahren. Im Grunde ist es auch keine große Sache, aber –«

Sie hob den Kopf und blickte ihm direkt in die Augen, weil sie sehen wollte, wie er reagierte. »Ich habe eine Herztransplantation hinter mir.«

Er blinzelte ein-, zweimal. Sonst nichts. Natürlich war es unmöglich, zu erraten, was hinter seinen Augen vor sich ging.

Dann schaute er auf ihre Brust. Sie sah, wie er schluckte. Dann blickte er ihr wieder in die Augen. »Und wann war das?«

»Vor fast vier Jahren.«

»Und Sie sind okay?«

Sie lachte, um die Anspannung zu lösen. »Sicher. Was glauben Sie denn? Daß ich gleich umfalle und Sie die Zeche zahlen müssen?«

Niemand konnte im voraus sagen, wie jemand auf eine Patientin einer Herzverpflanzung reagierte. Manche waren angewidert. Andere voller Ehrfurcht. Sie berührten sie, als habe sie übernatürliche Kräfte. Welche Art Magie sie von ihr erwarteten, konnte sie sich nicht vorstellen. Und wieder andere machten kein Hehl aus ihrer Neugierde und bombardierten sie mit persönlichen und häufig genug peinlichen Fragen.

»Sind Sie in irgendeiner Weise... eingeschränkt?«

»Ja«, antwortete sie trocken. »Ich kann nicht mehr als zwanzig Schecks im Monat ausschreiben, ohne daß mir meine Bank eine Gebühr dafür aufbrummt.«

Er blieb ernst. »Sie wissen, was ich meine.«

Ja, sie wußte, was er meinte, doch das war der Teil, den sie am meisten haßte: sich selbst einzuschätzen und zu erklären. »Ich muß dreimal täglich einen Haufen Tabletten schlucken. Ich soll Sport treiben und mich gesund ernähren wie jeder andere auch. Wenig Fett, wenig Cholesterol.«

Er hob die Brauen und deutete nickend auf die Reste ihres Hamburgers und die Pommes frites.

»Dafür habe ich das kühlste Bier in Texas ausgelassen«, sagte sie.

»Striktes Alkoholverbot?«

»Verträgt sich nicht mit meinen Medikamenten. Was ist mit Ihnen? Sie haben Cola getrunken, während alle Burschen hier Bier trinken.«

Die Frage war ihm sichtlich unangenehm, aber Cat stützte ihren Kopf mit einer Hand ab und sah ihn so lange unverwandt an, bis er schließlich nachgab. »Alkohol bekommt mir nicht so gut. Vor ein paar Jahren bin ich böse in die Knie gegangen, hab mich aber wieder aufgerappelt.«

»Und nun ist es ausgestanden?«

»Ich weiß nicht. Ich traue mir selbst nicht genug, um es darauf ankommen zu lassen.«

Er schien auf eine Entgegnung von ihr zu warten; er wollte sehen, ob sein früheres Alkoholproblem sie in ihrer Meinung über ihn beeinflußte. Sie wollte ihn fragen, ob er nach seinem Ausscheiden aus dem Polizeidienst mit dem Trinken angefangen hatte, ob es der Grund gewesen war. Die Biografie auf dem Buchrücken ging nicht so weit ins Detail.

Sie entschied sich, nicht nachzuhaken. Schließlich ging es sie nichts an, auch wenn sie ziemlich sicher war, daß der Alkohol eine bedeutende Rolle gespielt hatte bei der Entwicklung der dunklen, geheimnisvollen Seite seiner Persönlichkeit, die sie entdeckt hatte.

Er legte ausreichend Geld für die Rechnung auf den Tisch, plus ein großzügiges Trinkgeld, und Cat bot an, die Hälfte zu übernehmen. »Nichts da.« Er erhob sich von seinem Platz: »Sie sind mein Gast. Außerdem brauche ich es fürs Finanzamt. Steuerermäßigung durch Unkosten.«

»Aber das war kein Geschäftsessen.«

»Doch, war es. Ich habe Sie nur noch nicht mit der geschäftlichen Seite des Abends vertraut gemacht.«

Draußen begleitete er sie zu seinem Motorrad und half ihr, den Helm aufzusetzen. Sie schwang sich auf den Sitz, er startete die Maschine, und der Motor grollte.

Als sie vom Parkplatz herunterfuhren, umschlang sie fest seine Hüften. Er fuhr schnell, aber vorsichtig. Trotzdem mußte sie unweigerlich daran denken, daß Dean Motorradfahrer stets als »Organspender in spe« bezeichnete.

Doch das war auch schon ihr einziger Gedanke an Dean.

Zu Hause angekommen, verspürte sie einen Anflug von Bedauern, daß die Fahrt nicht länger gedauert hatte. Alex mußte gespürt haben, wie ungern sie abstieg. »Was?« fragte er neugierig, als er den Helm abnahm und sich mit einer Hand durchs Haar fuhr.

»Nichts.« Sie gab ihm ihren Helm.

»Ach, kommen Sie...«

»Ich wollte Ihnen nur danken, daß Sie keine große Sache daraus gemacht haben.« Er sah sie verdutzt an. »Aus meiner Transplantation. Sie sind genauso schnell gefahren wie vorhin, als Sie es noch nicht wußten.«

»Hätte ich das nicht tun sollen?«

»Doch, doch. Wissen Sie, die meisten Menschen behandeln mich, als wäre ich aus Glas. Sie riskieren nichts mit mir zusammen und sind übervorsichtig, weil sie Angst haben, ich könnte zerbrechen. Dieses Getue kann einem echt auf den Geist gehen. Ich weiß es sehr zu schätzen, daß Sie mich nicht mit Samthandschuhen angefaßt haben. Danke.«

»Gern geschehen.«

Ihre Blicke trafen sich; sie wußte, daß etwas Bedeutsames geschah. Sie fühlte sich viel zu sehr von ihm angezogen, um es ignorieren zu können. Und nicht erst seit heute abend.

Schon als er im Haus der Walters die Fliegengittertür geöffnet hatte und sie einander das erste Mal in die Augen sahen, hatte sie ein inneres Ziehen verspürt. Es war verlockend gewesen, einen ausführlichen Blick zu riskieren, doch sie hatte damals der Versuchung widerstanden. Nicht so jetzt. Nun musterte sie sein Gesicht eingehend.

Blicke wie dieser waren häufig in Szenen von *Der Lauf der Dinge* vorgekommen; mit ihnen wurde signalisiert, daß etwas geschah, was das Leben der Beteiligten grundlegend verändern sollte, ein sogenannter »Hallo, aufgepaßt! Das ist wichtig!«-Augenblick. Ab sofort würde nichts mehr so sein wie bisher. Sie hatte Szenen dieser Art des öfteren zur Begeisterung ihres Publikums gespielt, selbst jedoch noch nicht erlebt. Nicht bis zu diesem Moment.

Alex brach als erster den Bann, indem er sie beim Ellenbogen nahm und zum Haus hin drehte. »Ich habe eine Bitte auf dem Herzen.«

»Folgt jetzt der geschäftliche Teil des Abends?«

»Ja. Ich bräuchte Ihre Hilfe bei den Recherchen zu meinem nächsten Buch.«

»Wie könnte *ich* Ihnen denn dabei behilflich sein?«

Sie standen jetzt vor der Haustür. Er sah Cat an. »Indem du mit mir ins Bett gehst.«

»Wie bitte?«

»Schläfst du mit mir?«

»Nein!«

»Das war's schon. Das war der geschäftliche Teil des Abends. Ich habe um Hilfe bei meinen Recherchen gebeten, du hast – natürlich – nein gesagt, trotzdem waren mein Ansinnen und meine Frage legitim und somit steuerlich als geschäftlicher Antrag anzuerkennen.«

Sie mußte unweigerlich lachen. »Glaubst du allen Ernstes, das Finanzamt erkennt so was an?«

»Normalerweise wollen sie es gar nicht so genau wissen.« Ein Auto fuhr vorbei und lenkte ihn kurz ab. »Tolle Gegend hier, hübsche Straße. Du wohnst ganz anders, als ich es mir vorgestellt habe.«

»Ach ja? Wie hast du's dir denn vorgestellt?«

»Irgendwie ... vornehmer.«

»Das hatte ich in Malibu. Das hier ist genau das, wonach ich gesucht habe, als ich herkam. Eine von Bäumen gesäumte Straße in einer beschaulichen Wohngegend. Ein dreißig Jahre altes Haus mit Parkett und breiter Veranda.«

»Wahrscheinlich genau das richtige für deine Mutter.«

»Ja. Wahrscheinlich.«

Sofort spürte er, daß etwas nicht stimmte. »Fettnäpfchen, hm? Knatsch zu Hause?«

»Kein Knatsch. Ich habe meine Eltern mit acht Jahren verloren.«

»Himmel! Was ist passiert?«

Sie drückte sich um eine Antwort, indem sie so tat, als habe sie die Bedeutung seiner Frage nicht verstanden. »Ich geriet in die Mühlen der Fürsorge.«

»Heime und so was?«

»Ja. Ich wurde nie adoptiert, weil ich krank wurde.«

»Alle Kinder werden mal krank.«

»Aber nicht *so* krank. Ich hatte Lymphogranulomatose. Es wurde frühzeitig entdeckt, und ich wurde wieder vollständig gesund, doch die Leute hielten es eben für ein Risiko, ein dürres, kleines rothaariges Mädchen mit einer langen Krankheitsgeschichte zu adoptieren.« Sie hob den Blick und sah ihn an. »Und es wurde noch häßlicher. Bist du sicher, daß du es hören willst?«

»Bis jetzt habe ich noch nicht Reißaus genommen.«

»Steht dir jederzeit frei, es zu tun.« Sie hielt inne. Er blieb. Sie holte tief Luft und fuhr fort. »Ich wurde von Pflegeeltern zu Pflegeeltern weitergereicht. Ich wurde ein recht schwieriges Kind durch die vielen Ablehnungen. Hab mich absichtlich schlecht benommen, um Aufmerksamkeit zu kriegen. Kurz gesagt: Ich war die reinste Nervensäge.«

»Glaube ich gern.«

»Ich war immer anders als die anderen Kinder. Zunächst wegen meiner Krankheit, dann weil ich keine Eltern hatte. Gottlob habe ich das alles ohne allzu große psychische Schäden überstanden.«

»Kann ich auch glauben. Du siehst aus wie eine Kämpfernatur.« Sie zeigte ihre dünnen Bizeps, und er lachte. »Was hat denn die Herzprobleme verursacht?«

»Die Chemotherapie gegen die Lymphogranulomatose. Die hat zwar den Krebs besiegt, aber mein Herz beschädigt. Es ist über die Jahre langsam gestorben.«

»Ohne daß du es wußtest?«

»Ich hatte keine Ahnung. Ich führte ein völlig normales,

gesundes Leben. Inzwischen war mein Herz dabei zu versteinern. Als der Muskel kaum noch funktionierte, begann ich den Mangel an Energie zu fühlen. Ich hab's auf die viele Arbeit geschoben, aber nicht mal Unmengen an Vitaminen halfen.

Ich ließ mich untersuchen und landete in der Praxis eines Kardiologen. Der fand zu meinem Entsetzen heraus, daß ein großer Teil meines Herzmuskels bereits so hart und unbeweglich geworden war, als wäre er aus Stein. Das Herz konnte nicht mehr genug Blut pumpen. Es arbeitete mit weniger als einem Drittel der normalen Kapazität, was mich für eine Transplantation qualifizierte. Oder besser gesagt: dazu verurteilte.«

»Hattest du Angst?«

»Angst weniger. Vielmehr eine gehörige Portion Wut im Bauch. Als Kind hatte ich nicht gerade ideale Voraussetzungen, aber ich habe es überstanden. Ich war ein Fernsehstar. Millionen Menschen liebten mich. Sie ließen keine Folge meiner Serie aus. Mein Leben war traumhaft – und dann das. Am liebsten hätte ich Gott am Kragen gepackt und ihm gesagt: ›Ich beklage mich ja nur ungern – aber jetzt langt's!‹ Er muß es wohl tatsächlich mitgekriegt haben, weil er mich am Leben ließ.«

»Und deshalb *Cats Kids*.«

»Und deshalb *Cats Kids*«, wiederholte sie flüsternd und freute sich insgeheim über seine einfühlsame Reaktion.

Sie lächelten beide. Das Lächeln entspannte sie, doch ihre Blicke blieben fest miteinander verhaftet. Sie schwiegen. Ein weiteres Auto fuhr vorbei, doch diesmal von ihnen unbemerkt. Eine Mücke schwirrte um ihren Arm. Sie verscheuchte sie abwesend.

Sie standen sich gegenüber, ihr Blick nahm an Intensität zu, sie kamen sich unmerklich näher und näher. Ohne Vorwarnung hob er die Hand und griff in den Spalt ihres Kragens. Seine Fingerspitzen glitten ihren Hals hinab bis zur Mitte ihres Brustkorbs. Sein Blick folgte seinen Fingern.

»Ich sehe gar keine Narbe.«

Sein kehliger Bariton erzeugte bei ihr ein Kribbeln. »Die ist inzwischen verblaßt, aber ich kann sie noch sehen.«

»Ehrlich?«

»Ja. Auch wenn sie nicht mehr da ist.«

»Hm. Hat es weh getan?«

»Die Narbe?«

»Ja. Alles.«

»Einiges war ... nicht einfach.«

»Mein Gott, mußt du tapfer gewesen sein.«

»Aber nicht nach der Operation. Die Schläuche, Katheter, dieses würgende Gefühl. Sosehr ich auch darauf gefaßt war – ich bekam es mit der Panik. Es war die reinste Folterkammer.«

»Kann ich mir vorstellen.«

»Nein, kannst du nicht, wenn du es nicht selber erlebt hast.«

»Ja, sicherlich hast du recht.«

»Das einzige, was mich aufrechtgehalten hat, war das Wissen, ein neues Herz zu haben. Ich konnte fühlen, wie es schlug. Es fühlte sich sehr stark an!«

»So wie jetzt?« Er preßte die Hand noch fester auf ihre Brust.

»Nein. Jetzt klopft es noch schlimmer.«

Sie sprachen im Flüsterton. Seine Fingerspitzen massierten weiterhin ihre Brust. So verlegen sie wegen der Narbe auch war, so sehr staunte sie, daß sie sich von ihm anfassen ließ. Und doch schien es irgendwie richtig zu sein. Seine Berührung war neugierig und sanft, und ob nun beabsichtigt oder nicht – erotisch. Sie schmolz dahin.

Eine köstliche Mattigkeit breitete sich in ihr aus; ihre Nervenenden summten und kribbelten.

Er schaute ihr wieder in die Augen. Aus ihnen sprach Verlangen. Lust.

»Bittest du mich noch rein?« fragte er.

»Nein. Bist du jetzt sauer?«

»Nein. Nur enttäuscht.«

Dann eroberten seine Lippen die ihren. Er schlang die Arme um sie. Seine Zunge suchte ihre, und als sie sich berührten, stieß er ein eindeutig maskulines Stöhnen aus. Es erregte Cat. Sie umfaßte seinen Hinterkopf, griff ihm ins Haar, das ihm bis über den Kragen reichte.

Sie bewegten sich gemeinam, preßten sich vertraut aneinander; seine Hand blieb in ihrer Bluse, wanderte weiter über ihre Herzgegend, und er spürte ihren pochenden Herzschlag an seiner Handfläche.

Mit der anderen Hand strich er ihr ungestüm über Rücken und Hüfte. Er umfaßte ihre Pobacke und zog Cat noch fester an sich. Die Leidenschaft seiner Küsse nahm zu.

Cat löste sich und holte Luft. »Alex?«

»Hm?« Sein Mund war an ihrem Hals, küßte ihn gierig.

»Ich sollte jetzt besser reingehen.«

Er hob den Kopf und sah sie blinzelnd an. »Oh, ja. Richtig.« Er zog die Hand aus ihrer Bluse, strich sich eine Strähne aus der Stirn und wandte sich zum Gehen.

Bedauern durchbohrte sie wie ein scharfes Schwert. »Rufst du mich an?«

Er blieb stehen und drehte sich zu ihr um. »Soll ich?«

Sie fühlte sich, als stünde sie auf der Kante eines Zehnmeter-Sprungbretts. Sie würde im freien Fall durchs Ungewisse segeln bis zu einer Landung, die entweder schrecklich oder wunderbar war. Wissen jedoch würde sie es erst, wenn sie den Sprung gewagt hatte. So gefährlich es auch war – sie wollte es wissen.

»Ja, ich möchte, daß du mich anrufst.«

»Dann werde ich es tun.«

Es dauerte eine Weile, bis sie sich von den Küssen erholt hatte. Benommen wanderte sie durchs Haus, vergaß, warum sie ins Zimmer gekommen war, konnte keinen klaren Gedanken fassen, konnte nur an das Gefühl von Alex' Lippen auf ihren denken, an seine Hände auf ihrem Körper. Sie zog sich aus, duschte und trank eine Tasse Kräutertee, um sich zu entspannen und sich von ihrem erotischen Hochgefühl zu lösen.

Schließlich glaubte sie, einschlafen zu können, und löschte das Licht im Haus. Als sie die Haustür verriegelte, fiel ihr Blick auf die ungeöffnete Post, die noch immer auf dem Tischchen im Flur lag.

»Herrje...« Sie wollte ins Bett, hatte keine Lust mehr, die Post jetzt noch zu lesen, entschied sich dann aber für einen Kompromiß – sie nahm die Post mit ins Bett. Routiniert wie immer sortierte sie sie aus; die Werbesendungen ließ sie zu Boden fallen, die Rechnungen kamen aufs Nachttischchen.

Blieb ein letzter unscheinbarer Umschlag. Sie stutzte, weil er ohne Absender war. Ihr Name und ihre Anschrift waren maschinengeschrieben. Nicht der mindeste Hinweis auf den Absender, lediglich eine Briefmarke und der örtliche Poststempel.

Neugierig öffnete sie den Umschlag und fand darin einen Zeitungsausschnitt, eine Spalte breit, vier Absätze lang. Kein beigefügtes Schreiben. Keine Erklärung.

Hastig überflog sie den Artikel, las ihn dann noch einmal sorgsam und mit wachsendem Interesse durch. Jerry Ward, ein sechzehnjähriger Teenager aus Memphis, Tennessee, war in der Fahrerkabine seines Pick-up eingeschlossen ertrunken. Offensichtlich hatte er auf der regennassen Brücke die Kontrolle über das Fahrzeug verloren und war in den reißenden Fluß gestürzt, gar nicht weit von zu Hause weg. Pick-up und Leichnam wurden erst Stunden später entdeckt.

Cat besah sich erneut den unscheinbaren Umschlag, dann

den Ausschnitt. Keine bemerkenswerte Meldung, eher ein Füllsel, wie jedes Blatt sie brachte. Die meisten Leser würden wahrscheinlich kaum Notiz davon nehmen.

Doch der anonyme Absender hatte gewußt, daß es Cat Delaney sehr wohl interessieren würde, weil sie und der Junge aus Memphis nämlich etwas gemeinsam hatten.

Jerry Ward war Patient einer Herztransplantation gewesen. Nach jahrelangem Kampf gegen eine Herzerkrankung von frühester Kindheit an war schließlich eine erfolgreiche Verpflanzung durchgeführt worden. Doch nur, damit er bei einem tragischen Unfall ums Leben kam...

Eine grausame Ironie, die Cat nicht entging.

Was, wie sie vermutete, ganz gewiß in der Absicht des anonymen Absenders gelegen hatte.

Kapitel 19

Nancy Webster schlüpfte zu ihrem Mann ins Bett. Sie legte eine Hand auf seinen Bauch; eine Geste der Gewohnheit, die den Tag offiziell beendete. Er legte seine Hand auf ihre und streichelte sie abwesend.

»Woran denkst du?« fragte sie leise.

Er lächelte. »Ach, mir geht soviel durch den Kopf.«

»Zum Beispiel?«

»Nichts Besonderes.«

Zu Beginn ihrer Ehe hatten sie über seine Arbeit gesprochen, über ihre Hoffnungen und Träume; meist im Flüsterton, um die Kinder im Nebenzimmer nicht aufzuwecken.

Über die Jahre war das anders geworden. Nancy vermißte diese leisen Gespräche und sehnte sich manchmal nach dieser Zeit, als ihm ihre Meinung wichtiger war als die von jedem anderen. Sicher, er legte noch immer Wert darauf – er fragte sie nur nicht mehr so häufig darum wie damals, als sein Erfolg noch unsicher war.

»Morgen gibt's die neuen Einschaltquoten«, sagte er.

»WWSA war doch beim letzten Mal mit großem Abstand vorn«, rief sie ihm ins Gedächtnis. »Euer ärgster Konkurrent war auf den zweiten Platz gerutscht. Ich prophezeie, daß euer Vorsprung diesmal noch größer ist.«

»Ich hoffe, du hast recht.«

Sie kuschelte sich eng an ihn, den Kopf an seiner Schulter. »Was noch?«

»Ach, nichts. Und alles.«

»Cat Delaney?«

Sie spürte seine prompte Reaktion, zwar nur subtil – ein angespannter Muskel, ein leichtes Zurückziehen, auch wenn sie einander weiterhin berührten –, gleichwohl unmißverständlich.

»Warum sollte ich denn an Cat denken?« fragte er.

»Das frage ich dich, Bill. Gäbe es einen besonderen Grund dafür?«

»Sie leistet hervorragende Arbeit für uns. Aber vergangene Woche hätte sie sich um ein Haar böse in die Nesseln gesetzt, als ein Ehepaar von einer Adoption zurücktrat.« Er hielt inne. »Zum Glück haben sie uns das nicht angekreidet.«

Er beugte sich zurück. Ihre Füße berührten sich unter der Bettdecke, doch er zog seinen Fuß sofort zurück. »Cat geht in ihrer Arbeit auf. Manchmal übertreibt sie es meiner Meinung nach. Ich bewundere und mag sie.«

»Ich auch.« Nancy stützte sich auf den Ellenbogen und schaute auf ihren Mann herab. »Aber ich will meinen Mann nicht mit ihr teilen.«

»Wovon redest du?« fragte er barsch.

»Bill, etwas zwischen uns stimmt nicht.«

»Unsinn!«

»Ich kann es fühlen. Seit über dreißig Jahren sind wir jetzt verheiratet. In dieser Zeit habe ich dich glücklich erlebt, frustriert, jubelnd und besorgt. Ich kenne alle deine Launen. Ich … ich liebe dich.«

Ihre Stimme brach, was sie haßte, weil sie sich nicht wie eine nörgelnde Ehefrau aufführen wollte, die ihren Mann geradewegs in die Arme einer anderen Frau trieb; einer, die größeres Verständnis hatte und weniger fragte und klagte.

Er berührte ihr Haar. »Ich liebe dich auch. Und ich schwöre bei Gott, daß ich nichts mit Cat Delaney habe.«

»Aber du bist besessen von ihr. Und das warst du schon, bevor du sie getroffen hast.«

»Ich wollte sie für WWSA haben.«

»Mach mir doch nichts vor. Es ist mehr als nur berufliches Interesse. Du hast schon früher Leute zum Sender geholt, aber nicht mit dieser Entschlossenheit wie in ihrem Fall. Du bist sexuell besessen von ihr.«

»Nein!« entfuhr es ihm barsch und laut. Mit ruhiger Stimme wiederholte er: »Nein, Nancy.«

Sie sah ihn an, suchte nach der Wahrheit, doch seine Augen verrieten nichts. Das war eine Gabe, die ihm im Geschäftsleben schon unzählige Male Vorteile gebracht hatte – wenn er sich nicht in die Karten schauen lassen wollte, gelang dies auch niemandem.

Den Disput fortzusetzen wäre gleichbedeutend damit, ihn der Lüge zu bezichtigen, und dies würde die Kluft zwischen ihnen nur vergrößern. Daher entschied sie sich, es dabei bewenden zu lassen. »Also gut.«

Er zog sie an sich und legte den Arm um sie. »Du weißt, ich liebe dich, Nancy. Das *weißt* du.«

Sie nickte. Doch sie wollte auch den körperlichen Beweis. Sie nahm seine Hand und legte sie auf ihre Brust. Er reagierte. Sie küßten sich, liebkosten sich. Als er in sie eindrang, schlang sie besitzergreifend die Beine um ihn.

Hinterher schmiegte sie sich an ihn, lauschte seinem tiefen, regelmäßigen Atem. Auch wenn sie Haut an Haut beieinanderlagen, auch wenn ihr Liebesakt leidenschaftlich gewesen war – es fehlte die geistige Intimität. Etwas schob sich zwischen sie.

Cat Delaney machte zwar nicht den Eindruck, als würde sie sich mit einem verheirateten Mann einlassen, aber letztlich war sie Schauspielerin. Ihre offene Freundlichkeit war vielleicht nur gespielt. Wenn es um andere Frauen ging, war Nancy nie selbstgefällig. Bill war ein attraktiver, charmanter und wohlhabender Mann – Beute für unzählige Frauen, die keine Gewissensbisse haben würden, eine Ehe zu ruinieren.

So gut ihre Ehe auch immer gewesen war – undenkbar war das nicht. Sie und Bill hatten sich am College kennengelernt und geheiratet, aber zahlreiche Ehen zerbrachen noch nach dreißig und mehr Jahren. Sie konnte sich nicht darauf verlassen, daß Sentimentalität ihre Ehe zusammenhielt. Und sie verließ sich auch nicht darauf, daß ihre gemeinsamen Kinder Bill auf ewig an sie banden.

Nancy vertraute einzig und allein auf die Liebe, die mehr als drei Jahrzehnte überdauert hatte – und auf sich selbst. Sie war körperlich bestens in Form. Mit vierundfünfzig Jahren war ihr Teint straff und ohne Falten. Blonde Tönungen überdeckten die ersten grauen Haare. Dreimal die Woche ging sie ins Fitneßstudio und spielte Golf und Tennis. Wenn sie in den Spiegel schaute, fand sie in aller Unbescheidenheit, daß sie besser aussah als die meisten Frauen, die halb so alt waren.

Sie hatte nie eigene berufliche Ambitionen gehabt. Statt dessen hatte sie sich ausschließlich Bills Karriere gewidmet. Der hatte, damals noch ein junger Mann, als Kameraassistent angefangen und sich stetig hochgearbeitet, von Sender zu Sender, von Bundesstaat zu Bundesstaat.

In den ersten fünfzehn Jahren ihrer Ehe waren sie so oft umgezogen, daß Nancy es irgendwann aufgab, die Umzüge zu zählen. Es hatte ihr nichts ausgemacht. Bill hatte sich mit jeder neuen Anstellung weiter verbessert, und sie wußte, wie wichtig ihm das war.

Als Geschäftsführer eines Senders in Michigan hatte er den Verkauf an einen Medienkonzern mit in die Wege geleitet und dabei ein kleines Vermögen als Bonus verdient. Die neuen Eigentümer hatten ihn gebeten zu bleiben, doch er hatte es vorgezogen, mit dem Geld die erste Anzahlung auf seinen eigenen Sender zu leisten. WWSA war zu einem weiteren Kind für ihn und Nancy geworden. Bill hatte den Sender gehegt und gepflegt. Und Nancy ihren Mann.

Sie war entschlossen, die Rolle der Vertrauten, Ehefrau, Freundin und Liebhaberin bis zum letzten Atemzug innezuhaben. Sie liebte William Webster und würde alles tun, um ihn zu halten.

Sie betrachtete ihren schlafenden Mann. Mit ihm hatte sie Gipfel der Liebe erlebt, wie sie es niemals für möglich gehalten hatte. Ihre Liebe zu ihm war vielschichtig, geprägt von den umwälzenden Ereignissen und Phasen ihres Lebens. Ihr Hochzeitstag. Jede Station seines Aufstiegs. Jeder Erfolg und jeder Rückschlag. Die Geburt ihres ersten Kindes. Der tragische Tod...

Nancy stockte der Atem.

War es möglich, daß Bill tatsächlich die Wahrheit gesagt hatte? Was, wenn seine Besessenheit von Cat Delaney gar nicht sexueller Natur war? Konnte es etwas mit Carla zu tun haben?

Diese Möglichkeit machte Nancy angst.

»Guten Morgen, Ms. Delaney.«

Cat blieb wie angewurzelt stehen, als sie Melia King hinter dem Empfangstresen der Nachrichtenredaktion erblickte.

»Einen Moment bitte.« Das Telefon klingelte. Melia meldete sich. »Guten Morgen. WWSA Nachrichtenredaktion.

Wen möchten Sie sprechen?« Sie verband den Anrufer mit dem gewünschten Reporter, dann bedachte sie Cat mit ihrem einschmeichelndsten Lächeln. »Ich arbeite jetzt *hier.*«

Cat machte auf dem Absatz kehrt. Statt den Fahrstuhl nahm sie die Treppe, war in Rekordzeit in der Personalabteilung und ging schnurstracks zur Sekretärin. Ohne Begrüßung fragte sie, wie es kam, daß Melia King noch immer beim Sender beschäftigt war.

»Sie ist jetzt an der Rezeption der Nachrichtenredaktion.«

»Aber wie ist das möglich?« brauste Cat auf. »Ich habe sie vor zwei Wochen gefeuert.«

»Sie ist wieder eingestellt worden.«

»Wann? Warum?«

»Ich bedaure, aber ich darf Ihnen keine Auskünfte über Angestellte erteilen, Ms. Delaney. Man hat mir nur gesagt, sie wieder einzusetzen. Mehr weiß ich auch nicht.«

Cat schaute zur verschlossenen Tür der Personalchefin. »Ich möchte sie sprechen. Bitte melden Sie mich an.«

»Sie ist nicht da, Ms. Delaney. Aber wenn Sie eine Nachricht hinterlassen möchten...«

»Nein, danke. Das kann nicht warten.« Sie wandte sich zum Gehen, drehte sich aber noch einmal zu der verängstigten Sekretärin um. »Keine Bange, ich halte Sie da raus.«

Sie verließ das Personalbüro, stapfte zum Ende des Korridors und platzte ins Büro der Geschäftsleitung. »Ist er da?«

Websters Sekretärin schaute so pikiert und erschrocken drein, als fordere diese Frau mit der feuerroten Mähne Geld oder Leben von ihr. »Ja, aber er –«

»Danke.«

Bill telefonierte gerade, als sie die Tür aufstieß. Mißmutig schaute er auf, doch seine Miene erhellte sich, als er sah, wer seine unangekündigte Besucherin war. Er winkte Cat herein.

»Ja, ja, ich rufe Sie nächste Woche diesbezüglich zurück.

Bestimmt. Danke, ja. Wiederhören.« Er legte auf, erhob sich höflich und lächelte breit. »Freut mich, Sie zu sehen, Cat. Ich hatte gehofft, daß wir beide heute noch Zeit für einen Plausch finden.«

»Zum Plaudern bin ich nicht gekommen.«

Ihr barscher Ton überraschte ihn. Sein Lächeln erfror. »Das sehe ich. Nehmen Sie doch Platz.«

»Ich stehe lieber. Wissen Sie eigentlich, daß Melia King wieder bei uns arbeitet?«

»Ach, daher weht der Wind...«

»Ich werfe sie raus, und die Personalchefin stellt sie wieder ein. Warum sie das getan hat, ist mir ein Rätsel, aber ich möchte und erwarte, daß Sie eingreifen und meine Entscheidung durchsetzen.«

»Das ist unmöglich, Cat.«

»Aber Sie sind der Boß hier. Natürlich können Sie –«

»Cat, ich kann es nicht tun, weil ich persönlich die Anweisung für Ms. Kings Wiedereinstellung gegeben habe.«

Nun setzte sich Cat doch hin, auch wenn sie sich dessen gar nicht bewußt war. Ihre Knie waren butterweich vor Schreck. Nachdem sie Bill Webster einen Moment lang fassungslos angestarrt hatte, stützte sie sich mit beiden Händen auf seinem Schreibtisch ab und beugte sich vor. »Warum, Bill?«

»Das ist eine komplizierte Geschichte, Cat. Auf den ersten Blick mag es simpel erscheinen, aber ich kann Ihnen versichern, daß dem nicht so ist.«

Seine Ausflüchte brachten sie noch mehr in Wut. »Sie wollen mir doch jetzt hoffentlich nicht sagen, ich solle mir nicht meinen kleinen Kopf deswegen zerbrechen, oder?«

Er zog die Stirn in Falten. »Ich habe das in keinster Weise herablassend gemeint.«

»Ach, kommen Sie, Bill. Lassen Sie dieses Gerede. Sagen Sie mir, was los ist. So kompliziert kann das nicht sein, daß ich es nicht kapiere. Warum haben Sie Melias Entlassung rückgängig gemacht?«

»Aus zwei Gründen. Zum einen: Sie ist eine Hispano. Und bei der Einstellung und Entlassung von Angehörigen von Minderheiten bedarf es einigen Fingerspitzengefühls. Sie sind lange genug im Geschäft, um zu wissen, wie streng die Auflagen sind und wie groß das Risiko einer Klage ist. So ein Verfahren kann derart teuer werden, daß wir im schlimmsten Fall den Laden dichtmachen müssen. Solch ein Risiko können wir uns einfach nicht leisten.«

»Melias Entlassung hatte nichts mit ihrer Hautfarbe oder Herkunft zu tun, und das wissen Sie ganz genau.«

»Ich weiß es. Aber im Falle einer Klage oder Untersuchung seitens der Aufsichtsbehörde hätte meine Meinung nicht gezählt. Schauen Sie, Cat, mir ist bewußt, daß es Probleme mit dieser Angestellten gab, aber Sie haben keinen besonderen Vorfall für die Personalakte angegeben.«

»Weil ich nicht als Nörgelsuse dastehen wollte.«

»Was ich zu schätzen weiß. Nur leider hilft uns Ihr Feingefühl in diesem Fall herzlich wenig weiter. Gäbe es einen aktenkundigen Bericht über Ms. Kings fehlerhaftes Verhalten oder Inkompetenz, hätten Sie auch Gründe für eine Entlassung. So aber, ohne derartige Dokumente, entsteht der Eindruck, als hätten Sie sie aus persönlicher Antipathie gefeuert; als sei es ein rein persönlicher Konflikt gewesen und nicht mehr.

Ms. King war sich jedenfalls bewußt, wie liebend gern die Aufsichtsbehörde in solchen Fällen rumbohrt, und sie hat sich an die Personalabteilung gewandt. Und die sich an mich. Das alles ging sehr geschäftsmäßig über die Bühne, aber Ms. Kings Botschaft war eindeutig.«

»Sie hat geblufft, und Sie sind drauf reingefallen.«

»Meine Entscheidung, sie wieder einzustellen, geschah im alleinigen Interesse von WWSA.«

Melias Wiedereinstellung war eine vollendete Tatsache. Websters Position war nicht zu erschüttern. Cat wußte, daß es nichts bringen würde, ihm jetzt im nachhinein vom Vorfall mit ihren Medikamenten und Melias Geständnis zu erzählen.

»Nicht, daß es was ändert – aber würden Sie mir auch den anderen Grund für ihre Wiedereinstellung verraten? Sie sagten, es gäbe zwei.«

»Sie ist... behindert.«

»Behindert?« Cat lachte trocken. »Melia King ist alles andere als –«

»Sie ist Legasthenikerin.«

»Oh, mein Gott!« seufzte Cat und erinnerte sich an all die Situationen, in denen sie Melia wegen einer falsch notierten Telefonnummer gerügt hatte. »Das habe ich nicht gewußt.«

»Das hat niemand gewußt. Es stand nicht in ihren Papieren. Sie hat gelernt, ihr Handicap zu vertuschen. Nur leider nicht immer erfolgreich. Vielleicht deshalb ihre vielen Patzer.«

»Möglich.« Doch auch Legasthenie war keine Entschuldigung dafür, daß Melia ihre Medikamente in den Müll geschmissen hatte. »Aber ist es dann wirklich sinnvoll, sie am Empfang einzusetzen, wo sie ständig Namen und Telefonnummern notieren muß?«

»Sie besteht darauf, daß sie es hinkriegt. Außerdem war keine andere passende Stelle frei. Und selbst da mußten wir gehörig jonglieren.«

»Junge, Junge, Sie sind ja vielleicht zuvorkommend.«

»Sarkasmus steht Ihnen nicht, Cat.«

Noch immer wütend, erhob sie sich und wollte gehen. »Ich kann verstehen, in welcher Zwickmühle Sie waren, Bill. Ich will auch gern unterstellen, daß Ihnen zum Wohle des Senders keine andere Wahl geblieben ist. Aber was mich wirklich ärgert, ist, daß ich nicht gefragt wurde. Sie haben mich aussehen lassen wie einen Trottel und mich jeder Autorität beraubt.«

»Das ist nicht wahr, Cat.«

»Ich fürchte doch. Wenn meine Entscheidung oder die jedes anderen Mitarbeiters auf höherer Ebene widerrufen werden kann, was macht es da für einen Sinn, uns Kompetenzen zu geben? Mal abgesehen von Melias Legasthenie – ihre fristlose Kündigung war absolut berechtigt.«

»Das mag ja durchaus sein, aber so ist es in unserer Branche nun mal.«

»Tja, dann stinkt dieser Teil der Branche aber zum Himmel.«

Er stand ebenfalls auf und kam um den Schreibtisch herum. »Sie machen aus der Sache mehr, als dran ist, Cat. Ist Ihnen noch etwas anderes über die Leber gelaufen?«

Ja, dachte sie im stillen. *Dieser sonderbare Brief.*

Sie bewahrte den Umschlag mit dem Zeitungsausschnitt noch immer zu Hause auf. Eigentlich hatte sie es als üblen Scherz abtun und den Brief wegwerfen wollen, doch irgend etwas hatte sie gehindert, dies zu tun.

Sie hatte noch keine Schlüsse daraus gezogen. Und so war es sicherlich nicht ratsam, Bill davon zu erzählen. Er würde sie ohne Zweifel für paranoid halten.

»Alles in Butter«, sagte sie mit falschem Lächeln und wechselte das Thema. »Habe ich Ihnen eigentlich schon von unserem neuesten Erfolg erzählt? Chantal. Erinnern Sie sich?«

»Das kleine Mädchen, das eine neue Niere brauchte?«

»Genau die. Ihre Adoptiveltern haben grünes Licht für eine Operation gegeben. Gestern konnte ein Spender gefunden werden. Letzte Nacht wurde sie operiert. So weit, so gut.«

»Großartige Nachricht, Cat. Ich finde, damit ließe sich doch prächtig PR machen.«

»Finde ich auch. Ich habe bereits Jeff gebeten, eine Meldung für die Presse aufzusetzen und rauszuschicken. Ron Truitt kriegt's als erster. Wenn er darüber nichts bringt in seinem Blatt, dann können wir ihn zu Recht der einseitigen negativen Berichterstattung bezichtigen.«

Er legte ihr die Hände auf die Schultern und drückte sie leicht. »Und wegen der anderen Sache – Schwamm drüber, okay? Das sind doch Lappalien, verglichen mit der exzellenten Arbeit, die Sie leisten. Machen Sie weiter so und überlassen Sie den täglichen Kleinkram der Firmenleitung ruhig mir.«

»Ich werd versuchen, es mir hinter die Ohren zu schreiben. Ich fürchte nur, wenn mein Temperament mit mir durchgeht, läßt mich mein Gedächtnis im Stich.«

Er lachte und brachte sie zur Tür. »Sie haben ja recht gehabt. Ich will's auch wieder gutmachen. Nancy plant eine Dinnerparty. Sie möchte Sie gern mit einigen Honoratioren und Prominenten bekannt machen, die interessant sein könnten bezüglich der Spendenaktion, von der wir neulich gesprochen haben. Wie sieht's aus am nächsten Samstag?«

»Wundervoll. Darf ich meinen eigenen Prominenten mitbringen?«

»Aber sicher. Wen?«

»Alex Pierce.«

»Den Schriftsteller?«

»Sie kennen ihn?«

»Wer nicht? Schließlich wird er als der nächste Krimi-King gepriesen. Hab allerdings nicht gewußt, daß er in San Antonio zu Hause ist.«

»Ich habe den Eindruck, daß er nirgends so richtig zu Hause ist. Er arbeitet hier an seinem nächsten Buch.«

»Sie müssen ihn unbedingt mitbringen. Nancy wird begeistert sein.«

Kapitel 20

»Du kommst also mit?«

»Was soll ich anziehen?«

»Wie wär's für den Anfang mit Socken und Schuhen?«

Alex' tiefes Lachen am anderen Ende der Leitung kitzelte an Cats Ohr und verursachte ihr eine Gänsehaut auf den Armen. Das ist doch albern, dachte sie im stillen. Sie benahm sich ja wie ein verknalltes Schulmädchen.

Er spukte ihr ständig im Kopf herum. Gedanken an ihn überfielen sie bei der Arbeit, und sie wurde schon zappelig beim Klang seiner Stimme. Wie albern!

»Mal schauen, ob ich zwei passende Socken finde«, sagte er.

»Es ist zwar nicht gerade ein offizieller Empfang, aber ich möchte mich nicht mit meinem Begleiter blamieren. Es werden nämlich einige hohe Tiere dasein«, lästerte sie. »Nancy Webster stellt eine Spendenaktion für die Kids auf die Beine, also werde ich nie wieder ein Wort mit dir reden, wenn du irgendeinen Skandal verursachst, der die Kinder Geld kostet.«

»Ich verspreche hiermit hoch und heilig, mich von meiner besten Seite zu zeigen.«

»Na, vielen Dank«, seufzte sie. »Wahrscheinlich wirst du mich bis auf die Knochen blamieren. Oder dich gar nicht blicken lassen.«

»Ich streich's mir dick auf dem Kalender an.«

»Du vergißt doch bestimmt, auf den Kalender zu schauen. Denk dran, so haben wir uns auch kennengelernt.«

»Der beste Patzer meines Lebens.«

Sie errötete und war froh, daß er ihr albernes Lächeln nicht sehen konnte. »Nur um ganz sicherzugehen, rufe ich dich ein paar Stunden vorher an und hole dich ab.«

»Gute Idee.«

»Schreibst du heute nacht noch?«

»Ja, aber in letzter Zeit habe ich mich schlecht konzentrieren können. Rate mal, an wen ich dauernd denken mußte?«

Wieder verspürte sie eine heiße Woge der Freude. Es war schmeichelhaft, daß sie ihn von der Arbeit ablenkte. Seit ihrem ersten gemeinsamen Abend waren sie noch zweimal ausgegangen. Beim ersten Mal hatten sie sich zum Abendessen in einem Restaurant getroffen und waren danach getrennt heimgefahren. Am zweiten Abend hatte er sie abgeholt – im Auto.

Sie waren zum Riverwalk gefahren, wo sie in einem kleinen Restaurant schlechtes mexikanisches Essen aßen, dann waren sie die berühmte Promenade entlang des San Antonio River geschlendert. Nach einer Weile hatten sie die Läden und Galerien den Scharen von Touristen überlassen und waren hinauf zur Straße gegangen, wo es kühler und ruhiger war und weniger Trubel herrschte.

Sie überquerten die Straße, kauften sich bei einem verschlafenen Straßenverkäufer Eis mit Piña-Colada-Geschmack und setzten sich auf eine abgeschiedene Bank unter einem Baum am Alamo Plaza. Die Sonne war bereits untergegangen und die Touristenbusse verschwunden; nur die beleuchtete Festung lag stolz und ernst da, ein passendes Monument der Ereignisse vor hundertfünfzig Jahren.

»Das war damals eine harte Entscheidung, was?« fragte Alex und schleckte sein Eis. »Was hättest du an ihrer Stelle getan? Wärst du geblieben und hättest unter Einsatz deines Lebens gekämpft?«

»Schwierige Frage. Ich schätze schon, wenn ich das Gefühl gehabt hätte, nicht mehr zu verlieren zu haben als mein Leben. In gewisser Weise ging es mir ja auch so.«

Er sah sie fragend an.

»Kurz vor meiner Operation wurde mir plötzlich klar, daß

sie mir das Herz herausschneiden. Bitte, versteh das nicht falsch«, beeilte sie sich zu sagen. »Ich wollte unbedingt ein neues. Aber einen Herzschlag lang war ich mir nicht sicher. Ich würde sterben müssen, um weiterzuleben. Das war ein ernüchternder Augenblick der Erkenntnis.« Sie sah ihn an und lächelte. »Aber das ging vorbei, und ich bekam ein neues Herz und ein zweites Leben.«

Schweigend aßen sie ihr Eis. Eine Kutsche fuhr vorbei. Es saß niemand drin, nur der Kutscher hockte mit eingesunkenen Schultern auf dem Bock, das bärtige Kinn auf der Brust; er sah ebenso müde aus wie sein Pferd.

»Cat?«

»Hm?«

»Weißt du eigentlich, wer dein Spender ist?«

»Nein.«

»Weißt du gar nichts über –«

»Nein, und ich will es auch nicht wissen.«

Er nickte, aber es war offenkundig, daß er mit ihren lapidaren Antworten nicht zufrieden war. »Wie kommt's? Ich meine, ist das bei allen Patienten einer Transplantation so?«

»Nein. Einige wollen die Familie der Spenderin oder des Spenders kennenlernen und ihnen persönlich danken. Sie wollen, daß die Angehörigen wissen, daß sie sich des großen Opfers bewußt sind. Manche wollen alles über den Menschen wissen, von dem sie das gespendete Organ haben.« Sie schüttelte hartnäckig den Kopf. »Ich nicht. Ich könnte damit nicht klarkommen.«

»Inwiefern nicht?«

»Was ist, wenn sie enttäuscht von mir sind?«

»Das bezweifle ich aber stark.«

»Man kann nie wissen. Und anstatt darüber zu grübeln, ob oder ob nicht, sorge ich lieber dafür, daß mein Leben etwas zählt. Dann war ihr Opfer nicht umsonst.«

Damit hatten sie das Thema bewenden lassen. Er hatte

nicht weiter gefragt, und sie war froh darüber. Es war ein heikles Thema. Sie hatte mit ihm offener darüber gesprochen als mit jedem anderen, Dean ausgenommen.

Nun fiel ihr Blick auf die Schublade ihres Nachttischchens, und sie spielte mit dem Gedanken, ihm eine weitere beunruhigende Sache anzuvertrauen – die Briefe, die sie in letzter Zeit erhalten hatte. Sie hätte gern seine Meinung dazu gewußt, beschloß aber, ihn lieber nicht zu fragen. Sie hatte ihn schon viel zu lange von der Arbeit abgehalten.

»Ich muß jetzt auflegen. Tut mir leid, daß ich dich gestört habe.«

»Zerbrich dir darüber nicht den Kopf. Ich hab schon seit Stunden am Computer gehockt und brauchte dringend mal 'ne Verschnaufpause. Danke, daß du mich zu der Party der Websters eingeladen hast.«

»Danke, daß du die Einladung angenommen hast.«

»Ich werd mich auch benehmen.«

»War doch nur Spaß.«

»Weiß ich.«

Sie hörte das Lächeln in seiner Stimme. Es paßte zu ihrem. »Gute Nacht, Alex. Wir sehen uns Samstag abend.«

Sie hatte noch lange ein Lächeln im Gesicht, nachdem sie aufgelegt hatte. Kein Zweifel, diese Geschichte glitt ihr langsam aber sicher aus der Hand. Es sah ihr gar nicht ähnlich, so unvorsichtig mit ihren Gefühlen umzugehen. Aufgrund ihrer Kindheit war sie gewissermaßen ein gebranntes Kind, was Beziehungen betraf. Sie hatte mehrere Stiefgeschwister in Pflegefamilien zurücklassen müssen, mit denen sie eine tiefe Beziehung verband. Beziehungen waren unweigerlich zerbrochen, und das hatte wiederum unweigerlich zu einem gebrochenen Herzen geführt.

Und trotzdem war sie dabei, sich Hals über Kopf in Alex Pierce zu verlieben.

Was er wohl für sie empfinden mochte?

Er würde gern mit ihr ins Bett gehen. Soviel wußte sie. Er hatte eine gesunde Libido. Man mußte sich ja nur die Sexszenen in seinen Büchern durchlesen, um das zu wissen. Und Cat hatte sie gelesen. Mehrmals.

Selbstverständlich konnte sie die Haltung seiner männlichen Figuren gegenüber Frauen nicht gutheißen. Diese Kerle als sexistisch zu bezeichnen, wäre geschmeichelt. Von wenigen Ausnahmen abgesehen, behandelten sie Frauen wie Gebrauchsgegenstände.

Allerdings schien Alex den Chauvinismus seiner Figuren nicht zu teilen. Allem Anschein nach hielt er große Stücke auf Cat und ihre Arbeit. Er machte ihr häufig Komplimente.

Er konnte lachen und Späße machen, war aber vom Wesen her eher ernst, mitunter sogar bitterernst. Er hatte wenig Geduld für Trivialitäten. Er redete auch nicht gern über seine Zeit bei der Polizei, und wenn er es tat – was selten genug der Fall war –, dann klang große Bitterkeit in seiner Stimme. Es hatte einige unschöne Begleitumstände um sein Ausscheiden gegeben, das, wie sie vermutete, nicht ganz freiwillig gewesen war.

Sie hatte ihn sich als Liebhaber vorgestellt, würde ihn aber auch als guten Freund willkommen heißen. Dean war noch immer ihr Freund, doch Dean war weit weg. Sie brauchte jemanden in der Nähe, dem sie sich anvertrauen konnte.

Wieder wurde ihr Blick vom Nachttischchen angezogen, in dem dieser mysteriöse Zeitungsausschnitt lag – zusammen mit dem, den sie heute bei der Post gefunden hatte. In einem Umschlag, ähnlich dem ersten. Und wie schon der erste anonyme Brief, enthielt auch dieser einen Zeitungsausschnitt, diesmal mit der Kopfzeile einer Zeitschrift aus Boca Raton, Florida.

Eine zweiundsechzigjährige Frau war tot aufgefunden worden. Als Todesursache wurde ein Sturz von einer Trittleiter angegeben. Sie hatte zu Hause die an einem Deckenhaken angebrachten Blumen gießen wollen. Dabei mußte sie das Gleichgewicht verloren haben und war durch die Glastür auf die Terrasse gestürzt. Glassplitter hatten ihre Lunge durchbohrt.

Wie der Junge aus Memphis hatte auch sie eine Herztransplantation gehabt.

Cat wußte nicht, was sie von diesen sonderbaren Briefen halten sollte. Was würde Alex, als ehemaliger Polizist, daraus lesen? Würde er sie für alarmierend halten oder als üblen Streich eines kranken Hirns abtun?

Sie war schon fast der Meinung gewesen, daß es sich beim ersten Brief genau darum handelte, als der zweite eintraf. Es war ein eigenartiger Zufall, daß zwei Patienten einer Herzverpflanzung Opfer eines bizarren Unfalls geworden waren. Und noch eigenartiger war es, daß sich jemand die Mühe machte, sie auf diese Weise davon in Kenntnis zu setzen.

»Blödsinn.« Sie steckte die Ausschnitte wieder in die Umschläge und schob die Schublade mit aller Wucht zu. Wahrscheinlich wollte jemand sie damit nur verwirren und ärgern.

Aber das würde sie nicht zulassen. Wenn sie auch nur einen Moment länger darüber nachdachte, würde sie irgendeinen armen Irren ihre Gedanken beeinflussen lassen. Solche Briefe brachte ihr Beruf nun mal mit sich. Man nahm es gelassen hin. Solange die anonymen Botschaften nicht in konkrete Drohungen ausarteten, gab es keinen Grund, sich darüber den Kopf zu zerbrechen.

Aber es gab weit Wichtigeres, worüber sie nachdenken mußte – zum Beispiel, was sie bei der Party der Websters anziehen sollte.

»Wow.«

Cat traf fünf Minuten vor der verabredeten Zeit bei Alex' Wohnung ein. Er trug eine schwarze Hose und ein taubengraues Hemd, das er jedoch noch nicht in die Hose gesteckt hatte. Die offenen Ärmel schlabberten um seine Handgelenke, und erst zwei Knöpfe waren zugeknöpft. Er war barfuß.

Sein Kompliment war eher ein sanftes Hauchen. Ihre Knie wurden weich. »Vielen Dank.«

»Du siehst umwerfend aus.«

»Nochmals danke. Tut mir leid, daß ich zu früh dran bin. Aber auf den Straßen war nicht so viel los, wie ich befürchtet hatte. Anstatt im Wagen zu warten, dachte ich, ich schaue mal, ob du schon fertig bist. Macht aber nichts, daß dem noch nicht so ist. Keine Hektik. Wir haben genug –«

»Warum bist du denn so nervös? Ich hab doch versprochen, Socken und Schuhe zu tragen, oder?«

Sie mußte einen ganzen Schwarm Schmetterlinge im Bauch durch ihr Geplapper beruhigen. Und es machte sie noch nervöser, daß er sie so gut durchschaute. Er hatte die Intuition eines Schriftstellers. In Zukunft würde sie sich zusammennehmen und mit Pokerface spielen müssen, durfte sie nicht soviel zu erkennen geben.

Er trat zur Seite. »Komm doch rein.«

»Sagte die Spinne zur Fliege.«

»Ich beiße nicht.« Er schloß die Tür und verriegelte. »Nicht schlimm jedenfalls.«

Lachend, ruhiger jetzt, schaute sich Cat in dem zweistökkigen Apartment um. Es roch nach frischer Farbe. Die hohen Wände und Fenster erinnerten sie an ihr Haus in Malibu. Der zweite Stock bestand aus einer Art Galerie.

»Oben ist das Schlafzimmer«, sagte er. »Zur Küche geht's da hinten durch. Die Doppeltüren führen zum Balkon.«

»Gefällt mir.«

»Es ist nicht schlecht«, sagte er. »Wie du ja weißt, bin ich nicht gerade der häusliche Typ.«

Tatsächlich war sie überrascht, wie aufgeräumt und ordentlich die Wohnung war, doch dann sah sie ein Hemd unter den Kissen auf dem Sofa hervorspähen. Die Zeitschriften auf dem kleinen Beistelltischchen sahen aus, als wären sie hastig aufgestapelt worden, und unter einer lugte das Papier eines Schokoriegels hervor. Auf dem Couchtisch waren Abdrücke von Gläsern in Form der olympischen Ringe.

»Im Ernst, Cat. Du siehst fantastisch aus.«

Das Kompliment ließ sie herumwirbeln. Sein Blick war heiß und eindringlich. Er ließ sie schmelzen wie Butter in der Sonne. »Danke.«

»Ich hab immer gedacht, Rothaarige sollten kein Orange tragen.«

»Das ist kein Orange, sondern Kupfer.«

»Das ist orangefarben.«

Das kurze, schlichte Kleid wurde von schmalen Schulterriemen gehalten und war bedeckt mit dünnen Metallplättchen, die glänzten wie neue Pennies. Sie hatte seit ihrer Transplantation nichts mit Ausschnitt getragen. Das hätte sie auch vor wenigen Wochen noch nicht getan. Doch Alex hatte ihr ihre Verlegenheit wegen ihrer Narbe genommen.

»Ist ja auch egal, wie man es nennt«, sagte er. »Es hat dieselbe Farbe wie dein Haar und läßt dich schimmern wie ein Flammenmeer.«

»So spricht der Schriftsteller. Du bist ein Poet und weißt es nicht.«

»Na ja... barfuß und begnadet.« Er war sichtlich verlegen. »Fühl dich wie zu Hause. Bin gleich wieder da.«

Er nahm zwei Treppenstufen auf einmal und verschwand nach oben. Auf der Galerie angekommen, öffnete er die Hose und stopfte das Hemd hinein. »Im Kühlschrank müßte auch noch was zu trinken sein. Bin mir aber nicht sicher. Nimm dir einfach, was da ist.«

»Okay, danke. Wo ist eigentlich dein Motorrad? Ich hab's draußen nicht stehen sehen.«

»In der Werkstatt. Muß mal wieder komplett überholt werden.«

»Scheibenkleister. Ich wäre gern noch mal gefahren.«

»Ja. Wenn man einmal solche Power zwischen den Beinen gehabt hat, dann kann man gar nicht genug davon kriegen.«

»Sehr witzig.«

»Mir wird's jedenfalls fehlen. Der Typ aus der Werkstatt meinte, daß es ein ganzes Weilchen dauern dürfte.«

»Wie geht's mit dem neuen Buch voran?«

»Mäßig.«

»Das bezweifle ich.« Sicher nur die typische Untertreibung eines Schriftstellers.

Sie schlenderte durchs Wohnzimmer und sah sich nach etwas um, was Rückschlüsse auf diesen Mann zuließ. Doch vergeblich. Die einzige persönliche Note dieses Raumes war sein hastiger Versuch, vor ihrem Eintreffen noch schnell aufzuräumen. Ansonsten verriet nichts, wer hier wohnte. Nirgends Familienfotos, keine Andenken, keine Post oder Coupons oder Kochrezepte. Das Mobiliar war irgendwie unpersönlich, so als habe er es ausgeliehen oder vom Vormieter übernommen.

Sie war etwas enttäuscht.

Unter der Treppe entdeckte sie zwei Kartons mit Exemplaren seiner beiden Bücher. Sie waren noch immer eingepackt. Warum hatte er nicht Exemplare an seine Familie und Freunde verschickt? Vielleicht hatte er das, und diese hier waren die übrigen Belegexemplare. Oder auch möglich, daß er keine Familie und Freunde hatte.

Und vielleicht ging ihre Phantasie mit ihr durch.

Sie spähte durch die Jalousien der Flügeltüren. Nichts Bemerkenswertes auf dem Balkon. Er sah unbenutzt aus.

Auf dem Weg den kleinen Flur entlang zur Küche entdeckte sie eine geschlossene Tür, die er nicht erwähnt hatte. Ein Wandschrank? Das Bad? Sie trat zurück, um die Ausmaße des Raumes hinter der Tür abzuschätzen. Das war ganz eindeutig viel zu groß für einen Wandschrank oder ein kleines Bad.

Ihre Hand berührte den Türknauf, ehe sie sich bewußt war, was sie tat. Sie hielt inne und überlegte. Warum hatte er dieses Zimmer nicht erwähnt? Hatte er es absichtlich nicht getan?

Sie drehte vorsichtig an dem Knauf. Die Tür öffnete sich lautlos. Die Dunkelheit im Raum ließ nichts erkennen. Sie öffnete die Tür noch einen Spalt weiter und steckte den Kopf hinein.

Trübes Licht drang durch die heruntergelassenen Jalousien. Sie konnte kaum Umrisse ausmachen, aber sie erkannte etwas, das aussah wie ein Tisch, ein –

Seine Hand klammerte sich um ihr Handgelenk.

»Was, zum Teufel, machst du da?«

Kapitel 21

»Verdammt, Alex!« Sie riß ihre Hand los und wirbelte herum. »Du hast mich ja zu Tode erschreckt! Was ist denn bloß in dich gefahren?«

Mit einem Ruck zog er die Tür zu. »Zu diesem Zimmer ist der Zutritt strengstens verboten. Basta.«

»Warum hast du dann kein Schild angebracht? Was treibst du denn da drin – Falschgeld drucken?«

Er ergriff ihr Handgelenk, doch diesmal sanfter. »Tut mir leid, daß ich dich so erschreckt habe. War nicht meine Absicht. Es ist nur so, daß ich sehr eigen bin, was mein Arbeitszimmer angeht.«

»Das ist aber sehr milde ausgedrückt«, konterte sie.

»Bitte versteh das doch. Was ich dort drinnen tue, ist

äußerst privat und persönlich.« Er starrte auf die verschlossene Tür, so als könne er hindurchsehen. »In diesem Zimmer bin ich ganz ich selbst. Dort bringe ich jedes gottverdammte Wort zur Welt, und das ist die Hölle, glaub mir. Das ist der Platz meines Schaffens. Aber dort verfluche ich den kreativen Prozeß auch. Es ist meine ultraprivate, masochistische Folterkammer.«

Er lächelte trocken. »Hört sich bestimmt verrückt an für jemanden, der nicht schreibt, ist mir klar, aber wenn jemand in mein Reich eindringt, dann ist das in etwa so, als würde mein Unterbewußtsein vergewaltigt werden. Der Ort würde nie wieder ausschließlich mir und meinen Gedanken gehören.«

Die Standpauke war berechtigt. Sie hätte ihre Nase nicht in ein verschlossenes Zimmer stecken sollen. Viele Künstler und Bildhauer hielten ihre Projekte bis zur endgültigen Fertigstellung unter Verschluß. Niemand bekam je die Musik eines Komponisten zu hören, bis er wirklich zufrieden damit war. Sie hätte sich denken können, daß Alex nicht anders verfuhr.

»Daran habe ich nicht gedacht«, sagte sie kleinlaut. »Entschuldige.«

»Bis auf dieses Zimmer kannst du dich gern überall umsehen. Ich erlaube dir sogar Zugang zu meiner Speisekammer und zum Kühlschrank, meinem Korb für die Schmutzwäsche und sogar zu meiner privaten Erotikasammlung, aber für dieses Zimmer gilt striktes Verbot.«

»Meine blöde Neugier«, sagte sie kopfschüttelnd. »Eine meiner Betreuerinnen hat mir schon damals prophezeit, daß es mal mein Verderben sein würde. Aber sie fand auch, daß Schokolade Gift ist, und hat mich ermahnt, sie niemals zu essen.« Sie schaute zu ihm hin. »Ich fürchte, ich habe beide Warnungen nicht ernst genommen.«

Er stützte sich mit einem Arm an der Wand ab und versperrte ihr den Weg. »Ich verzeihe dir deine Neugier. Entschuldige du dafür meine Überreaktion.«

Er trug eine Krawatte, die jedoch noch nicht geknotet war. Er roch nach Seife – saubere, feuchte, männliche Haut, was Cat mehr anzog als teures Parfüm. Sein Haar war noch immer ungekämmt und sah so aus, als hätte er es nur mit dem Handtuch trockengerieben. Alles in allem war er ein umwerfender Mann und unglaublich sexy.

»Du hast eine Privatsammlung an Erotika?« fragte sie mit belegter Stimme.

»Ja.«

»Seit wann sammelst du denn schon?«

»Seit ich alt genug war, zu wissen, daß es unanständig ist.«

»So lange schon? Hm. Die würde ich gern irgendwann mal sehen.«

Er schmunzelte. »Ich finde, Sie haben einen Hang zum Ungezogenen, Cat Delaney.«

»Das war noch etwas, was die Betreuer verwirrt hat.«

Er musterte ihr Gesicht, dann schaute er auf ihren Hals. Er stand so nahe bei ihr, daß er, um sie ganz betrachten zu können, den Kopf zurückbeugen mußte. Sie spürte seinen Atem auf ihren Schultern.

Noch immer hielt er ihr rechtes Handgelenk. Er drückte es über ihrem Kopf gegen die Wand, die Innenseite nach außen. Er küßte das durchscheinende, zarte Stück Haut, wo der Puls schlug. Er streichelte es mit der Zunge.

Dann eroberten seine Lippen die ihren. »Wann fängt die Party an?«

»Vor zehn Minuten.«

»Mist.« Er küßte ihren Hals in der Schulterbeuge.

»Aber ich hatte ohnehin geplant, zu spät zu kommen.«

»Wie das? Hast du etwa angenommen, ich würde nicht rechtzeitig fertig sein?«

»Nein. Nur für den Fall, daß... äh...« Es war schwierig,

zu denken, während er an ihrem Ohrläppchen knabberte. »Nur für den Fall, daß wir... aufgehalten werden.«

»Möchtest du das denn?«

Ihr Magen schlug einen Salto. In ihrem Hals steckte ein Kloß. »Ich meinte, vom Verkehr oder so aufgehalten.«

»Oh, vom Verkehr. Richtig.«

Er begann, sich von ihr zu lösen, doch Cat packte ihn beim Schlips. »Wir verpassen schon nichts«, flüsterte sie. »Sie sind bestimmt noch bei den Cocktails.«

»Und keiner von uns beiden trinkt.« Er legte die Hand unter ihre Brust, hob sie etwas an, beugte den Kopf und küßte sie oberhalb des Ausschnitts ihres Kleides, saugte sanft daran.

Cat stöhnte vor Lust auf und preßte sich gegen ihn.

Er hob den Kopf und küßte sie auf den Mund, seine Zunge keck und provozierend. Als der Kuß schließlich endete, ließ er seine Lippen auf ihren ruhen. Er atmete heftig ein und aus. »Also...?«

»Was?«

»Lust auf vögeln?«

Die unerwartete Vulgarität war eine kalte Dusche für ihre Leidenschaft. Sie stieß ihn weg.

Er hob die Hände. »Du hast doch meinen Helden in meinen Büchern vorgeworfen, daß sie niemals vorher fragen. Da wollte ich es mal ausprobieren, das ist alles.«

»Hättest du das nicht etwas höflicher ausdrücken können?«

»Na gut.« Mit einem reuigen Ausdruck faltete er die Hände unter dem Kinn. »Lust auf vögeln, bitte, Ma'am?«

»Na toll.«

Sie versuchte an ihm vorbeizugehen, doch er packte sie um die Hüfte und stellte sie wieder zwischen sich und die Wand. Als er sie diesmal küßte, gab es keinen Zweifel, ob er es ernst meinte oder nicht. Mehr besitzergreifend als verführerisch fuhr er fort, sie zu küssen, bis ihre Wut schließlich verflogen war und sie seinen Kuß mit gleicher Gier erwiderte.

Als er sie losließ, waren Cats Lippen heiß. Ihr ganzer Körper pochte und prickelte.

»Ich will dich«, sagte er. »Aber nicht, wenn ich dabei aufpassen muß, nur ja nicht deine Frisur oder dein Make-up zu ruinieren.« Er strich ihr mit dem Daumen über die Unterlippe. »Nicht in Eile und mit Deadline. Nicht, wenn wir auf einer Party erwartet werden, die Geld für deine Kids einbringt. Weil ich nämlich bezweifle, daß einmal genug sein wird. Kapiert?«

Atemlos und erregt von seinen Worten, konnte sie nur nicken.

»Ich hab mir einen Spaß daraus gemacht, rüde zu sein, aber die Einladung gilt. Wie gesagt.« Seine Augen wurden dunkler. »Es liegt allein an dir, Zeitpunkt und Ort zu bestimmen. Kapiert?«

Wieder nickte sie.

Er erwiderte ihren Blick einige Momente, dann wandte er sich um. »Gib mir noch ein paar Minuten, dann können wir los.«

»Cat, da seid ihr ja.« Nancy Webster umarmte sie. »Alle warten schon darauf, Sie endlich kennenzulernen.«

Eine Hausangestellte in Uniform hatte Cat und Alex ins Wohnzimmer des beeindruckenden Hauses der Websters geführt. An diesem Abend waren hier die Wichtigen und Reichen der Stadt versammelt. Der Pegel der Lautstärke war ein Zeichen für Nancy Websters Talent, ihre Gäste perfekt zu bewirten.

»Entschuldigen Sie die Verspätung«, sagte Cat. »Wir –«

»Es war meine Schuld«, unterbrach Alex sie. »Kam was dazwischen.«

Das brachte ihm einen warnenden Blick von Cat ein, aber

Nancy freute sich so sehr darauf, ihn kennenzulernen, daß sie weder seine zweideutige Bemerkung noch Cats Reaktion zur Kenntnis nahm.

Nancy schüttelte ihm die Hand. »Willkommen, Mr. Pierce.«

»Alex, bitte.«

»Ich war völlig aus dem Häuschen, als Bill mir erzählte, daß Cat Sie heute abend mitbringen würde. Ich fühle mich geehrt und bin erfreut, Sie in meinem Haus begrüßen zu dürfen.«

»Ich freue mich sehr, hier zu sein.«

»Kommen Sie, Sie müssen meinen Mann kennenlernen. Was möchten Sie trinken?«

Scheinbar mühelos sorgte Nancy dafür, daß Alex sein gewünschtes Perrier mit Zitrone bekam und sich mit Bill unterhielt.

»Ich habe Ihr erstes Buch gelesen und fand es recht gelungen für einen Erstling.«

Auf ein Kompliment wie dieses gab es keine passende Antwort. Alex fragte sich, ob sich Webster dessen bewußt war, und kam zu dem Schluß, daß dem so war. Dieser Mann versuchte, ihn zu kritisieren, ohne daß es zu offensichtlich wirkte.

Er machte gute Miene zum bösen Spiel. »Danke für das Kompliment.«

»Schreiben Sie an einem neuen Roman?«

»Ja, bin mitten in der Arbeit.«

»Spielt die Story in San Antonio?«

»Zum Teil.«

Cat hakte sich bei Alex unter. »Sparen Sie sich die Fragen, Bill. Sie kriegen sowieso nichts aus ihm raus. Er tut sehr geheimnisvoll, wenn es um seine Arbeit geht.«

Webster sah ihn neugierig an. »Wieso das?«

»Über eine Story zu sprechen, bevor sie geschrieben ist,

verdirbt die Überraschungen. Nicht für den Leser, sondern für mich.«

»Sie schreiben ein Buch, wissen aber selber nicht, was als nächstes geschehen wird?«

»Nicht immer, nein.«

Webster runzelte die Stirn und schaute skeptisch drein. »Ich fürchte, ich bin zu sehr zielorientiert, um so arbeiten zu können.«

Wen, zum Teufel, interessiert's? dachte Alex im stillen.

Cat brach das angespannte Schweigen. »Ich prahle ja nur ungern, aber Alex hat mich um Hilfe bei seinen Recherchen gebeten.«

»Ach, wirklich?« fragte Webster.

»Er fand die Bettszenen schwierig zu schreiben, also habe ich ihm einige Geschichten aus meiner ruchlosen Vergangenheit in Hollywood erzählt und habe ihm erlaubt, sie zu...« Sie suchte nach dem richtigen Wort.

»Auszuschmücken?« kam Nancy ihr zu Hilfe.

»Nein. Abzuschwächen.«

Alle in Hörweite lachten.

»Bill, so gerne wir die beiden auch ganz für uns in Beschlag nehmen würden – das dürfen wir nicht«, sagte Nancy. »Das würden uns unsere anderen Gäste niemals verzeihen. Cat? Alex?« Sie stellte sich zwischen sie und hakte sich bei ihnen unter. »Zuerst möchte ich Sie unserer neuen Bürgermeisterin und ihrem Gatten vorstellen.«

Sie führte sie durch den Raum und stellte sie ihren Gästen vor. Alex hörte zufrieden, wie viele sich angeblich zu seinen Fans zählten. Cats Schar an Bewunderern war noch größer. Jeder wußte etwas Gutes über *Cats Kids* zu sagen. Sie nahm das Lob aber nie allein für sich entgegen, sondern teilte es stets mit ihrer Crew.

»Bei Bill Webster angefangen, hat jeder bei WWSA seinen Anteil am Erfolg der Sendung«, sagte sie.

Jemand kam auf einen Artikel in der Sonntagsausgabe des *San Antonio Light* zu sprechen. Dabei war es um ein kleines Mädchen gegangen, das kürzlich adoptiert worden war und dann eine Nierentransplantation erhalten hatte.

»Ja, Chantals Geschichte ist sehr ermutigend«, sagte Cat zu der Frau, die auf die Sache zu sprechen gekommen war. Dann schaute sie zu Webster und sagte flüsternd: »Würde mich ja mal interessieren, wie Truitt das schmeckt.«

Mehrere Tage lang hatte der Reporter sich hinter die O'Connor-Sache geklemmt, doch vergebens. WWSA hatte, außer einer Erklärung seitens der Presseabteilung des Senders, keine weitere Stellungnahme abgegeben. Das Ehepaar O'Connor verweigerte auf Anraten seines Anwaltes jedes Interview. Und nachdem sie durch eine Beratung verstanden hatten, wie gekonnt das kleine Mädchen seine emotionalen Probleme vor allen verborgen hatte, sahen sie von einer Klage ab.

Sowohl die betreffende Behörde wie auch *Cats Kids* waren noch einmal davongekommen. Cat hoffte, daß der Artikel über die kleine Chantal auch den letzten Zweifel am Wert ihrer Sendung endgültig zerstreuen würde.

»Was in Chantals Leben passiert ist«, sagte sie, »ist nicht weniger als ein Wunder. Nur leider gibt es noch so viele andere Kinder mit besonderen Problemen, die eines solchen Wunders bedürfen.

Seien Sie versichert, daß viele Pflegeeltern liebevolle und fürsorgliche Menschen sind. Aber diese besonderen Kinder brauchen unbedingt ein stabiles Zuhause.«

Das Abendessen war ein Festmahl mit sieben Gängen, das mehr als zwei Stunden dauerte. Alex hätte sich zu Tode gelangweilt, wäre da nicht Cat gewesen, die auf Drängen der übrigen Gäste Geschichten über einige in ihrer Sendung vorgestellte Kinder zum besten gab.

Die Gäste lauschten ihr gebannt und bewegt. Manche

Geschichten waren zum Lachen, andere rührten zu Tränen. Cats Art, sie zu erzählen, war ebenso ergreifend wie die Geschichten selbst. Ihre Stimme verriet, mit welcher Leidenschaft sie an ihrer Sendung hing.

Als der Nachtisch serviert wurde, hatte sie alle am Tisch begeistert, und es wurde ringsum eifrig über eine große Spendenaktion gesprochen.

Als Alex ihren Stuhl zurückzog, beugte er sich zu ihr herab und flüsterte: »Das wäre im Sack.«

Nachdem die übrigen Gäste gegangen waren, bestanden die Websters darauf, daß Alex und Cat noch auf eine Tasse Kaffee blieben, um auf den Erfolg des Abends anzustoßen. »Lassen Sie uns in Bills Arbeitszimmer gehen«, schlug Nancy vor. »Dort ist es gemütlicher.« Sie ging voran.

Eine Angestellte brachte ein silbernes Service, aber Nancy schenkte selber ein. »Möchten Sie vielleicht einen Brandy, Alex?«

»Nur Kaffee, bitte.«

»Mir ist aufgefallen, daß Sie den Wein zum Essen nicht angerührt haben«, sagte Bill und griff nach seinem Kaffee mit Brandy, den Nancy für ihn eingegossen hatte. »Sind Sie Antialkoholiker?«

»Ja.«

Da Alex keine Verpflichtung verspürte, Webster seine Abstinenz zu erklären, beließ er es bei dieser lapidaren Antwort. Doch seine ausbleibende Erklärung ließ erneut Schweigen entstehen. Wieder sprang Cat ein.

»Ist das ein Familienalbum?« Sie griff nach dem breiten Lederband auf dem Couchtisch und hockte sich damit auf den Boden. »Darf ich mal einen Blick hineinwerfen?«

»Aber sicher«, sagte Nancy. »Wir haben Unmengen an Fotos von unseren Kindern.«

»Wie viele Kinder haben Sie denn?« fragte Alex.

»Sechs.«

»Sechs!« Er hob seine Tasse in einem stillen Salut. »Darauf würde niemand kommen, wenn man die Mutter sieht.«

»Vielen Dank.«

»Sie hält sich bestens in Form.« Webster lächelte voller Stolz.

»Wohnen Ihre Kinder noch im Haus?«

Während Nancy ihm erklärte, welches ihrer Kinder wo lebte und was sie taten, blätterte Cat das Fotoalbum durch. Hin und wieder schaute Alex ihr über die Schulter. Soweit er sehen konnte, sahen die Kinder der Websters den Eltern sehr ähnlich. Typisch amerikanisch und überaus erfolgreich, wie die vielen Aufnahmen zeigten, auf denen sie irgendwelche Preise präsentierten.

»Nun ja«, schloß Nancy ihre Aufzählung, »nur noch der Jüngste wohnt unter unserem Dach, auch wenn er nur selten hier ist. Er ist Herausgeber der Zeitung an seiner High-School und das –«

»Oh, mein Gott!«

Cats erschrockener Ausruf ließ Nancy verstummen.

Im nächsten Moment waren alle Blicke auf die entsetzte Cat gerichtet.

Kapitel 22

»Hast du eigentlich gewußt, daß du seiner Tochter Carla zum Verwechseln ähnlich siehst?«

Trotz Alex' bohrendem Blick konzentrierte sich Cat aufs Fahren und hielt den Blick auf die Straße gerichtet. »Eine gewisse Ähnlichkeit läßt sich nicht abstreiten...«

»Na, das ist ja die Untertreibung des Jahres.«

»Sie hatte braune Augen, keine blauen.«

»Aber sie hatte lockiges rotes Haar, und die Form ihres Gesichts war auch extrem ähnlich.« Er neigte den Kopf und musterte ihr Profil. »Ihre Züge waren vielleicht nicht so ausgeprägt. Nicht so streng. Aber die Ähnlichkeit war erstaunlich.«

Den Blick stur auf die Straße gerichtet, umklammerte sie das Steuerrad.

»Du weißt genau, daß ich recht habe«, beharrte er. »Ich dachte, du kippst jeden Moment um, als du das Foto gesehen hast. Knallrot sind deine Wangen angelaufen.«

»Du bist ein sehr aufmerksamer Beobachter.«

»Das ist mein Job. Ich beobachte die Menschen und schreibe meine Beobachtungen dann auf.«

»Tja, ich mag es aber nicht, beobachtet zu werden.«

»Jammerschade, weil es nämlich sehr faszinierend ist, dich zu beobachten. Genau wie Webster.«

»Bill? Wieso das?«

»Na ja, zum einen: Er konnte mich vom ersten Moment an nicht ausstehen. Nicht, daß es mir was ausmachen würde, aber es ist schon seltsam.«

»Wieso das? Findet dich jeder, der dich kennenlernt, auf Anhieb sympathisch?«

»Tu doch nicht so, als hättest du es nicht bemerkt, weil das nämlich glatt gelogen wäre. Du bist ihm sogar zu Hilfe gekommen mit deiner Bemerkung, du würdest mir bei meinen Recherchen helfen. Dann hat er fast eine Herzattacke gekriegt, als du dir das Fotoalbum geschnappt hast. Er wollte nicht, daß du das Foto von seiner verstorbenen Tochter siehst.«

Cat nutzte ihr schauspielerisches Talent, um ihre Miene undurchdringlich zu halten. Sie hatte Bill nicht so beobachtet, wie Alex das getan hatte, also konnte sie nicht genau sagen, wie Bills Reaktion auf ihr Interesse am Fotoalbum gewesen war. Allerdings war ihr nicht entgangen, daß er buchstäblich kein Wort mehr herausgebracht und es Nancy überlassen hatte, die Situation zu meistern.

Nancy hatte die verblüffende Ähnlichkeit zwischen ihrer Tochter und Cat eingestanden und gesagt: »Das ist mir und Bill gleich aufgefallen, als Sie damals bei *Der Lauf der Dinge* angefangen haben. Wir haben sogar Carla immer damit aufgezogen und haben Scherze gemacht, sie führe ein Doppelleben, von dem sie uns nichts erzählt. Weißt du noch, Schatz?«

Er hatte etwas Zustimmendes gemurmelt.

Daraufhin hatten Alex und Cat die zweite Tasse Kaffee dankend und höflich ausgeschlagen und sich verabschiedet. Cat hatte den Websters überschwenglich für diesen Abend gedankt. Nancy war sicher, daß mit Hilfe und Unterstützung der Anwesenden des heutigen Abends eine mehr als einträgliche Spendenaktion zustande kommen müßte.

»War ein schöner Abend«, sagte Alex zu seinen Gastgebern. »Danke, daß Sie mich eingeladen haben.«

An der Tür hatte Nancy sie beide noch umarmt. Sie wahrte die Fassung. Bill hatte völlig durcheinander gewirkt und... ja, was? Schuldbewußt?

Und warum war er so abweisend gegenüber Alex gewesen?

»Hast du schon vor dem heutigen Abend von Carla gewußt?« fragte Alex jetzt.

»Ich wußte, daß er sein ältestes Kind verloren hat. Sie kam bei einem Autounfall ums Leben, auf der Rückfahrt zu der Universität in Austin.«

»Hat Webster dir das erzählt?«

Sie nickte. »Noch bevor ich hierherzog. Offensichtlich haben sie es beide noch immer nicht ganz überwunden. Aber wer könnte das auch? Da kommt deine Tochter übers Wochenende nach Hause. Du machst ihre Wäsche, hörst dir an, was sie über den Jungen zu berichten hat, in den sie verliebt ist, über den Professor, den sie nicht ausstehen kann. Du verabschiedest dich von ihr, ermahnst sie, vorsichtig zu fahren, umarmst sie zum Abschied. Und wenn du sie das nächste Mal siehst, identifizierst du ihren Leichnam im Leichenschauhaus.«

Cat schüttelte sich und fügte leise hinzu: »Ich kann mir nichts Schlimmeres vorstellen, als das eigene Kind beerdigen zu müssen.«

Alex schwieg respektvoll einen Moment lang, dann fragte er ganz unverblümt: »Ist Webster scharf auf dich?«

»Nein!«

»Ja, klar.«

»Er ist es wirklich nicht«, betonte sie. »Das wäre ja auch abartig, wenn man die Ähnlichkeit zu seiner Tochter bedenkt.«

»Vielleicht war es aber genau das, was ihn so an dir interessiert hat. Anfangs mag das alles ziemlich harmlos gewesen sein, als ihr euch kennengelernt habt. Aber mit der Zeit könnte es doch...«

»Nein, ist es nicht.«

Alex schwieg skeptisch. Schließlich ergänzte sie ihre Antwort. »Und wenn doch, dann hat er es mir gegenüber bei keiner Gelegenheit gezeigt.«

»Ich bezweifle, daß er der Typ ist, der sich im Büro an dich ranmachen würde, dazu ist er viel zu stolz.«

»Er hat nie etwas versucht. Weder verbal oder angedeutet oder direkt.«

»Aber ihr beiden habt mehr als nur das übliche Boß-Angestellte-Verhältnis.«

»Ich betrachte ihn als meinen Freund«, sagte Cat vorsichtig. »Aber da hat es nie etwas Romantisches gegeben. Soweit ich das miterlebt habe, haben er und Nancy eine perfekte Beziehung.«

»So was gibt es gar nicht.«

Sie bedachte ihn mit einem ärgerlichen Blick. »Sprichst du aus Erfahrung?«

»Unglücklicherweise, ja. Und leider viel zu viele.«

»Hab ich mir gedacht.«

»Aber noch mal zu dir und Bill Webster –«

»Hör endlich auf, da etwas hineinzudichten, was nicht existiert. Er hat mir eine wundervolle Chance geboten. Ich mag und respektiere ihn. Das ist alles.«

»Das glaube ich nicht, Cat.« Sie wollte protestieren, doch er fuhr fort: »Ich behaupte ja nicht, daß du lügst. Ich rede von ihm. Etwas an seinem Verhalten ist faul.«

»Er ist ein attraktiver Mann mit seiner staatsmännischen Art. Er ist ungewöhnlich erfolgreich. Er hat eine Menge Einfluß und Macht. Er strahlt große Autorität aus.«

»Moment mal«, unterbrach Alex sie. »Willst du damit etwa andeuten, ich sei eifersüchtig auf ihn?«

»Sag du's mir.«

»Hör mal, jetzt drehst du's aber um. Er war heute abend eifersüchtig auf mich, weil ich in deiner Begleitung war.«

»Quatsch!«

»Wie du meinst! Dann ist es eben Quatsch. Aber ich sag dir, Webster hat was zu verbergen.«

Cat würde nicht zugeben, was ihr durch den Kopf ging – daß Bills Verhalten an diesem Abend tatsächlich eigenartig und befremdlich gewesen war. Sie mußte noch darüber nachdenken, was der Grund gewesen sein mochte.

Alex jedoch ließ nicht locker.

»Was glaubst du, warum er sich so komisch aufgeführt hat, als du das Foto von Carla entdeckt hast?«

»Weil es ihm peinlich war, daß es die Ähnlichkeit mit seiner Tochter war, weshalb ich ihm aufgefallen bin. So was paßt nicht zum Bild des kühlen Vorstandsvorsitzenden, das er so sorgfältig aufrechterhält und auf das er so großen Wert legt.«

»Vielleicht.«

Sie schlug mit der Faust aufs Lenkrad. »Hast du eigentlich immer recht? Hört man von dir nie mal ein ›So habe ich das noch nie betrachtet. Gut möglich, daß ich falsch liege‹?«

»In diesem Fall nicht«, beharrte er dickköpfig. »Irgendwas an Webster stimmt nicht. Ich kann's fühlen. Das Bild ist einfach zu perfekt. Sein Leben ist doch wie ein modernes Märchen. Ich suche nach dem bösen Troll, der sich verkleidet hat.«

»Jetzt bist du wieder ganz Cop.«

»Kann schon sein. Reiner Instinkt. Kann man nur schwer wieder ablegen. Ich begegne jedem mit einem gewissen Maß an Mißtrauen.«

»Warum?«

»Weil die Menschen von Natur aus verdächtig sind. Jeder hat was zu verbergen.«

»Du meinst, ein Geheimnis?«

Ihr verschmitztes Flüstern rührte ihn nicht. »Genau, ein Geheimnis. Wir alle haben etwas, womit wir lieber hinter den Berg halten.«

»Ich nicht. Mein Leben ist ein offenes Buch. Ich bin tausendmal untersucht, geröntgt und noch mal untersucht worden. Man hat mir buchstäblich die Brust aufgesägt und sich bei mir drinnen umgeschaut. Wenn ich was zu verheimlichen hätte, wäre es schon lange entdeckt worden.«

Er schüttelte den Kopf. »Auch du hast ein Geheimnis, Cat. Vielleicht eines, das so tief und so düster ist, daß es in deinem Unterbewußtsein begraben ist. Nicht mal du weißt, was es ist. Du willst es vor dir selbst nicht eingestehen, weil du dich sonst damit auseinandersetzen mußt. Wir – und ich meine uns alle – vergraben die häßlichen Aspekte von uns selbst, weil wir es nicht ertragen, uns damit auseinandersetzen zu müssen.«

»Herrje, bin ich froh, daß ich dich heute abend eingeladen habe. Du bist ja wirklich die reinste Stimmungskanone.«

»Ich habe vorhin versucht, Späße zu machen«, erinnerte er sie. »Aber dir scheint ja meine Art von Humor nicht gefallen zu haben.«

Sie warf ihm einen vorwurfsvollen Blick zu. »Ich finde, jetzt nimmst du es mit dem Psychologiekurs für Cops ein bißchen zu ernst.«

»Mag sein. Aber Romanautoren sind auch Psychologen, weißt du. Stunde um Stunde, Tag für Tag denke ich mir das Leben anderer Menschen aus. Ich studiere ihre Verhaltensweisen und versuche herauszufinden, was sie bewegt. Stell dir vor« – er wandte sich zu ihr, »du haust dir mit dem Hammer auf den Daumen. Was tust du dann?«

»Wahrscheinlich jaule ich auf, brülle irgendwas, springe durchs Zimmer und halte mir den Daumen.«

»Genau. Das nennt man Ursache und Wirkung. Und nach diesem Muster verhalten wir uns alle. Andererseits geschehen Dinge in unserem Leben, die uns einzigartig erscheinen. Sei es durch Zufall oder nicht – unsere Reaktion darauf ist ebenfalls vorprogrammiert.

Und jeder von uns ist anders programmiert, Geschlecht, Intelligenz, Arm oder Reich, großer Bruder oder kleine Schwester und so weiter. Jeder hat bestimmte Gründe, warum er so oder so reagiert. Das nennt man Motivation. Als Autor muß ich wissen, was einen bestimmten Menschen motiviert, auf bestimmte Weise auf eine bestimmte Situation zu reagieren.«

»Du studierst die Natur des Menschen.«

»In all ihren Formen.«

»Und liegt es in der Natur des Menschen, die Geheimnisse zu begraben?«

»Wie's ein Hund mit seinem Knochen tut. Nur daß wir sie selten wieder ausbuddeln und drauf rumkauen.«

»Was ist dein Geheimnis, Sigmund?«

»Kann ich nicht sagen. Ist ein Geheimnis.«

Sie hielt an einer Kreuzung an und sah zu ihm hinüber. »Ich glaube, du hast mehr als nur eines.«

Er schnappte den Köder nicht. Statt dessen erwiderte er ihren Blick. »Gehen wir heute zusammen ins Bett?«

Sie überlegte, bis die Ampel umschaltete und der Fahrer hinter ihr hupte. »Ich glaube nicht«, sagte sie und trat aufs Gaspedal.

»Wieso nicht?«

»Weil du zuviel davon gesprochen hast, mich zu studieren. Und jetzt bin ich verlegen. Wäre ich der erste Fernsehstar, mit dem du ins Bett steigst? Die erste Frau mit Herztransplantation? Die erste Rothaarige mit Schuhgröße achtunddreißig? Willst du nur mit mir schlafen, damit du diese Erfahrung in deiner geistigen Enzyklopädie der menschlichen Natur abheften kannst?«

Er widersprach ihr nicht, und das irritierte sie. Sie wünschte, er hätte sich mit aller Macht dagegen verwahrt. Sie schaute zu ihm hin. Er beobachtete sie, sagte nichts, gab nichts zu erkennen. Sein eisiges Schweigen bestätigte sie in ihrem Entschluß.

»Tut mir leid, Alex. Ich hab keine Lust, mich in deinem nächsten Buch als Aufriß wiederzufinden.«

Er drehte sich von ihr weg und starrte durch die Windschutzscheibe. Sein Kiefer mahlte ärgerlich, und sie fürchtete, daß er es tat, weil sie den Nagel auf den Kopf getroffen hatte. Wenigstens besaß er den Anstand, nicht zu lügen, was seine Motive betraf. Trotzdem war sie schrecklich enttäuscht.

»Du läßt mich ja wie einen echten Scheißkerl dastehen«, sagte er.

»Ich denke, daß du auch einer bist.«

Sein Kopf fuhr herum, doch als er sah, daß sie schmunzelte, lachte er leise. »Ja, hast recht. Aber manchmal gilt auch für Scheißkerle – im Zweifel für den Angeklagten.«

»Na gut. Kaffee bei mir?«

»Gern. Ich nehm mir dann ein Taxi.«

»Aber nur Kaffee. Mehr nicht.«

»Hör zu, ich bin kein Tier. Ich kann mich zusammennehmen, wenn es sein muß«, scherzte er, doch dann wurde er wieder ernst. »Macht mir wirklich großen Spaß, mit dir zu reden, Cat.«

»Ist das jetzt eine neue Taktik?«

»Nein, im Ernst. Du bist intelligent. Smart. Machst was mit.«

»Hm, hört sich ja wirklich toll an, muß ich schon sagen.« Sie lachte.

Den Rest der Fahrt über verlief das Gespräch ungezwungen. Sie lachten noch immer über eine Anekdote der heutigen Party, als sie in Cats Straße einbogen.

Plötzlich bremste sie. »Wer ist das?«

Am Straßenrand war auf Höhe ihres Hauses ein dunkler Kombi geparkt, nicht sofort zu sehen unter den tief herabhängenden Ästen der großen Eiche in ihrem Vorgarten.

»Du kennst den Wagen nicht?« fragte Alex.

Sie schüttelte den Kopf.

»Erwartest du Besuch?«

»Nein.«

Sie hatte sich eingeredet, die beiden anonym zugesandten Zeitungsausschnitte seien kein Grund zur Beunruhigung, doch sie war sich bewußt, daß es dumm war, sie einfach so abzutun. Manche Fans übertrieben ihre totale Fixierung auf ihr Idol und kamen dann auf reichlich dumme Gedanken.

Sie hatte schon immer besondere Vorsichtsmaßnahmen getroffen, hatte Türen und Fenster verriegelt, schaute sich auf dem Parkplatz um, bevor sie ein Gebäude verließ, sah auf dem Rücksitz nach, ehe sie in ihr Auto stieg. Sie war nicht völlig paranoid geworden, aber ein wenig gesunder Menschenverstand und Vorsicht konnten nicht schaden.

»He, welcher Geist ist dir denn über den Weg gelaufen?« fragte Alex.

»Gar kein Geist. Ich hab nur –«

»Lüg mich nicht an. Du erwürgst das Lenkrad ja fast. Ich kann direkt sehen, wie dein Puls rast. Was ist los?«

»Nichts.«

»Cat!«

»Nichts!«

»Lügnerin. Fahr rechts ran.«

»Ich –«

»Tu es!«

Sie hielt am Bordstein an, ließ jedoch den Motor laufen.

»Mach das Licht aus. Keinen Ton. Und rühr dich nicht vom Fleck.« Er öffnete die Beifahrertür und stieg aus.

»Alex, was hast du vor? Alex!«

Sie ignorierend, sprintete er über den Rasen des Nachbarn auf Cats Haus zu. Kurz darauf verschmolz er mit den Schatten und war nicht mehr zu sehen.

Ihre anfängliche Sorge ebbte ab. Sie war erschrocken gewesen, aber nur für einen Moment. Nun wirkte ihre Ängstlichkeit albern. Sicherlich gehörte der Wagen nur einem Besucher eines Nachbarn.

Ungeduldig trommelte sie mit den Fingern aufs Lenkrad. »Keinen Ton. Rühr dich nicht vom Fleck. Platz, hinlegen, tot spielen«, murmelte sie wütend. Sie brauchte ihn nicht als edlen Retter.

Sekunden später war sie ausgestiegen. Dem Weg, den Alex genommen hatte, folgend, lief sie auf Zehenspitzen, die Schatten ausnutzend. Je näher sie ihrem Haus kam, desto alberner kam sie sich vor. Würde jemand, der es auf sie abgesehen hatte, genau vor ihrem Haus parken und sich damit verraten?

Andererseits – wie sollte sie dieses unheimliche Gefühl, beobachtet zu werden, erklären, das sie in letzter Zeit hatte? Diese verdammten anonymen Briefe mit ihren rätselhaften Warnungen machten sie noch ganz irre. Feigheit hatte sie schon immer verachtet. Es sah ihr gar nicht ähnlich, schreckhaft zu sein, sich im Dunkeln lauernde Unholde vorzustellen.

Und doch nahm ihre Nervosität zu, je näher sie ihrem Haus kam. Bis auf das sanfte Licht auf der Veranda war alles dunkel. Nichts zu hören; nichts rührte sich.

Dann vernahm sie etwas hinter dem Haus. Stimmen. Einen Schrei, ein Aufstöhnen, ein Scheppern. Kurz darauf lösten sich zwei Gestalten aus der Dunkelheit. Alex mühte sich mit einem anderen Mann ab, den er buchstäblich hinter sich herzog.

»Hab ihn dabei erwischt, wie er gerade hinten ins Haus einbrechen wollte«, sagte er.

»Laß mich los, verdammt«, knurrte der andere Mann. »Laß mich gefälligst los, du Hurensohn.«

»Vergiß es.«

Alex ließ ihn zu Boden fallen, hockte sich über ihn, ein Knie in den Rücken des Mannes gebohrt. Er bog ihm die rechte Hand zurück und drehte sie auf den Rücken. »Irgendwelche Faxen, und ich breche dir deinen verdammten Arm«, drohte er. »Cat, ruf die Polizei.«

Sie stürmte die kleine Treppe hinauf, wäre aber fast über die Stufen gestolpert, als ihr Name erneut ertönte, doch diesmal von einer Stimme, verzerrt durch Schmerz und Entrüstung, die ihr vertraut war.

»Cat, um Himmels willen, sag diesem Idioten, er soll mich endlich loslassen!«

Sie wirbelte herum, die Augen weit aufgerissen vor Verblüffung.

»Dean?«

Kapitel 23

Cat verarztete die Schramme auf Dean Spicers Wange. Der Kardiologe zuckte zusammen und fluchte, als sie Jod auftupfte. Alex, der rittlings auf einem Stuhl saß, mußte sich das Lachen verkneifen.

Sie saßen um Cats Küchentisch. Es war eine Küche, wie Alex sie ihr fast bis ins Detail zugedichtet hätte, wenn Cat eine Figur aus einem seiner Bücher gewesen wäre.

Weiß war die vorherrschende Farbe, akzentuiert von einigen Farbtupfern – einem Georgia-O'Keefe-Druck an der einen Wand, Veilchen auf dem Fensterbrett, einer kitschigen Teekanne, schwarzweiß wie eine Bilderbuch-Milchkuh.

Dean schob Cats Hand weg. »Ist gut jetzt«, murmelte er. »Hast du was zu trinken im Haus?«

»Alkohol? Nein.«

»Aspirin?« Sie schüttelte den Kopf. Er seufzte. »Tja, schätze, du hast auch nicht damit rechnen können, daß dein Besuch tätlich angegriffen wird.« Er schaute zu Alex. »Da wär wohl eine Entschuldigung fällig.«

»Den Teufel werde ich tun und mich entschuldigen. Ich habe Sie nur deshalb angegriffen, weil ich Sie dabei erwischt habe, wie Sie an Cats Schloß rumfummelten.«

Zugegeben, er hatte Spicer in die Mangel genommen, ehe er entdeckte, daß er Cats Bekannter war, aber er hatte ihm nicht wirklich weh getan. Verletzt war allein sein Stolz, und dafür konnte Alex keinerlei Mitgefühl aufbringen.

»Man soll eben nicht im Dunkeln rumschleichen und versuchen, irgendwo einzubrechen«, sagte er.

»Sie hätten ja vielleicht fragen können, wen Sie vor sich haben, ehe Sie zuschlagen!«

Alex schnaubte verächtlich. »Glatter Selbstmord. Man geht nicht zu einem Einbrecher und bittet höflich um den

Personalausweis. Man schnappt ihn sich zuerst, und dann stellt man Fragen. Ansonsten würde man keine zehn Minuten da draußen überleben.«

»Nun, im Gegensatz zu Ihnen komme ich aber nicht aus der Gosse!«

Alex sprang so heftig auf, daß sein Stuhl nach hinten kippte. »Hör mal, du kannst froh sein, daß Cat dich erkannt hat, sonst hätte ich dir für den ›Idioten‹ schon 'ne kräftige Abreibung verpaßt.«

»Hört doch auf!« rief Cat. »Vertragt euch endlich. Wahrscheinlich lachen wir in ein paar Wochen über diese Geschichte.«

Alex bezweifelte, daß er oder Spicer diesen Vorfall jemals lustig finden würden, wollte sich aber nicht mit Cat streiten – sie war bereits aufgeregt genug. Er stellte den Stuhl wieder auf die Beine und setzte sich. Er und Spicer warfen sich weiterhin unfreundliche Blicke zu.

Cat verschloß das Jodfläschchen und stellte es beiseite. »Das wäre alles nicht passiert«, tadelte sie ihren Besucher milde, »wenn du vorher angerufen hättest.«

»Es sollte eine Überraschung sein.«

»Na, die ist dir jedenfalls gelungen!« Cats Heiterkeit wirkte gezwungen. Alex vermutete, daß sie nicht allzu begeistert über Dr. Spicers Besuch war. Sie hatte ihn lediglich als guten Freund vorgestellt, doch für Alex bedurfte es keiner weiteren Bestätigung, daß er für Cat mehr als das gewesen war.

Mit dünner und angespannter Stimme erkundigte sie sich nach Deans Flug.

»Hast du an Bord was gegessen? Soll ich dir schnell eine Kleinigkeit machen?«

»Hab das Zeug im Flieger nicht angerührt. Aber ich möchte wirklich nichts, danke.«

»Kaffee?«

»Für mich nicht.«

»Für mich auch nicht.«

»Tja, dann schlage ich vor, daß wir uns ins Wohnzimmer setzen«, sagte Cat, doch keiner der beiden Männer rührte sich vom Fleck, also setzte sie sich zu ihnen an den Küchentisch.

»Ich kann noch immer nicht fassen, daß du tatsächlich nach San Antonio gekommen bist«, wandte sie sich an Dean. »Da ich immer dachte, daß du es in der Provinz nicht aushältst.«

»Also, was ich bisher gesehen habe, bestätigt meine Befürchtungen nur...«

»Vielen Dank auch!« Ihre Entrüstung war gespielt, doch Dean nahm es ernst.

»So habe ich es nicht gemeint. Dein Haus ist nett.« Er ließ den Blick kritisch durch die Küche schweifen. »Wenn ich es allerdings mit deinem Haus in Malibu vergleiche...«

»Da hast du recht. Aber hier in San Antonio sind Grundstücke mit Strandlage eine echte Seltenheit.« Sie lachte nervös über ihren Scherz. Weder Alex noch Dean verzogen auch nur eine Miene. Sie überließen es ihr, das Gespräch in Gang zu halten. »Wann hast du dich denn entschieden, herzukommen, Dean?«

»Ganz spontan. Mein Terminkalender für die nächsten Tage sah gut aus. Alles Termine, die sich problemlos schieben ließen. Also dachte ich, ich nehme mir ein paar Tage frei.«

»Ich freue mich jedenfalls, daß du hier bist.«

Eine glatte Lüge. Und Alex wußte es. Dean aber auch.

»Eigentlich bist du auch genau richtig gekommen«, fügte sie mit gezwungener Fröhlichkeit hinzu. »Wir kamen nämlich gerade von einer Dinnerparty bei den Websters zurück.«

Spicer brummte etwas vor sich hin.

»Nancy organisiert eine Spendenaktion für *Cats Kids*.«

»Wie schön.«

»Die oberen Zehntausend von San Antonio waren da.«

»Was bestimmt nicht viel zu sagen hat...«

Alex bewunderte die Beherrschung, die es Cat kosten mußte, Deans unverschämte Bemerkung zu ignorieren. Sie lächelte unbeirrt. »Die Frauen waren alle ganz aus dem Häuschen, Alex kennenzulernen.«

Spicer wandte sich zu ihm um. »Sie sind ein Cop, stimmt's?«

»War ich mal.«

Ein weiteres verächtliches Brummen.

»Alex schreibt jetzt Kriminalromane. Er ist schon ziemlich berühmt. Hast du vielleicht ein Buch von ihm gelesen?«

»Nein.« Spicer tat so, als wäre das völlig undenkbar für ihn.

»Sollten Sie aber vielleicht mal tun«, meinte Alex.

»Und warum, wenn ich fragen darf? Ich kann mir keinen einzigen Grund vorstellen, warum ich das tun sollte.«

»Sie könnten möglicherweise was dabei lernen. Zum Beispiel, wie man sich verteidigt.«

Dean sprang auf, wankte und mußte sich an der Stuhllehne festhalten, um nicht vornüberzufallen. Alex unterdrückte ein weiteres zufriedenes Grinsen.

Cat war ebenfalls aufgesprungen, um dem Kardiologen zu helfen, sich wieder zu setzen. Kaum hatte sie selbst wieder Platz genommen, stemmte sie die Fäuste in die Hüften und fauchte: »Jetzt bin ich's aber wirklich leid mit euch beiden. Erst spiele ich die Krankenschwester, dann auch noch die Schiedsrichterin, aber keine der Rollen paßt zu mir. Reißt euch gefälligst zusammen. Ihr führt euch ja auf wie ungezogene Jungen. Wegen nichts.«

»Also, nichts würde ich das nicht nennen.« Spicer deutete auf seine Wange.

»Du liebes bißchen...«, murmelte Alex.

»Der wollte mir sogar den Arm brechen«, ereiferte sich Spicer.

»Dean –«

»Weil ich Sie für einen Einbrecher gehalten habe. Aber wie sich dann rausgestellt hat, sind Sie ja nur so blöd, im Dunkeln rumzuschleichen und –«

»Alex...!«

Er stand auf. »Laß es gut sein, Cat. Ist ja auch egal. Ich glaube, mein Taxi ist da.«

»Du hast dir schon eines gerufen?«

»Vorhin, als du das Erste-Hilfe-Zeug geholt hast.«

»Oh, und ich dachte, du würdest uns noch ein bißchen Gesellschaft leisten.«

»Nein, ich will dich und deinen Besuch nicht stören. War mir ein Vergnügen... Doktor.«

Spicer starrte ihn wutentbrannt an. Um Alex' unfreundlichen Ton zu überspielen, murmelte Cat: »Ich bringe dich noch raus.«

Sie begleitete ihn zur Haustür. Ihre Schuhe mit den hohen Hacken hatte sie ausgezogen, daher waren ihre Schritte auf dem Parkett kaum zu hören, das unter seinem Gewicht jedoch knarrte.

Die geräumigen Zimmer wurden von geschickt plazierten Strahlern beleuchtet, anstatt von Deckenlampen. Das warme Licht fiel auf gerahmte Fotos, Zeitschriften und Schalen mit Duftpotpourri. Die Sofas und Sessel waren weich und breit und beladen mit Kissen. Das Ganze wirkte schlicht, warm und freundlich.

Sie öffnete die Haustür. »Du hast recht gehabt. Das Taxi ist da.« Es wartete am Bordstein hinter Deans Mietwagen.

Cat drehte sich um und sagte leise: »Noch mal danke, daß du mich auf die Party begleitet hast.«

»Danke für die Einladung.«

Wäre sie klug gewesen, hätte sie es dabei belassen und sich

von ihm verabschiedet. Doch das tat sie nicht. Laut lachend sagte sie: »Der Abend hat ein überraschendes Ende genommen, was?«

»Und ob.«

»Aufregender als eine entspannende Tasse Kaffee zum Abschluß.«

»Nicht so aufregend wie 'ne gute Nummer.«

Sie schüttelte den Kopf. »Mußt du denn immer so direkt sein?«

»Mußt du so prüde tun? Du weißt doch verdammt genau, daß wir miteinander ins Bett gegangen wären.«

»Aber ich hatte doch bereits nein gesagt.«

»Aber auch gemeint?«

Sie senkte den Blick. Er hob ihr Kinn, bis sie ihn wieder ansah. »Wir sind doch beide groß. Wir wissen ganz genau, worauf das mit uns beiden hinausläuft. Also hör auf, mir was vormachen zu wollen, okay? Ich wollte dich schon, als ich dich das erste Mal vor Irenes und Charlies Haus stehen sah. Das wußtest du genau. Und du wolltest mich auch. Alles, was wir seither gesagt und getan haben, war das Vorspiel.«

Sie schaute nervös zur Küche. Das ärgerte ihn. »Hab schon kapiert. Gute Nacht, Cat.«

Er glitt zur Tür hinaus und war schon halb beim Taxi, als er über die Schulter einen Blick zurückwarf. Cat stand noch immer an der Tür, eine Silhouette vor dem Licht; eine Hand erhoben und gegen den Türrahmen gestützt, so als wäre sie in einem Augenblick der flehentlichen Bitte erstarrt.

Ob es nun daran lag, daß sie so bedauernswert und verloren wirkte oder weil er noch immer stocksauer war, daß ihr ehemaliger Liebhaber in einem denkbar ungünstigen Moment aufgetaucht war, oder weil er tatsächlich der Scheißkerl war, als den sie ihn bezeichnet hatte – er scherte sich nicht um Gewissensbisse oder besseres Wissen und machte kehrt. Und schon im nächsten Moment stand er vor ihr.

Wortlos umfaßte er Cats Kopf und ließ die Finger durch ihr Haar gleiten. Mit dem anderen Arm umfaßte er ihre Taille und zog sie eng an sich. Er küßte sie voller Begierde und Wut, sein Mund war hart und gierig. Seine Zunge drang tief und besitzergreifend ein.

Doch so überraschend und abrupt, wie der Kuß begonnen hatte, so endete er auch.

Sie schaute erstaunt zu ihm auf. Er ließ sie einfach stehen – verdutzt, erregt –, und als er wieder zum Taxi ging, war er noch wütender als zuvor. Wütend auf diesen Spicer, auf Cat, auf sich selbst. Auf alles.

Wütend auf die ganze verdammte Welt.

»Wie lange geht das schon?«

Dean vergeudete keine Zeit. Kaum war Cat wieder in der Küche, kam er auf das Thema zu sprechen, das sie gehofft hatte, vermeiden zu können.

»Was denn?«

»Spiel nicht die Begriffsstutzige, Cat. Die Sache mit diesem Schundkrimi-Schreiberling.« Sein bohrender Blick verlangte eine Antwort.

»Es ist nichts zwischen uns.« Sie erzählte ihm von der Verwechslung im Haus der Walters. »Seitdem haben wir uns hin und wieder gesehen. Aber es ist nichts Ernstes, Dean.«

Er schnaubte skeptisch.

Weil ihr die Lügen von denselben Lippen gekommen waren, die noch immer pochten von Alex' Kuß, ergriff sie die Flucht nach vorn. »Dean, ich freue mich wirklich über deinen Besuch, aber was hast du dir dabei gedacht, einfach in meiner Abwesenheit in mein Haus einbrechen zu wollen?«

»Ich hab nicht geglaubt, daß es dir was ausmacht. Das habe ich dir und diesem Neandertaler doch bereits versucht zu erklären. Als du nicht da warst, hab ich gedacht, ich lasse mich eben selber rein und warte drinnen auf dich. Ich begreife nicht, warum du deshalb so ein Theater machst. Von deinem Haus in Malibu hatte ich doch auch die Schlüssel. Ich sehe da wirklich keinen Unterschied.«

»Der Unterschied, Dean, ist der, daß ich dir die Schlüssel zu meinem Haus in Malibu gegeben habe. Ich wußte, daß du sie hast.« Sie merkte, wie laut sie geworden war, und mäßigte ihren Ton. »Du hättest vorher anrufen sollen. Ich mag solche Überraschungen nicht. Das habe ich dir schon hundertmal gesagt.«

»Dann ist deine Abneigung gegen Überraschungen aber das einzige, woran sich nichts geändert hat, seit du hierhergekommen bist.«

Abrupt erhob er sich und wanderte durchs Zimmer, ohne sie auch nur einen Moment aus den Augen zu lassen, so als wolle er sie aus verschiedenen Winkeln betrachten.

»Ich kenne den Grund für die Veränderung nicht. Ob es am Umgang mit diesem Strolch liegt oder an deinem Job hier. Aber irgend etwas ist es. Du bist anders.«

»Wie anders?«

»Du bist schreckhaft. Nervös. Als würdest du gleich aus der Haut fahren.«

»Ich weiß nicht, wovon du redest.« Doch das tat sie sehr wohl, und es ärgerte sie, daß es ihr anzusehen war.

»Ich habe es sofort gesehen. Was auch immer es sein mag –« Plötzlich zuckte er zusammen. »Oh, Gott. Geht es dir auch gut? Stimmt irgendwas mit deinem Herz nicht? Hast du irgendwelche Anzeichen von Abstoßung?«

Sie hob beschwichtigend die Hände. »Nein, Dean.« Sie schüttelte den Kopf. »Ich fühle mich großartig. Ich wundere mich immer noch, *wie* gut ich mich fühle. Jeden Tag entdecke ich etwas, das ich tun kann, was vorher unmöglich gewesen war. Selbst nach all der Zeit ist es noch neu für mich.«

»Aber übertreib es bitte nicht«, sagte er in ernstem Ton.

»Ich bin erleichtert, daß es dir so gutgeht, aber wenn du jemals auch nur das geringste Anzeichen von Abstoßung spüren solltest, dann sag mir Bescheid. Sofort.«

»Versprochen.«

»Ich weiß, du magst es nicht, wenn ich dir damit in den Ohren liege, aber jemand muß dich weiterhin daran erinnern, daß du nicht wie jeder andere bist. Du bist ein Mensch mit einem neuen Herzen.«

»Ich *bin* wie jeder andere. Ich will nicht verhätschelt werden.«

Er reagierte nicht darauf. »Du arbeitest zuviel.«

»Ich liebe die Arbeit. Ich habe mich Hals über Kopf in *Cats Kids* gestürzt.«

»Bist du deshalb so runter mit den Nerven?«

Sie wollte Dean die anonymen Briefe zeigen. Sie hätte gern seine Meinung dazu gehört. Aber wie sie Dean kannte, würde er wahrscheinlich darauf drängen, die Polizei zu benachrichtigen. Doch damit würde sie der Sache Bedeutung einräumen. Sie versuchte, sich noch immer einzureden, daß die Briefe nichts zu bedeuten hatten.

»Vielleicht hat mich die Party heute abend doch mehr mitgenommen, als ich dachte. Ich mußte eine Menge Leute beeindrucken, und so was strengt ganz schön an. Ich habe rund um die Uhr eine Menge um die Ohren.

Ich liebe meine Arbeit und die Kids, aber eine Sendung wie diese läuft nicht ohne Probleme, sei es bei der Produktion oder mit der Bürokratie. Irgendwas ist immer. Abends komme ich mir dann manchmal vor wie ein einarmiger Jongleur mit zehn Bällen in der Luft.«

»Du kannst jederzeit aussteigen.«

Sie schüttelte lächelnd den Kopf. »Trotz aller Kopfschmerzen und Probleme – ich liebe es. Es ist alle Mühen wert, wenn wir für ein Kind liebevolle Eltern finden. Nein, Dean, ich werde das nicht aufgeben.«

»Aber wenn es nicht die Arbeit ist, dann muß es etwas anderes sein.« Er musterte ihre Augen. »Ist es dieser Pierce?«

»Fängst du schon wieder damit an?«

»Wie nahe seid ihr euch?«

Sie konnte ihm nicht aufrichtig antworten, weil die Wahrheit war, daß sie sich längst wünschte, ihre Beziehung möge sich vertiefen.

»Er ist interessant und intelligent«, sagte sie. »Wortgewandt, aber wortkarg, wenn das Sinn macht. Extrem vielschichtig. Je öfter wir uns sehen, desto weniger habe ich das Gefühl, ihn zu kennen. Er macht mich neugierig.«

»Cat«, stöhnte er. »Hör dich doch mal selber reden. Er ist ein ungehobelter, gutaussehender Macho, der dich neugierig macht. Kapierst du's nicht?«

»Er ist der böse Junge, dem keine Frau widerstehen kann«, sagte sie leise.

»Wenn du es schon zugibst, warum hörst du dann nicht auf?« Er schüttelte den Kopf. »Was siehst du denn in ihm? Das ist doch ein Schlägertyp. Das sieht man doch auf den ersten Blick. Hast du die Narbe an seiner Augenbraue gesehen? Weiß der Himmel, wie –«

»Ein Rowdy hat ihn mit einer Bierflasche angegriffen.«

»Oh, also hast du die Narbe schon bemerkt. Hat er noch mehr davon?« Er feuerte die Fragen wie Schüsse auf sie ab. »Hast du sie alle gesehen? Hast du mit ihm geschlafen?«

»Das geht dich nichts an.«

»Was bedeutet, daß du es getan hast.«

»Was bedeutet, daß es dich so oder so nichts angeht. Ich bin dir keine Rechenschaft darüber schuldig, mit wem ich mich treffe oder meine Zeit verbringe.« Um seinem angeschlagenen Ego einen weiteren Schlag zu ersparen, bändigte sie ihre Wut. »Ich will mich nicht streiten, Dean. Bitte, versteh doch…«

»Ich verstehe schon. Du willst die Leidenschaft und das Feuer, woran es deiner Meinung nach in unserer Beziehung gemangelt hat. Du willst einen harten Kerl in engen Jeans, vor dem du weiche Knie kriegst.«

»Ja«, gab sie trotzig zu. »Die Kleidung ist nicht wichtig, aber ich möchte weiche Knie dabei haben.«

»Oh, Cat. Das ist so… kindisch.«

»Ich weiß, daß es für dich albern und idealistisch ist.«

»Stimmt. Ich bin Pragmatiker. Ich habe kein Vertrauen in Ideale. Das Leben ist eine Verkettung aus Realitäten, für gewöhnlich sehr unschönen.«

»Wem erzählst du das, Dean? Deshalb sehne ich mich nach etwas wirklich Besonderem. Ich sehe einfach nicht ein, warum ich mich bei der wichtigsten Beziehung meines Lebens mit dem Zweitbesten zufriedengeben soll. Freundschaft, Kameradschaft, das ist wichtig, aber wenn ich mich verliebe, dann will ich das ganze Drum und Dran mit Schmetterlingen im Bauch. Ich will Romantik. Ich will, daß es kribbelt.«

»Und du meinst, das kann dir dieser Alex bieten?«

»Spekulationen sind überflüssig. Außerdem geht es nicht um ihn.«

»Und ob. Wenn ich nicht hier wäre, würde er es jetzt bei dir kribbeln lassen?«

Lange weigerte sich Cat, etwas darauf zu entgegnen. Doch schließlich sagte sie, als es klar war, daß er nicht aufgeben würde: »Ich weiß es ganz ehrlich nicht. Vielleicht.« Sie mußte an Alex' Abschiedskuß denken und fügte leise hinzu: »Wahrscheinlich.«

Er riß seinen Mantel von der Stuhllehne. »Vielleicht solltest du ihn anrufen, damit er zurückkommt.«

»Dean, bitte geh nicht so!« Sie streckte die Hand nach ihm aus, als er zur Tür eilte. »Geh nicht im Streit. Bestraf mich nicht dafür, daß ich nicht in dich verliebt bin. Du bist immer noch mein bester Freund. Ich brauche dich auf ganz besondere Weise. Ich will nicht, daß sich etwas zwischen unsere Freundschaft stellt... Dean!«

Doch er war schon zur Tür hinaus und ließ sie krachend ins Schloß fallen. Dann schoß er mit quietschenden Reifen in seinem Mietwagen davon.

Kapitel 24

George Murphy war besonders schlecht gelaunt, als er den holprigen Weg zu seinem heruntergekommenen angemieteten Haus entlangstapfte. Als er die durchhängende Veranda betrat, drohten die morschen Planken nachzugeben. Die blaue Farbe an der Haustür war abgeblättert. Als er die Tür öffnete, quietschten die Scharniere.

Im Wohnzimmer stank es nach Küche und Marihuana. Murphy kickte den Stoffhasen zur Seite und fluchte, als er fast über einen Spielzeuglaster gestolpert wäre. »Liebling«, rief er in einer Parodie auf Ward Cleaver, »Liebling, ich bin zu Hause!«

Sie kam aus dem kleinen Schlafzimmer, das Gesicht noch ganz verquollen vom Schlaf. Obgleich es hellichter Tag war, trug sie ein leichtes Baumwollnachthemd. Sie fuhr sich mit der Zunge über die trockenen spröden Lippen. »Was machst du denn hier?«

»Was soll das heißen – was machst du denn hier? Ich wohne hier!«

Sie rang nervös mit den Händen. »Wann haben sie dich rausgelassen?«

»Vor 'ner Stunde oder so. Sie hatten keine Beweise, also konnten sie mich nicht länger festnageln.«

Es war eine lächerliche Anklage wegen Drogenbesitzes

gewesen, ausgedacht von ein paar Bullen, denen seine Nase nicht paßte und die ihn drankriegen wollten. Keine große Sache. Aber die Zeit im Knast hatte ihn von wichtigen Dingen abgehalten. Er hatte Durst auf ein Bier und war geil wie die Hölle.

Er starrte sie mit abschätzenden Blicken an. Sie wirkte ungewöhnlich nervös. »Was ist los mit dir?« fragte er. »Freust du dich denn gar nicht, daß ich wieder zu Hause bin?«

Er kniff mißtrauisch die Augen zusammen, dann schaute er zur Schlafzimmertür. »Verflucht... wenn da ein Kerl drin ist, bringe ich dich um.«

»Da ist kein...«

Er stieß sie beiseite und betrat das muffige Schlafzimmer. Inmitten der zerknüllten Laken schlief ein Kind. Der kleine Junge lag auf der Seite, die Knie an die Brust gezogen, den rechten Daumen im Mund.

Nun kam sich Murphy albern vor, seine Eifersucht so offen gezeigt zu haben. Um das Gesicht zu wahren, sah er auch im Bad nach, das natürlich leer war. Er deutete auf den schlafenden Jungen. »Sie haben ihn zurückgebracht?«

Sie nickte. »Heute morgen. Ich habe zwei Nächte nicht schlafen können, so hab ich heulen müssen. Konnte nicht zur Arbeit. Konnte nix machen, mußte immer nur an Michael denken. Ich habe mich so gefreut, daß er wieder da ist. Ich dachte schon, jetzt haben sie ihn mir für immer weggenommen.« Den Tränen nahe, schluckte sie hart.

»Die von der Fürsorge haben gesagt, wenn... wenn es noch mal Ärger gibt, dann holen sie ihn für immer ab. Das ist unsere letzte Chance.« Tränen füllten ihre Augen, als sie ihn fragend ansah. »Bitte, tu nichts, was...«

»Bring mir 'n Bier.« Sie zögerte und schaute besorgt zu dem Jungen. Murphy gab ihr einen leichten Klaps an den Kopf. »Ich sagte, bring mir 'n Bier«, wiederholte er, wobei er jedes einzelne Wort betonte. »Bist du taub oder blöd oder was?«

Sie eilte aus dem Zimmer und kehrte kurz darauf mit einer Dose Bier zurück. »Das ist die letzte. Ich gehe los und besorge welches, sobald Michael aufwacht. Dann kann ich auch gleich was zu essen einkaufen. Was möchtest du denn gern?«

Er grunzte zufrieden. So gefiel es ihm schon viel besser. Manchmal war die Schlampe nur daneben und mußte wieder zur Räson gebracht und daran erinnert werden, wer hier im Haus das Sagen hatte. »Auf keinen Fall noch mal so einen Fraß wie letzte Woche.«

»Das war *Pollo guisado.* Mexikanisches Rindfleisch.«

»Konnte man ja nicht mal sagen, was da drin war.«

»Heute mache ich dir Bratkartoffeln.«

Er rülpste Bier- und Knastatem. Ihm ging ihre erbärmliche Unterwürfigkeit auf die Nerven. Weiber sollten besser stumm auf die Welt kommen, dachte er im stillen.

»Und dazu Steaks. Mit Zwiebeln. So wie du sie am liebsten magst.«

Murphy hörte ihr schon gar nicht mehr zu, zerdrückte die Bierdose und warf sie fort; dann fing er an, den Krimskrams auf der Kommode zu durchstöbern. »Wo hast du's?«

»Bitte nicht. Das kannst du nicht machen. Nicht hier. Wenn die Frau von der Fürsorge vorbeikommt...«

Auf der Kommode stand eine große Box aus Plexiglas mit Hunderten von Perlen in unterschiedlichen Größen, Formen und Farben. Mit einer böswilligen Handbewegung fegte er die Box von der Kommode. Sie fiel zu Boden, und die Perlen rollten über den schäbigen Linoleumfußboden.

Er packte sie am Arm und schüttelte sie grob. »Laß doch die Scheißperlen. Wo ist mein Stoff?«

Ihre Miene wirkte unschlüssig, doch in ihren Augen flakkerte der Funken der Aufsässigkeit. »Unterste Schublade.«

»Hol's raus.«

Als sie sich herunterbeugte, spannte sich das Nachthemd um ihre Hüften. Er spielte mit ihren Pobacken und kniff sie grob. »Nach 'n paar Tagen im Knast gefällt mir sogar dein fetter Arsch wieder.«

Sie richtete sich wieder auf, doch er ließ seine Hände, wo sie waren, und begann, ihr Nachthemd hochzuschieben. »Nein, bitte nicht«, bettelte sie sein Gesicht im Spiegel an. »Michael könnte aufwachen.«

»Halt's Maul und gib mir ein paar Lines.« Er sah, daß sie zögerte, also kniff er sie fest in den Schenkel. »Jetzt.«

Mit zitternden Fingern öffnete sie den Plastikbeutel, ließ eine kleine Menge Kokain herausrieseln und bereitete dann mit einer Spielkarte zwei dünne Lines auf der Scherbe eines zerbrochenen Spiegels vor. Er beugte sich vor und schnupfte sie durch einen kurzen Strohhalm; den Rest rieb er sich auf das Zahnfleisch. Der Stoff hatte es in sich.

»Ah, schon besser!« Er seufzte. Die Hand auf ihrem Rük-ken, drückte er sie nach vorn auf die Kommode und öffnete scinc Hosc.

»Nicht jetzt.«

»Maul halten.« Er versuchte, ihr zwischen die Beine zu fassen, doch sie preßte sie fest zusammen. Er schlug ihr wieder auf den Kopf, diesmal härter, und sie schrie auf. »Mach die Beine breit, verdammt, und halt's Maul.«

»Ich will es nicht so machen.«

»Na gut.« Sein Ton war seidenweich, sein Gesicht jedoch verzerrt und häßlich. Er packte sie im Haar und drehte sie zu sich herum, zwang sie auf die Knie und rammte ihr seine Erektion ins Gesicht.

»Wenn du es so nicht willst, dann machen wir es eben so. Siehst du, wie nett ich bin? Gefällt dir das besser, hä?« Er zog sie noch fester am Haar. »Und wehe, du tust mir weh. Dann reiß ich dir jedes verdammte Haar einzeln aus.«

»Okay, okay, ich mache es gut.« Tränen des Schmerzes und der Erniedrigung rannen ihr über das Gesicht, als sie zu dem schlafenden Kind schaute. »Aber nebenan.«

»Mir gefällt das Zimmer.«

»Nicht hier, bitte. Der Junge –« Sie schluchzte.

»Herrje, bist du häßlich, wenn du so bettelst und flennst.«

»Ich höre auf zu heulen, bestimmt. Ich schwör's. Nur bitte laß uns nicht hier –«

»Der Junge pennt«, flüsterte er. »Aber ich kann ihn aufwecken, wenn du willst. Könnte er glatt noch was lernen fürs Leben, wenn er uns zuguckt.« Er machte einen Schritt zum Bett hin.

Sie umklammerte seine Beine. »Nein, nein!« Ihr Flehen war fast lautlos.

»Dann mach endlich.«

Die Hälfte seines Vergnügens bestand darin, ihr von oben beim Blasen zuzuschauen. Verzweifelt versuchte sie, es ihm so rasch wie möglich zu besorgen, damit es endlich vorbei war.

Doch genau das ahnte er. Er wußte, welchen Trick sie mit ihm vorhatte, also hielt er sich, solange es ging, zurück. Als er schließlich kam, schrie er wie ein Maultier.

Wie durch ein Wunder wurde Michael nicht wach.

Nach dem Essen setzte sich Murphy vor den Fernseher. Nachrichten auf allen Kanälen. Er schaltete von einem Sender zum nächsten und wartete darauf, daß endlich die Ratesendung mit Vanna White anfing.

Eine scharfe Rothaarige auf einem der Kanäle erregte seine Aufmerksamkeit. Er hatte sie schon mal gesehen, aber nicht beachtet. Ihr Gesicht war nicht schlecht, aber die Möpse waren nichts Besonderes. Das Foto eines Kindes wurde hinter ihr eingeblendet. Sie sprach in ernstem Ton in die Kamera.

»... wurde vernachlässigt. Beide Eltern sind drogensüchtig. Er wird Probleme haben, Bindungen aufzubauen, aber er hat das unbegrenzte Potential, ein gesundes, emotional stabiles, fröhliches Kind zu werden. Mit einer Familie, die ihm die Zuneigung und Erziehung zuteil werden läßt, die er braucht, wird er...«

Murphy hörte mit wachsendem Interesse zu. Als der Beitrag vorüber war und die Rothaarige zu einem albernen Nachrichtenaffen zurückgegeben hatte, schaute Murphy zu dem Jungen, der in einer Ecke des Zimmers mit seinem schmuddeligen Stoffhasen spielte.

Das Kind war die reinste Plage. Michael machte zwar nicht viel Lärm und lernte auf schmerzhafte Weise, Murphy nicht im Weg zu sein, aber er störte ihn trotzdem ständig bei irgendwas, was er gerade machen wollte – bumsen, koksen, was auch immer.

Was er auch tat, stets mußte er aufpassen. Und das unter dem eigenen Dach. Dazu lag sie ihm ständig wegen des Balgs in den Ohren. Tu dies nicht, sonst könnte Michael dich hören! Sag so was nicht, wenn Michael dich hören kann! Tu dies nicht, tu das nicht! Meine Güte! Da mußte man ja durchdrehen.

Und dann steckte auch noch diese gottverdammte Tussi von der Fürsorge ständig ihre lange Nase in ihre Angelegenheiten. Wahrscheinlich hatte sie ihm auch die Bullen auf den Hals gehetzt, als er das letzte Mal seine Alte vertrimmt hatte. Ordentlich verprügelt hatte er sie. Und wenn schon – die brauchte das. Er kam nach Hause, und sie war nicht da. Als sie sich dann endlich blicken ließ, wollte sie nicht gleich damit rausrücken, wo sie sich rumgetrieben hatte. Was hätte er denn tun sollen? Ihr so etwas durchgehen lassen? Er hätte ihr sowieso nicht den Scheiß mit der Heimarbeit mit diesem verdammten Schmuck erlauben sollen. Es machte sie viel zu unabhängig.

Doch sein größtes Problem war der Junge. Fast jedesmal, wenn sie Zicken machte, ging es um Michael. Wenn der kleine Scheißer nicht mehr da wäre, wäre das Leben gleich viel angenehmer.

Die Rothaarige im Fernsehen hatte von Adoption geredet. Nicht nur für Waisenkinder, sondern auch für Kinder, deren Eltern sie loswerden wollten. Hörte sich gut an.

Er sah zu ihr, als sie sich an die Arbeit mit ihren Perlen machte. Sie würde total ausrasten, wenn Michael für immer fort sein würde. Aber früher oder später würde sie schon darüber wegkommen. Welche Wahl blieb ihr denn auch?

Aber vielleicht würde sie auch gar nicht so ein Tamtam machen, wenn sie wüßte, daß Michael von einer guten Familie adoptiert worden war. Was auch immer das sein mochte, eine gute Familie...

Murphy schlürfte sein Bier, während die Quizsendung begann und Vanna White die Buchstaben an der Ratewand umdrehte, doch in Gedanken war er bei der Rothaarigen.

Möglicherweise hatte sie die Lösung für sein Problem.

Es lohnte sich, darüber nachzudenken.

Kapitel 25

»Cat?«

»Meine Güte!« Sie fuhr zusammen und faßte sich reflexartig an ihr pochendes Herz. »Ich wußte nicht, daß jemand hier ist.«

Das Fernsehstudio war dunkel und – wie sie glaubte – menschenleer.

Alex erhob sich aus dem Stuhl des Ansagers hinter dem Tresen und kam langsam auf sie zu. Cat stand vor Schreck wie angewurzelt da.

Im Dunkeln sahen die Fernsehkameras wie Gestalten aus einer fremden Welt aus, mit ihren Kabelsträngen, die sich über den Betonboden schlängelten wie elektronische Nabelschnüre. Die Monitore waren leblose dunkle Augen. Um diese späte Uhrzeit, wenn es nicht mehr im Einsatz war, nahm das Studio-Equipment die Umrisse von Kreaturen aus einem Alptraum an.

Bis vor kurzem wäre Cat niemals auf derart alberne Gedanken gekommen. Doch nun sah sie überall Gespenster.

»Woher wußtest du, wo du mich finden kannst?« fragte sie.

»Man hat mir gesagt, daß du auf dem Weg hinaus für gewöhnlich eine Abkürzung nimmst.«

»Wer hat dir das gesagt? Wie bist du überhaupt reingekommen?«

»Ich habe mich am Wachposten vorbeigemogelt.«

»Sie dürfen aber niemanden reinlassen, der keine Zutrittsberechtigung hat.«

»Der alte Bob hat mir einen Gefallen getan, gewissermaßen von Kollege zu Kollege.«

»Der alte Bob?«

»Wir sind bereits per du. Als ich ihm sagte, daß ich früher mal bei der Polizei war, war er so entgegenkommend wie nur was. Er war selber mal beim San Antonio Police Department, ehe er in Ruhestand ging und Pförtner und Wachmann wurde.«

»Diese Kameraderie unter ehemaligen Polizisten muß ja nützlich sein.«

»Es öffnet einem verschlossene Türen«, sagte er mit einem Achselzucken. »Ist dir kalt?«

Die Arme vor der Brust gekreuzt, hielt sie ihre Ellenbogen, ohne sich dessen bewußt zu sein. »Ein bißchen, glaube ich. Hab ich gar nicht so gemerkt.«

»Oder zitterst du wegen der Sache, die hier heute nachmittag passiert ist?«

Sie schaute auf zu ihm. »Woher weißt du …?«

»Ich war hier.«

»Du warst hier? Warum?«

»Ich wollte dich besuchen. Ich kam kurz nach Eintreffen der Feuerwehr. In all dem Durcheinander hab ich mit dem alten Bob gesprochen, aber bis ins Studio bin ich nicht gekommen. Es war abgesperrt, und sie wollten mich nicht durchlassen.

Ich habe einen der Polizisten gefragt, und der hat mir erzählt, was passiert ist. Ich habe mich als dein Freund ausgegeben und darum gebeten, zu dir vorgelassen zu werden, aber er hatte Anweisung, absolut niemanden durchzulassen.«

Sie wünschte, sie hätte gewußt, daß Alex im Gebäude gewesen war. Zwar waren alle bemüht um sie gewesen, aber seine Anwesenheit hätte ihr nach diesem Vorfall gutgetan. Mit gesenktem Blick murmelte sie: »Unfälle passieren mal.«

»Bist du sicher, daß es ein Unfall war?«

Ihr nervöses Lachen verriet wenig Überzeugung. »Selbstverständlich war es ein Unfall. Ich wollte mich gerade auf den Stuhl setzen, als die Lampe runterfiel.«

»Zeig's mir.«

Er folgte ihr zum Tresen des Nachrichtenstudios. Da standen vier Drehstühle, zwei für die Nachrichtensprecher, einer für den Mann vom Wetterbericht, der vierte für den Ansager der Sportnachrichten.

»Ich bin nur selten während der Sendung am Set. Meine Beiträge werden vorher aufgezeichnet. Und dann sitze ich hier.« Sie deutete auf die Lehne des Stuhls für den Sportreporter. »Heute war ich mit der Hälfte meines Intros durch, als es passierte.«

Sie deutete zur Decke. Die herabgestürzte Lampe war bereits durch eine neue ersetzt worden. »Der dritte Strahler von rechts«, sagte sie zu Alex.

»Der ist aus der Fassung gerutscht und auf den Tisch gekracht?«

»Ja, hier.«

In der Tischplatte waren noch deutlich die Schrammen zu sehen. An der Kante war ein halbmondförmiges Stück herausgebrochen, als hätte es jemand abgebissen.

»Ich kann von Glück reden, daß ich das Ding nicht auf den Kopf gekriegt habe.« Sie strich über die Furchen im Tresen. »Die Lampe hat mich nur um Zentimeter verfehlt und ist mir fast in den Schoß gefallen. War ein Mordskrach. Glassplitter, verbogenes Metall.«

Ihr Lächeln mißlang. »Wohl überflüssig, zu sagen, daß wir die Einstellung wiederholen mußten.«

»Hat jemand eine Erklärung dafür?«

»Das Studio war kurz darauf voller Leute. Bill ist extra aus einem wichtigen Meeting raus und kam runter. Irgendwer hat die Nummer des Notrufs gewählt. Deshalb war dann auch die Feuerwehr hier. Notarzt auch, obwohl weder mir noch jemandem von der Crew was passiert ist. Was ein Wunder war.

Nach einer Weile kam dann die Polizei, zusammen mit unserem Sicherheitspersonal. Sie haben alle rausgescheucht, damit im Studio aufgeräumt werden konnte. Bill war außer sich. Er verlangte eine Erklärung von den Studiotechnikern und Beleuchtern.«

»Und?«

»Alle waren ratlos. Er hat gedroht, sie alle auf der Stelle zu feuern, aber ich konnte ihn davon abbringen. Da es sich wohl nicht mehr beweisen lassen wird, ob es ein Unfall war oder Nachlässigkeit, wäre es unfair gewesen, das komplette Beleuchterteam rauszuschmeißen.«

»Haben sie sich die Sache angesehen?«

»Ja. Offensichtlich war die Halterung locker.«

»Also war es doch Schlamperei.«

»Entweder das, oder jemand hat an der Halterung herumgefummelt.«

»Dran rumgefummelt?«

»Ja, irgendwie so«, gab sie genervt zurück. Seine Skepsis machte sie ungehalten.

»Hm…«

»Ich hasse es, wenn du das machst.«

»Was mache?«

»Dieses hm. Hört sich ganz so an, als wäre für dich das, was ich sage –«

»– barer Unsinn?«

»Was denkst du denn, was passiert ist?«

»Ich denke, daß du einen Mordsschrecken gekriegt hast und daß es kein Unfall war.«

Sie verschränkte erneut in einer schützenden Geste die Arme vor der Brust. »Das ist doch absurd. Wer sollte es denn auf Kurt abgesehen haben?«

»Kurt?«

»Der Sportreporter.«

»Die Lampe ist nicht runtergekracht, als Kurt am Set war – sondern du.«

»Willst du damit etwa sagen, daß jemand die Halterung so manipuliert hat, daß *ich* die Lampe abkriege?«

»Exakt. Und genau das vermutest du auch.«

»Bilde dir bloß nicht ein, zu wissen, was ich denke.«

»Kinderspiel. Sonst wärst du mit den Nerven nicht so fertig.«

Sie wußte, daß es keinen Zweck hatte, es abstreiten zu wollen. »Mal angenommen, du hättest recht – warum sollte es jemand auf mich abgesehen haben?«

»Verrate du's mir.«

»Ich weiß es nicht.«

»Aber du hast einen Verdacht.« Er legte einen Finger auf ihre Lippen, ehe sie widersprechen konnte. »Ich habe neulich abend gespürt, daß was nicht stimmt, als du das fremde Auto vor deinem Haus entdeckt hast.«

»Ich war ängstlich. Das wäre jeder gewesen.«

»Aber du warst ungewöhnlich ängstlich. So als würdest du ein Unheil erwarten. Und du hast dich auch vorher schon seltsam benommen. Gibt es einen besonderen Grund dafür?«

»Nein.«

»Lügnerin.«

Plötzlich von aller Energie verlassen, ließ sie den Kopf hängen und rieb sich die Schläfen. »Ich passe, Alex. Ich habe heute abend keine Lust, mich zu streiten.«

»Warum sagst du mir dann nicht, was dich bedrückt?«

»Weil es...« Sie zögerte. »Weil ich jetzt nach Hause fahren und mich ins Bett legen werde.«

Sie wandte sich zum Gehen. Er folgte ihr.

»Ist dein Freund noch bei dir?« fragte er.

»Er ist nicht mein *Freund*.«

Alex blieb stehen.

Cat blieb ebenfalls stehen, drehte sich um und sah ihn bedeutungsvoll an. »Nicht mehr.«

»Verstehe.«

In der schweigenden Übereinkunft, dieses Thema ruhen zu lassen, verließen sie das Gebäude und wünschten auf dem Weg nach draußen dem alten Bob noch eine gute Nacht.

Der strahlte Alex förmlich an. »Danke für das Autogramm.« Eines von Alex' Taschenbüchern lag auf dem Tresen. »Genau mein Geschmack.«

»Viel Spaß beim Lesen«, wünschte Alex seinem neuen Fan, während er Cat die schwere Stahltür aufhielt.

»Du hast ihn bestochen«, sagte sie vorwurfsvoll.

»Ein Notbehelf, wenn das Austauschen von Geschichten aus alten Zeiten nicht funktioniert.«

»Woher wußtest du überhaupt, daß ich heute abend hier sein würde? Normalerweise arbeite ich nicht so lange.« Der

Parkplatz war nahezu leer. Selbst das Team der Spätnachrichten war schon aufgebrochen.

»Hab's geraten und Glück gehabt. Du warst nicht zu Hause.«

»Du bist vorher bei mir gewesen?«

»Um noch mal Spicer über den Weg zu laufen? Niemals. Ich hab durchgeklingelt, aber es hat niemand abgenommen.«

»Was wolltest du denn von mir?«

»Deine Version des Unfalls hören.«

»Das meinte ich nicht. Ich wollte wissen, weshalb du am Nachmittag ins Studio gekommen bist.«

Sie waren bei ihrem Auto angelangt. Alex stützte sich mit den Ellenbogen aufs Dach und sah Cat an. »Um mich persönlich dafür zu entschuldigen, daß ich deinem... Spicer weh getan habe.«

»So schlimm war's ja nun nicht«, sagte sie. »Ich denke, er war mehr eingeschnappt als verletzt.« Alex schien noch etwas sagen zu wollen. Als er es nicht tat, schloß sie den Wagen und öffnete die Tür. »Entschuldigung angenommen, Alex. Gute Nacht.«

»Schau, Cat, der Bursche ist doch ein Waschlappen. Was findest du an ihm?«

»Nun ja, immerhin hat er mir das Leben gerettet.«

»Also fühlst du dich ihm verpflichtet.«

»Ich habe nicht gesagt –«

»Wie sehr?«

»Hör auf, Alex.« Sie hatte ihn anschreien wollen, doch ihre Stimme brach. »Hör einfach auf damit... und laß mich in Ruhe. Ich hab dir doch gesagt, daß ich heute abend keine Lust habe, mich mit dir zu streiten. Ich... heute... du...«

Zu ihrer tiefen Beschämung brach sie in Tränen aus.

»Oh, zum Teufel...« Er zog sie eng an sich.

Sie wollte sich gegen seine Umarmung wehren, aber dazu

fehlte ihr sowohl die körperliche wie emotionale Kraft. Er hielt sie im Arm, während sie weinte. Nach einer Weile hob sie den Kopf, nahm das Taschentuch, das er ihr anbot, und putzte sich die Nase.

»Diese Sache mit der Lampe hat dir schlimmer zugesetzt, als dir bewußt ist, Cat.«

»Nein, nein.« Sie schüttelte den Kopf. »Deshalb weine ich ja gar nicht. Es ist etwas anderes.«

»Was?«

»Darüber möchte ich jetzt wirklich nicht reden.«

»Meine Güte, bist du dickköpfig.« Er schob sie sacht zur Seite und schloß die Autotür. Dann drehte er Cat herum und schob sie sanft in die andere Richtung. »Komm.«

»Was hast du vor? Ich will nach Hause.«

»Ich werde dafür sorgen, daß du was zu essen kriegst. Du fällst ja sonst noch vom Fleisch.«

»Ich habe keinen Hunger.«

Er ließ sich nicht beirren. Eine halbe Stunde später saßen sie in seiner Wohnung und aßen jeder ein Brathühnchen. Anstatt sich an den Tisch zu setzen, hatten sie es sich im Wohnzimmer bequem gemacht und aßen vom Tablett; Alex auf dem Sofa, Cat vor dem Couchtisch auf dem Boden.

»Ich muß zugeben, das ist lecker«, sagte sie mit vollem Mund. »Du sabotierst meinen Speiseplan, weißt du das eigentlich? Erst Hamburger und Pommes. Jetzt Brathühnchen.«

»Cops ernähren sich ausschließlich davon. Oder zeig mir doch mal einen Cop, der Tofu, Joghurt und Weizenkleie mag.«

Lachend salutierte sie mit einem Plastiklöffel voller Kartoffelbrei und Soße. Alex lachte nicht. Statt dessen musterte er sie eindringlich.

»Was ist?« fragte sie unbehaglich.

Er blinzelte. »Ich habe nur gerade gedacht, wie wechselhaft deine Launen sind. Ich bin da ganz anders. Wenn's bei mir mit dem Schreiben nicht läuft, dann habe ich eine ganze Weile miese Laune, tagelang, wochenlang, manchmal sogar monatelang. Du hast geweint, und jetzt geht es dir wieder besser. Vielleicht sollten wir Männer auch lernen zu weinen.«

»Laß dich nicht von meinem Appetit täuschen. Mein Körper hat sich nur geholt, was ich ihm die letzten sechsunddreißig Stunden vorenthalten habe. Aber deprimiert bin ich immer noch.«

»Weshalb? Weil Spicer im Streit gegangen ist?«

»Ja, auch. Aber Dean ist nicht der Grund, warum ich mich so fertig fühle.« Sie spielte mit einem angebissenen Keks, brach ein Stück ab und rollte es zwischen den Fingern. »Chantal, das Mädchen, das vor kurzem eine neue Niere bekam, ist heute morgen gestorben.«

»Das tut mir leid, Cat.«

»Mir auch.«

»Was ist passiert?«

»Es ging gottlob schnell. Die neue Niere wurde abgestoßen. Totaler Zusammenbruch der Nierenfunktion. Alles ging daneben. Sie starb.« Cat wischte sich die Kekskrümel von den Händen. »Ihre Adoptiveltern waren völlig erledigt. Sherry auch. Jeff hat geweint wie ein kleines Kind, als wir die Nachricht erhielten. Alle, die am Beitrag über sie beteiligt waren, trauern. Sie war unser... Vorzeigekind geworden, ein leuchtendes Vorbild, wie die Zukunft eines unglücklichen Kindes gerettet werden kann.«

»Aber sie kann doch weiterhin euer Vorzeigekind bleiben.«

»Sie ist tot, Alex.«

»Ich begreife nicht, warum –«

»Ich habe mich in das Leben dieser Menschen eingemischt«, fiel sie ihm ins Wort. »Ich habe Chantal dazu gebracht, sie zu lieben. Und sie dazu, Chantal zu lieben. Sie haben sie zu sich nach Hause geholt, machten die ganze Prozedur durch, wurden Zeugen ihres Leids und teilten es mit ihr. Und was haben sie nun davon?« Sie schnaubte verächtlich. »Ein Begräbnis, das im Fernsehen gezeigt wird, mehr nicht. Reporter, die um den Sarg mit der kleinen Chantal herumschwirren und einen Kommentar von den Eltern wollen. Ihre Trauer ist ein Medienspektakel. Und alles wegen mir.«

Sie stemmte die Ellenbogen auf die Tischplatte und vergrub das Gesicht in den Händen. »Ich habe mich heute abend fieberhaft in die Arbeit gestürzt, um nicht an Chantals Tod, sondern an etwas Positives zu denken. Doch dann mußte ich doch immer nur daran denken, in welches Trauma ich dieses arme Ehepaar getrieben habe.«

»Du glaubst wirklich, daß du die Verantwortung dafür trägst, daß sie das kleine Mädchen liebgewonnen haben und umgekehrt?« Er schüttelte den Kopf. »Du hast ja eine hohe Meinung von deinem Einfluß auf andere Menschen und deren Gefühle.«

Sie schaute zu ihm auf.

»Du hast sie nicht gezwungen, das Mädchen zu nehmen«, fuhr er in ruhigem, einfühlsamem Ton fort. »Sie haben dich um diese Gelegenheit gebeten. Sie haben Kurse und eine Ausbildung absolviert, um den Erfordernissen zu genügen. Sie wollten Chantal.«

»Aber lebend. Sie wollten ein lebendes kleines Mädchen und kein Grab für sonntägliche Besuche. Sie wollten sie aufwachsen sehen.«

»Tja, nur leider gibt es keine lebenslange Garantie für Kinder. Es kommt vor, daß sie sterben. So ist es nun mal.«

»Bitte verschon mich mit solch altkluger Logik. Davon fühle ich mich auch nicht besser.«

»Nein, weil du dein Selbstmitleid nämlich genießt.«

»Ich weiß nur«, sagte sie wütend, »ohne mich würden diese Menschen heute abend nicht trauern.«

»Haben sie dir das vorgeworfen?«

»Natürlich nicht.«

»Haben sie gesagt: Ms. Delaney, warum, zum Teufel, haben Sie uns das angetan? Wir waren so glücklich, bis Sie daherkamen und uns dieses kranke Kind angedreht haben?«

»Sei nicht albern. Sie haben mich angerufen, um mir zu sagen –« Sie brach ab.

Er beugte sich vor. »Was, Cat? Weshalb haben sie dich angerufen?«

Sie wandte den Blick ab und räusperte sich. »Sie wollten mir danken, daß ich mit dafür gesorgt habe, daß Chantal zu ihnen gekommen ist.«

»Weil ihre Zeit mit dem kleinen Mädchen wahrscheinlich die erfüllteste ihres Lebens war.«

Sie schniefte und nickte kurz. »Sie sagten, sie sei ein Segen gewesen.«

»Also, warum stellst du dann dein Werk in Frage? *Cats Kids* ist ein lohnenswertes Unterfangen. Was mit Chantal geschehen ist, ist tragisch, aber sie erlebte Liebe und Fürsorge, als sie es am meisten brauchte, habe ich recht?«

»Ja.«

»Angenommen, du hättest die Chance – würdest du es anders machen? Würdest du ungeschehen machen, was geschehen ist? Ihnen die gemeinsame Zeit wegnehmen? Chantal mit dem Gefühl sterben lassen, einsam und ungeliebt zu sein? Würdest du diese Menschen um das berauben, was sie selber einen Segen genannt haben?«

Sie senkte den Blick; ihre Antwort war kaum mehr als ein Flüstern. »Nein.«

»Na bitte.«

»Du hast recht. Natürlich hast du recht.« Sie lächelte

traurig. »Diese Tragödie hat mich sehr getroffen, das ist alles. Ich hatte Zweifel und brauchte jemanden mit einer objektiven Sicht der Dinge. Und ich brauchte eine Schulter zum Ausweinen.« Sie tupfte sich die Augen mit einer Serviette. »Danke.«

Er winkte ab.

Das Licht aus der Küche fiel auf sein dunkles Haar und ließ seine Züge zu einem scharfen Relief werden. Dean hatte gesagt, Alex sähe aus wie ein Schlägertyp. Eine rauhe Schale hatte er in der Tat. Er war ohne Zweifel in der Lage, anderen sehr weh zu tun.

Aber er hatte auch selbst Schmerz erlebt. Wie sonst könnte er sich so gut einfühlen? Sein durchdringender Blick und sein harter Zug um den Mund waren Zeichen davon. Mit einer einzigen Bemerkung, mit einem einzigen Wort, konnte er den Kern einer Sache treffen.

Aber ebenso konnte er mit wenigen Worten Trost spenden. Er war nicht weich, aber er konnte zärtlich sein. Er konnte ein Freund sein, wenn man einen brauchte.

»Wie geht es mit dem Buch voran?« fragte sie, um das bedrückende Schweigen zu beenden.

»Im Schneckentempo, auch wenn ich ein paar produktive Tage hatte.«

»Na, immerhin.«

Damit war das Thema auch schon erschöpft. Er würde nicht mehr dazu sagen, und sie erwartete das auch gar nicht. Aber nur weil sie sich nicht mehr unterhielten, bedeutete das nicht, daß sie nicht mehr miteinander kommunizierten. Ihre Blicke trafen sich, und ihr Schweigen war erfüllt von stummen Botschaften.

Im nächsten Moment hatte er sein Tablett vom Schoß genommen und auf den Tisch gestellt. Er legte sich neben sie auf den Teppich, ergriff mit einer Hand ihren Nacken und zog sie an sich, bis sich ihre Lippen fast berührten.

»Schluß mit dem Versteckspiel«, sagte er mit kehliger Stimme. »Laß uns nicht noch mehr Zeit vergeuden.«

Kapitel 26

Ihre betrübten Gedanken zerstoben wie die flauschigen Samen eines Löwenzahns. In diesem Augenblick existierte für sie nichts anderes als sein Kuß. Sie brauchte seine Kraft, seine Intensität, sein unverhohlenes Verlangen nach ihr. Sie wollte ihn. Warum sich weiterhin dagegen wehren?

Sie schlang ihm die Arme um den Nacken. Ihre Lippen vereinten sich, während sie sich – einander anschauend – hinknieten. Sie schmiegte sich eng an ihn. Er flüsterte ein vulgäres Wort. Die unbändige Lust dahinter war so wild erotisch, daß sie sich an ihm rieb, nur um es ihn noch einmal sagen zu hören.

Sie küßten sich weiter, während er ihr die Bluse abstreifte. Cat zog sein Hemd aus der Hose und strich mit beiden Händen über seine harte, behaarte Brust. Er ließ sie kurz los, um sich das Hemd vom Leib zu reißen und zur Seite zu werfen, dann schloß er sie in die Arme und drückte sie an sich, während sein Mund erneut den ihren eroberte.

»Du machst Witze«, flüsterte er, als er ihr unter den Rock faßte. Es war ein Lächeln hinter seiner rauhen Stimme.

»Schauspielertrick«, antwortete sie mit einem leichten Seufzer. »Wenn ich als Laura Madison in einer Szene besonders sexy sein mußte, habe ich statt Strumpfhose immer Strapse und Strümpfe getragen, um mich in die richtige Stimmung zu bringen. Das zu tragen, ist eine Angewohnheit geworden.«

Er streichelte ihren nackten Schenkel über den Strümpfen. »Das ist ja wie eine Wahnsinnsphantasie.«

»Wie aus einem deiner Bücher?«

»Viel besser.«

Er streifte ihr Rock, Unterkleid und Höschen ab. Cat legte sich auf den Rücken. Ihre Brüste nur knapp von ihrem Büstenhalter verdeckt, ihre Scham eingerahmt von einem seidenen Strumpfhalter, die Beine noch in Seidenstrümpfen – sie war selbst schockiert über ihre Schamlosigkeit.

Alex ließ sie nicht eine Sekunde aus den Augen, als er erst seinen Gürtel, dann seine Hose öffnete. Er legte Hose und Unterhose ab. Seine männliche Nacktheit ließ sie den Atem anhalten. Sein Bauch war flach und hart, seine Beine lang und schlank. Er war muskulös, aber nicht übertrieben. An Armen und Händen zeichneten sich starke Venen ab.

Unverfroren lustvoll sah sie ihn an, von seinen Füßen zu seinem stolzen schweren Geschlecht zu seinem ernsten Mund und der von der Narbe gezeichneten Augenbraue.

Er legte sich neben sie, küßte ihre Brüste, zog dann die Spitze ihres BHs herunter und liebkoste ihre Brustwarzen mit der Zunge. Er hob den Kopf und sah sie an, während sein Daumen ihre Nippel neckte.

»Ich könnte diese Szene tausendmal und öfter schreiben und es niemals so gut hinkriegen.« Er sah, wie sie auf seine Berührung reagierte. »Die Nuancen des Körpers einer Frau kann man einfach nicht beschreiben.«

Wieder beugte er sich vor, nahm eine Brustwarze in den Mund und saugte daran. Cat verspürte eine Woge sexueller Erregung und bog den Rücken durch. Ihre Brüste streckten sich ihm aufreizend entgegen. Seine Zunge war flink, sein Appetit der eines wilden Tieres.

Er strich ihr über den Bauch und die Außenseiten ihrer Schenkel. Sie griff nach seinem Penis, streichelte ihn, und er stöhnte auf. Wieder küßten sie sich, hungrig und gierig.

»Halte dich nicht zurück, Alex«, flüsterte sie erregt. »Sei nicht zu sanft zu mir.«

»Das habe ich gar nicht vor.«

»Ich will spüren, daß ich eine Frau bin. Ich will spüren, daß ich mit einem Mann zusammen bin. Ich möchte, daß du mich nimmst. Ich will –«

»Du willst gefickt werden.«

Er umfaßte ihre Knie und spreizte ihre Beine. Doch anstatt ihr mit einer Hand zwischen die Schenkel zu gleiten, wie sie es erwartet hatte, beugte er den Kopf vor. Sein Mund fand ihre Klitoris, dann drang seine Zunge in sie ein.

Sie war zu überrascht, um aufzuschreien, selbst als sie, Momente später, einen Orgasmus bekam. Ihre Brust hob und senkte sich; Schweiß sammelte sich auf ihrer Oberlippe; ihr Haar klebte ihr feucht im Nacken und am Hals.

Alex' Haut war ebenfalls schlüpfrig vom Schweiß, als er sich auf sie legte. Mit geschlossenen Augen und konzentrierter Miene drang er in sie ein. Ihr Körper schien ihn zu verschlingen; und auf seinem Gesicht spiegelte sich immense Befriedigung wider, als er sich rhythmisch zu bewegen begann. Langsam sank er in sie, wieder und wieder, tiefer und tiefer mit jedem Stoß.

Cat, die geglaubt hatte, für sie sei es vorbei, wurde von seinen Stößen zu neuer Lust getrieben. Solch intensive Lust hatte sie noch nie erlebt, derart die Seele ergreifend. Sie gab sich ihm völlig hin.

Er faßte ihr unter die Hüften, hob sie leicht hoch und hielt sie fest. Er schien sich auf jede Bewegung zu konzentrieren, doch das Tempo seiner Stöße nahm langsam zu. Sein Atem wurde heftiger. Plötzlich ließ er sich auf sie sinken. Doch da wirbelte Cat bereits in ihren zweiten Orgasmus.

Als er kam, wurde sein ganzer Körper erschüttert. Jeder Muskel war angespannt, und die heiseren Laute, die er von sich gab, waren wie Schluchzer.

Es dauerte eine Weile, bis sie sich beide wieder erholt hatten, aber Cat wäre ewig so liegen geblieben, müßig mit seinem zerzausten Haar spielend, salzige Schweißperlen von seiner Braue leckend. Er lag mit seinem ganzen Gewicht auf ihr, doch es machte ihr nichts aus. Er hatte sich verausgabt, und das begeisterte sie.

Er kannte die Techniken befriedigender Liebe für beide Partner. Er schrieb darüber. Also war es keine Überraschung, daß er begabt war, leidenschaftlich und ein vollkommen hingebungsvoller Liebhaber.

Und doch war er so sinnlich wie fordernd. Er hatte Reaktionen bei ihr hervorgerufen, die rein animalisch waren, ohne Bewußtsein; Reaktionen, die allein aus ihren Sinnen rührten und über die sie keinerlei Kontrolle hatte.

Trotzdem war es auch eine geistige Vereinigung gewesen. Ihr Verstand hatte intimen Kontakt mit seinem gehabt. Sie waren vollkommen eins gewesen in den Wünschen und dem Verlangen des anderen, und sie hatten für deren Erfüllung gesorgt. Deshalb genoß sie diesen friedlichen Nachklang ihres Liebesaktes, diesen ruhigen Moment, als sich ihr Atem und Schweiß vermischte und aus einem statt aus zwei Körpern zu kommen schien.

Er mußte diese Nähe auch gespürt haben. Weil das vielleicht Liebevollste, was er tat, kurz bevor er sich aus ihr zurückzog, ein Kuß zwischen ihre Brüste war, genau an die Stelle, an der ihre Narbe war.

Sie wachte zuerst auf. Da sie wußte, daß er ein Morgenmuffel war, blieb sie reglos liegen und ließ ihn schlafen. Sein Haar war zerzaust und wirkte auf dem Kissen sehr dunkel. Auf seinem Kinn zeigten sich Bartstoppeln. In seinen Koteletten waren erste graue Haare. Seine Brauen waren zu einem kleinen Stirnrunzeln verzogen, was zeigte, daß er nie völlig im Frieden mit sich und der Welt war.

Der Wecker auf dem Nachttisch sagte ihr, daß es Zeit wurde, aufzubrechen. Sie gab ihm einen Kuß auf die nackte

Schulter und glitt lautlos aus dem Bett. Unten suchte sie ihre überall verstreuten Sachen zusammen und zog sich an. Dann rief sie sich, mit leiser Stimme, ein Taxi.

Während sie wartete, räumte sie noch die Überreste ihres Abendessens weg. Auf dem Weg in die Küche kam sie auch an der Tür zum verbotenen Zimmer vorbei, ging jedoch, ohne auch nur zu überlegen, daran vorbei. Sie warf den Müll weg, spülte die Gläser aus und schenkte sich dann ein Glas Orangensaft ein, den sie im Kühlschrank entdeckte.

Während sie an den Tresen gelehnt dastand und den Saft trank, spielte sie für einen Moment mit dem Gedanken, doch einen Blick in das geheimnisvolle Zimmer zu riskieren. Nun war sie erst recht neugierig.

Letzte Nacht war sein nackter Körper ihrer gewesen, um ihn mit unbegrenzter Neugier zu erforschen und zu nutzen. Sie hatten sich im intimsten aller Akte vereint. Sicherlich würde er nun, da sie diese Ebene ihrer Beziehung erreicht hatten, nichts mehr dagegen haben, daß sie auch diesen Teil seines Lebens mit ihm teilte.

Aber was, wenn er doch etwas dagegen hatte? War es das Risiko wert? Nein. Sie würde dieses Zimmer nicht betreten. Sie würde warten, bis er sie dazu einlud.

Das Taxi kam, und sie verließ die Wohnung, ohne ihn aufzuwecken. Sie holte ihren Wagen beim Sender ab und fuhr nach Hause, wo sie sich duschte, umzog und versuchte, die Termine für den Tag zu koordinieren. Doch ihre Gedanken kehrten immer wieder zur vergangenen Nacht zurück. Erotische Bilder tauchten vor ihrem geistigen Auge auf und ließen nur wenig Platz für anderes.

Ihre Euphorie mußte offensichtlich gewesen sein, weil Jeff sie ansprach, kaum daß sie das Büro betreten hatte. »Was ist denn passiert? Im Lotto gewonnen?«

Sie lachte und nahm dankbar die Tasse Kaffee entgegen, die er ihr anbot. »Wie kommst du denn darauf?«

»Weil heute morgen sogar ein Blinder sehen würde, wie du strahlst. Und dabei hatte ich erwartet, du wärst niedergeschlagen wegen Chantal.«

Ihr Lächeln erlosch. »Ich bin auch schrecklich traurig deswegen, glaub mir, aber ich sehe das Leben schon nicht mehr so negativ wie gestern. Ein Freund hat mich daran erinnert, wie großartig es ist, am Leben zu sein.«

»Ist dieser ›Freund‹ möglicherweise unser Krimiautor?« Jeff zwinkerte. »Der sah richtig gut aus, als er gestern hier war.«

»Du hast ihn gesehen?«

»Jeans und Cowboystiefel...«

Sie schmunzelte. »Ja, das ist er...«

»Also, mal ehrlich, der sieht ja aus wie ein ungemachtes Bett. Aber Frauen finden diesen Look unwiderstehlich.«

Dean hatte sich über Alex' Aufzug mokiert. Jeff gefiel er offenbar. »Du hast mir gar nichts davon gesagt, daß du ihn gesehen hast.«

»Es war während des gestrigen Tohuwabohus.« Er zupfte sich verlegen am Ohrläppchen. »Ich muß zugeben, daß ich ziemlich beeindruckt war und kein Wort rausgekriegt habe. Ich habe seine Romane gelesen, und ich weiß natürlich auch, daß du mit ihm ausgegangen bist. Aber ich dachte nicht, daß ich ihm jemals persönlich begegnen würde.«

»Ich wünschte, du hättest mir Bescheid gesagt.«

»Du warst umzingelt von Cops. Und Mr. Webster war auf dem Kriegspfad. Hinterher hast du so besorgt ausgesehen, daß ich dachte, ich lasse dich besser in Ruhe. Aber ich nehme doch stark an, daß Mr. Pierce dich gestern abend gefunden hat. Deinem verklärten Blick nach zu urteilen, muß es ja ein... äh... therapeutischer Abend gewesen sein.«

»Das geht dich überhaupt nichts an.« Sie spürte, wie sie errötete.

Jeff ließ sich nicht täuschen. Er grinste. »Gut. Ich hoffe, du hast dich entspannt. In letzter Zeit hast du es meiner Meinung nach etwas zu hart angehen lassen.« Sein Lächeln erlosch, und er räusperte sich. »Darf ich ganz offen mit dir sprechen? Nicht als dein Assistent, sondern mehr als dein Freund?«

Cat bedeutete ihm mit einem Nicken, sich zu setzen. Er zog die Bügelfalten seiner Hose hoch und nahm ihr gegenüber Platz. »Ich hoffe nur... ich möchte nicht...«

»Raus damit, Jeff.«

»Na ja, in den letzten Wochen hast du so einen angegriffenen Eindruck gemacht. Was nicht heißen soll, daß du deinen Job nicht großartig gemacht hast«, fügte er rasch hinzu. »Du hast deine Arbeit nicht darunter leiden lassen, was auch immer dich bedrücken mag. Du bist so fabelhaft wie eh und je. Es ist nur... Ich habe mich gefragt, was dich bedrückt. Etwas anderes, nicht Alex Pierce.«

War ihre Unruhe dermaßen offensichtlich gewesen? Jeff war nicht der erste, der sie daraufhin ansprach. Auch Dean und Alex hatten es getan. Sie wollte sich ihre ausgelassene Stimmung an diesem Tag nicht verderben lassen, aber sie begrüßte die Gelegenheit, über die beiden anonymen Briefe zu sprechen. Sie wollte Jeffs Meinung hören, ob auch er der Ansicht war, daß es sich dabei um den üblen Scherz eines armen Irren handelte und es keinen Grund zur Sorge gab.

»Du bist ein sehr aufmerksamer Beobachter, Jeff. Ich bin tatsächlich in letzter Zeit etwas aus der Bahn geraten.«

Sie zog die beiden Umschläge aus ihrer Handtasche und reichte sie ihm. Sie trug sie seit einigen Tagen bei sich, vielleicht in der Hoffnung, mit jemandem darüber reden zu können.

»Schau dir das mal an«, sagte sie. »Und sag mir, was du davon hältst. Und bitte sei ganz ehrlich.«

Nachdem er die beiden Umschläge verglichen hatte, las er sich die beigefügten Zeitungsausschnitte durch. »Verdammt«, flüsterte er. »Beide kamen bei höchst sonderbaren Unfällen ums Leben, und beide waren Patienten einer Herztransplantation.«

»Ein komischer Zufall, findest du nicht?«

»Und ob. Aber was hat das zu bedeuten? Hast du irgendeine Idee, wer dir diese Briefe geschickt haben könnte?«

»Nein.«

»Ich sehe die gesamte Fanpost durch, die du kriegst. Aber an diese Umschläge kann ich mich nicht erinnern, auch wenn du so viel Post kriegst, daß ich sie möglicherweise übersehen habe. Oder kamen sie an, als Melia noch hier gearbeitet hat?«

»Sie kamen zu meiner Privatadresse.«

Er sah sie konsterniert an. »Aber wie ... woher ... sollte ein Fan denn deine Privatadresse haben?«

Sie zuckte mit den Achseln. »Das finde ich ja so besonders beunruhigend an diesen Briefen.«

Jeff studierte die Umschläge und las erneut die Zeitungsausschnitte. Cat beobachtete ihn dabei. Seine erste Reaktion und sein Kommentar waren nicht gerade ermutigend gewesen. Sie hatte gehofft, er würde ihr sagen, sie solle sich keine Sorgen machen.

Statt dessen fragte er nun: »Hast du sie schon jemandem gezeigt? Mr. Webster? Der Polizei?«

»Nein.«

»Aber vielleicht solltest du das tun.«

»Ich möchte nicht als hysterische Zicke dastehen.«

»Dafür wird dich niemand halten.«

»Ich weiß nicht, Jeff.« Sie seufzte. »Ich will keinen falschen Alarm schlagen. Bestimmt steckt nichts weiter dahinter.«

Er zwang sich zu einem Lächeln, als er ihr die Umschläge zurückgab. »Tja, wahrscheinlich hast du recht. Ich bin sicher, daß es keinen Grund gibt, sich deswegen den Kopf zu zerbrechen. Junge, manche Leute haben wirklich nichts Besseres zu tun, was?«

»Das kannst du wohl sagen. Sie schaffen Dramen für sich selbst, indem sie sich ins Leben von Prominenten einmischen. Sie leben indirekt.«

»Genau. Aber ...« Er zögerte. »Wenn du noch einen Brief in dieser Art kriegst, solltest du dich besser an die Polizei wenden. Scheiß darauf, was sie denken. Sollen sie dich doch für ein hysterisches Weib halten.«

»Was sie, wie ich fürchte, auch tun werden.«

»Und zumindest solltest du das Wachpersonal hier beim Sender benachrichtigen, damit sie keine schrägen Vögel reinlassen.«

»Womit etwa dreiviertel Prozent der Mitarbeiter ausgesperrt würden«, lachte sie.

»Der Punkt geht an dich.« Er lächelte, wurde aber sofort wieder ernst. »Sei vorsichtig, Cat. Da draußen gibt es eine Menge Bekloppte.«

»Ich weiß.« Sie ließ die Umschläge in ihrer Handtasche verschwinden, womit sie das Gespräch als beendet erklärte und wieder die Rolle der Chefin übernahm. »Ich brauche noch die Daten von Chantals Begräbnis.«

»Freitag um zwei. Und du solltest auch wissen, daß Ron Truitt vom *Light* vorhin angerufen hat. Er möchte ein Statement.«

»Ich hoffe, du hast ihm gesagt, daß er sich zum Teufel scheren soll.«

»Nicht wortwörtlich, aber ich denke, die Botschaft ist angekommen bei ihm. Ich habe gesagt, du seist nicht erreichbar für einen Kommentar und würdest das auch später nicht sein.«

»Danke. Wenn ich mit ihm gesprochen hätte, wäre ich wohl kaum so diplomatisch geblieben. Der Kerl ist ein Schakal, immer auf der Suche nach frischem Blut.«

Aber weil sie keinen weiteren Gedanken an diesen hinterhältigen Journalisten verschwenden wollte, fuhr sie fort: »Bitte, laß im Namen von WWSA einen Kranz schicken. Ich möchte etwas Persönliches schenken, darum kümmere ich mich selbst.«

Als Jeff schließlich das Büro verließ, hatte er die Anweisung bekommen, Sherry anzurufen und mit ihrem Drehplan weiterzumachen. Ihre Zweifel von gestern abend an *Cats Kids* kamen ihr nun albern und übertrieben vor. Sie hatten Chantal verloren, aber es gab noch so viele Kinder, denen sie helfen mußten.

Gleichgültig, mit welchen Widrigkeiten sie sich auch herumschlagen mußte – Amtsschimmel, schlechter Presse, Selbstzweifel –, sie durfte niemals aufgeben. *Cats Kids* war größer und wichtiger als sie selbst. Alex hatte ihr geholfen, das unter einer neuen Perspektive zu sehen. Im Ganzen betrachtet, waren ihre persönlichen Rückschläge unbedeutend.

Kurz vor Mittag kam Jeff mit einer Nachricht in ihr Büro. »Dein Lieblingsautor hat gerade angerufen.«

Ihr Herz machte einen Freudensprung, als sie zum Telefon griff. »Auf welcher Leitung?«

»Leider konnte er nicht warten. Er sagte, ich solle dir ausrichten, daß er es schrecklich eilig habe und nur noch Zeit, dir diese Nachricht zu hinterlassen.«

Nervös reichte Jeff ihr den Zettel. »Er hat vom Flughafen aus angerufen. Hat gesagt, sein Flug sei schon aufgerufen.«

»Sein Flug?« Ihre gute Laune verschwand. »Er verläßt die Stadt? Wo ist er hin? Für wie lange? Hat er was gesagt?« Es stand alles auf dem Memo, aber Jeff las es ihr vor.

»Er hat nur gesagt, daß er für ein paar Tage weg sein wird und dich anruft, sobald er zurück ist.«

»Das ist alles?«

Jeff nickte.

Sie versuchte, sich nichts anmerken zu lassen. Was ihr nur mit Mühe gelang. »Danke, Jeff.«

Er verließ das Büro und schloß die Tür hinter sich.

Cat faltete den Zettel zusammen, dann starrte sie ihn an, als würde er eine Erklärung enthalten. Doch vergeblich.

Sie war wie zerstört. Sie hatte sich so auf ein gemeinsames Abendessen gefreut. Vor wenigen Stunden erst war sie aus seiner Wohnung aufgebrochen, aber bereits jetzt sehnte sie sich nach ihm.

Diese Schwäche machte sie wütend auf sich selbst. Er schien jedenfalls keine Anzeichen von Sehnsucht zu zeigen. Hier hockte sie, traurig und wütend, während er im Flugzeug nach sonstwo saß.

Doch dann überwog die Wut. Was hatte ihn denn so dringend aus der Stadt getrieben? Geschäft oder Vergnügen? Was war denn so verdammt wichtig, daß er sich davongemacht hatte, ohne sich die Zeit zu nehmen, sich von ihr zu verabschieden?

Kapitel 27

Alex mochte New York nicht besonders, aber die Stadt faszinierte ihn. Es war eine Metropole der Superlative, die Verzweiflung verkörperte, Not, Elend, Dreck und Reichtum, Glanz und Glamour. Seine Reaktion darauf war stets extrem. Er sah Dinge innerhalb ein und desselben Häuserblocks, die ihn entweder begeisterten oder anwiderten.

Er traf sich mit seinem Agenten zum Essen in einem kleinen Restaurant auf der West Side. Damals, als er Arnold Villella kennenlernte, hatte sich Alex bei seinem dritten Besuch im Big Apple über die übertrieben teuren Speisekarten im Hotel *Vier Jahreszeiten* oder *La Cirque* mokiert.

»Wenn ich den Namen nicht aussprechen kann oder nicht weiß, wo es herkommt, esse ich es auch nicht«, hatte er seinem Agenten gesagt. Daraufhin hatte Villella ihn einen Banausen genannt, doch fortan durfte Alex bestimmen, wo sie sich zum Essen trafen.

Gelegentlich, wenn es etwas zu feiern gab, erlaubte Alex, daß Villella ihn auf einen späten Hamburger im *Club 21* einlud. Aber *Oswald's Cafe*, von einem robusten Einwanderer aus Ungarn persönlich geführt, war zu einem seiner Lieblingsrestaurants geworden. Dort gab es köstliche Roastbeefsandwiches, mit einem dunklen Senf serviert, der einem die Tränen in die Augen trieb.

Heute abend verschlang Alex sein Sandwich, während Villella mit einer Schale Gulasch klapperte.

»Du scheinst ja Hunger gehabt zu haben«, bemerkte der Agent. »Hast du im Flieger nichts gekriegt?«

»Schätze schon. Kann mich aber nicht mehr erinnern.«

Er erinnerte sich nur wenig an seinen kurzen Flug von San Antonio nach Dallas-Fort Worth, der kurzen Zwischenlandung, dem Nonstopflug zum La Guardia, der Taxifahrt nach Manhattan oder an sonstwas seit gestern abend.

Heißer, saftiger, lauter, zärtlicher, wilder, sanfter, wahnsinniger, langsamer Sex war ihm durch den Kopf gegangen.

Er schob seinen Teller zur Seite und bestellte Kaffee, als die Kellnerin kam und abräumte. Er hatte die Tasse bereits halb leer getrunken, als er bemerkte, daß er und sein Agent schon seit mehr als fünf Minuten kein einziges Wort miteinander gewechselt hatten.

Villella hatte sich in Geduld und Schweigen geübt. Wenn es darum ging, widerstrebende Verleger zu überzeugen, besaß er die Instinkte eines Hais. Doch gegenüber den Autoren, die er vertrat, war er ein fürsorglicher, strenger und väterlicher Vertrauter, der seine Rolle völlig an den Wünschen seines Klienten orientierte.

Arnold Villella hatte sich bereit erklärt, Alex zu vertreten, noch ehe der auch nur eine einzige Zeile veröffentlicht hatte. Die meisten Agenten, die Alex angeschrieben hatte, hatten sein erstes Manuskript ungelesen zurückgeschickt, weil es ihre Geschäftspolitik war, keinen unveröffentlichten Autor zu betreuen. Die Zwickmühle des Verlagsgeschäfts: Ohne Agenten findest du keinen Verlag, aber du bekommst keinen Agenten, wenn du noch nichts veröffentlicht hast.

Villella jedoch hatte ihn an einem Freitagmorgen während eines Unwetters in Houston angerufen. Alex war schlimm verkatert gewesen, und Villella hatte sich mehrmals wiederholen müssen, ehe Alex ihn über das krachende Donnern vor seinem Fenster und das Dröhnen in seinem Schädel hinweg verstand.

»Ich finde Ihre Art zu schreiben vielversprechend. Sie haben einen rauhen, aber einzigartigen Stil. Ich würde Sie gern vertreten, wenn Sie interessiert sind.«

Ohne Zeit zu verlieren, flog Alex nach New York, um den einzigen Menschen auf Erden kennenzulernen, der an seine Begabung glaubte. Villella war direkt und fordernd. Er war offen und ehrlich. Aber nicht unfreundlich.

Als er entdeckte, daß Alex ein Alkoholproblem hatte, sagte er lediglich, daß er schon mit etlichen talentierten Autoren zu tun gehabt habe, von denen einige Alkoholiker waren. »Auch wenn das Trinken ihre Phantasie beflügelt haben mag, so hat ihnen der Alkohol doch die Karriere ruiniert.«

Bei seiner Rückkehr nach Houston begab sich Alex in eine Entziehungsklinik, und als er sich dann daranmachte, die erste Fassung seines Buches zu überarbeiten, schienen die Worte aus seinen Poren zu dringen, zusammen mit dem Gift des Alkohols.

Villella hatte Alex' vorbehaltlose Loyalität und sein Vertrauen gewonnen. Er war der einzige Mensch, dem sich Alex anvertraute, der einzige, der ihn kritisieren durfte. Es gab nur sehr wenig, was Villella nicht über ihn wußte, und dennoch verurteilte der Agent niemals ihn oder seine Missetaten.

»Entschuldige, Arnie«, sagte Alex. »Ich bin heute abend nicht gerade zum Reden aufgelegt.«

»Wirst du schon noch.«

»Werde noch *was*?«

»Mir sagen, weshalb du überraschend hierhergeflogen bist und mich gebeten hast, mir für ein Abendessen mit dir freizunehmen.«

»Ich hoffe, du hattest nichts Wichtiges vor.«

»Doch, das hatte ich, aber ich kann meine Termine immer verschieben, wenn es um meinen wichtigsten Klienten geht.«

»Ich wette, das sagst du all deinen Autoren.«

»Aber sicher doch«, antwortete er grinsend. »Ihr seid doch alle wie nörgelnde Kinder.«

»Von denen ich sicher das schlimmste bin, jede Wette.«

Villella war zu höflich, um zuzustimmen; er hob nur die Hände, um Alex zu bedeuten, daß er den Nagel auf den Kopf getroffen hatte. »Wie geht's mit dem Buch voran?«

»Bestens.«

»So schlimm?«

Alex lachte verdrießlich. »Ich sage mir immer wieder, daß es nur der erste Entwurf ist.« Er zögerte, dann sagte er mit für ihn ungewohnter Schüchternheit: »Trotz einiger holperiger Stellen glaube ich, daß es gut werden könnte, Arnie.«

»Ich habe nicht den geringsten Zweifel, daß es großartig wird. Das ist dein spannendster und provokativster Plot bisher. Wird ein Bestseller.«

»Wenn ich es nicht vermaßle.«

»Wirst du nicht. Entspann dich. Hab Spaß damit. Es wird schon kommen.«

»Reden wir über das Buch oder über Sex?« fragte Alex neckend.

»Ich rede vom Buch. Worüber redest du?«

Arnies intuitive Frage ließ das Grinsen auf Alex' Gesicht erlöschen. Er gab der Kellnerin ein Zeichen nach mehr Kaffee, und als sie ihm nachgeschenkt hatte, umfaßte er die dampfende Tasse mit beiden Händen.

»Du bist ja das reinste Nervenbündel«, sagte Arnie. »Was ist denn los? Du leidest doch nicht wieder an Depressionen, oder?«

»Nein.«

»Oder wieder diese Aussetzer?«

»Nein. Gott, nein.«

Villella meinte damit diese Stunden – mitunter gar Tage –, die Alex durch alkoholbedingte Blackouts verloren hatte. Wenn er wieder zu sich kam, erinnerte er sich an nichts mehr, was während dieser Zeit passiert war oder was er getan hatte, wo er gewesen war. Es war erschreckend gewesen.

»Das hat nichts mit Trinken zu tun. Ich bin trocken.« Er bemerkte, wie sich sein Agent entspannte, auch wenn er sich dessen gar nicht bewußt sein mochte.

»Wenn es also nicht das Buch ist, auch nicht der Alkohol – was dann?«

»Eine Frau.«

Villella blinzelte rasch, und Alex ahnte, weshalb sein Agent so überrascht war. Villella kannte seine Bettgeschichten. Die meisten jedenfalls.

»Diesmal ist es anders«, murmelte er verlegen.

»Ach ja?« Die Laune des Agenten erhellte sich schlagartig. »Diese Lady hat also mehr bei dir angerichtet als nur eine kräftige Aufwallung der Hormone?«

»Ja. Ich meine, nein.«

»Ja, was denn nun?«

»Sie ist kein Dummchen. Sie ist mehr als nur eine Bettgeschichte. Ach, zum Teufel, ich weiß auch nicht, was sie ist.«

Villella faltete die Hände auf dem Tisch, bereit, zuzuhören.

Alex zierte sich noch etwas. Schließlich sagte Villella: »Das sieht dir gar nicht ähnlich.«

»Kein Scheiß.«

»Ich kann sehen, daß es dich wirklich getroffen hat. Ich würde dich nicht gerade als einen heiteren, sorglosen Menschen bezeichnen, aber ich spüre eine Verzweiflung, die ich schon seit Ewigkeiten nicht mehr an dir erlebt habe. Weist diese Frau dich ab?«

Bilder von Cat schossen ihm durch den Kopf: ein einladendes Lächeln, ein verführerischer Blick, eine ermutigende Reaktion. Sanftheit und Sex. Wild und weich. Dann wieder rauh und verlangend. Eine leichte Berührung von ihm hatte verzückte Seufzer der Lust erzeugt. Reprisen davon hallten wie ein Echo in ihm nach.

Mit einer Stimme, so rauh wie Sandpapier, sagte er: »Nein, sie läßt mich nicht abblitzen.«

»Dann verstehe ich nicht, warum diese Beziehung nicht wundervoll ist?«

»Weil du nicht weißt, wer sie ist.«

»Wie meinst du das?«

»Es ist Cat Delaney, Arnie. Ich war mit Cat Delaney im Bett.«

Villella sah ihn entgeistert an. »Gütiger Himmel, Alex. Bist du denn von allen guten Geistern verlassen? Ich dachte, du hättest deine Schlagzeilen gehabt. Und trotzdem läßt du dich mit einer Frau ein, die die Medien anzieht wie ein Magnet. Eine Frau, die –«

»Ich weiß«, schnitt ihm Alex ungeduldig das Wort ab. »Ich weiß selber, daß es verrückt ist.«

»Nicht nur verrückt, mein Junge. Sondern extrem gefährlich.«

Kapitel 28

Cat hatte Mühe, die Beherrschung nicht zu verlieren.

Als sie in ihre Straße einbog und Alex' Wagen vor ihrem Haus stehen sah, trat sie das Gaspedal durch. Doch als er sie auf halbem Weg zur Haustür, kurz vor der Treppe, einholte, hatte sie ihren Stolz und ihre Würde wiedergefunden. Sie begrüßte ihn, als wäre nichts gewesen.

»Gute Reise gehabt?«

»So lala.«

»Wohin ist es denn gegangen?«

»New York.«

»Wie war's?«

»Wie's in New York so ist.«

»War eine ziemlich spontane Reise, was?«

»Dringende Geschäfte.«

»Aber klar doch. Die Verlagsbranche ist bekannt für ihre Notfälle.«

Sie schloß die Haustür auf und ging hinein, drehte sich aber zu ihm um und stellte sich ihm in den Weg, wie sie es auch bei seinem ersten Besuch getan hatte.

Nach ihrer gemeinsamen Nacht hatte sie eine Euphorie empfunden, wie sie nur frisch Verliebte kennen. Er hingegen hatte die Stadt verlassen. Wenn ihn tatsächlich ein Notfall davon abgehalten haben sollte, mit ihr vor seinem Abflug zu sprechen, so hätte er doch während der letzten Tage anrufen können. Aber das hatte er nicht getan.

Und auch jetzt deutete sein Verhalten nicht darauf hin, daß er nach ihrer ersten Nacht wie sie die Schmetterlinge im Bauch gefühlt hatte.

Er sah müde und mitgenommen aus. Unter seinen Augen waren dunkle Ringe, so als habe er die letzten drei Nächte keine Minute geschlafen. Sie kämpfte gegen den Impuls an, ihn in den Arm zu nehmen und so lange festzuhalten, bis dieser gepeinigte Ausdruck verschwunden war.

»Warst du beim Begräbnis des kleinen Mädchens?« fragte er.

»Woher weißt du...?«

»Ich habe beim Sender angerufen, aber man sagte mir, du seist auf einem Begräbnis und würdest danach nicht mehr ins Büro zurückkommen. War's schlimm?«

»Sehr schlimm. Während des Gottesdienstes habe ich ständig an den Tag denken müssen, als ihnen die kleine Chantal zugesprochen wurde. Alle waren so glücklich gewesen. Sie hatten hinten im Garten ein Grillfest gemacht und ihre Familie und Freunde eingeladen. Und genau dieselben Menschen waren auch an diesem Tag in ihrem Haus versammelt.« Sie seufzte betrübt.

»Nur daß diesmal keine Ballons und Girlanden herumhingen, kein fröhliches Lachen ertönte. Es war nicht ganz dasselbe.« Für einen Moment starrte sie ins Leere, ehe sie wieder Alex ansah. »Was führt dich hierher?«

»Wir müssen reden.«

Sein Ton und seine ernste Miene waren Signale, daß das, worüber er reden wollte, nichts war, was sie hören wollte.

»Können wir das auf ein andermal verschieben? Mir ist heute nicht nach Reden zumute. Das Begräbnis hat mich ziemlich mitgenommen. Bei anderer Gelegenheit wäre es sicher besser.«

»Es gibt keine gute Gelegenheit für das, was ich zu sagen habe.«

Cat verspürte eine bleischwere Last auf ihrer Brust.

»Laß mich raten«, sagte sie, obwohl sie es bereits ahnte. »Du hast neulich abend, als wir zusammen im Bett waren, vergessen, eine klitzekleine Kleinigkeit zu erwähnen. Du bist verheiratet.«

»Nein, ich bin nicht verheiratet. Und mehr sage ich hier

draußen auf der Veranda auch nicht.« Er ging an ihr vorbei ins Haus.

Kaum hatte Cat die Tür geschlossen, wandte sie sich wieder zu ihm um. »Du bist also nicht verheiratet. Dann ist es deine Ex, die –«

»Ich war nie verheiratet.«

»Hm. Das ist ja noch schlimmer, als ich befürchtet habe. Wann hast du deinen letzten Bluttest machen lassen?«

Er stemmte die Hände in die Hüften und sah sie wütend an. »Ich bitte dich...«

Wenn es also keine Frau gab und keine Exfrau und wenn er an keinem tödlichen Virus litt, dann gab es nur noch eine Lösung des Rätsels. Er wollte Schluß machen.

Aber die Suppe würde sie ihm gehörig versalzen. Sie straffte die Schultern, warf das Haar zurück und ging in die Offensive. »Hör zu, Alex, ich denke, ich weiß, was jetzt kommt, also spar dir die Mühe, okay?

Ich war neulich abend emotional etwas angeknackst, und du hast mir wieder auf die Beine geholfen. Wir sind doch beide erwachsen. Wir haben Safe-Sex praktiziert.«

Sie holte tief Luft; sie haßte es, wenn sie so angeschlagen wirkte. »Aber du willst keine feste Beziehung. Keine Verpflichtungen.« Mit ausgebreiteten Armen fügte sie hinzu: »Hey, das ist doch völlig in Ordnung. Ich will es nämlich auch nicht.«

Sie nahm ihre Ohrringe ab und streifte die Schuhe ab, weil sie meinte, diese einfachen, gewöhnlichen Dinge würden sie gelassener und überzeugender wirken lassen.

»Du kannst also aufhören, so dreinzuschauen. Ich werde schon keine Szene machen und ausflippen. Ich habe keinen Vater, der dich mit dem Gewehr vor den Traualtar zwingt. Und ich werde mir auch nicht die Pulsadern aufschneiden, deinen Hasen kochen oder mit einem Schlachtermesser auf dich losgehen. Das wird keine gefährliche Liebschaft für dich.« Sie brachte ein kaltes, steifes und falsches Lächeln zustande. »Also entspann dich, okay?«

»Setz dich, Cat.«

»Warum? Habe ich etwa einen Satz aus deinem sorgfältig einstudierten Monolog ausgelassen?«

»Bitte.«

Sie ließ die Ohrringe auf das Tischchen im Flur fallen, ging ins Wohnzimmer, schaltete eine Tischlampe an und setzte sich im Schneidersitz in die Ecke des Sofas. Sie nahm eines der Kissen und hielt es sich vor die Brust, wie ein Kind es mit einem Teddy machen würde, zum Schutz und Trost.

Alex setzte sich auf den Hocker vor das Sofa, spreizte die Beine und starrte auf den Boden zwischen seinen Füßen. Er sah aus wie ein Verurteilter, der zusieht, wie draußen vor seiner Zelle der Galgen für ihn errichtet wird.

Die Ellenbogen auf den Knien abgestützt, preßte er die Daumen in seine Augenhöhlen und verharrte eine Weile in dieser Pose, ehe er die Hände sinken ließ und Cat anschaute.

»Ich wollte vom ersten Augenblick an mit dir schlafen«, sagte er offen.

Sie trat innerlich einen Schritt zurück. Oberflächlich betrachtet klang es sehr romantisch, aber sie traute diesem Eindruck nicht. »Ich nehme an, ich sollte mich jetzt geschmeichelt fühlen. Aber ich warte darauf, daß das Beil fällt. Was ist es, Alex? Habe ich deine Erwartungen enttäuscht?«

»Sei doch nicht albern.«

Er sprang auf und begann, im Zimmer hin und her zu laufen. Ein weiteres schlechtes Zeichen. Männer taten das nur, wenn sie schlechte Neuigkeiten hatten.

Abrupt blieb er stehen und wandte sich zu ihr. »Hier drin ist eine Menge Müll.« Er tippte sich mit dem Zeigefinger an die Schläfe. »Es ist eine Menge Scheiß passiert, ehe ich meinen Dienst bei der Polizei quittiert habe.«

»Ich weiß bereits von deinem Alkoholproblem.«

»Das war nur die Auswirkung, nicht die Ursache. Ich habe es noch immer nicht ganz geklärt. Ich arbeite dran, aber es wäre nicht fair –«

»Fang jetzt nicht mit diesem Gerede von wegen fair und nicht fair an!« fuhr sie ihn an. »Komm endlich auf den Punkt.«

»Na gut. Klartext. Ich kann mich im Moment nicht auf irgendeine bedeutungsvolle Beziehung einlassen. Ich fand, das solltest du wissen, ehe wir zu weit gehen.«

Für mehrere Momente saß sie so da, das Kissen an die Brust gepreßt. Dann warf sie es zur Seite und sprang mit einem Satz vom Sofa. Sie ging zur Tür und riß sie weit auf.

Er fuhr sich seufzend durchs Haar. »Jetzt bist du sauer.«

»Falsch. Um sauer zu sein, müßte es mir was ausmachen.«

»Warum willst du dann, daß ich gehe?«

»Weil dieses Haus nicht groß genug ist für mich, dich und dein gigantisches Ego. Ihr müßt beide verschwinden. Auf der Stelle!«

»Mach die Tür zu.«

Sie ließ sie ins Schloß krachen. »Wie kannst du dir einbilden, das würde mich treffen? Wie kannst du dir einbilden, unsere gemeinsame Nacht würde mir mehr bedeuten als dir? Wie kommst du eigentlich auf die hirnrissige Idee, ich könnte eine Art von ›bedeutungsvoller Beziehung‹ mit dir eingehen wollen?«

»Ich habe nie gesagt –«

»Junge, von dir könnten sich selbst die aufgeblasenen Prahlaffen in Hollywood noch eine Scheibe abschneiden. Mir ist noch keiner mit derartiger Selbstüberschätzung untergekommen. Hält seine unvollendete Arbeit unter Verschluß, als wär's ein Staatsgeheimnis«, spottete sie. »Du wärst wirklich jemand, wenn dein Schwanz je so groß werden könnte wie dein Kopf.«

»Sehr witzig.«

»Überhaupt nicht. Es ist sehr traurig.«

Allmählich riß Alex der Geduldsfaden. »Ich wollte nur nicht, daß du etwas erwartest, was ich nicht geben kann.«

»Dann hast du ja, was du wolltest, weil ich mir von dir nämlich weniger als nichts erwarte. Es war ein One-Night-Stand. Mehr hat es nicht zu bedeuten.«

»Unsinn.«

»Du hattest deinen Spaß. Ich hatte meinen Spaß.«

»Mehrmals.«

Sie sah rot, fuhr aber fort. »Wir hatten beide, was wir wollten. Ende der Geschichte.«

»Das ist doch purer Schwachsinn, und das weißt du genau«, brüllte er. »Wenn es nichts bedeuten würde, würde ich jetzt nicht hiersein und versuchen, meinen Standpunkt zu erklären, und du würdest nicht gleich an die Decke gehen.«

»Soll das heißen, daß du Frauen normalerweise fickst und ohne ein Wort verläßt?«

»Ja.«

Sie blinzelte und legte eine Hand auf die Brust. »Nun, ich fühle mich geehrt ob Ihrer Rücksicht, Mr. Pierce. Das bin ich wahrhaftig«, lästerte sie.

»Laß den Scheiß, Cat.«

»Geh zum Teufel, Alex.«

Frustriert starrte er sie an und fluchte. Nach einer Weile sagte er: »Wir würden auch nicht diesen Streit haben, wenn ... wenn ...«

»Hör auf, rumzustottern, und sag endlich, was du sagen willst. Es ist ein bißchen spät, um jetzt noch diplomatisch zu sein. Also – wenn was?«

Er kam auf sie zu, bis er ganz dicht vor ihr stand. Er senkte die Stimme zu einem Flüstern. »Wenn es nicht so fantastisch gewesen wäre.«

Ihr Herz raste vor Wut. Sein Tonfall ließ sie vor erwachender Lust zittern. Am liebsten wollte sie ihm die Augen auskratzen und im selben Moment in seinen Armen dahinschmelzen.

»Du hast wirklich ein aufgeblasenes Ego, was?« Sie trat ein paar Schritte zurück. In sicherer Entfernung drehte sie sich wieder zu ihm um. »Erwartest du etwa, daß ich in Ohnmacht falle, wenn du so redest? Für wen hältst du dich? Für einen Helden aus einem deiner scheußlichen und billigen Bücher, die du verzapfst?«

Er schlug sich mit der Faust in die Handfläche. »Meine Güte, hat Arnie diesmal danebengelegen.«

»Dein Agent? Was hat denn der damit zu tun?«

»Er hat mir geraten, ganz offen mit dir zu reden. Er meinte, es wäre das beste, mit dem Problem fertigzuwerden.«

»Du hast mit deinem Agenten besprochen, wie du mit mir ›fertigwirst‹?« Ihre Stimme wurde vor Wut und Ungläubigkeit schrill. »Betrachten Sie Ihr Problem als gelöst, Mr. Pierce. Ich werde Ihnen sogar die Abschiedsworte abnehmen.«

Mit dem Zeigefinger auf seine Brust deutend, sagte sie: »Ruf mich nicht an. Besuch mich nicht zu Hause. Spar dir die Mühe, mich sehen oder mit mir sprechen zu wollen. Du bist ein Arschloch. Du bist nicht mal ein Zehntel so wundervoll, wie du glaubst. Ich will dich nie mehr wiedersehen.«

Sie holte tief Luft, ehe sie ihre letzte Breitseite abfeuerte. »Hast du das kapiert, du verdammter Hurensohn?«

Kapitel 29

Es war Flut, aber Cat saß weit genug von der schäumenden Brandung entfernt. Das Kinn auf die Knie gestützt, die Arme um die Beine geschlungen, hockte sie im Sand und starrte auf den Horizont, wo die Sonne untergegangen war. Der Himmel leuchtete noch immer zinnoberrot, das sich langsam in ein Indigo verfärbte.

Jemanden in ihrer Nähe spürend, drehte sie sich um und sah zu ihrem Erstaunen Dean näher kommen. Er setzte sich neben sie in den Sand.

»Woher wußtest du, daß ich hier bin?«

»Ich habe am Nachmittag in deinem Büro in San Antonio angerufen. Deine Sekretärin hat mir gesagt, daß du dir einige Tage freigenommen hast und in Malibu bist. Wärst du hierhergekommen und wieder abgereist, ohne mir Bescheid zu sagen?«

»Ja«, antwortete sie aufrichtig. »Wir sind nicht gerade freundschaftlich auseinandergegangen.«

Er wirkte schuldbewußt. »Eigentlich hatte ich heute angerufen, um mich zu entschuldigen. Ich habe mich an dem Abend wie ein Vollidiot aufgeführt.«

»Schnee von gestern. Vergiß es.«

Sie spürte, wie er ihr Profil musterte. Er zögerte, dann sagte er: »Sei mir nicht böse, aber du siehst mitgenommen aus. Eigentlich siehst du sogar schauderhaft aus.«

»Na, vielen Dank.«

»Ist er dran schuld?«

»Wer?« Als er nichts darauf sagte, wandte sie den Blick ab. Er reagierte mit einem Stirnrunzeln darauf, daß sie sich taub stellte. Sie schaute wieder hinaus aufs Meer. »Ich war mit ihm im Bett.«

»Das habe ich mir schon gedacht. Also, was ist das Problem? Gibt es eine andere?«

»Er behauptet nein. Ich habe keinen Beweis gesehen, daß es eine andere gibt.«

»Dunkle Flecken in seiner Vergangenheit?«

»Er hat es selber ›Müll‹ genannt, hat es aber nicht weiter ausgeführt. Ich vermute, daß es mit seinem Ausscheiden bei der Polizei zu tun hat. Kurz gesagt: Er hat mir den Hof gemacht, hat dafür gesorgt, daß ich mit ihm ins Bett wollte, aber dann war er nur auf entspannenden Sex aus.«

»Und du fühlst dich noch immer zu ihm hingezogen?«

Cat, die Couragierte, sagte stets die Wahrheit, gleichgültig, wie brutal diese sogar für ihr eigenes Selbstwertgefühl war. »Ich würde lügen, wenn ich nein sage.«

»Verstehe.« Er ging noch einen Schritt weiter. »Liebst du ihn?«

Sie schrie kurz auf, als wäre ihr in den Finger gestochen worden, und ließ den Kopf auf die Knie sinken.

»Ich betrachte das als ein Ja«, meinte Dean. »Weiß er es?«

»Du lieber Himmel, nein. Ich habe die Szene sehr gut gebracht, denke ich. Ich spielte die wilde Furie und habe ihn aus meinem Haus geschmissen. Ich habe ihm sogar mit meiner Lalique-Vase gedroht für den Fall, daß er sich weigert. Ich bezweifle zwar, daß er diese Androhung körperlicher Gewalt ernst genommen hat, aber er ist trotzdem gegangen.«

Sie hob den Kopf und schaute hinaus auf die Wellen, so vertieft in ihr Elend, daß sie die Tränen auf ihren Wangen nicht bemerkte. »Es tut mir leid, Dean. Das muß alles schrecklich schwierig für dich sein. Danke, daß du mir zuhörst.«

Er berührte ihren Mundwinkel, wo sich eine Träne niedergelassen hatte. »Der Kerl ist ein Dummkopf, die Chance auf eine Beziehung mit dir wegzuwerfen. Was kann er denn noch mehr wollen?«

»Ich bezweifle, daß Alex weiß, was er will. Er ist ruhelos und auf der Suche nach etwas.«

»Oder auf der Flucht vor etwas.«

»Möglich. Aber vielleicht ist er auch einfach nur unglaublich eingebildet und selbstsüchtig.«

Obwohl sie es laut aussprach, glaubte sie kaum daran. In

ihrer Liebesnacht war Alex zärtlich und leidenschaftlich gewesen und hatte ebensosehr auf ihre Befriedigung geachtet wie auf seine eigene.

Oder machte sie sich selbst etwas vor, um sich ein wenig Stolz zu bewahren? Wahrscheinlich. Er verstand es, seinen Charme einzusetzen und Frauen zu entwaffnen. Sicherlich bekam er von jeder, was er wollte, und gab ihr gleichzeitig das Gefühl, etwas ganz Besonderes zu sein.

Sie starrte auf die Spitzen ihrer Turnschuhe und dachte an den Moment ihrer ersten Begegnung zurück. Die Chemie zwischen ihnen war sofort spürbar und explosiv gewesen; etwas sehr Intensives, etwas, das sie nie zuvor erlebt hatte.

Allein der Gedanke daran ließ sie schon zittern. »Laß uns reingehen«, sagte sie. »Mir ist kalt.«

Drinnen, am Küchentresen seinen Kaffee nippend, sagte Dean intuitiv: »Da ist noch mehr als nur dieser Krimiautor, was dich bedrückt.«

»Ich konnte noch nie etwas vor dir geheimhalten.«

»Für andere kannst du sehr überzeugend schauspielern, aber ich sehe sofort, wenn du was auf dem Herzen hast. Bereits an dem Abend, als ich in San Antonio war, stimmte etwas nicht. Du hast es zwar abgestritten, aber ich wußte genau, daß du nicht die Wahrheit sagst. Wann wirst du dich mir endlich anvertrauen, Cat?«

Aus der Tasche ihres Sweaters zog sie drei Briefumschläge und schob sie ihm über den Tresen zu. »Das dürfte dich interessieren.«

Er sah sie neugierig an, dann öffnete er die Umschläge und schüttelte den Inhalt heraus. Nachdem er sich jeden der Zeitungsausschnitte mehrmals durchgelesen hatte, schaute er irritiert auf. »Und die sind an deine Privatadresse zugestellt worden?«

»Der erste und der zweite Brief kamen mit einigen Wochen Abstand. Der dritte kam am Tag meiner Abreise.«

Dean betrachtete die Umschläge. »Das gibt nichts her.«

»Außer – daß sie den Poststempel von San Antonio tragen.«

»Drei Transplantationspatienten aus verschiedenen Gegenden des Landes. Drei bizarre Unfalltode. Ein Sturz durch ein Fenster, Ertrinken im Auto und ein Unfall mit einer Motorsäge. Meine Güte...«

»Das hört sich an wie aus einem Film von Brian DePalma, nicht wahr? Gänsehaut garantiert.«

Dean warf die Zeitungsausschnitte auf den Tresen; ihm war anzusehen, wie sehr ihn das anwiderte. »Die hat dir irgendein Irrer geschickt.«

»Ja, mehr steckt wahrscheinlich nicht dahinter.«

»Überzeugt klingst du aber nicht gerade.«

»Bin ich auch nicht.«

»Ich auch nicht«, gab er zu. »Hast du sie sonst noch jemandem gezeigt?«

»Jeff. Die ersten beiden. Vom dritten weiß er nichts.«

»Was hat er dazu gesagt?«

»Im Grunde dasselbe wie du. Daß es sich um einen Irren handelt, der sich einen üblen Scherz erlaubt. Er hat mir geraten, ich solle mir keine Sorgen machen, meinte aber schon im nächsten Satz, daß ich mich an die Polizei wenden sollte, wenn ich noch einen Brief dieser Art erhalte.«

»Und hast du das getan?«

»Nein. Ich hab mich drum gedrückt und auf eine Erklärung gehofft.«

»Ich bin sicher, daß es keinen Grund zur Sorge gibt, Cat. Aber es besteht immer die Möglichkeit, daß ein Irrer, der anonyme Briefe verschickt, auch was Verrückteres unternimmt.«

»Das ist mir klar.« Mehr noch, als ihr angst zu machen, hatten die Briefe Zweifel und Befürchtungen in ihr wiedererweckt, die sie vor langer Zeit begraben hatte.

»Dean«, begann sie zögernd, »du hast mich vor meiner Operation gekannt, vielleicht besser als jeder andere. Du hast die ganze Tortur zusammen mit mir durchlebt. Du warst bei mir, als es mir gutging und als es mir so schlecht ging wie noch nie im Leben.

Und du kennst mich ebensogut seit der Transplantation. Du bist in guten wie in schlechten Zeiten dagewesen. Wenn es also jemanden gibt, der mich beurteilen kann, dann bist du es.«

»Ich höre zu, aber worauf willst du hinaus?«

»Habe ich mich verändert?« Sie sah ihm in die Augen. »Hat mich die Transplantation zu einem anderen Menschen werden lassen?«

»Ja. Vorher hast du im Sterben gelegen. Jetzt bist du am Leben.«

»Das habe ich damit nicht gemeint.«

»Ich weiß, was du gemeint hast«, sagte er und klang ebenso ungehalten wie sie. »Du willst wissen, ob die Transplantation eine Veränderung deiner Persönlichkeit verursacht hat. Was unweigerlich zu der Frage führt: Ist es möglich, daß sich Charaktereigenschaften des Spenders auf den Empfänger via transplantiertem Herzen übertragen? Hab ich recht?«

Sie nickte.

Dean seufzte. »Du denkst doch nicht ernsthaft über diesen Quatsch nach?«

»Ist es denn Quatsch?«

»Eindeutig. Lieber Himmel, Cat. Sei doch vernünftig.«

»Es geschehen die sonderbarsten Dinge, für die es keine wissenschaftliche oder logische Erklärung gibt.«

»Nicht in diesem Fall«, widersprach er ihr. »Du bist eine intelligente Frau und weißt wahrscheinlich mehr über Anatomie als die meisten Medizinstudenten im Einführungssemester. Das Herz ist eine Pumpe, ein mechanisches Teil des menschlichen Körpers. Wenn es beschädigt ist, kann es in vielen Fällen repariert oder ersetzt werden.

Ich habe schon zahllose Herzen während einer Operation offenliegen sehen. Sie sind aus Gewebe gemacht. Sie haben keine kleinen Fächer, in denen Ängste und Hoffnungen, Vorlieben und Abneigungen, Liebe und Haß aufbewahrt werden.

Diese Überlieferung des Herzens als Schatztruhe der Emotionen und Gefühle hat so manchen Dichter inspiriert, aber medizinisch gesehen ist es barer Unsinn.

Trotzdem – wenn dir diese anonymen Briefe solche Sorgen bereiten, daß du die Familie deines Spenders oder deiner Spenderin ausfindig machen möchtest, dann werde ich dir helfen, soweit mir das möglich ist.«

»Ich habe doch unmißverständlich erklärt, daß ich niemals wissen will, von wem mein Herz ist«, erinnerte sie ihn.

Was Dean nicht wußte, war, daß sie am Abend ihrer Operation einen Hinweis aufgeschnappt hatte, woher ihr Herz stammte. Sie wünschte, sie wüßte nicht einmal dieses winzige Detail. Aber wie bei einem Steinchen im Schuh, war sie sich dessen dauernd bewußt. In letzter Zeit war es sogar noch schlimmer geworden.

»Vielleicht sollte ich meine Entscheidung noch mal überdenken«, sagte sie.

Er stand auf und umarmte sie fest. »Ich bin sicher, daß diese Unfälle purer Zufall waren. Jemand erlaubt sich da wirklich einen ganz üblen Scherz mit dir.«

»Das habe ich mir nach dem ersten Brief auch gesagt. Selbst beim zweiten noch. Doch dann war der dritte in der Post. Und da fiel mir etwas auf, was mir bis dahin entgangen war. Offensichtlich ist es dir auch nicht aufgefallen. Auch wenn ich nicht begreife, wie man etwas so Wichtiges übersehen kann.«

Er sah sie verwirrt an. »Was meinst du?«

»Schau dir mal das Datum über den Meldungen an, Dean. Jeder der tödlichen Unfälle geschah am Jahrestag der Herzoperation des jeweiligen Opfers. Und es ist«, fügte sie langsam und leise hinzu, »auch der Jahrestag *meiner* Transplantation.«

Kapitel 30

Alex starrte auf den leeren Bildschirm seines Computers. Der blinkende Cursor rührte sich nicht vom Fleck. Das verdammte Ding hatte sich schon seit Tagen nicht mehr bewegt – seit seinem Streit mit Cat.

Sie hatte die Krallen gezeigt wie eine Wildkatze, dachte er und erinnerte sich dran, wie sie ihn angefaucht hatte und ihm fast das Gesicht zerkratzt hätte. Eine Frau mit ihrem Temperament mochte es gar nicht, manipuliert zu werden, und er hatte sie ganz offensichtlich ins Bett gelockt. Ihre Reaktion darauf war genauso gewesen, wie er es erwartet hatte.

Er rollte den Kopf ein paarmal hin und her und legte die Finger auf die Tastatur, als wäre er nun wirklich bereit, anzufangen.

Doch der Cursor blinkte weiter an ein und derselben Stelle. Er schien ihn zu verhöhnen, ihm spöttisch zuzuzwinkern, höchst amüsiert, daß er an einem besonders schlimmen Fall von Schreibblockade litt.

Seit Tagen schon mühte er sich mit einer Liebesszene – oder besser gesagt: einer Bettszene – herum. Bis jetzt war die Arbeit an seinem neuen Buch recht zügig vorangeschritten. Er hatte sogar gegenüber Arnie damit geprahlt. Der Plot entwickelte sich langsam, aber methodisch. Er hatte den Hintergrund und die Orte seiner Geschichte derart fesselnd und realistisch eingefangen, daß er fast meinte, das Wasser in den Abwasserkanälen seiner düsteren Straßen zu hören. Seine Hauptfiguren wurden nichtsahnend in die bedrohlichsten Situationen geschickt.

Doch urplötzlich und ohne Warnung stellten sie sich quer und sagten alle: »Ich spiele nicht mehr mit.«

Sein Held war nicht länger zu Heldentaten in der Lage und hatte sich in einen Feigling verwandelt. Der Bösewicht war weich geworden. Die Informanten waren verstummt. Die Cops waren desinteressiert und ungeschickt. Die weibliche Hauptfigur...

Alex stützte sich mit den Ellenbogen auf dem Computertisch ab und raufte sich die Haare. Die weibliche Hauptfigur hatte die Meuterei angeführt. Unzufrieden mit der von ihm zugedachten Rolle hatte sich das Biest quergestellt und wollte einfach nicht mehr mitmachen.

Und sie war wirklich nicht auf den Mund gefallen. Außerdem war sie extrem feminin und verletzlich, jedenfalls wesentlich mehr als ursprünglich beabsichtigt. Er hatte das in einem schwachen Moment zugelassen. Jetzt war es zu spät, es noch zu ändern.

Es war an der Zeit, daß sein Held sie eroberte, doch ihre Schlafzimmerszene entwickelte sich nicht so, wie Alex es sich ausgedacht hatte. Irgendwo zwischen seinem Kopf und seinen Fingern waren die kreativen Impulse umgeleitet worden. Und es war nicht er selbst, der die Weichen stellte.

Der Held sollte ihr eigentlich den Rock hochschieben, ihr das Höschen herunterreißen, rein, kommen und wieder raus, worauf sie einen Schreianfall kriegen und drohen sollte, ihm ihren Freund, den Bösewicht der Geschichte, auf den Hals zu hetzen.

Der abgebrühte und sarkastische Held sollte daraufhin ihren Tobsuchtsanfall mit gleicher Münze zurückzahlen und sie einfach in diesem miesen kleinen Motelzimmer zurücklassen.

Doch jedesmal, wenn sich Alex an dieser Szene versuchte, geriet sie ihm anders als beabsichtigt. Der Held schob die Hand sanft unter ihren Rock. Anstatt ihr das Höschen vom Leib zu reißen, ließ er die Finger hineingleiten. Sie zu berühren, brachte den armen Kerl fast um den Verstand. Er liebkoste sie, bis sie bereit und feucht war, und erst dann streifte er ihr sanft das Höschen ab.

Und als er in sie eindrang, wurde es keine schnelle Nummer. Auch sie war ganz anders als erwartet, nämlich weicher, süßer, enger. Er scherte sich überhaupt nicht um Alex' Anweisung, sie zu bumsen und basta.

Verwirrt von seinen Emotionen und entgegen seinen Gewohnheiten, richtete sich der Held auf und sah ihr ins Gesicht. Eine einzelne Träne rann ihr über die Wange. Er fragte, was los sei. Tat er ihr weh?

Ihr weh tun? schrie eine Stimme in Alex' Kopf. *Was soll das denn? Es ist ihm scheißegal, ob er ihr weh tut oder nicht, Menschenskind.*

Nein, er tue ihr nicht weh, sagte sie. Nur wenn er ihrem Freund, dem Bösewicht, etwas erzähle, dann werde der ihr weh tun. Er mißbrauche sie ständig, sagte sie. Glaubte er denn, sie würde mit so einem Kotzbrocken wie diesem Kerl zusammensein, wenn sie eine Wahl hätte? Nein. Die Umstände zwangen sie dazu, bei ihm zu bleiben.

Das ist doch Scheiße! schrie es in Alex. *Sie ist eine Rumtreiberin. Siehst du das denn nicht, Schwachkopf? Sie nimmt dich hops. Du läßt dich von ihr verscheißern.*

Der Held schaute tief in ihre blauen Augen und versank mehr und mehr in ihrer seidigen Hitze, atmete den Duft ihres welligen roten Haars ein…

Moment mal.

Sie sollte doch eine Blondine sein. Eine unechte Blondine. Das stand so auf Seite zehn. Was war denn bitte schön zwischen Seite zehn und hundert passiert, daß sie nun auf einmal eine völlig andere Haarfarbe und ein gänzlich anderes Wesen hatte? Und seit wann benutzte er Worte wie seidig? Seit ihm seine eigene Geschichte aus den Händen geglitten war.

Der Cursor blinkte weiter, ohne sich von der Stelle zu bewegen.

Alex schob den Stuhl zurück und stand auf. Seine Finger verweigerten ihren Dienst, Schluß, aus. Hey, so was konnte passieren. Selbst den besten Autoren. Sogar Pulitzerpreisträger hatten hin und wieder mal eine Schreibblockade.

Auf seinem Weg zum Fenster fiel Alex' Blick auf die fast leere Flasche Whiskey im Regal. Sie schien ihn auszulachen.

Als er Cats Haus verlassen hatte, war sie außer sich vor Wut gewesen und hatte sogar damit gedroht, ihm eine Vase an den Kopf zu werfen. Da er einsah, daß ihr Zorn nicht ganz unberechtigt war, hatte er sich auf den Weg gemacht und war schnurstracks zu einem Schnapsladen gefahren.

Der erste Schluck hatte widerlich geschmeckt. Der zweite ging schon leichter runter. Der dritte und vierte sogar noch leichter. An die darauf folgenden erinnerte er sich nicht mehr. Er wußte nur noch, daß er schlimm gewürgt hatte, wenn er auch nicht mehr wußte, wo das gewesen war.

Beim Morgengrauen war er aufgewacht, weil seine Blase zu zerplatzen drohte. Seine Schnapsfahne hätte selbst einen Elefanten in die Knie gezwungen. Er war gräßlich verkatert und erinnerte sich beim besten Willen nicht, wie er auf den Parkplatz vor dem Supermarkt gekommen war. Er betrachtete es lediglich als Zufall, daß er es heil überstanden und niemanden während der Fahrt verletzt hatte.

Niemand hatte die Polizei benachrichtigt, daß ein Betrunkener in einem Wagen seinen Rausch ausschlief, gleich neben dem Rückgabestand für die Einkaufswagen. Und er konnte von Glück reden, daß er Brieftasche und Auto noch hatte.

Er fuhr nach Hause, pinkelte ein oder zwei Liter, duschte und rasierte sich, ehe er dann Aspirin schluckte, bis das schreckliche Dröhnen in seinem Kopf nachließ.

Er las sich erneut die Broschüre durch, die man ihm beim Verlassen der Entzugsklinik mitgegeben hatte, und sprach mehrmals sein AA-Gebet. Er wollte gerade den Rest des Whiskeys in die Toilette kippen, als er sich entschied, ihn aufzuheben, als Erinnerung daran, daß er nach wie vor Alkoholiker war, daß ein Drink möglicherweise tödliche Folgen hatte und daß sich am Grund einer Flasche keine Antworten fanden. Wenn, dann hätte er seine Dämonen schon vor langer Zeit besiegen können.

Er hatte einen ganzen Ozean an Alkohol in sich hineingeschüttet auf der Suche nach den Gründen für all den Scheiß, der geschehen war. Seine Gebete an die himmlischen Mächte waren gewöhnlich in Frageform erfolgt. »Warum hast du es plötzlich auf mich, Alex Pierce, abgesehen? Habe ich etwas falsch gemacht? Habe ich etwas nicht getan, was ich hätte tun sollen?« Er zahlte seine Steuern, spendete regelmäßig an die Heilsarmee und war nett zu alten Leuten.

Und wenn es um den besagten Vorfall am vierten Juli ging... dann würde er mindestens tausendmal sagen, wie leid es ihm tat. Er könnte sich keine größeren Vorwürfe deswegen machen. Er hatte getan, was er hatte tun müssen.

Doch offensichtlich hatten ihm die himmlischen Mächte seine Beweggründe ebensowenig abgenommen wie seine Vorgesetzten im Police Department. Mit dem Gefühl, von Gott persönlich im Stich gelassen worden zu sein, begann er unter dem Streß zusammenzubrechen. Seine Laune war schlimm geworden, sein Blick auf das Leben sogar noch finsterer. Der Alkohol war sein einziger Freund geworden.

Nun war Arnie sein einziger Freund.

Arnie. In diesem Augenblick wäre er ihm am liebsten an die Gurgel gegangen. Sein Agent hatte ihm den gutgemeinten

Rat gegeben, sich mit Cat offen auszusprechen. Und was hatte er davon? Es hätte nicht viel gefehlt, und er hätte eine Vase an den Kopf gekriegt. Egal, was die Frauen auch immer behaupten mochten, dachte er grimmig, sie wollten gar keine wirkliche Aufrichtigkeit in einer Beziehung.

Wäre es nicht für sie beide einfacher gewesen, wenn er einfach weiter mit ihr ins Bett gegangen wäre, das Vergnügen ausgenutzt und den Rest dem Schicksal überlassen hätte? Aber dann wäre er, wie Arnie betont hatte, einfach nur ein Arschloch gewesen.

Fluchend preßte er die Stirn gegen den Fensterrahmen. Wegen Cat konnte er nicht essen, nicht schlafen, nicht arbeiten. Er hatte Angst, sich damit auseinanderzusetzen, weshalb sie solch einen Einfluß auf ihn hatte. Er mißtraute seinen Instinkten. Je mehr er versuchte, den Dingen auf den Grund zu gehen, desto komplizierter wurde alles.

Nur eines war sicher: Seit seinem Streit mit Cat hatte er keinen einzigen brauchbaren Satz mehr geschrieben.

Wenn nur der Sex mit ihr nicht so verdammt gut gewesen wäre.

Aber es war besser als gut gewesen.

Das war es, womit er nicht leben konnte. Das war es, was ihn quälte und seinen Roman zu Schund verwandelte.

Entschlossen, seine Situation wieder in den Griff zu bekommen, ehe er gezwungen war, den Vorschuß an den Verlag zurückzuzahlen, setzte er sich wieder an den Computer.

Da sich die Szene nicht so, wie von ihm ursprünglich entworfen, entwickelte, würde er den Dingen einfach ihren Lauf lassen und sehen, was dabei herauskam. Was konnte es schon schaden? Er meißelte ja nicht jedes Wort in Stein. Die Seiten würden immer noch redigiert werden können. Was sehr wahrscheinlich auch gemacht werden würde.

»Ach, zum Teufel«, murmelte er und begann, in seiner flinken Zweifingermethode auf die Tasten einzuhacken.

Nach einer Stunde pausenlosen Schreibens hatte er fünf Seiten gefüllt.

Und sie mußten gut sein, dachte er.

Mit seiner Erektion hätte er glatt Nägel in die Wand schlagen können.

Kapitel 31

»Du siehst richtig erholt aus.« Sherry Parks setzte sich auf den Stuhl vor Cats Schreibtisch.

»Nicht wahr?« Jeff nahm auf dem anderen Stuhl Platz. »Der Urlaub war schon lange mal überfällig.«

»Es war wirklich eine großartige Zeit«, sagte Cat. »Hab nach Lust und Laune gegessen, unverschämt lange geschlafen und endlose Spaziergänge am Strand unternommen. Kurz gesagt: Ich habe gelebt wie ein Faultier.«

»Nicht ganz«, sagte Sherry. »Ein Strandspaziergang kann echt anstrengend sein.«

»Na ja, für mich war es schon anstrengend, mich dafür zurechtzumachen. Die meisten Menschen ziehen sich aus, wenn sie an den Strand gehen. Ich muß jeden Zentimeter Haut bedecken.« Wegen der Medikamente, die sie nahm, war sie besonders empfindlich gegen Sonnenstrahlen.

Sie schlug den Ordner auf, den Jeff auf ihren Schreibtisch gelegt hatte. Das Foto darin ließ sie aufmerken. »Oh! Was für ein hübsches Kind!«

»Nicht wahr?« pflichtete Sherry ihr bei. »Das ist Michael. Drei Jahre alt. In dieser Woche kam er zu einer Pflegefamilie.«

»Unter welchen Umständen?« fragte Cat.

»Sein Vater ist ein echter Charmebolzen«, sagte Sherry sarkastisch. »George Murphy. Angeblich Bauarbeiter, aber nie lange irgendwo beschäftigt. Streitsüchtig und vermutlich Drogen. Er wird ständig gefeuert. Die Familie lebt von Arbeitslosen- oder Sozialhilfe und dem bißchen, was Michaels Mutter beisteuern kann.«

»Mißhandelt er den Jungen?«

»Laut Aussagen der Nachbarn, ja. Sie haben schon mehrmals die Polizei gerufen, weil er seine Frau verprügelt hat. Er ist verhaftet, aber nie vor Gericht gestellt worden. Ganz offensichtlich hat sie Angst vor ihm«, erklärte Sherry.

»Letzten Monat hat die Sachbearbeiterin von der Fürsorge Michael für mehrere Tage abgeholt, dann aber zur Mutter zurückgebracht, als Mr. Murphy wegen Drogenbesitzes verhaftet wurde. Unglücklicherweise wurde er mangels Beweisen wieder auf freien Fuß gesetzt.«

»Also ist er mit einem blauen Auge davongekommen«, meinte Cat.

»Hat aber seine Lektion nicht gelernt. Seine Wutausbrüche wurden immer schlimmer und kamen immer häufiger vor. Sie waren aber nicht mehr nur gegen seine Frau gerichtet, sondern immer häufiger gegen den Jungen.

Letzte Woche erlitt Michael einen angeblichen ›Sturz‹. Er wurde in der Notaufnahme geröntgt, aber wieder entlassen, weil nichts gebrochen war. Vorgestern brachte ihn seine Mutter erneut ins Krankenhaus. Mr. Murphy hatte ihn gegen die Wand gestoßen. Michael war zu benebelt, um auch nur zu weinen. Seine Mutter hatte Angst, er habe sich eine Verletzung am Gehirn zugezogen.«

»Und?«

»Nein, es war nur eine leichte Gehirnerschütterung. Die Ärzte behielten ihn über Nacht zur Beobachtung da. Gestern wurde er entlassen und zu einer Pflegefamilie gegeben.«

»Wie geht es ihm jetzt?«

»Er weint nach seiner Mutter, aber ansonsten ist er wohlauf. Eigentlich ist er zu lieb und zu still. Er verfügt praktisch über keinerlei Fähigkeit zur Kommunikation. Er zeigte seiner Pflegemutter, daß er gern eine Banane zu seinem Frühstücksmüsli haben würde, wußte aber das Wort nicht.«

»Lieber Himmel«, flüsterte Jeff.

»Dieses Kind ist vom Vater so sehr verängstigt worden, daß es nicht einmal wagt zu sprechen«, sagte Sherry traurig.

Cat schaute auf das Foto. Der Junge hatte dunkles, lockiges Haar, große, ausdrucksvolle blaue Augen, lange Wimpern und einen lieben Mund. Er war so ein hübscher Kerl, daß man ihn – anders zurechtgemacht – auch für ein Mädchen hätte halten können.

Cat mochte alle Kinder, ungeachtet ihrer Hautfarbe, ihres Alters oder Geschlechts. Sie kam sogar mit den schwierigen Fällen klar. Das Verhalten eines Kindes – zumal schlechtes – war für gewöhnlich ein Barometer des Ausmaßes an Mißhandlung, dem es ausgesetzt gewesen war. Die Geschichten dieser Kinder berührten sie, machten sie wütend, und manchmal schämte sie sich, ebenfalls zur menschlichen Rasse zu gehören, die den eigenen Kindern solches Elend zufügte.

Doch dieser Junge faszinierte sie auf eine ganz besondere, unerklärliche Weise. Sie konnte kaum den Blick von dem Foto abwenden.

»Ich wollte, daß du dir diese Akte mal ansiehst«, sagte Sherry, »weil ich glaube, daß wir ihn vielleicht in *Cats Kids* kriegen. Seine Mutter scheint ihn zu lieben, aber sie hat Angst vor Murphy. Ich fürchte, sie würde sich nicht mal mit ihm anlegen, um Michael zu schützen. Gott allein weiß, welchen Mißhandlungen der Kleine ausgesetzt ist. Ich kenne Typen wie diesen Murphy, und glaub mir, der sieht ganz so aus, als wäre er in der Lage, jemandem körperlich und emotional weh zu tun.

Wie dem auch sei, diesmal werden sie gemeinsam angeklagt wegen Mißhandlung eines Minderjährigen. Ihr Anwalt, ein überarbeiteter, unterbezahlter Pflichtverteidiger, versucht bereits alles, um einen Prozeß durch ein Geständnis im minderschweren Fall zu umgehen.«

»Also vermute ich mal«, sagte Jeff, »daß die beiden sich für eine Bagatelle für schuldig erklären werden und dafür das Sorgerecht für Michael verlieren.«

Das war nichts Ungewöhnliches. Manche Eltern gaben tatsächlich ihre Kinder auf, um ihre Haftstrafe zu reduzieren. So schockierend diese Praxis auch war – für die Kinder war es mitunter besser, auf Dauer von ihren Eltern, die sich nicht um sie kümmerten, wegzukommen.

»Damit liegst du sehr wahrscheinlich richtig«, sagte Sherry. »Murphy wird die Chance ergreifen, den Jungen loszuwerden. Wenn man bedenkt, wie überfüllt die Gefängnisse sind, wird er wahrscheinlich nur einen Bruchteil seiner Haftstrafe auch tatsächlich absitzen müssen. Vielleicht muß er sie gar nicht mal antreten. In jedem Fall wird es ein guter Deal für ihn.«

»Aber tragisch für Michaels Mutter«, sagte Cat.

Wäre es ihr Junge, würde sie jeden umbringen, der versuchen würde, ihn ihr wegzunehmen. Doch sie richtete nicht über die andere Frau. Angst war eine starke Motivation. Ebenso wie Liebe.

Sie sagte: »Wenn sie ihren Jungen so sehr liebt, wie du sagst, gibt sie ihn vielleicht sogar her, um ihn vor Murphy zu beschützen.«

»Auf lange Sicht gesehen, wäre das sogar das beste für Michael«, sagte Sherry. »*Cats Kids* wird ein liebevolles Zuhause für ihn finden. In der Zwischenzeit muß er lernen, mit anderen Kindern zurechtzukommen. Also dachte ich, du hast sicher nichts dagegen, wenn ich ihn zum Picknick mitbringe.«

Cat schaute überrascht auf. »Picknick?«

Jeff räusperte sich und lächelte verlegen. »Ich wollte damit warten, es dir zu sagen, bis du zurück bist.«

Cat wartete auf eine Erklärung.

»Nancy Webster hat einen echten Fimmel. Während du weggewesen bist, hat sie mich mindestens ein dutzendmal angerufen. Hat Mr. Webster dir nicht gesagt, daß sie zur Dampfwalze wird, wenn sie sich um etwas kümmern soll?«

»So was in der Art, ja.«

»Tja, er kennt seine Frau gut. Sie meinte, eine große Spendenaktion zu organisieren, würde Monate dauern. Also hat sie in der Zwischenzeit schon mal eine kleine Aktion auf die Beine gestellt, zu der sie aussichtsreiche Spender eingeladen hat. Am Wochenende.«

»Am kommenden Wochenende?«

»Ich hab sie gefragt, weshalb die Eile«, sagte Jeff. »Daraufhin erklärte sie mir, daß gesellschaftlich an diesem Wochenende nichts anläge. In den kommenden Wochen sei jedoch alles ausgebucht. Also, entweder jetzt oder nie.«

Cat holte tief Luft. »Willkommen daheim auf der Sklavengaleere, Ms. Delaney...«

»Na ja, eigentlich gibt es für dich dabei so gut wie nichts zu tun, außer dich am Samstag blicken zu lassen«, sagte Jeff. »Sie hat bereits die Medien benachrichtigt. Und Sherry hat meinen Hilferuf erhört und sich darum gekümmert, daß die Kids erscheinen.«

»Auch die bereits adoptierten?« fragte Cat. »Ich finde, wir sollten auch unsere Erfolgsstories dabeihaben. Besonders angesichts der negativen Presse, die uns Truitt nach Chantals Tod verpaßt hat.«

»Daran haben Jeff und ich bereits gedacht«, sagte Sherry. »Wir haben Pflegefamilien eingeladen, Adoptionsanwärter und jeden, der interessiert sein könnte. Mrs. Webster meinte, die Zahl der Gäste sei nicht begrenzt und wir könnten so viele einladen, wie wir wollten, sollten ihr aber am

Donnerstag Bescheid geben, wie viele es ungefähr werden, damit sie die Organisatoren für das Picknick benachrichtigen kann.«

»Ein Organisator für ein Picknick?«

»Großes Grillfest mit allem Drum und Dran«, sagte Jeff. »Girlanden und Live-Musik.«

»Live-Musik?«

»Eine Country-&-Western-Tanzkapelle aus Austin«, sagte Jeff. Dann fügte er feierlich hinzu: »Und vielleicht kommt sogar Willie Nelson auf einen Sprung vorbei, auch wenn er es nicht fest zusagen konnte.«

»Willie Nelson? Du machst Witze?«

»Nein.«

»Und sie hat das alles für das kommende Wochenende organisiert?«

»Ich sag dir, wenn sie statt Norman Schwarzkopf die Einsatzleitung beim Golfkrieg gehabt hätte, wäre die Sache in der Hälfte der Zeit über die Bühne gegangen.«

Sherry erhob sich. »Ich für meinen Teil kann's kaum erwarten. Mit wem ich auch gesprochen habe – alle sind schon ganz aufgeregt. Und ich hatte schon immer eine Schwäche für Willie Nelson.«

Als Sherry gegangen war, erzählte Jeff Cat die restlichen Einzelheiten. »Wie ich schon gesagt habe – für dich ist so gut wie nichts mehr zu tun.«

»Was, wenn ich meinen Urlaub um ein paar Tage verlängert hätte? Dann hätte ich es verpaßt.«

»Auch dafür hatte Nancy vorgesorgt. Sie hätte dich mit einer Privatmaschine einfliegen lassen.«

»Mit Geld läßt sich alles machen, was?«

»Und ob.« Jeff stopfte sich die Unterlagen unter den Arm und stand von seinem Stuhl auf. »Du siehst besser aus, Boß. Das war vorhin keine Schmeichelei.«

»Danke. Ich habe viel nachgedacht, aber die meiste Zeit

habe ich mich ausgeruht.« Sie zögerte, ihm vom dritten anonymen Brief mit Zeitungsausschnitt zu erzählen, fand aber, daß er – da er es ohnehin schon wußte – auch das wissen sollte.

Er brachte seinen Ärger zum Ausdruck. »Wer, zum Teufel, ist denn dieser Wahnsinnige?«

»Ich habe nicht die geringste Ahnung. Auch Dean kann sich keinen Reim drauf machen.«

»Hast du schon mit Mr. Webster drüber gesprochen?«

»Nein, aber das werde ich bald tun. Wenn irgend so ein Knallkopf hier reinkommt und um sich schießt, sollte Bill besser vorgewarnt sein. Die Sicherheit im Sender könnte bedroht sein.«

»Ich bezweifle, daß es dazu kommen wird.«

»Ich auch. Ich glaube, daß dieses Individuum sehr viel subtiler vorgehen würde.« Sie erzählte ihm auch von den Daten der Unfälle. »Es war wie ein Puzzle, das ich lösen sollte.«

»Und wann war dein –?«

»Der vierte Jahrestag meiner Transplantation ist in wenigen Wochen.«

»Himmel, Cat! Das hat jetzt nichts mehr mit Rätseln zu tun. Diese Zeitungsschnipsel könnten echte Drohungen sein. Meinst du nicht, daß es an der Zeit ist, zur Polizei zu gehen?«

»Dean hat es mir dringend angeraten. Aber was kann die Polizei denn schon tun? Wir wissen doch gar nicht, wer hinter diesen Briefen steckt.«

»Aber es gibt doch sicher etwas, was unternommen werden kann.«

»Ich habe auf dem Flug lange nachgedacht. Kann ich auf deine Hilfe zählen?«

»Da fragst du noch?«

»Danke. Ruf in den Archiven dieser Zeitungen an und

erkundige dich, ob sie weitere Ausgaben mit ähnlichen Artikeln haben. Wenn es noch andere Meldungen und Berichte zu diesen Unfällen und den Opfern gibt, dann möchte ich sie lesen.«

»Suchst du nach etwas Bestimmtem?«

»Nein. Ich möchte nur wissen, ob es polizeiliche Untersuchungen hinsichtlich der Todesursachen der Opfer gegeben hat. Oder ob es irgendwelche Porträts der Opfer gibt. So was in der Art.«

Er war noch hübscher, als Cat ihn in Erinnerung hatte. Als sie ihn sah, verschlug es ihr für einen Moment den Atem. Sein lockiges Haar war dunkel und entzückend ungebändigt. Er trug Jeans und ein Westernhemd. Seine Cowboystiefel sahen nagelneu aus.

Cat ging vor ihm in die Hocke. Er hatte den rechten Zeigefinger im Mundwinkel. »Hallo, Michael. Ich bin Cat. Ich freue mich sehr, daß du heute kommen konntest.«

Sherry hielt den Jungen an der Hand. »Er freut sich, hierzusein. Seine Pflegemutter hat es mir erzählt.«

Über ihm schüttelte Sherry nur traurig den Kopf, womit sie Cat signalisierte, daß Michael nicht sehr gut mit den anderen Kindern auskam. Er schien überwältigt von dem Lärm der anderen zu sein.

»Dies ist die Dame, die dir die neuen Sachen geschickt hat, Michael«, sagte Sherry. »Bedank dich bei ihr.«

Er starrte zu Boden.

»Macht nichts«, sagte Cat. »Du kannst mir später danken. Ich habe noch keinen Hot dog gegessen. Du?«

Er hob den Kopf und schaute sie aus leeren blauen Augen an, die nicht verrieten, ob er sie verstand.

»Komm, wir gehen uns einen holen, wollen wir?« Sie streckte ihm die Hand hin. Michael überlegte lange, ehe er den Finger aus dem Mund nahm und Cats Hand ergriff.

Sie lächelte Sherry zu und kreuzte die Finger. »Wir sehen uns später.«

Cat paßte sich Michaels langsamem Gang an. »Deine Stiefel gefallen mir«, sagte sie. »Die sind genauso rot wie meine. Siehst du?«

Sie blieb stehen und deutete auf ihre Cowboystiefel. Sie hatte sie in einer Boutique auf dem Rodeo Drive in Beverly Hills gekauft, aber Michael würde den Unterschied nicht erkennen.

Er musterte die Ähnlichkeit ihrer Stiefel, hob den Kopf und blinzelte. Es war nicht ganz ein Lächeln, aber es war immerhin eine Reaktion. Cat nahm das als ermutigendes Zeichen und drückte seine Hand. »Wir werden noch gute Freunde, wirst schon sehen.«

Das Picknick fand auf dem Anwesen der Websters statt. Die Band spielte in einem viktorianischen Pavillon am Ufer eines Sees, auf dem Enten nach den Brotkrumen schnappten, mit denen die Kinder sie fütterten. Die Luft war erfüllt vom Geruch eines großen Grills. Picknicktische mit rotweißen Tischtüchern waren unter den Bäumen aufgestellt worden.

Jongleure, Pantomimen und Clowns trieben ihre Künste und Späße und verteilten Luftballons und Süßigkeiten unter den Gästen. Drei Spieler der Dallas Cowboys verschenkten handsignierte Spielzeug-Footbälle. Zwei Spieler aus dem Basketballteam der San Antonio Spurs überragten alle anderen.

Cat und Michael setzten sich mit ihren Tellern an einen der Tische. Während sie ihre Hot dogs aßen, plauderte sie mit ihm. Aber er sagte kein einziges Wort, nicht einmal, als sie ihm Jeff vorstellte, der sehr gut mit Kindern umgehen konnte. Mehrere Kinder hingen an ihm, als sie zum See gingen.

Michael wurde eingeladen, mitzukommen und die Enten

zu füttern, aber er war zu schüchtern. Cat drängte ihn nicht. Aber sie sah, daß er sich für etwas anderes interessierte.

Sie folgte der Richtung seines Blicks. »Oh, du bist also ein Pferdenarr. Möchtest du reiten?«

Er starrte sie versonnen an, doch in seinen Augen blitzte ein Funken von Neugierde, den sie bislang noch nicht gesehen hatte.

»Komm, wir gehen es uns mal anschauen.«

Sie wischte ihm Gesicht und Hände mit einer Serviette ab, nahm ihn dann bei der Hand, die er ihr bereitwillig gab, und ging mit ihm zur provisorischen Manege, wo vier Ponys im Kreis herumliefen.

Dort angekommen, spürte sie Michaels Zögern, und so gab sie ihm Zeit, darüber nachzudenken. Sie sahen den Ponys bei ihrem Rundgang zu. Nachdem die dritte Vierergruppe Kinder von den Ponys heruntergehoben worden waren, schaute Michael fragend zu ihr auf.

»Möchtest du?« Er nickte. »Dann los, Cowboy.« Sie führte ihn in die Manege. Er suchte sich das kleinste Pony aus. »Das ist auch mein Lieblingspony«, flüsterte sie ihm vertraulich zu. »Es hat die hübscheste Mähne und den längsten Schweif. Und ich glaube, es mag dich auch am liebsten.«

Michael lächelte schüchtern, und ihr Herz schwoll vor Stolz.

Ein Mann in Cowboykleidung half den anderen Kindern in den Sattel, und so beugte sich Cat hinunter, um Michael beim Aufsitzen zu helfen.

»Laß mich. Er ist wahrscheinlich schwerer, als er aussieht.«

Zwei Hände schoben sie beiseite; Hände, die sie nur zu gut kannte. Ohne Mühe hob Alex das Kind in den Sattel.

»Und auf geht's! Hier sind die Zügel. Du mußt sie so halten.« Er faltete Michaels Finger um die ledernen Riemen, dann plazierte er seine Händchen auf dem Sattelknauf. »Sag mal, Partner, ich glaube, du sitzt nicht zum erstenmal im Sattel, hab ich recht? Du bist ja der geborene Cowboy.« Er gab Michael einen freundschaftlichen Klaps auf den Rücken.

»Alles klar hier?« Der Ponyführer überprüfte, ob Michael sicher im Sattel saß.

Cat legte eine Hand auf den Oberschenkel des Jungen. »Michael? Bist du fertig?«

Er klammerte sich mit aller Kraft an den Sattelknauf, nickte aber.

»Ich bin dort drüben«, sagte sie. »Ich passe auf dich auf. Ich gehe nicht weg, keine Angst.«

Sie stellte sich an den Rand, so daß sie Michael gut sehen konnte, und winkte ihm zu. Der »Cowboy« schnalzte laut, und die vier Ponys trotteten los.

Auf dem Gesicht des Jungen spiegelte sich grenzenloser Schrecken wider, doch dieser verging rasch. Aus den Augenwinkeln schaute er nervös zu Cat, traute sich nicht, den Kopf zu drehen. Sie lächelte ihm aufmunternd zu und behielt ihn weiterhin im Auge, als Alex sich neben sie stellte.

»Netter Junge.«

»Was machst du hier, Alex?«

»Man hat mich eingeladen.«

»Du hättest nicht kommen müssen.«

»Wollte ich aber, weil ich für *Cats Kids* spenden will.«

»Ich bitte dich ...«

»Die reine Wahrheit.«

»Warum hast du dann nicht einfach einen Scheck geschickt?«

»Weil ich dich sehen wollte.«

Sie drehte sich zu ihm hin und schaute ihm in die Augen – was ein Fehler war, weil er unverschämt gut aussah. Und die Eindringlichkeit seines Blicks ließ Erinnerungen in ihr wach werden, die ebenso wunderschön wie erschütternd waren.

Sie schaute wieder zu Michael und winkte ihm zu, als er an ihr vorbeikam. »Dann hast du leider deine Zeit vergeudet. Erinnerst du dich nicht mehr, was ich dir gesagt habe?«

»Du hast gesagt, daß ich mich verpissen soll.«

Sie lachte kurz auf. »Ich denke nicht, daß ich es so ausgedrückt habe, aber es war mehr oder weniger das, was ich gemeint habe.«

»Ich habe wie ein Blöder versucht, dich zu erreichen. Wo bist du gewesen?«

»In Kalifornien.«

»Um dich an Doktors Schulter auszuweinen?«

»Dean ist ein Mensch, dem ich vertraue.«

»Wie rührend.«

»Zumindest weiß ich bei ihm ganz genau, woran ich bin.«

»Nicht nur du. Ich auch. Du fühlst dich ihm verpflichtet. Und der Pillendealer nutzt das aus.«

»Dean ist kein Pillendealer, und mein Verhältnis zu ihm –«

Einige Leute beobachteten sie, manche mit einem wissenden Lächeln. Jene, die auf Nancys Dinnerparty gewesen waren, zu der sie Alex mitgebracht hatte, vermuteten eine heiße Romanze zwischen ihnen.

Weil sie kein Aufsehen erregen wollte, lächelte sie und wandte sich wieder Michael zu, der schon mutig genug geworden war, dem Pony die Hacken in die Flanken zu knuffen, wie es der größere Junge auf dem Pony vor ihm tat.

»Laß mich in Ruhe, Alex«, sagte sie leise, aber entschieden. »Du hast deine Position klargemacht, und ich auch. Wir beide haben uns nichts mehr zu sagen.«

»Ich fürchte, so einfach ist das nicht, Cat. Charlie und Irene Walters wollen dich unbedingt kennenlernen, und sie werden jeden Moment eintreffen. Sie haben geschworen, nie wieder auch nur ein Wort mit mir zu reden, wenn ich sie nicht persönlich mit dir bekannt mache.« Er kam einen

Schritt näher. »Es war toll von dir, anzurufen und sie einzuladen.«

»Da unser erstes Treffen danebenging, dachte ich, ich sollte ihnen eine persönliche Einladung zukommen lassen.«

»Sie sagten auch, daß jemand von der Behörde angerufen und einen neuen Termin vereinbart hat. War das auch dein Werk?«

»Sherrys Meinung nach waren sie perfekte Anwärter für eine Adoption, und deshalb war sie enttäuscht, als ich ihr von dem geplatzten Termin erzählte. Ich bin sicher, daß sie sich drum gekümmert hat.«

»Aber du hast ein gutes Wort für die beiden eingelegt.«

Sie zuckte mit den Achseln.

»Danke.«

Sie drehte sich wieder zu ihm hin, ihre Wut war kaum zu verbergen. »Es steht dir nicht an, mir zu danken. Ich habe es nicht für dich getan, sondern einzig und allein für Mr. und Mrs. Walters. Wie du selber an dem Morgen sagtest, als wir uns zum ersten Mal begegnet sind: Ich sollte sie nicht nach den Menschen in ihrer Umgebung beurteilen. Ich werde mich wirklich freuen, sie zu begrüßen, wenn sie gleich kommen, aber mach du dich besser rar. Und wenn du mich jetzt bitte entschuldigen würdest – ich muß mich wieder um Michael kümmern.«

Sie schob sich an Alex vorbei und ging zu den Ponys.

Kapitel 32

Alex ließ sie gehen. Er wußte um Cats Position, vor allem bei diesem Fest. Sie repräsentierte *Cats Kids* und umgekehrt. Alles, was sie sagte und tat, wirkte sich auf die Sendung aus.

Er wollte nicht der Grund für irgendeine Art von negativer Publicity sein, also tat er so, als wäre er bereit, ihr Gespräch zu beenden. Er brachte sogar ein Lächeln zustande für jene, die ihnen vielleicht zugesehen hatten.

Kaum hatte Cat mit Michael die Ponykoppel verlassen, rief Nancy Webster sie zum Gartenhäuschen, wo sich eine Menschenmenge versammelt hatte. Alex schnappte die Kunde auf: Willie Nelson war eingetroffen.

Der legendäre Countrystar sang einige Songs. Cat, als Hauptperson der Feier, durfte oben bei der Band auf der Bühne sitzen. Sie hielt Michael auf dem Schoß und ermunterte ihn sogar dazu, bei den Liedern mitzuklatschen. Sie hatte ihn noch immer auf dem Arm, als sie für eine kurze Begrüßung ans Mikrophon trat und dann die Anwesenden aufforderte, kräftig für die notleidenden Kinder zu spenden.

Nach dem kurzen Konzert stand sie noch eine Weile mit dem Countrysänger zusammen und plauderte mit ihm. Jedesmal, wenn sie über etwas lachte, verspürte Alex, wie sich sein Magen in untypischer Eifersucht verkrampfte. Schließlich brach der Sänger mit seiner wilden Band wieder auf, die, wie Alex fand, eher der Mannschaft einer Ölbohrinsel nach zwei Wochen Schicht glich.

Etwa zum selben Zeitpunkt fiel Alex auf, daß sich Michael mit einer Hand den Unterleib hielt und von einem Fuß auf den anderen trat. Cat beugte sich zu ihm herab und flüsterte ihm etwas zu. Er nickte. Hand in Hand gingen sie zum Haus und betraten es durch den Vordereingang.

Alex folgte ihnen. Abseits möglicher Zuhörer würden sie sich vielleicht doch noch vertragen können. Und wenn nicht, dann würde er zumindest versuchen, ihr das Versprechen abzuringen, sich zu einem späteren Zeitpunkt mit ihm zu treffen. Sie mochte ja glauben, ihre kurze Beziehung sei schon beendet, doch da irrte sie sich.

Er hielt sich im Wohnzimmer der Websters auf und tat so,

als würde er Nancys Sammlung an Porzellanfiguren bewundern, während er auf Cat wartete, die noch immer mit Michael auf der Toilette war.

Fluchend mußte er mitansehen, wie ihm Bill Webster zuvorkam.

Alex hörte, wie er sie herzlich begrüßte. »Cat! Ich habe Sie den ganzen Nachmittag kaum zu sehen bekommen.«

»Hallo, Bill. Das ist Michael. Er mußte dringend auf die Toilette, und vor den Häuschen draußen waren lange Schlangen. Ich hoffe, es macht Ihnen nichts aus, daß wir hier drinnen ...«

»Aber nein. Wenn ein junger Mann sein Geschäft erledigen muß, dann ist es fast immer höchste Eisenbahn.« Er lachte. »Wie gefällt Ihnen die Feier?«

»Alles ist einfach fabelhaft«, sagte sie. »Es wird mir wohl immer ein Rätsel bleiben, wie Nancy das alles in so kurzer Zeit auf die Beine gestellt hat.«

»Warten Sie erst mal die große Feier im Frühjahr ab.«

»Ich bin wirklich gespannt.«

Alex hörte, wie ihre Stimme plötzlich ernst wurde.

»Bill, es gibt etwas Wichtiges, das ich gern mit Ihnen besprechen möchte. Fünf Minuten, gleich Montag früh?«

»Ihr Ton macht mich ganz nervös, zumal Sie gerade erst aus Kalifornien zurück sind. Sie tragen sich doch nicht etwa mit dem Gedanken, uns zu verlassen und wieder bei *Der Lauf der Dinge* einzusteigen?«

»Absolut nicht.«

»Na, was haben Sie dann auf dem Herzen?«

»Das hat Zeit bis Montag.«

»Tut mir leid, Cat. Aber am Montag bin ich bei einem Sendertreffen in St. Louis. Ich reise morgen ab und werde nicht vor Dienstag zurück sein.«

»Oh, dann werde ich mich eben bis dahin gedulden müssen.«

»Keine falsche Höflichkeit. Wenn es so wichtig ist –«

»Ich weiß nicht, ob es das wirklich ist. In jedem Fall würde ich gern Ihre Meinung dazu hören.«

»Ich hätte jetzt fünf Minuten Zeit«, bot er an. »Lassen Sie uns in mein Arbeitszimmer gehen. Dort sind wir ungestört.«

»Aber dann verpaßt Michael den ganzen Spaß draußen, und das würde ich nur ungern...«

»Er kann mit meinen Ködern spielen.«

Alex hörte, wie die Tür zum Arbeitszimmer geschlossen wurde. Er trat in das weitläufige Foyer und schaute sich vorsichtig um. Niemand zu sehen, also schlich er den Flur hinunter und stellte sich an die verschlossene Tür. Angestrengt lauschend konnte er verstehen, was drinnen gesprochen wurde.

»Die Originale habe ich daheim«, hörte er Cat sagen. »Ich habe die Kopien bei mir. Lesen Sie es sich durch und sagen Sie mir, was Sie davon halten.«

Webster schwieg. Alex hörte Cat leise mit dem Jungen reden; offensichtlich versuchte sie ihn für Websters Ködersammlung zu interessieren.

»Du lieber Himmel«, rief Webster aus. »Wie lange ist das her?«

»Einige Wochen. Was denken Sie?«

»Mein erster Eindruck ist, daß – wer immer Ihnen die geschickt hat – es ein Geistesgestörter sein muß.«

Alex zog draußen vor der Tür die Stirn in Falten.

»Jeff hat einige Nachforschungen für mich angestellt«, sagte Cat. »Es ist noch ein weiterer kurzer Artikel über den Unfall in Florida erschienen. Über die anderen jedoch nicht. Sie wurden allesamt als tragische Unfälle eingestuft, was mich glauben läßt, daß ich aus einer Mücke einen Elefanten mache. Wenn die Polizei keinen Verdacht hat, warum sollte ich dann einen haben?

Aber ich mache mir trotzdem Sorgen. Ich fand, Sie sollten

davon wissen, denn wenn etwas passiert, könnte der Sender betroffen sein und auch die Sicherheit der Mitarbeiter.«

»Glauben Sie wirklich, daß der Absender es tatsächlich auf Sie abgesehen hat?«

Alex verstand nicht, was sie darauf entgegnete, dafür vernahm er seinen eigenen Namen. Er fuhr herum. Nancy Webster war gerade zur Haustür hereingekommen.

Er schmunzelte nonchalant, um zu überspielen, daß sie ihn beim Lauschen ertappt hatte. »Hallo, Nancy.«

»Alex, haben Sie vielleicht Cat gesehen?«

»Ich habe sie ins Haus gehen sehen und bin ihr gefolgt. Ich glaube, sie ist mit dem kleinen Jungen auf die Toilette. Ich wollte gerade anklopfen.«

Nancy ging an ihm vorbei und öffnete, ohne anzuklopfen, die Tür zum Arbeitszimmer ihres Mannes. »Bill? Cat? Was macht ihr denn hier?«

Die Tür schwang weit genug auf, daß Alex Bill in einem Ledersessel sitzen sehen konnte. Auf dem Hocker vor ihm waren Entenköder aufgereiht. Michael schubste sie über das weiche Leder. Cat saß auf dem Teppich zu Websters Füßen.

Webster ließ hastig einige Zettel in der Seitentasche seines Jacketts verschwinden. Er wirkte erschrocken und nervös. »Was ist denn, Liebes?«

Nancy sah aus, als hätte sie der Schlag getroffen. Die Szene im Arbeitszimmer machte einen intimen Eindruck. Alex wußte, daß dort drinnen nichts geschehen war, aber er schwieg.

»Das Feuerwerk fängt jeden Moment an«, sagte Nancy mit gezwungenem Lächeln. »Ich wollte nur Bescheid sagen, damit ihr es nicht verpaßt.«

»Danke.« Webster erhob sich und reichte Cat die Hand. Doch sie stand ohne seine Hilfe auf und nahm den Jungen auf den Arm.

»Komm, Michael. Wir dürfen das Feuerwerk nicht verpassen.«

Als sie Alex direkt hinter Nancy stehen sah und begriff, daß er ihr Gespräch mit Bill mitangehört hatte, erlosch ihr erzwungenes Lächeln.

Cat trug Michael nach draußen. Sie bestaunte dem Jungen zuliebe das Feuerwerk mit großer Begeisterung, doch diese war nur gespielt. Nancy hatte sich besitzergreifend bei ihrem Mann untergehakt. Ihre enthusiastischen Kommentare zum Feuerwerk klangen ebenfalls falsch. Webster war derart in Gedanken versunken, daß er überhaupt nichts mitzubekommen schien.

Alex sah ebenfalls nichts. Während über ihm Feuerräder und Böller krachten, war sein harter Blick einzig und allein auf Cat Delaney gerichtet.

Zum zweiten Mal an diesem Abend fand Nancy Bill zurückgezogen in seinem Arbeitszimmer. Es war spät. Die Gäste waren gegangen. Die Putzkolonne würde morgen früh eintreffen, um den Müll wegzuräumen und alles wieder herzurichten.

Als sie eintrat, prostete er ihr mit seinem Schwenker zu. »Du hast es wieder mal prächtig hingekriegt. Leistest du mir noch auf einen Schlummertrunk Gesellschaft?«

»Nein, danke.«

Er hatte schon mehr als genug getrunken. Sein Gesicht war gerötet. Er betrank sich nur sehr selten, und wenn, dann war es ihm anzusehen.

»Ich bin müde«, sagte sie und streckte ihm ihre Hand hin. »Laß uns schlafen gehen.«

Er ignorierte ihre Hand. »Geh schon vor. Ich komme gleich nach. Ich werde mir noch ein Glas genehmigen.« Er schenkte sich noch Scotch nach. Er verzog das Gesicht, als er einen Schluck nahm. Er trank nicht aus Vergnügen.

Nancy setzte sich auf den Hocker vor seinem Sessel. »Bill, was ist los?«

»Ich hab Durst.«

»Was soll das?« fragte sie in scharfem Ton. »Willst du mich beleidigen?«

Er schien streiten zu wollen, besann sich dann aber. Er schloß die Augen.

»Ich hab deinen Gesichtsausdruck gesehen, als du mich und Cat hier drin angetroffen hast«, sagte er. »Eigentlich sollte ich es nicht nötig haben, dies zu erklären, aber ich werde es tun. Wir haben über eine private Angelegenheit gesprochen.«

»Genau das habe ich befürchtet.«

»Es ist nicht, wie du denkst, Nancy. Mein Gott, so glaub mir doch. Sie sieht doch Carla viel zu ähnlich, um jemals meine Geliebte zu werden.«

»Versuchst du, Carla durch sie zu ersetzen?«

Er sah sie eindringlich an, sein Blick nicht länger glasig vom Alkohol. »Ist es das, was du denkst?«

Sie senkte den Blick und starrte auf ihren Ehering, den sie am Finger herumdrehte. »Ich weiß nicht mehr, was ich denken soll. Seit wir Carla verloren haben, ist zwischen uns nichts mehr so wie früher. Anstatt aus unserer Trauer herauszuklettern, ist unser beider Leben seither eine fortwährende Talfahrt gewesen. Was ich auch tue, ich scheine es nicht aufhalten zu können. Ich habe Angst, auf dem Grund aufzuprallen, weil ich nicht weiß, was uns dort erwartet.«

Sie hob den Kopf und sah ihren Mann sehnsüchtig an. »Warum schläfst du nicht mehr mit mir, Bill?«

»Aber das tue ich doch.«

»Nicht mehr so oft wie früher. Und wenn, dann ist es anders als bisher. Ich kann den Unterschied fühlen. Ich möchte wissen, was sich in unsere Ehe einmischt. Wenn du kein Verhältnis mit Cat hast – was ist es dann?«

»Wie oft soll ich es dir denn noch sagen? Es ist nichts. Ich habe einen Haufen Verantwortung. Ich bin müde, wenn ich abends spät nach Hause komme. Ich kann nicht auf Kommando, tut mir leid.«

Sein Sarkasmus machte sie wütend. Sie erhob sich, ging zur Tür, drehte sich aber noch einmal um. »Heute abend mit dir zu reden, wäre Zeitverschwendung, denn du bist betrunken. Was ein weiteres Anzeichen dafür ist, daß etwas nicht in Ordnung ist. Ich weiß nicht, was es ist, aber versuch nicht, mir einreden zu wollen, ich würde es mir nur einbilden.

Carla war ein wundervolles Mädchen. Wir werden sie immer lieben. Du stehst allen Kindern nahe, aber du und Carla, ihr hattet ein ganz besonderes Verhältnis zueinander. Ich weiß, daß du bei ihrem Tod das Gefühl hattest, als wäre damit auch ein Teil von dir gestorben. Glaub mir, Bill, wenn ich sie wieder lebendig machen könnte, würde ich das tun.«

Sie streckte hilflos die Arme aus. »Ich kann es nicht. Aber ich weigere mich, noch mehr zu verlieren, als mir ohnehin schon genommen wurde. Mein ganzes Leben kreist darum, dich zu lieben. Ich will dich behalten und will, daß unsere Ehe wieder wie früher wird. Ganz gleich, was ich dafür tun muß.«

Cat schlief in dieser Nacht sehr wenig.

Sie mußte ständig an Michael denken. Er war emotional und sozial zurückgeblieben, so daß es einer gehörigen Portion liebevoller Zuwendung bedurfte, ihn aufzubauen. Die richtigen Adoptiveltern könnten es mit Liebe und Geduld schaffen, und die Belohnung würde die Mühe lohnen. In Michael wartete ein kleiner Junge darauf, endlich befreit zu werden.

Aber Michael war nicht das einzige, was sie beschäftigte. Alex zu sehen, hatte dazu geführt, daß sie sämtliche in Kalifornien gefaßten Vorsätze in Frage stellte. Es ärgerte sie, wie sehr sie ihn noch immer begehrte.

Seine Bekannten – Irene und Charlie Walters – hatten sich

als so liebenswert erwiesen, wie er sie beschrieben hatte. Sie war sicher, daß die beiden – wenn sie erst die erforderlichen Kurse besucht hatten – fabelhafte Eltern für eines von *Cats Kids* sein würden.

Zu jedem anderen Zeitpunkt hätte sie sich gefreut, sie kennenzulernen, und hätte sich gewünscht, mehr Zeit für sie zu haben. Doch die Vorstellung hatte kurz nach dem Feuerwerk stattgefunden. Und zu diesem Zeitpunkt hatte sie noch immer Nancy Websters Gesichtsausdruck, als diese die Tür zum Arbeitszimmer geöffnet und sie und Bill zusammen gesehen hatte, vor Augen. Sicherlich hatte Nancy das Wesen ihrer privaten Unterhaltung mißverstanden.

Diese Sorgen und dazu der unbekannte Briefeschreiber, all das lag ihr schwer auf der Seele. Weil sie Abwechslung brauchte, machte sie am Sonntag nachmittag einen Shoppingbummel und ging abends ins Kino.

Am Montag schrieben sie und Jeff Dankesbriefe an jene, die bei dem Picknick gespendet hatten.

Am Dienstag drehten sie einen Beitrag über ein fünfjähriges Mädchen, das hörgeschädigt war und beide Eltern bei einem Unfall verloren hatte.

Als Cat an diesem Abend nach Hause kam, fand sie zwischen ihrer Post einen vertrauten Umschlag. Er war den drei anderen ähnlich. Der Inhalt jedoch war gänzlich anders.

Es war ein einzelnes Blatt Papier. Es enthielt, im Reportagestil verfaßt, den Werdegang der ehemaligen TV-Schauspielerin und Herztransplantationspatientin Cat Delaney. Mehrere Absätze lang ging es um ihre Verdienste und Erfolge, darunter auch *Cats Kids.*

Es war ihr Nachruf.

Kapitel 33

»Sie haben ja recht. Das ist verrückt, aber es ist kein Verbrechen, verstehen Sie?«

Lieutenant Bud Hunsaker vom San Antonio Police Department trug eine karierte Polyesterhose zu schwarzen Cowboystiefeln mit weißen Nähten. Über seinem von einem gepunzten Ledergürtel in Schach gehaltenen Bierbauch spannte sich ein kurzärmeliges weißes Hemd. Sein kurzer Klemmschlips lag schlapp wie eine Zunge auf seiner Brust. Er hatte das Gewicht, die Gesichtsfarbe und den pfeifenden Atem eines erstklassigen Anwärters auf einen Herzinfarkt.

Seit Cat das Büro betreten hatte, kaute er auf einer kalten Zigarre herum und unterhielt sich – wenn sein stierender Blick ein Anzeichen dafür war – mit ihren Knien.

Nun stemmte er die fleischigen Unterarme auf den Schreibtisch und beugte sich vor. »Sagen Sie mal, wie ist Doug Speer eigentlich so? Als Mensch, meine ich. Ich lach mich jedesmal schlapp, wie er das Wetter falsch vorhersagt und sich dann selber durch den Kakao zieht.«

»Doug Speer arbeitet bei einem anderen Sender«, antwortete Cat mit einem frostigen Lächeln. »Ich bin ihm persönlich noch nie begegnet.«

»Oh, ja richtig. Ich bringe diese Wetteransager immer durcheinander.«

»Können wir jetzt wieder zum Thema zurückkommen, Lieutenant?« Ungehalten tippte sie auf den kleinen Stapel an Papier, den sie mitgebracht hatte und der nun vor ihm auf dem Schreibtisch lag.

Er schob die Zigarre von einem Mundwinkel in den anderen. »Ms. Delaney, für eine Lady wie Sie, gewissermaßen eine Person des öffentlichen Interesses, ist solche Post doch bestimmt etwas, womit Sie ständig rechnen müssen.«

»Das bestreite ich ja auch gar nicht, Lieutenant Hunsaker. Als ich in der Fernsehserie mitwirkte, bekam ich körbeweise Fanpost, darunter unzählige Heiratsanträge. Ein Mann hat mir sicher hundertmal geschrieben.

Aber ein Heiratsantrag ist an sich nichts Bedrohliches. Auch die Briefe nicht, in denen meine Leistung gelobt oder kritisiert wurde. Im Vergleich dazu sind diese Briefe hier verhüllte Drohungen. Besonders der letzte.« Sie nahm den Nachruf vom Stapel. »Was werden Sie jetzt unternehmen?«

Er rutschte unbehaglich auf dem Sitz herum, und der Stuhl ächzte unter seinem Gewicht. Er nahm den einzelnen, maschinegeschriebenen Bogen Papier und las sich den Nachruf erneut durch. Cat ließ sich von seinem gespielten Interesse nicht täuschen; er machte sich lustig über sie. Er hatte seine Meinung bereits gefaßt. Nur eine unverhohlene Morddrohung würde seine Meinung noch ändern.

Er schniefte laut. »So wie ich die Sache sehe, Ms. Delaney, versucht dieser Irre, Ihnen Angst einzujagen.«

»Tja, dann macht er es aber verdammt gut, weil ich mir nämlich Sorgen *mache*. Aber das weiß ich alles selber. Ich bin zu Ihnen gekommen, damit Sie den Irren finden und diesem Zeug hier ein Ende machen.«

»Das ist leichter gesagt, als getan.«

»Ich weiß, daß es nicht einfach ist, sonst hätte ich es längst selber getan. Aber die Polizei ist für solche Sachen ausgerüstet. Privatpersonen wie ich nicht.«

»Und was sollen wir Ihrer Meinung nach tun?«

»Was weiß ich!?« rief sie frustriert. »Finden Sie raus, wo die Briefe aufgegeben wurden. Finden Sie die Schreibmaschine, mit der sie geschrieben wurden. Sicher gibt es Fingerabdrücke auf den Briefen.«

Er sah sie mit offenem Mund und blinzelnd an. »Sie haben zu viele Krimis im Fernsehen gesehen.«

Sie hätte ihn am liebsten geschüttelt, damit er endlich

seinen fetten Arsch in Bewegung setzen und den anonymen Briefeschreiber suchen würde. Aber wenn sie sich jetzt wie ein hysterisches Weib aufführte, würde sie ihn nur in seiner Meinung bestätigen, daß sie unnötiges Theater veranstaltete wegen dieser anonymen Briefe.

Und so unterdrückte sie ihre Wut und sagte ruhig, aber in frostigem Ton: »Behandeln Sie mich nicht von oben herab, Lieutenant Hunsaker.«

Sein Lächeln verrutschte etwas. »Moment mal, ich habe Sie nicht –«

»Fehlt nur noch, daß Sie mir den Kopf tätscheln.« Sie stand auf und beugte sich über den Tisch.

»Ich bin erwachsen und in der Lage, selbständig zu denken, Lieutenant, weil ich nämlich außer einem Uterus auch ein Gehirn habe. Ich habe weder meine Tage, noch bin ich depressiv.

Also, entweder Sie legen jetzt diese ekelhafte Zigarre weg und fangen an, mein Problem ernst zu nehmen, oder ich wende mich an Ihren Vorgesetzten.« Sie klopfte mit den Knöcheln auf seinen Schreibtisch. »Es muß eine Möglichkeit geben, demjenigen, der für diese Briefe verantwortlich ist, auf die Spur zu kommen.«

Er war rot angelaufen. Er nestelte an dem engen Hemdkragen, glättete seinen Schlips, nahm die Zigarre aus dem Mund und ließ sie in einer Schublade verschwinden. Dann bat er Cat mit dem Versuch eines Lächelns, Platz zu nehmen.

»Wissen Sie, ob jemand eine Wut auf Sie hat?«

»Nein. Es sei denn…« Sie zögerte, ihren Verdacht auszusprechen, weil sie keinen Beweis dafür hatte.

»Es sei denn *was*?«

»Es gibt bei WWSA eine Angestellte, eine junge Frau. Sie hat mich schon vom ersten Tag an nicht leiden können.« Sie schilderte ihm ihr turbulentes Verhältnis zu Melia King.

»Sie hat am Ende sogar zugegeben, meine Medikamente weggeworfen zu haben, aber ich traue ihr die Sache mit dem Studioleuchter nicht zu. Sie wurde wieder eingestellt, kurz nachdem ich sie gefeuert hatte. Ich sehe sie jeden Tag. Wir wechseln so gut wie nie ein Wort. Wir können uns zwar nicht ausstehen, aber ich bin mir sicher, daß ihre Abneigung mir gegenüber nichts mit meiner Transplantation zu tun hat.«

»Häßliche Braut?«

»Wie bitte?«

»Wie sieht sie aus? Könnte ja sein, daß sie grün vor Neid ist.«

Cat antwortete mit einem kurzen Kopfschütteln. »Sie sieht bildhübsch aus und kann sich die Männer aussuchen.«

»Aber vielleicht schmeckt ihr die Konkurrenz nicht.«

Seine Miene war fast ein anzügliches Grinsen. Cat warf ihm einen strafenden Blick aus ihren stahlblauen Augen zu. Er räusperte sich und rutschte auf seinem Stuhl herum. Schließlich griff er zum Nachruf. »Das ist irgendwie nicht besonders... gewählt geschrieben.«

»Das ist mir auch aufgefallen. Es liest sich nicht wie in den Zeitungen.«

»Und die Todesursache fehlt auch.«

»Weil mich das ja warnen würde. Ich wüßte dann, was mich erwartet.«

»Und niemand ist auf Sie zugekommen, hat Sie bedroht oder sich in der Nähe Ihres Hauses rumgetrieben?«

»Bis jetzt noch nicht.«

Hunsaker grunzte, biß sich auf die Unterlippe und schnaufte. Um mehr Zeit zu gewinnen, las er sich ein weiteres Mal die Zeitungsausschnitte durch. Ehe er das Wort ergriff, räusperte er sich wichtigtuerisch. »Die kommen ja aus allen Ecken des Landes. Der Mistkerl ist weit rumgereist.«

»Was ihn meiner Ansicht nach noch bedrohlicher macht«,

sagte Cat. »Er ist offensichtlich besessen vom Schicksal dieser Transplantationspatienten. Ob er nun für den Tod dieser Menschen verantwortlich ist oder nicht – er hat jedesmal viel Mühe auf sich genommen, sie ausfindig zu machen.«

»Glauben Sie wirklich, daß er hinter diesen sogenannten Unfällen steckt?« Hunsakers Ton verriet, daß er nicht sonderlich viel von Theorie hielt.

Cat war sich nicht sicher, also vermied sie eine direkte Antwort auf seine Frage. »Mein Gefühl sagt mir, es hat eine Bedeutung, daß diese Personen am Jahrestag ihrer Operation ums Leben kamen, ein Datum, an dem sich auch meine Transplantation jährt. Das kann kein Zufall sein.«

Nachdenklich kaute er auf seiner Unterlippe. »Haben Sie jemals die Familie Ihres Spenders kennengelernt?«

»Glauben Sie, daß es da eine Verbindung gibt?«

»Gut möglich. Was wissen Sie über Ihren Spender?«

»Nichts. Bis vor kurzem wollte ich auch gar nichts wissen. Aber gestern habe ich Kontakt zu der Organbank aufgenommen, von der mein Herz stammt, und mich erkundigt, ob die Familie des Spenders eventuell nach mir gefragt hat. Sie überprüfen die Aufzeichnungen der Agentur, die das Herz aufgetrieben hat, und es wird noch einige Tage dauern, ehe ich eine Antwort darauf habe. Wenn niemand versucht hat, meine Identität herauszufinden, wissen wir, daß diese Spur ins Leere führt.«

»Wieso das?«

»Geschäftspolitik. Die Identität von Spendern und Empfängern wird streng vertraulich behandelt, es sei denn, beide Parteien erkundigen sich nach den anderen. Erst dann geben die Agenturen Informationen heraus. Es liegt an jedem einzelnen, ob man einen solchen Antrag stellt oder nicht.«

»Und das ist der einzige Weg, wie man herausfinden kann, ob jemand ein bestimmtes Herz bekommen hat?«

»Es sei denn, man dringt in den Zentralcomputer in Virginia ein und besorgt sich die UNOS-Kennziffer.«

»Was ist das?«

Sie erklärte ihm, was Dean ihr kürzlich erklärt hatte. »UNOS ist die Abkürzung für *United Network of Organ Sharing*. Jeder Organ- oder Gewebespender erhält hier eine Kennziffer, die Jahr, Monat und Tag der Entnahme und Annahme bei einer Organbank enthält. Es ist eine Art Identitätskode, um den Schwarzmarkt für Organe auszuschalten.«

Er rieb sich das Gesicht. »Meine Güte. Da würde er aber gerissen sein müssen.«

»Genau das versuche ich Ihnen ja schon die ganze Zeit klarzumachen.«

Je mehr Überlegungen sie anstellten, desto mehr wuchs ihre Sorge. »Womit wir wieder am Anfang wären, Lieutenant. Was werden Sie unternehmen, um ihn zu finden, ehe er mich findet?«

»Um ganz ehrlich zu sein, Ms. Delaney – unsere Möglichkeiten sind da leider begrenzt.«

»Bis ich bei einem rätselhaften Unfall ums Leben komme, oder was?«

»Nun regen Sie sich wieder ab.«

»Ich bin ganz ruhig.« Sie stand auf und wandte sich zum Gehen. »Und Sie leider auch.«

Flinker, als sie es ihm zugetraut hätte, kam er um den Schreibtisch herum und verstellte ihr vor der Tür seines Büros den Weg. »Ich gebe ja zu, es ist verwirrend. Aber derzeit dürfte Ihr Leben nicht in Gefahr sein. Bis jetzt ist noch kein Verbrechen begangen worden. Und wir wissen nicht einmal, ob bei den anderen Todesfällen wirklich jemand seine Finger im Spiel gehabt hat, oder?«

»Das stimmt«, gab sie nur widerwillig zu.

»Trotzdem möchte ich nicht, daß Sie jetzt annehmen, ich würde Sie nicht ernst nehmen. Ich mache Ihnen einen Vorschlag. Ich lasse während der nächsten Wochen einen Streifenwagen bei Ihnen patrouillieren und Ihr Haus im Auge behalten, na?«

Leise lachend senkte sie den Kopf und preßte Daumen und Zeigefinger an die Schläfen. Er begriff einfach nicht. Der unbekannte Briefeschreiber war viel zu gerissen, um sich von einer Polizeistreife erwischen zu lassen.

»Vielen Dank, Lieutenant. Ich weiß jede Hilfe zu schätzen.«

»Dafür bin ich ja da.« Sein Grinsen wurde breiter, ebenso wie seine Brust. »Da will Ihnen wahrscheinlich nur jemand einen Schrecken einjagen. Ihnen unter die Haut gehen, verstehen Sie?«

Sie wollte endlich gehen, also pflichtete sie ihm bei.

Im Glauben, er habe das Problem gelöst, öffnete er mit einer galanten Geste die Tür für sie. »Rufen Sie mich an, wenn Sie Hilfe brauchen.«

Aber sicher rufe ich an. Und was unternehmen Sie dann? dachte Cat sarkastisch. »Und nochmals danke, Lieutenant Hunsaker, daß Sie sich Zeit für mich genommen haben.«

»Wissen Sie, so in natura sind Sie noch hübscher als im Fernsehen.«

»Danke.«

»Äh ... bevor Sie gehen, dürfte ich Sie da ...? Ich meine, ich habe nicht jeden Tag eine Prominente in meinem Büro. Würden Sie mir wohl ein Autogramm für meine Frau geben? Das würde sie wirklich umhauen. Schreiben Sie einfach *Für Doris*, ja? Und meinen Namen können Sie auch ruhig mit draufschreiben. Wenn es Ihnen nichts ausmacht ...«

Kapitel 34

»Was machst du denn da?«

»Ich lasse den Schinken anbrennen.« Weil sie in den Küchenschubladen keine Zange gefunden hatte, hob Cat mit einer Gabel einen Streifen Schinken aus der Bratpfanne.

Nach ihrem wenig erfreulichen Gespräch auf dem Polizeirevier war sie nach Hause gefahren und hatte sich umgezogen. Zu wütend, um zu arbeiten, hatte sie Jeff angerufen und gesagt, daß sie heute nicht ins Büro kommen werde. Sie brauchte einen Tag zum Nachdenken.

Fast eine Stunde lang hatte sie darüber nachgedacht, wie ihr nächster Schritt aussehen könnte. Noch ehe sie sich einen Plan zurechtgelegt hatte, schob sie einen Einkaufswagen durch die Gänge eines Supermarktes und kaufte Essen ein für einen Mann, den sie angeblich so verachtete.

»Ich hoffe, du magst ihn kroß.« Sie legte den Streifen Schinken zu den anderen auf eine Papierserviette. »Wie magst du die Eier?«

»Wie bist du reingekommen?«

»Durch die Tür. Sie war nicht verschlossen.«

»Oh.« Er kratzte sich am Kopf. »Muß vergessen haben, nachzusehen, ehe ich ins Bett bin.«

»Mußt du wohl. Spiegel- oder Rührei?«

Als er nicht antwortete, warf sie einen Blick über die Schulter. Er sah genauso aus wie am Tag ihrer ersten Begegnung, nur daß er jetzt Boxershorts statt Jeans trug. Sie versuchte zu ignorieren, wie sexy er aussah; sein muskulöser Körper und sein verschlafenes Gesicht.

»Spiegeleier oder Rührei?« wiederholte sie ihre Frage. »Rührei kann ich besser.«

Er stemmte die Hände in die Hüften, dort wo die Boxershorts saßen. »Gibt es einen besonderen Grund, warum du heute morgen hier auftauchst, um mir Frühstück zu machen?«

»Ja, wenn du dir eine Hose angezogen hast und dich an den Tisch gesetzt hast, werde ich ihn dir verraten.«

Verdutzt den Kopf schüttelnd, drehte er sich um und ging ins Bad. Als er wieder zurückkam, trug er eine ausgewaschene Jeans und ein weißes Hemd; das Frühstück war fertig. Sie goß ihnen beiden eine Tasse Kaffee ein, stellte die vollen Teller auf den Tisch und setzte sich, ihm bedeutend, er solle ihr gegenüber Platz nehmen.

Er setzte sich rittlings auf den Stuhl, die Beine weit gespreizt. Anstatt sich auf das Essen zu stürzen, nippte er an seinem Kaffee, während er sie durch den aufsteigenden Dampf hindurch musterte – eine weitere Erinnerung an ihre erste Begegnung.

Er fragte: »Hat das etwas damit zu tun, daß die Liebe eines Mannes durch den Magen geht?«

»Diese Theorie ist seit Erfindung des Blasens überholt.«

Er grinste, lachte dann laut, nahm seine Gabel und begann, sich über das Rührei herzumachen. Er verschlang einen Streifen Schinken in zwei Bissen und trank sein Glas Orangensaft leer.

»Wann hast du denn zum letzten Mal was gegessen?« fragte sie.

»Gestern. Hab mir eine Pizza kommen lassen«, antwortete er nach kurzem Überlegen.

»So sehr in die Arbeit vertieft gewesen?«

»Hm. Ist noch Toast da?«

Sie steckte noch zwei Scheiben in den Toaster. Während sie darauf wartete, schenkte sie ihm Kaffee nach. Seine Finger schlossen sich um ihr Handgelenk. Er schaute sie an. »Heute das dringende Bedürfnis nach Häuslichkeit, Cat?«

»Wenn du mich nicht sofort losläßt, könnte es sein, daß du heißen Kaffee auf dein bestes Stück kriegst.«

Sofort ließ er sie los. Sie stellte die Kanne wieder auf die Warmhalteplatte, nahm die beiden Scheiben Toast und warf sie ihm auf den Teller.

»Also sind wir weiterhin keine Freunde«, sagte er, während er sich Butter auf den Toast strich.

»Nein, sind wir nicht.«

»Dann schätze ich mal, daß es außer Frage steht, daß wir verliebt sind.«

Ihn in seinen Toast beißen zu sehen, verursachte ihr ein Kribbeln im Bauch. Sie trug ihren Teller zur Spüle, wusch ihn kurz ab und stellte ihn in den Geschirrspüler. Dann machte sie ein wenig Ordnung in der Küche, während er sein Frühstück beendete. Er brachte seinen Teller zur Spüle, schenkte sich eine dritte Tasse Kaffee ein und setzte sich damit wieder an den Tisch.

Cat wischte mit einem feuchten Lappen die Krümel vom Tisch, als Alex ihr einen Arm um die Hüfte schlang und sie an sich zog. Er preßte sein Gesicht an ihren Bauch, küßte sie durch die Bluse hindurch, biß sie leicht und knurrte dabei zärtlich.

Sie weigerte sich, darauf zu reagieren. Sie hielt die Hände in die Höhe und achtete darauf, ihn nicht zu berühren. Schließlich hob er den Kopf. »Gefällt es dir nicht?«

»Doch, sehr. Du bist wirklich geschickt. Aber deswegen bin ich nicht hier.«

Er ließ die Arme sinken; seine Miene wurde hart und ärgerlich. »Wenn du nicht hierhergekommen bist, um Frieden zu schließen, dann –«

»Das bin ich nicht.«

»Weshalb bist du dann hier?«

»Darauf komme ich gleich.«

»Dann tu's auch. Wenn du nicht zum Spielen gekommen bist – ich habe eine Menge Arbeit, die auf mich wartet.«

Sie reagierte nicht auf seinen Ärger. Nachdem sie sich die

Hände gewaschen und eine weitere Tasse Kaffee eingeschenkt hatte, setzte sie sich zu ihm an den Tisch. Sie öffnete ihre Handtasche, holte die Kopien der Zeitungsausschnitte und des Nachrufs heraus und schob ihm alles über den Tisch zu.

»Sind das die geheimnisvollen Unterlagen, die du Webster gezeigt hast?« fragte er.

»Du hast also gelauscht. Hab ich mir gedacht.«

»Eine alte Angewohnheit aus meiner Zeit als Cop.«

»Oder einfach nur schlechte Manieren.«

»Könnte sein.« Er zuckte mit den Achseln. »Nancy Webster hat gedacht, du und ihr Mann hättet ein Tête-à-tête.«

»Wie du sehr wohl weißt, hatten wir das nicht.«

»Warum habt ihr sie dann in diesem Glauben gelassen? Warum habt ihr nicht die Wahrheit gesagt?«

»Weil es besser ist, daß nicht so viele davon wissen.«

Er nahm die Kopien und begann zu lesen. Als er den zweiten Bogen Papier in die Hand nahm, rieb er sich nachdenklich die Narbe, die seine Braue teilte. Ehe er sich dem dritten Blatt zuwandte, schaute er Cat mit einem harten, fragenden Blick an.

Nachdem er den Nachruf gelesen hatte, fluchte er leise und rutschte mit seinem Stuhl zurück, lehnte sich zurück und las sich die Kopien erneut durch.

Dann richtete er sich wieder auf, warf die Kopien auf den Tisch und schaute zu Cat. »Du hast die Originale?«

»Und die dazugehörigen Umschläge.«

»Ich habe gehört, wie du Webster erzählt hast, daß du die Briefe während der letzten Wochen erhalten hast.«

»Das stimmt.«

»Und du hast mir kein Wort davon gesagt?«

»Es ging dich nichts an.«

Er fluchte.

»Na gut, entschuldige den blöden Spruch«, sagte sie. »Ich habe niemandem davon erzählt, bis ich den dritten bekam.«

»Und wem hast du es gesagt? Außer Spicer. Ich weiß, daß du sie dem süßen Dean garantiert gezeigt hast.«

»Jeff habe ich sie gezeigt«, sagte sie, seine sarkastische Bemerkung ignorierend. »Und dann Bill.«

»Weil die Sicherheit im Studio betroffen sein könnte«, sagte er. »Ich habe gehört, wie du das zu ihm gesagt hast. Wer weiß noch davon?«

»Niemand. Der Nachruf kam gestern mit der Post. Das war der letzte Streich. Heute morgen um acht Uhr war ich bei der Polizei.« Sie verzog das Gesicht. »Aber das hat nicht viel gebracht«, sagte sie bitter, »da hätte ich besser ein heißes Bad genommen.«

»Was hat die Polizei gesagt?«

Sie gab fast wortwörtlich ihr Gespräch mit Lieutenant Hunsaker wieder. »Mein Leben könnte in Gefahr sein, aber er interessierte sich mehr für meine Beine. Und dann versuchte er mich zu beruhigen mit all dem Unsinn über gelegentliche Nachteile, ein TV-Star zu sein, als wenn ich das nicht schon wüßte. Er stank nach Zigarre, billigem Rasierwasser und Sexismus der alten Schule.

Ich habe kein Blatt vor den Mund genommen, aber letzten Endes kann die Polizei nicht viel mehr tun, als hin und wieder an meinem Haus vorbeizupatrouillieren, solange mir nichts passiert ist. Ist denn das zu glauben?«

»Ja, so ist es leider.« Er betrachtete sie einen Moment lang. »Deshalb warst du auch so nervös an dem Abend, als wir Spicer an deinem Haus erwischt haben, stimmt's? Und du bist es immer noch.«

Cat schob die Lippen vor. Sie rieb sich die feuchten Handflächen an den Oberschenkeln ihrer Jeans. Nun, wo sie ihm Frühstück gemacht und von ihren Sorgen erzählt hatte, war sie plötzlich nervös, weil er sie so gut durchschaute.

Er saß da und musterte sie mit einem Blick, dem nichts zu entgehen schien. »Was willst du von mir, Cat?«

»Hilfe.«

Er schnaubte verächtlich. »Hilfe? Von mir?«

»Du bist der einzige, den ich kenne, der sich mit Kriminellen auskennt. Das ist dein Beruf gewesen. Du kennst das psychologische Profil eines Menschen, der so was tun würde. Ich brauche deinen Rat. Ist dies das Werk eines harmlosen Irren oder eines Psychopathen? Soll ich es einfach vergessen oder als Warnung begreifen?«

Leise fügte sie hinzu: »Ich habe Angst, Alex.«

»Das kann ich sehen.« Er betrachtete sie mit seiner ruhigen Eindringlichkeit. »Du bist eine einfache Zielscheibe.«

Sie fuhr sich nervös durchs Haar. »Ich weiß, aber ich weigere mich, im Elfenbeinturm zu leben und eine Gefangene meines Erfolges zu werden. Es ist jederzeit möglich, daß ein Fan durchdreht und völlig besessen wird. Die meisten sind nur auf ein Autogramm aus. Aber manche rasten so aus, daß sie dich glatt umbringen. Ich war mal auf dem Begräbnis einer jungen Schauspielerin, die in der eigenen Wohnung von einem Verehrer erschossen wurde, der vorgab, sie zu lieben.«

Sie schüttelte traurig den Kopf. »Du wirst selber noch erfahren, Alex, je berühmter du wirst, desto weniger Privatleben und Sicherheit hast du.«

»Schriftsteller genießen eine größere Anonymität als Fernsehstars.«

Damit hatte er recht, aber sie blieb nachdenklich. »Ich bin gern berühmt. Ich würde lügen, wenn ich es bestreiten würde. Aber ich zahle einen Preis dafür.«

»Ist so was früher schon mal vorgekommen?«

Sie gab in groben Zügen wider, was sie Hunsaker über die Fanpost zu Zeiten ihres Mitwirkens bei der Fernsehserie erzählt hatte. »Ich habe gelernt, zwischen normalen Zuschriften von Fans, auch durchaus kritischen, und denen zu unterscheiden, die etwas abseits des Normalen waren. Das hat mitunter Gänsehaut gemacht, aber normalerweise habe ich sie nicht weiter ernst genommen. Nichts fand ich je so besorgniserregend wie diese Briefe. Vielleicht bin ich ja albern und überreagiere, aber…«

»Sie enthalten keine konkreten Drohungen…«

»Dann könnte man sie ja auch leichter abtun. Aber so sind die Briefe unheimlich. Man kann nicht gegen etwas kämpfen, was nicht zu sehen ist. Aber auch wenn ich die Gefahr nicht sehen kann, weiß ich, daß sie da ist. Mag sein, daß meine Phantasie mit mir durchgeht, aber in letzter Zeit habe ich mich beim Verlassen des Hauses dabei ertappt, daß ich mir selber über die Schulter schaue. Ich fühle mich…«

»Beobachtet.«

»Ja.«

Er sann über ihre Antwort nach. »Was, glaubst du, hat das alles zu bedeuten?«

»Was glaubst *du*? Ich wollte deine Meinung hören. Als Gegenleistung für die mißlungenen Eier zum Frühstück.«

»Ich habe schon schlechtere gegessen.«

»Danke.«

Er hob die Finger und tippte sich damit an die Lippen. Cat schwieg und gab ihm Zeit, die Gedanken zu ordnen. Er hatte sich über ihre Angst nicht lustig gemacht, auch wenn sie in gewisser Weise wünschte, er hätte es getan. Sie hätte sich gewünscht, von ihm zu hören, daß sie sich grundlos Sorgen wegen dieser anonymen Zuschriften machte.

»Also gut, ich werde dir sagen, wie ich die Sache sehe«, sagte er. »Aber es ist nicht mehr als eine Theorie.«

»Ja, sicher.«

»Mal den schlimmsten Fall angenommen –«

Sie nickte.

»So viele Zufälle gehören ins Guiness-Buch der Rekorde.«

»Finde ich auch.«

»Einzeln betrachtet mögen die Unglücksfälle ungewöhnlich, aber glaubhaft sein. Betrachtet man sie jedoch im Zusammenhang, fängt die Sache an zu stinken.«

Sie schnappte kurz nach Luft. »Weiter.«

»Zieht man die Zeit und Entfernung dabei in Betracht, ist die Person, die dir diese Ausschnitte geschickt hatte, wahrscheinlich nicht zufällig darauf gestoßen.«

»Sie wußte von den Todesfällen.«

»Und ist möglicherweise sogar verantwortlich dafür. Wenn es Morde waren und keine höhere Gewalt.«

»Also... womit haben wir es zu tun?«

»Wenn der Briefeschreiber – und das ist an diesem Punkt noch ein großes Wenn – dahintersteckt, dann ist er nicht der übliche Serienmörder. Er sucht sich seine Opfer nicht zufällig aus. Das Schicksal hat dies bereits für ihn getan. Aber er muß große Mühen auf sich nehmen, um sie zu finden und sie dann auf sehr einfallsreiche Weise ins Jenseits zu befördern.«

»Welches Motiv könnte er haben?«

»Das ist einfach, Cat.«

»Das Spenderherz«, sagte sie mit belegter Stimme. Ihre Brust fühlte sich bleischwer an. Alex hatte genau das gesagt, was sie befürchtet hatte. Seine Hypothese entsprach völlig der ihren.

»Diese drei Personen, die ums Leben gekommen sind, haben alle am selben Tag wie du ihr neues Herz bekommen«, sagte Alex. »Dieser Psycho kennt einen Herzspender, und aus irgendeinem Grund erträgt er es nicht, daß sein oder ihr Herz weiterschlägt. Offensichtlich weiß er nicht genau, wer der Empfänger des bestimmten Herzens ist, also eliminiert er alle in Frage kommenden Personen, eine nach der anderen, in dem Wissen, daß er dabei früher oder später auch den Richtigen treffen muß.«

»Aber warum?«

»Damit das Herz aufhört zu schlagen.«

»Das weiß ich – aber warum? Wenn er dem Spender oder der Spenderin derart nahestand, war er doch sehr wahrscheinlich derjenige, der die Erlaubnis zur Organentnahme gegeben hat. Warum sollte er nun plötzlich seine Meinung ändern?«

»Das weiß der Himmel allein. Vielleicht ist er Monate später eines Morgens aufgewacht und hat gedacht: ›Oh, mein Gott, was habe ich getan?‹ Die Angehörigen von Spendern müssen ihr Ja oder Nein oft sehr rasch und in den extremsten Situationen geben. Möglicherweise fühlte er sich überrumpelt. Es fing an, ihn zu verfolgen, und er konnte nicht länger mit dieser Schuld leben. Aber genausogut ist es möglich, daß wir völlig daneben liegen, Cat. Du hast mich nach meiner Meinung gefragt. Jetzt hast du sie gehört. Ich hoffe, ich irre mich.«

»Aber du glaubst nicht, daß du dich irrst.«

Er sagte nichts darauf, aber das mußte er auch nicht. Sie las ihm die Antwort von den Augen ab. »Gehen wir mal davon aus, daß wir mit der Vermutung richtigliegen. Wie hat er dann diese Personen, dich eingeschlossen, ausfindig gemacht?«

Sie gab ihm dieselbe Erklärung wie zuvor schon Hunsaker und erzählte ihm von der UNOS-Nummer.

Alex nahm sich Zeit, darüber nachzudenken. »Herzverpflanzungen sorgen noch immer für Schlagzeilen. Möglich, daß er einfach Hinweise gesammelt hat. Aber wer weiß? Solange wir nicht wissen, wer der Kerl ist, wissen wir auch nichts über seine Methoden und sein Motiv.«

»Er muß jedenfalls gut bei Kasse sein«, sagte Cat.

»Wie kommst du darauf?«

»Weil er während der letzten vier Jahre quer durchs Land gereist ist.«

»Das muß nichts heißen«, widersprach Alex. »Er könnte ebensogut getrampt sein. Zwischen jedem Mord lag ein ganzes Jahr; er hatte also Zeit. Er könnte zwischendurch gearbeitet haben, während er langsam zu seinem nächsten Opfer reiste.«

»Darauf wäre ich nie gekommen. Also kann jeder in Frage kommen.«

»Ein Geschäftsmann, der erster Klasse reist, oder ein abgerissener Tramper. Wer auch immer er ist, der Mistkerl ist schlau und gerissen. Er ist wie ein Chamäleon. Wie sonst könnte er nahe genug an die Personen herangekommen sein, um sie umzubringen, ohne Mißtrauen zu erregen?«

»Zum Beispiel die Frau aus Florida. Sie fiel zu Hause durch eine Glasscheibe. Nehmen wir mal an, daß er sie geschubst hat, so mußte er demnach mit ihr im Haus gewesen sein.«

»Er könnte sich als Handwerker ausgegeben haben«, sagte Cat.

»Würde sie die Blumen gießen, während die Handwerker im Haus sind?«

»Möglich ist es.«

»Aber unwahrscheinlich. Ich stelle mir eher vor, daß sie jemanden, den sie kennt und dem sie vertraut, bittet, die Leiter zu halten, während sie die Blumen gießt.«

Cat schüttelte sich. »Er muß ein Monstrum sein.«

»Aber er läuft nicht Amok, sondern er geht überlegt vor und ist völlig auf seine Mission konzentriert, getrieben von Rache oder Religion oder einer von Hunderten anderer möglicher Motivationen.«

»Das ist interessant, nicht wahr? Was Menschen dazu bringt, zu tun, was sie tun.« Sie sah ihn entsetzt an. »Manchmal ergeben ihre Motive überhaupt keinen Sinn. Diese Menschen kümmern sich so gut wie gar nicht um die Auswirkungen ihres Tuns auf andere Menschen, solange ihre Bedürfnisse erfüllt werden.« Ihre Worte beinhalteten eine doppelte Bedeutung, was er sofort begriff.

»Du hältst mich immer noch für einen Scheißkerl.«

»Oh, ja. Keine Frage«, antwortete sie sofort, so als würde sie der Forderung zustimmen, dem Hunger auf Erden müsse ein Ende bereitet werden.

»Rechnest du mir denn gar nicht an, daß ich ehrlich zu dir war?«

»Ich bin mir sicher, daß auch das egoistisch war.«

»Ach, komm. Versuch doch wenigstens, mich zu verstehen.«

»Ich verstehe dich sehr gut. Du warst geil, ich war willig.«

»Ich war nicht darauf angewiesen, mit dir ins Bett zu gehen«, schrie er.

»Warum hast du's dann nicht mit einer anderen getan? Wozu das ganze Theater, Alex? Du hast mich böse abstürzen lassen, und du hast es absichtlich getan!«

Er wollte etwas entgegnen, besann sich aber eines Besseren. Fluchend fuhr er sich durchs Haar. Schließlich sagte er: »Schuldig. Ich habe dich mit Absicht glauben lassen, das Unmögliche sei möglich.«

»Warum ist es unmöglich?«

Er schwieg; sein Mund war eine dünne, harte Linie.

»Was, Alex? Was ist es, das dir so zu schaffen macht?«

»Ich kann nicht darüber reden.«

»Versuch es doch wenigstens.«

»Glaub mir, Cat. Du würdest es nicht wissen wollen.«

»Tja, was auch immer es sein mag – Sex hilft dir auch nicht, dich besser zu fühlen.«

Er zog spöttisch eine Augenbraue hoch. »Da erinnert sich aber einer von uns beiden falsch. Ich weiß noch, daß ich mich nicht nur besser, sondern verdammt großartig gefühlt habe.«

»Ich meine nicht körperlich«, sagte sie lapidar. »Natürlich war es ein tolles Gefühl. Aber ihr Männer könnt das Körperliche und das Emotionale nicht auseinanderhalten. Wenn es sich für euch da unten gut anfühlt, warum dann noch nachdenken? Frauen dagegen –«

»Er könnte auch eine *sie* sein.« Wie vom Schlag getroffen fuhr er hoch.

»Was?«

»Es könnte auch eine Frau sein, die es auf dich abgesehen hat.«

»Melia.«

»Bitte?«

Cat war sich nicht einmal bewußt, daß sie den Namen laut ausgesprochen hatte. Jetzt war es zu spät. Er würde es wissen wollen. »Sie arbeitet beim Sender. Ich bin mehrmals mit ihr aneinandergeraten.« Zum zweitenmal an diesem Morgen schilderte sie die Probleme, die sie mit Melia gehabt hatte.

»Ich glaube, die hab ich schon mal gesehen«, sagte Alex. »Der wandelnde feuchte Traum. Große Brüste, langes schwarzes Haar, volle Hüften, Beine bis zum Hals?«

»Da scheint dir ja nichts entgangen zu sein«, sagte Cat trocken.

»Ist ja auch schwer zu übersehen.«

»Auch wenn sie bösartig und haßerfüllt ist – als Mörderin kann ich sie mir einfach nicht vorstellen.«

»Verdächtig sein kann jeder, Cat. Und jeder Mensch ist zu einem Mord fähig.«

»Das glaube ich nicht.«

»Ich habe einmal ein dreizehnjähriges Mädchen verhaften müssen, das die eigene Mutter im Schlaf erschlagen hatte. Ihr Motiv? Mom hatte ihr Stubenarrest aufgebrummt, weil sie zuviel Lidschatten getragen hatte. Das war ein süßes Mädchen mit Zahnspange und Mickymausposter an der Wand des Kinderzimmers. Mörder kommen in allen Formen und Größen vor. Und dieser hier ist so schlüpfrig wie Eulenscheiße.«

»Wenn es einen Mörder gibt.«

Er schaute auf die drei Zeitungsausschnitte. »Wir sollten die Staatsanwaltschaft informieren.«

Ein guter Gedanke. Also mußte für ihn die Angelegenheit ernster sein, als er sie glauben lassen wollte. »Was können die denn machen?«

»Eine Untersuchung der Umstände dieser Unfälle anstrengen.«

»Aber das würde einige Zeit dauern, stimmt's?«

»Hab noch nie erlebt, daß irgendwas schnell geht, wenn man mit den Behörden zu tun hat.«

»Aber das Jubiläum meiner Transplantation ist in knapp einem Monat.« Sie versuchte zu lächeln. »Ich habe das ungute Gefühl, daß ich die nächste auf seiner Liste bin. Oder auf ihrer Liste.«

Alex las sich erneut den Nachruf durch. »Er will gefaßt werden. Sonst würde er dir das nicht schicken. Hinter seinen Morden steckt eine bestimmte Absicht, aber er tut es nicht aus einem Impuls heraus oder nur zum Spaß. Er ist seinem perversen Ideal verfallen, und er weiß, daß es falsch ist. Er bittet darum, gefaßt zu werden.«

»Ich hoffe nur, daß wir das rechtzeitig schaffen.«

»Hast du *wir* gesagt?«

»Allein schaffe ich das nicht, Alex. Ich habe weder die Verbindungen noch die Erfahrung. Du aber schon.«

»Das Frühstück wird ja immer teurer.« Er drehte den Kopf von einer Seite zur anderen. »Was, wenn ich nein sage?«

»Ich glaube nicht, daß du das tun wirst, weil noch immer viel von einem Cop in dir ist. Du hast einen Eid geleistet, zu beschützen und zu dienen. Ich glaube nicht, daß dies zu Ende war, als du deine Marke zurückgegeben hast. Selbst wenn ich eine Fremde wäre, würdest du mich nicht im Stich lassen. Und sollte ich auf mysteriöse Weise umkommen, würdest du dir das nie verzeihen.«

Er pfiff. »Du spielst unfair.«

»Ich lerne eben dazu.« Mit der ihr typischen Offenheit kam sie auf den Punkt. »Du bist der letzte, den ich um einen Gefallen bitten möchte. Es ist mir nicht leichtgefallen, heute morgen hierherzukommen. Wenn ich eine andere Möglichkeit gehabt hätte, hätte ich die genommen. Leider bist du meine einzige Chance.«

Er überlegte kurz. »Also gut, ich schaue mal, was ich tun kann. Was schlägst du vor, wo ich anfangen soll?«

»Hier. In Texas.«

Offensichtlich hatte er nicht mit einer Antwort auf seine rhetorische Frage gerechnet. »Warum?«

»Ich habe noch mit niemandem darüber gesprochen«, sagte sie zögernd. »Ich habe einen Hinweis auf die Herkunft meines Herzens. In der Nacht meiner Operation hörte ich, wie eine der Schwestern sagte, sie würden es aus Texas einfliegen. Ich habe immer geglaubt, daß mein Herz von hier kommt.« Und sie versuchte, es wie einen lässigen Nachgedanken klingen zu lassen, als sie hinzufügte: »Vielleicht hat es mich ja deshalb hierhergezogen.«

Er beugte sich vor. »Du legst ja eine Menge leckerer Köder aus heute morgen, und ich kann nicht anders, als anzubeißen. Aber was willst du mit deiner letzten Bemerkung sagen? Daß es dich nach Texas gezogen hat, weil der Spender deines Herzens hier gelebt hat?«

Sie schüttelte, ungehalten über sich selbst, den Kopf. »Dean sagt, daß eine solche spirituelle Übertragung unmöglich ist.«

»Was sagst *du*?«

»Ich bin derselben Meinung.«

Er verzog das Gesicht, womit er andeutete, daß ihm die mangelnde Überzeugung in ihrem Ton nicht entgangen war. »Aber es ist ein höllisch interessantes Gesprächsthema, was?«

»Vielleicht reden wir später mal drüber. Jetzt muß ich rauskriegen, wer es auf mich abgesehen hat. Der Hinweis auf Texas ist meine einzige Spur.«

»Nicht weiter tragisch. Man geht immer von dem aus, was man hat.«

»Eines noch, Alex. Ich habe versucht, in Erfahrung zu bringen, ob die Familie meines Spenders je einen Versuch unternommen hat, sich mit mir in Verbindung zu setzen.«

»Das hast du getan?« Er klang überrascht. »Das ist doch aber gegen deinen Vorsatz, oder? Du hast mir doch gesagt, du wolltest nichts über deinen Spender wissen.«

»Mir bleibt keine Wahl mehr. Sie überprüfen bereits die Unterlagen. Ich sage dir Bescheid, was dabei rauskommt, falls überhaupt.«

»Gut. In der Zwischenzeit fange ich mit Texas an und arbeite mich weiter. Ich werde auch mal sehen, was ich über diese Unfälle rauskriegen kann. Könnte ja sein, daß die Opfer noch etwas gemeinsam hatten außer einer Herzverpflanzung. Aber versprechen kann ich nichts.«

»Ich bin dir dankbar für alles, was du in Erfahrung bringen kannst.« Sie stand auf und deutete auf den Kühlschrank. »Es sind noch Lebensmittel da. Bediene dich.«

Er folgte ihr zur Tür. »Geh noch nicht.«

»Wir haben das Geschäftliche erledigt.«

»Aber nicht unseren Streit begraben.«

»Es gibt keinen Streit, Alex. Wir sind beide übereingekommen, daß du ein Scheißkerl bist, und du kennst meine Ansicht über bedeutungslosen Sex.«

»Es war nicht bedeutungs –«

»Aber eines würde mich doch noch interessieren«, schnitt sie ihm das Wort ab. »Warum bist du so schnell damit rausgerückt? Warum hast du mich nicht bis in alle Ewigkeit ausgenützt? Warum hast du es dir versaut? Hattest du etwa einen Anfall von schlechtem Gewissen? Hat Arnie damit gedroht, deine Tantiemenschecks zurückzuhalten, wenn du dich nicht wie ein braver Junge benimmst?«

Anstatt ihre Fragen zu beantworten, packte er ihr Kinn. »Kennst du den Spruch ›Sei vorsichtig, was du dir wünschst‹? Tja, ich habe mir gewünscht, mit dir zu schlafen. Ich habe mir gewünscht, daß es irrsinnig gut wird. Und das war es. Aber ich bekam mehr, als ich erhofft hatte. Das hat mir angst gemacht. Ich wußte nicht, wie ich damit umgehen sollte.« Er berührte ihren Mundwinkel mit dem Daumen. »Und ich weiß es immer noch nicht.«

Kapitel 35

»So sieht es also aus. Ich wollte, daß Sie informiert sind.«

Cat hatte Jeff Doyle und Bill Webster alles erzählt und wartete nun auf ihre Reaktion. In Websters Büro war es still, anders als das chaotische Treiben in der Nachrichtenredaktion.

Sie und Jeff saßen beide auf dem beigen Ledersofa, ihr Boß auf einem farblich passenden Sessel. Seine entspannte Pose trog jedoch. Er war offensichtlich verärgert über das, was Cat ihnen gerade erzählt hatte.

»Dieser Polizist...«

»Hunsaker.«

»Hat es einfach mit einem Achselzucken abgetan?«

»Mehr oder weniger«, sagte Cat. »Vor allem, als mir die Organbank mitteilte, daß die Familie meines Spenders nie versucht hat, Kontakt mit mir aufzunehmen.«

Darüber war sie ebenso enttäuscht wie froh. Froh, daß sie nun nicht mit den persönlichen Aspekten ihres Spenders zu tun haben würde; enttäuscht jedoch, daß diese mögliche Spur zum anonymen Briefeschreiber damit endete.

»Lieutenant Hunsakers Gleichgültigkeit war sehr ärgerlich«, fuhr sie fort. »Doch als ich Alex davon erzählte, überraschte den das gar nicht. Solange kein Verbrechen begangen wurde, was kann die Polizei da schon tun? Es gibt keinen Grund für einen Haftbefehl, selbst wenn wir wüßten, wer zu verhaften ist, was wir aber nicht wissen.«

»Aber es muß doch etwas geben, was unternommen werden kann«, beharrte Jeff.

»Wir versuchen alles«, sagte Cat. »Alex hat noch immer gute Kontakte zur Polizei von Houston, ehemalige Kollegen, die für ihn im Computer nachschauen und so was. Er verfügt über Quellen, die ein normaler Mensch wie ich nicht hat.« Sie lächelte kurz. »Manchmal vergißt er zu erwähnen, daß er nicht mehr bei der Polizei ist. Die Leute reden noch mit ihm. Er kann sehr einschüchternd sein.«

»Vertrauen Sie ihm?« fragte Bill.

Sie sah ihn scharf an. »Warum sollte ich nicht?«

Er deutete auf den Manilaordner mit den Kopien der Zeitungsausschnitte, des Nachrufs und die dazugehörigen Umschläge. »Ich denke, es gibt berechtigte Gründe, auf jeden Fremden in Ihrem Leben achtzugeben.«

»Alex Pierce ist wohl kaum ein Fremder«, gab Jeff zu bedenken.

Doch Bill blieb hartnäckig »Was wissen Sie über ihn, Cat? Abgesehen vom Offensichtlichen, wie dem Umstand, daß er gut aussieht.«

»Ihre Anspielung ist unangebracht, Bill. Ich habe mich nicht in ein hübsches Gesicht verknallt.«

»Kein Grund zur Aufregung«, versuchte er zu besänftigen. »Ich wollte damit nur sagen –«

»Sie wollten damit sagen, daß Frauen mit dem Herzen und nicht mit dem Verstand denken. Wir sind das schwache Geschlecht und nicht in der Lage, den Wolf im Schafspelz zu erkennen.«

Verärgert stand sie auf und ging zum Fenster. Sie schaute auf den Verkehr drei Stockwerke unter ihr. Sie ließ ihre Wut ein wenig verrauchen, ehe sie sich wieder umdrehte.

»Tut mir leid, Bill. Sie haben sich Sorgen um meine Sicherheit gemacht, und ich habe Ihnen dafür fast den Kopf abgerissen.«

Er tat ihre Entschuldigung mit einer Handbewegung ab. »Schon gut. Sie sind unter großem Druck. Wirkt es sich auch körperlich aus?«

»Abgesehen von ein paar schlaflosen Nächten, nicht.«

»Wir könnten die Sendung für einige Wochen absetzen, bis die Geschichte aufgeklärt und aus der Welt ist.«

»Sherry würde das sicherlich verstehen«, pflichtete Jeff Bills Vorschlag bei.

»Niemals. Ich werde mein Leben nicht ändern. Alles bleibt, wie es ist. Ich werde nicht zulassen, daß dieser Irre über mein Leben bestimmt.«

»Aber wenn der Streß zu einem gesundheitlichen Risiko wird –«

»Ich fühle mich fabelhaft. Meinem Herzen geht es gut. Ehrenwort.« Sie faßte sich an die Brust. »Aber lassen Sie uns die andere Sache ein für allemal klarstellen. Mein Privatleben bleibt meine Privatsache, also wäre ich Ihnen dankbar, wenn Sie Ihre Meinung über Alex für sich behalten würden. Ich brauche seine Hilfe. Das ist alles.«

Verlegen ging sie zum Servierwagen, wo Bills Sekretärin ein Service und frischen Kaffee abgestellt hatte. »Möchte noch jemand Kaffee?« Die beiden Männer lehnten dankend ab.

Cat schenkte sich eine Tasse ein; sie ließ sich Zeit dabei und mußte unweigerlich an jenen letzten Augenblick an Alex' Tür denken, als er ihr geradeheraus gesagt hatte, daß er sie noch immer wollte. Er hatte versucht, sie zu küssen, aber sie war gegangen, ehe die Lust ihr Urteilsvermögen beeinträchtigen konnte. Bill lag mit seinen Anspielungen gar nicht so weit daneben. Vielleicht hatte sie auch deshalb so heftig darauf reagiert.

Doch dann schob sie alle Gedanken an Alex beiseite und tat so, als würde sie sich über ihre eigenen Sorgen lustig machen. »Scheint so, als ob da jemand meine Ticktack für immer anhalten will.«

»Ich finde nicht, daß das zum Lachen ist.« Jeffs ernstes Stirnrunzeln paßte so gar nicht zu seinem jungenhaften Gesicht.

»Ganz meine Meinung, Jeff.« Bill rieb die Handflächen aneinander wie ein General, der seinen Truppen eine Strategie erläutert.

»Ich habe ein Memo rausgeben lassen, wonach niemand ohne Ausweis oder Erlaubnis das Gebäude betreten darf. Und Sie, Cat, werden ab sofort zu und von Ihrem Auto zum Gebäude begleitet.«

»Aber, Bill, das ist –«

»Keine Widerrede. Jeff, wenn ihr Außenaufnahmen habt, sorgen Sie dafür, daß jemand vom Wachpersonal dabei ist. Im Bus ist Platz genug.«

»Bewaffneter Begleitschutz?«

»Gute Idee, Mr. Webster«, sagte Jeff und ignorierte Cats Protest. Sie seufzte, verdrehte die Augen, aber Bill blieb unnachgiebig.

Doch als er eine Überwachung ihres Hauses rund um die Uhr vorschlug, stellte sie sich quer. »Kommt gar nicht in Frage.«

»Der Sender wird dafür aufkommen«, sagte Bill. »Sie sind überaus wichtig für uns. Wir werden keine Kosten scheuen, Sie zu beschützen.«

»Ich bin kein Objekt, ich bin ein Mensch. Ich werde nicht zulassen, daß ein muskelbepackter Gorilla in einem billigen Anzug die ganze Zeit in meinem Haus rumhockt. Ich werde nicht wie eine Gefangene in meinen eigenen vier Wänden leben. Sollten Sie doch etwas unternehmen, Bill, dann ziehe ich in ein Hotel, und niemand wird wissen, in welches. Ich meine es ernst, Bill. Ich werde diesem Wahnsinnigen nicht noch mehr Kontrolle über mein Leben geben, als er ohnehin schon hat.«

Nach einigen Minuten erhitzter Diskussion gab Bill nach, wenn auch widerwillig. Kurz darauf verließ Cat mit Jeff das Büro. »Er versucht doch nur, dich zu beschützen«, sagte Jeff, als sie im Fahrstuhl hinunter in den ersten Stock fuhren.

»Ich weiß sein Bemühen zu schätzen, aber wir dürfen die Sache auch nicht größer machen, als sie ist. Wahrscheinlich hat Lieutenant Hunsaker recht, und ich habe mir was eingebildet. Jetzt ist die Hysterie schon ansteckend geworden.«

»Du warst noch nie hysterisch.« Jeff folgte ihr aus dem Fahrstuhl. Sie gingen rechts den Korridor hinunter zur Nachrichtenredaktion.

»Vielleicht war Hysterie auch nicht das richtige Wort. Aber ich habe mir von ein paar anonymen Briefen Angst einjagen lassen.«

»Mr. Pierce hat die Briefe aber nicht auf die leichte Schulter genommen.«

»Er ist Schriftsteller. Er hat eine recht lebhafte Phantasie. Das hätte ich mir eigentlich denken können, bevor ich mit ihm darüber sprach. Er denkt sich jeden Tag irgendwelche kranken Sachen aus. Er hat meine vage Vermutung genommen und sie zu einem spannenden Szenario aufgeblasen, das einen tollen Hollywoodfilm abgeben würde.«

»Gute Idee. Ich sollte es aufschreiben und nach Hollywood schicken.«

Cat und Jeff wirbelten herum, als sie Alex' Stimme vernahmen.

»Aber nur, wenn du mir versprichst, die Hauptrolle zu übernehmen«, sagte er scherzend zu Cat. »Hallo, Jeff.«

Beide waren überrascht, ihn zu sehen. Cat faßte sich als erste. »Ich habe dich nicht erwartet.«

Sie hatten seit jenem Morgen, als sie ihm das Frühstück zubereitet hatte, mehrmals telefoniert, sich aber nicht gesehen. Er war die letzten Tage in Houston gewesen und hatte sie nicht von seiner Rückkehr informiert.

»Bin auf was Interessantes gestoßen. Am Nachmittag treffe ich mich mit einem Typen, der bereit ist, mit mir zu reden. Gut möglich, daß nichts dabei rauskommt, aber ich sage dir auf jeden Fall, wie es gelaufen ist.«

Sie wandte sich zu Jeff um. »Was liegt heute an?«

»Nicht viel.« Er starrte Alex weiterhin ehrfürchtig an.

»Nichts, was sich nicht verschieben ließe?«

Jeff schüttelte den Kopf.

»Nichts da, Cat«, sagte Alex. »Mach deine Sachen. Du gehst nirgendwohin.«

»O doch und ob. Ich werde dich begleiten.«

»Ganz schlechte Idee. Ich sage dir, wenn ich was Neues habe.«

»Das reicht mir nicht. Das Warten macht mich wahnsinnig. Ich komme mit.«

»Es wird aber kein netter Ausflug, und es könnte sogar gefährlich werden.«

»Rumsitzen und darauf zu warten, von einem Irren umgelegt zu werden, auch. Ich nehme nur schnell meine Medikamente, dann können wir los.« Sie eilte zu ihrem Büro, drehte sich aber noch einmal um. »Wage es ja nicht, dich ohne mich aus dem Staub zu machen.«

Sie ließ ihn im Rezeptionsbereich der Nachrichtenredaktion warten. Jeff brachte ihr die in der Zwischenzeit eingetroffenen Nachrichten und Anrufe.

»Sherry hat angerufen.«

»Was wollte sie?« Sie legte ihre Medikamente zurück in den Schreibtisch und verschloß die Schublade.

»Wird dir gar nicht gefallen.«

Sie richtete sich auf und schaute Jeff an. Er legte ihr das Memo auf den Tisch, die Stirn in Falten gezogen. »Michael ist wieder bei seinen leiblichen Eltern.«

»O Gott.«

»Ihr Anwalt hat sie vor Gericht rausgeboxt. George Murphy ist wieder mal mit einem blauen Auge davongekommen.«

Cat mußte an das süße Gesicht des Jungen denken und verspürte Wut und Sorge bei dem Gedanken an die emotionalen und körperlichen Mißhandlungen. »Was müssen wir tun, um ihn da rauszuholen? Wie konnte die zuständige Sachbearbeiterin das zulassen?«

»Sherry hat versprochen, sich persönlich drum zu kümmern. Noch ein Beweis von Mißhandlung, und sie holen den Jungen endgültig raus.«

»Sie kann nicht rund um die Uhr bei ihm sein«, sagte Cat wütend.

»Was auch immer das heißen mag – die Sachbearbeiterin meinte, Michael sei gleich in die Arme seiner Mutter gelaufen, als er sie gesehen hat. Und sie hat ihn umarmt, hat geweint und sein Gesicht abgeküßt. Waren ganz aus dem Häuschen, wieder zusammenzusein.«

»Ich hoffe, er überlebt ohne allzu viele Narben. Jedes Kind ist besonders, aber Michael hat etwas...« Ihre Stimme verebbte. Als sie sich bewußt wurde, daß mehrere Sekunden verstrichen waren, sah sie blinzelnd zu Jeff hin.

»War noch was?«

»Dr. Spicer hat aus LA angerufen und wollte so bald wie möglich zurückgerufen werden.«

»Mache ich heute abend.«

»Besser jetzt gleich. Die Sekretärin meinte, er hat sehr aufgebracht geklungen.«

»Na gut. Paß du in der Zwischenzeit auf Alex auf. Laß ihn

nicht entwischen, selbst wenn du ihn an einen Stuhl binden mußt.«

Während sie darauf wartete, daß ihre Sekretärin sie mit Dean verband, nahm sie Michaels Akte von dem Stapel auf ihrem Schreibtisch. Sie starrte noch immer auf sein Foto, als ihre Sekretärin sich meldete und Dean für sie dran hatte.

»Hi!« rief sie mit gezwungener Fröhlichkeit. »Schön, mal wieder was von dir zu hören.«

»Wie geht es dir?«

»Gut.«

»So klingst du aber gar nicht.«

Sie erzählte ihm kurz von der Sache mit Michael. »Ach, genug davon.« Sie klappte die Akte zu. »Du bist die Stimme der Vernunft in einer ansonsten sehr verrückten Welt.«

»Freu dich nicht zu früh.«

»Oh, oh. Noch mehr schlechte Nachrichten? Ich glaube, ich kann heute keine mehr vertragen. Aber mach schnell. Ich hab nicht viel Zeit. Eigentlich war ich schon auf dem Sprung. Um was geht's?«

»Um Alex Pierce.«

Ihr Herz klopfte. »Oh? Und was ist mit ihm?«

»Sei froh, daß du dich nicht mehr mit dem triffst. Ich wollte nur sichergehen, daß du ihm nichts von den Zeitungsausschnitten erzählt hast.«

Einen Moment zögerte sie, dann sagte sie: »Um die Wahrheit zu sagen – ich *habe* sie ihm gezeigt. Er stellt einige Nachforschungen für mich an.«

»Du machst Witze!«

»Ich dachte, er mit seiner Erfahrung als Polizist –«

»Man kann ihm nicht trauen, Cat.«

Sie wollte nicht schon wieder damit anfangen. Neunzig Prozent von Deans Mißtrauen waren reine Eifersucht. »Ich brauchte seine Meinung, also habe ich meinen Stolz mal vergessen und ihn um Rat gebeten. Er wird mir helfen, meinen anonymen Brieffreund zu finden, ehe ich ebenfalls bei einem rätselhaften Unglück ums Leben komme.«

»Hör mir gut zu, Cat.« Er senkte vertraulich seine Stimme. »Ich habe Mr. Pierces Vergangenheit mal ein bißchen ausleuchten lassen. Sie haben bei der Kurzbiographie auf dem Cover seiner Bücher einiges ausgelassen.«

»Du hast ihn ausforschen lassen? Warum?«

»Sei nicht böse.«

»Böse ist noch untertrieben. Ich bin außer mir. Ich bin kein kleines Kind mehr, Dean, und du bist ganz sicher nicht mein Wächter.«

»Tja, aber einer sollte auf dich aufpassen. Du gehst mit dem Burschen ins Bett, ohne was über ihn zu wissen.«

»Ich wußte, daß ich mit ihm schlafen wollte«, konterte sie.

Nach einem langen, feindseligen Schweigen sagte er: »Da gibt es noch etwas, was du wissen solltest, etwas, was du vielleicht bedenken solltest, wenn er das nächste Mal versucht, dich ins Bett zu locken.« Er hielt erneut für einen Moment inne, um seinen Worten den nötigen Nachdruck zu verleihen. »Alex Pierce ist ein kaltblütiger Killer.«

Kapitel 36

Alex steuerte seinen Sportwagen schnell und sicher durch den Verkehr. Im Wageninnern war es eng, die Sitze lagen tief, was eine gewisse Intimität erzwang. Cat fühlte sich unbehaglich.

»Du bist ja ungewöhnlich still«, sagte er, als er einen Lkw überholte. »Stimmt was nicht?«

»Außer daß mich ein Irrer umbringen will!« Sie atmete aus und schob sich einige widerspenstige Haarsträhnen aus dem

Gesicht. »Ich bin heute nachmittag nicht so zum Reden aufgelegt, das ist alles.«

»Soll mir recht sein.«

Er legte das rechte Handgelenk aufs Steuerrad und konzentrierte sich aufs Fahren. Cat schalt sich für ihr Schmollen. Nach Deans schockierender Neuigkeit war sie aus dem Büro gekommen, um Alex beim Flirten mit Melia zu erwischen.

»Das ist die Kleine, was?« fragte er, als sie beide Richtung Ausgang gingen.

»Das ist sie.«

»Sieht harmlos aus.«

Cat warf ihm einen bösen Blick zu. »Ach, die war ja dir gegenüber auch der Charme in Person. Vergiß nicht, daß sie meine lebenswichtigen Medikamente in den Müll geschmissen hat.«

»Ich sage ja nicht, daß ich sie für einen Engel halte. Aber sie kommt mir auch nicht wie eine Mörderin vor. Weißt du, wo sie vorher beschäftigt war?«

»Nein.«

»Ich werd sie mal unter die Lupe nehmen.«

Jede Wette, daß du das tust, dachte Cat im stillen.

Und so kam zu ihrer Angst auch noch nagende Eifersucht hinzu. Aber wie konnte sie eifersüchtig sein nach dem, was Dean ihr über Alex erzählt hatte?

Nach einer Weile des Schweigens sagte sie: »Du hast mir noch gar nicht gesagt, wo wir überhaupt hinfahren.«

»In ein kleines Nest westlich von Austin. In den Bergen. Schon mal dagewesen?« Sie schüttelte den Kopf. »Hübsche Gegend. Wird dir gefallen.«

Eine halbe Stunde später kamen sie in die kleine, verschlafene Ortschaft Wimberly, Anziehungspunkt für Handwerker und Kleinkünstler aller Art. An den Wochenenden verdreifachten die Flohmärkte die Bevölkerungszahl. Wenn die Touristen wieder abgereist waren, wurden die Bürgersteige wieder hochgeklappt, und das beschauliche Landleben setzte sich bis zum nächsten Wochenende fort.

»Du hast recht«, sagte Cat, als sie die Ortschaft verließen und es auf einer schmalen Straße über Land weiterging. »Es ist wirklich hübsch hier.«

»Ich hab schon mal mit dem Gedanken gespielt, hier draußen ein Grundstück zu kaufen und ein Haus zu bauen.«

»Was hat dich davon abgehalten?«

»Fehlende Initiative, schätze ich mal.«

Die Straße wurde schmaler und recht holprig. Der Sportwagen wirbelte eine Staubwolke und kleine Steinchen hinter sich auf. Schließlich gelangten sie zu einem Gebäude unter großen Bäumen, ein Stück abseits der Straße.

Es war der reinste Schandfleck in einer Bilderbuchlandschaft. Die Wände aus Wellblech waren rostig. An der Nordwand prangte ein gemalter Totenkopf mit gekreuzten Knochen. Eine staubige zerschlissene Konföderiertenflagge hing schlapp herab. Es gab keine Fenster, kein Schild, nur eine Neon-Bierreklame über dem Eingang. Vor dem Haus waren zwei Pick-ups und eine Harley Davidson geparkt.

Cat wollte gerade über dieses Prachtstück von Raststätte lästern, als Alex auf den Parkplatz einbog. Die Räder seines Wagens knirschten auf dem Schotter, als er neben dem Motorrad hielt.

»Du machst Witze.«

»Du bist jetzt still.« Er griff an ihr vorbei und öffnete das Handschuhfach. Als die Klappe herunterfiel, wäre ihr fast ein Revolver mit kurzem Lauf in den Schoß gerutscht. Alex nahm ihn, überprüfte, ob auch alle Kammern geladen waren, dann ließ er die Trommel wieder einrasten.

»Ich hab dir doch gesagt, daß wir nicht zum Vergnügen hier sind«, sagte er. »Sag ein Wort, und wir fahren wieder.«

Sie schaute zweifelnd zum Eingang, wandte sich dann aber rasch wieder Alex zu. »Nein. Wenn dort drinnen jemand die Sache aufklären kann, dann möchte ich mir anhören, was er zu sagen hat.«

»Gut. Aber du hältst den Mund und spielst mit, egal, was passiert. Wenn nicht, wenn du dein Mundwerk nicht halten kannst, dann bist du nicht die einzige, die dabei verletzt werden kann. Kapiert?«

Sie haßte es, wenn er so mit ihr redete. Wütend öffnete sie die Tür.

Er packte sie am Arm. »Hast du das kapiert?«

»Ja«, antwortete sie nicht minder barsch.

Gemeinsam gingen sie zum Eingang. Ehe sie die Kneipe betraten, flüsterte sie: »Wenn ich das geahnt hätte, hätte ich was Passendes anziehen können. Lederkluft und Peitsche.«

»Ein andermal.« Er stieß die Tür auf. »Wenn du ein bißchen ängstlich spielen könntest, wäre das nicht schlecht.«

»Spielen?«

Drinnen war es so dunkel, daß sie mehrere Sekunden lang nichts erkennen konnte, aber Alex' Augen mußten sich schneller an das trübe Licht gewöhnt haben, weil er sie zu einer Sitznische an der Wand schob, wo er sie zurückließ und dann an die Bar ging.

Der Barkeeper war ein fetter Kerl mit boshaften Augen und struppigem, schwarzem Bart, der ihm bis auf die Brust reichte. Arme, die aussahen wie haarige dicke Äste, waren über seinem Bauch verschränkt. Er kaute auf einem Streichholz und verfolgte die Übertragung eines Bowling-Turniers im Fernseher in einer Ecke über der Bar.

»Zwei Bier«, sagte Alex.

Der Barkeeper starrte ihn einen Moment reglos an. Dann glitt sein Blick zu den beiden Männern, die hinter ihrem Bier am Tresen hockten. Es war, als wolle er zunächst deren Meinung einholen. Schließlich spuckte er das Streichholz aus, nahm zwei Biergläser mit Henkel und schenkte ein.

Alex bedankte sich, zahlte und ging mit dem Bier zurück

zur Nische. Er rutschte neben Cat. »Tu so, als würdest du dran nippen.«

»Aber werden die nicht merken, daß wir gar nicht trinken?«

»Die wissen längst, daß wir nicht zum Trinken hier sind.«

»Dann wissen die mehr als ich. Weshalb sind wir hier?«

»Jetzt warten wir erst mal.« Er legte einen Arm um sie und zog sie an sich. Als würde er sie küssen wollen, hielt er den Mund dicht an ihr Ohr. »Ich werde aufpassen, daß dir nichts passiert. Das schwöre ich.«

Sie nickte, schaute aber dennoch besorgt zu den beiden anderen Gästen in der Kneipe. Sie hatten sich auf ihren Barhockern herumgedreht, starrten Alex und sie an und murmelten sich irgendwas zu.

Ein dritter Gast, den sie erst jetzt bemerkte, stand vor dem Videospiel am anderen Ende der Bar. Sie konnte nur seinen Rücken sehen. Er war extrem hager.

Sein ungewaschenes, strähniges Haar hing ihm bis über die knochigen Schultern. Er schien mehr aus Langeweile zu spielen, als um zu gewinnen.

Als seine letzte Rakete mit einem hohen, schrillen Pfeifen zerbarst, drehte er sich um, nahm einen Schluck aus seiner Bierflasche und schwankte dann zur Theke. Er warf Alex und Cat einen neugierigen Blick zu, ließ sich auf einen der Barhocker fallen und wandte seine Aufmerksamkeit dem Bowlingspiel im Fernsehen zu.

Cat flüsterte: »Wie lange müssen wir denn –?«

»Schhhh…«

»Ich will es aber wissen.«

»Sei endlich still und laß mich machen!«

Alex' plötzliche Lautstärke ließ sie vor Schreck verstummen. Sie sah ihn mit offenem Mund an, während er leise vor sich hinfluchte und nervös über die Schulter zum Barkeeper und zu den anderen Gästen hinsah. Er nahm einen Schluck

Bier und warf ihr einen warnenden Blick zu, als er aus der Nische glitt.

Cat sah, wie er sich neben den hageren Kerl setzte. Alex bestellte noch zwei Bier. »Äh, ’tschuldige. Bist du vielleicht Petey?« hörte Cat ihn fragen.

Der Hagere wandte nicht eine Sekunde den Blick vom Fernseher. »Was geht dich das an, Arschgeige?«

Alex beugte sich vor und flüsterte ihm etwas zu, das Cat nicht verstehen konnte. Petey starrte ihn staunend an. »Hältst du mich für bescheuert oder was? Meine Güte...« Er schaute zu den anderen beiden am Tresen und verdrehte die Augen. Der Barkeeper grinste. »Verpiß dich«, sagte Petey zu Alex und nickte Richtung Ausgang.

»Hör mal, ich hab –«

Petey fuhr herum und fauchte wie eine Wildkatze, der jemand auf den Schwanz getreten hat. »Verpiß dich, Mann! Mir gefällt deine Visage nicht, kapiert?«

»Du denkst, ich bin ’n Cop, oder was?«

»Meinetwegen kannst du die verdammte Märchenfee sein, Mann. Ich will nichts mit dir zu schaffen haben.« Er wandte sich wieder dem Fernseher zu.

Alex wischte sich mit einem verzweifelten Gesichtsausdruck die Hände an der Jeans ab. »Dixie meinte –«

Bei der Erwähnung dieses Namens fuhr Petey blitzschnell herum. »Du kennst Dixie? Scheiße, Mann, warum haste das denn nicht gleich gesagt? Bist du sein –?«

»Neffe.«

»Heilige Scheiße.« Petey gab dem Barkeeper ein Zeichen. »Gib mir ein frisch Gezapftes.«

Er wartete, bis er sein Bier hatte, dann bedeutete er Alex, seine zwei Bier zu nehmen. Sie gingen zusammen hinüber zur Nische. Petey nahm gegenüber von Cat Platz. »Grüß dich, Rotschopf.« Er glotzte sie an und schlürfte den Schaum vom Bier. »Ist das deine Alte?« fragte er Alex.

»Klaro.«

Cat sagte kein Wort, während Alex und Petey Geschichten über Onkel Dixie austauschten. Dabei wurden sie nach und nach immer leiser, so daß Cat dies gar nicht auffiel, bis Alex sagte: »Danke, daß du dich mit mir triffst.«

»Ich bin am Arsch, wenn die rauskriegen, daß du gar nicht der bist, für den du dich ausgibst.«

»Ist mir klar«, sagte Alex grimmig. »Aber es geht um was Wichtiges, sonst hätte ich Dixie nicht um diesen Gefallen gebeten.«

»Würde mir vielleicht jemand mal verraten, was hier eigentlich vor sich geht?« zischte Cat.

»Immer mit der Ruhe, Schätzchen.« Petey griff über den Tisch und strich ihr über die Wange. Sie stieß seine Hand weg. Er lachte und wedelte mit der Hand in der Luft, als hätte er sich seine nikotingelben Finger verbrannt. »Heißes Temperament, heiße Nummer im Bett, sage ich immer.«

»Krieg dich wieder ein, okay?« sagte Alex laut genug zu ihm, daß es die anderen hören konnten. Inzwischen waren zwei weitere Gäste gekommen; ein Bursche, der kräftig genug aussah, um Holzfäller zu sein, und eine Frau, die noch extremer aussah als er. Zur Belustigung der anderen Gäste tauschte sie freundliche, aber dreckige Witze mit dem Barkeeper aus.

»Hat Dixie dir gesagt, worüber ich mit dir reden will?« fragte Alex leise.

Petey nickte. »Ich erinnere mich noch, als wäre es gestern gewesen. Eigentlich noch besser als das. Weißte, so was vergißt man nie. Vor fast vier Jahren ist einer aus der Gang unter 'nen Lkw geraten. Ist dabei buchstäblich geköpft worden.«

Cat keuchte. Petey schaute zu ihr, dann wieder zu Alex. »Bist du sicher, daß sie keinen Rappel kriegt?« fragte er besorgt.

»Keine Bange. Erzähl weiter.«

»Alle kannten ihn als Sparky. Seinen richtigen Namen weiß ich nicht. War ein ernster Bursche. Hat ständig Bücher gelesen. Gedichte, Philosophie, so 'n Zeugs. War echt gebildet. Kam irgendwo aus dem Osten, glaube ich. Ist aus reichem Haus, vermute ich mal. Hatte dieses feine Benehmen, weißte?«

»Warum war er dann in der Gang?«

»Vielleicht waren Mami und Papi sauer auf ihn und haben ihn zu Hause rausgeschmissen. Oder er hat seine Alte mit 'ner Freundin im Bett erwischt. Wer weiß?« Petey zuckte mit seinen knochigen Schultern. »Jedenfalls hat er sich Sparky genannt, ist nach Texas gekommen und hat sich uns angeschlossen. War ein cooler Bursche. Alle haben ihn gemocht. Bis auf Zyk. Die beiden sind sich vom ersten Moment an nicht grün gewesen.«

»Zyk?« fragte Cat.

»Der Boß der Gang. Hat sich Zyklop genannt, weil er ein Glasauge hat.«

»Und was war der Grund für den Zoff zwischen den beiden?«

»Na, was wohl? 'ne Braut. Ein echt heißer Feger namens Kismet. Sie war Zyks Alte, bis Sparky auftauchte. Zwischen den beiden hat's mächtig gefunkt, vom Fleck weg. Ich vermute, zwischen den beiden ist schwer was gelaufen. Nicht nur im Bett und so. Ich glaube, da war mehr. So was spürt man, hab ich recht? Egal – Zyk war jedenfalls stinksauer.«

Er senkte die Stimme noch mehr. »Zyk hat Sparky für 'n Drogenschnüffler gehalten. Weil er sich kaum was reingepfiffen hat. Ab und zu mal 'nen Joint, aber das war's dann auch schon. Keinen harten Stoff.«

»War er denn ein Drogenschnüffler?«

»Nicht daß ich wüßte.«

»Wie kam es zu dem tödlichen Unfall?«

»Zyk hatte sich mit Kismet angelegt. Da ist Sparky auf ihn losgegangen. Es kam zum Kampf. Sparky hat gewonnen. Er hat Kismet auf seine Maschine gesetzt, und die beiden haben sich aus dem Staub gemacht. Aber Zyk ist ihnen nach. War eine höllische Verfolgungsjagd. Sparky muß hundertsechzig oder mehr drauf gehabt haben, als er gegen den Lkw geknallt ist. So was hab ich noch nicht gesehen, Mann...«

Er schüttelte traurig den Kopf. »Meine Güte... ich bin ihnen damals nach, den Hügel runter. Hab gedacht, Zyk würde sie erwischen. Aber der Lkw kam ihm zuvor. Sparky war nur noch eine einzige große Blutlache auf der Straße.«

Cat schüttelte sich, sagte aber nichts.

»Der Notarzt hat das, was von ihm übriggeblieben war, eingesammelt und im Wagen verstaut. Wir sind dann alle mit ins Hospital. Sparky hatte Kismet noch rechtzeitig von der Maschine gestoßen, um ihr das Leben zu retten. Es hatte sie natürlich böse erwischt, gebrochene Knochen und so weiter, kaum wiederzuerkennen. Zyk hatte im letzten Moment ausweichen können, hatte sich aber mit seiner Maschine überschlagen. Er war auch verletzt, aber bei Bewußtsein.

In der Notaufnahme kam dann dieser Arzt und fragte, ob jemand von uns mit Sparky verwandt sei. Sprach von Organspende und so. Wir sagten, soweit wir wüßten, habe Sparky keine Angehörigen. Er sagte was von angenommenem... so was, wo sie die Organe entnehmen können.«

»Angenommenem Einverständnis«, sagte Cat leise.

»Ja, so was. Aber er wollte, daß einer von uns grünes Licht dafür gibt. Wir fanden alle, weil Zyk der Boß war, sollte er das entscheiden. Zyk meinte: ›Aber klar. Schneidet dem Wichser das Herz raus und verfüttert es meinetwegen an die Köter, mir doch egal.‹ Also gehe ich davon aus, daß sie ihm das Herz rausgenommen haben.«

Durstig nach dem langen Monolog, schluckte Petey geräuschvoll sein Bier, ehe er fortfuhr.

»Kismet lag einige Tage im Koma. Als sie wieder zu sich kam, ist sie völlig ausgerastet. Erstens weil Sparky hinüber war, und zweitens, weil Zyk zugelassen hatte, daß sie ihn vor dem Begräbnis verstümmelten. Zyk sagte immer wieder, daß Sparky sowieso keinen Kopf mehr gehabt habe, also sei's doch egal gewesen. Aber sie hat sich gar nicht mehr eingekriegt deswegen.«

»Was wurde aus ihr?« fragte Cat.

Er schüttelte den Kopf. »Die Gang hat sich danach aufgelöst. War niemand mehr mit dem Herzen dabei.« Er lachte und zeigte seine gelben spitzen Zähne, die ihn wie eine zahme Ratte aussehen ließen. Er schaute Alex mit einem bedeutungsvollen Blick an. »Ich bin weitergezogen, weißte?« Alex nickte. »Aber warum interessiert euch das eigentlich alles?«

»Sie hat eine Herztransplantation gehabt.«

Petey schaute Cat mit neuem Interesse an. »Im Ernst? Irre. Meinst du, sie hat Sparkys Herz?«

Cat zögerte nicht eine Sekunde. »Nein. Niemals. Das weiß ich genau.«

Kapitel 37

»Ich dachte, du hättest nichts über deinen Spender rausgekriegt?« sagte Alex.

»Stimmt auch. Aber auch ohne den Bescheid der Agentur hätte ich sofort gewußt, daß es Sparky nicht gewesen sein kann.« Sie wandte sich an Petey, der vornübergebeugt zuhörte. »Ich habe nicht das Herz von Ihrem Freund bekommen. Sie müssen wissen, daß abgesehen von der Blutgruppe auch die Größe entscheidend ist.« Sie ballte ihre kleine Hand zur Faust. »Ich brauchte ein Herz von dieser Größe.

Ich bin zu klein für das Herz eines ausgewachsenen Mannes.«

Petey grinste erneut. »Sparky war aber nicht ausgewachsen.«

»Hast du geglaubt, ich hätte das mit der Größe nicht in Betracht gezogen?« murmelte Alex. Und an Petey gewandt: »Erzähl ihr, was du Onkel Dixie erzählt hast.«

»Sparky war ein Wicht, ein abgebrochener Riese. Alle haben sich drüber lustig gemacht, wie klein er ist, vor allem Zyklop. Zyk hat hinter seinem Rücken immer gelästert, daß er nicht kapiert, wie so 'n kleines Würstchen Kismet überhaupt glücklich machen kann. Aber Tatsache war: Sparky hatte 'nen Schwanz wie 'n Zuchthengst. Das hat die fehlende Körpergröße mehr als wettgemacht.«

»Wie groß war er?«

»Mindestens zwanzig Zentimeter«, antwortete er todernst.

Cat schüttelte den Kopf. »Wie groß war Sparky?«

»Oh. Einsachtundfünfzig. Einssechzig, höchstens.«

»Stämmig?«

»Ach was. Hören Sie mir denn gar nicht zu, junge Dame?«

»Kaum«, mischte sich Alex ein.

»Ich habe Ihnen doch gesagt – er war klein, aber kräftig und schnell.« Petey kratzte sich unter dem Arm. »Der konnte sich behaupten, wenn's drauf ankam. Das hat sogar Zyklop am eigenen Leib erfahren müssen.« Er schaute nervös Alex über die Schulter. »War's das? Wir müssen uns ein bißchen sputen, wenn Sie verstehen...«

»Danke, Mann.«

»Für Onkel Dixie immer...«

Cat schaute fassungslos zu, wie Alex mehrere gefaltete Geldscheine gegen ein Plastiktütchen mit weißem Puder tauschte. Er ließ es in seiner Jackentasche verschwinden, stand dann auf und zog auch Cat mit aus der Sitznische.

Petey rief ihnen nach: »Was dagegen, wenn ich euer Bier hier austrinke?«

Die Sonne war hinter den Baumwipfeln der fernen Berge verschwunden. Es war ein wunderschönes Dämmerlicht, vor allem im Vergleich zur schmuddeligen Bar. Cat atmete tief ein und aus, um den Gestank in ihrer Nase loszuwerden.

Sie stieg ins Auto, kurbelte das Seitenfenster runter und rang noch immer nach frischer Luft. Alex setzte sich hinters Steuer und fuhr schweigend einige Kilometer, ehe er an einer Kreuzung hielt.

Entsetzt sah Cat, wie er das Tütchen aus der Jackentasche holte, es mit dem Daumennagel aufschlitzte, den Finger hineinsteckte und sich das weiße Pulver auf das Zahnfleisch über den Schneidezähnen rieb.

Er schaute sie an. »Was guckst du denn so? Sag nicht, du bist schockiert. Du kommst schließlich aus Hollywood.«

»Ich habe mich aber immer ferngehalten von denen, die Drogen genommen haben.«

»Also willst du nicht?«

Ihre Miene war ernst und angespannt. »Nein, danke.«

»Bist du sicher? Ich dachte, du könntest uns nachher, wenn wir wieder bei dir sind, einen Tee kochen.«

»Tee?«

»Ja. Und süßen können wir den hiermit.« Er schüttete ihr etwas vom Pulver in den Schoß. Sie starrte erst die weiße Substanz an, dann ihn. Er zwinkerte. Sie probierte mit der Fingerspitze und schmeckte Puderzucker.

»Fiesling«, murmelte sie, während sie sich den Zucker von ihrem Rock bürstete.

Kichernd fuhr er los. »Petey ist ein Drogenschnüffler. Arbeitet als verdeckter Ermittler. Direkt an der Basis. Seit Jahren schon. Würde mich gar nicht wundern, wenn er selber drauf ist, aber er würde niemals echten Stoff an einen Cop verkaufen. Nicht mal an einen Excop.«

»Wie hast du ihn aufgetrieben?«

»Ich habe angefangen, Todesurkunden durchzusehen, und stieß dabei auf mehrere tödliche Unfälle in Texas während der zwölf Stunden vor deiner Operation. Mit dem Motorradunfall habe ich angefangen. Und kaum hatte ich angefangen, ein bißchen tiefer zu buddeln, bekam ich heraus, daß das Opfer tatsächlich Organe gespendet hatte.

Dann habe ich einen ehemaligen Kollegen bei der Polizei von Houston gefragt, ob irgendwer von ATF, DEA oder von den lokalen Behörden während der letzten fünf Jahren in eine Motorradgang eingeschleust worden war. Er hörte sich für mich um und kam mit Onkel Dixie, Peteys vermeintlichem großen Lieferanten, aber in Wahrheit ist es nur das Codewort für eine Spezialeinheit der Drogenpolizei in Houston.

Ich habe mit dem Leiter gesprochen. Er war nicht gerade begeistert, ein Treffen mit Petey zu arrangieren, und hat sich nur deshalb breitschlagen lassen, weil ich selber mal bei der Truppe war. Bin ein großes Risiko eingegangen, dich mitzunehmen. Ich hoffe, du kannst deinen Mund halten und posaunst diese Sache nicht aus.«

Sie warf ihm einen ärgerlichen Blick zu. »Dein Treffen mit Petey hatte nichts mit Drogendealerei zu tun. Warum diese Schauspielerei? Und warum ausgerechnet in diesem miesen Schuppen?«

»Wenn wir uns woanders getroffen hätten und dabei von jemandem gesehen worden wären, hätte es vielleicht Verdacht erregt. Das kann sich Petey nicht leisten. Er könnte seine Glaubwürdigkeit in der Szene verlieren, seine Kontakte und wahrscheinlich sein Leben. Also war es besser, wenn es so aussah, als würde irgendein Trottel versuchen, mit Petey ins Geschäft zu kommen.«

»Wie ein Trottel hast du aber nicht ausgesehen.«

»Danke. Hungrig?«

Fünf Minuten später saßen sie sich an einem Tisch mit

weißblaukarierter Plastiktischdecke gegenüber. Auf dem Tisch standen einige Fläschchen mit Tabasco und Ketchup, eine Sammlung von Steaksoßen, Salz- und Pfefferstreuer und ein Zuckerstreuer. Aus der Musikbox ertönte Countrymusik. In der Küche wurden ihre Steaks gebraten.

Cat nahm das Gespräch da wieder auf, wo sie es abgebrochen hatten.

»Hättest du die Pistole benutzt?«

»Um unser Leben zu retten? Worauf du Gift nehmen kannst.«

Sie versuchte, die nächste Frage beiläufig klingen zu lassen. »Hast du schon mal jemanden erschießen müssen?«

Er sah sie lange und eindringlich an, ehe er antwortete. »Als Polizist glaubst du, auf alle Situationen gefaßt und dafür trainiert zu sein. Aber das ist ein Irrtum. Wenn man in eine unerwartete Situation gerät, versucht man, das Beste daraus zu machen.«

Mehr war ihm nicht zu entlocken. Cat sagte nichts mehr, während er in seinem Eistee rührte. Schließlich fuhr er fort. »Wo hast du deine Ausbildung bekommen?«

»Du meinst meine Ausbildung als Schauspielerin?«

»Außer daß du ein Waisenkind bist, das von diversen Pflegeeltern großgezogen wurde, weiß ich nichts über dein Leben, bevor du bei der Fernsehserie eingestiegen bist. Wo bist du aufgewachsen?«

Sie ließ diesen Wechsel des Themas zu, weil sie glaubte, daß er vielleicht bereit wäre, über seine Vergangenheit zu sprechen, wenn sie ihm von ihrer erzählte. Was Dean ihr heute über ihn berichtet hatte, war zwar beunruhigend, aber sehr wahrscheinlich nicht so schwerwiegend, wie Dean es dargestellt hatte. Sie wollte erst Alex' Version der Ereignisse jenes verhängnisvollen vierten Juli hören, aber er würde ihr nichts erzählen, wenn sie ihn direkt darauf anspräche. Wenn er es je tat, dann würde er Zeit und Ort dafür wählen.

»Ich bin im Süden aufgewachsen, ja.« Sie sah, wie überrascht er war. »In Alabama, genauer gesagt. Ich habe jahrelanges Sprachtraining gebraucht, um den Akzent loszuwerden.«

»Wie war denn die kleine Cat Delaney?«

»Spindeldürr und rothaarig.«

»Und was noch?«

Sie fuhr mit dem Messer die Linien der blauweißen Karos auf der Tischdecke nach. »Das ist keine angenehme Geschichte.«

»Ich glaube kaum, daß es mir den Appetit verderben wird.«

»Da sei dir bloß nicht zu sicher«, sagte sie mit einem unsicheren Lachen. Sie begann, indem sie ihm von ihrer Krankheit erzählte. »Ich besiegte den Krebs, fühlte mich aber fast ein Jahr lang noch sehr schwach. Eines Tages ging es mir so schlecht, daß die Krankenschwester der Schule anbot, mich nach Hause zu fahren. Dads Auto stand in der Auffahrt, was ungewöhnlich war um diese Tageszeit. Ich ging hinein –«

Die Kellnerin brachte ihre Salate.

»Ich betrat das Haus durch die hintere Tür, weil ich dachte, daß Mom und Dad in der Küche sind. Doch es war sehr still im Haus. Später erinnerte ich mich an diese unheimliche Stille, aber damals bemerkte ich es gar nicht und suchte nach meinen Eltern.«

Das Blut begann ihr in den Schläfen zu pochen, als sie vor ihrem geistigen Auge dem schrecklich dünnen Mädchen mit den nicht zu bändigenden roten Haaren, blaß und mit dürren Beinen, in viel zu weiten Shorts und neuen marineblauen Turnschuhen folgte, als es lautlos über den Flur ging, wo Fotos von ihr als Kleinkind sie aus Rahmen herab anlächelten.

»Sie waren im Schlafzimmer.«

Alex rutschte unbehaglich auf seinem Stuhl herum. Sie spürte, wie er sich mit den Ellenbogen aufstützte und vorbeugte, schaute aber nicht vom Tischtuch auf. Sie fuhr mit dem Messer so konzentriert die blaue Linie entlang wie ein Kind, das bemüht ist, nicht über den Rand zu malen.

»Sie lagen auf dem Bett. Im ersten Moment nahm ich an, sie würden ein Nickerchen machen, auch wenn es nicht Sonntag war. Es dauerte einige Sekunden, ehe ich begriff, was all das Rote war. Als ich es begriffen hatte, bekam ich es mit der Panik zu tun und rannte zu den Nachbarn; habe die ganze Zeit geschrien, daß etwas Schreckliches mit meiner Mom und meinem Dad geschehen sei.«

»Allmächtiger«, flüsterte Alex. »Was ist geschehen? Ein Überfall?«

Sie ließ das Messer fallen. »Nein. Daddy hat erst Mom und dann sich selbst mit der Pistole erschossen.«

Sie sah ihn mit demselben Trotz an, mit dem sie damals den Mitarbeitern der Fürsorge und des Sozialamtes begegnet war. Ein Blick, der sich jedes Mitleid verbat.

»Die nächsten acht Jahre verbrachte ich in Heimen und bei Pflegeeltern, wurde so lange herumgereicht, bis ich für mich selbst sorgen konnte.«

»Was hast du gemacht?«

»Wie meinst du das?«

»Schule. Geld.«

»Dein Salat verschrumpelt.«

»Erzähl.« Er spießte ein Blatt seines Salats auf, aß es jedoch nicht, ehe sie ihre Schilderung beendet hatte.

»Nach der High-School habe ich als Sekretärin für einen großen Warenfabrikanten gejobbt. Aber es führte zu nichts. Die Beförderungen gingen nicht nach Leistung, sondern nach Alter und Rang. Es war so unfair wie das Pflegesystem.«

»Was stimmte denn damit nicht?«

»Frag lieber: was stimmte denn?« Doch dann legte sie ihre

Gabel zur Seite und fuchtelte mit beiden Händen in der Luft herum, als wollte sie das Gesagte auslöschen. »Streich das. Das war eine grobe Verallgemeinerung. Die meisten Pflegeeltern sind bemüht und aufopferungsvoll. Es ist das Konzept, das verändert werden muß.«

»Es ist immer noch besser als Waisenhäuser.«

»Ich weiß.« Sie schob ihren Salat zur Seite. »Aber ein Zuhause bei Pflegeeltern ist immer nur ein vorübergehendes Zuhause, und ein Kind – vor allem, wenn es älter ist – ist sich dessen vollauf bewußt. Es ist so ähnlich wie daheim, und das ist gut so. Aber es ist nicht wirklich dein Zuhause. Dir wird erlaubt, dort zu leben, aber nur für eine Weile. Wenn du zu alt geworden bist oder etwas angestellt hast oder wenn sich die Begleitumstände verändern, dann wirst du weitergereicht.

Die Botschaft, die du dabei vermittelt bekommst, lautet: ›Niemand kann dich gut genug leiden, um dich auf Dauer bei sich zu behalten.‹ Und gar nicht lange, und du hältst dich für nicht liebenswert und beginnst, diese Erwartungen zu erfüllen – entweder real oder eingebildet. ›Ihr haltet mich für nicht liebenswert? Na, dann sollt ihr mal was erleben...!‹ Als eine Art Verteidigungsmechanismus fängst du an, andere Menschen und Möglichkeiten zurückzuweisen, ehe sie Gelegenheit haben, dich abzuweisen.«

»Das ist die Analyse einer Erwachsenen.«

»Stimmt. Damals war ich mir natürlich nicht bewußt, daß ich selber zu allem beitrug. Ich war einfach nur ein einsames kleines Mädchen, das sich ungeliebt und unerwünscht vorkam und das für ein wenig Aufmerksamkeit alles getan hätte.«

Sie lachte traurig. »Ich habe einigen Unsinn angestellt.« Ihre Stirn legte sich in Falten. »Und manche Leute – auch die mit den besten Absichten – wissen nicht, wie sie ein Kind aufziehen sollen.

Aber wahrscheinlich langweile ich dich damit«, sagte sie schließlich.

»Ganz und gar nicht.«

Sie sah ihn mißtrauisch an. »Du schreibst das alles im Geiste mit, hab ich recht? Das wird sich alles in einem deiner Bücher wiederfinden, nicht wahr? Glaub mir, Alex, die Wahrheit ist schlimmer als alles, was man sich ausdenken kann.«

»Das weiß ich aus meiner Zeit als Polizist. Erzähl weiter. Ich habe kein inneres Tonband eingeschaltet.«

Sie seufzte. »Ich weiß nicht. Ich würde mich nur furchtbar aufregen über die Ungerechtigkeiten, die den Kindern widerfahren.«

Ihre Salatteller wurden abgeräumt und ihre Steaks serviert.

»Großer Gott!« rief Cat. »Wer soll denn das essen?«

Alex machte sich über sein Riesensteak her. »Dann erzähl mir, was du nach deinem Job als Sekretärin gearbeitet hast. Das muß ein langer Weg gewesen sein bis zum umjubelten Star einer Fernsehserie.«

»Mir wurde klar, daß ich eine bessere Ausbildung brauchte. Also habe ich jeden Penny gespart, konnte mir aber trotzdem kein College leisten. Und so habe ich mich bei einem Schönheitswettbewerb angemeldet.«

Seine Gabel verharrte auf halbem Weg zwischen Teller und Mund. »Bei einem Schönheits–?«

Das nahm sie ihm übel. »Was ist denn daran so verwunderlich?«

»Ich habe dich für jemanden gehalten, der solche Wettbewerbe für sexistisch und frauenfeindlich hält.«

»Damals war mir das egal. Immerhin ging es um ein Stipendium über zwanzigtausend Dollar. Also habe ich mein Geld in den besten Stütz-BH, den es auf dem Markt gab, investiert und habe mich in die lange Liste der hoffnungsvollen Bewerberinnen eingetragen. Reich mir doch bitte mal das Brot.«

Das geröstete Brot war außen knusprig und innen herrlich weich. »Sündhaft gut«, seufzte sie, schloß die Augen und leckte sich die Butter von den Lippen.

»Wenn du das schon für eine Sünde hältst, dann solltest du mal den Ausdruck auf deinem Gesicht sehen.«

Kapitel 38

Alex' Augen waren auf ihren Mund gerichtet. »Ist dir eigentlich bewußt, daß alles, was du tust, erotisch ist?«

»Ist dir eigentlich bewußt, daß du eine schmutzige Phantasie hast?«

»Unbestreitbar.« Er sah ihr in die Augen. »Du bist die wandelnde Versuchung. Deshalb verliebt sich ja auch jeder Mann, der dir begegnet, ein wenig in dich.«

Was eher beunruhigend und weniger wie ein Kompliment klang. »Das ist nicht wahr.«

»Ich kenne drei. Nein – vier.«

»Wen?«

»Dean Spicer.«

Sie zuckte mit den Achseln. »Seit ich aus Kalifornien fortgegangen bin, sind wir nicht mehr als gute Freunde.«

»Weil du es so haben willst. Er hingegen liebt dich nach wie vor. Der zweite ist Bill Webster.«

»Da bist du völlig auf dem Holzweg. Bill verehrt seine Frau.«

»Sie teilt meine Theorie.«

Cat bestritt das mit einem energischen Kopfschütteln. »Irrtum. Und falls Nancy glauben sollte, daß zwischen mir und Bill mehr ist als Freundschaft und gegenseitiger Respekt, dann irrt auch sie sich. Wer noch? Nicht daß ich dir das abnehme. Ich bin nur neugierig.«

»Jeff Doyle.«

Sie lachte.

»Wenn er nicht schwul wäre, würde er dich lieben«, beharrte Alex. »Aber so betet er dich an und alles, was du tust.«

»Und wer, bitte schön, ist die Nummer vier?«

Er ließ seine eindringlichen Blicke antworten.

»Erwartest du, daß ich das glaube?« fragte sie.

»Nein.«

»Gut. Weil es nämlich nicht stimmt, und das wissen wir beide ganz genau. Du willst nur mit mir ins Bett.«

»Wie stehen meine Chancen?«

»Gleich null.«

Sein Schmunzeln verriet, daß er ihr das nicht glaubte. »Und – hast du gewonnen?«

»Was? Ach, den Schönheitswettbewerb? Nein.«

»Zu dünn?«

»Zu dumm.«

»Das war noch nicht die ganze Geschichte, hab ich recht?«

Sie nickte. »Während der Vorauswahl mußten wir uns mit den Punktrichtern abgeben. Einer von ihnen war ein schmieriger Typ, der sich als Fotograf ausgab, aber ich fand, daß er eher wie ein schleimiger Autoverkäufer aussah. Er war so sehr auf unser Wohlergehen bedacht, daß er uns dauernd abgetastet hat. Ekelig. Widerlich.

Wie dem auch sei – er hat uns Mädels der Reihe nach beiseite genommen und solche Sätze zugeflüstert wie: ›Du schaffst es, Schätzchen.‹ Hinterher haben wir uns über ihn unterhalten und kamen zu der einhelligen Erkenntnis, daß er ein Blödmann war. Doch als die große Endausscheidung vom Wochenende nahte, wurde er grob und aufdringlicher.

Sein Getatsche war schon lange nicht mehr witzig, aber

keines von uns Mädels wollte es sich mit ihm verscherzen, aus Angst, eine miese Benotung von ihm zu kriegen. Was der alte Schleimer natürlich genau wußte. Er erpreßte uns sexuell und kam ungeschoren damit durch. Also beschloß ich –«

»Laß mich raten«, unterbrach Alex. »Du hast dir vorgenommen, ihm einen Denkzettel zu verpassen.«

»Ja. Ich fand, er sollte als der Schleimer entlarvt werden, der er war. Während der Anprobe hat er mich in die Enge getrieben und fing an, mir erzählen zu wollen, wie er mir helfen könnte, das Beste aus mir zu machen. Ich habe so getan, als wäre ich völlig aus dem Häuschen vor Begeisterung und Dankbarkeit und als wolle ich unbedingt mehr hören. Also schlug ich vor, mich später auf seinem Zimmer mit ihm zu treffen, wo er dann mehr ins Detail gehen könne.

Wir vereinbarten eine Uhrzeit. Ehe ich zu seinem Zimmer ging, hinterließ ich der Leiterin der Jury die Nachricht, daß er sie unbedingt sprechen müsse.«

»Du hast ihm eine Falle gestellt.«

»Hm. Leider ging das Ganze nach hinten los. Die Leiterin der Jury traf genau in dem Moment ein, als er versuchte, mir die Bluse abzustreifen. Er hat die ganze Sache natürlich rumgedreht und behauptet, ich sei unangemeldet in seinem Zimmer aufgetaucht und habe mich ihm angeboten, um eine möglichst hohe Punktzahl zu bekommen.

Wenn sie ihm nicht glaube, schlug er vor, solle sie doch die anderen Mädchen fragen, um die er sich die ganze Woche gekümmert habe. Was sie auch tat. Und die kniffen alle.

Ich vermute, daß ihnen diese alberne Miß-Krone wichtiger war als die Wahrheit. Also wurde ich als die Nutte gebrandmarkt, die die Integrität des Wettbewerbs kompromittiert hatte, und wurde prompt disqualifiziert.«

»Ich wette, dazu hattest du eine Menge zu sagen.«

»Eigentlich war ich eher wortkarg. Soweit ich mich erinnere, war alles, was ich sagte: ›Scheiß drauf. Dann werde ich eben Schauspielerin.‹«

Während des Essens und auf der Rückfahrt nach San Antonio erzählte sie ihm den Rest ihrer Lebensgeschichte. Nach dem Fiasko bei der Miß-Wahl hatte sie bis auf wenige Kleider ihre gesamte Habe verkauft und sich eine einfache Fahrt mit dem Greyhound-Bus nach Los Angeles gekauft.

Dort hatte sie in der Parfümerieabteilung eines Kaufhauses gearbeitet und gerade mal genug verdient, um den Schauspielunterricht und ein winziges Apartment zu bezahlen. Als sie es sich leisten konnte, ließ sie eine PR-Mappe von sich erstellen und begann, sich bei Talentagenturen vorzustellen.

»Schließlich rief mich aus heiterem Himmel ein Agent an und bekundete Interesse, mich zu vertreten. Zuerst habe ich angenommen, er wolle mich verarschen.«

»Das kenne ich.« Inzwischen hatten sie die Vororte der Stadt erreicht. Alex bog von der Autobahn ab. »Genau so kam ich mir auch vor, als Arnie Villella mich das erste Mal anrief. Was war deine erste Rolle?«

»Ein Werbespot für Bohnerwachs. Wurde über ein Jahr lang ausgestrahlt. Der Spot kam an. Danach habe ich noch mehr Werbung gemacht, alles vom Haushaltsreiniger bis zu Hondas. Schließlich Theater, kleine Bühne, kleine Rollen. Als mein Agent von der neuen Figur in der Serie *Der Lauf der Dinge* erfuhr, sprach ich für die Laura Madison vor. Der Rest ist bekannt.«

Er hielt an einer Kreuzung an und wandte sich zu Cat. »Wohin?«

»Zum Sender. Da steht noch mein Auto.«

Er sah sie eindringlich an. »Sicher?«

Sie wußte, was er damit meinte; und hätte ihre Libido für sie entschieden, wäre ihr die Wahl viel leichter gefallen. »Ja, ich bin ganz sicher.«

Auf der Fahrt zum Sender berichtete Alex ihr, was er bei seinem Abstecher nach Houston in Erfahrung gebracht hatte. »Bei der Staatsanwaltschaft hat man sich sehr bedeckt gehalten hinsichtlich der Nachforschungen über die Todesursachen der drei Transplantationspatienten. Das schien sie gar nicht weiter zu interessieren.«

»Also sind wir auf uns allein angewiesen.«

»Mehr oder weniger. Derzeit war man nicht mal bereit, die Organbanken nach vertraulichen Informationen abzufragen, nach den UNOS-Nummern und so weiter. Nicht, solange nicht feststeht, daß es sich bei den drei Unfällen um Verbrechen handelt, sagte man mir. Also habe ich mich statt dessen drangemacht, die Totenscheine zu überprüfen.«

»Danke, Alex. Du hast wahre Wunder vollbracht. Ich hätte es niemals geschafft, Petey ausfindig zu machen.«

»Nach dem, was er über Sparkys Größe gesagt hat – ich finde, es lohnt, das weiter zu verfolgen, findest du nicht auch?«

»Unbedingt.«

»Ich werde versuchen, ehemalige Mitglieder dieser Gang aufzutreiben. Auch wenn es schwierig werden wird. Denn wenn ich jemanden finden sollte, ist immer noch die Frage, ob er oder sie genug Interesse an Sparky hat, um den Verbleib seines gespendeten Herzens zu verfolgen. Die Chancen stehen nicht allzu gut.«

»Diese Frau – Kismet. Wenn wir die finden könnten; sie müßte etwas wissen.«

»Ja, aber ich glaube kaum, daß Kismet ihr richtiger Name war.«

»Ich bezweifle auch, daß der Anführer auf den Namen Zyklop getauft wurde.«

»Ich bezweifle, daß Zyklop überhaupt getauft wurde.«

Nachdenklich schaute sie aus dem Fenster. Wie er gesagt hatte, war die Chance, den Unbekannten zu identifizieren, ehe etwas Schlimmes geschah, äußerst gering. Doch sie würde jeder sich bietenden Spur nachgehen. Sie würde nicht einfach warten, daß ihr ein tödlicher Unfall widerfuhr.

»Alex, du hast vorhin noch von anderen tödlichen Unfällen, die zu Organspenden führten, gesprochen. Was waren denn das für Unfälle?«

»Eines war ein Massenunfall auf dem Houston Freeway. Während der Hauptverkehrszeit. Es gab einige Tote, aber ich konnte nicht rausfinden, ob einer von denen Organe spendete. Ich habe einen bezahlten Informanten, der sich für mich drum kümmert. Er arbeitet in einem der großen Krankenhäuser.

Das andere war ein Fall, mit dem ich bereits vertraut war. Erst als ich mir die Akte noch mal angesehen habe, entdeckte ich, daß es um die Zeit deiner Transplantation geschehen war.«

Neugierig drängte sie ihn, fortzufahren.

»Dieser Fall ging monatelang durch die Medien. Als Autor hat mich der Fall besonders interessiert. Es geschah in Fort Worth. Ein gewisser Paul Reyes erwischte seine Frau Judy im Bett mit ihrem Liebhaber. Reyes hat ihr mit einem Baseballschläger den Schädel völlig zertrümmert, aber die Notärzte schafften es, ihren Puls stabil zu halten, bis sie ins Hospital gebracht worden war, wo sie für hirntot erklärt wurde. Reyes wurde derweil verhaftet. Von seiner Zelle aus gab er die Erlaubnis, seiner Frau Organe zu entnehmen.«

»Mußte er ins Gefängnis?«

»Nein. Das ist ja das Verrückte daran. Sein Anwalt schaffte es, den Prozeß nach Houston zu bringen, wo Reyes freigesprochen wurde.«

»Wie war das möglich?«

»Rein medizinisch gesehen wurde Mrs. Reyes' Herz entnommen, ehe es aufgehört hatte zu schlagen. Er hat sie eigentlich nicht umgebracht. Die Staatsanwaltschaft machte einen Fehler, als sie auf Vorsatz plädierte anstatt auf Totschlag. Dazu kamen einige clevere Schachzüge des Verteidigers. Alles in allem kam am Ende ein Freispruch dabei heraus.«

»Hätten sie ihn nicht wegen versuchten Mordes drankriegen können? Oder tätlicher Angriff mit einer Waffe oder so etwas in der Art?«

»Das wäre doppelt gefährlich gewesen. Nach dem Prozeß tauchte Reyes unter. Hat seitdem nichts mehr von sich hören oder sehen lassen.«

Cat war ziemlich aufgeregt. »Das paßt doch, oder? Paul Reyes ist noch immer wütend auf seine untreue Frau und besessen von dem Gedanken, ihr Herz zum Stoppen zu bringen.«

»Hab ich auch schon überlegt. Ich habe ihn damals bei der Urteilsverkündung gesehen. In seinen Augen war der fanatische Blick eines Besessenen. Meiner Ansicht nach war es seine volle Absicht gewesen, Judy zu töten, und alles, was er bereut, ist, daß er es nicht ganz geschafft hat.«

»Aber niemand verschwindet, ohne eine Spur zu hinterlassen. Bestimmt weiß jemand, wo er sich aufhält.«

»Ich habe bereits ein Mitglied der Familie ausfindig gemacht, die bereit ist, mit mir zu reden, aber bei den Mexikanern halten die Familien eng zusammen gegenüber Fremden. Außerdem reagieren sie nahezu hysterisch, wenn es um Organverpflanzungen geht.«

Cat nickte. »Weil die spanische kulturelle Tradition das ablehnt. Ihrem Glauben nach muß der Leib eines Menschen komplett bestattet werden, sonst findet der oder die Verstorbene keinen Frieden im Jenseits. Also war Mr. Reyes' Entscheidung, die Erlaubnis für eine Spende zu geben, wahrscheinlich sehr unpopulär bei seiner eigenen Familie und bei der seiner Frau.«

»Ich werde dem weiter nachgehen.«

»Stimmen denn ihre und meine Blutgruppe überein?«

»Ja.«

»Also ist es möglich, daß ich ihr Herz habe.«

»Möglich ist es. Aber wir dürfen den Zeitfaktor nicht außer acht lassen.«

Sie hatten den Parkplatz des Senders erreicht; Alex hielt direkt neben Cats Wagen. Er stellte den Motor ab, streckte den Arm hinter ihrem Sitz aus und sah sie an. »Reyes' Attacke auf seine Frau geschah nachmittags. Deine Operation fand früh am nächsten Morgen statt.«

»Aber wie lange hat Judy Reyes' Herz noch geschlagen, ehe man sie für hirntot erklärt hat? Das können doch Stunden gewesen sein, oder? Was den Zeitpunkt der Entnahme näher an den meiner Verpflanzung rücken läßt.«

»Pure Spekulation.«

Verärgert über seinen mangelnden Enthusiasmus, sagte sie: »Warum verwirfst du die Möglichkeit so schnell?«

»Wir brauchen Fakten, kein Vielleicht. Laß dich nicht voreilig zu Schlußfolgerungen hinreißen, nur weil sie gut passen. So was muß methodisch recherchiert werden.«

»Tja, dann laß dir aber mal nicht zuviel Zeit dabei.« Sie tippte auf ihre Armbanduhr. »Die läuft mir nämlich langsam aber sicher davon.«

»Dessen bin ich mir bewußt, Cat. Sag, fürchtest du dich?«

Sie sah keinen Sinn im Leugnen. »Ein Irrer hat auf sehr subtile, aber sehr entschiedene Weise mein Leben bedroht. Also fürchte ich mich auch, verdammt noch mal.«

»Dann zieh doch zu mir, bis wir ihn geschnappt haben.«

»Ich fasse es nicht, daß du überhaupt den Nerv hast, mir das vorzuschlagen. Daraus wird nichts, Mr. Pierce.«

»Warum nicht?«

»Weil ich es nicht will.«

»Lügnerin.«

Cat sah rot. Sie gab ja zu, Fehler zu haben, aber eine

Lügnerin war sie gewiß nicht. Sie haßte Lügner und Lügen. Schlimmer hätte er sie nicht beleidigen können.

»Du hältst wirklich große Stücke auf dein Anhängsel in deiner Jeans, was? Wir armen, zerbrechlichen Frauen erzittern schon beim Gedanken, dessen entwöhnt zu werden. Denkst du das?« Sie lachte höhnisch. »Wahrscheinlich war es die dumme männliche Arroganz ihres Mannes, die Judy Reyes dazu getrieben hat, sich einen Liebhaber zu nehmen.«

Mit einer blitzschnellen, geschmeidigen Bewegung zog Alex eine Pistole aus der Jacke und zielte auf ihren Kopf.

Kapitel 39

Für einen Moment glaubte Cat, er habe auf sie geschossen, bis sie begriff, daß das dreimalige Krachen keine Schüsse aus seinem Revolver gewesen waren, sondern jemand von draußen ans Seitenfenster geklopft hatte.

Sie drehte den Kopf herum. Ein Wachposten spähte ins Wageninnere, die Nase fast an der beschlagenen Scheibe. Hastig kurbelte sie das Fenster runter.

»Oh, Ms. Delaney, Sie sind's!« sagte er überrascht und erleichtert. »Wissen Sie, ich hab das fremde Auto neben Ihrem stehen sehen und dachte, ich schaue besser mal nach. Alles in Ordnung?«

»Alles in bester Ordnung, danke.«

»Mr. Webster hat persönlich Anweisung gegeben, die Augen aufzuhalten.«

Er schaute über ihre Schulter zu Alex. Hatte er die Pistole verschwinden lassen?

»Sind Sie ein Bekannter von Ms. Delaney?« fragte der Wachposten.

»Ja, ist er«, kam Cat Alex zuvor. »Er hat mich zu meinem

Auto gebracht. Es ist wirklich alles in Ordnung. Wir haben nur noch ein bißchen geplaudert. Ich mache mich gleich auf den Weg.«

»Na gut, wenn das so ist...« Angeberisch zog der Wachposten seinen Gürtel und Halfter hoch, als wollte er Alex – oder sich selbst – erinnern, daß er bewaffnet und nicht mit ihm zu spaßen war.

Beim Sender machte der Scherz die Runde, daß das Sicherheitspersonal nur eine einzige Patrone habe und die untereinander herumreichte. Gut möglich, daß seine Waffe gar nicht geladen war.

Alex' Waffe hingegen schon.

»Ich bin gleich da drüben, Ms. Delaney, wenn Sie mich doch noch brauchen sollten.« Er warf Alex einen warnenden Blick zu, dann stapfte er zurück zu seinem Häuschen.

Cat kurbelte das Seitenfenster wieder hoch. Es war ihr gelungen, sich dem Wachposten gegenüber zusammenzunehmen, doch als sie sich zu Alex umdrehte, ließ sie ihrer Wut freien Lauf.

»Spinnst du denn völlig? Wie kannst du es wagen, mit einer geladenen Pistole auf mich zu zielen? Du hast mir eine Heidenangst eingejagt!«

»Ich habe nicht auf dich gezielt. Ich wollte dich beschützen.«

»Vor was?«

»Ich habe einen Schatten aus der Dunkelheit auf das Auto zukommen sehen. Ich konnte ja nicht ahnen, daß es jemand vom Sicherheitspersonal ist.«

»Aber du hättest nicht gleich die Waffe ziehen müssen.«

»Hätte ich lieber warten und riskieren sollen, daß er dich angreift?«

»Nein, deine Methode ist natürlich viel besser. Erst schießen und hinterher Fragen stellen. Ist das auch am vierten Juli passiert, als du diesen Mann in Houston erschossen hast?«

Ihre wütenden Worte hallten im Wagen wider; es folgte ein bedrückendes Schweigen, nur unterbrochen von ihrem heftigen Atem.

Alex' Miene war wie versteinert; seine Augen funkelten böse. »Wer hat dir das erzählt?«

Sofort bereute Cat ihren Wutausbruch. »Alex, ich –«

»Wer hat dir das erzählt?«

»Dean. Dean hat es mir erzählt. Heute nachmittag.«

»Ich wette, dabei ist ihm einer abgegangen«, murmelte er. »Hat kein grausiges Detail ausgelassen, was?«

»Ich würde gern deine Version hören.«

»Bei Gelegenheit.« Er griff vor ihr vorbei und stieß die Beifahrertür auf, so ungestüm, daß sie fast wieder zurückschwang.

»Alex, es tut mir leid. Ich hätte das nicht sagen sollen. Nicht so...«

»Zu spät. Gesagt ist gesagt. Und jetzt machst du dich besser auf den Weg.«

Sie zögerte, aber es war offensichtlich, daß er wütend war und nicht in der Stimmung, sich zu verteidigen. Sie stieg aus und schloß die Tür. Er startete den Motor und jagte davon. Cat blieb allein auf dem Parkplatz zurück.

Cat erwachte aus einem tiefen, aber unruhigen Schlaf. Ehe sie schreien konnte, legte er ihr die Hand auf den Mund.

»Ich bin's.« Seine Stimme war ein tiefes, rauhes Flüstern, aber sie erkannte ihn sofort. »Ich brauche... das... ich brauche dich.«

Er legte sich neben sie, halb ihren Körper mit seinem bedeckend. »Hab keine Angst, Cat. Hast du Angst?«

Sie schüttelte den Kopf.

Er nahm seine Hand von ihrem Mund und ersetzte sie durch seine Lippen. Zuerst küßte er sie nur leicht, dann drängend, und erforschte ihren Mund mit seiner Zunge.

Als der Kuß schließlich endete, ließ er die Lippen über ihren Hals wandern. »Schick mich nicht fort.«

Er öffnete seinen Gürtel, seine Hose und schob ihre Hand hinein. »Es war eine üble Nacht. Ich komme noch um, Baby.« Er benutzte ihre Hand, um seine Erektion zu reiben, und stöhnte dabei.

Dann beugte er sich vor und liebkoste ihre Brüste durch das Nachthemd hindurch. »Du willst mich. Ich weiß genau, daß du mich willst. Nicht wahr, Cat? Nicht wahr?« Verführerisch hauchte er ihren Namen.

Sie murmelte etwas, Protest mit Zustimmung vermischt, erst das eine, dann das andere. Kleidung rieb und raschelte an Kleidung, als sie die Beine unter dem Laken hervorzog. Sie öffnete sein Hemd. Seine Haut war heiß unter ihren Fingerspitzen, ihren Lippen, und als er schließlich nackt war und auf ihr lag, umschlang sie ihn bereitwillig.

Er schob ihr langsam das Nachthemd hoch, zog es ihr über den Kopf und warf es zur Seite. Seine Hände strichen über ihren Körper, von den Schultern bis zu den Hüften, die Finger weit gespreizt, so als wolle er möglichst viel von ihr berühren. Er preßte das Gesicht an ihren seidenweichen Bauch; sie drückte seinen Kopf an sich und schlang ihm die Beine um die Hüften.

Er küßte ihren Bauchnabel, rieb seine Wange gegen das Dreieck ihrer festen Locken. Seine Zunge liebkoste die Mulde zwischen Bauch und Oberschenkel. Ihre Fersen gruben sich in die Matratze, als sie sich aufbäumte.

Er faßte ihr mit einer Hand zwischen die Beine und glitt mit zwei Fingern in sie. Sie schrie überrascht und lustvoll auf.

»Nicht kommen«, stieß er hervor. »Noch nicht. Ich möchte in dir sein, wenn du kommst.«

Doch sie war sehr erregt, und seine Finger behende und geschickt. Sie versuchte, die in ihr aufsteigende Leidenschaft zu unterdrücken, bis es unmöglich wurde.

Er schien den genauen Zeitpunkt ihres Orgasmus zu kennen, da er sich aufrichtete und genau dann in sie eindrang, als sie die ersten Wogen des Höhepunkts spürte. Die Wände ihrer Vagina schlossen sich wie eine feste Faust um ihn.

»Ah ... oh, ja ...«

Momente später, befriedigt, lag er schwer auf ihr, ihre Haut seidig vor Schweiß, so daß ihre Körper zu verschmelzen schienen.

Nach einer Weile hockte er sich auf die Knie. Sie war nicht bereit, ihn schon loszulassen. Sie setzte sich halb auf und preßte den offenen Mund auf ein feuchtes Stück behaarter Haut tief auf seinem Bauch, kurz unterhalb des Nabels.

Er faßte ihr ins Haar und ließ sich nach hinten auf die Matratze sinken, zog sie mit sich. Sie beugte sich über ihn und bedeckte seinen Bauch und seine Brust mit leichten Küssen. Ihre Zunge umspielte seine Brustwarzen, und sie wurden hart.

Als sie seinen Penis in die Hand nahm, war er bereits wieder steif. Sie setzte sich rittlings auf ihn und begann, ihn zu reiten. Alex sah sie dabei aus halbgeschlossenen Augen an; sie verlor alle Hemmungen, die Brust vorgeschoben, ritt sie ihn härter und härter.

Er hielt ihrem Blick stand, befeuchtete seine Fingerspitzen mit Speichel und rieb ihre Brustwarze, die sich zu einer harten Perle verwandelte, als er sie zwischen Daumen und Zeigefinger knetete.

Mit der anderen Hand glitt er zwischen ihre Schenkel und berührte ihre Klitoris. Das Gefühl war elektrisierend. Er fuhr fort, sie zu streicheln und zu reizen.

Ihr Orgasmus war erschütternd. Er umfaßte ihr Gesicht und hielt sie fest, als sie beide zum Orgasmus kamen.

Dann brach sie auf seiner Brust zusammen, keuchend, ihr Herz an dem seinen pochend. Er hielt sie wie ein Kind im

Arm, seine Lippen flüsterten an ihrem Haar. Aber ihr Herz klopfte so laut, daß sie seine Worte nicht verstand.

Cat erwachte am Fußende des Bettes. Sie war mit dem Zipfel eines Lakens und der Überdecke zugedeckt, doch der Rest ihres Bettzeugs war in der Mitte des Bettes zu einem Haufen aufgetürmt.

Sie setzte sich auf, strich sich das Haar aus dem Gesicht und schaute sich im Schlafzimmer um. Nur das trübe Licht des Morgengrauens fiel durch die Fenster. Es war nichts zu hören im Haus. Sie wußte, daß sie allein war.

Irgendwann zwischen Ekstase und Schlaf war Alex gegangen.

Oder hatte sie es nur geträumt?

Nein, ihre Liebesnacht hatte unzweifelhaft stattgefunden. Ihr Körper trug die bittersüßen Spuren in sich.

Kapitel 40

Erst drei Tage später sah sie ihn wieder. Er machte keinerlei Anstalten, sie anzurufen oder zu treffen. Während dieser drei Tage sagte sie sich öfters, daß vielleicht der Streß der letzten Wochen seinen Tribut gefordert und ihrer Phantasie einen – wenngleich erotischen – Streich gespielt hatte; sicher war es nur Einbildung gewesen, daß er in ihr Haus eingedrungen und zu ihr ins Bett gekommen war.

Doch sie mußte sich nur genau ansehen, um zu wissen, daß diese Liebesnacht kein Hirngespinst gewesen war.

Und die allerletzten Zweifel verflogen, als er seinen Kopf zur Tür des Produktionsbusses hereinsteckte, wo sie gerade mit Jeff dabei war, die Einzelheiten des bevorstehenden Drehs für *Cats Kids* zu besprechen.

Er klopfte gegen die Seitenwand des Wagens. Sie schaute von ihren Unterlagen auf. Jeff drehte sich zu ihm herum.

»Mr. Pierce!« Er war sichtlich überrascht. »Hallo...«

Alex antwortete mit einem Grummeln, den Blick fest auf Cat gerichtet.

Sie erstarrte. Ihre leblosen Finger ließen den Kugelschreiber fallen, der von den Unterlagen auf ihrem Schoß rollte und zu Boden fiel.

»Ich werd mal...« Passend zur gespannten Stimmung der Situation stammelte Jeff etwas und ging davon.

Alex schaute sie weiterhin eindringlich an. Er trug Jeans und ein ungebügeltes Hemd mit über die Ellenbogen aufgekrempelten Ärmeln. Es war ein schwüler Tag, kein Lüftchen rührte sich, dennoch sah sein Haar vom Wind zerzaust aus.

»Hallo, Alex. Was führt dich hierher?«

Er warf einen Blick über die Schulter zum Produktionsteam, das die Kameras für den Dreh aufbaute. Der Kameramann besprach die Einstellungen mit Jeff. Der Produktionsassistent überprüfte die Mikros. Der Wachposten, auf dem Bill bestanden hatte, lehnte rauchend an einem Baum.

»Ich habe dich noch nie arbeiten sehen«, sagte Alex und wandte sich wieder ihr zu. »Nicht am Drehort.«

»Es ist nicht so beeindruckend, wie es später im Fernsehen aussieht.«

»Ich würd gern noch ein bißchen zuschauen, wenn es dir nichts ausmacht.«

Also würden sie nicht darüber sprechen. Auch gut. Wenn er so tun wollte, als hätte die Liebesnacht nicht stattgefunden – bitte. Wahrscheinlich war es auch besser so. Er war mitten in der Nacht zu ihr gekommen, hatte verzweifelt um körperliche Erleichterung gefleht, ein Zeichen, daß auch er Schwächen hatte wie jeder andere. Sie hatte, ohne eine Sekunde zu zögern, darauf reagiert, ein Zeichen ihrer Empfänglichkeit.

Sie hatten beide einen Mangel an Selbstbeherrschung und

gesundem Menschenverstand gezeigt. Sie konnte ihn dafür nicht verurteilen, ohne sich selbst zu verurteilen. Warum also darüber reden? Warum sich nicht die peinliche Verlegenheit ersparen und so tun, als wäre es nie geschehen?

Außerdem war sie nicht sicher, ob sie freimütig am hellichten Tag darüber reden könnte, was sie in der Nacht getan hatten.

»Ich habe nichts dagegen«, sagte sie. »Aber du wirst dich wahrscheinlich langweilen.«

»Das bezweifle ich.«

Jeff kam zögernd näher. »Äh, Cat… Sherry ist gerade mit Joseph eingetroffen.«

»Komme.«

Sie band sich die Turnschuhe zu, die sie vorhin ausgezogen hatte. Alex reichte ihr die Hand, als sie aus dem Wagen stieg. »Danke.« Sherry, Jeff und dem Produktionsteam zuliebe versuchte sie, sich locker zu geben, auch wenn ihr die Knie zitterten wegen Alex' unerwartetem Auftauchen.

Aber der kleine Joseph lenkte sie schon sehr bald von Alex ab. Der Junge litt unter einer Wachstumsstörung, die ihn mit seinen sieben Jahren kaum älter als vier wirken ließ. Seine Beine waren geschient; er konnte jedoch ohne fremde Hilfe laufen. Er hatte große Ohren und trug eine Brille mit dicken Gläsern, die seine Augen riesig wirken ließen.

Er kam strahlend auf Cat zugehumpelt. »Ich bin hier, damit ich ins Fernsehen komme«, verkündete er stolz.

Sherry Parks lachte. »Vielleicht sollte ich dich besser warnen, Cat. Er ist ein echter Charmeur. Wenn du nicht aufpaßt, stiehlt er dir noch die Schau.«

»Schön, dich wiederzusehen, Joseph.« Sie hatten sich auf Nancy Websters Picknick kennengelernt. Nun schaute sie mit einem gespielt bösen Blick auf ihn herab. »Aber wenn ich erleben muß, daß du mich ausbootest, bist du erledigt. Denk immer dran – *ich* bin hier der Star!«

»Na gut.« Joseph lachte. »Bedient der die Kamera?« Er deutete auf Alex.

»Nein. Er guckt nur zu. Das ist Mr. Pierce, Joseph. Er schreibt Bücher.«

»Bücher? Echt?«

»Freut mich, dich kennenzulernen, Joseph.« Alex gab dem Jungen wie einem Erwachsenen die Hand.

»Sie sind groß.«

»Ach, das kommt nur von den Stiefeln.« Alex hob den Fuß und zeigte dem Jungen seinen hohen Absatz. »Ohne die komme ich problemlos unter dem Tisch durch.«

Joseph lachte schallend. Es war ein so mitreißendes Lachen, daß Cat sich vornahm, es auf jeden Fall aufzunehmen. Es war einfach unwiderstehlich.

Sie stellte auch die anderen vor, dann verkündete Jeff, daß sie mit den Aufnahmen anfangen sollten. Sie nahm Joseph an der Hand und setzte sich mit ihm auf das Karussell. Der Produktionsassistent versah sie mit drahtlosen Klemm-Mikros, und sie drehten zuerst das Interview. Cat plauderte mit Joseph, bis er nicht mehr an die laufende Kamera dachte und völlig entspannt war.

»Möchtest du denn gern adoptiert werden, Joseph?«

»Klar. Habe ich dann auch Geschwister?«

»Vielleicht.«

»Das wär toll.«

All seine Antworten waren entwaffnend und herzergreifend. Nach der Einstellung auf dem Karussell gingen Cat und Joseph langsam zu einer riesigen Lebenseiche, gefolgt vom Kameramann.

Schließlich gab Jeff das Zeichen, daß alle benötigten Szenen im Kasten seien, und Alex machte zu Joseph das Victory-Zeichen. »Wenn du jemals Lust hast, ins Showbusineß einzusteigen, dann sag mir Bescheid, okay? Ich würde gern dein Agent sein. Abgemacht?«

Joseph strahlte über das ganze Gesicht.

Cat hockte sich vor ihn hin und umarmte ihn. »Ich wünsche dir alles Gute.«

»Keine Bange, Cat. Wenn ich nicht adoptiert werde, dann werde ich dir nicht böse sein.«

Ein harter Knoten bildete sich in ihrem Hals. Josephs Vater hatte sich aus dem Staub gemacht, noch bevor Joseph auf die Welt gekommen war. Seine Mutter litt an Depressionen und Drogensucht. Als Joseph drei wurde, war er der Fürsorge unterstellt worden; seither hatte er bei Pflegefamilien gelebt. Er verdiente ein liebevolles Zuhause. Und mit seinem charmanten Wesen und seinem Humor wäre er eine Bereicherung für jede Familie. Es tat ihr leid, ihn wieder Sherry übergeben zu müssen, und sie winkte ihm noch lange nach, als sie wegfuhren.

Alex wischte sich mit dem Ärmel den Schweiß von der Stirn. »Du hattest recht. Im Fernsehen sieht es doch beeindruckender aus. Zwei Stunden Arbeit für einen zweiminütigen Beitrag?«

»Dazu kommt noch die Nachbearbeitung im Schneideraum«, sagte Jeff. »Und wenn Cat nicht so ein Profi wäre, würde der Dreh glatt doppelt so lange dauern. Sie braucht selten mehr als eine Einstellung.«

Sie machte einen Knicks.

»Kann's losgehen?« rief die Assistentin vom Wagen zu ihnen herüber. Die Ausrüstung war inzwischen wieder verstaut worden. Der Kameramann saß bereits hinter dem Steuer; der Motor grummelte, und die Klimaanlage lief auf vollen Touren. Der Wachposten trat seine Zigarette aus und war bereit zum Einsteigen. Er hatte Alex nicht einmal angesprochen. Cat fand, daß Bill in dieser Hinsicht das Geld aus dem Fenster warf.

Jeff ging zum Wagen, doch Cat blieb stehen und drehte sich zu Alex um. »Du bist doch an einem so ungewöhnlich heißen Tag wie heute nicht hierhergekommen, nur um mir zuzuschauen, oder?«

»Es war interessant.«

Sie stemmte die Hände in die Hüften. »Du bist ein bißchen zu alt für Ausflüchte. Komm schon, Pierce, raus damit!«

»Ich habe Zyklop gefunden.«

Er hockte neben seiner Harley und wechselte eine Zündkerze aus. Keine notwendige Reparatur, er wollte sich mit der Bastelei am Motorrad von seinen Problemen ablenken. Wenn alles in seinem Leben so gut laufen würde wie seine Maschine, wäre er ein glücklicher Mann. Nur bei seiner Harley konnte er sich darauf verlassen, daß sie ohne Zicken das tat, was er wollte. Mit ihr zu fahren, begeisterte ihn stets aufs neue.

Kismet war da ganz anders.

Er warf ihr einen wütenden Blick über die Schulter zu. Sie saß auf einem gelben Plastiksitzkissen, das sie in den Schatten einer struppigen Zeder gerückt hatte.

Vor einigen Jahren war sie die heißeste Frau weit und breit gewesen. Alle Kerle hatten ihn um sie beneidet. Ihr Temperament war so heiß wie die Hölle gewesen. Sie hatte vor nichts Angst gehabt. Nicht mal vor ihm.

Verdammt, wenn er damals etwas getan hatte, was ihr nicht paßte, dann ging sie auf ihn los, manchmal mit Zähnen und Krallen, bis Blut floß. Sie rauften so lange, bis aus ihrem Streit ein Fick wurde, was meistens der Fall war. Gewalt war der beste Antörner gewesen. Je rauher, desto besser. Und wenn sie kam, dann heulte sie gespenstisch wie eine Todesfee.

Doch jetzt wirkten ihre einst so funkelnden dunklen Augen leblos. Die Augen einer Toten. Sie ließ sich auch wie eine Leiche ficken, nahm es teilnahmslos hin, machte nie etwas, sondern ließ es über sich ergehen.

Sie war auch kaum wiederzuerkennen. Ihre Tätowierung bedeckte sie, und sie achtete darauf, ihr Haar zusammenzubinden. Er konnte sich gar nicht mehr erinnern, wann sie das letzte Mal etwas Enges getragen hatte. Sie redete auch ganz anders als früher.

Der Versuch, die alte Kismet wieder zum Leben zu erwekken, war ihm zur Obsession geworden. Sie stellte eine ständige Herausforderung für ihn dar. Irgendwo in ihr ruhte die Wildkatze. Hinter dieser scheinbar leeren Miene grinste die wahre Kismet noch immer die Welt an. Er wußte es; er mußte nur einen Weg finden, sie da herauszuholen.

War sie all den Scheiß wert, den sie ihm aufbürdete?

Nie im Leben. Er hätte sie schon vor Jahren endgültig zum Teufel schicken sollen, wenn es da nicht einen entscheidenden Einwand gäbe: Genau das war es, was sie wollte. Sie wollte, daß er ihr in den Arsch trat und sie vor die Tür setzte. Allein aus diesem Grund war er entschlossen, sie bis in alle Ewigkeit zu halten. Einmal hatte er sie davonlaufen lassen, und das hatte ihn zum Gespött gemacht.

Auch wenn er zuletzt gelacht hatte, nicht wahr?

Als Sparky aus ihrem Leben verschwunden war, hatten sie dort weitergemacht, wo sie aufgehört hatten. Na gut – nicht ganz. Sie war nie wieder sie selbst gewesen. Die meiste Zeit schaute sie durch ihn hindurch, als wäre er Luft. Das einzige, was ihre Gleichgültigkeit zu durchbrechen schien, war Angst. Wenn sie richtig Angst hatte, dann gehorchte sie.

Ihr Angst einzujagen, war zu seiner liebsten Freizeitbeschäftigung geworden.

Nun stand er auf und wischte sich die Hände an einem ausgeblichenen roten Tuch ab. »Geh ins Haus.«

Sein barscher Befehl ließ sie zusammenfahren. Das war noch etwas, was ihm zu schaffen machte – ihre Tagträumerei. Sie hatte eine private Welt, aus der er ausgeschlossen war.

»Es ist heiß drinnen, Zyk«, sagte sie. »Ich bleibe lieber hier draußen, wo ein bißchen Luft weht.«

»Ich hab gesagt, du sollst reingehen.«

»Aber warum?«

»Was glaubst du wohl?« Er packte sie am Arm und zog sie grob hoch. Sie schrie auf vor Schmerz.

Genau in diesem Augenblick fuhr ein Auto vor und hielt direkt neben der Harley. Ein Mann stieg aus und schaute über das Verdeck zu ihnen herüber.

Zyk ließ ihren Arm los. »Wer ist denn das?«

»Keine Ahnung.«

Der große Fremde kam auf sie zu. Er hatte einen durchdringenden Blick und einen harten Zug um den Mund. *Ein Bulle.* Zyklop konnte sie auf tausend Meter Entfernung riechen. Wahrscheinlich hatte der Typ einen Revolver hinten in seiner Windjacke.

»Was willst du hier?« trat Zyklop seinem Besucher aggressiv entgegen.

»Ich suche nach einem gewissen Zyklop. Bist du das?«

Zyk verschränkte die tätowierten Arme vor der Brust. Grinsend wackelte er mit dem Kopf, daß das silberne Kreuz an seinem Ohrläppchen klimperte. »Und was, wenn ja?«

Der Mann ignorierte die Antwort und schaute an ihm vorbei. »Bist du Kismet?«

»Ja.«

»Halt dein Maul«, bellte Zyk. »Du mußt nicht mit ihm reden.« Er sah wieder zu dem Fremden hin und wußte sofort, daß es Ärger mit ihm geben würde. »Wer, zum Teufel, bist du?«

»Alex Pierce.«

»Klingelt nichts bei mir.«

»Gibt auch keinen Grund. Aber ich habe jemanden mitgebracht, der dich gern mal kennenlernen würde.«

Er ging zu seinem Auto und öffnete die Beifahrertür, wo er

sich noch kurz mit jemandem unterhielt, ehe er beiseite trat und der Person beim Aussteigen half. Es war eine Frau, deren Haar in der untergehenden Sonne aufleuchtete.

»Ich freß 'n Besen...« rief Zyk aus, und sein bösartiger Blick verschwand.

Der Fremde folgte der Frau dicht auf den Fersen, als sie sich näherte. Sie zeigte keinerlei Angst. Eine Braut mit Mumm, dachte Zyk. Nicht viel auf den Rippen, aber Mumm. Das sah man gleich.

»Gestatten – Cat Delaney.«

»Ich weiß, wer Sie sind«, sagte er. »Kommen Sie wegen dem Jungen?«

Kismet sprang auf und ließ das Tablett mit den Perlen fallen, das sie auf dem Schoß gehabt hatte. Die Perlen und der fertige Schmuck fielen in den Staub und funkelten im Sonnenlicht. »Nein!« rief sie. »Ich werde nicht zulassen, daß er mir noch mal weggenommen wird.«

»Mami?«

Zyk fuhr herum. Hinter ihm, an der Fliegengittertür des Hauses, stand ein Junge, einen Finger im Mund. Er starrte sie aus seinen großen, dunklen Augen an. Wenn er diesen Blick hatte, verursachte der kleine Hosenscheißer bei Zyk eine Gänsehaut.

Er wollte ihn gerade anbrüllen, er solle wieder ins Haus gehen, als die Rothaarige entsetzt aufschrie.

»Michael!«

Kapitel 41

Cat starrte den Jungen fassungslos an. Er öffnete die Fliegengittertür, rannte zu seiner Mutter und verbarg das Gesicht in ihrem Rock. »Sie sind Michaels Mutter?« fragte Cat wie benommen. Die Frau nickte mißtrauisch. Cat wandte sich an den Mann. »Dann sind Sie sicher George Murphy.«

»Sind Sie nicht deshalb hierhergekommen? Um unseren Kleinen abzuholen, damit Sie ihn im Fernsehen zeigen und er adoptiert wird?«

Kismet fing an zu wimmern. Cat streckte die Hand nach ihr aus. »Nein, ich bin nicht wegen Michael gekommen.«

Zyklop zog die Stirn in Falten. »Wenn Sie nicht wegen dem Jungen hier sind, was wollen Sie dann?«

Genau wie Sherry gesagt hatte, schienen Michael und die Frau ein Herz und eine Seele zu sein. Der Junge schaute zu Cat und lächelte schüchtern; ein Zeichen, daß er sich noch an sie erinnerte; dennoch hielt er weiterhin die Beine seiner Mutter fest umklammert.

Cat wandte sich wieder an den Mann und musterte ihn verächtlich. »Haben Sie mir Drohbriefe geschrieben? Denn wenn ja, dann lassen Sie sich gesagt sein, daß ich die Polizei benachrichtigt habe. Sollte ich weitere –«

»Du tickst doch nicht richtig, du –«

»Vorsicht, Kumpel.« Es war gar nicht nötig, daß Alex die Stimme hob; sein Ton brachte Zyklop auch so zum Verstummen. Alex hatte sich bewußt im Hintergrund gehalten, aber Cat wußte, daß er alles gehört hatte.

»Kein Grund, ausfallend zu werden«, sagte er. »Antworte einfach auf die Frage der Lady. Hast du ihr anonyme Briefe geschickt oder nicht?«

»Ich hab keine Ahnung, wovon ihr beiden faselt«, knurrte Zyk. »Ich weiß nichts von anonymen Briefen. Und wenn ihr beide nicht auf der Stelle die Fliege macht, dann –«

Cat fiel ihm ins Wort. »Sie waren mal mit jemandem namens Sparky befreundet.«

Kismet stöhnte gequält auf. »Sparky?« wiederholte sie atemlos. »Was ist mit Sparky?«

»Halt's Maul, ja?« fuhr Zyk sie an. Dann starrte er wieder Cat mit seinem einen Auge feindselig an. »Wenn Sie diesen Knirps suchen, dann haben Sie aber Pech, Lady. Weil er nämlich schon seit Jahren tot ist.«

»Das weiß ich.«

»Ja, aber was soll das Ganze dann?«

»Sie haben das Einverständnis gegeben, daß sein Herz als Organspende verwendet wird. Ich hatte wenige Stunden nach seinem Tod eine Transplantation. Es ist möglich, daß ich sein Herz bekommen habe.«

Kismet stöhnte auf und preßte eine Hand an den Mund. Tränen traten ihr in die Augen.

»Ich weiß, daß Sie ihm sehr nahestanden«, sagte Cat leise zu Kismet. Sie nickte stumm.

»Das ist 'ne uralte Geschichte«, sagte Zyk. »Was wollen Sie von mir?«

Alex antwortete. »Drei Personen, die am selben Tag wie Ms. Delaney ein neues Herz bekamen, sind gestorben. Wir vermuten, daß sie umgebracht wurden, und zwar von einem Angehörigen des Spenders.«

»Und dieser Jemand hat deutlich gemacht, daß ich die nächste auf der Liste bin«, fügte Cat hinzu.

»Herrje, jammerschade aber auch«, meinte Zyk sarkastisch.

Alex trat drohend einen Schritt vor, aber Cat packte ihn am Ärmel und hielt ihn zurück. »Ich glaube nicht, daß sie etwas damit zu tun haben, Alex.«

»Er hat dich sofort erkannt. War ihm doch anzusehen.«

»Weil sie dauernd im Fernsehen ist, Menschenskind!« polterte Zyk. »Hältst du mich für blind oder blöd?«

»Für ein Arschloch halte ich dich«, feuerte Alex zurück.

»Hört auf. Alle beide. Ihr macht Michael angst.« Cat schaute zu Kismet. »Haben Sie je versucht, den Empfänger von Sparkys Herz zu kontaktieren?«

»Ja, habe ich.«

Zyk fuhr herum und starrte Kismet an. »Wovon, zum Teufel, redest du?«

Als hätte sie ihn nicht gehört, wandte sich Kismet direkt an Cat. »Etwa ein Jahr nach Sparkys Unfall ging ich ins Hospital, wo er gestorben war. Man sagte mir, ich solle die Organ-Dings anrufen.«

»Die Organbank?«

»Ja, so was. Sie haben mir die Telefonnummer aufgeschrieben.«

Zyk machte einen drohenden Schritt auf sie zu. »Wirst du jetzt endlich die Klappe halten? Du mußt denen nichts erzählen. Und wann bist du überhaupt hin ins Hospital, hä?«

Sie ignorierte ihn weiterhin. »Ich habe dann bei der Nummer angerufen. Die Frau, die sich meldete, war sehr nett, aber weil ich nicht mit Sparky verwandt bin, konnte sie mir keine Auskunft geben. Ich habe sie angefleht. Ich wollte wissen, ob –«

»Halt den Mund, hab ich gesagt!« Zyk schlug blitzschnell zu und traf sie am Kopf.

Jeder Versuch, Alex aufhalten zu wollen, wäre zwecklos gewesen. Er ging auf Zyk los, packte ihn mit beiden Händen am Hals und rammte ihn gegen die Hauswand.

»Wenn du sie noch einmal anrührst, landest du im Knast, du Arschloch.« Sein Ton war ruhig, aber stahlhart. »Aber vorher kriegst du noch die Abreibung, auf die du es anlegst. Ich reiß dir dein verdammtes Auge raus. Und wenn ich mit dir fertig bin, bist du wirklich blind und blöde. Du wirst darum betteln, daß sie dich lange, lange einbuchten, damit ich dich nicht noch mal zwischen die Finger kriege.«

»Verzieh dich, du Wichser«, grunzte Zyk. Ihm war anzusehen, daß er Schmerzen hatte. Alex hatte ihm das Knie zwischen die Beine gestoßen. »Ich tu ihr schon nix.«

Cat schaute zu Michael. Der Junge stand da und krallte

sich an den Rockzipfel seiner Mutter, das Gesicht an sie gepreßt. »Alex, das Kind.«

Die Worte zeigten sofort Wirkung. Alex ließ Zyklop los. Er trat zurück, bis er wieder neben Cat stand, blieb aber zum Sprung bereit.

Kismet hatte sich die ganze Zeit nicht vom Fleck gerührt. Cat vermutete, daß solche Gewaltausbrüche sie nicht mehr erschrecken konnten, weil sie sie zu oft am eigenen Leib hatte erfahren müssen. »Kismet«, sagte sie, »wissen Sie, wer Sparkys Herz bekommen hat? Haben Sie irgendeine Information?«

Sie schüttelte den Kopf, schaute zu Zyk, dann zu Boden.

Cat wollte nachhaken, ließ es dann aber, um Zyk nicht noch wütender zu machen, weil er es sonst nur an Kismet und dem Jungen auslassen würde. Statt dessen wandte sie sich zu ihm um und fragte, ohne ihre Verachtung zu verbergen: »Wird den beiden auch nichts geschehen?«

»Warum sollte es?«

»Weil Sie sie schon öfter krankenhausreif geprügelt haben«, sagte sie voller Verachtung. »Sie sind armselig, wissen Sie das? Sie sind nichts weiter als ein stinkender Schlägertyp, der Frau und Kind verprügelt, um seine Männlichkeit zu beweisen.«

»Cat.« Diesmal war es Alex, der sie leise, aber vernehmlich warnte.

Zyk ballte die Fäuste. »Wir wissen nichts über Ihr Herz oder Sparkys Herz oder irgendwelche gottverdammten Briefe«, knurrte er. »Und wir wissen auch ganz bestimmt nichts über irgendwelche Morde. Also sehen Sie zu, daß Sie sich verziehen, und zwar ein bißchen schnell, ehe ich noch richtig stinkig werde.«

Alex ergriff ihren Arm. »Komm, wir fahren.«

Sie ließ sich zum Auto führen. Alex wollte, daß sie möglichst schnell losfuhren.

»Ich fasse es einfach nicht«, sagte Cat. »Die ganze Zeit sind die beiden in meiner Akte gewesen. Zyklop und Kismet. Wie hast du sie gefunden?«

»Onkel Dixies Unterlagen. Murphy hat ein langes Sündenregister, gleich bei mehreren Dienststellen. Und die Jungs vom SAPD hatten seine derzeitige Adresse.«

»Als Michael aus dem Haus kam ...« Sie verstummte kurz. »Er ist so lieb und wehrlos. Ich ertrage den Gedanken einfach nicht, daß er bei diesem brutalen Mistkerl lebt.«

»Und die Frau?«

»Ich glaube, daß sie ihren Sohn sehr liebt. Aber sie hat Angst vor Zyklop.«

»Als er sie schlug –«

»Ich wünschte, du hättest ihn zu Brei gehauen.«

Er warf ihr einen erstaunten Blick zu. »Und das von dir, die mir vorgeworfen hat, ich würde erst zuschlagen und dann Fragen stellen? Was denn nun? Entscheide dich.«

»Fang nicht wieder damit an, Alex. Mir reicht es für heute. Ich will mich nicht auch noch mit dir streiten.«

»Dann mußt du wirklich erledigt sein. Ist mir ganz neu, daß du so schnell aufgibst.«

Kismet und Zyklop lebten in einem kleinen Ort südwestlich von San Antonio. Die etwa halbstündige Rückfahrt verbrachte Cat damit, aus dem Fenster zu schauen. Als sie den Stadtrand erreichten, brach bereits die Dämmerung herein. In den Häusern brannten die ersten Lichter; Neonreklamen lockten die Menschen in Restaurants und Kinos.

»Ich wünschte, ich hätte heute abend kein größeres Problem als die Qual der Wahl, welchen Film ich mir im Kino anschaue«, seufzte Cat.

»Hast du Angst?«

»Das ist ja wohl verständlich, oder? Wir haben zwar Zyklop ausfindig gemacht, sind aber dem Unbekannten kein Stück näher gekommen.«

»Du glaubst nicht, daß der ›nette‹ George dein anonymer Brieffreund ist?«

»Glaubst du es?«

»Würde ich gern, aber ich tu's nicht.«

»Warum das eine und das andere nicht?«

»Ich würde es mir wünschen, weil ich den Bastard gern drankriegen würde. Er ist eine tickende Zeitbombe. Früher oder später wird er sowieso für eine ganze Weile hinter Gittern landen. Ich hätte es lieber, wenn das der Fall ist, bevor er irgend jemandem was antun kann, vor allem dem Jungen.

Zweitens wünsche ich dir, daß es bald vorbei ist. Ich wünsche dir, daß du nachts wieder ruhig schlafen kannst.«

»Oje, danke für die Aufmunterung.« Sie überlegte einen Moment. »Aber warum glaubst du, daß Zyklop es nicht war?«

»Weil er dazu zu dämlich ist. Die Sache ist zu ausgeklügelt. Dahinter steckt jemand mit Köpfchen und Geduld. Zyklop hat weder das eine noch das andere.«

»Wahrscheinlich hast du recht, aber nehmen wir mal an, er wäre es doch. Zyklop lebt von der Hand in den Mund, also wäre es kein Problem für ihn, längere Zeit unterwegs zu sein.«

»Mit Kismet und Michael im Schlepptau?«

»Nein, wohl kaum. Außerdem sind wir beide zu dem Schluß gekommen, daß unser Unbekannter sich in die unmittelbare Nähe seiner Opfer begibt. Niemand würde das bei Zyklop zulassen.«

»Aber was ist mit der Frau? Vielleicht ist sie der Lockvogel bei den Opfern. Gewinnt ihr Vertrauen, vielleicht sogar ihr Mitgefühl, und Zyklop bringt sie dann um.«

Cat schüttelte energisch den Kopf. »Nein, so ist sie mir nicht vorgekommen. Außerdem hat sie, nach allem, was Petey uns erzählt hat, Sparky geliebt. Warum also sollte sie wollen, daß dessen Herz nicht mehr schlägt? Ich habe vielmehr den Eindruck, daß sie ihn immer noch liebt, was meinst du?«

»Ja. Und das schmeckt Zyklop gar nicht.«

»Also – wenn er eifersüchtig auf Sparky war, als der noch lebte, dann –«

»– könnte er das jetzt immer noch sein. Kismet verzehrt sich sogar nach all der langen Zeit noch immer nach ihm«, vollendete Alex ihren Gedanken.

»Also ist er seinen Rivalen noch immer nicht los.«

»Seine Freundin liebt weiterhin den kleinen Kerl, der ihn nicht nur im Bett, sondern auch im Kampf besiegt hat. Er will Rache und legt jeden um, der Sparkys Herz haben könnte.«

Sie sah ihn erwartungsvoll an, als hätten sie soeben das Heilmittel für Krebs entdeckt. Doch ihre Seifenblase zerplatzte sehr schnell. »Aber damit wissen wir noch immer nicht, wie er sich den drei Opfern genähert hat. Zyklop ist denkbar ungeeignet dafür. Wenn jemand aus seiner näheren Umgebung plötzlich stirbt, fällt doch sofort Verdacht auf ihn.«

Sie seufzte. »O Gott, wer hätte geahnt, daß es mal ein Psychopath auf mich abgesehen hat, weil ich ein Spenderherz bekommen habe? Und soll ich dir mal was Lustiges erzählen? Lustig im ironischen Sinne?« Sie legte eine Hand auf die Brust. »Ich wollte nie eine Sonderbehandlung wegen meiner Transplantation.«

»Aber es macht dich nun mal zu etwas ganz Besonderem.«

.»Trotzdem will ich nicht bevorzugt behandelt werden. Ich möchte, daß die Menschen vergessen, daß mein Herz nicht das ist, mit dem ich geboren wurde. Aber es scheint das einzige zu sein, woran sie denken können, wenn sie mit mir zusammen sind.«

Der Wachposten auf dem Parkplatz des Senders erkannte diesmal Alex' Auto und winkte ihnen zu, als sie durchs Tor fuhren. Er schmunzelte, als würde er an einer romantischen Verschwörung beteiligt sein.

Alex stellte den Motor ab und wandte sich Cat zu. »Das ist nicht alles, woran ich denke, wenn ich mit dir zusammen bin, Cat. Ganz und gar nicht.«

Sie widerstand der Verlockung seiner Nähe mit einer scherzhaften Bemerkung. »Du wirst doch jetzt wohl keinen Lobgesang auf mein Haar, meine Augen und meinen Mund anstimmen, oder?«

»Wenn du willst. Aber ich könnte auch statt poetisch ein wenig pornografisch werden und mich schwärmerisch über deine erogenen Zonen auslassen, die eigentlich deinen ganzen Körper bedecken. Ich weiß es aus eigener Erfahrung.«

Es war eine arrogante Bemerkung, doch sie löste in Cat ein wohliges Kribbeln aus. Sie versuchte, es zu ignorieren. »Spar dir das für deinen Roman auf und verschwende all deine Pornopoesie nicht für mich.«

Er grinste. »Ich glaube, es würde dir gefallen.«

»Was?«

»Meine Pornopoesie.«

Sie erinnerte sich noch gut an die Dinge, die er ihr einige Nächte zuvor zugeflüstert hatte. Rasch öffnete sie die Beifahrertür. »Danke, daß du Zyklop ausfindig gemacht hast.«

»Ich denke, ich werde ihn noch genauer durchleuchten, ehe wir ihn abschreiben.«

»Laß es mich wissen, wenn du etwas rausfindest. Gute Nacht, Alex.«

»Cat?«

Sie schaute über die Schulter zu ihm. Er schien nicht sicher, ob er seine Gedanken wirklich aussprechen sollte. Schließlich sagte er einfach nur: »Gute Nacht.«

Ihre Wege trennten sich. Sie fuhr mit widerstreitenden Gefühlen nach Hause. Ihrer Meinung nach hätte er ruhig hartnäckiger versuchen können, sie dazu zu bringen, die

Nacht mit ihm zu verbringen. Sie hätte zwar weiterhin nein gesagt, aber sie hätte es gern gehabt, wenn er es beharrlicher versucht hätte.

Sie dachte noch immer darüber nach, während sie sich fürs Bett zurechtmachte. Sie kam gerade unter der Dusche heraus, als es an der Haustür klingelte.

Sie schlüpfte in ihren flauschigen Bademantel und rannte barfuß zur Tür, nervör vor Erwartung und Vorfreude.

Doch als sie kurz durch die Jalousien spähte, in Erwartung, Alex zu sehen, bekam sie fast einen Schock.

Kapitel 42

»Was wollen Sie, Mr. Murphy?«

»Mit Ihnen reden«, antwortete Zyklop. »Machen Sie schon auf.«

Sie zwang sich zu einem Lachen. »Das werde ich ganz bestimmt nicht tun.«

»Glauben Sie bloß nicht, daß mich diese beschissene Tür davon abhalten wird, in Ihr Haus zu kommen. Also, wenn Sie nicht wollen, daß ich sie eintrete, dann machen Sie jetzt auf!«

»Und ich rufe die Polizei, wenn Sie nicht auf der Stelle verschwinden!«

»Nur zu. Der Junge wird's ausbaden müssen.«

Sie preßte die Stirn gegen die Tür. Es wäre der reinste Wahnsinn, ihn um diese Uhrzeit ins Haus zu lassen, aber er hatte deutlich gemacht, was passieren würde, wenn sie es nicht tat.

Er mußte ihr vom Sender aus gefolgt sein. Woher sollte er sonst wissen, wo sie wohnte? Es sei denn, er war doch der anonyme Briefeschreiber.

Wie dem auch sei – warum dachte sie überhaupt darüber nach, ihn reinzulassen? Wieso rief sie nicht die Polizei? Wegen Michael. Sie zweifelte nicht eine Sekunde daran, daß Zyklop seine Drohung wahr machen würde. Kismet mochte nicht völlig unschuldig sein, aber ihr Kind war es zweifellos. Es mochte zu spät sein, sie zu retten, aber Michael wäre es wert, um ihn zu kämpfen.

Sie entriegelte die Tür und öffnete sie.

Er war ein Riese von einem Mann. Alex war entweder schrecklich mutig oder schrecklich dumm gewesen, sich mit ihm anzulegen. Sie versuchte, sich weder von seiner Größe einschüchtern, noch von seinem Körpergeruch anwidern zu lassen, als er ins Haus stampfte. Er schaute sich nach allen Seiten um. Auf dem Tisch stand eine Glasschale mit einem Duft-Potpourri. Er hob sie an die Nase und roch daran.

»Ist nicht zum Rauchen«, sagte Cat.

Sein reptilienartiges Grinsen blitzte auf. »Sehr witzig.«

Er stellte die Schale wieder ab. »So leben also Fernsehstars. Klasse. 'ne Ecke eleganter als der Schweinestall, den ich mir mit meiner Alten und dem Balg teile, was?«

Cat verkniff sich eine Antwort. »Was wollen Sie hier um diese späte Uhrzeit, Mr. Murphy? Was ist denn so dringend, daß Sie es unbedingt jetzt noch besprechen müssen?«

Er schlenderte ins Wohnzimmer, ließ sich auf das weiße Sofa fallen und legte die Füße auf den Hocker. »Hey, immer mit der Ruhe, ja? Sie sind zuerst zu mir gekommen, denken Sie dran. Sie haben damit angefangen, nicht ich.«

»Was angefangen?«

»Diesen Scheiß wegen Sparky. Ich hab schon seit Jahren nicht mehr an diese miese kleine Ratte gedacht, aber dann sind Sie mit Ihrem Bullenfreund angetanzt und haben den ganzen Mist wieder aufgerührt.«

Er kicherte vor sich hin, während sein gesundes Auge sie von Kopf bis Fuß musterte.

Ihr lief eine Gänsehaut über den Rücken. Sie fühlte sich besonders verletzlich, nur im Bademantel vor ihm zu stehen. Welches der Telefone würde sie am schnellsten erreichen? Wie schnell würde sie den Notruf wählen können? Hatte ihre Schlafzimmertür einen Riegel? Sie wußte es nicht. Sie hatte ihn noch nie benutzt.

Sie nutzte ihre schauspielerischen Fähigkeiten, um ihre Angst zu verbergen. »Sie irren sich, was Mr. Pierce betrifft. Er ist kein Polizist.«

»Wollen Sie mich verscheißern, oder was?«

»Glauben Sie doch, was Sie wollen.« Sie riß sich zusammen. »Sagen Sie mir, weshalb es Ihnen ungelegen kam, daß wir Fragen über Ihren Freund Sparky gestellt haben?«

»Sparky war kein Freund von mir.«

»Was kümmert Sie es dann?«

»Tut es ja auch nicht. Aber ich hab nachgedacht.«

Das muß ja weh getan haben. »Worüber?« fragte sie.

Er fummelte an einem der silbernen Knöpfe an seiner Lederweste herum. »Sie glauben, daß Sie das Herz von diesem kleinen Wichser haben, stimmt's?«

»Möglich ist es. Aber wenn Sie nicht gekommen sind, um die Sache mit den anonymen Briefen und den drei Morden zu gestehen, sehe ich nicht, was es Sie angeht. Also – warum verschwinden Sie nicht einfach wieder und lassen mich in Ruhe?«

Er zwinkerte ihr zu. »Bist ein echter Hitzkopf, hm? Hast ja ein ziemlich loses Mundwerk, muß ich schon sagen. Bist du im Bett auch so feurig?«

Sie durfte sich nicht von ihm provozieren lassen, denn genau das wollte er. Also verschränkte sie die Arme vor der Brust und versuchte, gelangweilt dreinzuschauen. »Es ist spät, Mr. Murphy. Bitte sagen Sie, was Sie wollen, und dann lassen Sie mich gefälligst in Frieden.«

Er räkelte sich auf dem Sofa.

Sie würde es auf den Sperrmüll bringen.

»Der kleine Bastard ist nicht von mir.«

»Bitte?«

Mit seinem fiesen Grinsen wiederholte er: »Kismets Bastard ist nicht von mir. Sparky hat sie geschwängert.«

Cats Sorge um ihre Möbel und ihre Angst waren schlagartig verschwunden. Sie setzte sich auf die Lehne eines Sessels. »Sie sind nicht Michaels Vater?«

»Sagte ich das nicht gerade?«

»Sparky war sein Vater...«

»Ja. War ein Wunder, daß Kismet das Kind bei dem Unfall nicht verloren hat. Für mich wär's viel besser, aber es sollte eben nicht sein. Acht Monate, nachdem Sparky ins Gras gebissen hatte, kam der kleine Bastard auf die Welt.«

Cats Gedanken rasten. Sie wußte um die Bedeutung dieser Eröffnung, Zyklop hätte nichts weiter sagen müssen. Aber er tat es trotzdem.

»Nachdem Sie weg waren, hat der Kleine was davon geplappert, mit Ihnen bei 'nem Picknick gewesen zu sein. Der scheint Sie richtig zu mögen. So wie Sie ihn.« Er zog eine bedeutsame Grimasse, so als wolle er das große Geheimnis des Lebens ergründen. »Und jetzt frag ich mich natürlich, woran das liegt.«

Vielleicht hatte er doch mehr Grips, als sie und Alex vermutet hatten. Es war eine beängstigende Vorstellung, daß er vielleicht ebenso intelligent wie bösartig war.

»Ich weiß nicht, worauf Sie hinauswollen«, log sie.

»Ach, kommen Sie...« Er lachte. »Das ist doch wohl kein Zufall, daß Sie und dieser kleine Bastard sich so gut verstehen. Sie haben das Herz seines Daddys. Sie sind... hm, wie sagt man? Sie sind *verbunden* mit dem Balg. Wie verwandte Seelen. Karma und so 'n Scheiß.«

Michaels Foto in Sherrys Akte hatte sie damals tatsächlich wie ein Schlag getroffen. Oder gab es eine Erklärung dafür?

»Ich weiß aber nicht mit Sicherheit, ob ich Sparkys Herz habe«, sagte sie mit belegter Stimme.

»Ich sag, Sie haben es.«

»Es ist mir völlig egal, was Sie sagen.« Sie erhob sich wieder; ein Zeichen, daß sie dieses Gespräch als beendet betrachtete. »Ich denke, damit wäre dann wohl alles gesagt.«

»Tja, da liegen Sie aber völlig falsch. Es gibt noch 'ne Menge, worüber wir reden müssen.«

»Zum Beispiel?«

»Über Geld.«

Damit hatte sie absolut nicht gerechnet. »Was für Geld?«

»Das Sie mir schulden.«

Sie ließ sich wieder auf die Sessellehne sinken und schaute ihn ungläubig an. »Ich verstehe nicht...«

»Dann will ich es Ihnen mal verklickern. Wenn Sparky noch leben würde, dann müßte er sich mit all dem Scheiß rumplage. Ich habe für sein Kind gesorgt –«

»Natürlich nur, weil Sie so ein guter Mensch sind«, lästerte Cat.

»Haargenau.«

Sie konnte es nicht fassen. »Sie haben Michael nur wegen Kismet geduldet. Sie wollten sie nach Sparkys Tod zurückhaben. Nicht, weil Sie sie liebten, sondern weil Sie es nicht ertrugen, wegen eines anderen sitzengelassen worden zu sein. Und seither haben Sie sie ständig dafür bestraft.«

Er stieß den Fußhocker beiseite und sprang auf. »Die Schlampe wollte doch zu mir zurück. Gebettelt hat sie drum.«

Cat zwang sich, nicht zurückzuweichen. Er war ein Schläger, und wie alle Schläger liebte er es, Angst in den Augen seiner Opfer zu sehen. Er mochte ihr mit dem Messer in seinem Gürtel die Kehle aufschlitzen oder das Herz rausschneiden, aber sie würde ihm nicht die Genugtuung gönnen, sich ihre Angst ansehen zu lassen.

»Vier Jahre lang habe ich mich mit ihr und ihrem Bastard abgeplagt«, sagte er. »So wie ich das sehe, steht mir dafür was zu.«

»Ich glaube kaum, daß Sie wirklich wollen, was Ihnen eigentlich zusteht.«

»Hör zu, Klugscheißertussi.« Er tippte ihr mit dem Zeigefinger auf die Brust. »Ohne mich wärst du längst mausetot. Ich habe dem Arzt die Erlaubnis gegeben, Sparky das Herz rauszuschneiden. Hätte ich nein gesagt, wärst du jetzt unter der Erde.«

»Mag sein oder auch nicht.«

»Ich sag dir, es war so. Ich will was dafür haben, daß ich dir deinen dürren Arsch gerettet habe.«

»Ach, das Geld als eine Art Belohnung...?«

»Endlich hast du's geschnallt.«

»Ich soll für mein Herz bezahlen?«

Er grinste, streckte die Hand nach ihr aus und zog grob an einer Strähne ihres Haars. »Hab gleich gewußt, daß du ein schlaues Mädchen bist.«

Kapitel 43

Alex brannte förmlich.

Die Ideen flossen ihm so flink aus den Fingern, daß er kaum mit dem Tippen nachkam. Er hatte also endlich die Schreibblockade überwunden, und nun lief es besser als je zuvor. Er schrieb schon seit Stunden.

Das Telefon klingelte.

»Verflucht...«

Er versuchte, das Klingeln zu ignorieren und weiterzuschreiben. Um diese späte Uhrzeit konnte es ohnehin nur jemand sein, der sich verwählt hatte. Oder Arnie. Arnie rief fast jeden Tag an, um sich zu erkundigen, ob er sich weiterhin mit Cat traf. Wenn er mit ja antwortete – er konnte seinen Agenten einfach nicht anlügen –, las ihm Arnie die Leviten.

Das Telefon klingelte weiter.

Schreib, befahl er sich selbst. *Schreib diesen Satz zu Ende, ehe du ihn vergißt. Wenn du jetzt aufhörst, wird er für immer verloren sein. Schreib weiter.*

Das Telefon klingelte hartnäckig.

Achte nicht drauf. Seit Wochen hast du auf einen Abend wie diesen gewartet. Alles kommt zusammen. Du hast den Knoten in deiner Geschichte gelöst. Na gut, nicht ganz so, wie du eigentlich geplant hattest. Aber vielleicht ist diese Fassung sogar noch besser. Mach jetzt weiter! Rühr das verdammte Telefon nicht an!

Er hob den Hörer ab. »Ja?«

»Alex, kannst... kannst du... ich würde dich nicht belästigen, aber es ist...«

»Cat? Alles in Ordnung?«

»Nein.«

»Bin gleich bei dir. Viertelstunde.«

Er legte auf und schaltete den Computer aus, jedoch nicht, ohne zuvor den großartigen Text zu speichern. Er zog seine Sneaker an, löschte das Licht, verschloß die Tür zu seinem Arbeitszimmer und verließ im Eiltempo die Wohnung.

Cat persönlich öffnete ihm, als er die Auffahrt hinaufgejoggt kam. »Danke, daß du gekommen bist.«

»Du bist ja weiß wie eine Wand. Was ist denn los? Wieso hast du nasse Haare?«

»Weil ich sie mir gewaschen habe.«

»Du hast was? Du rufst mich an, klingst am Telefon, als würde es um Leben und Tod gehen, und dann wäschst du dir die Haare?«

»Schrei mich nicht an!« Sie deutete auf ihr Wohnzimmer. »Ich habe Besuch gehabt. Zyklop war hier.«

Alex fuhr sich durchs Haar. »Wie ist er reingekommen?«

»Ich habe ihn reingelassen.«

»Du hast ihn –«

»Er hat damit gedroht, Michael etwas zu tun, wenn ich ihn nicht ins Haus lasse.«

»Er hätte *dir* was antun können.«

»Hat er aber nicht!«

»Jetzt schreist du. Was wollte er?«

»Laß uns in die Küche gehen, Alex. Ich habe schon eine ganze Dose Raumspray versprüht, aber ich kann ihn hier immer noch riechen.«

Sie ging voran. Der Wasserkessel stand auf dem Herd. Sie bot ihm eine Tasse Tee an. Einen doppelten Whiskey vielleicht, scherzte er. Aber keinen Tee, danke.

Sie schenkte sich eine Tasse ein, gab einen Löffel Zucker in den Tee und setzte sich dann ihm gegenüber an den Küchentisch. Ihre Finger wirkten fast durchscheinend.

»Was hat er gewollt, Cat?«

»Geld.«

»Als Gegenleistung für Sparkys Herz, hab ich recht?«

Sie sah ihn überrascht an. »Woher weißt du –?«

»Habe mal so was gelesen. Da hat einer eine neue Leber oder so erhalten, und als er wieder genesen war, kam die Familie des Spenders und hat Geld verlangt.«

»Ja, von dieser Geschichte habe ich auch gehört.« Sie nickte bedrückt, verschränkte die Arme vor der Brust und strich sich über Ober- und Unterarme. »Daß Menschen so geldgierig sein können ...«

»Zyklop ganz sicher.«

»Er ist so widerwärtig. Ich habe mich so geekelt, als er mich berührt hat. Ich mußte danach gleich lange und heiß duschen.«

Sie hob die Tasse an die Lippen, konnte sie aber kaum ruhig halten, als sie einen Schluck von ihrem Tee nahm. Sie klapperte auf der Untertasse, als sie sie wieder abgestellt hatte. »Ich wollte dich wirklich nicht stören, Alex.«

»Hast du nicht«, log er.

»Ich wußte nicht, wen ich sonst anrufen sollte. Ich hätte auch Lieutenant Hunsaker anrufen können, aber ich habe kein Vertrauen zu ihm.«

Alex nahm an, daß das ein Kompliment war. »Du hast das Richtige getan. Es ist besser, wenn du heute nacht nicht allein bist. Hast du Probleme gehabt, Zyklop wieder loszuwerden?«

»Eigentlich nicht. Ich hab ihm klipp und klar gesagt, daß er von mir nur über meine Leiche Geld sieht.« Mit einem schwachen Lächeln fügte sie hinzu: »Worauf er meinte, das ließe sich arrangieren.«

»Er hätte dich umbringen können, ist dir das klar?«

»Ich habe ihm klargemacht, wie dämlich das wäre, wo er doch Geld von mir will.«

Für Alex war es ein Wunder, daß Zyklop ihr nichts getan hatte. Aber gleichzeitig war er böse auf Cat. »Hast wahrscheinlich derbe Sprüche geklopft, habe ich recht? Was hast du dir nur dabei gedacht, auch noch mit dem roten Tuch vor ihm rumzuwedeln?«

»Na, was hätte ich denn tun sollen? Ihm zeigen, was für eine Angst ich hatte? Ich mußte ja auch an Michael und Kismet denken. Wahrscheinlich wird er seinen Frust an ihnen auslassen.«

»War er denn frustriert, als er abzog?«

»Das kann man wohl sagen. Ich vermute mal, er hat angenommen, ich würde ihm vor lauter Angst gleich einen Scheck geben. Er war stocksauer, als ich mich weigerte. Ich habe ihm klargemacht, daß er von mir nicht einen Penny sehen wird.«

»Woraufhin er sagte?«

»Daß mir das noch leid tun werde.«

Alex machte sich auch Gedanken um Michael und Kismet, aber seine erste Sorge galt Cat. »Er wird es sich dreimal überlegen, ehe er dem Jungen noch mal was tut. Vor ein paar Wochen erst ist er haarscharf an einer Haftstrafe vorbeigeschrammt.«

»Ich hoffe, daß ihn das wirklich abschreckt, weil es nämlich die Blutsbande nicht tun. Michael ist nicht sein Kind.« Sie wiederholte, was Zyklop ihr erzählt hatte. »Vielleicht ist das auch die Erklärung, weshalb mich Michaels Foto so berührt hat, noch ehe ich ihm überhaupt begegnet war.«

Alex lehnte sich über den Tisch. »Was willst du damit sagen?«

»Nichts.«

»Komm schon, Cat. Ich bin deinetwegen hierhergehetzt, also kannst du mir auch sagen, was los ist.«

»Ach, es ist albern.« Sie lachte kurz auf, zuckte leicht mit den Achseln und spielte mit ihrem Löffel herum – alles verräterische Signale, daß sie versuchte, Zeit zu schinden. Schließlich sagte sie: »Seit Beginn der Herzverpflanzungen gab es unter den Ärzten eine Diskussion, ob sich die Charaktereigenschaften des Spenders auf den Empfänger übertragen.«

Alex brauchte einen Moment, dann sagte er: »Erzähl weiter.«

»Na ja, es klingt natürlich lächerlich...« Sie hielt kurz inne. »Das Herz ist ein Organ. Eine Pumpe, eine Maschine im medizinischen Sinne. Das *Herz* eines Menschen, dort, wo seine oder ihre Seele wohnt, ist natürlich etwas ganz anderes.«

»Aber warum verbindest du dann dein Gefühl gegenüber Michael mit der Möglichkeit, daß sein Vater dein Spender war?«

»Tue ich ja gar nicht.«

»Und ob du das tust. Genau wie Zyklop.«

»Dem ist es völlig egal, wer wem was gespendet hat«, brauste sie auf. »Er will daraus nur Profit schlagen. Er haßt Michael, weil er Sparkys lebendes Vermächtnis an Kismet ist. Er bestraft sie, weil sie damals Sparky ihm vorgezogen hat. Er macht ihr das Leben zur Hölle. Kein Wunder, daß sie so mitgenommen aussieht.«

»Das ist nicht dein Bier, Cat.«

Sie sah ihn entsetzt an. »Wie kannst du so was sagen? Natürlich gehen die beiden mich etwas an! Es sind menschliche Wesen, und sie sind in Gefahr.«

»Deine Nächstenliebe in Ehren, aber du kannst nicht alle Hilfsbedürftigen auf Erden retten.«

»Wenn Zyklop ihnen etwas tut, könnte ich das nicht vor mir entschuldigen. Du etwa? Bedeutet dir das Leben eines Menschen nichts?«

Er spürte eine heiße Woge des Zorns auf seinem Gesicht. »Das will ich nicht gehört haben, weil du aufgeregt bist und, wie ich hoffe, nicht weißt, was du redest. Ich würde nichts lieber tun, als diesem George Murphy die Scheiße aus dem Leib zu prügeln und dafür zu sorgen, daß er Kismet und Michael nie mehr auch nur ansieht. Aber es gibt noch Millionen anderer Opfer wie sie im ganzen Land.«

»Ich weiß selber, daß ich nicht Millionen retten kann, aber den beiden kann ich helfen.«

»Du erwägst doch nicht ernsthaft, ihm Geld zu geben?«

Der lautstark geführte Streit war zuviel für Cat. Mit hängenden Schultern stützte sie den Kopf in die Hände. »Ich würde mich nie erpressen lassen, aber er hat deutlich gemacht, daß ich es bereue, wenn ich mich weigere. So oder so.«

Dann hob sie den Kopf und sah Alex an. Zum ersten Mal, seit sie sich kannten, sah sie ängstlich aus. »Alex, ich möchte es beenden.«

»Was beenden?«

»Die Suche nach dem Unbekannten. Ich habe jetzt schon zwei Wochen keinen Brief mehr von ihm bekommen. Ich bin mir inzwischen sicher, daß es nur irgend jemand mit einem perversen Humor war, der mir einen Streich spielen wollte, mehr nicht.

Dieser selbstverfaßte Nachruf war der Höhepunkt. Er hat geschafft, worauf er es abgezielt hatte – mich zu erschüttern. Aber jetzt hat er sein Spielchen beendet.«

»Bist du wirklich sicher?«

»Nein, bin ich nicht«, gab sie giftig zurück. »Aber ich will nicht noch mehr Steine umdrehen. Weil ich nämlich jedesmal einen häßlichen Wurm drunter finde. Ich habe schon Angst, meine Post zu öffnen. Und jetzt versucht ein tätowierter, einäugiger Motorradfreak mit Hang zur Gewalt, von dem ich vor einer Woche noch nie etwas gehört hatte, Geld von mir zu erpressen, und er bedroht mich.

Ich erschrecke vor meinem eigenen Schatten. Nicht mal mehr zu Hause fühle ich mich sicher. Ich kann mich nicht mehr auf die Arbeit konzentrieren. Ich kann nicht essen, kann nicht schlafen. Ich habe die Nase gestrichen voll.«

»So einfach ist das nicht, Cat. Du kannst nicht einfach sagen: Schluß damit!«

»Doch, das kann ich.«

»Tja, ich aber nicht.« Er stand auf. »Man schließt nicht so mir nichts dir nichts die Akte einer Nachforschung, nur weil einem nicht gefällt, was man an Beweisen rauskriegt.«

»Bitte erspar mir diese Sprüche. Du bist nicht mehr bei der Polizei, und das hier ist keine deiner Nachforschungen. Und es ist auch kein Plot für einen deiner Romane. Das ist mein *Leben*!«

»Ganz recht. Und das versuche ich zu schützen. Ich möchte gern, daß du auch über den vierten Jahrestag deiner Herzverpflanzung hinaus lebst.«

»Ich doch auch.« Sie hielt inne und holte tief Luft. Ihm

würde gar nicht gefallen, was sie ihm nun zu sagen hatte. »Deshalb werde ich auch nach Kalifornien fliegen. Ich bleibe bei Dean, bis ich über dieses Datum hinaus bin. Es ist schon alles arrangiert.«

Alex stemmte die Hände in die Hüften. »Ach ja? Und wann hast du das alles arrangiert?«

»Bevor du gekommen bist.«

»Verstehe. Du rufst mich an, um dich zu retten, aber dann muß ich nur so lange herhalten, bis du dich wieder beim lieben Dean ankuscheln kannst, ja?« Er schnaubte verächtlich. »Und du hast mir vorgeworfen, ich würde dich nur für Sex ausnutzen.«

Er hatte sie kränken wollen, und das war ihm gelungen. Ihr traten die Tränen in die Augen, aber sie war Cat, und deshalb zuckte sie nicht zurück. »Ich bringe dich noch zur Tür.« Sie erhob sich und ging aus der Küche.

Er folgte ihr, doch dann stieß er die Haustür wieder zu, die sie für ihn aufgehalten hatte.

»Ich werde dich heute nacht nicht allein lassen, Cat.« Er hob die Hände, ehe sie protestieren konnte. »Ich werde im Wohnzimmer schlafen. Auf dem Sofa. Du kannst jetzt von mir aus toben und fluchen und schreien, das ist mir völlig gleichgültig. Du kannst schmollen, die Koffer für deine Reise packen, dir die Fußnägel lackieren, du kannst tun und lassen, was du willst, aber solange wir nicht wissen, was Zyklop als nächstes unternimmt, werde ich dich nicht aus den Augen lassen.«

Kapitel 44

Zyk traute seinen Augen nicht, als er in die Küche schlurfte, um sich den morgendlichen Kaffee zu holen. Kismet saß bereits am Tisch. Ihre Aufmachung warf ihn fast um.

Sie war geschminkt wie damals, als sie sich kennengelernt hatten. Ihre dunklen Augen stachen hervor. Sie trug das Haar nicht mehr in diesem verdammten Knoten, den er so haßte, sondern es fiel ihr offen über die Schultern.

Auch die langen Röcke und schlabbrigen Blusen, die sie während der letzten vier Jahre getragen hatte, waren verschwunden. Nun trug sie wieder die ausgewaschenen Jeans, die eng wie ein Chirurgenhandschuh über ihrem Hinterteil saß. Ihr tätowierter Busen war in ein hautenges und tief ausgeschnittenes Top gezwängt.

Es war, als sei sie seit Sparkys Unfalltod schlafgewandelt und nun urplötzlich wieder erwacht. Eine Verwandlung, die buchstäblich über Nacht stattgefunden hatte.

Und es war nicht nur das Äußere. Auch ihre Haltung erinnerte an die alte Kismet. Als er die Küche betrat, stand sie auf und schenkte ihm eine Tasse Kaffee ein, rasch und flink, so als sei die Rastlosigkeit früherer Tage wieder da. Wenn er nicht genau gewußt hätte, daß sie keine Drogen mehr nahm, hätte er angenommen, sie sei high.

»Möchtest du was zum Frühstück?« fragte sie.

Ihrer plötzlichen Veränderung nicht trauend, sagte er: »Wenn ich was zum Frühstück wollte, hätte ich's dir gesagt, oder?«

»Kein Grund, dich wie ein Arschloch aufzuführen.«

Sie goß sich Kaffee nach und setzte sich wieder an den Tisch. Sie nahm die brennende Zigarette aus dem Aschenbecher, inhalierte und stieß den Rauch Richtung Zimmerdecke aus. Sie hatte seit der Schwangerschaft nicht mehr geraucht.

Als er ihre blutroten Lippen um den Filter der Zigarette sah, loderte das Verlangen in seinen Lenden auf. So hatte er sie schon unzählige Male gesehen – wütend und kinetisch –, aber es war schon so verdammt lange her. Erst jetzt wurde ihm wieder bewußt, wie sehr ihm ihre trotzige und wilde Art gefehlt hatte.

Doch Zyk war von Natur aus mißtrauisch und ließ sich selten durch den äußeren Schein trügen. »Was ist denn in dich gefahren?« fragte er.

Sie drückte nervös die Zigarette aus. »Vielleicht hast du mich ja letzte Nacht zur Vernunft geprügelt.«

»Bist selber schuld.« Er hatte ihr eine kräftige Abreibung verpaßt, weil sie ihn vor dieser Schlampe Delaney und deren Bullenfreund wie einen Idioten hatte aussehen lassen. Die blauen und grünen Flecken waren unter der dicken Schminke kaum auszumachen.

»Ich kann es nicht fassen, daß sie kein Geld rausrücken will.«

Bei einer Flasche Schnaps und einigen Lines Koks hatte er ihr von seinem fruchtlosen Besuch bei Cat Delaney erzählt. »Keine Sorge. Die wird schon blechen.«

»Aber wann?«

»Sobald mir was Gutes eingefallen ist.« Er schlürfte seinen Kaffee.

»Was bildet die sich eigentlich ein? Wenn Sparky nicht gewesen wäre, würde sie jetzt nicht mehr leben.«

»Sie behauptet, daß sie wahrscheinlich das Herz von 'nem anderen hat und nicht von Sparky.«

»Trotzdem – sie schuldet mir was«, sagte Kismet trotzig. »Wir mußten ganz schön kämpfen die letzten vier Jahre, während sie auf großem Fuß gelebt hat. Das ist nicht fair.«

»Wir kriegen schon noch Zaster von ihr. Ich muß nur 'nen guten Plan austüfteln.«

»Ich hab mir auch was überlegt.«

Er kniff sein gesundes Auge zusammen. »Ach ja? Und was?«

»Wir müssen auf jeden Fall was unternehmen, bevor dieser Bulle, der ihr Freund zu sein scheint, sie auf dumme Gedanken bringt. Er könnte uns die Tour vermasseln.«

Sie erhob sich von ihrem Stuhl, als wäre der Sitz eine heiße Herdplatte. Aufgeputscht von Nikotin und Kaffee, begann sie, in der Küche auf und ab zu gehen.

Zyk stimmte dem zu, was sie gesagt hatte, aber es würde wie Schwäche aussehen, wenn er es zu früh zugab. »Du hältst dich da gefälligst raus«, sagte er. »Ich habe die Sache voll im Griff.«

Sie wirbelte herum und baute sich wütend vor ihm auf. »Daß ich nicht lache! Die hat dir doch den Kopf verdreht mit ihrem hübschen Gesicht und ihren großen blauen Augen. Was haben deine Drohungen gebracht? Nichts.«

Er sprang wie von der Tarantel gestochen auf und schlug sie auf die Wange. Zu seinem Erstaunen schlug sie zurück und verpaßte ihm eine schallende Ohrfeige.

»Ich laß mir diesen Scheiß nicht länger gefallen, du verdammter Mistkerl!« fauchte sie. »Du hast mich zum letzten Mal geschlagen.«

Er fand es erregend, daß sie sich wehrte, aber er durfte ihr nicht zuviel durchgehen lassen. »Ich werd dir zeigen, was du...«

Er packte sie bei den pummeligen Oberarmen und stieß sie gegen den Küchentresen. Sie versuchte, sich aus seinem Griff zu winden, was ihr auch gelang, weil er sie loslassen mußte, um ihr die Jeans zu öffnen. Während sie mit schwachen Fäusten auf seinen Schädel eindrosch, gelang es ihm, ihr die hautenge Jeans abzustreifen.

Sie versuchte, wegzulaufen, aber er packte sie an den Haaren und hielt sie fest. Er hob sie auf den Tisch und spreizte ihr die Beine. Mit einer Hand auf ihrer Brust hielt er sie, während er sich die Hose aufknöpfte. Sein Schwanz sprang heraus.

Zyk grunzte vor Vergnügen und Überraschung, als sie ihn mit fester Hand umfaßte. Gierig und geil befriedigte sie ihn, wie sie es vor Jahren getan hatte, als sie nicht genug kriegen konnte.

Er schob ihr Top hoch, rieb ihre Brüste, knetete ihre großen Brustwarzen. Sie drehte den Kopf zur Seite und biß ihm in den Arm. Er schlug sie erneut, beugte sich über sie und biß sie grob in den Nippel, ehe er daran saugte, als würde sein Leben davon abhängen. Sie wand sich unter ihm, krallte sich in seinen bloßen Rücken, stieß Flüche aus.

Er stieß mit solcher Wucht in sie, daß der Tisch über den Boden rutschte und er fast das Gleichgewicht verloren hätte. Sie umschlang mit festen Schenkeln seine Hüften und verschränkte die Füße auf seinem Rücken, dann grub sie die langen Fingernägel in das weiche Fleisch seines Hinterns.

Er kam fast sofort, sie aber auch. Sie warf die Arme über den Kopf, schleuderte die Tassen und den Aschenbecher zu Boden. Sie bewegte den Kopf hin und her, daß ihr Haar wild flog. Ihre Zähne gruben sich so tief in ihre Unterlippe, daß diese aufplatzte und blutete. Lange noch nachdem es vorbei war, hoben und senkten sich ihre Brüste.

Zyk rieb sie grob mit beiden Händen. »Tolle Titten.«

Sie schnurrte tief und begann sich unter ihm zu bewegen, bog den Rücken durch; das Gesicht gerötet, die Lippen blutend und geschwollen. Auf ihrem Hals klebte eine feuchte Haarsträhne. Sie sah ihn aus halb geschlossenen Augen an und lächelte auf ihre verderbte Art, die er noch so gut kannte.

»In deiner Pussy sind Pythons. Hab ich schon immer gesagt.«

Sie lachte kehlig. »Wir werden reich sein, Zyk. Reich.«

»Worauf du dich verlassen kannst.« Er wollte sich aus ihr

rausziehen, doch sie hielt ihn mit ihren kräftigen Schenkeln fest.

»Wo willst du denn hin?«

Sein Herzschlag wurde schneller. Einmal war nie genug für die alte Kismet gewesen. Sie *war* zurück.

»Du hast da unten Feuer gelegt«, flüsterte sie mit lüsternem Lächeln. »Jetzt sieh zu, daß du es löschst...«

Sie packte seinen Kopf mit beiden Händen und drückte ihn zwischen ihre Schenkel.

Kapitel 45

Er klopfte an ihre Schlafzimmertür. »Cat?«

»Bin gleich soweit. Ist das Taxi schon da?«

»Nein, aber Zyklop.«

Sie riß die Tür mit einem Ruck auf. Alex überprüfte das Magazin seiner Pistole. Der Anblick der geladenen Waffe ließ Cat erschaudern.

»Sie sind vorbeigefahren und müssen noch einmal um den Block gefahren sein«, sagte er. »Ich habe sie am Ende der Straße abbiegen sehen. Sie sind in diese Richtung.«

»Sie?«

»Er hat Kismet und Michael mit auf seiner Maschine.«

»O nein...«

»O doch«, sagte Alex grimmig. »Ich vermute, er will dich mit ihnen erpressen.«

Nach ihrer Auseinandersetzung am Abend zuvor war Cat in ihr Schlafzimmer gegangen und hatte für ihre Reise nach Kalifornien gepackt. Danach hatte sie das Licht gelöscht und war ins Bett gegangen, hatte jedoch nicht einschlafen können.

Sie konnte ihn durchs Haus laufen hören; wahrscheinlich

überprüfte er Fenster und Türen und sah nach, ob alles verriegelt war. Trotz ihrer Wut auf ihn war sie froh, daß er geblieben war. Sie fühlte sich sehr viel sicherer.

Als sie sich heute morgen in der Küche trafen, benahmen sie sich wie höfliche Fremde. Er bot ihr eine Tasse Kaffee an, den er gekocht hatte, und sie nahm dankend an. Er hatte sie gefragt, wann ihr Flug ging, und bot ihr an, sie zum Flughafen zu fahren.

»Danke, aber ich habe mir ein Taxi gerufen.«

»Auch gut.«

Sie war in ihr Schlafzimmer zurückgekehrt, ins Bad gegangen, hatte geduscht und sich angezogen. Sie hatten kein weiteres Wort gewechselt. Nun folgte sie ihm den kleinen Flur entlang zum Wohnzimmer. »Vielleicht halten sie nicht an, wenn sie deinen Wagen vor dem Haus stehen sehen«, sagte Cat hoffnungsvoll.

»Ich hab ihn in die Garage gefahren, als du im Bett warst.«

»Oh...«

»Ist gar nicht schlecht, wenn sie glauben, daß du allein bist. Dann haben wir das Überraschungselement auf unserer Seite.«

Sie spähte vorsichtig durch die Jalousien des vorderen Fensters und sah das Motorrad langsam auf ihr Haus zukommen.

Alex stand am anderen Fenster. »Geh wieder in dein Zimmer, Cat. Warte dort, bis ich mir einen Überblick über die Situation verschafft habe.«

»Nichts da...«

»Hör mal, jetzt ist nicht die Zeit, um – Wow, das ist doch Kismet, oder?«

Cat mußte zweimal hinschauen. Wenn Kismet nicht Michael auf dem Arm gehabt hätte, hätte sie sie unter der Schminke und bei dieser Aufmachung nicht erkannt.

Mit provozierendem Hüftschwung kam sie die Auffahrt

herauf. Gestern noch hatte sie bei einem einzigen Blick gekuscht. Heute schien sie es mit jedem aufnehmen zu wollen.

Sie klingelte dreimal energisch. Cat schaute zu Alex. Er bedeutete ihr, zu öffnen, und stellte sich hinter die Tür.

Vorsichtig schob Cat den Riegel zur Seite und öffnete die Tür einen Spalt.

Sofort sah sie die unvergossenen Tränen in Kismets Augen. Sie schimmerten durch das hurenhafte Make-up und das gespielt selbstsichere Auftreten. Dann sah Cat ihre zitternden Lippen.

»Bitte«, flehte Kismet flüsternd, »bitte helfen Sie mir.«

Trotz der wenig schmeichelhaften Beschreibung, die Cat ihm von Lieutenant Hunsaker gegeben hatte, wollte Alex ihn nicht von vornherein verurteilen; immerhin war er ein Kollege. Doch leider bestätigte Hunsaker die schlechte Meinung, die Cat von ihm hatte. In dem Moment, als er ihr Wohnzimmer betrat, wußte Alex, daß er es mit einem echten Blödmann zu tun hatte, dessen Ego ebenso aufgebläht war wie sein Bierbauch.

»Sieht ganz so aus, als hätte uns das Schicksal erneut zusammengebracht«, sagte Hunsaker breit grinsend zu Cat. In seinen Mundwinkeln klebten Tabakkrümel.

»Sieht so aus ...«

»Meine Frau hat sich sehr über das Autogramm gefreut.«

»Na, prima, Lieutenant, das hier sind Patricia Holmes und ihr Sohn Michael.«

Er nickte nur.

Cat war bei Kismet und Michael im Schlafzimmer geblieben, während sie auf das Eintreffen der Polizei gewartet hatten. Als sie das Zimmer wieder verließen, hatte sich Kismet abgeschminkt und das Haar mit einer Spange zusammengebunden. Sie trug einen Overall, ein Kleidungsstück aus Cats Garderobe, der groß genug für sie war.

»Und das ist Alex Pierce.« Cat drehte Hunsaker zu ihm hin.

»Pierce.« Die beiden Männer gaben sich die Hand.

»Alex ist ehemaliger Polizist«, sagte Cat.

»Ehrlich? Wo denn?«

»Houston.«

»Houston, hm?« Er musterte Alex. »Warum sind Sie ausgestiegen?«

»Geht Sie nichts an.«

Hunsaker war verdutzt wegen der barschen Antwort. »He, sollte kein Vorwurf sein...«

»Hab ich auch nicht so aufgefaßt. Ich habe nur gesagt, wie es ist.«

Hunsaker räusperte sich vernehmlich und zog seinen rutschenden Gürtel hoch. »Also gut, wer sagt mir, was passiert ist?«

»Alex, du?« fragte Cat. »Immerhin hast du mehr gesehen als wir.«

Er berichtete, was sich tags zuvor und am Vormittag zugetragen hatte, bis die in Tränen aufgelöste Kismet mit ihrem Jungen vor Cats Haustür gestanden hatte.

»Cat hat nicht erst groß Fragen gestellt. Sie hat die beiden ins Haus gezogen und die Tür verriegelt. Ms. Holmes hatte große Angst. Sie sagt, wenn Zyklop sie in die Finger kriegt, bringt er sie um, weil sie ihn hinters Licht geführt hat. Michael war auch stark verängstigt. Er verstand zwar nicht, was vor sich ging, aber er spürte die Panik seiner Mutter. Ich riet Cat, mit den beiden ins Schlafzimmer zu gehen und dort zu warten.«

»Von dort aus habe ich Sie angerufen, Lieutenant«, ergänzte Cat. »Ich wußte ja nicht, was Zyklop unternehmen würde.«

»Ich sagte ihr, sie solle sich keine Sorgen machen und daß ich den Schweinehund schon aufhalten werde, wenn er versuchen sollte, ins Haus einzudringen.« Hunsaker schaute zu dem Revolver, der auf dem Tisch lag. »Ist nicht mehr geladen«, sagte Alex.

»Was ist denn jetzt mit diesem Zyklop?« fragte Hunsaker. »Was hat er gemacht?«

»Er hatte natürlich nicht damit gerechnet, daß Cat Kismet und den Jungen ins Haus ziehen und die Tür verriegeln würde. Er hat natürlich sofort vermutet, daß etwas schiefgelaufen ist. Er schrie vom Bordstein herüber, doch als er keine Antwort erhielt, wurde er wütend.

Ich weiß nicht, warum Sie so lange gebraucht haben, um hierherzukommen, Hunsaker«, fuhr Alex fort. »Ein bißchen flinker, und Zyklop wäre jetzt hinter Gittern.«

Hunsaker ignorierte diesen Vorwurf und wandte sich an Cat. »Er hat gestern abend versucht, Geld von Ihnen zu erpressen?«

»Das stimmt.« Sie schilderte Zyklops Besuch.

»Warum haben Sie mich nicht gleich angerufen?«

»Weil sie *mich* angerufen hat«, sagte Alex. »Ich blieb die Nacht über hier.«

Hunsaker räusperte sich erneut. Er deutete die Anspielung auf seine Weise. »Und was war heute morgen? Warum ist er noch mal wiedergekommen?«

»Ms. Holmes hat ihn dazu gebracht, sie und Michael herzubringen, um seiner Forderung Nachdruck zu verleihen«, sagte Alex. »Als sie dann mit dem Jungen im Haus verschwand, muß er instinktiv gewußt haben, daß er ausgetrickst worden war.«

»Und hat sich aus dem Staub gemacht?«

»Ja. Hat vorher noch rumgebrüllt und gedroht, Kismet und Michael umzubringen. Dann ist er auf und davon. Wir haben also da draußen einen gefährlichen Kriminellen auf freiem Fuß«, fügte Alex als sanften Tadel auf Hunsakers Bummelei an.

Hunsaker wandte sich Cat zu. »Haben Sie dem etwas hinzuzufügen?«

»Nur daß Alex und ich Zeugen wurden, wie Mr. Murphy gestern nachmittag Ms. Holmes schlug. Und zwar bei sich zu Hause.«

Das wurde ihm allmählich zu kompliziert. Er kratzte sich am Kopf. »Ich kapiere nicht, was Sie dort zu suchen hatten.«

»Wir haben eine Spur verfolgt in der Angelegenheit, von der ich Ihnen erzählt habe«, erklärte Cat.

»Sie meinen diese anonymen Briefe und Zeitungsausschnitte?«

»Ja. Ich dachte, daß möglicherweise Zyklop dahintersteckt.«

»Und?«

Sie sah zu Kismet, dann schüttelte sie den Kopf. »Ich glaube nicht. Aber er gehört trotzdem hinter Gitter. Fragen Sie beim Jugendamt nach. Er ist bereits wegen mehrfachen Mißbrauchs eines Minderjährigen aktenkundig, nur leider nie verurteilt worden.«

»Was ist mit ihr?« Hunsaker deutete mit dem Daumen auf Kismet.

»Sie hat sich nicht gegen Zyklop wehren können...«

Hunsaker deutete auf das von Zyklop beschmutzte Sofa. »Darf ich...?«

»Bitte.«

Er setzte sich und wandte sich an Kismet, die in einem Sessel saß, Michael auf dem Schoß. Cat saß auf der Lehne des Sessels.

»Was haben Sie dazu zu sagen?« fragte Hunsaker Kismet.

Sie schaute unsicher zu Cat, die ihre Hand nahm und drückte, um ihr Mut zu machen. »Erzähl ihm, was du mir erzählt hast.«

Sie wischte sich die Augen ab und benetzte nervös ihre geschwollenen Lippen. »Nachdem die beiden gestern weggefahren sind« – sie nickte in Richtung Cat und Alex –, »kam er mit seinem Plan an, wie er aus der Sache mit Sparkys Herz Geld machen könne.«

»Wer ist Sparky?«

Alex erklärte es Hunsaker. Der stöhnte. »Herrje, ist das kompliziert.« Er wandte sich wieder an Kismet. »Zyklop wollte also Geld, quasi für Sparkys Herz. Und Sparky ist der leibliche Vater des Jungen, richtig?«

Kismet nickte und strich Michael über den Kopf. Sie hatte den Jungen seit Betreten des Hauses nicht losgelassen. Es war für jedermann ersichtlich, wieviel er ihr bedeutete.

»Zyk kam gestern abend sehr spät nach Hause. Er war wütend, weil Ms. Delaney ihm kein Geld gegeben hatte«, sagte Kismet. »Er meinte, sie habe ihn ausgelacht.«

Alex war entsetzt. »Du hast ihn ausgelacht? Davon hast du mir nichts erzählt. Bist du denn wahnsinnig?«

»Nein, bin ich nicht!«

»Ruhe!« befahl Hunsaker. Er warf Alex einen wütenden Blick zu. »Bitte fahren Sie fort, Ms.... Holmes?«

»Zyk hat Kokain geschnupft und ist dann ziemlich ausgeflippt. Ich habe versucht, ihm aus dem Weg zu gehen, aber er hat mich nach Strich und Faden verprügelt. Als er dann eingeschlafen war, bin ich noch lange wach gelegen und habe überlegt, was ich tun könnte.«

Erneut traten ihr Tränen in die Augen. »Ms. Delaney schien eine so herzensgute Frau zu sein. Ich habe sie im Fernsehen gesehen, wie sie diesen Kindern hilft. Sie war so nett zu Michael bei dem Picknick.«

»Picknick?«

»Unwichtig«, mischte sich Alex ein. »Warum lassen Sie sie nicht einfach ausreden?«

»Ich bin nicht derjenige, der hier dauernd unterbricht. Sie sind es.« Hunsaker bedeutete Kismet, fortzufahren.

»Ich wollte nicht, daß Zyk Ms. Delaney belästigt. Aber ich

war sehr glücklich zu wissen, daß Sparkys Herz vielleicht einen so netten Menschen wie sie gerettet hat. Und die Art, wie sie sich Zyk gegenüber verhalten hat, hat mir Mut gemacht. Also habe ich beschlossen, mich auch gegen ihn zu wehren.«

»Nur, daß sie kein Geld hatte, kein Auto und niemanden, der ihr hätte helfen können«, warf Cat ein. »Wenn sie versucht hätte, wegzulaufen, wäre sie wohl kaum sehr weit gekommen.«

»Und dann hätte er mir und Michael ganz bestimmt etwas getan«, sagte Kismet. »Ich wußte, daß meine einzige Chance war, ihn auszutricksen. Also habe ich heute morgen...« Sie schluckte hart.

Cat legte ihr einen Arm um die Schulter. »Erzähl weiter, Patricia. Gleich hast du's geschafft.«

Kismet nickte. »Ich gab Michael gestern abend ein Beruhigungsmittel, so daß er heute morgen lange schlief. Das war nicht richtig, das weiß ich, aber ich konnte doch nicht... ich wollte nicht riskieren, daß er sieht, wie... ich habe Zyk ziemlich scharf gemacht, verstehen Sie? Ich mußte so tun, als würde es mir gefallen. Ich mußte ihn davon überzeugen, daß ich wieder so war wie früher, wie zu der Zeit, bevor ich Sparky kennenlernte.« Sie begann zu weinen.

»Du hast getan, was du tun mußtest, Patricia. Niemand in diesem Zimmer hat das Recht, dich dafür zu verurteilen.«

Cats sanfter, verständnisvoller Ton schloß Alex und Hunsaker so wirkungsvoll aus wie eine geschlossene Panzertür. Kismet hatte Sex eingesetzt, um ihr Leben zu retten. Nur wenige Männer würden das verstehen. Doch eine andere Frau konnte das volle Ausmaß dieser Erniedrigung ermessen.

In diesem Moment schämte sich Alex, ein Mann zu sein. Er fragte sich, ob es Hunsaker ähnlich ging. Wohl kaum. Hunsaker war zu grob und simpel, um etwas derart Abstraktes zu begreifen. Doch zumindest zeigte er so viel Mitgefühl, daß er den Blick abwandte und den Mund hielt, bis Kismet sich wieder einigermaßen gefaßt hatte, um fortzufahren.

»Danach überredete ich ihn, mich mit Michael hierherzufahren, damit ich mit Ms. Delaney sprechen könnte. Ich sagte ihm, ich wolle Michael benutzen, weil sie sich doch soviel aus ihm macht. Zyk gefiel die Idee nicht, aber ich sagte, da er mit seinen Drohungen kein Geld bekommen habe, solle er es mich auf die Sympathietour versuchen lassen. Und schließlich gab er nach.«

Sie zog Michael näher an sich. »Der Weg vom Bordstein zum Haus kam mir vor wie eine Ewigkeit. Ich hatte Angst, Zyk würde mir auf die Schliche kommen, ehe ich die Tür erreicht hatte.«

Als sie sich zu Cat umdrehte, grenzte ihr Gesichtsausdruck an Verehrung. »Ich weiß nicht, was ich gemacht hätte, wenn Sie mir die Tür vor der Nase zugeschlagen hätten. Das kann ich nie wieder gutmachen.«

»Ich wollte nur, daß du und Michael vor diesem brutalen Kerl in Sicherheit seid.«

»Wollen Sie Anzeige erstatten?« fragte Hunsaker Kismet.

»Ja.«

»Sind Sie sicher? Manchmal kriegt ihr Mädels Angst, wenn es hart auf hart geht.«

»Das wird sie nicht«, sagte Alex in festem Ton.

»Und ich schon gar nicht«, sagte Cat. »Er hat mir und ihr gedroht, für den Fall, daß ich ihm kein Geld gebe. Das ist Erpressung. Ich werde gegen ihn aussagen. Darauf können Sie sich verlassen.«

»Aber erst einmal müssen Sie ihn finden«, sagte Alex zu Hunsaker. »Bis dahin haben wir für Ms. Holmes und Michael einen sicheren Platz.«

Der Polizist erhob sich. »Das wird 'ne Menge Papierkram. Ist es Ihnen möglich, heute nachmittag in mein Büro zu kommen und Ihre Aussagen zu machen?« Sie vereinbarten eine Uhrzeit. »Ich werde die Fahndung nach George Murphy einleiten. Ich habe eine Beschreibung von ihm und seinem Motorrad. Wird nicht lange dauern, bis wir ihn haben.«

»Sie werden ihn nicht finden«, sagte Kismet mit einiger Gewißheit. »Er kennt Dutzende Verstecke. Überall sind Leute, die ihn bei sich unterkommen lassen. Sie werden ihn nicht finden.«

Alex befürchtete, daß sie recht haben könnte, aber das behielt er lieber für sich. Sollte Zyklop tatsächlich der Polizei ins Netz gehen, dann höchstens aufgrund einer Unvorsichtigkeit.

Doch Hunsaker versprach weiterhin das Blaue vom Himmel. »Entspannen Sie sich und überlassen Sie ruhig alles andere uns.« Er zerzauste Michael das Haar. »Netter Junge.«

»Danke, daß Sie gekommen sind«, sagte Cat, als sie den Lieutenant zur Tür brachte.

»Sie haben nie rausgekriegt, von wem die anonymen Briefe stammen?«

»Leider nicht. Bei dem Versuch, das rauszukriegen, habe ich ja in dieses Wespennest gestochen. Natürlich bin ich froh darüber. Auf diese Weise sind Patricia und Michael in Sicherheit.« Alex nahm es als ein Zeichen des Respekts, daß Cat Patricia nur noch bei ihrem richtigen Namen nannte. Kismet gehörte der Vergangenheit an.

»Haben Sie weitere Briefe mit Zeitungsausschnitten erhalten?« fragte Hunsaker.

»Nein.«

»Na bitte.« Er schien zufrieden mit sich selbst. »Wahrscheinlich werden Sie nie erfahren, wer Ihnen diesen üblen Streich gespielt hat. Ich habe ja gleich gewußt, daß es im Sande verlaufen wird.«

Cat hatte bessere Manieren, als Alex geglaubt hatte. Trotz

Hunsakers unverschämter Bemerkung dankte sie ihm höflich für sein Kommen und seine Hilfe.

»Was ich ganz vergessen habe, dir zu sagen«, wandte sich Alex an Cat, als sie die Tür hinter dem Lieutenant geschlossen hatte. »Während wir auf Hunsaker gewartet haben, kam dein Taxi. Ich habe dem Fahrer einen Zehner Trinkgeld gegeben und ihn weggeschickt.«

»Danke. Das hatte ich völlig vergessen.«

»Willst du immer noch nach Kalifornien fliegen?«

»Nicht, bis Patricia und Michael an einem sicheren Ort sind. Ich habe mit Sherry telefoniert. Sie kümmert sich drum.«

Eine halbe Stunde später traf Sherry ein. »Ich habe ein Haus gefunden, wo es euch beiden gefallen wird«, sagte sie zu Patricia und Michael. »Dort wohnen noch drei weitere Frauen mit ihren Kindern, gemeinsam mit einer Betreuerin. Zwei der Kinder sind etwa in Michaels Alter, also wird er Spielkameraden haben. Ihr habt dort euer eigenes Schlafzimmer mit Bad und alle Privatsphäre, die ihr braucht. Aber ihr eßt gemeinsam mit den anderen und müßt einige Haushaltspflichten übernehmen.«

Patricia konnte ihr Glück kaum fassen. Sie war überwältigt und weinte hemmungslos vor Dankbarkeit. »Ich werde gern etwas im Haushalt tun. Ich tue alles, solange Zyk uns nicht findet.«

Kurz darauf war es Zeit, Abschied zu nehmen. »Dir wird nichts geschehen«, sagte Cat an der Tür zu Patricia. »Wenn du etwas brauchen solltest oder einfach nur reden willst, dann ruf mich an. Du hast doch noch die Nummer, die ich dir gegeben habe?«

»In meiner Tasche.«

Cat umarmte Michael und überließ ihn dann seiner Mutter. »Ich würde euch gern bald mal besuchen, wenn es recht ist.«

»Aber ja«, sagte Patricia erfreut. »Da würden wir uns echt freuen, nicht wahr, Michael?« Der Junge nickte schüchtern.

Cat spürte einen Knoten im Hals. »Und jetzt zischt ab. Sherry wird sich um euch kümmern.«

»Ich bringe euch zum Wagen«, bot Alex an, als er sah, welche Angst Patricia hatte, das Haus zu verlassen. Und an Sherry gewandt: »Wäre sicher nicht die schlechteste Idee, ein paar Umwege zu fahren und darauf zu achten, daß euch niemand folgt.«

»Das wird bei uns immer so gemacht in solchen Situationen«, ließ ihn Sherry mit einem Lächeln wissen.

Er trat hinaus auf die Veranda, schaute sich kurz um und gab ihnen dann das Zeichen, daß alles in Ordnung war. Patricia zögerte und drückte Cats Hand. Sie sprach hastig, so als fürchtete sie, daß, wenn sie sich jetzt nicht beeilte, es auszusprechen, sie niemals den Mut dazu haben würde.

»Sie sind ein so guter Mensch. So nett zu anderen. Sparky war der einzige Mensch, den ich kannte, der so war wie Sie. Ich glaube, Sie *müssen* sein Herz haben.«

Kapitel 46

Arbeit war Cats Allheilmittel. Selbst während ihrer ernsten Herzerkrankung hatte sie lange und anstrengende Stunden bei den Dreharbeiten zu der Fernsehserie verbracht. Wenn sie niedergeschlagen war, stürzte sie sich in Arbeit. Wenn sie glücklich war, arbeitete sie. In ihrem derzeitigen Dilemma suchte sie Trost und Ablenkung ebenfalls in ihrer Arbeit.

Sie hatte Jeff Doyle angerufen und erklärt, weshalb sie erst am Nachmittag ins Büro kommen konnte. »Alles andere später unter vier Augen.«

Später dann, in der Abgeschiedenheit ihres Büros,

lauschte er mit wachsender Ungläubigkeit ihrer Schilderung der Ereignisse. »Mein Gott, Cat. Dieser George Murphy scheint ja ein Barbar zu sein. Er hätte dich umbringen können.«

»Tja, das hat er aber nicht.«

»Wieso bist du jetzt doch nicht nach Los Angeles geflogen? Vielleicht solltest du wirklich besser die Stadt für ein paar Tage verlassen.«

»Ich habe bereits mit Dean telefoniert und alles abgesagt.«

Jetzt nach Kalifornien zu fliegen, kam ihr feige vor. Es wäre nicht gerade aufbauend für Patricia und Michael gewesen, sie erst davon überzeugen zu wollen, daß sie nichts mehr von Zyklop zu befürchten hatten, um sich dann selber Richtung Westküste abzusetzen. Und so hatte sie beschlossen, hierzubleiben und sich in die Arbeit zu stürzen.

»Dann nimm dir wenigstens den Nachmittag frei«, drängte Jeff. »Wir kommen schon klar.«

»Nein, ich will und werde hierbleiben. Sag mir lieber, ob ich heute morgen was Wichtiges verpaßt habe. Komm, laß uns anfangen.«

Sie beantwortete die Telefonate, diktierte einen ganzen Stapel Briefe und vereinbarte mit dem Produktionsteam zwei Drehtermine für die kommende Woche.

»Für Mittwoch habe ich denselben alten Cowboy, der auch bei Nancy Websters Grillfest das Ponyreiten für die Kids gemacht hat«, sagte Jeff. »Es hat ihm so gut gefallen, daß er meinte, er würde uns gern jederzeit helfen – kostenlos.«

»Fabelhaft. Die Kinder werden begeistert sein. Michael hat es auf jeden Fall Spaß gemacht.«

»Cat, was du für ihn und seine Mutter getan hast...« Jeff wartete einen Moment, bis sie fragend zu ihm aufschaute. »Es war wirklich großartig von dir, dich so für andere einzusetzen.« Er zögerte. »Meinst du, du hast das Herz von Michaels Vater?«

»Ich weiß es nicht und will es auch nicht wissen. Ich hätte auch jeder anderen Frau mit Kind in einer solchen Situation geholfen. Mir reicht es, zu wissen, daß sie in Sicherheit sind und die Chance haben, noch mal von vorn anzufangen.«

Nachdem Sherry Patricia und Michael ins Frauenhaus gebracht hatte, hatte sie Cat angerufen und berichtet, daß die beiden von den anderen Bewohnern des Hauses begeistert aufgenommen worden waren.

»Patricia hat sich bereit erklärt, etwas von dem Geld in die gemeinsame Kasse zu zahlen, das sie mit ihrem selbstgebastelten Schmuck verdient«, erzählte Cat Jeff. »Sie verkauft ihn an einen Händler auf dem Markt. Mit der Zeit und einiger Übung könnte noch eine echte Künstlerin aus ihr werden.«

»Ohne dich hätte sie nie die Chance dazu bekommen.«

Cat kaute nachdenklich auf der Unterlippe. »Wenn Sparky den Unfall überlebt hätte, wäre ihr Leben wahrscheinlich ganz anders verlaufen. Sie wären bestimmt aus der Gang ausgestiegen, wenn sie gewußt hätten, daß Patricia schwanger war.

Sie hätten Michael mit Liebe und Fürsorge großgezogen. Sie hätte ihr künstlerisches Talent entwickelt. Ich habe gehört, daß Sparky enorm intelligent gewesen sein soll, an Literatur und Philosophie interessiert. Vielleicht wäre ein Lehrer oder Schriftsteller aus ihm geworden.«

»Das ist doch durch die rosarote Brille gesehen, Cat. Wahrscheinlich wäre es ganz anders gelaufen.«

»Aber wissen werden wir es nie, weil Sparky gestorben ist.«

»Und ein anderer dafür lebt«, sagte Jeff.

Sie schaute auf, riß sich aus ihren trüben Gedanken und räusperte sich, um den Kloß im Hals loszuwerden. »Ja, ein anderer lebt.«

Später am Nachmittag steckte Jeff den Kopf zur Tür herein. »Mr. Webster hat gerade angerufen. Er möchte uns sehen.«

»Jetzt gleich? Ich stecke bis zum Hals in Arbeit.«

»Er meinte, es sei sehr dringend. Gibt es einen Grund, warum er sauer sein könnte?«

»Klang er so?«

»Sehr.«

Cat hatte Bill seit mehreren Tagen nicht gesehen. Als seine Sekretärin sie und Jeff mit ernster Miene in sein Büro führte, zeigte er einen erstaunlichen Mangel an Herzlichkeit. »Setzen Sie sich, bitte.«

Als sie auf dem Ledersofa Platz genommen hatten, deutete er auf den anderen Gast. »Darf ich vorstellen? Ronald Truitt. Wie Sie ja wissen, ist er TV-Kritiker beim *Light*.«

Dieser plumpe Schwachkopf in den Vierzigern mit leichter Glatze war also Ron Truitt, ihre journalistische Nemesis, der Kritiker der Hölle.

Er wirkte nervös; wahrscheinlich brauchte er dringend eine Zigarette. Immer wieder tätschelte er die Schachtel Camel in der Brusttasche seines Hemdes, als wolle er sich vergewissern, daß seine Zigaretten noch da waren, auch wenn er jetzt nicht rauchen konnte.

Er gab sich Mühe, locker und lässig zu wirken, doch mit mäßigem Erfolg. Er wippte mit den Beinen, rutschte nervös auf seinem Platz herum und blinzelte hektisch.

Cat sagte nichts, sondern wandte sich direkt an Bill. »Was gibt's?«

»Aus kollegialer Höflichkeit kam Mr. Truitt zu mir, um mich bezüglich des Inhalts seiner morgen erscheinenden Kolumne vorzuwarnen. Ich dachte mir, Sie beide sollten ebenfalls informiert und gewarnt werden.«

»Gewarnt? Das hört sich aber bedrohlich an.«

»Bedauerlicherweise ist der Inhalt der Kolumne entsprechend.«

»Geht es um *Cats Kids*?« fragte Jeff.

»Ja.« Bill wandte sich an den Journalisten. »Aber ich denke, Sie sollten es besser selber darlegen, Mr. Truitt. Aber vorher möchte ich betonen, daß alles, was in diesem Raum gesagt wird, absolut vertraulich ist.«

»Sicher.« Truitt richtete sich auf und schlug unnötigerweise einen Spiralblock auf, als wolle er seine Notizen noch einmal kurz überfliegen. Doch Cat bemerkte, daß das alles nur Show war.

»Ich habe heute morgen einen Anruf erhalten«, sagte Truitt. »Von jemandem, der sich Zyklop nannte.«

»Zyklop hat Sie angerufen?« Cat war überrascht.

»Demnach kennen Sie ihn?« fragte Bill.

»Ja. Sein richtiger Name ist George Murphy, und er wird von der Polizei gesucht. Hat er Ihnen gesagt, von wo aus er anruft?«

»Nein.« Truitts Grinsen war schwach. »Und er sagte, Sie würden sicher alles umdrehen und ihn als den bösen Buben hinstellen.«

»Aber das *ist* er auch. Die Liste seiner Straftaten ist so lang wie mein Arm, angefangen von Kindesmißhandlung bis hin zur Erpressung.«

»Mag sein«, sagte Truitt. »Aber er ließ anklingen, daß auch Sie keine Heilige sind.«

»Was ich auch nie behauptet habe«, erwiderte Cat ärgerlich. »Aber darum geht es gar nicht. Haben Sie nichts Besseres, worüber Sie schreiben können, als die gegenseitigen Titulierungen zwischen mir und einem koksenden Motorradfreak, der von der Polizei gesucht wird?«

»Hier geht es um etwas sehr viel Ernsteres als das«, mischte sich Bill ein. Er hielt einen Moment inne, dann ließ er die Bombe platzen. »Cat ... Mr. Murphy hat Sie der Belästigung eines Minderjährigen beschuldigt.«

Sie war sprachlos. Sie schaute zu Bill, dann zu Truitt.

»Stimmt«, sagte dieser. »Zyklop hat mir gesagt, Sie hätten während einer Feier im Haus von Mr. Webster seinen Stiefsohn sexuell belästigt.«

»Er hat gar keinen Stiefsohn«, keuchte Cat.

»Einen Jungen namens Michael?«

»Michaels Mutter ist nicht mit Mr. Murphy verheiratet. Nach dem Gesetz ist er nicht der Stiefvater des Jungen.«

»Tja, wie dem auch sei, er stellte jedenfalls die Frage, ob sein Junge wohl das einzige Opfer sei. Sie haben zweifellos die Gelegenheit zu weiteren –«

»Das darf doch nicht wahr sein!« Sie lachte fassungslos. Doch niemand sonst lächelte, vor allem Webster nicht. »Bill, sagen Sie doch etwas. Sie glauben doch nicht im Ernst –«

»Was ich glaube, spielt keine Rolle.«

Sie wandte sich an den Journalisten. »Sie werden das doch bestimmt nicht bringen. Zunächst mal – das ist völlig absurd und einfach lächerlich. Und zweitens – ohne Bestätigung riskieren Sie eine Schadensersatzklage wegen übler Nachrede in astronomischer Höhe.«

»Ich *habe* eine Bestätigung«, sagte er im Brustton der Überzeugung. Wieder war Cat völlig verblüfft. »Von wem?«

»Das darf ich Ihnen nicht sagen. Meine zweite Quelle möchte anonym bleiben, aber seien Sie versichert, daß diese Person sehr genau weiß, wovon sie spricht.«

»Diese Person weiß gar nichts!« schrie Cat. »Wie sind Sie überhaupt an diese zweite Quelle gekommen?«

»Ich habe mich umgehört, mit Leuten gesprochen.«

»Sie machen einen ernsthaften Fehler, Mr. Truitt«, sagte Cat. »Wenn Sie diese Anschuldigung in Ihrer Kolumne bringen, wird das Sie und Ihre Zeitung teuer zu stehen kommen. Jeder, der mich kennt, weiß, daß ich im Rahmen meiner begrenzten Möglichkeiten alles nur Menschenmögliche tue, um Kinder vor allen erdenklichen Formen des

Mißbrauchs zu retten; körperlichem und sexuellem Mißbrauch ebenso wie seelischer und emotionaler Mißhandlung. Wenn George Murphy mir etwas anhängen will, sollte er sich etwas Glaubwürdigeres ausdenken.«

»Aber Sie sind doch in einer außerordentlich günstigen Position, das Vertrauen zahlreicher Kinder zu gewinnen, habe ich nicht recht, Ms. Delaney?« konterte Truitt.

»Das ist eine miese Anspielung, und ich weigere mich, darauf zu antworten.«

Er rutschte auf die Kante seines Stuhls vor; ein Hai, der Blut gewittert hat und zum tödlichen Angriff ansetzt. »Erklären Sie mir doch mal, weshalb Sie aus einer höchst erfolgreichen TV-Serie aussteigen, um hier bei einem kleinen lokalen Sender so etwas wie *Cats Kids* zu machen?«

»Weil ich das so wollte.«

»Aber wieso?« beharrte der Journalist.

»Auf keinen Fall, um Kinder zu mißbrauchen!« schrie sie ihn an.

»Cat...«

»Was? Darauf hat er doch angespielt, oder nicht?« fuhr sie Jeff an, der lediglich versuchte, sie zu besänftigen. Sie brauchte einen Moment, um sich wieder zu beruhigen, dann wandte sie sich in einem ruhigeren Ton erneut an Truitt. »Ich bin aus der Serie ausgestiegen, weil ich mit dem Rest meines Lebens etwas Sinnvolles anfangen wollte.«

Er verzog skeptisch das Gesicht. »Wollen Sie damit sagen, daß Sie ein enormes Einkommen und großen Erfolg aufgegeben und gegen ein sehr viel schmaleres Honorar und magere wöchentliche vier Minuten auf der Mattscheibe eingetauscht haben?« Er schüttelte den Kopf. »Wer soll das denn glauben? So nobel ist niemand.«

Cat war nicht bereit, darüber zu diskutieren. Dazu waren die Beweggründe für ihren Ausstieg damals zu persönlich. Außerdem war sie diesem kettenrauchenden böswilligen

Kerl keine Erklärung schuldig. Mit Rücksicht auf den Sender rang sie sich zu einer diplomatischen Antwort durch.

»Sie haben nichts in der Hand, um diese lächerliche Anschuldigung zu belegen. Zyklop ist wohl kaum eine glaubhafte Informationsquelle.«

»Vergessen Sie die zweite Quelle nicht. Und die *ist* glaubhaft.« Er grinste und erhob sich. »Eine solche Story würde sich niemand entgehen lassen.«

»Aber es ist eine infame Lüge«, sagte Cat. »Abartig und ohne jeden Wahrheitsgehalt.«

»Darf ich das zitieren?«

»Nein.« Bill erhob sich von seinem Platz. »Vergessen Sie nicht unsere Abmachung bezüglich dieser Unterredung. Zum gegenwärtigen Zeitpunkt gibt Ms. Delaney keine offizielle Erklärung ab.«

»Bill, ich habe keine Angst –«

»Bitte, Cat«, schnitt er ihr das Wort ab. »Mr. Truitt, Sie werden heute nachmittag von unserer Presseabteilung hören.« Er begleitete ihn zur Tür.

Nachdem der Journalist gegangen war, herrschte im Raum ein Schweigen wie bei einem Begräbnis. Cat kochte innerlich. Sie schaute Bill an und ließ ihn nicht aus den Augen, als er zu seinem Schreibtisch ging und sich schwer in seinen Drehsessel fallen ließ.

»Ich warte auf eine Erklärung, Bill.« Sie stand auf. »Warum haben Sie stumm dabeigesessen, während ich geschlachtet wurde? Warum haben Sie ihn überhaupt eingeladen?«

Er hob die Hände. »Setzen Sie sich wieder, Cat. Beruhigen Sie sich und hören Sie mir zu.«

Sie setzte sich, fragte jedoch in barschem Ton: »Glauben Sie, daß ich eine Kinderschänderin bin?«

»Um Himmels willen, nein! Natürlich nicht... Aber ich muß die Interessen des Senders berücksichtigen.«

»Ach, der Sender. Solange der unbeschadet bleibt, kann mein Ruf ja ruhig vor die Hunde gehen, oder was?«

Er warf ihr einen entrüsteten Blick zu. »Wir können ihn nicht davon abhalten, seine Artikel zu schreiben und zu veröffentlichen. Im Moment können wir uns nur auf den zu erwartenden Sturm vorbereiten. Ich kann die Presseabteilung anweisen, eine Gegendarstellung rauszugeben. Wenn Sie möchten, können Sie dabei mitwirken.«

»Kommt gar nicht in Frage!« sagte sie. »Ich werde diese lächerliche Lüge nicht auch noch dadurch aufwerten, indem ich sie abstreite.« Plötzlich schimmerten Tränen in ihren Augen. »Wie kann jemand nur glauben, ich könnte ein Kind belästigen oder mißbrauchen?«

»Deine Zuschauer werden das nicht glauben, Cat«, sagte Jeff überzeugt. »Nicht eine Sekunde.«

»Das sehe ich auch so«, meinte Bill. »Wenn die Story erst veröffentlicht ist, wird es zu dem Thema nichts mehr zu sagen geben, weil nichts weiter dran ist. Ihre Fans werden es als das betrachten, was es ist – ein böswilliger Angriff auf Sie, von jemandem, der Ihnen offensichtlich eins auswischen will.

Das wird sich wieder geben. Nach ein paar Wochen ist Gras über die Sache gewachsen.« Er hielt einen Moment inne, ehe er hinzufügte: »Bis dahin werde ich die Produktion und Ausstrahlung von *Cats Kids* aussetzen.«

Cat glaubte, sich verhört zu haben. Einige Sekunden lang vernahm sie nichts als ein schreckliches Dröhnen in den Ohren. »Das... das meinen Sie doch nicht ernst, Bill?«

»Doch. Meine Entscheidung steht fest.«

»Aber das ist gleichbedeutend mit einem Schuldbekenntnis«, rief sie. »Bill, ich flehe Sie inständig an, das nicht zu tun.«

»Sie wissen, daß ich Ihre Arbeit von ganzem Herzen schätze und unterstütze. Was Sie tun, ist wichtig für den

Sender. Es ist ein wichtiger Beitrag für die Öffentlichkeit. Ich möchte damit auch so bald wie möglich weitermachen.

Und ich muß wohl nicht extra erwähnen, daß ich allerhöchsten Respekt vor Ihnen habe, Cat. Ich mute Ihnen diese Enttäuschung nur sehr ungern zu. Sie betrachten meine Entscheidung sicher als Verrat, doch in meiner Verantwortung als Vorstandsvorsitzender des Senders muß ich bedenken, was das Beste für alle ist, auch für Sie.

Bis diese Geschichte ausgestanden ist, sollten Sie – meiner Ansicht nach – besser nicht auf der Mattscheibe erscheinen, weil es die Menschen nur an diese miese Geschichte erinnern würde.« Seine ernste Miene und sein nüchterner Ton unterstrichen, daß seine Entscheidung endgültig war.

Eine Weile starrte Cat zu Boden, dann hob sie schließlich den Kopf und stand auf. »Also gut, Bill. Ich verstehe Ihren Standpunkt. Heute abend haben Sie meine Kündigung auf dem Schreibtisch.«

»Was!?« rief Jeff entsetzt.

»Cat –«

»Hört mir zu, alle beide. Wenn diese Story veröffentlicht wird, ist *Cats Kids* Ruf auf alle Zeiten ruiniert. Ich könnte die Anschuldigungen widerrufen, bis ich blau werde, es würde nichts nützen. Die Menschen sind so, daß sie immer das Schlimmste annehmen, vor allem, wenn es in der Zeitung steht. Wenn etwas gedruckt worden ist, muß es wahr sein, oder?

Bill, Sie sagten, Sie müßten berücksichtigen, was das Beste für den Sender ist. Tja, ich muß berücksichtigen, was das Beste für die Kinder ist. Ob Mr. Truitt oder jemand anders es glaubt oder nicht – mir ist es bei *Cats Kids* einzig und allein um das Wohlergehen der Kinder gegangen. Ihnen gilt meine ganze Arbeit und Sorge.

Diese Kinder sind bereits jetzt unschuldige Opfer. Ich will es für sie nicht noch schlimmer machen, indem ich sie ihrer vielleicht letzten Hoffnung beraube. Wenn ich nicht mehr dabei bin, könnt ihr den Namen der Sendung ändern und weitermachen. Ich denke, Sie sollten sich besser gleich dranmachen, sich nach einer Nachfolgerin für mich umzusehen.«

Kapitel 47

»Was willst du?«

»Ich dachte, du bräuchtest vielleicht ein wenig Trost und Zuspruch. Ich habe ein paar Cheeseburger mitgebracht.« Jeff hielt die Tüte hoch, so daß sie sie durch den Türspion sehen konnte.

»Sind die auch richtig schön fett und kalorienreich?«

»Ich kann die Tüte kaum hochheben.«

»Na dann...« Cat entriegelte die Tür. Sie trat hinaus auf die Veranda, winkte kurz, dann ging sie mit Jeff wieder hinein und verriegelte die Tür.

»Was war das denn jetzt?« fragte Jeff.

»Ist dir das Auto ein Stück die Straße runter nicht aufgefallen? Es ist ein Polizist. Solange Zyklop noch nicht gefaßt ist, läßt Lieutenant Hunsaker mein Haus rund um die Uhr überwachen.«

»Gute Idee.«

»Alex' Idee. Ich komme mir ziemlich albern dabei vor.«

Sie gingen in die Küche und packten das Essen aus.

»Als wir heute nachmittag aufs Revier fuhren, um unsere Aussagen zu machen, überzeugte Alex den Lieutenant davon, daß es besser sei, mein Haus bis zu Zyklops Verhaftung überwachen zu lassen. Hm... die sind gut.« Sie verschlang einige Pommes frites. »Danke.«

»Ich hab mir gedacht, du hast bestimmt noch nichts gegessen.«

»Habe ich auch nicht. Ich habe nicht mal gemerkt, daß ich Hunger hatte.«

»Wo ist Mr. Pierce?«

»Woher soll ich das wissen? Ich spioniere ihm nicht nach und er mir nicht.«

Sie klang wie eine Rechtfertigung, und entsprechend fühlte sie sich auch. Alex hatte nicht angerufen. Obwohl er wußte, daß sie ihre Reise nach Kalifornien abgesagt hatte, vermutete Cat, daß er noch immer wütend auf sie war, weil sie ihn erst um Hilfe gebeten und dann zugunsten von Dean abserviert hatte. Das war allerdings nicht ihre Absicht gewesen, aber so hatte er es aufgefaßt.

Er hatte sie an Hunsaker weitergereicht, und damit war die Sache für ihn erledigt. Nur zu gern hätte sie seine Meinung zu den letzten Ereignissen gehört, beschloß aber, ihn nicht anzurufen. Nun war er an der Reihe, den nächsten Schritt zu tun... wenn es einen solchen noch gab.

»Ich dachte, er würde eine Weile bei dir bleiben«, sagte Jeff.

»Er war vergangene Nacht hier.« Sie rieb sich die Stirn und versuchte, die Kopfschmerzen zu verscheuchen, die immer dann aufzutreten schienen, wenn sie versuchte, über ihr seltsames Verhältnis zu Alex nachzudenken. »Würde es dir etwas ausmachen, wenn wir das Thema wechseln?«

»Okay. Hast du Ketchup?«

»Im Kühlschrank. Aber nimm nicht so viel. Ich muß sparen. Immerhin bin ich seit heute nachmittag arbeitslos.«

»Du meinst das doch nicht wirklich ernst mit der Kündigung, oder?«

Zuerst hatten die Cheeseburger und Pommes frites verlokkend geduftet. Jetzt jedoch, durch Alex' Verschwinden und wegen Truitts morgiger Kolumne, wurde ihr übel davon.

»Ehrlich gesagt, weiß ich nicht, was ich machen soll, Jeff. Alles ist so durcheinander.« Sie lachte bitter. »Weißt du, ich hatte es echt gut, als mein einziges Problem der Zustand meines Herzens war.

Jetzt liegt mein Liebesleben in Schutt und Asche. Irgendwo da draußen ist ein Motorradfreak, der mir ans Leder will. Morgen wird mein guter Ruf von einem gewissenlosen Klatschreporter vernichtet werden, und ich kann nichts dagegen tun.« Sie lächelte ihn kurz an. »Na ja, das Positive an der Sache ist: In zwei Tagen wird mich ein irrer Serienmörder wahrscheinlich umlegen, was mich von all meinen anderen Problemen erlöst.«

»Noch zwei Tage? Oje… das war mir gar nicht bewußt.«

»Die Zeit ist wie im Flug verstrichen.«

»Und Mr. Pierce hat noch immer keine Anhaltspunkte, von wem diese anonymen Zeitungsausschnitte stammen könnten?«

»Wir haben überlegt, ob Zyklop in Frage kommen könnte. Aber diese Möglichkeit schien uns völlig ausgeschlossen zu sein. Dazu ist er einfach nicht clever genug.«

»Was ist mit Paul Reyes? Schon was von dem gehört?« Jeff hatte auf Cats Bitten hin die Bibliothek nach Artikeln über diesen Fall und den anschließenden Prozeß durchstöbert, und sie beide hatten alles darüber gelesen.

»Alex ist noch dabei, eine Verwandte ausfindig zu machen, die bereit ist, mit ihm zu reden.«

»Was ist mit dem Liebhaber?«

»Dem Liebhaber?« fragte sie perplex. »Ich weiß nicht.«

Ihr Telefon klingelte; sie hob ab. »Hallo?«

»Wo stecken die beiden?«

Ihr Herz stockte. »Zyklop?«

Jeffs Augen weiteten sich. Er ließ seinen Hamburger fallen und sprang so abrupt von seinem Stuhl auf, daß dieser nach hinten umkippte. »Soll ich den Polizisten holen?« fragte er im Flüsterton.

Sie schüttelte den Kopf und gab ihm ein Zeichen, still zu

sein. Sie konnte Zyklop kaum verstehen bei dem Getöse am anderen Ende der Leitung.

»Ich warne dich, Baby. Besser, du spuckst aus, wo ich die beiden finde.«

»Sie sind an einem Ort, wo du sie niemals finden wirst.« Sie sprach ruhig und furchtlos, auch wenn ihr Herz heftig klopfte. »Sie sind sicher vor dir. Du wirst ihnen nie wieder was tun können.«

»Vielleicht. Vielleicht aber auch nicht. Aber eines steht mal fest: Ich weiß, wo ich *dich* finde. Ich weiß, wo du arbeitest und wo du wohnst. Wenn du dich nicht eingemischt hättest, wäre das alles nicht passiert.«

»Du wirst mich bei der Arbeit nicht mehr finden. Weil ich nämlich nicht mehr bei WWSA arbeite. Dank deinem Gerede.«

»Hä?«

»Spiel nicht den Doofen, Zyklop. Auch wenn das wahrscheinlich ein bißchen viel verlangt ist. Aber vielleicht bist du ja auch gerissener, als du tust. Man muß nämlich schon gerissen und gewissenlos sein für so eine Lüge, wie du sie Truitt aufgetischt hast.«

»Wem?«

»Dem Kolumnisten des *Light*.«

»Dem *was*? Was, zum Teufel, laberst du da? Hey, wird etwa dein Telefon abgehört? Läuft da etwa 'ne Fangschaltung? Redest du absichtlich dummes Zeug, um mich hinzuhalten? *Scheiße*!«

Im nächsten Moment war die Leitung tot.

Cat hielt den Hörer noch eine ganze Weile ans Ohr, dann legte sie auf, starrte aber das Telefon nachdenklich an.

»Was hat er gesagt?« fragte Jeff.

»Er... äh...«

»Hat er gesagt, von wo aus er anruft? Cat? Stimmt was nicht? Cat?«

Sie brauchte einen Moment, um ihre Benommenheit abzuschütteln und sich wieder auf Jeff zu konzentrieren. »Er hat mir erneut gedroht.«

»Du meinst, er läßt es nicht bei der Sache mit dem Kindesmißbrauch bewenden?«

»Er behauptet, nichts davon zu wissen. So komisch sich das auch anhören mag, aber ich glaube, daß er die Wahrheit sagt.«

Jeff schüttelte verwirrt den Kopf. »Ich kapiere nichts mehr.«

»Ich auch nicht.«

»Truitt hat gesagt, daß Zyklop ihn angerufen hat. Den Namen kann er sich unmöglich ausgedacht haben.«

»Ich glaube auch nicht, daß er ihn sich ausgedacht hat«, meinte Cat.

»Also lügt er?«

»Nein, jemand hat Truitt angerufen, das stimmt schon. Und dieser Jemand hat sich als Zyklop ausgegeben.«

Jeffs Miene verriet, daß er langsam begriff. »Aber das hätte jeder gewesen sein können. Wahrscheinlich war es dein anonymer Briefeschreiber.«

»Ganz genau. Dieser Jemand ist allwissend. Er scheint mit in meiner Haut zu stecken. Er weiß alles, kaum daß es geschehen ist. Aber vielleicht ziehe ich jetzt etwas vorschnell Schlüsse.«

Mit einem frustrierten Stöhnen preßte sie die Handballen an die Schläfen. »Ich weiß nicht mehr, was ich denken oder tun soll.«

»Laß es uns mal ganz pragmatisch betrachten«, sagte Jeff mitfühlend. »Mal angenommen, dein Unbekannter denkt sich die Sache mit dem Kindesmißbrauch aus und ruft Truitt an – wer ist dann die zweite Quelle? Truitt mag ja ehrgeizig und skrupellos sein, aber für dumm halte ich ihn nicht.«

»Ich auch nicht.«

»Also glaube ich kaum, daß er sich so weit aus dem Fenster lehnt, ohne eine verläßliche zweite Quelle in der Hinterhand zu haben, die die Anschuldigung bestätigt.«

Sie drehten es hin und her, bis Cats Kopfschmerzen unerträglich wurden. Sie hatte die Nacht zuvor nur wenige Stunden geschlafen. Der Tag hatte ihr Patricias unerwartetes Auftauchen beschert, Truitt und diese makabre Anschuldigung, Bills Distanzierung, und jetzt das.

Cat hatte endgültig genug. »Wir drehen uns im Kreis, Jeff«, sagte sie schließlich. »Sei mir nicht böse, aber laß uns Schluß machen für heute. Ich werde mir jetzt ein ausgiebiges, heißes Bad gönnen und dann zu schlafen versuchen.«

»Wenn du heute nacht nicht allein sein möchtest – ich leiste dir gern Gesellschaft.«

»Danke. Aber ich habe bereits einen Wachhund – er parkt ein Stück weiter die Straße runter.«

An der Haustür umarmte Jeff sie innig. »Bitte laß dir das mit deiner Kündigung noch mal durch den Kopf gehen, Cat.«

»Ich habe sie bereits eingereicht.«

»Aber Mr. Webster hatte bereits Feierabend gemacht und das Büro verlassen, als du sie gebracht hast. Sie ist solange nicht offiziell, wie er den Brief nicht aufgemacht hat. Warte doch die Reaktionen auf Truitts Artikel ab. Vielleicht wird es gar nicht so schlimm.« Er betonte die nächsten Worte. »Du kannst nicht bei *Cats Kids* aussteigen. Du und die Sendung, ihr seid nicht zu trennen.«

»Das haben auch alle von mir und der Rolle der Laura Madison gesagt. Nun, die Figur existiert nicht mehr, aber die Sendung läuft weiter.«

»Das ist was ganz anderes. *Cats Kids* ist deine Lebensaufgabe. Es ist zu wichtig für dich. Für uns alle.«

Sie versuchte, seine Sorge mit einem Scherz zu zerstreuen: »Du machst mir nichts vor, Jeff. Du versuchst doch nur, deinen Job zu retten!«

Sie sah ihm nach, als er die Auffahrt hinunter zu seinem Wagen ging und einstieg. Dann schaute sie nach, ob der Zivilstreifenwagen noch immer da war. Zuerst hatte sie keinen Wachposten vor ihrem Haus haben wollen. Mittlerweile war es gut zu wissen, daß Hilfe in der Nähe war.

Es war nicht auszuschließen, daß Zyklop wiederkommen würde. Er war noch immer auf Rache aus. Aber sie war wirklich überzeugt davon, daß er nichts über die an Truitt lancierte Story wußte. So etwas war einfach nicht Zyklops Art, es jemandem heimzuzahlen. Mit einem Messer, ja, aber nicht hintenherum, über Dritte, mittels Gerüchten.

Aber wenn er Truitt nicht angerufen hatte, wer war es dann? Und woher hatte der Anrufer gewußt, daß er sich als ihr Feind – als Zyklop – auszugeben hatte? Wer wußte soviel über die Ereignisse in ihrem Leben? Wer war Truitts zweite Quelle?

Noch immer nach Antworten grübelnd, ließ sich Cat in das heiße Badewasser gleiten.

Kapitel 48

Er verzerrte das Gesicht bei jedem seiner wuchtigen Stöße. Das Blut wallte heiß in seinen Adern. Auf seiner Stirn stand Schweiß, rann ihm in die Augen und brannte.

Er keuchte wie bei einem Marathonlauf, verausgabte sich bis zum letzten, suchte Entkommen von seinen Gewissensbissen und Absolution für seine Sünden. Er wußte, daß dies kein Liebesakt war. Es war die reinste Selbstkasteiung.

Er nutzte ihre Sinnlichkeit schamlos aus. Sie sagte niemals nein. Er konnte sie ohne ein Wort der Zuneigung, ohne jede Geste der Zärtlichkeit nehmen, und sie beklagte sich nie. Sie gehorchte auf Kommando. Und je mehr er forderte, desto mehr gab sie.

Doch ihre Fügsamkeit basierte nicht auf Liebe. Und sie war auch nicht uneigennützig. Aus rein egoistischen Gründen wollte sie ihn glücklich machen und als Liebhaber behalten. Beide setzen diese Affäre zu ihrem Vorteil ein.

Der Sex war stets zügellos. Schmutzig. Je rauher, desto lieber. Ihre Beziehung war verboten. Sie hatten bereits gesündigt. So spielte es keine Rolle, wenn sie ihre schändlichen Begierden befriedigten und ihre laszivsten Phantasien auslebten.

Er griff unter sie und liebkoste ihre Brüste. Sein Bauch klatschte naß und schmatzend gegen ihre Pobacken. Sie mochte es so nicht, doch ihre Leidenschaft beherrschte sie. Sie machte einen Buckel wie eine Katze. Ihre spitzen Fingernägel krallten sich in die Laken. Sie verfluchte ihn, selbst als sie die ersten Beben ihres Höhepunktes spürte. Schwitzend, mit rasendem Puls, kamen sie gleichzeitig. Sie fiel mit dem Gesicht nach vorn aufs Bett; er brach auf ihr zusammen.

Nach einer Weile murmelte sie: »Geh runter. Du zerdrückst mich noch.«

Er drehte sich auf den Rücken, die Arme weit ausgestreckt, noch immer nach Atem ringend. Sie kroch auf allen vieren zur Bettkante, stand auf und schlüpfte in einen Bademantel.

»Habe ich dir weh getan?« fragte er.

»Das gehört doch dazu, oder nicht?«

»Ich weiß, daß du es so nicht gern magst.«

»Ich bin sicher, daß es die Frauen in der Steinzeit sehr romantisch fanden.«

Ein Klingeln an der Tür ließ sie beide zusammenfahren. Er stützte sich auf die Ellenbogen. »Wer kann das sein?«

»Da werde ich schon nachsehen müssen.«

»Geh nicht.«

»Ich muß. Vielleicht ist es mein kleiner Bruder, der mal wieder einen Platz zum Übernachten braucht.«

»Während ich hier bin?« fragte er alarmiert. Ihm war

unbehaglich bei dem Gedanken, daß ihn jemand hier sehen könnte.

»Reg dich ab. Er stellt keine Fragen. Was ich tue, geht nur mich was an.«

Sie zog den Gürtel fest, dann ging sie zur Tür und öffnete. »Was machen Sie denn hier?« hörte er sie erstaunt fragen.

»Hallo, Melia. Darf ich reinkommen?«

Es war nicht ihr Bruder. Es war niemandes Bruder. Es war Cat.

»Verdammt...« Er strich sich mit einer Hand über das gerötete Gesicht. Der trocknende Schweiß auf seinem Körper ließ ihn frösteln.

»Was wollen Sie?« fragte Melia geradeheraus und unhöflich.

»Wir müssen reden. Darf ich reinkommen?«

Er hörte, wie die Tür geschlossen wurde.

»Okay«, sagte Melia. »Also – was gibt's?«

»Du bist es die ganze Zeit gewesen, hab ich recht? Du bist es, die mit schmutzigen Tricks arbeitet.«

»Ich weiß überhaupt nicht, wovon Sie reden«, fauchte Melia zurück. »Was nehmen Sie sich eigentlich raus? Kommen mitten in der Nacht hierher, ohne daß jemand Sie eingeladen hat, und fangen an, Unsinn zu reden? Meine Güte! Sie sind wirklich paranoid. Ich glaube, Sie müssen dringend zum Psychiater.«

Cat ließ nicht locker. »Die Lösung war schon die ganze Zeit da. Ich habe sie nur nicht erkannt. Erst heute abend. Ich lag in der Wanne und – voila! Fiel mir dein Name ein. King.«

»Ich weiß, wie ich heiße.«

»Aber das ist nicht dein richtiger Nachname, stimmt's? Dein gebürtiger Nachname ist Reyes. Du hast ihn in King übersetzt.«

»Ach ja?«

»Jede Wette. Und du bist mit Paul Reyes verwandt.«

»Mit wem?«

»Paul Reyes.«

»Und wenn schon. Ich kenne nicht alle aus meiner großen Verwandtschaft.«

»Aber diesen einen schon«, sagte Cat. »Er machte Schlagzeilen, weil er seine Frau mit einem Baseballschläger erschlug. Er stand wegen Mordes vor Gericht, wurde aber freigesprochen.«

»Hören Sie, ich habe keine Ahnung, wovon Sie reden. Ich kenne niemanden namens Reyes. Warum lassen Sie mich nicht in Ruhe und zischen wieder ab?«

Cat fuhr unbeirrt fort. »Paul Reyes hat das Herz seiner Frau zur Transplantation freigegeben.«

»Als ob mich das interessieren würde...«

»Ich denke schon, und zwar sehr. Ich glaube, daß es ihm auch etwas ausmacht. Und zwar so sehr, daß er das Herz seiner untreuen Frau jetzt zum Stoppen bringen will. Wie funktioniert es? Mal sehen. Du findest die Empfänger und lockst sie in die Falle, dann kommt er und bringt sie um, richtig?«

»Ich weiß nicht –«

»Natürlich bist du es gewesen! Du hattest Zugang zu allem, was über meinen Schreibtisch ging, jedes Telefonat, ob rein oder raus. Du wußtest alles über mein Leben.«

»Ich weiß nur, daß Sie nicht ganz dicht sind!« schrie Melia.

»Die gesamte Belegschaft des Senders war zum Grillfest eingeladen, also hast du mich dort mit dem kleinen Michael gesehen. Heute hast du von meinem Erlebnis mit Zyklop gehört. Du wußtest, daß Truitt *Cats Kids* von Anfang an miesgemacht hat und scharf sein würde auf alles, was nach Skandal klingt.

Also hast du jemanden bei ihm anrufen lassen, wahrscheinlich ist es Reyes selber gewesen. Er gab sich als Zyklop aus und hat Truitt diese idiotische Geschichte angedreht. Und als Truitt dann anfing, den Anschuldigungen nachzugehen, warst du nur zu gern bereit, sie zu bestätigen. Macht sich doch auch schön schaurig – eine Sendung, gedacht, Kindern zu helfen, dient als Vorwand zur Kinderschändung!«

»Sie haben ja eine lebhafte Phantasie, das muß ich schon sagen.«

»Daß ich um ein Haar von der Lampe im Studio erschlagen worden wäre, habe ich mir aber nicht eingebildet!«

»Damit hatte ich nichts zu tun!«

»Und ich habe mir auch nicht ausgedacht, daß du meine Medikamente in den Müll geschmissen hast.«

»Ich war stocksauer.«

»Warum?«

»Weil Sie so fies zu mir waren.«

»Oder weil ich ein Herz habe, von dem du und deine Familie wollen, daß es aufhört zu schlagen?«

»Ich habe doch schon gesagt, daß ich niemanden namens Reyes kenne.«

»Judy Reyes ist fremdgegangen. Die ganze Familie hat sich entehrt gefühlt, richtig? Du hast dich als Rächerin angeboten.«

»Ich glaube es einfach nicht!«

»Oh, ich schon«, sagte Cat. »Als ich auf die Sache mit dem Namen gekommen war, fiel es mir wie Schuppen von den Augen. Du steckst hinter allem. Hinter den anonymen Briefen, der Sache mit der Lampe, hinter dem Anruf bei Truitt. Das sollte mich mürbe machen. Mehr und mehr.

Und dann, wenn ich tot gewesen wäre – vielleicht durch Selbstmord? –, hätten alle gesagt: ›Na ja, sie hat sich in letzter Zeit ziemlich merkwürdig benommen. Seit Monaten stand sie kurz vor einem Kollaps.‹

Sag, Melia, wie habt ihr meinen Tod geplant, du und Reyes? Mich von der Straße zu drängen, damit es aussieht wie ein Verkehrsunfall? Mir Pillen einflößen und eine Überdosis vortäuschen? Noch ein Unfall im Studio? Oder was?«

»Hören Sie endlich auf, mich anzuschreien. Ich weiß nichts von all dem.«

»Daß ich nicht lache!«

»Zugegeben, ich weiß, daß Sie anonyme Briefe gekriegt haben. Aber nicht von mir! Und ich habe auch nichts mit diesem verdammten Studiostrahler zu tun, der runtergekracht ist. Oder glauben Sie etwa, daß ich da dran rumgeschraubt habe? Ich bitte Sie ...«

Aber Cat war nicht zu stoppen. »Du hast dich bei WWSA beworben, kurz nachdem bekanntgeworden war, daß ich zum Sender wechseln würde. Du wolltest unbedingt in mein Team kommen. Und du hast mich vom ersten Moment an nicht ausstehen können.«

»Das bestreite ich auch gar nicht. Aber das hat nichts mit Ihrem blöden Herzen zu tun!«

»Was dann?«

»Sie hat geglaubt, ich wäre scharf auf dich!«

Bill Webster schaute von der Galerie herunter. Als Cat beim Klang seiner Stimme hinaufschaute, zeichnete sich pure Fassungslosigkeit auf ihrem Gesicht ab. Ihr Blick folgte ihm, als er die Treppe herunterkam. Er zog Hose und Hemd an, blieb aber weiterhin barfuß.

»Es gibt nur einen logischen Schluß, den Sie aus dieser peinlichen Situation ziehen können, Cat.« Er schaute zu Melia, die ebenso zerzaust aussah wie er, wenn nicht noch gar mehr. »Und in diesem Fall trügt der Schein nicht. Es ist tatsächlich genauso, wie es aussieht.«

Er ging zu der schmalen Bar, die Melia ihm zuliebe stets gefüllt hatte. »Ich brauche jetzt einen Drink. Die Damen auch?«

Er goß sich einen Scotch ein und trank ihn auf einen Zug aus. Melia setzte sich aufs Sofa. Sie starrte auf ihre Fingernägel und wirkte irgendwie gelangweilt. Cat stand wie versteinert da.

»Ich habe Melia ausgeschimpft wegen der Geschichte mit den Medikamenten«, sagte Bill. »Es war kindisch und dumm, und ich habe sie gewarnt, so etwas nie wieder zu tun.«

»Er hätte mir fast den Arsch versohlt«, sagte Melia schmollend.

Er spürte Cats vorwurfsvollen Blick, zwang sich aber, nicht zu reagieren.

»Ich bedaure, daß Sie es nun erfahren haben...«, fuhr er fort. »Aber da Sie fälschlicherweise Melia verdächtigt haben, fühlte ich mich gezwungen, einzugreifen und die Sache geradezurücken.«

Schließlich fand Cat ihre Sprache wieder. »Ich kann es einfach nicht glauben. Und doch erklärt es einiges. Zum Beispiel, warum Melia wieder eingestellt worden ist, nachdem ich sie gefeuert hatte.« Sie schnaubte verächtlich; eine Reaktion, die ihn nicht überraschte. »Bill, wissen Sie eigentlich, daß Nancy glaubt, Sie hätten eine Affäre mit mir?«

»Davon hat sie nie etwas gesagt...«, log er.

»Warum ausgerechnet sie?« Cat nickte verächtlich zu Melia hin. »Wo Sie doch mit so einer wundervollen Frau wie Nancy verheiratet sind?«

»Wundervoll? Wenn sie so verdammt wundervoll ist, warum ist er dann in meinem Bett?« keifte Melia. »Ich werde dir sagen, was er bei mir macht: rammeln wie ein Blöder.« Sie schmunzelte.

»Bitte, Melia, laß mich das machen.« An Cat gerichtet, sagte er: »Das geht ganz allein mich etwas an, Cat. Sie haben bei mehreren Gelegenheiten deutlich gemacht, daß Sie nicht wollen, daß ich mich in Ihr Privatleben einmische. Ich verdiene dieselbe Rücksicht.«

»Meinetwegen«, entgegnete sie lapidar. »Aber ich glaube immer noch, daß Ihre Geliebte diejenige ist, die mich seit längerem belästigt.«

»Sie irren sich«, entgegnete er knapp.

»Ich hatte noch nicht die Zeit, ihre persönlichen Angaben überprüfen zu lassen, etwa, wo sie sich während der letzten Jahre aufgehalten hat, aber ich werde es rauskriegen. Und sollte ich dabei feststellen, daß sie auch nur in der Nähe der drei verstorbenen Herzempfänger gewesen ist, werde ich die Polizei davon in Kenntnis setzen.«

»Ich habe mein Leben lang in Texas gelebt«, sagte Melia. »Und nur zu Ihrer Information – King *ist* mein Familienname. Ich bin nur zu einem Viertel spanischer Abstammung. Damit wäre Ihre Reyes-Theorie wohl endgültig gestorben. Und es interessiert mich einen Scheißdreck, woher Sie Ihr Herz haben. Und ich will nicht, daß Sie sich einbilden, Sie könnten hier einfach so reinplatzen und mir Bill wegnehmen.«

»Er gehört dir nicht, Melia!«

»Ach, nein?« schnaubte sie. »Da hätten Sie ihn vorhin mal sehen sollen...«

Bill spürte, wie er errötete. »Melia war eifersüchtig auf Sie, als Sie bei uns anfingen. Sie fürchtete, ich könnte sie wegen Ihnen verlassen. Ich habe ihr versichert, daß sie nichts befürchten muß.«

Cat wandte sich an Melia, die müßig mit ihrem Haar spielte. »Ich nehme ihr die Unschuldsmasche nicht ab. Zumindest hat sie gegenüber Truitt diese ungeheuerliche Anschuldigung bestätigt, hab ich nicht recht?«

Melia ließ die Hand sinken. Ihre dunklen Augen funkelten schuldbewußt. Bill trat auf sie zu: »Melia? Hast du?« Sie schaute schmollend auf zu ihm. Und schuldig. Er verspürte den brennenden Wunsch, sie zu ohrfeigen. »Antworte gefälligst.«

Sie fuhr vom Sofa hoch. »Dieser Journalist hat mich heute angerufen. Faselt was von einem Typen namens Zyklop und was der ihm am Telefon über Cat erzählt hat. Dann fragt er mich, ob ich was davon wüßte. Klar, hab ich gesagt. Ich habe Cat Delaney mit dem Kind beim Grillfest gesehen. Ich sage zu ihm, sie hat ihn den ganzen Abend bei sich gehabt; ist ganz vernarrt in den Kleinen. Dann fragt Truitt, ob sie Gelegenheit gehabt haben könnte, mit dem Jungen allein zu sein. Klar, habe ich da wieder gesagt. Ich habe doch mit eigenen Augen gesehen, wie sie mit ihm ins Haus gegangen ist, als niemand in der Nähe war.

Dann wollte er wissen, ob es eine Verbindung gäbe zu der Sache mit dem Ehepaar, das von der Adoption zurückgetreten ist. Wäre es denkbar, daß dieses kleine Mädchen ebenfalls Cats Opfer geworden ist? Ich sagte, dazu möchte ich lieber nichts sagen, weil ich damals selber noch bei *Cats Kids* mitgewirkt habe und nicht mit reingezogen werden möchte.«

»Mein Gott«, flüsterte Cat entsetzt. Dann wandte sie sich an Bill. »Sehen Sie bloß zu, daß Sie sie glücklich machen, Bill. Wenn Sie diese schäbige kleine Affäre jemals beenden, dann weiß der Himmel allein, was sie Ihnen alles anhängen wird. Nicht, daß Sie es nicht verdient hätten...«

Ihre Wut war nicht mehr zu kontrollieren. »Ihre unbegründete Eifersucht auf mich hätte fast *Cats Kids* kaputtgemacht. Sie hätte alles zerstört, was wir erreicht haben. Ihre Lüge hätte das Leben von Dutzenden von Kindern betroffen, ihre Zukunft, ihr ganzes Leben... und das alles nur wegen...« Sie deutete auf Melia. »Ist sie das wert?«

»Ich verbitte mir irgendwelche Urteile über Melia und mich, Cat«, sagte er in einem vergeblichen Versuch, sich zu verteidigen. »Trotzdem tut es mir leid, was heute geschehen ist. Es war sicher unangenehm...«

»Unangenehm?« wiederholte sie, um deutlich zu machen,

welch alberne Untertreibung das war. »Daß es Ihnen leid tut, davon habe ich nichts. Das kann man nicht mit einer einfachen Entschuldigung wiedergutmachen.«

Sie griff zum schnurlosen Telefon auf dem Tisch und warf es ihm zu. »Ich gehe mal davon aus, daß Sie den Chefredakteur vom *Light* persönlich kennen. Rufen Sie ihn an. Bringen Sie ihn dazu, daß er Truitts Kolumne aus dem Blatt nimmt.«

»Das ist unmöglich, Cat. Dazu ist es zu spät. Ich bin sicher, daß die Ausgabe bereits im Druck ist.«

»Dann sollten Sie sich auf den Weg machen und die Druckmaschinen anhalten. Ich schwöre Ihnen, wenn Sie diese Story nicht stoppen, haben die morgen eine, die noch eine Nummer größer ist! Es würde mir schrecklich leid tun, Nancy das antun zu müssen, aber ich würde es trotzdem tun, um *Cats Kids* zu retten. Und Sie wissen sehr gut, daß ich nicht nur drohe.«

Sie schaute zu Melia. »Und was dich betrifft – du bist ein Flittchen. Ein dummes, niederträchtiges, verzogenes Flittchen.«

Dann richtete sich ihre Verachtung wieder auf Bill. »Und Sie sind ein Witz. Ein armseliges Klischee eines alten Mannes, der versucht, mit seinem Pimmel seine Jugend zurückzugewinnen. Wenn ich bedenke, wie ich Sie verehrt habe...«

Sie lachte kurz und spöttisch auf, dann ging sie zur Tür. »Ich schlage vor, daß Sie jetzt schleunigst anrufen, ehe noch mehr kostbare Zeit verstreicht.«

Kapitel 49

Etwa eine Stunde vor Morgengrauen kehrte Cat nach Hause zurück. Als sie Melias Wohnung verlassen hatte, war sie zu aufgewühlt gewesen, um schlafen zu können. Doch das war jetzt Stunden her. Nun hatte sie das Gefühl, einen Monat lang schlafen zu können. Sie zog ihre Schuhe aus und das Hemd aus der Jeans, während sie zu ihrem Schlafzimmer ging.

»Wo, zum Teufel, hast du gesteckt?«

Die Stimme ertönte dröhnend aus dem Dunkel des Wohnzimmers.

»Himmel… Alex!«

»Ich habe die halbe Nacht auf dich gewartet.«

Er knipste die Stehlampe an und blinzelte in der plötzlichen Helligkeit. Dann erhob er sich aus dem Sessel. »Wo bist du denn die ganze Zeit gewesen?«

»Bin durch die Gegend gefahren.«

»Durch die Gegend gefahren?«

»San Antonio hat keinen Strand, also mußte ich damit auskommen.«

»Und das soll Sinn machen?«

»Für dich vielleicht nicht. Für mich schon. Was machst du überhaupt in meinem Haus? Ich habe dein Auto draußen nicht stehen sehen. Wie bist du reingekommen?«

»Mein Auto ist um den Block geparkt. Ich bin über die Hinterhöfe und durch das Küchenfenster, so wie beim letzten Mal. Du solltest schleunigst die Verriegelung auswechseln lassen. Hattest du die Alarmanlage nicht eingeschaltet?«

»Ich dachte, das sei nicht nötig, weil doch draußen ein Polizist ist und mein Haus bewacht.«

»An dem vorbeizukommen war ein Kinderspiel. Was ich kann, kann jeder andere auch.«

»Soviel zu Hunsakers Überwachung…« murmelte sie.

»Warum ist er dir nicht gefolgt?«

»Das wollte er ja, als ich mich auf den Weg machte. Aber ich sagte ihm, ich wolle nur noch schnell Brot und Milch einkaufen und sei gleich wieder zurück. Als ich eben gerade an ihm vorbeifuhr, sah ich ihn gähnen. Wahrscheinlich ist er aus einem längeren Nickerchen aufgewacht.«

»Gut möglich. Alles in Ordnung mit dir?« Sie nickte. »Nein, so siehst du nicht aus. Du siehst scheußlich aus. Wo bist du denn die ganze Zeit rumgefahren?«

»Überall und nirgends. Und jetzt hör auf, mich zu nerven. Du bist hier der Eindringling, nicht ich. Ich habe Hunger.«

Da sie es vergessen konnte, schnell ins Bett zu kommen, beschloß sie, ihrem Hungergefühl nachzugeben. Sie hatte bis auf die ein, zwei Bissen von Jeffs Cheeseburgern nichts gegessen.

Alex folgte ihr in die Küche. Sie nahm eine Packung Müsli aus dem Regal und schüttete sich etwas davon in eine Schale. »Möchtest du was?«

»Nein danke.«

»Warum hast du auf mich gewartet?«

»Später. Erzähl du zuerst. Wo bist du gewesen? Was ist passiert, seit du gestern nachmittag in Lieutenant Hunsakers Büro gewesen bist?«

Mit vollem Mund sagte sie: »Du wirst es nicht glauben.«

»Schieß schon los...«

Sie bedeutete ihm, sich zu setzen. Er hockte sich rittlings auf einen der Küchenstühle. Weiter ihr Müsli löffelnd, berichtete sie ihm von Ron Truitt und allem, was danach geschehen war. »Wie sich dann herausstellte, war es nicht Zyklop, der ihn angerufen hat.«

»Woher willst du das wissen?«

»Gestern abend, als Jeff hier gewesen war und versuchte, mich aufzumuntern, rief mein einäugiger ›Freund‹ an. Er ist nicht gerade gut auf mich zu sprechen, streitet aber ab, etwas mit der Geschichte von Truitt zu tun zu haben.«

»Wahrscheinlich gelogen.«

»Möglich, aber den Eindruck hatte ich nicht.«

»Wenn er es nicht war, wer dann?«

»Das bleibt weiterhin ein Rätsel. Aber ich kenne die zweite Quelle. Melia King. Du weißt sicher noch«, fügte sie hinzu, »der wandelnde feuchte Traum.«

Alex fand das nicht lustig. »Das macht Sinn«, sagte er grimmig. »Zwischen euch beiden herrschte von Anfang an böses Blut.«

»Und ich kenne jetzt auch den Grund. Sie hat nämlich eine Affäre mit dem Mann, von dem angenommen wird, er habe eine mit mir.«

»Webster!«

»Ich kann dir gar nicht sagen, welch ein Schlag das für mein Ego war, entdecken zu müssen, daß er sie mir vorzieht«, lästerte sie. Dann erzählte sie ihm von der Situation in Melias Apartment.

»Dieser Hurensohn.« Alex schlug mit der Faust auf den Tisch. »Ich wußte ja gleich, daß was faul ist mit dem Kerl. Hab ich's dir nicht gesagt?«

»Ich habe Bill immer für einen Mann von Ehre gehalten. Prinzipientreu, streng, aber auf konstruktive Weise. Und nun stellt sich raus, daß er ein Lügner und Ehebrecher ist. Und nichts verachte ich mehr als das. Ich verstehe nicht, wieso es so schwierig ist, sich an das Gebot der Treue zu halten. Wenn man rumbumsen will, heiratet man eben nicht.« Sie bemerkte, wie Alex sich innerlich wand. »Findest du nicht?«

»Auf dem Papier sieht das gut aus, da stimme ich dir zu. Aber es ist selten so einfach. Manchmal gelten mildernde Umstände.«

»Du meinst mildernde Vorwände. Aber ich kann Bill einfach nicht verstehen...«

Sie war wütend auf ihn, aber sie empfand auch ein aufrichtiges Gefühl des Verlustes. Bill Webster schuldete ihr gewiß keine Rechenschaft für das, was er in seinem Privatleben tat, dennoch fühlte sie sich ebensosehr von ihm betrogen, wie sie ihn bewundert und respektiert hatte. Der Betrug schmerzte.

»Warum setzt er seine Ehe mit einer so wundervollen Frau wie Nancy aufs Spiel, nur wegen so einem kleinen Flittchen?«

»Vielleicht gibt Melia ihm das, was er braucht.«

»Da bin ich mir sogar sicher. Was mich wirklich aufregt, ist, daß Nancy vermutet, daß *ich* Bills Geliebte bin.«

Sie stand auf, brachte die leere Müslischale zur Spüle und setzte dann Kaffee auf. »Ich könnte ihm an die Gurgel gehen. *Cats Kids* wäre um ein Haar ruiniert gewesen, nur weil er rumbumsen muß. Er hat natürlich die ganze Zeit versucht, seine Würde zu wahren, aber ich sah, wie peinlich ihm das Ganze war. Ich hoffe, er hat sich zu Tode geschämt. Und ich hoffe, er steht Todesängste aus, wenn er, Nancy und ich das nächste Mal im selben Raum sind. Kaffee?«

»Ja, bitte.«

Sie kehrte mit zwei Tassen frischem Kaffee an den Tisch zurück. »Nachdem ich Melias Wohnung verlassen hatte, war ich zu aufgeregt, um nach Hause zu fahren, also bin ich stundenlang durch die Gegend gefahren und habe versucht, das Chaos in meinem Kopf zu ordnen.«

»Glaubst du, Webster kann das Erscheinen der Story noch verhindern?«

»Ich bin sicher, daß er alles versuchen wird. Und wenn nicht, dann wird er auf jeden Fall einen Widerruf samt Entschuldigung verlangen.« Sie lächelte müde. »Nachdem ich diese Katastrophe vermieden habe, muß ich nur noch zusehen, den Tag übermorgen zu überleben.«

»Darüber macht man keine Witze ...«

»Ach, sag bloß!?«

»Ich habe gute Neuigkeiten.«

»Kann ich gut gebrauchen.«

»Irene Walters hat mich heute nachmittag angerufen. Rate mal, wer das Wochenende bei ihnen verbringt? Joseph.«

Cat verspürte einen Stich der Freude in der Brust. »Das ...

das ist ja wunderbar. Oh, ich drücke die Daumen, daß es klappt. Er ist so ein aufgewecktes Bürschchen. Und so ein lieber Kerl. Und ich werde nie vergessen, wie er sagte, er werde nicht böse auf mich sein, wenn es mit der Adoption nicht klappt.«

»Ich vermute mal, daß es schon so gut wie gelaufen ist.« Alex kicherte. »Irene meinte, sie hätte den Beitrag über ihn gesehen und ihn sofort ins Herz geschlossen. Sie müssen natürlich noch den Kursus absolvieren, aber bis dahin besucht er sie. Charlie will anfangen, ihm Schach beizubringen. Irene hat schon eine Liste, was Joseph am liebsten ißt. Sie haben sogar Gauner gebürstet und gestriegelt, damit er einen guten Eindruck macht.«

Erst als er die Hand nach ihr ausstreckte und ihr über die Wange strich, bemerkte sie ihre Tränen. »Das sind wirklich gute Neuigkeiten. Danke...«

Er wischte ihr die Tränen mit einer Serviette ab, dann sah er ihr tief in die Augen. »Wer hat bei der Zeitung angerufen, Cat?«

»Ich weiß es nicht.«

»Ich tippe mal auf deinen unbekannten Brieffreund.«

»Ich auch. Er ist immer noch da draußen und treibt sein Spielchen mit mir. Aber wie konnte er von Zyklop wissen?«

»Vielleicht ist dein Telefon angezapft. Oder du hast eine Wanze im Haus.« Er hielt inne. »Oder... es könnte jemand aus deiner näheren Umgebung sein, jemand, dem du vertraust und den du niemals verdächtigen würdest.«

Ihr Magen verkrampfte sich, weil sich Alex' Vermutung haargenau mit ihren Überlegungen deckte, zu denen sie während ihrer langen, einsamen Autofahrt durch die nächtliche Stadt gelangt war.

Sie erhob sich abrupt. »Ich muß jetzt duschen.«

»Dann beeil dich aber.« Er sah auf seine Armbanduhr. »Unser Flug geht in zwei Stunden.«

»Unser Flug?«

»Deshalb bin ich hergekommen. Ich habe Paul Reyes' Schwester ausfindig gemacht. Sie lebt in Fort Worth und ist bereit, mit uns zu reden.«

Kapitel 50

Sie blieben im morgendlichen Berufsverkehr stecken und schafften es gerade noch rechtzeitig zum Flughafen. Kaum eine Stunde später landeten sie in Dallas, wo Alex sich bereits einen Mietwagen hatte reservieren lassen.

»Diese dreißig Meilen mit dem Auto nach Fort Worth werden länger dauern als der Flug«, sagte er beim Verlassen des Flughafens.

»Kennst du den Weg?« Cat schaute auf die glitzernde Skyline der Stadt. Sie war noch nie in Dallas gewesen und wünschte, dieser kurze Abstecher wäre nur für Sightseeing.

»Mrs. Reyes-Dunne hat mir den Weg beschrieben. Außerdem kenne ich mich ein bißchen aus.«

»Wie hast du sie eigentlich gefunden?«

»Ich hatte damals mit den Jungs aus Fort Worth zu tun und mich mit einem der Detectives angefreundet. Den habe ich vor einigen Tagen angerufen und gefragt, ob er sich noch an den Reyes-Fall erinnere. Schwer zu vergessen, sagte er, auch wenn er den Prozeß nach der Verlegung nach Houston nicht mehr verfolgt hatte.

Ich bat ihn um den Gefallen, jemanden aus Reyes' Verwandtschaft aufzutreiben, und habe ihm erklärt, warum. Ich habe betont, daß es keine polizeiliche Angelegenheit ist.

Einige Tage später rief er mich zurück und sagte, er habe Reyes' Schwester ausfindig machen können. Er meinte, sie sei sehr mißtrauisch gewesen, also überließ er ihr die Entscheidung. Er gab ihr meine Telefonnummer für den Fall, daß sie mit mir reden wolle. Und siehe da – als ich gestern aus Hunsakers Büro zurückkam, fand ich eine Nachricht von ihr auf meinem Anrufbeantworter. Ich rief sie zurück, und sie erklärte sich zu diesem Treffen bereit.«

»Hat sie dir am Telefon irgendwelche Informationen gegeben?«

»Nein. Sie hat nur bestätigt, daß sie die Schwester von Paul Reyes ist. Was ich auch fragte, ihre Antworten waren sehr zurückhaltend, aber es interessierte sie, als ich ihr sagte, daß du vielleicht Judy Reyes' Herz hast.«

Sowohl dem Stadtplan wie seinem Instinkt folgend, steuerte Alex durch das Labyrinth der Zubringer- und Schnellstraßen zwischen den beiden Städten, die nahezu nahtlos ineinander übergingen.

Schließlich fand Alex die gesuchte Straße in einer älteren Siedlung westlich von Downtown Fort Worth, abseits des Camp Bowie Boulevard. Er stellte den Wagen am Bordstein ab. Der vordere Hof des hübschen Ziegelsteinhauses lag im Schatten einer riesigen Platane. Laub knisterte unter ihren Füßen, als sie die Auffahrt hinaufgingen.

Eine attraktive spanische Frau trat auf die Veranda heraus und begrüßte sie. Sie trug die weiße Tracht einer Krankenschwester. »Sind Sie Mr. Pierce?«

»Ja, das bin ich. Mrs. Dunne, ich möchte Ihnen Cat Delaney vorstellen.«

»Wie geht es Ihnen?« Die Frau gab ihnen beiden die Hand. Cats Hand hielt sie besonders lange, während sie ihr Gesicht musterte. »Und Sie glauben, Sie haben Judys Herz?«

»Möglich ist es.«

Die Frau sah sie noch eine Weile an, dann deutete sie auf die beiden Rattanstühle auf der Veranda. »Wir können auch gerne hineingehen, wenn Ihnen das lieber ist.«

»Nein, mir ist es sehr recht so.« Cat setzte sich.

»Wissen Sie, ich schnappe gern noch ein wenig frische Luft, ehe ich zur Arbeit gehe.«

»Sie arbeiten als Krankenschwester?«

»Ja, im Kreiskrankenhaus. Mein Mann ist der dortige Röntgenarzt. Im Moment habe ich Spätschicht.« Sie schaute hinauf in den Himmel. »Mir fehlt der Sonnenschein.«

Dann wandte sie sich an Alex. »Ich weiß gar nicht genau, weshalb Sie mich sprechen wollen. Sie waren ziemlich vage am Telefon.«

»Wir würden gerne wissen, wo sich Ihr Bruder aufhält.«

»Das hatte ich befürchtet. Hat er was angestellt?«

Cat schaute Alex an, um zu sehen, ob er in die beiden eher harmlosen Sätze etwas hineininterpretierte. Offensichtlich war das der Fall. Er saß buchstäblich auf der Kante seines Stuhls.

»Ist Ihr Bruder denn seit dem Prozeß in irgendwelchen Ärger verstrickt gewesen?«

Mrs. Dunne beantwortete seine Frage mit einer weiteren Frage. »Was wollen Sie von ihm? Ich werde nichts sagen, solange ich nicht weiß, weshalb Sie hier sind.«

Alex holte aus einem Umschlag die Zeitungsausschnitte hervor und reichte sie Reyes' Schwester. »Haben Sie die schon mal gesehen?«

Sie las aufmerksam die Berichte. »Was hat Paul damit zu tun?«

»Möglicherweise gar nichts«, sagte Cat in sanftem Ton. »Aber Sie sollten mal einen Blick auf das jeweilige Datum werfen. Es ist der morgige Tag. Das Datum, an dem diese tödlichen Unglücksfälle geschehen sind. Es ist auch der Jahrestag der Ermordung Ihrer Schwägerin und der Jahrestag meiner Herzverpflanzung.

Wir – Mr. Pierce und ich – glauben nicht, daß diese drei Menschen durch Unfälle ums Leben kamen. Wir glauben, daß jemand aus der Familie eines Herzspenders sie umgebracht hat – um das gespendete und verpflanzte Herz zum Stoppen zu bringen.«

Mrs. Dunne zog ein Taschentuch hervor und tupfte sich die Augen ab.

»Mein Bruder liebte Judy über alles. Was er ihr angetan hat, ist schrecklich. Aber ich verurteile ihn nicht. Er hat aus Eifersucht und Wut gehandelt, nicht aus Haß. Dazu liebte er seine Judy viel zu sehr. Als er sie mit einem anderen Mann im Bett erwischte…«

Sie hielt inne, um sich die Nase zu putzen. »Judy war bildhübsch, wissen Sie. Sie war die große Liebe seines Lebens, schon von Kindheit an. Sie war intelligent, hatte viel mehr auf dem Kasten als Paul. Deshalb hat er sie auch so vergöttert und auf einen Sockel gestellt.«

»Da oben kann es sehr einsam sein für einen Menschen«, sagte Cat.

»Ja, da haben Sie wohl recht. Ich will Judys Ehebruch auch gar nicht entschuldigen, aber verstehen kann ich es. Sie war keine unmoralische Frau. Sie war tiefgläubig. Sich in einen anderen Mann zu verlieben, muß einen enormen persönlichen Konflikt für sie bedeutet haben.

Wenn Sie sie jetzt fragen könnten, würde sie bestimmt sagen, daß das, was Paul getan hat, sein gutes Recht war und daß sie ihm vergeben hat. Ich bezweifle, daß sie sich jemals verzeihen würde, was sie ihrem Mann und ihren Kindern angetan hat.«

Sie räusperte sich. »Ich glaube auch, daß Judy diesen Mann noch immer lieben würde. Es war nicht einfach nur ein Seitensprung. Ihre Liebe zu ihm war so groß, daß sie bereit war, dafür zu sterben.«

Cat fiel ein, daß Jeff den Liebhaber erwähnt hatte. »Was ist aus ihm geworden?«

»Das wüßte ich auch gern.« Ihr verbitterter Ton verriet ihre Abneigung. »Der Feigling hat sich aus dem Staub gemacht. Hat sich nie gestellt. Niemand hat je erfahren, wer er war, auch Paul nicht.«

Cat berührte ihre Hand. »Mrs. Dunne, wissen Sie, wo Ihr Bruder ist?«

Sie schaute Cat und Alex mit einem vorsichtigen Blick an. »Ja.«

»Könnten Sie ein Treffen arrangieren, damit wir mit ihm reden können?«

Keine Antwort.

Alex beugte sich vor. »Besteht vielleicht doch die Möglichkeit, daß er hinter diesen Briefen an Ms. Delaney steckt, gewissermaßen als eine Art Warnung? Mir ist klar, daß Sie Ihren Bruder nicht belasten wollen, aber könnte es nicht doch sein, daß er drei Morde begangen hat, um Judys Herz endgültig zum Stoppen zu bringen?«

»Nein! Paul ist kein gewalttätiger Mensch.« Als sie begriff, wie absurd dies klang angesichts seines Verbrechens an der eigenen Frau, fügte sie hinzu: »Nur dieses eine Mal. Judys Ehebruch hat ihn um den Verstand gebracht. Sonst hätte er niemals auch nur die Hand gegen sie erhoben.«

»Was hat ihn dann dazu bewogen, ihr Herz zur Transplantation freizugeben?« fragte Cat.

»Das ... das habe ich ihn auch gefragt. Einige Familienangehörige waren damit nicht einverstanden. Paul sagte ...« Ihre Stimme brach ab.

»Was? Was sagte er?«

»Er sagte: Für das, was sie getan hat, hat sie es verdient, daß ihr das Herz aus dem Leib geschnitten wird.«

Alex warf Cat einen bedeutungsvollen Blick zu. »Und nun kann er nicht mit dem Wissen leben, daß Judys Herz weiterhin schlägt.«

»Mein Bruder hat Ms. Delaney nicht belästigt oder bedroht«, entgegnete Mrs. Dunne barsch. »Da bin ich mir ganz sicher. Er würde keinen anderen für die Sünden seiner Frau und ihres Liebhabers bestrafen.« Sie erhob sich. »Es tut mir leid, aber ich muß bald zur Arbeit.«

Auch Cat stand auf und ergriff ihre Hand. »Wenn Sie wissen, wo Ihr Bruder ist, bitte sagen Sie es uns.«

»Nach dem Gerichtsverfahren in Houston ist er abgetaucht«, sagte Alex. »Warum, er ist doch freigesprochen worden?«

»Seinen Töchtern zuliebe. Er wollte ihnen die Schande ersparen.« Sie warf einen Blick über die Schulter zu einem offenen Fenster zur Veranda. »Sie leben bei meinem Mann und mir. Wir haben die gesetzliche Vormundschaft.«

»Kommt Paul sie hin und wieder besuchen?«

Sie zögerte. »Manchmal.«

»Wovon lebt er?« Ihre ausbleibende Antwort hielt Alex nicht davon ab, weiterzufragen. »Gab es längere Phasen, in denen Sie nicht gewußt haben, wo er sich aufhielt? Könnte es sein, daß er längere Reisen unternommen hat?«

»Bitte, sagen Sie es uns, wenn Sie etwas wissen«, drängte Cat. »Es könnten Menschenleben gerettet werden. Meines und seines. Bitte.«

Mrs. Dunne setzte sich wieder, ließ den Kopf sinken und fing an zu weinen. »Mein Bruder hat solches Leid erlebt. Als er Judy umbrachte – und er hat es getan, auch wenn er freigesprochen wurde –, starb er dabei selbst. Er ist noch immer sehr durcheinander. Aber was Sie ihm da anlasten, ist so schrecklich, daß –«

»Ist er in letzter Zeit in San Antonio gewesen?«

Sie zuckte die Achseln. »Das weiß ich nicht. Ausschließen kann ich es aber nicht.«

Cat und Alex sahen einander an; sie wähnten sich auf der richtigen Fährte.

»Aber er ist neulich hier gewesen«, fügte Mrs. Dunne hinzu.

»Er ist hier? Im Haus?«

»Nein. Er ist in Fort Worth.«

»Können wir ihn sehen?«

»Bitte fragen Sie mich das nicht. Können Sie ihn denn nicht in Frieden lassen?« Sie schluchzte. »Tag für Tag muß er mit seiner Tat leben, bis an sein Ende.«

»Was, wenn er Ms. Delaney etwas antun will? Könnten Sie damit leben?« fragte Alex sie.

»Er wird ihr nichts tun.«

»Woher wollen Sie das wissen?«

»Ich weiß es.« Sie nahm ihre Brille ab und wischte sich die Tränen aus den Augen. Dann setzte sie auf sehr würdevolle Art die Brille wieder auf und erhob sich von ihrem Stuhl. »Wenn Sie ihn unbedingt sehen wollen, dann kommen Sie mit.«

Bereits von außen wirkte das Gebäude unheimlich. Die meisten Fenster waren vergittert. Sie mußten eine Reihe von Sicherheitsüberprüfungen über sich ergehen lassen, ehe sie die Station betreten durften.

»Ich weiß nicht, ob das eine so gute Idee ist.« Der Psychiater schüttelte skeptisch den Kopf. Sie hatten ihm bereits erklärt, worum es ging, und hatten um Erlaubnis gebeten, mit Paul Reyes sprechen zu dürfen. »Meine Analyse ist noch nicht abgeschlossen. Sie werden verstehen, daß für mich das Wohlergehen des Patienten an erster Stelle steht.«

»Ihr Patient ist aber möglicherweise in drei Morde verwikkelt«, sagte Alex.

»Aber solange er hier in Behandlung ist, kann er Ms. Delaney nichts tun. Und morgen ganz sicher nicht.«

»Wir müssen herausfinden, ob Reyes hinter den Briefen steckt.«

»Oder nicht.«

»Exakt, denn dann scheidet er als möglicher Täter aus.«

»Sie sind nicht mehr bei der Polizei, Mr. Pierce, das habe

ich doch richtig verstanden, oder? Welche Legitimation haben Sie also?«

»Absolut keine.«

»Wir wollen ihn nur sehen und ihm einige Fragen stellen«, sagte Cat zum Arzt. »Und wir wollen sehen, wie er reagiert, wenn er mich sieht. Wir werden bestimmt nichts tun, was seinem mentalen Zustand schadet.«

Der Psychiater wandte sich an Reyes' Schwester. »Sie kennen ihn am besten, Mrs. Dunne. Was schlagen Sie vor?«

Er traute ihrem Urteil, weil sie als Krankenschwester in der Frauenabteilung der Klinik arbeitete. Das hatte sie Alex und Cat auf dem Weg in die Klinik erklärt.

»Wenn ich es für schädlich hielte«, sagte sie, »hätte ich sie nicht hierhergebracht. Ich denke, wenn sie ihn sehen, wird dies ihren Verdacht zerstreuen.«

Der Arzt überlegte seine Entscheidung sorgfältig. Schließlich willigte er ein. »Zwei oder drei Minuten höchstens. Und daß Sie ihn nicht aufregen...« Letztere Bemerkung war an Alex gerichtet. »Burt wird Sie begleiten.«

Burt, ein Schwarzer in weißen Hosen und T-Shirt, war körperlich so imposant wie ein Verteidiger eines Footballteams.

»Wie geht es meinem Bruder?« fragte Mrs. Dunne ihn.

»Er hat heute morgen ein wenig gelesen«, antwortete Burt über seine breite Schulter zurück, als sie ihm den Korridor hinunter folgten. »Jetzt müßte er eigentlich beim Kartenspiel im Gruppenraum sein.«

Sie betraten einen weitläufigen, hellen Raum, wo die Patienten fernsahen, Spiele spielten, lasen oder herumliefen.

»Das ist er.« Alex deutete auf Paul Reyes. »Ich habe ihn damals bei seinem Prozeß gesehen.«

Reyes war ein eher schmächtiger Mann mit schütterem Haar. Er saß abseits von den anderen, starrte ins Leere und schien völlig in seiner eigenen Welt versunken zu sein. Seine Hände hingen zwischen den Beinen herab.

»Er hat seine Medikamente bekommen«, sagte Burt. »Aber wenn er sich trotzdem aufregt, dann müssen Sie sofort gehen, wie der Doktor gesagt hat.«

»Aber sicher«, sagte Mrs. Dunne.

Burt zog sich zurück, blieb jedoch an der Tür stehen. Cat bemerkte weiteres uniformiertes Personal inmitten der Patienten. Als sie sich umsah, empfand sie Mitleid mit den Menschen hier. Es waren erwachsene Männer, aber so abhängig wie Kinder; sie lebten wie Gefangene, eingeschlossen hinter Gittern und in ihrem emotionalen Elend.

Mrs. Dunne schien Cats Gedanken zu lesen. »Diese Klinik ist besser als die meisten. Wir haben wundervolle Ärzte hier, die sich wirklich um die Patienten kümmern.«

Ihr Bruder hatte sie noch nicht bemerkt. Sie sprach voller Mitleid von ihm. »Vor drei Tagen tauchte Paul völlig unerwartet bei uns auf. Wir wissen nie, wann er sich blicken läßt und in welcher Verfassung er dann ist.

Aber manchmal sind wir gezwungen, ihn in die Klinik zu bringen, bis es ihm wieder besser geht. So wie dieses Mal. Er war zutiefst depressiv, als er eintraf. Ich hab mir gedacht, daß es am Datum liegt. Morgen ist es vier Jahre her, seit... Aber das wissen Sie ja selbst.«

Cat nickte.

»Er fing an, sich sonderbar zu benehmen«, fuhr Mrs. Dunne fort. »Die Mädchen lieben ihn, aber sie bekamen Angst vor ihm. Mein Mann und ich brachten ihn dann hierher. Man riet uns nachdrücklich, ihn hierzulassen, damit ausführliche psychiatrische Tests gemacht werden können.« Tränen traten ihr in die Augen, als sie zu ihrem Bruder hinsah. »Ist es wirklich unumgänglich, daß Sie ihn stören?«

»Ich fürchte, ja«, kam Alex Cat zuvor. »Es wird nur eine Minute dauern. Wir machen es so schonend wie möglich.«

Mrs. Dunne legte ihre Fingerspitzen an ihre zitternden Lippen. »Als wir Kinder waren, war er immer so nett. Nie gab es Ärger oder Streit. Immer war er lieb und zärtlich. Wenn er diese Menschen tatsächlich umgebracht haben sollte, dann hat er es gewiß nicht gewollt. Es war eine andere Persönlichkeit in ihm, nicht mein lieber, herzensguter Paul.«

Alex legte ihr tröstend eine Hand auf den Arm. »Noch wissen wir es nicht sicher.«

Mrs. Dunne führte sie zu ihrem Bruder. Sie legte ihm die Hand auf die Schulter und sprach ihn leise an. Er hob den Kopf und sah zu ihr auf, doch sein Blick war leer.

»Hallo, Paul. Wie geht es dir?« Sie setzte sich auf den Stuhl neben ihn und ergriff seine reglosen Hände.

»Morgen ist der Tag.« Seine Stimme klang rauh, so als wäre er heiser. »Der Tag, als ich sie mit ihm fand.«

»Versuch doch, nicht daran zu denken.«

»Ich muß immer daran denken.«

Mrs. Dunne befeuchtete nervös ihre Lippen mit der Zunge. »Du hast Besuch, Paul. Das ist Mr. Pierce. Und das ist Ms. Delaney. Sie möchte mit dir reden.«

Während sie das sagte, schaute er Alex mit einem gleichgültigen Blick an, doch als er zu Cat schaute, sprang er plötzlich aus seinem Stuhl auf. »Haben Sie es bekommen? Was ich Ihnen geschickt habe? Haben Sie es? Ja?«

Cat wich instinktiv zurück. Alex stellte sich zwischen sie und Reyes. Mrs. Dunne packte ihren Bruder am Arm. Burt kam herbeigeeilt und hätte sich den Patienten gegriffen, wenn Cat ihn nicht davon abgehalten hätte.

»Bitte, lassen Sie ihn.« Sie trat hinter Alex hervor. »Bitte lassen Sie ihn doch reden.« Direkt an Reyes gewandt, fragte sie: »Haben Sie mir die Zeitungsausschnitte geschickt?«

»Ja.«

»Warum?«

Auch wenn Cat sich nicht fürchtete, hielt Burt dennoch

Reyes mit festem Griff am Arm fest; Mrs. Dunne ebenso. »Sie werden sterben. Wie die anderen. Wie die alte Frau. Und wie der Junge. Er ist ertrunken. Stunden hat er im Wasser gelegen, ehe er gefunden wurde. Der andere …«

»Hat sich mit der Kettensäge die Hauptschlagader aufgetrennt«, sagte Alex.

»Ja, ja.« Er spuckte vor Aufregung. Seine Augen glühten fiebrig. »Und jetzt Sie. Sie werden sterben, weil Sie ihr Herz haben!«

»Oh, mein Gott«, stöhnte seine Schwester. »Paul, was hast du getan?«

»Haben Sie die drei umgebracht, Reyes?« fragte Alex.

Sein Kopf schwang zur Seite; seine weitaufgerissenen, wilden Augen waren auf Alex gerichtet. »Wer sind Sie? Kenne ich Sie? Ich kenne Sie!«

»Beantworten Sie meine Frage. Haben Sie die drei Herzempfänger umgebracht?«

»Ich habe mein Hurenweib umgebracht«, schrie er. »Sie hat mit ihm im Bett gelegen. Ich habe sie gesehen. Also habe ich sie umgebracht. Ich bin froh darüber. Sie hat den Tod verdient. Ich wünschte, ich könnte sie wieder und wieder töten. Ich wünschte, ich hätte ihn auch umgebracht und mir sein Blut von den Händen geleckt.«

Er wurde immer wütender und fing an, sich gegen Burts Griff zu wehren. Burt rief seine Kollegen. Der Aufruhr, den Reyes veranstaltete, machte die anderen Patienten unruhig und ängstlich.

Der Arzt eilte herbei. »Das hatte ich befürchtet. Gehen Sie jetzt!« rief er.

»Warten Sie! Nur noch eine Frage, bitte!« Cat trat noch dichter an Reyes heran. »Warum haben Sie sich die Mühe gemacht, mich zu warnen?«

»Sie haben ein Herz. Ich habe davon gelesen. Haben Sie Judys Herz?«

Irgendwie gelang es ihm, sich aus Burts Griff zu lösen; er sprang vor und legte Cat eine Hand auf die Brust. »Oh, Jesus. Oh, Gott«, stöhnte er, als er ihren Herzschlag spürte. »Meine Judy. Meine wunderschöne Judy. Warum? Warum? Ich habe dich geliebt. Aber du mußtest sterben.«

»Paul...«, rief seine Schwester mit erstickter Stimme. »Möge Gott dir vergeben.«

Burts kräftige Arme schlangen sich um den Patienten und zogen ihn fort. Alex schob Cat zur Seite. Sie war erschrocken von dem, was Reyes getan hatte, aber auch sonderbar bewegt. Der Schmerz des Mannes war ungeheuer. Er war wahnsinnig geworden vor Liebe, Schuld und Wut. Sie empfand mehr Mitgefühl als Furcht.

Alex legte einen Arm um sie. »Alles in Ordnung?«

Sie nickte und sah voller Mitleid und Schrecken, wie Reyes sich gegen Burt wehrte, der Mühe hatte, ihn zurückzuhalten. Immer wieder schrie Reyes: »Sie werden sterben! Sie werden sterben!«

Seine Adern zeichneten sich deutlich unter seiner Haut ab; sein Gesicht war hochrot und verzerrt. »Morgen. Morgen ist der Tag. Wie die anderen werden Sie sterben!«

Der Arzt gab ihm eine Spritze. Reyes schien es gar nicht zu merken, sackte aber im nächsten Moment zusammen.

Noch ein letztes Mal sah er zu Cat auf und lallte: »Sie werden auch sterben!«

Dann verlor er das Bewußtsein.

Kapitel 51

»Woran denkst du gerade?« Alex reichte ihr ein Glas Soda, dann streckte er sich auf dem Liegestuhl neben ihr aus.

Sie hatten es sich auf dem Balkon seines Apartments gemütlich gemacht. Die Sonne war bereits untergegangen, aber es war noch immer hell. Auf dem kleinen Grill brieten Steaks; ab und zu tropfte Fett auf die glühenden Kohlen und ließ zischend einen verlockend duftenden Rauch emporsteigen. Cat hatte auf dem Rückflug nach San Antonio kaum ein Wort gesagt. Als Alex den Vorschlag gemacht hatte, ein paar Kleinigkeiten einzukaufen und bei ihm zu Hause gemeinsam zu kochen, hatte sie zugestimmt, wenngleich eher aus Gleichgültigkeit. Er spürte ihr Bedürfnis, nachzudenken, und hatte ihr kein Gespräch aufgedrängt.

Sie nippte an ihrem Glas, legte seufzend den Kopf zurück und schaute hinauf in den violetten Himmel. »Ich kann noch gar nicht glauben, daß es vorüber ist. Eigentlich hatte ich ein großes Gefühl von ... Erleichterung erwartet. Ich bin ja auch froh, nur ... ich muß immer wieder daran denken, wie er mich angeschrien hat.«

»Er kann seine Drohungen nicht wahr machen, Cat. Es gibt keinen Grund, dich noch zu fürchten. Nach dem, was wir heute gehört haben – was einem Geständnis gleichkam –, wird Paul Reyes diese Anstalt nie wieder verlassen.

Die Staatsanwaltschaft wird seine Aktivitäten in den letzten Jahren überprüfen. Ich vermute, daß sie dabei herausfinden werden, daß sich sein Weg mit dem der verstorbenen Herzempfänger gekreuzt hat.

Im Falle einer Anklage wird er wahrscheinlich für schuldunfähig erklärt und in die Psychiatrie eingewiesen werden. Doch wenn er vor Gericht kommt, erhält er mit Sicherheit lebenslänglich. So oder so – du hast nichts mehr von ihm zu befürchten.«

»Ich habe eigentlich keine Angst vor ihm, Alex. Eher Mitleid. Er muß sie unvorstellbar geliebt haben.«

»So sehr, daß er ihr den Schädel eingeschlagen hat?«

»Ja, genau.« Sie gab ihm eine ernstgemeinte Antwort auf seine ironische Frage. »Als er seine Hand auf mein Herz legte, sah ich mehr Leid als Haß in seinen Augen. Die Untreue seiner Frau hat ihn zerbrochen. Er war nicht er selbst, als er zum Baseballschläger griff. Er hat sie zwar umgebracht, aber er liebt sie noch immer und trauert um sie. Vielleicht hat er deshalb –«

»Was?«

»Ach, nichts. Es ist zu verrückt.«

»Sag's mir trotzdem.«

»Vielleicht hat er deshalb die Zustimmung zur Entnahme ihres Herzens gegeben. Er wollte sie umbringen, aber er wollte sie nicht wirklich töten.«

»Aber warum hat er dann drei Menschen ins Jenseits befördert, damit ihr Herz aufhört zu schlagen?«

Sie lächelte etwas zerknirscht und zuckte mit den Achseln. »Das weiß ich auch nicht. Ich habe doch gesagt, daß es verrückt ist.«

Er schwang die Füße von der Liege und setzte sich auf. »Weißt du, was? Sie hätten sehr gut auch bei der Polizei sein können, Cat Delaney, bei diesen Schlußfolgerungen, die du so liebend gerne anstellst.« Er blickte ihr tief in die Augen. »Ich bin froh, daß du es jetzt überstanden hast.«

Sie holte tief Luft und atmete langsam aus. »Ich auch.«

»Wollen wir was essen?«

»Ich verhungere.«

Das Essen würde ihrem knurrenden Magen guttun. Sie wünschte nur, sie könnte die Erinnerung auslöschen. Die Szene in der psychiatrischen Klinik würde sie noch lange verfolgen.

Mrs. Reyes-Dunne war zutiefst verstört gewesen. Unter Tränen hatte sie ihre Lüge bezüglich der Zeitungsausschnitte zugegeben. Sie hatte sie nicht zum erstenmal gesehen.

»Ich wollte Pauls Wäsche waschen, und da habe ich sie in seinem Koffer gefunden«, sagte sie. »Damals habe ich mich gefragt, woher er die hatte. Immerhin waren es Zeitungen aus einem anderen Bundesstaat. Aber ich habe ihn nie daraufhin angesprochen. Je weniger über Herzverpflanzungen geredet wurde, desto besser.

Wissen Sie, einige aus unserer Familie waren ebenso entsetzt darüber, daß er Judys Herz freigegeben hat, wie über die Tatsache, daß er sie umgebracht hat. Manche waren der Meinung, sie hätte es nicht anders verdient. Machismo, verstehen Sie?«

Cat und Alex nickten.

»Er hat seine Frau beim Ehebruch erwischt, also hatte er das Recht, sie umzubringen. Aber zu erlauben, daß ihre Organe entnommen werden, und ihren Leib nicht intakt zu begraben, das verstieß gegen die Gebote des Glaubens und unserer Tradition. Manchmal denke ich, wenn ich etwas gesagt hätte, wenn ich ihn auf die Ausschnitte angesprochen hätte, wäre das alles nicht passiert.

Wäre mir früher klargeworden, wie krank mein armer Paul ist, wären diese Menschen vielleicht noch am Leben. Ich weiß, was ihn dazu gebracht hat, seine Judy zu töten, aber ich kann nicht glauben, daß mein Bruder kaltblütig fremde Menschen umgebracht hat.«

»Er hat in ihnen immer wieder Judy getötet, nicht die realen Menschen«, sagte Alex.

»Das ist mir klar. Trotzdem kann ich nicht glauben, daß Paul dazu in der Lage sein soll.«

Sowohl Cat wie auch Alex hatten versucht, sie zu trösten, doch vergeblich. Sie wußte – ebenso wie sie beide –, daß ihr Bruder bis ans Ende seiner Tage eingesperrt sein würde. Er würde niemals über die Untreue seiner geliebten Frau Judy hinwegkommen. Seine Töchter würden ohne Eltern aufwachsen und immer unter dem Stigma des Verbrechens ihres Vaters leiden.

Cat wußte, was das hieß. Sie fühlte mit den beiden Mädchen, auch wenn sie sie nicht kannte.

Nun setzten sich Cat und Alex an den Tisch und machten sich über ihr Abendessen her – Steaks, gebackene Kartoffeln, Salat und einen Nußkuchen.

Schließlich schob Alex seinen Teller beiseite, lehnte sich auf seinem Stuhl zurück und streckte die Beine aus. »Weißt du, was mich am meisten an dir beeindruckt?«

»Wieviel ich essen kann?« scherzte sie und klopfte sich auf ihren Bauch.

»Ja, das auch.« Er schmunzelte. »So dürr, wie du bist, kannst du wirklich einiges verdrücken.«

»Vielen Dank, der Herr. Ich kann mich nicht erinnern, jemals ein so charmantes Kompliment erhalten zu haben.«

Sein Lachen verklang, und er wurde ernst. »Eigentlich wollte ich dir sagen, wie sehr mich dein Mut beeindruckt hat. Du bist nicht zurückgewichen, nicht mal, als Reyes dich angefaßt hat. Etwas derart Traumatisches...« Er schüttelte den Kopf. »Jeder andere wäre wohl hysterisch geworden. Mir ist noch nie eine Frau begegnet – und nur verdammt wenige Männer, die so tapfer sind wie du. Das ist mein voller Ernst, Cat.«

Sie stocherte abwesend mit der Gabel in ihrem Kuchen. »Ich bin nicht tapfer, Alex.«

»Oh, doch...«

Sie sah ihn an. »Ich bin überhaupt nicht mutig. Eigentlich bin ich sogar schrecklich feige. Wenn ich mutig gewesen wäre, würden meine Eltern nicht tot sein.«

Er schaute überrascht auf. »Wie meinst du das?«

Sie hatte noch keinem Menschen erzählt, was wirklich an jenem Nachmittag geschehen war, als sie von der Schulschwester nach Hause gebracht worden war – weder den Mitarbeitern vom Jugendamt oder der Fürsorge, noch den Experten, die versuchten, herauszufinden, wie sehr die kleine Catherine Delaney durch die Ereignisse mitgenommen war, weder ihren Pflegeeltern noch Dean. Niemandem.

Doch nun verspürte sie das überwältigende Bedürfnis, sich Alex gegenüber die Last von der Seele zu reden.

»Es war nicht ganz so, wie ich es dir erzählt habe«, sagte sie leise. »Die Krankenschwester brachte mich früher von der Schule heim. Ich habe mich gewundert, das Auto meines Vaters in der Auffahrt stehen zu sehen. Normalerweise war er um diese Tageszeit bei der Arbeit. Er nahm sich selten frei, nicht mal an den Wochenenden. Weißt du, er mußte so schwer schuften und so viele Überstunden machen, um die Arztrechnungen für mich bezahlen zu können. Aber es hat nie gereicht, und er mußte Schulden machen.

Irgendwann wuchsen ihm die Schulden über den Kopf. Ich habe nicht genau verstanden, worüber meine Eltern redeten, aber es ging fast nur noch um Geld. Geld, das sie sich geliehen hatten. Geld, das sie nicht zurückzahlen konnten.«

Sie hielt inne, faltete sehr sorgfältig ihre Serviette und legte sie neben den Teller. »An diesem Tag spürte ich schon beim Betreten der Küche, daß etwas nicht stimmte. Das Haus strahlte eine Atmosphäre aus, die mir völlig neu war. Es ließ mich frösteln, doch nicht wegen der Temperatur. Ich schätze, es war eine dunkle Vorahnung. Was auch immer es gewesen war – ich traute mich kaum, den Flur zum Schlafzimmer meiner Eltern hinunterzugehen.

Aber ich zwang mich dazu. Die Tür stand einen Spaltbreit offen. Ich spähte hinein. Sie waren nicht tot, wie ich es dir erzählt habe, wie ich es jedem erzählt habe. Meine Mutter lag auf dem Bett, die Kissen im Rücken. Sie weinte.

Daddy stand neben dem Bett. Er hielt eine Pistole in der Hand und sprach ganz ruhig mit meiner Mutter. Erst später begriff ich, daß er ihr erklärte, weshalb Selbstmord der einzige Weg aus ihrer finanziellen Katastrophe war.

Ich nahm irrtümlicherweise an, er wolle mich umbringen. Er sagte solche Sätze wie: ›Es ist der einzige Ausweg. Für Cathy wird es sogar das beste sein.‹ Es war das einzige Mal, daß er mich Cathy nannte«, fügte sie mit einem traurigen Lächeln hinzu.

»Ich wußte, daß ich sie viel Geld gekostet hatte. Aber es waren nicht nur die finanziellen Sorgen, die ihnen so zu schaffen machten. Meine Krankheit und die Auswirkungen der Chemotherapie veränderten meine Mutter sogar noch mehr als mich. Ich erholte mich auch schneller davon. Mutter hingegen kam nicht so schnell darüber hinweg.

Also dachte ich, als ich Daddy von einer raschen Lösung für all unsere Probleme reden hörte, sie wollten mich loswerden, um sich weiteren Kummer und weitere Kosten zu ersparen. Vergiß nicht, ich war acht Jahre alt, und so habe ich eben auch gedacht. Ich begriff gerade genug von dem, was gesagt wurde, um in Panik zu geraten. Ich schlich in mein Zimmer und versteckte mich im Kleiderschrank.«

Sie hielt inne und ließ die Zähne über die Unterlippe gleiten. »Und als ich so zusammengekauert im Dunkeln hockte, hörte ich die Schüsse. Mir wurde klar, daß ich mich geirrt hatte. Schrecklich geirrt. Und ich beschloß, nie wieder aus meinem Versteck hervorzukommen. Ich malte mir aus, daß ich vor Hunger und Durst umkommen würde. Selbst in diesem zarten Alter hatte ich schon einen Hang zur Dramatik.

Irgendwann kam unsere Nachbarin zu uns, um sich etwas zu borgen. Als niemand auf ihr Klingeln und Klopfen antwortete, betrat sie einfach das Haus und spürte sofort, daß etwas nicht stimmte. Sie fand Mutter und Daddy. Ich rührte mich nicht in meinem Schrank. Nicht mal, als die Polizei und der Notarzt eintrafen. Dann rief jemand in der Schule an und erfuhr, daß ich nach Hause gebracht worden war. Erst dann suchten sie das ganze Haus nach mir ab. Ich hatte Angst, Ärger zu bekommen, also gab ich vor, heimgekommen zu sein und meine Eltern bereits tot aufgefunden zu haben. Die Wahrheit sagte ich ihnen nicht – nämlich daß ich es hätte verhindern können.«

»Das ist nicht die Wahrheit, Cat.«

Sie widersprach seinem sanften Einwand mit einem brüsken Kopfschütteln. »Wenn ich ins Schlafzimmer gegangen wäre –«

»– hätte er dich wahrscheinlich auch umgebracht.«

»Aber das werde ich eben nie wissen! Ich hätte ihn aufhalten sollen. Ich hätte nach draußen rennen und um Hilfe schreien sollen. Ich hätte irgendwas machen sollen, aber nicht mich einfach nur verstecken. Mir hätte klar sein müssen, was er vorhatte – vielleicht war es das auch, aber unbewußt.«

Alex kam um den Tisch herum und zog sie in seine Arme. »Du warst damals acht Jahre alt.«

»Aber ich hätte begreifen müssen, was vor sich ging. Wenn ich nicht so feige gewesen wäre, hätte ich sie retten können.«

»Hast du dir deshalb geschworen, alle anderen auf der Welt zu retten?« Er hielt sie bei den Schultern. »Cat, Cat«, flüsterte er und wischte ihr mit dem Daumen die Tränen von den Wangen.

»Deine Erinnerungen sind die einer Erwachsenen. Damals warst du ein Kind. Praktisch noch ein Baby. Deine Eltern haben versagt, nicht du. Sie haben sich ihrer Pflicht entzogen, nicht du.« Er zog sie an sich und drückte ihren Kopf an seine Brust.

»Als ich noch bei der Polizei war, habe ich es Dutzende von Malen erlebt. Jemand, der meint, persönlich am Ende zu sein, bringt sich um und nimmt alle, die zufällig in seiner Nähe sind, mit in den Tod. Wenn dein Vater gewußt hätte, daß du auch dagewesen bist, hätte er dich aller Wahrscheinlichkeit nach auch erschossen. Glaub mir.«

Er hielt sie noch fester, beugte sich zu ihr herab und küßte ihre Schläfe. »Daß du dich im Schrank versteckt hast, hat dir das Leben gerettet.«

Sie war nicht restlos überzeugt, aber sie saugte jedes seiner

Worte begierig und dankbar auf. Seit Jahren schon hatte sie es gebraucht, daß ihr jemand sagte, daß sie das Richtige getan hatte.

Sie klammerte sich fest an Alex wie auch an seine tröstenden Worte. Schließlich suchten seine Lippen die ihren, die hungrig auf seine Berührung antworteten.

Kapitel 52

Das Verlangen überfiel sie. Sie küßten sich wie von Sinnen. Cat fand es herrlich, wie sein Stoppelbart an ihrem Gesicht kratzte, wie sich sein Haar um ihre Finger wickelte; sie liebte es, wie er aussah, schmeckte, roch. Sie liebte Alex.

Es gab zwar noch Dinge, über die sie würden reden müssen, doch in diesem Moment wußte sie, daß sie ihn liebte. Als er sagte: »Laß uns raufgehen«, gab sie ihm vertrauensvoll die Hand und folgte ihm.

Oben auf der Galerie küßten sie sich erneut, wild, ungestüm; sie sanken gegen die Wand, mühten sich mit Reißverschlüssen und Knöpfen, bis er in ihr war. Es war hart und heftig und schnell vorbei.

Sie noch immer auf seinen Schenkeln haltend, wankte er ins Schlafzimmer. Zusammen fielen sie aufs Bett. Er streichelte sie am ganzen Körper, seine Hände schienen überall zu sein, besitzergreifend und ungeduldig, und endlich waren sie beide nackt.

Er bedeckte ihren Bauch mit kleinen Bissen und umfaßte ihre Pobacken. Er massierte sie, rieb und streichelte ihre Schenkel, liebkoste deren Innenseite, bis sie glaubte, es nicht mehr auszuhalten vor Lust.

»Alex, bitte...«

Er spreizte ihr erst die Beine, dann die Schamlippen und

erregte diese dann mit dem Spiel seiner Zunge und mit sanftem Saugen, bis sie erneut kam.

Dann wechselten sie die Position, und sie nahm seinen Penis in den Mund. Sie liebte den moschusartigen Geruch, das samtartige Gefühl an ihrer Zunge, sein festes, aber geschmeidiges Geschlecht in ihrem Mund.

Sie wollte sich dem ganz hingeben, doch er zog sich aus ihrem Mund zurück, legte sich auf sie und drang in sie ein.

Plötzlich wurde er sehr still und schaute in ihr Gesicht. Sie schlug die Augen auf und sah ihn an, verwirrt wegen seines unerwarteten Innehaltens.

»Das ist zu wichtig, um es zu überstürzen.« Sein Blick hielt den ihren fest; er drang tiefer in sie.

Sie keuchte. »Ich liebe dich, Alex. Nein, sag jetzt nichts, was du nicht wirklich meinst. Küß mich einfach nur.«

Sein Mund hielt träge und verführerisch den ihren; ihre Körper bewegten sich im selben Rhythmus. Selbst als es schließlich vorbei war, blieb er noch in ihr.

»So schön war es noch nie«, seufzte sie. »Nur mit dir ist es so wunderbar. Zum erstenmal fühle ich mich wirklich eins mit einem Menschen. Diese Tiefe des Gefühls, dieses Verschmelzen von Körper und Seele ist unglaublich.«

Er legte ihr die Hand auf die Augen und schloß sie. »Ja«, sagte er kehlig, »das ist es.«

»Weißt du«, sagte sie, und ihre Worte wurden vom Kissen leicht gedämpft, »wenn wir das fortsetzen, werde ich noch eine weitere Pille schlucken müssen, zusätzlich zu denen, die ich ohnehin schon täglich nehmen muß.«

Sie lagen aneinandergeschmiegt auf dem Bett, ihr Po an seinen Schoß geschmiegt, sein Arm um ihre Hüfte; er hielt sie fest.

»Du meinst zur Verhütung?«

»Hmm...«

»Keine Bange. Ich passe schon auf.«

»Oder wir lassen die Verhütung gleich sein.« Sie drehte sich mit einem verschmitzten Blick zu ihm um. »Keine Bange, Pierre. Wenn ich schwanger werde, ist das Baby ganz allein meine Sache.«

»Von wegen. Aber darum geht es gar nicht. Ich dachte, du dürftest keine Kinder kriegen...«

»Direkt empfohlen wird es nicht. Manche Transplantationspatienten kriegen trotzdem Kinder. Bislang sind mir noch keine Katastrophen zu Ohren gekommen.«

»Vielleicht solltest du es lieber nicht riskieren. Zuviel kann dabei schiefgehen.«

»Du bist vielleicht ein Pessimist...«

»Eher Realist.«

»Du klingst, als wärst du böse. Warum? Ich habe doch nur Spaß gemacht.«

Er zog sie noch enger an sich. »Ich bin nicht böse. Ich möchte nur nicht, daß du unnötig dein Leben aufs Spiel setzt. Damit macht man keine Späße.«

»Ich wollte schon immer ein Kind«, sagte sie versonnen. Doch sie hörte ihre innere Stimme, die sagte, man kann nicht alles haben. Schau dir an, was du für ein Glück gehabt hast.

Und das größte davon war sicherlich der Mann, der sie nun fest in den Armen hielt. Sie konnte seinen Atem spüren. Selbst das war tröstend.

Er war so attraktiv, so männlich, so... alles. Bilder liefen vor ihrem geistigen Auge ab, jeder gemeinsame Moment.

Er mußte ihr stummes Lachen gespürt haben. »Was ist denn so lustig?«

»Ich mußte gerade daran denken, wie du Zyklop zusammengestaucht hast. Wo hast du nur die Ausdrücke her?«

»Woher wohl? Von der Straße. Aus dem Umkleideraum. Wenn man lange genug mit Cops zusammen ist, färbt so was ab.«

Nach einem Moment des Schweigens fragte sie zaghaft: »Was ist damals geschehen, Alex? Warum hast du den Dienst quittiert?«

»Das hat Spicer dir doch schon erzählt. Ich habe jemanden erschossen.«

»Ich nahm an, das sei in Ausübung deines Dienstes geschehen...«

Er wartete lange, ehe er etwas sagte. Nun war jeder seiner Muskeln angespannt. »Das stimmt. Aber es war ein Kollege.«

Kein Wunder, daß es ein düsterer Fleck auf seiner Vergangenheit war. Polizisten untereinander waren eine verschworene Gemeinschaft. »Möchtest du darüber reden?«

»Nein. Aber ich werde es trotzdem tun.«

»Hunsaker hier. Was gibt's?«

»Lieutenant, hier spricht Baker.«

»Wie spät ist es?«

Er knipste die Lampe auf dem Nachttisch an. Mrs. Hunsaker murmelte etwas und vergrub sich tiefer in die Kissen. Er hatte nicht geschlafen. Das Chili vom Abendessen brannte ihm ein Loch in den Magen, und die sechs Dosen Bier, die er dazu getrunken hatte, taten ihr übriges. Er hatte gerade aufstehen und was für den Magen einnehmen wollen, als das Telefon geklingelt hatte.

»Entschuldigen Sie den späten Anruf«, hatte sein Untergebener gesagt. »Aber Sie sagten, ich solle mich bei Ihnen melden, sobald ich den Bericht beendet habe.«

Baker war ein Neuling, noch grün hinter den Ohren und fast unerträglich pflichtbewußt. Er ging an jeden noch so mickrigen Auftrag heran, als handelte es sich um eine Nachforschung hinsichtlich der Ermordung von John F. Kennedy.

»Welcher Bericht?« Hunsaker rülpste.

»Der über Cat Delaneys Freund. Sie gaben mir eine Liste

mit Namen, die ich checken sollte. Tja, und damit bin ich jetzt durch und wollte wissen, ob ich die Akte auf Ihren Schreibtisch legen soll oder nicht?«

»Heiliger Strohsack, tut mir echt leid, Baker. Hab ganz vergessen, es Ihnen zu sagen. Der Fall hat sich erledigt.«

»Oh. Tatsächlich?« Die Enttäuschung war ihm deutlich anzuhören.

»Ja. Ms. Delaney hat am Abend angerufen. Sie hat den Kerl, der ihr die Briefe geschickt hat, aufgetrieben. In einer Klapsmühle in Fort Worth. Er hat alles gestanden. Ich habe den Wachposten abgezogen, aber vergessen, Sie auch zu benachrichtigen. Na, wenigstens können Sie's als Überstunden anrechnen, was?«

»Stimmt.«

Hunsaker rülpste erneut. Er mußte pinkeln. »Noch was, Baker?«

»Nein ... na ja ...«

»Raus damit, Mann.«

»Es ist schon irgendwie ... ironisch, schätze ich, ist das richtige Wort. Das mit dem Schriftsteller. Pierce.«

Und als Baker berichtete, was er herausbekommen hatte, fand Hunsaker auch, daß dies eine Ironie des Schicksals war. Oder besser gesagt: Es war höchst alarmierend.

»Heiliger ...« Er wischte sich übers Gesicht. »Rühren Sie sich nicht vom Fleck, Baker. Ich bin in zwanzig Minuten bei Ihnen.«

»Wenn es schmerzlich für dich ist, darüber zu reden, Alex, dann mußt du es nicht tun.«

»Ich möchte nicht, daß du es für schlimmer hältst, als es ist. Es ist auch so schon schlimm genug.«

Er brauchte einen Moment, um sich zu sammeln. »Wir waren damals einem Drogenring auf der Spur. Seit Jahren wollten wir die Burschen dingfest machen, aber irgendwie schienen sie uns immer einen Schritt voraus zu sein. Einige Male sind sie uns buchstäblich durchs Netz geschlüpft. Wir stürmten ihr Lager, aber sie waren kurz zuvor abgehauen.

Schließlich erhielten wir einen zuverlässigen Tip und mußten rasch handeln. Wir setzten eine Razzia für den vierten Juli fest, weil wir davon ausgingen, daß sie am Nationalfeiertag niemals damit rechnen würden.

Die Operation war so geheim, daß nur die unmittelbar daran Beteiligten davon wußten. Wir waren alle nervös, freuten uns aber darauf, diese Bastarde endlich zu schnappen.

Wir trafen bei der besagten Adresse ein. Dieses Mal waren sie völlig ahnungslos. Wir sind rein ins Haus und haben sie überrumpelt.

Ich lief den Flur hinunter zu den Schlafzimmern, trat eine der Türen ein und stand plötzlich einem der Kerle gegenüber. Er war mein Partner gewesen, damals in meinem ersten Jahr bei der Polizei. Schwer zu sagen, wer von uns beiden überraschter war.

Ich sagte: ›Was, zum Teufel, machst du denn hier? Du bist doch gar nicht für den Einsatz eingeteilt.‹ Und er sagte: ›Ja, stimmt. War ich nicht.‹

Plötzlich begriff ich, was er hier tat. Und im selben Moment zog er seine Waffe. Ich ließ mich fallen, rollte mich ab und zielte. Nicht auf meinen ehemaligen Partner, nicht auf einen Mann, den ich für meinen Freund gehalten hatte, sondern auf einen Verräter, einen lausigen Crack-Dealer. Ich schoß ihm in den Kopf.«

Cat konnte fühlen, wie sich seine Brust an ihrem Rücken heftig hob und senkte, wie schnell sein Herz pochte; und sie wußte, wie schwer es ihm fiel, darüber zu reden.

»Du hattest keine andere Wahl, Alex.«

»Ich hätte ihn nicht erschießen müssen. Hätte ihn anschießen und kampfunfähig machen können. Aber ich habe ihn erschossen.«

»Er hätte dich umgebracht.«

»Vielleicht. Wahrscheinlich.«

»Man hat dir doch deswegen sicherlich nichts angehängt, oder?«

»Offiziell kam es nie zu einer Anschuldigung. Razzien wie diese gehen eben manchmal schief. Manchmal passieren Dinge, mit denen niemand rechnen konnte. Aber da war ein toter Cop, und ich hatte ihn erschossen. Wenn was schiefläuft, muß ein Sündenbock her.

Also ließ das Department verkünden, es handle sich bei dem Opfer um einen Undercover-Agenten, den ich aus Versehen für einen der Drogendealer gehalten und erschossen habe, ehe er sich ausweisen konnte.«

»Aber das war doch total unfair!«

»Sie haben nur den eigenen Arsch gerettet. Sie wollten nicht, daß bekannt wird, daß jemand von der Houstoner Polizei ein Drogendealer war. Und so bekam er ein Staatsbegräbnis wie ein Held, einundzwanzig Schuß Salut und den ganzen Bahnhof.«

»Warum hast du dich nicht gewehrt?«

»Warum? Weil es sich so angehört hätte, als würde ich lügen, um einen Fehler zu vertuschen. Mein Wort hätte gegen das meiner Vorgesetzten gestanden. Außerdem hatte der Kerl eine Frau. Sie war schwanger mit dem ersten Kind. Wenn ich die Wahrheit gesagt hätte, hätte ich nicht nur einen Polizisten mit Scheiße beworfen, sondern sie gleich mit. Aber sie wußte nichts von dem Nebenjob ihres Mannes.«

»Woher weißt du das?«

»Ich weiß es eben. Außerdem hat sie nie einen Versuch unternommen, an das von ihm gebunkerte Drogengeld heranzukommen. Es blieb in einem Bankschließfach, während sie mit dem Baby zurück zu ihrer Familie nach Tennessee ging.«

Cat drehte sich um und sah ihn an. Liebevoll berührte sie

seine Narbe an der Augenbraue. »Es tut mir so leid, Alex. Ich wünschte, ich könnte es ungeschehen machen.«

»Ich auch«, sagte er mit grimmigem Lächeln. »Kannst dir sicher vorstellen, daß danach ein Spießrutenlaufen anfing. Es fiel mir jeden Tag schwerer, zur Arbeit zu gehen. Diejenigen meiner Kollegen, die es nicht besser wußten, verachteten mich. Und die anderen waren mißtrauisch mir gegenüber, weil sie nie wissen konnten, ob ich nicht irgendwann doch den Mund aufmachen würde. So oder so – ich war ein Ausgestoßener. Meine Karriere war vorbei. Schließlich gab ich ihnen das, was sie wollten – meine Marke.«

»Deine erste Karriere war vorüber«, korrigierte sie. »Aber dann hast du angefangen, tolle Krimis zu schreiben.«

Nun verstand sie, weshalb seine Bücher ein derart tristes und schonungsloses Bild des Polizeialltags zeichneten. Seine Helden mußten sich mit korrupten Politikern und kriminellen Cops abplagen, zumeist unter großem persönlichen Einsatz.

Sie küßte seine Brust. Er faßte ihr ins Haar und zog ihren Kopf sanft zu sich her. »Das Leben ist hart, aber ungerecht, stimmt, aber manchmal belohnt es einen auch.«

»Zum Beispiel womit?« fragte sie verführerisch.

»Zum Beispiel mit dir.« Er zog sie hoch und küßte sie.

Cat schreckte aus dem Schlaf, so als habe jemand ihren Namen gerufen.

Mehrere Augenblicke lang lag sie angespannt und reglos da und lauschte. Doch alles, was sie vernahm, war Alex' gleichmäßiger Atem. Ihr Körper entspannte sich. Sie räkelte sich in Alex' warmer, beschützender Nähe.

Sie rief sich Szenen ihres Liebesaktes in Erinnerung und errötete wegen ihrer Schamlosigkeit. Bei ihm hatte sie alle Hemmungen abgelegt. Sie fühlte sich frei, ihre sexuellen Wünsche auszudrücken... und es war großartig.

Sie schaute in sein schlafendes Gesicht. Es wirkte jetzt gelöster als vorher, das scheinbar eingravierte Stirnrunzeln war verschwunden. Ebenso der ernste Zug um seinen Mund. Im Schlaf blieb er verschont von den beklemmenden Erinnerungen.

Wenn sie in der Lage war, dem ängstlichen kleinen Mädchen zu verzeihen, das sich im Schrank versteckt hatte, würde Alex sich verzeihen können, seinen ehemaligen Partner erschossen zu haben. Wenn sie sich gegenseitig halfen, würden sie in der Lage sein, ihre persönlichen Alpträume zu überwinden.

Sie stand auf, da sie auf die Toilette mußte, schlüpfte in sein Hemd und ging nach unten. Sie wollte ihn nicht durch die Spülung der Toilctte oben aufwecken.

Sie tapste auf Zehenspitzen durch die untere Etage der Wohnung zum Bad unterhalb der Treppe. Als sie wieder herauskam, merkte sie, wie hellwach sie war.

Vorgestern war sie die ganze Nacht wach geblieben. Der gestrige Tag war lang und strapaziös gewesen. Sie hatten sich bis zur totalen Erschöpfung geliebt. Und doch fühlte sie sich – nach nur wenigen Stunden Schlaf – bereits wieder topfit. Die Sonne würde erst in einigen Stunden aufgehen, aber sie war zu unruhig, um wieder ins Bett zu gehen.

Hatte sie Hunger? Nein.

Durst? Eigentlich nicht.

Plötzlich schien die geheimnisvolle verschlossene Tür zu rufen. Cat starrte einige Momente darauf, wohl wissend, daß sie der magnetischen Anziehungskraft widerstehen sollte. Doch ihre Neugier war stärker.

Was würde es schon ausmachen, wenn sie jetzt mal einen Blick hineinwarf?

Alex hatte es ihr zwar strikt verboten, aber das war zu Beginn ihrer Beziehung gewesen. Damals hatten sie sich kaum gekannt. Nun war es etwas anderes. Sie waren intim gewesen, körperlich wie geistig. Sie hatten einander Geheimnisse anvertraut. Sicherlich galt sein albernes Zutrittsverbot jetzt nicht mehr.

Sie wollte die Tür öffnen und stellte fest, daß sie verschlossen war.

Auch gut. Eigentlich wußte sie, daß sie doch besser vorher fragen sollte, ehe sie das Zimmer betrat.

Trotzdem stellte sie sich auf die Zehenspitzen, tastete mit den Fingern den Türrahmen entlang und fand tatsächlich einen kleinen Schlüssel. Sie betrachtete das als gutes Omen. Wenn er wirklich nicht wollte, daß sie das Zimmer betrat, würde er dann den Schlüssel an einem so einfach zu findenden Platz ablegen?

Sie steckte den Schlüssel ins Schloß, drehte ihn um, ein sanftes metallisches Klick, und die Tür war offen. Sie lauschte, aber er schien sich oben im Bett nicht zu rühren. Sie betrat das Zimmer und schloß die Tür hinter sich, ehe sie Licht machte.

Der Raum war eine einzige Enttäuschung. Das Arbeitszimmer eines Schriftstellers hatte sie sich ganz anders vorgestellt: mit getäfelten Wänden, edlen Teppichen und massiver Ledergarnitur. Die Regale gefüllt mit wertvollen Erstausgaben der großen Werke der Weltliteratur, kunstvoll beleuchtet mit Tiffany-Lampen.

Alex' Arbeitsplatz jedoch war genau das – ein Arbeitsplatz. Nützlich, enttäuschend unattraktiv, ohne jede Atmosphäre, eine ästhetische Katastrophe. Auf einem einfachen Klappschreibtisch standen ein Computer und ein Drucker. Daneben ein Faxgerät.

Es lagen zwar reichlich viele Bücher herum, von Nachschlagewerken bis hin zu aktuellen Bestsellern, aber es waren einfache, eselsohrige Ausgaben, nachlässig in einem Stahlregal aufgereiht. Das Telefon stand auf einem Stapel Telefonbüchern.

In einer Ecke des Zimmers befand sich ein weiterer Schreibtisch, an dem er augenscheinlich seine sonstigen Schreibarbeiten verrichtete. Briefe, Kontoauszüge, ein mit Kaffeeflecken verzierter Schreibblock mit unleserlichen Notizen und mehreren Aktenordnern lagen herum. Die Ordner waren per Hand beschriftet und sahen reichlich gebraucht aus; die Ecken waren abgenutzt und schäbig.

Cats Blick wanderte über den Papierberg zu einem gerahmten Foto. Sie hob es hoch und betrachtete das lächelnde Paar darauf eingehender. Das Foto zeigte Alex mit einem breiten, geschwungenen Schnurrbart. Sie nahm sich vor, ihn später damit aufzuziehen.

Neben ihm stand eine ausnehmend hübsche junge Frau. Ebenso wie Alex trug sie abgeschnittene Jeans und Wanderstiefel. Sie saß auf einem Felsvorsprung. Alex hockte hinter ihr. Im Hintergrund sah man ein Bergmassiv, den Rocky Mountains ähnlich.

Urlaubsfotos. Er hatte also mit dieser Frau gemeinsam Urlaub gemacht.

Cat ärgerte sich über ihre Eifersucsht. Selbstverständlich hatte Alex vor ihr andere Frauen gehabt. Sie durfte sich nicht von einem einzigen Foto eifersüchtig machen lassen wie ein Teenager.

Vergiß es, sagte sie sich und stellte das Foto an seinen Platz zurück.

An der Wand hinter dem Schreibtisch war eine Korkwand angebracht, die fast bis auf den letzten Zentimeter vollgehängt war mit Notizen, Ausschnitten aus Zeitungen und Zeitschriften, handgeschriebenen Memos und sonstigen Zetteln. Da sie annahm, daß dieses Material zu dem Buch gehörte, an dem er gerade arbeitete, beugte sich Cat vor und begann zu lesen.

Es dauerte eine Weile, bis sie begriff, daß alles nur einem einzigen Thema galt. Und es ging nicht um Verbrechen oder

Korruption bei der Polizei, sondern um Organtransplantation, speziell Herztransplantation.

Eines fiel ihr besonders auf. Es war das Duplikat eines der Zeitungsausschnitte, die Reyes ihr geschickt hatte. Nur daß es sich nicht um die Kopie handelte, die sie vor Wochen Alex persönlich gegeben hatte. Dies war ein Original. Es war am Rand bereits vergilbt. Es war zwei Jahre alt.

Ihr sackten die Knie weg, und sie landete recht unsanft auf dem Stuhl vor dem Schreibtisch. »Reiß dich zusammen, Cat«, murmelte sie. Nur keine voreiligen Schlüsse. Es mußte eine logische Erklärung dafür geben. Sie hatte sie nur noch nicht gefunden.

Alex recherchierte vermutlich für eines seiner Bücher in Sachen Herzverpflanzung. Ja, das war es wahrscheinlich. Er hatte es ihr nur nicht sagen wollen, weil...

Ja, warum nicht?

Warum hatte er ihr nichts davon erzählt? Weshalb all die Geheimniskrämerei?

Vielleicht enthielten die Aktenordner die Antwort. Der oberste auf dem Stapel trug die Aufschrift AMANDA. Cat schlug den Deckel auf. Ihr Herz stockte. Von einem vergrößerten Porträt lächelte ihr die Frau vom Urlaubsfoto entgegen.

Sie hatte einnehmende, humorvolle Augen und ein intelligentes Gesicht. Welcher Art mochte ihre Beziehung zu Alex gewesen sein? fragte sich Cat. Sie wollte es unbedingt wissen, fürchtete sich jedoch vor der Wahrheit.

Sie blätterte die Seite mit dem Foto um und las das folgende Dokument. »Oh, Gott.« Es war Amandas Todesurkunde.

Wie auch immer sie zueinander gestanden haben mochten – ihre Beziehung hatte mit Amandas Tod geendet. Armer Alex. Wenn er ein enges Verhältnis zu ihr gehabt hatte, mußte der Verlust tragisch für ihn gewesen sein. Das erklärte seinen Zynismus, zumindest zum Teil. Ihr Tod, dazu die Sache mit seinem ehemaligen Partner, das erklärte, weshalb er versucht hatte, im Alkohol Trost zu finden. Hatte er Amanda vor dem besagten vierten Juli verloren oder danach?

Cat überprüfte das Datum auf der Todesurkunde und preßte die Hand an den Mund, um einen Schrei zu unterdrücken.

Als sie wieder zu Atem kam, klang dieser laut und rauh in der Stille des Raumes. Ihr Herz raste. Sie legte Amandas Akte hastig beiseite und nahm den Ordner darunter, auch wenn sie fast sicher war, zu wissen, was sie lesen würde.

DANIEL L. LUKAS alias SPARKY.

Und ohne einen Blick darauf zu werfen, wußte sie, was auf dem nächsten Ordner stand. Sie hatte recht. JUDITH REYES.

Mit zitternden Händen schlug sie auch die übrigen Ordner auf. Sie waren mit den Namen der anderen Herzspender beschriftet, die bei Unfällen ums Leben gekommen waren. Jeder dieser Ordner enthielt umfangreiche Aufzeichnungen, detaillierte Beschreibungen der tödlichen Unfälle, Kopien der Autopsie- und Polizeiberichte; Unterlagen, an die nur ein Polizist – oder ein außergewöhnlich gerissener Expolizist – gelangen konnte.

Der letzte Ordner des Stapels trug ihren Namen. Zitternd blätterte sie ihn durch. Ihr Leben war sehr gut dokumentiert, besonders die Jahre nach ihrer Transplantation. Da waren Dutzende von Fotos von ihr, einige schon Jahre alt, andere kaum eine Woche, einige gestellt, andere zufällig aufgenommen, offensichtlich mit einem Teleobjektiv.

All dieses Material – es mußte Jahre gedauert haben, es zusammenzutragen. Er konnte unmöglich erst vor wenigen Wochen damit begonnen haben, als sie ihn um Hilfe gebeten hatte, den anonymen Briefeschreiber ausfindig zu machen. Dies hier war das Werk von stunden-, tage-, jahrelanger intensivster Recherche. Jeder Tod war vollständig dokumentiert oder nachgezeichnet.

Ihr Verstand weigerte sich, zu akzeptieren, was das bedeutete.

Plötzlich schwang die Tür hinter ihr auf. Cat sprang vom Stuhl hoch und wirbelte herum.

Vor ihr stand Alex und starrte sie mit mörderischem Blick an.

Kapitel 53

»Ich habe dir doch verboten, dieses Zimmer zu betreten.«

Cats Mund war wie ausgedörrt. Doch sie ließ sich nichts anmerken und ging in die Offensive. »Was hat all das Zeug zu bedeuten? Woher hast du es? Wieso hast du es gesammelt? Du hast dich also schon lange, bevor wir einander begegnet sind, für Herztransplantationen interessiert. Warum? Wer war Amanda?«

»Du hättest nicht in meinen Privatunterlagen rumschnüffeln dürfen.«

»Ich will wissen, warum du diese Unterlagen überhaupt hast, Alex? *Wer war Amanda?*«

»Eine Frau, die ich kannte.«

»Eine Frau, die dir sehr nahestand.«

»Ja.«

»Und sie ist gestorben.«

»Ja.«

Ihre Hände auf dem Rücken klammerten sich an die Schreibtischkante. »Laut Todesurkunde starb sie wenige Stunden vor meiner Operation. Kann es sein, daß sie meine Spenderin ist?«

Nach kurzem Zögern nickte er.

»Und warum hast du mir nie etwas davon gesagt? Halt, warte!«

Ihre Gedanken rasten. Sie erinnerte sich dunkel an etwas, das sie vorgestern abend gehört hatte, auch wenn es ihr nun vorkam, als läge dies Jahre zurück.

»Der Massenunfall auf der Autobahn«, rief sie schließlich. »Jeff hat es neulich erwähnt. Ich hatte es schon fast wieder vergessen. War Amanda bei den Todesopfern?«

»Nein.«

»Wer war sie dann, Alex? Verdammt, sag's mir! Ihr seid zusammen im Urlaub gewesen. Es war offensichtlich eine Beziehung, die dir etwas bedeutet hat.«

»Ja, sehr viel.«

Sie spürte die Tränen. »Du hattest eine enge Beziehung mit der Spenderin meines Herzens und hast mir nichts davon erzählt? Warum nicht?«

»Weil es keine Rolle spielt. Nicht mehr.«

Er kam auf sie zu; sie wich hastig einen Schritt zurück. »Ich denke, es spielt sogar eine große Rolle«, sagte sie atemlos. »Weil wir sie dann nämlich bei unseren Überlegungen ebenso in Betracht gezogen hätten wie Sparky und Judy Reyes. Warum hast du nie etwas von Amanda erwähnt?«

Sie spürte ein Würgen im Hals, hob die Hand an die Kehle und schluckte hart. »Wie ist sie gestorben?«

»Cat –«

»Antworte! *Wie ist sie gestorben?*«

»An einer Embolie im Gehirn. Während der Geburt ihres Kindes.«

»Geburt?« keuchte sie kaum hörbar »Und das Baby? Was ist mit dem Baby?«

»Totgeburt. Mein Sohn hat sich mit der Nabelschnur stranguliert.«

Cat schrie kurz auf. »*Dein* Sohn. Amanda war deine Frau?«

»Wir waren nie verheiratet.«

»Rein rechtlich gesehen, was? Aber ihr habt wie ein Ehepaar zusammengelebt.«

»Ja.«

»Du hast sie geliebt.«

»Mehr als mein Leben.«

Cat wischte sich die Tränen aus den Augen. »Und du glaubst, daß ich ihr Herz habe.«

Er kam mit ausgestreckten Armen auf sie zu, aber wieder wich sie vor ihm zurück, was ihn wütend machte. »Verdammt, hör auf, vor mir wegzurennen. Du mußt dich zusammennehmen und mir zuhören.«

»Oh, im Zuhören bin ich gut«, lästerte sie. »Ich glaube den Leuten alles. Ich frage mich nie, ob nicht etwas ganz anderes dahintersteckt, wenn mir jemand was erzählt. Ich vertraue blind.«

Sie schluchzte so bitterlich, daß es schmerzte. »Du Scheißkerl! Du hast nicht mit mir geschlafen, sondern mit Amanda!«

»Hör mir zu –«

»Nein! Ich will nichts mehr hören.« Was sie gehört hatte, tat entsetzlich weh, und sie preßte die Handballen an die Schläfen. »Wenn ich bedenke, wie sorgfältig du alles ausgeklügelt hast... und es *war* von dir geplant, nicht wahr? Alles ist eine einzige große Scharade gewesen. Alles. Daß wir uns begegnet sind... hab ich recht?«

»Ja«, gab er zu.

Sie stöhnte erneut auf.

»Irene und Charlie Walters hatten sich um die Adoption eines deiner Kinder beworben«, beeilte er sich zu sagen. »Ich hoffte, dich durch sie kennenzulernen. *Endlich* kennenzulernen. Ich hatte ganz sicher nicht geplant, daß Irenes Bruder in Atlanta krank werden würde oder daß du an diesem Morgen vor der Tür stehen würdest.«

»Ich begreife es nicht...«

»Aber dann standest du da, und ich fühlte sofort... etwas. Du hast es auch gefühlt.«

»Liebe auf den ersten Blick?« spottete sie. »Du glaubst, daß Amandas Herz beim Wiedersehen einen kleinen Freudensprung gemacht hat?«

»Ich weiß es nicht...« Er raufte sich die Haare. »Ich weiß wirklich nicht mehr, was ich denken soll. Ich weiß nur, daß ich dich liebe.«

»Nein. Du liebst Amanda.«

»Was ich getan habe, war –«

»Widerwärtig. Hinterhältig. Verachtenswert.«

»Schon gut, schon gut! Ich bin ein Scheißkerl. Das habe ich schon vor einer ganzen Weile zugegeben.« Er schluckte die bösen Worte herunter, die ihm auf der Zunge lagen, und ließ den Kopf sinken. Einige Zeit stand er so da und starrte zu Boden. Schließlich hob er den Kopf und sagte in sanftem Ton: »Damit du mir vergeben kannst, mußt du wissen, wie sehr ich sie geliebt habe.«

Cat brachte kein Wort heraus, so wütend war sie. Er nutzte ihr Schweigen, um sich zu verteidigen.

»Amanda hat mich dauernd bedrängt, sie zu heiraten, aber ich habe mich quergestellt wegen meines Jobs. Manchmal war ich tagelang von zu Hause fort. Wenn ich das Haus verließ, wußte sie nie, ob es ein Wiedersehen geben würde. Diese Art zu leben ist die Hölle für eine Beziehung. Ich wollte, daß sie die Freiheit hatte, die Beziehung jederzeit zu beenden und ihr eigenes Leben zu leben.

Kurz nachdem der Mist in meiner Abteilung passierte, ließ sie es zu, daß sie schwanger wurde. Zuerst war ich wütend, dann hatte ich Angst. Aber sie hatte sich so auf das Baby gefreut, daß ich mich schließlich mit der Vorstellung anfreundete. Das neue Leben, das in ihrem Bauch heranwuchs, war wie ein Funke der Hoffnung, wenn du verstehst!

Als ich die Nachricht erhielt, daß sie mit Wehen ins Krankenhaus eingeliefert worden war, machte ich mich sofort auf den Weg, aber ich blieb im Stau des Massenunfalls auf der Autobahn stecken. Als ich endlich in der Klinik eintraf...« Er rieb sich die Augen. »Ich bin ein bißchen durchgedreht, als mir der Arzt sagte, sie sei bereits für hirntot erklärt worden.«

Cat strömten die Tränen über die Wangen, doch sie war nicht mehr wütend. Sie war ergriffen von der tragischen Geschichte. Immer wieder mußte sie schluchzen. Alex unterbrach sie nicht.

»Die Vertreterin der Organbank stellte sich mir persönlich vor. Sie übte keinen Druck aus. Das muß ich ihr lassen. Sie entschuldigte sich für die Einmischung in diesem für mich so schwierigen Moment, erinnerte mich aber daran, daß Amanda auf ihrem Führerschein eingetragen hatte, im Falle eines Unfalls Organe spenden zu wollen.

Das galt als gesetzlich gültiges Dokument. Aber trotzdem, sagte sie, wollten sie nichts ohne mein Einverständnis unternehmen. Da Amanda keinerlei Angehörigen hatte, lag die Entscheidung ganz allein bei mir.

Sie sagte, daß es Menschen gäbe, die Amandas Herz bräuchten, um zu überleben. Wenn, dann müßte es rasch entnommen werden. Eile war oberstes Gebot. Wenn ich also bitte mein Einverständnis...«

Seine Stimme verklang, und Cat wußte, daß er in Gedanken längst woanders war. Er war wieder auf dem Krankenhauskorridor, betäubt von Schmerz und konfrontiert mit der Bitte um Erlaubnis, der Frau, die er geliebt hatte, das Herz aus der Brust zu schneiden.

»Wir waren fünf Jahre zusammengewesen, aber ich gab ihr nie das, was sie sich am meisten gewünscht hatte, und das war mein Name. Damals war das in Houston und Umgebung nicht gerade ein sonderlich gut angesehener Name. Ich fand, sie wäre ohne mich besser dran. Aber vielleicht habe ich dabei zu sehr an mich gedacht.

Ich habe sie geliebt«, fuhr er fort. »Ich wußte, daß ich für den Rest meines Lebens mit ihr zusammenleben und unser Kind haben wollte. Doch erst, als sie nicht mehr war, wurde mir klar, wie sehr ich sie emotional gebraucht habe.

Ironischerweise quittierte ich an diesem Tag meinen Dienst, etwas, wozu sie mich seit dem Vorfall am vierten Juli wieder und wieder gedrängt hatte. Sie wollte, daß ich mich ausschließlich dem Schreiben widme. Sie glaubte an mein Talent. Zumindest hat sie das gesagt«, fügte er mit einem kleinen Lächeln hinzu.

»Nach der Beerdigung räumte ich unsere Wohnung aus, warf das ganze Babyzeug weg und besoff mich mehrere Monate lang. Erst als ich wieder trocken und klar im Kopf war und mich mit Arnie zusammengetan hatte, kam ich auf die Idee, mich danach zu erkundigen, wer ihr Herz bekommen hatte.

Da ich von den amtlichen und ärztlichen Stellen nichts erfuhr, machte ich mich daran, es auf eigene Faust herauszufinden. Der Gedanke, daß ihr Herz in der Brust eines anderen Menschen weiterschlug, ließ mich nicht mehr los.

Ich besorgte mir die Zeitungen fast aller großen Städte, die Ausgaben von ihrem Todestag und die der Wochen danach. Ich suchte nach Artikeln oder Meldungen über Herztransplantationen. Manchmal können Empfänger, wenn sie aufmerksam die Medien verfolgen, ihre Spender herausfinden. Ich dachte mir, das müßte doch auch im umgekehrten Fall funktionieren.

Ich las alles über das Thema, was ich in die Finger kriegen konnte. Ich lernte, welche Kriterien darüber bestimmten, ob ein Organ paßt oder nicht. Ich schrieb diese Kriterien auf und entwarf das Protokoll eines möglichen Empfängers, so als würde ich eine Figur für mein Buch skizzieren.

Deine Operation fand ein großes Echo in den Medien. Ich nutzte meine Kontakte und Tricks von früher und erfuhr vom Krankenhauspersonal in Kalifornien die Uhrzeit deiner Transplantation. Es war knapp, aber möglich. Die Blutgruppen stimmten überein. Auch von der Größe her wart ihr vergleichbar. Je mehr ich nachforschte, desto überzeugter war ich, daß du ihr Herz hast.

Ich trug mich sogar mit dem Gedanken, nach Los Angeles zu ziehen und dich dort zu treffen, doch dann wurde bekannt, daß du nach San Antonio kommst. Ich bin sofort von Houston hierher gezogen.« Er hielt inne. »Den Rest kennst du.«

»Du bist ein hinterhältiger, verlogener Mistkerl ...«

»Zuerst, ja. Als ich dich dort an der Tür stehen sah, traf es mich wie ein Schlag.« Er ballte die Faust. »Ich wußte sofort, daß ich richtig lag mit meiner Vermutung. Und je öfter ich mit dir zusammen war, desto sicherer war ich mir. Du bist ihr in vielen Dingen sehr ähnlich ...«

»Ich will nichts davon hören.«

»Dein Mienenspiel erinnert mich an sie. Deine Vorlieben und Abneigungen sind wie die ihren. Ihr habt sogar dieselbe Art Humor, denselben Optimismus.«

»Hör auf!« Sie hielt sich die Ohren zu.

»Ich mußte mit dir schlafen, Cat. Ich mußte es tun.«

»Du hast mich benutzt wie ein Medium.«

»Ja«, sagte er; seine Stimme war kaum mehr als ein Flüstern. »Ich mußte herausfinden, ob ich sie erreichen kann. Sie fühlen. Sie nur ein einziges Mal noch berühren.«

»O Gott!« schrie Cat, als sie es ihn zugeben hörte.

»Und ich fühlte auch eine kosmische Verbindung. Aber war es Amanda? Oder warst du es? Was zwischen uns geschah, war so gut, daß ich anfing, mich wegen meines Betrugs schuldig zu fühlen.«

»Ich war doch bestimmt nicht die erste und einzige Frau,

mit der du in diesen vier Jahren im Bett gewesen bist, oder?«

»Nein. Aber du warst die erste, bei der es mir etwas bedeutet hat; deren Nachnamen ich beim Aufwachen gewußt habe. Deshalb habe ich ja auch Schluß gemacht. Ich traute meinen eigenen Motiven nicht mehr. Ich war dabei, mich in dich zu verlieben, und das hatte nichts mit Amanda zu tun. Ich wollte nicht mehr wissen, ob du ihr Herz hast. Ich habe mir fast die Zunge abgebissen an dem Morgen, als du sagtest, du hättest bei der Organbank nach deinem Spender angefragt. Kaum warst du weg, rief ich bei der Agentur an und zog meine Anfrage zurück. Wenn du tatsächlich ihr Herz hast, wollte ich es nicht mehr wissen. Alles, was ich zu diesem Zeitpunkt wußte oder wissen mußte, war, daß ich dich liebe.«

»Und du erwartest, daß ich dir das glaube? Für das hier…« Sie ließ den Ordner fallen, und der Inhalt flatterte über den Fußboden. »Du hast eine Menge Mühe auf dich genommen für nichts. Soweit wir beide wissen, habe ich ihr Herz nicht!«

»Ich bin mir zu neunundneunzig Prozent sicher. Bei den anderen habe ich kein solches Gefühl des Wiedererkennens gespürt.«

»Es ist doch nur ein –« Sie brach mitten im Satz ab, als ihr in vollem Umfang bewußt wurde, was er da gerade gesagt hatte. »Den anderen? Du meinst die anderen Herzempfänger? Du hast sie kennengelernt?«

Ihre Tränen waren plötzlich versiegt, und sie erkannte die Wahrheit mit kristallener Klarheit. »Oh, mein Gott. *Du* warst es!«

»Cat –«

Sie stürzte auf ihn zu und schlug ihm beide Fäuste an die Brust. Damit hatte er nicht gerechnet; er verlor das Gleichgewicht und fiel gegen die Regale; einige Bücher fielen herunter. Cat stürmte zur Tür hinaus und ließ sie krachend hinter sich ins Schloß fallen.

Sie lief den Flur entlang durchs Wohnzimmer, schnappte sich ihre Autoschlüssel vom Tisch. Die Wohnungstür war verschlossen. Ihre zittrigen Finger mühten sich umständlich mit dem Riegel ab. Sie hörte das Tapsen seiner nackten Füße; er kam ihr nach. Im nächsten Moment war sie zur Tür hinaus und eilte zu ihrem Auto.

Er kam ihr nachgelaufen. »Cat, so warte doch!« rief er.

»Damit du mich umbringen kannst wie die anderen?«

Sie legte den Rückwärtsgang ein und trat aufs Gaspedal. Die Reifen drehten jaulend durch. Er hatte fast ihren Türgriff zu fassen bekommen, als sie den Wagen unter Kontrolle bekam und mit Vollgas davonjagte.

Kapitel 54

Wo steckte das blöde Luder nur?

Leider war Kismet alles andere als blöde, rief sich Zyklop verbittert ins Gedächtnis. Sie hatte ihn ausgetrickst, und er war wie ein ausgewachsener Hornochse drauf reingefallen.

Seit Tagen schon zermarterte er sich den Kopf, wie er sie finden konnte. Bislang war ihm noch nichts eingefallen. Was auch ein Wunder gewesen wäre bei den Mengen Alkohol und Drogen, die er intus hatte.

Er hörte sich um, aber niemand aus seinem Bekanntenkreis wußte, wo es in der Gegend Frauenhäuser gab. Seine Nachforschungen hatten ihm nur dumme Sprüche eingebracht und Lästereien, daß ihm die Alte durchgebrannt war. Ausgelacht hatten sie ihn!

Verdammt, er mußte sie finden und zurückholen; schon um vor seinen Kumpels das Gesicht zu wahren. Selbst seine

Feinde verloren bereits allen Respekt vor ihm. Und das war noch schlimmer.

Aber wehe, wenn er sie wieder in die Finger bekam! Ihr würde es noch leid tun, daß sie ihn so hintergangen hatte. Dafür würde er schon sorgen. Und daß sie wieder zu ihm zurückkommen würde – wahrscheinlich bettelnd auf allen vieren –, das war nur eine Frage der Zeit für ihn.

Schuld an allem war sowieso nur diese Delaney. Ohne diese Tussi hätte Kismet niemals den Mut aufgebracht, abzuhauen. Doch dann war der Rotschopf aus der Glotze mir nichts dir nichts bei ihnen aufgetaucht, hatte den Mist mit Sparky wieder aufgerührt und Kismet Flausen in den Kopf gesetzt.

Kismet zum Spuren zu bringen war ein Klacks. Dazu mußte er nur dem Kind drohen, und sie wurde sanft wie ein Lämmchen. Es gab nichts, was sie nicht tun würde, um Sparkys unheimlichen kleinen Bastard zu beschützen. Aber er konnte sie wohl kaum unter Kontrolle halten und sie schon gar nicht bestrafen, wie sie es verdient hatte, wenn er nicht mal wußte, wo sie steckte.

Das konnte ihm nur eine einzige Person verraten, eigentlich zwei, aber er fand es ratsamer, sich lieber nicht noch mal mit diesem Pierce anzulegen.

So oder so – die Rumsitzerei und das Grübeln brachten nichts. Er hatte sich schon so lange den Kopf über seine Situation zerbrochen, daß ihm ganz übel davon war. Es war höchste Zeit für Action. Inzwischen müßte sich alles etwas abgekühlt haben. Die Bullen hatten sicher Besseres zu tun, als nach ihm zu fahnden.

Er rutschte von dem Barhocker herunter und wankte, ehe er Richtung Ausgang der Pinte schwankte. Kühle Nachtluft schlug ihm entgegen und ernüchterte ihn ein wenig.

Als er sich auf seine Harley schwang, tätschelte er sie, als wäre sie ein lebendiges Wesen. Er startete die Maschine und spürte das vertraute Vibrieren in Schenkeln, Geschlecht und Bauch. Es verlieh ihm ein Gefühl von Männlichkeit und Selbstvertrauen, das reichlich gelitten hatte seit dem Fiasko mit Cat Delaney.

Wenn er zuließ, daß dieses rothaarige Luder sein Leben weiterhin derart durcheinanderbrachte, konnte er ihr ebensogut gleich ein Schlachtermesser in die Hand drücken und sich von ihr kastrieren lassen.

»Nur über meine Leiche«, knurrte er und schoß knatternd in die Nacht.

Bill Webster fand keinen Schlaf.

Zum wiederholten Male warf er einen Blick auf den Wekker auf Melias Nachttisch. Es war bereits nach Mitternacht. Er schlug die Bettdecke zurück und stieg aus dem Bett. Seine Hose lag sorgfältig gefaltet auf dem Stuhl. Er zog sie sich gerade über, als sich Melia im Bett aufrichtete und benommen seinen Namen rief.

»Entschuldige, daß ich dich aufgeweckt habe«, sagte er. »Schlaf weiter.«

»Wo gehst du hin?«

»Ich muß los.«

»Jetzt? Ich dachte, du hast Nancy gesagt, daß du auswärts übernachtest.«

»Habe ich auch.«

»Warum bleibst du dann nicht bis morgen früh?«

»Es ist doch schon morgens.«

Sie verzog das Gesicht, hatte aber keine Lust, um diese Uhrzeit Wortklaubereien zu betreiben. »Ich hasse es, allein aufzuwachen.«

»Das wird sich heute aber nicht vermeiden lassen.«

»Warum hast du's denn so eilig?«

»Ich muß noch was erledigen.«

»Um diese Uhrzeit?«

»Je früher, desto besser«, entgegnete er geheimnisvoll.

Sie versuchte mit ihren besten Tricks, ihn wieder ins Bett zu locken, doch vergeblich. Er hatte es eilig und ging ohne einen Abschiedskuß.

Alex fluchte wüst, als er die Rückleuchte seines Wagens um die Ecke verschwinden sah. Doch er vergeudete keine Zeit mit sinnlosen Gedanken.

Er eilte in seine Wohnung, stürmte die Treppe zum Schlafzimmer hinauf und zog sich einige Kleidungsstücke an. Er nahm seine Pistole aus der obersten Schrankschublade, dazu eine Handvoll Patronen, die er in die Brusttasche seines Hemdes steckte, während er wieder hinuntereilte.

Als er die Wohnung verließ, schaute er auf seine Armbanduhr und fluchte erneut.

Sein Motorrad war noch immer in der Werkstatt, deshalb zertrümmerte er mit dem Kolben seiner Pistole das Seitenfenster des BMWs seines Nachbarn. Er brauchte nur Sekunden, um die Zündung kurzzuschließen und den Motor zu starten.

Als er davonbrauste, schaute er ein weiteres Mal auf die Uhr. Cat konnte nicht mehr als fünf Minuten Vorsprung haben.

Ihre Angst war zu groß für Tränen. Sie würde später weinen. Wenn er hinter Gittern saß und sie in Sicherheit war, würde sie ihrem Kummer freien Lauf lassen. Jetzt mußte sie sich aufs nackte Überleben konzentrieren.

Alex hatte die ganze Zeit hinter allem gesteckt. Es bestand die Möglichkeit, daß sie Amandas Herz bekommen hatte, daher hatte er geplant, sie umzubringen, wie er auch die anderen Herzempfänger umgebracht hatte. Heute war der Tag – das Jubiläum eines Tages, der für sie ein neues Leben bedeutete, für ihn jedoch unerträglichen Schmerz.

Er hatte selbst gesagt, daß ihn der Gedanke verfolgt hatte, daß Amandas Herz in der Brust eines anderen Menschen schlug. Also hatte er mögliche Empfänger ausfindig gemacht, sich ihnen genähert und sie umgebracht, ohne Verdacht zu erregen. Dann zog er weiter zu seinem nächsten Opfer und stellte die nächste Falle.

Perfekte Verbrechen – wer könnte besser dazu in der Lage sein als ein ehemaliger Polizist, der Krimis schrieb? Er wußte, wie man Beweise beseitigt und ein Verbrechen wie einen Unfall aussehen läßt.

Cat fröstelte, und das lag weniger daran, daß sie nichts weiter als sein Hemd anhatte. Das Leder des Sitzes fühlte sich an ihrem nackten Po kalt an, und sie hatte eine Gänsehaut auf Armen und Beinen.

Sobald sie zu Hause war, würde sie Lieutenant Hunsaker anrufen. Aber erst einmal mußte sie dort ankommen. Nervös blickte sie immer wieder in den Rückspiegel. Auch wenn sie sein Auto genommen hatte, würde ihn das nicht davon abhalten, ihr zu folgen. Sie rechnete fest damit, von einem anderen Wagen eingeholt zu werden.

Das wäre doch perfekt, nicht wahr? Er würde sie von der Straße drängen und sich dann aus dem Staub machen. Ihr Tod würde als tödlicher Autounfall eingestuft werden. Niemand würde ihn verdächtigen, weil sie mit seinem Auto verunglückt war. Ja, das würde eine glaubhafte Geschichte abgeben. Sie hatte die Nacht mit ihm verbracht und war dann frühmorgens nach Hause gefahren. Er hatte ihr sein Auto geliehen.

»Ich kann es nicht glauben«, würde er sagen, wenn er die Nachricht ihres Todes erhielte. Er würde trauern und niedergeschlagen wirken. Und alle würden ihm seinen Kummer glauben.

So wie sie es getan hatte.

Warum hatte sie nicht auf Dean gehört? Oder auf Bill?

Beide hatten sie vor ihm gewarnt. Sie hatten sein doppeltes Spiel gespürt. Warum sie nicht? Seine »dunkle Seite«, wie sie es genannt hatte, war derart dunkel, daß sie mörderisch war.

Er hatte seine Rolle so gut gespielt, mit der Finesse und dem Können eines meisterhaften Schauspielers. Zuerst hatte er ihr den Hof gemacht, hatte sie mit seinem Charme entwaffnet. Dann hatte er sie verschmäht, woraufhin sie sich noch mehr nach ihm gesehnt hatte. Dann war er ihr Freund und Vertrauter geworden, als sie beides ganz dringend brauchte. Und schließlich war er ihr Liebhaber geworden. Sie hatte ihm ihre Liebe gestanden, während er die ganze Zeit...

Sie schluchzte. Viel zu schnell nahm sie die Abfahrt der Autobahn, hielt das Lenkrad fest umklammert und fuhr an den letzten Blocks entlang bis zu ihrem Haus. Immer wieder sagte sie sich, daß sie jetzt nicht über diese persönlichen Aspekte der Angelegenheit nachdenken durfte. Sie mußte überleben. Danach würde immer noch genügend Zeit sein, ihr gebrochenes Herz zu heilen.

Sie bog in die Auffahrt und kam mit quietschenden Reifen zum Stehen. Sie stieß die Fahrertür auf, sprang aus dem Auto und rannte auf das Haus zu. Als sie die Verandatreppe erreichte, stolperte sie über jemanden, der dort saß. Erschrokken schrie sie auf.

Ihr unerwarteter Besucher sprang auf und packte sie am Arm.

»Cat! Wo bist du gewesen?«

Sie wäre fast zusammengebrochen aus Angst, dann aus Erleichterung. »Jeff! Gott sei Dank!« Sie klammerte sich an die Ärmel seiner Jacke, lehnte sich an ihn und rang nach Luft. »Du mußt mir helfen.«

»Gute Güte, Cat, du bist ja... wieso hast du nichts an?« stammelte er.

»Das ist eine lange Geschichte.« Sie schloß die Haustür

auf und stellte die Alarmanlage ab. Jeff folgte ihr ins Haus. »Ich muß die Polizei anrufen«, sagte Cat. »Alex Pierce ist derjenige, der mich terrorisiert.«

»Was!?«

»Wegen einer Frau, die er geliebt hat. Sie starb bei der Geburt seines Sohnes. Er gab das Einverständnis für die Entnahme ihres Herzens.«

Während sie das alles erklärte, suchte sie in ihrer Handtasche nach der verdammten Visitenkarte, die Hunsaker ihr gegeben hatte. »Wo habe ich das verdammte Ding nur hingetan? Ich weiß genau, daß sie hier irgendwo ist. Ich muß ihn sofort anrufen. Heute ist der Jahrestag –«

»Ich weiß. Das ist mir um Mitternacht klargeworden. Ich habe mir Sorgen gemacht, weil ich den ganzen Tag nichts von dir gehört habe. Ich bin vorbeigekommen, um nachzusehen, ob auch alles in Ordnung ist, und wollte dir anbieten, dir Gesellschaft zu leisten, falls du nicht allein sein willst.«

»Er wird mir nachkommen, Jeff, auch wenn er es nur tut, um mich mundtot zu machen. Er ist unglaublich gerissen. Und total skrupellos. Du ahnst ja gar nicht, wie sorgfältig er seinen Plan in die Tat umgesetzt hat.«

Es klingelte an der Hautür, ein lautes Klopfen folgte. »Cat!«

Sie erstarrten. Dann stellte sich Jeff vor sie hin und schirmte sie mit seinem Körper ab. Bei jeder anderen Gelegenheit hätte sie sich über seinen heldenhaften, aber komischen Versuch, sie zu beschützen, amüsiert.

»Die Polizei ist schon auf dem Weg!« rief er.

»Cat? Ich bin's. Bill.«

Sie schob Jeff beiseite, eilte zur Tür und öffnete sie.

Bill Webster trat ein. »Was ist denn hier los? Doyle? Was machen Sie denn hier? Cat, wie sind Sie denn angezogen...?«

»Alex Pierce ist der Absender der anonymen Briefe«, sagte

Jeff. »Er hat die drei anderen Herzempfänger umgebracht, und jetzt ist er hinter Cat her.«

Bill war von dieser Erklärung ebenso überrascht, wie Jeff es gewesen war. »Woher wissen Sie, daß Pierce es war? Wo ist er jetzt?«

»Ich komme gerade aus seiner Wohnung.« Beide Männer schauten verlegen auf Cats nackte Beine. Sie hatte jedoch keine Zeit für falsche Scham. »Ich rufe jetzt Lieutenant Hunsaker an.«

Sie schilderte ihnen rasch, was sie in Alex' Arbeitszimmer gefunden hatte. »Jetzt ergibt das auch alles einen Sinn für mich. Er muß innerlich gejubelt haben, als ich ihn um Hilfe bat, den anonymen Briefeschreiber zu finden. Er hat mich dann gezielt in die Irre geführt. Erst die Sache mit Sparky. Dann ›entdeckte‹ er Paul Reyes und bürdete dem armen Mann und dessen Familie unnötigen Ärger und Kummer auf.«

»Wo ist Reyes?« fragte Bill.

Sie berichtete kurz von ihrem Flug nach Fort Worth. Die beiden Männer waren überrascht, was Alex auf sich genommen hatte, um von sich selbst abzulenken.

»Hier ist sie ja!« Sie hielt Hunsakers Karte in die Höhe und griff zum Telefon.

»Laß mich anrufen«, bot Jeff an. »Dann kannst du dich inzwischen umziehen.«

»Danke.« Sie wollte in ihr Schlafzimmer gehen, doch Bill hielt sie zurück.

»Cat, sind wir immer noch Freunde? Können Sie mir wegen Melia vergeben?«

Sonderbar, wie rasch eine lebensgefährliche Erfahrung alles in einer neuen Perspektive erscheinen ließ. Die wirklich wichtigen Dinge wurden dadurch klarer. »Ich war wütend und enttäuscht von Ihnen. Aber es steht mir nicht zu, Sie zu verurteilen. Natürlich sind wir immer noch Freunde.«

Plötzlich fiel ihr auf, daß es eigenartig war, daß er ebenfalls zu ihr gekommen war. »Was hat Sie denn dazu bewogen, mich um diese Uhrzeit zu besuchen?«

Ehe er antworten konnte, kam Jeff zu ihnen und sagte, Hunsaker sei auf dem Weg. »Er sagte, er werde so schnell wie es geht hier sein.«

»Bleibt ihr noch solange da?«

Beide Männer stimmten zu. Cat bedankte sich und zog sich in ihr Schlafzimmer zurück.

Dr. Dean Spicer legte den Plastikschlüssel auf die Kommode und verließ sein Hotelzimmer.

Es war noch früh. Die Flure waren menschenleer. Er war allein im Fahrstuhl. Als er die Lobby durchquerte, sah er niemanden außer einen schläfrigen Mann an der Rezeption, der nicht mal hochschaute.

Kurz nach Mitternacht war er – aus Los Angeles kommend – in San Antonio eingetroffen. Er hatte versucht, Cat vom Flughafen aus anzurufen, doch es hatte sich nur der Anrufbeantworter gemeldet.

Er wollte ihr eine Nachricht auf Band sprechen, doch dann hatte er es sich anders überlegt, weil es möglich sein konnte, daß Pierce bei ihr war. Und er hatte sich die Peinlichkeit ersparen wollen, daß seine Stimme durch ihr Schlafzimmer hallte, während die beiden gerade miteinander schliefen.

Außerdem wußte er nicht, wie sie reagieren würde. Bei seinem letzten Anruf hatte sie einfach aufgelegt. Er hatte ihr berichtet, was er über Pierce in Erfahrung gebracht hatte, nämlich jenen tragischen Vorfall vom vierten Juli – der versehentlich erschossene Kollege; aber wenn es um Pierce ging, war Cat blind vor Liebe.

Aber welche Frau war das nicht?

So gesehen war es sogar besser, daß er sie telefonisch nicht erreicht hatte. Er würde sie mit einem Besuch überraschen, auch wenn er das eigentlich nicht tun sollte. Immerhin war heute der Jahrestag ihrer Herzverpflanzung.

Die Straße lag ruhig und verlassen in der Dunkelheit.

Zyk stellte seine Maschine im Schatten einer Lebenseiche am anderen Ende des Wohnblocks ab und richtete sein gesundes Auge auf Cats Haus.

Er kannte den Wagen in der Auffahrt – er gehörte diesem Pierce. Am Bordstein stand ein weiteres Auto geparkt. Hinter den Fenstern zur Straße brannte Licht.

»Scheiße.«

In letzter Zeit schien sich alles gegen ihn verschworen zu haben. Es wäre mehr als dumm, ausgerechnet jetzt in das Haus einzudringen, wenn ihr Bullenfreund bei ihr war.

Er überlegte, was er nun machen sollte, als ein Mann, den er noch nie gesehen hatte, die Haustür öffnete. Er sagte etwas nach hinten über die Schulter, trat auf die Veranda und schloß die Tür hinter sich.

Er schaute sich verstohlen um. Zyklop hielt den Atem an, blieb aber unbemerkt in seinem Versteck. Der Mann ging rasch zu Pierces Wagen und fuhr in die Garage. Kurz darauf kam er wieder heraus und schloß per Hand das schwere Garagentor. Dann eilte er zu dem Auto am Bordstein, klimperte mit den Schlüsseln, stieg ein und fuhr in die entgegengesetzte Richtung, aus der Zyklop gekommen war, davon.

Zyklop dachte nach. Er wußte natürlich nicht mit letzter Sicherheit, daß der Wagen in der Auffahrt auch tatsächlich Pierce gehörte, oder? Er hatte ihn lediglich damit fahren sehen. Vielleicht war es ja auch ihr Auto.

Durchaus möglich, daß sie neben Pierce noch eine Geschichte laufen hatte. Warum sonst sollte sich ein Kerl um diese Uhrzeit auf so heimlichtuerische Weise aus ihrem Haus stehlen? Wo der weg war – war sie jetzt allein?

Zyk ließ seine Maschine unter der Lebenseiche stehen und machte sich zu Fuß auf den Weg.

Cat verspürte das dringende Bedürfnis, sich von Alex' Berührung, seinem Geruch, seinem Sperma zu reinigen. Sie würde sicherlich noch Zeit für ein heißes Bad haben, ehe Hunsaker eintraf. Niemand konnte sagen, was dann geschehen würde.

Mit einem tiefen Seufzer ließ sie sich in das heiße Schaumbad sinken und stützte den Kopf auf den Wannenrand. Sie sehnte sich danach, ihrer Verzweiflung Raum zu geben. Doch sie durfte ihre Gefühle jetzt nicht an die Oberfläche lassen. Sie mußte pragmatisch denken, kalt und hart, und sie mußte ebenso skrupellos sein wie er.

Herzlos, dachte sie zynisch.

Sie schloß die Augen und versuchte, alle Bilder von Alex auszulöschen, doch vergeblich. Vor ihrem inneren Auge tanzte sein Gesicht, wie sie es in den unterschiedlichsten Situationen gesehen hatte – während des Liebesaktes, während er leidenschaftlich über seine Arbeit sprach, von seiner Liebe zu Amanda erzählte.

Sie spürte einen Kloß im Hals, als die Emotionen in ihr aufstiegen. Sie räusperte sich mehrmals, ungeduldig. Wahrscheinlich hörte sie aus diesem Grund nicht, wie die Tür geöffnet wurde. Wenn es nicht einen Luftzug gegeben hätte, hätte sie vielleicht nicht einmal die Augen geöffnet.

Als sie es tat, schreckte sie so entsetzt hoch, daß das Wasser über den Rand der Wanne schwappte. »Was machst du denn hier?«

»Überrascht?«

Sie war so verstört, daß sie nicht einmal schreien konnte. Verwirrt sah sie zu, wie der Stecker ihres Föns in die Steckdose neben dem Waschbecken gesteckt wurde. Als der Schalter umgelegt wurde, begann der Fön leise zu surren.

»Tut mir leid, Cat.« Das traurig-süße Lächeln ließ ihr Blut gefrieren. »Aber du wirst jetzt leider das Opfer eines tragischen Unfalls.«

Kapitel 55

»Scheiße!«

Alex hämmerte mit der Faust gegen das Lenkrad des BMWs. Der Tank war leer! Welch elendes Pech, ausgerechnet ein Auto mit leerem Tank zu klauen...

Er riß das Steuer herum und brachte den Wagen auf dem Seitenstreifen des Freeway zum Stehen, riß die Tür auf, sprang heraus und rannte wüst fluchend los. Er konnte es einfach nicht fassen – ein BMW mit leerem Tank!

Es herrschte kaum Verkehr. Wenn ein Auto vorbeikam, hob er den Daumen, auch wenn er bezweifelte, daß jemand anhalten würde. Er sah wenig vertrauenswürdig aus – ungekämmt, unrasiert, das Hemd hing aus der Hose heraus.

Er lief die Ausfahrt entlang und zählte in Gedanken, wie viele Blocks es noch waren bis zu der Straße, in der Cat wohnte.

Und ihm graute vor dem, was ihn dort vielleicht erwartete.

Er war heute morgen aufgewacht und hatte plötzlich des Rätsels Lösung gehabt. Sein Unterbewußtsein hatte während des Schlafes die letzten Teile dieses komplizierten Puzzles zusammengefügt. Genauer gesagt: Das letzte fehlende Teil; jenes, das schon die ganze Zeit gefehlt hatte. Es war ihm schleierhaft, wieso er nicht schon früher darauf gekommen war, bevor drei Menschen hatten sterben müssen. Er verfluchte sich für seine Dämlichkeit. Alle Personen in diesem Wirrwarr miteinander verbundener Menschenleben waren bekannt gewesen – bis auf eine.

Und unglücklicherweise war diese Person der Mörder.
»Du darfst nicht sterben, Cat. Nicht du auch noch ...«

Cat klapperte mit den Zähnen. »Warum? Ich verstehe nicht ...«

»Und ob du verstehst. Dein Tod durch einen elektrischen Schlag wird genau wie die anderen sein. Ein beklagenswerter Unglücksfall.«

»Aber diesmal wirst du nicht ungeschoren davonkommen, Lieutenant Hunsaker wird jeden Moment hier sein.«

Jeff Doyle grinste nur. »Ich habe die Zeitansage und den Wetterdienst angerufen, nicht die Polizei.«

»Bill –«

»Den habe ich weggeschickt. Sein unerwartetes Auftauchen kam mir sehr ungelegen, aber mir ist eingefallen, wie ich ihn loswerden konnte. Ich habe ihm geraten, sein Auto wegzufahren, damit Pierce nicht gewarnt wird, falls er hier auftauchen sollte.«

»Sehr clever.«

»O ja. Ich habe gelernt, meine Spuren sehr gut zu verwischen. Wenn Bill zurückkommt, wird er mich am Telefon vorfinden. Ich werde rumbrüllen und fragen, wo verdammt noch mal Lieutenant Hunsaker bleibt. Dann werden wir uns Sorgen um dich machen und nach dir sehen. Dabei werden wir deine Leiche finden.

Ich werde einen hysterischen Anfall kriegen, wie das bei Schwulen oft in Streßsituationen passiert«, sagte er mit einem kurzen Lachen. »Ich werde mir Vorwürfe machen, daß ich dich nicht daran erinnert habe, die Leitung in diesem alten Haus überprüfen und ausbessern zu lassen. Dann hätte sich diese Katastrophe vielleicht verhindern lassen.

Ich werde dann die Vermutung äußern, daß du wegen Pierces Betrug so außer dir warst, daß du zu keinem klaren Gedanken fähig gewesen bist und geistesabwesend zum Fön gegriffen hast. Webster wird meine Geschichte bestätigen. Er sah ja, wie erschüttert du gewesen bist, als du erfahren hattest, daß dein Liebhaber plante, dich umzubringen.«

»Was Alex abstreiten wird.«

»Ganz sicher wird er das. Aber er wird in Verdacht geraten, was die anderen Todesfälle betrifft, wenn die Behörden das Material in seinem Arbeitszimmer finden. Danke, daß du mir davon erzählt hast, Cat. Anscheinend hat er umfangreiche Akten über seine Interviews angelegt und aufbewahrt.«

»Interviews?«

»Er hat die Herzempfänger interviewt. Hat großen Eindruck hinterlassen, muß ich schon sagen. Jeder von ihnen erzählte mir davon. Sie waren geschmeichelt, daß er sie für sein neues Buch interviewt hat. Mr. Pierce ist sehr gerissen und außergewöhnlich charmant. Niemand ist darauf gekommen, daß er in Wahrheit auf der Suche nach Amandas Herz war.

Sogar ich fiel auf seine Masche rein und glaubte, er würde für ein Buch recherchieren. Das heißt, nur so lange, bis ich mit meinen Nachforschungen über dich anfing und feststellte, daß seine ehemalige große Liebe ebenfalls Herzspenderin gewesen war.

Wenn die Polizei diese Unterlagen findet, wird er eine Menge zu erklären haben, was?« Er kicherte. »Ich muß ja zugeben, daß ich ziemlich überrascht war, als er plötzlich auf der Bildfläche auftauchte. Ich dachte schon, er würde alles ruinieren und mir auf die Schliche kommen. Bestimmt hatte er Lunte gerochen, als die Herzempfänger, die er interviewt hatte, der Reihe nach starben. Nun gut, es lag jeweils ein Jahr dazwischen. Aber einen Excop würde das sicherlich zu neugierig machen, um es ignorieren zu können.

Wahrscheinlich wollte er nicht nur Amandas Herz in dir

finden, sondern dich auch vor dem Schicksal der anderen bewahren. Sein Verlangen, dich zu beschützen, war wirklich ziemlich nobel.

Ich vermute sogar, daß er hinter diesen anonymen Briefen steckte. Das machte mich nervös, weil ich annehmen mußte, daß er wußte, welchen Plan ich verfolgte. Nicht, daß es mich aufgehalten hätte...

Aber Pierce machte die ganze Sache noch spannender. Durch ihn wurde die Situation komplexer und somit interessanter. Bei den anderen war es fast zu leicht gewesen. Ich begann, ihn als Herausforderung zu betrachten. Und nun wird er einen ausgezeichneten Sündenbock abgeben, den ich gar nicht eingeplant hatte.«

Er schüttelte den Kopf und schnalzte bedauernd mit der Zunge. »Sieht nicht gut aus für unseren Bestsellerautor, was? Vor allem, wenn man die vielen Akten und Unterlagen bedenkt, die er unter Verschluß hält. Da *muß* doch ein Bild eines eindeutig krankhaft besessenen Mannes entstehen, oder?«

Nachdenklich fügte er hinzu: »Dabei verfolgen wir beide eigentlich ein sehr ähnliches Ziel.«

»Du meinst, Amandas Herz zu finden? Du hast sie auch gekannt?«

»Cat...«, schalt er sie. »Was ist denn mit dir los? Hast du es immer noch nicht begriffen? Schäm dich.«

Seine ruhige Art machte ihr angst. Wenn er getobt und vor Wut geschrien hätte, hätte sie sich weniger vor ihm gefürchtet. So aber verrieten seine kühle Logik und sein sanfter Ton das wahre Ausmaß seines Wahnsinns. Er hatte jeglichen Bezug zur Realität verloren.

»Niemand wird mich verdächtigen, auch dieses Mal nicht«, sagte er. »Du hast ja auch immer Melia beschuldigt, nie mich. Aber ich war es, der die O'Connor-Geschichte an Truitt weitergab. Ich habe ihn auch angerufen und mich als

Zyklop ausgegeben. Ich hatte schon Bedenken, er würde bei dem Gespräch in Websters Büro meine Stimme wiedererkennen. Aber er hatte es viel zu sehr auf dich abgesehen, um mich überhaupt zu beachten.

Das mit der Lampe war ich auch. Das verdammte Ding hätte dich fast zu früh ins Jenseits befördert. Ich wollte dir nur einen Schrecken einjagen.«

Sein Mund verzog sich höhnisch. »Nach so vielen Rückschlägen, beruflich wie persönlich, wird es wohl jeder verstehen, daß du am Jahrestag deiner Operation depressiv geworden bist, ja sogar selbstmordgefährdet.

Ich werde weiterziehen, in einen anderen Bundesstaat, werde mir einen neuen Job suchen und wieder in der Masse untertauchen. Ich kann fast jede Rolle spielen, kann mich anpassen, sehr unauffällig. Niemand erinnert sich an mich. Die meisten nehmen mich nicht einmal wahr.« Sein Blick wurde wehmütig. »Nur Judy fand, daß ich etwas Besonderes war.«

»Judy? Judy Reyes? Du warst ihr Liebhaber!«

»Ah! Endlich ist der Groschen gefallen. Ja, ich bin es, der unbekannte Mann, der diesem Kretin von Ehemann entkam.«

In einem dramatischen Stimmungswandel traten ihm plötzlich Tränen in die Augen. »Er hat sie mit einem Baseballschläger erschlagen.«

»Aber wie bist du entwischt?«

»Er stand über ihr und hat sich angesehen, was er getan hat. Er schien wie gebannt von dem vielen Blut um ihren Kopf. Er war wie in Trance und hat mich nicht beachtet. Ich habe mir meine Sachen geschnappt und bin abgehauen. Ich wußte, daß ich Judy nicht mehr helfen konnte. Ich wußte, sie war tot. Ich fühlte es mit einer Gewißheit, als wäre ich selbst gestorben.«

Er atmete schwer bei der Erinnerung an jenen verhängnisvollen Nachmittag in Fort Worth. »Judy war sehr gläubig und geprägt von der spanischen Kultur. Ihr Mann wußte genau, wie sie darüber denken würde, daß ihr Körper ausgeschlachtet wurde.«

»Sie hätte einer Organspende niemals zugestimmt«, sagte Cat.

Sie versuchte Zeit zu gewinnen und ihn so lange zum Erzählen zu verleiten, bis Bill zurück war. Sie schaute sich hastig um, suchte nach Möglichkeiten zur Flucht oder sich zu verteidigen. Doch solange er den surrenden Fön direkt über die Wanne hielt, wagte sie es nicht, sich auch nur zu bewegen. Wenn sie es täte, würde er den Fön fallen lassen, und alles wäre vorbei.

»Allein der Vorschlag wäre schon eine Erniedrigung für sie gewesen«, sagte er. »Sie wollte mit intaktem Körper beerdigt werden. Reyes wußte das. Die Einwilligung zur Organentnahme war seine Art, sich an ihr dafür zu rächen, daß wir uns liebten. Er ließ sie verstümmeln, um uns bis in alle Ewigkeit zu foltern. Es gibt nur einen Weg, uns von diesem Fluch zu befreien – ihr Herz muß aufhören zu schlagen.«

»Indem du den Empfänger oder die Empfängerin umbringst.«

»Genau. Solange ihr Herz weiterschlägt, wird ihre Seele gepeinigt sein. Ich habe ihr am Grab geschworen, ihr den verdienten Frieden zu schenken, damit sie die letzte Ruhe findet. Also mußte ich diesen Jungen umbringen.«

»Den jungen Mann aus Memphis. Wie hast du ihn ausfindig gemacht?«

Er zuckte nur mit den Achseln, als wäre das ein Kinderspiel gewesen. »Ich besorgte mir einen Job bei einer Agentur für Organbeschaffung. Nicht lange, und ich hatte die UNOS-Nummer für Judys Herz, und so fand ich ihn.«

»Aber wenn du dein Versprechen damit eingelöst hattest,

wieso mußten dann auch die anderen sterben? Warum willst du mich töten?«

»Computer sind nur so vollkommen wie die Menschen, die sie bedienen. Was, wenn die Nummer aus Versehen vertauscht wurde?« Er schüttelte den Kopf. »Nein, ich durfte kein Risiko eingehen.«

»Also hast du beschlossen, jeden umzubringen, der an diesem Tag ein Herz erhalten hatte.«

»Das ist die einzige Möglichkeit zur Vollendung meiner Mission.«

Cat zitterte, versuchte aber, sich die wachsende Panik nicht anmerken zu lassen. »Warum hast du jedesmal bis zum Jahrestag gewartet?«

»Weil es sonst einfach nur ein Mord gewesen wäre. Ich bin aber kein Serienmörder und kein Psychopath. Durch die Einhaltung des Jahrestages bekam alles einen zeremoniellen Charakter, der Judy bestimmt gefallen hätte. Sie mochte Zeremonien, Gebote, traditionelle Rituale. So hätte sie es sicher gewollt.«

»Und du glaubst allen Ernstes, sie wäre stolz auf dich, weil du drei Menschen umgebracht hast?«

»Sie würde wollen, daß ich sie und ihr Herz wieder vereine. Und genau das tue ich. Dann muß ihre Seele nicht mehr ruhelos umherwandern.« Er wischte sich mit dem Handrükken die Tränen aus den Augen.

»Ich habe sie zu sehr geliebt, um sie in der Ewigkeit leiden zu lassen. Es tut mir leid, daß du sterben mußt, Cat. Ich mag dich sehr. Aber mir bleibt einfach nichts anderes übrig.«

Er küßte seine Fingerspitzen und preßte sie auf Cats Brust. »Ruhe in Frieden, Judy, meine Liebe. Ich werde dich immer lieben.«

Cat ergriff blitzschnell seine Hand, genau in dem Augenblick, als die andere Hand den Fön losließ.

Sie schrie.

Das Licht erlosch.

Der Fön fiel in die Wanne, verursachte aber nicht mehr als ein Platschen.

Jeff schrie entsetzt und frustriert auf.

Cat kam hoch, wollte aus der Wanne heraus, doch er drückte sie wieder nach unten, ging in die Knie und preßte ihren Kopf unter Wasser. Sie zappelte und strampelte, warf sich hin und her, zerkratzte ihm die Arme. Doch er ließ sie nicht los. Aus einem Reflex öffnete sie den Mund, um zu schreien. Sofort schluckte sie Wasser.

Dumpf und wie aus weiter Ferne vernahm sie Schritte. Die Tür zum Bad flog auf, und plötzlich war sie frei. Sie kam hoch, japste nach Luft, würgte und hustete aus Hals und Nase Wasser. Das Haar klebte über ihrem Gesicht, nahm ihr die Sicht, auch wenn es so dunkel im Bad war, daß sie ohnehin kaum etwas erkannt hätte.

»Cat?« Es war Alex.

»Ich bin hier.«

»Bleib, wo du bist«, rief er.

Er hatte Jeff zu Boden geschleudert. Es würde keinen Kampf geben. Dazu war Alex körperlich einfach zu überlegen. »Du Hurensohn, wenn du ihr was getan hast –« Seine Drohung endete in einem überraschten und schmerzverzerrten Knurren.

»Cat? Was ist mit dir –?« Plötzlich stand Bill in der offenen Tür.

Ein lautes Krachen, eine Stichflamme – aus Alex' Pistole löste sich ein Schuß. Der Knall hallte von den Kachelwänden wider.

Bill sank stöhnend zu Boden.

Alex schrie wütend auf.

Inzwischen hatten sich Cats Augen an die Dunkelheit gewöhnt. Sie sah, daß Jeff und Alex um die Pistole kämpften.

Sie stieg rasch aus der Wanne. Mit bloßen Händen attakkierte sie Jeffs Gesicht, boxte, kratzte, riß ihn an den Haaren.

Er schrie vor Schmerz auf und ließ die Pistole los. Alex warf ihn auf den Bauch, preßte ihm das Knie auf den Rücken und hielt ihm die Pistolenmündung an den Kopf.

»Eine Bewegung«, keuchte er außer Atem, »und du bist ein toter Mann. Glaub mir, nichts würde ich lieber tun, als dir das verdammte Gehirn wegzupusten.«

»Schieß«, schluchzte Jeff. »Tu's. Ich habe versagt. Ich will nicht mehr leben.«

»Führe mich nicht in Versuchung…«

Cat schob sich an ihnen vorbei, taumelte aus der Tür und stolperte über Websters Füße. »Bill?« Sie sah nur, daß er auf dem Rücken lag. Auf seinem Hemd hatte sich ein dunkler Fleck ausgebreitet. »O Gott, nein. Nein«, wimmerte sie.

Zu schwach, um sich auf den Beinen zu halten, kroch sie zum Nachttisch, nahm das Telefon herunter und wählte den Notruf.

Dann kroch sie wieder zu Bill, ergriff seine Hand und drückte sie fest. »Halte durch«, flüsterte sie. Und Alex rief sie zu: »Hilfe ist unterwegs.«

»Was macht Webster?« fragte er.

»Er bewegt sich nicht.«

»Verdammt«, hörte sie ihn sagen. »Jetzt hast du wahrscheinlich noch einen Mord auf dem Gewissen, Doyle.«

Jeff brabbelte irgend etwas.

Cats Zähne klapperten. Sie tastete nach der Bettdecke und zog daran. Doch anstatt sie sich umzuwickeln, deckte sie Bill damit zu.

Der Klang näher kommender Sirenen war das schönste Geräusch, das sie je gehört hatte. Sie beugte sich wieder über Bill: »Halte durch, Bill. Der Krankenwagen ist da. Hörst du mich? Du wirst es schaffen. *Du schaffst es!*« Er reagierte nicht, dennoch hoffte sie, daß er ihre Anwesenheit spürte.

Lieutenant Hunsaker stürmte als erster ins Haus. »Was ist mit dem Licht?«

»Sicherungskasten in der Küche«, schrie Alex aus dem Bad. »Den Hauptschalter umlegen.«

»Ich brauche Hilfe hier im Bad«, rief Cat. »Ein Mann hat einen Schuß in die Brust bekommen.«

Im nächsten Moment ging das Licht wieder an. Cat mußte blinzeln. Als sie die Augen öffnete, sah sie zwei Ärzte und Hunsaker, die auf die Tür zum Bad zueilten.

Hunsaker hatte die Waffe gezückt. »Okay, Pierce. Gib auf. Komm mit erhobenen Händen raus.«

»Was soll der Unsinn?« schrie Alex.

»Nicht Alex. Er hat doch ...« Cat versagte die Stimme; sie deutete auf den Boden im Badezimmer.

Einer der Notärzte stieß sie an. »Ihren Bekannten hat es böse erwischt, Ma'am. Lassen Sie uns bitte durch, damit wir ihm helfen können.«

»Wird er es überleben?«

»Wir tun, was wir können.«

Hunsaker näherte sich in geduckter Haltung der Badezimmertür. Er hielt die Pistole mit beiden Händen vor sich. »Laß die Kanone fallen, Pierce.«

»Gerne, du Blödmann. Wenn *du* ihn dann in Schach hältst.«

»Wer ist das?«

»Jeff Doyle.«

»Etwa der Mistkerl, der Zeitansage und Wetter angerufen hat und so tat, als würde er mit mir sprechen?«

»Die Telefonüberwachung lief also noch?« fragte Alex.

»Ja. Wer ist denn dieser kleine Scheißer überhaupt?«

»Das ist eine lange Geschichte. Legen Sie ihm Handschellen an und verlesen Sie ihm seine Rechte.«

»Gemach, Pierce, gemach. Sagen Sie mir nicht, verdammt noch mal, wen ich verhaften soll. Ich bin Ihretwegen hier.«

»Tun Sie's«, sagte Alex fest und schob Hunsaker beiseite.

Er trat zu den Notärzten, die über Webster gebeugt hockten und alles taten, um sein Leben zu retten. Cat stand reglos daneben und sah zu. Alex nahm ihren Bademantel, der über dem Stuhl hing, und legte ihn ihr um.

Er hielt sie fest, zog ihren Kopf mit einer Hand an seine Brust. »Bist du in Ordnung?« Sie nickte. »Sicher?«

»Ja. Ich habe Angst. Ist Bill...«

»Er lebt noch, glaube ich.«

Er umfaßte ihr Kinn und hob ihr Gesicht, bis sie ihn ansah. »Das war verdammt mutig von dir. Er hätte auch auf mich schießen können. Danke.«

Nun, da es vorüber war, waren ihre Knie weich wie Butter, und sie zitterten am ganzen Leib. »Ich bin nicht mutig.«

»Von wegen.« Er zog sie an sich, so fest, daß ihr fast die Luft wegblieb. »Wenn dir was zugestoßen wäre...« Er küßte sie innig auf den Haaransatz. »Ich liebe dich, Cat.«

»Tust du das, Alex?« murmelte sie an seiner Brust. »Bin wirklich *ich* es, die du liebst?«

Kapitel 56

»Was hat er gesagt?« fragte Dean. Er nickte der Stewardeß zu, die ihm einen zweiten Scotch mit Eis gebracht hatte.

»Nichts«, antwortete Cat. »Und dann bist du ja eingetroffen. Es herrschte das reinste Chaos. Alex und ich hatten keine Gelegenheit mehr, ungestört miteinander zu reden.«

»Ich wollte dich mit einer Flasche Champagner zur Feier deines vierten Jahrestages überraschen. Statt dessen war ich von Polizei umzingelt, als ich bei deinem Haus eintraf, und jemand wurde in den Krankenwagen verfrachtet. Ich hatte eine Heidenangst...«

Sie tätschelte seine Hand, dann lehnte sie sich in ihrem komfortablen Sitz zurück. »Ich bin so müde. Ich möchte am liebsten nicht mehr darüber reden. Aber ich muß es tun. Ich muß es aussprechen und loswerden.«

Nach einer nachdenklichen Pause fügte sie hinzu: »Ich habe gelernt, daß es nicht gut ist, schlimme Erinnerungen mit sich herumzutragen. Es ist besser, sie herauszulassen, sie zu analysieren und sie dann für alle Zeit zu begraben.«

»Von wem hast du denn diese Lebensweisheit?« fragte er abfällig. »Soll ich mal raten?«

»Denk an dein Versprechen, Dean.« Sie schloß müde die Augen. »Keine Pierce-Miesmacherei.«

»Schon gut. Aber vergiß nicht – ich habe nur widerwillig zugestimmt.«

Er nippte an seinem Drink. »Trotzdem, das eine oder andere ist mir immer noch nicht klar. Du sagtest, Bill habe seinen Wagen um die Ecke gefahren und sei dann zu Fuß zurück zu deinem Haus gegangen. Dort ist er etwa zur gleichen Zeit wie Alex eingetroffen.«

»Ja. Bill sah ihn den Bürgersteig entlangrennen und stellte sich ihm in den Weg. Er warnte Alex, daß wir ihm auf die Schliche gekommen seien und daß er und Jeff mich beschützen würden. Daraufhin sagte Alex ihm, er – Bill – würde mich vor dem Falschen beschützen, und erklärte ihm, daß Jeff Judy Reyes' Liebhaber gewesen war.«

»Er muß sehr überzeugend gewesen sein.«

»Darin ist er sehr talentiert. Wie dem auch sei – Alex machte Bill darauf aufmerksam, daß Jeffs Auto nirgends zu sehen war. Anscheinend hatte er es irgendwo versteckt, damit niemand wußte, daß er bei mir war.

Das überzeugte Bill. Er fragte, was er tun könne, um zu helfen. Sie schlichen um das Haus, spähten in die Fenster und versuchten zu sehen, was drinnen vor sich ging. Sie wollten, daß es ein Überraschungsangriff wird.«

Dean ergänzte ihre Schilderung. »Und als Alex Jeff den Fön über die Wanne halten sah, lief er zum hinteren Teil des Hauses, kletterte zum Küchenfenster hinein, suchte und fand den Sicherungskasten und legte die Hauptsicherung um. Schnell geschaltet.«

»Zum Glück hatte er den Sicherungskasten in der Nacht zuvor entdeckt, so daß er wußte, wo er war.« Sie erzählte ihm allerdings nicht, unter welchen Umständen Alex zweimal zuvor in ihr Haus eingedrungen war.

»Gottlob. Ein oder zwei Sekunden später und –«

»Erinnere mich bloß nicht dran.« Sie schüttelte sich. »Armer Bill. Heute morgen, vor unserem Abflug, durfte ich endlich kurz zu ihm. Er liegt nach wie vor auf der Intensivstation, aber es geht ihm gut. Nancy weicht nicht von seiner Seite.«

»Was wollte er überhaupt um diese Uhrzeit bei dir?«

»Über *Cats Kids* reden«, log sie mit Rücksicht auf die Websters.

Wie durch ein Wunder war es ein glatter Durchschuß gewesen; die verirrte Kugel hatte seine Brust durchdrungen, ohne lebenswichtige Organe zu verletzen. Er hatte einen Schock erlitten, viel Blut verloren und eine Ein- und Austrittswunde von der Kugel, aber er würde wieder vollständig genesen.

Als Cat Bill Webster besucht hatte, bat er die Schwester der Intensivstation, ob er einen Moment mit ihr allein sein könnte. Dann dankte er Cat, ihn derart beschämt zu haben, daß er die Affäre mit Melia beendet hatte.

»Ich liebe Nancy. Ohne ihre Liebe und Unterstützung...« Er hielt inne, als würde ihm das Sprechen Energie kosten.

»Bis zu Carlas Tod war unser Leben vollkommen. So als würden wir von Schicksalsschlägen verschont bleiben. Mit Carlas Tod änderte sich das schlagartig.

Ich war völlig verstört. Ich kam nicht darüber weg. Ich

suchte nach etwas, um diesen Schmerz zu lindern. Dummerweise landete ich in einer lächerlichen Affäre mit einer Frau, die das genaue Gegenteil meiner wunderschönen, großmütigen Frau ist. Ich fand, daß ich es nicht besser verdient hatte. Ich bestrafte mich dafür, daß ich nicht in der Lage gewesen war, Carla zu beschützen.

Melia nervte mich, bis ich sie einstellte. Dann bestand sie darauf, ins Team von *Cats Kids* zu kommen. Der Rest ist bekannt. An dem Abend, als Sie uns zusammen erwischten, sagten Sie einige Dinge, die mich zur Besinnung brachten. Gestern wurde mir dann klar, daß es aufhören mußte. Als ich mich entschieden hatte, konnte ich gar nicht schnell genug wegkommen.«

Er griff nach ihrer Hand. »Ich fuhr sofort zu Ihrem Haus, um Ihnen zu sagen, daß Sie mir das Wichtigste auf der Welt gerettet haben – meine Familie. Danke.«

»Danken Sie mir, indem Sie gesund werden. Auf uns beide wartet eine Menge Arbeit.« Sie küßte ihn auf die Stirn.

Draußen auf dem Korridor begegnete sie Nancy, die sie in die Arme schloß. »Danke, Cat.«

»Wofür? Wenn ich nicht gewesen wäre, wäre Bill nicht angeschossen worden.«

Nancy sah Cat an. »Er hat mir alles erzählt. Ich habe ihm verziehen, aber können Sie mir verzeihen? Ich ... ich habe Ihnen Unrecht getan mit meinem Verdacht –«

»Schwamm drüber«, schnitt Cat ihr das Wort ab. »Ich weiß Ihre Freundschaft zu schätzen. Und ich bewundere Ihr Organisationstalent. Besonders für Spendenaktionen. Kann ich darauf zählen, daß Sie mich und *Cats Kids* auch weiterhin unterstützen?«

»Sobald ich Bill wieder auf den Beinen habe.«

Dean riß Cat aus ihren Gedanken und holte sie zurück in die Gegenwart. »Webster und Pierce scheinen sich ja mittlerweile prächtig zu verstehen.«

Sie lachte. »Ja, wer hätte das gedacht? Wo sie sich doch am Anfang absolut nicht riechen konnten. Alex machte sich schreckliche Vorwürfe, daß er sich während des Kampfes mit Jeff die Pistole hatte abnehmen lassen. Aber Bill wollte nichts davon hören. Er sagte, wenn er in der Küche geblieben wäre, wie Alex ihm befohlen hatte, hätte er auch nicht in der Schußlinie gestanden.«

»Und was wurde aus Doyle?«

Sie hatte zugesehen, als Jeff in Handschellen abgeführt und auf den Rücksitz eines Streifenwagens verfrachtet worden war. Sie hatte noch immer Mühe, in diesem sensiblen jungen Mann, der so engagiert mit ihr zusammengearbeitet hatte, einen kaltblütigen Mörder zu sehen.

»Als die Polizei seine Wohnung durchsuchte, wurden Notizbücher und alte Zeitungen gefunden, ein Haufen Material, das Alex' Sammlung mickrig erscheinen läßt. Offensichtlich war er seit Judy Reyes' Tod besessen gewesen. Es wird ein komplizierter Prozeß gegen ihn werden, weil es drei Morde in drei verschiedenen Bundesstaaten waren. Da wird es eine Menge Kompetenzgerangel geben. Aber so oder so wird er den Rest seines Lebens hinter Gittern verbringen.« Sie dachte einen Moment nach. »Womit es dann drei wären.«

»Drei was?«

»Drei Menschen, die hinter Gitter sitzen – Jeff, Paul Reyes und George Murphy.«

»Zyklop. Ich kann noch immer nicht glauben, daß er nur ein oder zwei Blocks von deinem Haus entfernt verhaftet wurde. Ich frage mich, was er wohl im Schilde geführt haben mag.«

»Ganz sicher nichts Gutes«, sagte Cat. »Er hat sich seiner Verhaftung heftig widersetzt und einen Polizisten verletzt. Die Zukunft sieht nicht gerade rosig aus für den guten George.«

Sie lächelte glücklich. »Gott sei Dank haben Patricia und

Michael nun nichts mehr zu befürchten. Patricia arbeitet inzwischen als Auszubildende in einer Schmuckwerkstatt. Sie wird in Zukunft nicht nur in der Lage sein, sich und ihren Sohn zu versorgen, sondern sie kann gleichzeitig ihr Talent entwickeln. Michael wird von einer Kinderpsychologin betreut. Jetzt, wo er nicht länger in Angst vor Zyklop lebt, kommt er allmählich aus sich heraus. Er macht große Fortschritte.«

»Und was ist mit Reyes?«

Ihr Lächeln verblaßte. »Es tut mir sehr leid für ihn und seine Familie. Seine Schwester war bemitleidenswert dankbar, als ich sie anrief, um ihr zu sagen, daß er nichts mit den Morden an den drei Herzempfängern zu tun hat.

Er hatte mir damals in der Psychiatrie nicht gedroht, sondern versucht, mich zu *warnen*. Laut Jeffs Aussage bei der Polizei hatte er Reyes die Ausschnitte geschickt, um ihn wissen zu lassen, daß er einen genialen Weg gefunden habe, der diabolischen Bestrafung ein Ende zu bereiten. Was Jeff nicht ahnen konnte, war, daß diese Ausschnitte als Warnung in meinem Briefkasten landen würden.

Trotz seiner mentalen Instabilität begriff Reyes die Bedeutung dieser Meldungen. Irgendwann mußte er dann zu dem Schluß gekommen sein, daß die Schauspielerin Cat Delaney das Herz seiner Frau erhalten hat. Als er das Muster der Morde erkannte, nahm er an, daß ich die nächste auf der Liste war, genau wie Alex vermutet hatte.

Alex war auch hinter mir her – in der Hoffnung, mir das Leben zu retten. Reyes hatte mehr oder weniger dasselbe im Sinn gehabt. Er war nach San Antonio gekommen, um mich im Auge zu behalten. Ich schätze, er bekam meine Adresse heraus, indem er mir von der Arbeit nach Hause folgte.«

»Warum hat er dich nicht angerufen, sich vorgestellt und dir seinen Verdacht erzählt?«

»Trotz seines Freispruchs – er hatte seine Frau auf brutale

Art und Weise umgebracht. Eifersucht hin oder her. Er galt als geisteskrank. Hätte ich oder jemand anderer ihm geglaubt?«

»Wohl kaum.«

»Als das Datum des Jahrestages näher rückte, warf ihn das derart aus der Bahn, daß er sozusagen an den Ort des Verbrechens zurückkehrte. Zumindest nimmt dies seine Schwester an. Gestern schrieb ich ihm einen Brief, in dem ich alles erklärte. Ich dankte ihm für seinen Versuch, mich zu warnen. Ich bin nicht sicher, ob er alles versteht, aber ich fühlte mich danach besser.«

Sie spielte mit den Eiswürfeln in ihrem Mineralwasser, das sie nicht angerührt hatte. »Soviel Leid wegen eines einzigen Tages vor vier Jahren.«

»Und soviel Gutes«, sagte Dean zärtlich und nahm ihre Hand.

»Diese Menschen starben sinnlos, Dean.«

»Aber sie lebten auch mit ihrem neuen Herz. Ihre Transplantationen waren nicht sinnlos. Vor die Wahl gestellt, würden sie es wieder so machen. Ihr Leben wurde verlängert. Mehr können wir nicht tun – dem Patienten mehr Zeit geben. Alles weitere bestimmt das Schicksal. Niemand von uns kann es vorhersehen oder ändern.«

»Das stimmt alles. Ich weiß es hier oben.« Sie tippte sich an die Schläfe. »Aber ich muß es auch hier verstehen.« Sie berührte ihre Herzgegend.

»Und wo könntest du das besser als in deinem Haus und an deinem Privatstrand?« Er strich mit dem Daumen über ihren Handrücken. »Ich bin so froh, daß du wieder in der Nähe sein wirst. Du hast mir gefehlt.«

»Ich werde wieder zurückgehen, Dean. *Cats Kids* ist zwar fürs erste auf Eis gelegt, aber nur bis zu meiner Rückkehr und bis ich eine neue Truppe zusammengestellt habe. Es wird weitergehen. Es gibt sogar Überlegungen, das Konzept an mehrere andere Sender zu verkaufen. Das wäre ein enormes Unterfangen. Aber überleg mal, wie vielen Kindern damit geholfen werden könnte«, sagte sie aufgeregt. »Ich werde mich nur ein paar Wochen in Malibu erholen und dann zurückfliegen.«

»Und was ist mit ihm?«

»Alex...« Sein Name entschlüpfte ihr, ohne daß sie sich dessen bewußt war. Ein Anflug von Sehnsucht durchströmte sie. Er hatte sein Leben riskiert, um ihres zu retten, und das würde sie niemals vergessen.

Aber sie würde auch niemals vergessen, wie er sie getäuscht hatte.

Ihre gesamte Beziehung hatte von Anfang an auf einer Lüge basiert. Als er ihr sagte, daß er sie liebte – war das auch eine Lüge gewesen? Es gab nur eine Möglichkeit, die letzten Zweifel auszuräumen.

»Du mußt mir einen großen Gefallen tun, Dean.«

»Dein Wunsch ist mir Befehl.«

»Keine Scherze. Es wird dir nicht gefallen.« Sie seufzte. »Ich will wissen, ob ich Amandas Herz habe.«

Er war sprachlos.

»Ich weiß, ich habe immer gesagt, daß ich nichts über meinen Spender wissen will. Das stimmt auch. Es sei denn, daß es Amanda war. Dann muß ich es wissen.«

»Cat –«

Sie hob beschwörend die Hände. »Mir ist egal, wie du es anstellst. Von mir aus mit miesen Tricks, verstoße gegen die Grundsätze der medizinischen Ethik, meinetwegen kannst du lügen, betteln, bestechen, stehlen. Du verfügst über die Kontakte und das Wissen, um die Antwort zu finden.«

Er blickte ihr eindringlich in die Augen. »Ist dir klar, daß es in meinem ureigenen Interesse wäre, dir diesen Gefallen zu verwehren?«

»Aber das wirst du nicht tun.«

»Ich könnte dich auch anlügen, was das Ergebnis meiner Nachforschungen betrifft, damit du dir nicht weiter den Kopf zerbrichst. Das wäre auch in meinem Interesse.«

»Aber auch das wirst du nicht tun. Du wirst mir die Wahrheit sagen.«

»Wie kannst du da so sicher sein?«

»Weil du vor vier Jahren den Mut hattest, mir in die Augen zu sehen und zu sagen, daß ich vielleicht nicht mehr lange leben werde.« Sein Gesicht verschwamm vor ihren Augen. Sie legte eine Hand auf seine Wange. »Du hast dich nie um die Wahrheit gedrückt, so unangenehm und schmerzlich sie auch gewesen war. Sei mir noch einmal ein solcher Freund, Dean. Ich brauche das. Du mußt mir gegenüber so brutal ehrlich sein, wie du es gewesen bist, als du mir sagtest, ich würde bald sterben.«

»Und du vergleichst ein Leben ohne ihn mit Sterben?«

»Schlimmer wäre nur, mit ihm zusammenzuleben und nie zu wissen, ob er mich um meinetwillen liebt oder wegen einer anderen.«

Sie ergriff seine Hand und drückte sie fest. »Finde heraus, ob ich Amandas Herz habe. Bitte.«

Kapitel 57

Etwas zwang Cat, genau in dem Moment zum Haus hinaufzuschauen, als Dean ans Geländer des Balkons trat und ihr zuwinkte. Sie winkte zurück und wollte sich wieder zum Meer hin umdrehen, als sie noch jemanden auf den Balkon heraustreten sah.

Der Wind zerrte an Cats breitkrempigem Hut, und sie hielt ihn mit einer Hand fest, während sie mit der anderen die Krempe nach oben bog, damit sie ihr nicht die Sicht nahm.

Auch wenn die zweite Person nur als Silhouette zu sehen war, erkannte sie ihn sofort – an seiner Statur, seinem Kopf, seiner Haltung. Er drehte sich um und sagte etwas zu Dean; die beiden gaben sich die Hand.

Wieder schaute Dean zu ihr herunter und winkte, dann verschwand er ins Haus.

Sie verspürte den Impuls, zu ihm zu laufen, blieb aber, wo sie war, und sah ihm statt dessen zu, wie er die geschwungene Treppe herab zum Strand kam. Als er von der letzten Stufe aus den Strand betrat, versank er mit seinen Cowboystiefeln im Sand, doch das schien er gar nicht zu bemerken. Er war auf sie konzentriert, wie auch sie den Blick nicht von ihm nehmen konnte.

»Hi.«

»Hi.«

»Hübscher Hut.«

»Danke.«

Eindringlich sahen sie einander an, eine Ewigkeit, so schien es. Schließlich brachte sie einen Satz zustande. »Das hier ist ein Privatstrand. Wie bist du am Wächter vorbeigekommen?«

»Ich habe meine Überzeugungskraft wirken lassen.«

»Und es hat funktioniert.«

»Wie geschmiert.«

»Und jetzt bist du hier.«

»Hier bin ich. Und stinksauer, weil Spicer mir aufgemacht hat.«

»Er hat bei mir gewohnt. Nur als Freund.«

»Hat er mir auch gesagt.« Er bewegte die Schultern und sagte mit einem Anflug von Arroganz: »Er ist ein guter Verlierer.«

»Was hat er denn verloren?«

»Sein Privileg, bei dir zu übernachten. Das war die letzte Nacht, die er bei dir verbracht hat – Freund hin oder her.

Denn heute übernachte ich bei dir. Es wird die erste von unzähligen Nächten sein.«

»Ach, tatsächlich?«

»Tatsächlich. Ich akzeptiere kein Nein, Cat. Ich habe dir Zeit gelassen, dir über alles klarzuwerden. Drei lange Wochen habe ich es ohne dich ausgehalten, und von diesen einundzwanzig Tagen war jeder einzelne für mich die Hölle auf Erden.«

»Hast du schreiben können?«

»Ich habe geschrieben wie ein Wahnsinniger. Rund um die Uhr. Nonstop. Bis ich fertig war.«

»Du hast das Buch fertig?«

»Sechshundertzweiunddreißig Seiten. Habe das Manuskript per Eilpost an Arnie geschickt. Gestern rief er mich an und meinte, er fände es brillant, mein bestes bisher. Seiner Meinung nach ein garantierter Bestseller.«

Er streckte die Hand nach ihr aus und ergriff eine wehende Haarsträhne, die unter ihrem Hut herausgeschlüpft war. Er musterte sie eindringlich, während er sie zwischen den Fingern rieb. »Arnie wollte wissen, warum ich die ursprüngliche Story abgeändert und eine Liebesgeschichte eingefügt habe.«

»Woraufhin du ihm antwortetest...?«

»Daß ich eine Inspiration gehabt habe.« Er schaute sie an. »Ich hätte niemals eine Liebesgeschichte schreiben können, bevor ich dich kennenlernte, Cat. Ich nahm an, dieser Teil von mir sei mit Amanda gestorben. Ich hatte mich geirrt.«

Er umfaßte ihren Nacken. »Wenn es sein muß, werde ich dich so lange beknien, bis du aus Erschöpfung kapitulierst.

Ich möchte mit Cat Delaney zusammensein, heute, morgen, in vierzig Jahren. Mir wäre es sogar egal, wenn du das Herz eines verdammten Schimpansen hättest. Ich möchte für den Rest meines Lebens jeden Morgen dein rotes Haar auf dem Kissen neben mir sehen. Ich liebe dich.«

»Und was ich getan habe...« Einen Augenblick schaute er hinaus aufs Meer, ehe er sie wieder ansah. »Ich konnte niemals Abschied nehmen von Amanda. Ich konnte mich nie bei ihr entschuldigen, daß ich so ein selbstsüchtiger Bastard gewesen war und sie nicht geheiratet habe. Konnte ihr nie danken für die vielen Male, als sie mir zugehört hat, wenn ich meinem Ärger Luft machte, und ich konnte nie mit ihr zusammen um unseren Sohn trauern.«

Er schloß die Augen, als wollte er erzwingen, daß sie ihn verstand. Dann sah er sie niedergeschlagen an, alle Überheblichkeit war verschwunden. »Ich habe mich nie von ihr verabschieden können, Cat. Das war alles, was ich wollte.«

»Ich verstehe«, sagte sie mit belegter Stimme. »Und ich denke, ich habe sogar großes Glück, von einem Mann geliebt zu werden, der schon einmal so sehr geliebt hat.«

Er nahm ihre Hände und führte sie an seine Lippen. »Kannst du mir vergeben?«

»Ich liebe dich.«

Er wollte sie küssen, nahm jedoch aus den Augenwinkeln eine Bewegung wahr, schaute sich um und sah eine junge Frau näherkommen.

»Oh, Sarah, du bist zurück«, sagte Cat. »War's ein schöner Spaziergang?«

»Ja, sehr. Es ist wirklich wunderschön hier.«

Die zarte junge Frau schaute schüchtern unter der Krempe ihres Hutes zu Alex auf. Sie trug Jeans, Turnschuhe und ein Bruins-T-Shirt mit langen Armen. Ihr Haar war glatt und schwarz. Sie hatte große, kaffeebraune Augen.

»Sarah Choate«, stellte Cat sie vor, nahm sie am Arm und zog sie ein Stück näher. »Und das ist Alex Pierce. Alex, Sarah ist ein glühender Fan von dir.«

»Ich freue mich immer besonders, Fans kennenzulernen. Hallo, Sarah. Ist mir ein Vergnügen.«

»Ganz meinerseits«, antwortete sie atemlos.

Er deutete auf das Logo ihres T-Shirts. »Du studierst an der UCLA?«

»Ja, Sir. Hauptfach Englisch.«

»Großartig. Welches Semester?«

»Im zweiten Jahr.«

»Sarah traut sich nicht, dir zu sagen, daß sie ein Genie ist«, verriet Cat. »Sie schreibt nämlich auch, ist bereits mit mehreren Preisen ausgezeichnet worden und hat bereits veröffentlicht.«

»Ich bin beeindruckt«, sagte Alex. »Glückwunsch.«

Sie errötete bis in die Haarspitzen. »Danke. Aber ich werde nie so gut sein wie Sie.«

»Was schreiben Sie denn? Romane?«

»Meistens über Sachthemen.«

»Sie hat mehrere hochgelobte Artikel über ihre Erfahrungen als Patientin einer Herztransplantation geschrieben«, erklärte Cat.

Alex, der sich offensichtlich in der Bewunderung des Mädchens gesonnt hatte, wirkte plötzlich gespannt. Sein Blick wanderte von Sarah zu Cat, dann wieder zu Sarah, in deren Augen Tränen standen.

»Ich möchte Ihnen so sehr danken...« Der Wind und die Brandung übertönten ihre Worte fast, aber Cat und Alex konnten es ihr mühelos von den Lippen ablesen und in ihren Augen erkennen.

Sie ergriff Alex' Hand und umklammerte sie fest. »Es tut mir so leid um Amanda und Ihren Sohn. Cat hat mir erzählt, durch welche Hölle Sie gegangen sind, als Sie die beiden verloren haben.

Aber ich möchte Ihnen für Ihre Entscheidung danken. Ich meine, ich weiß zwar, daß Amanda auf ihrem Führerschein die Bereitschaft zur Organspende eingetragen hatte, aber Sie sorgten dafür, daß ihre Entscheidung auch umgesetzt wurde. Ohne Amandas Herz wäre ich gestorben. Ich verdanke

Ihnen mein Leben, und dafür kann ich Ihnen nie genug danken. Niemals.«

Cat hielt den Atem an, unsicher, wie Alex reagieren würde.

Für einen Moment musterte er die Augen des Mädchens, dann legte er ihr seine Hand mitten auf die Brust. Sie wich nicht zurück, sondern sie lächelte.

Als sie das tat, nahm er sie in die Arme. Mehrere Minuten standen sie eng umschlungen da und bewegten sich leicht, umtost vom Wind. Als er sie schließlich losließ, war seine Stimme belegt, seine Augen verdächtig feucht. »Amanda wäre sehr stolz auf Sie. Außerordentlich stolz.«

»Danke.« Sie leckte sich die Tränen von den Lippen. »Lange Zeit wollte ich nichts über meinen Spender und deren oder dessen Familie wissen. Mir ging es genauso wie Cat. Sie weiß es noch immer nicht und will es auch nicht wissen.

Doch dann änderte ich meine Meinung. Ich kann nicht mal sagen, warum. Ich fühlte plötzlich den starken Wunsch, den Menschen, dem ich mein neues Herz verdankte, zu suchen und ihm zu danken. Also bat ich bei der Organbank um Informationen. Ich erwartete deren Antwort, als Dr. Spicer Kontakt mit mir aufnahm.

Er erklärte mir, daß es sich um eine ziemlich außergewöhnliche Situation handle, und fragte mich, ob ich bereit sei, vor meinem Treffen mit der Familie meines Spenders mit Cat zu sprechen. Natürlich wußte ich, wer sie ist. Ich stimmte zu. Ich wollte sie liebend gern kennenlernen!

Ich war sehr erstaunt, als man mir sagte, daß mein Lieblingsautor mein ... na ja, Sie wissen schon. Cat lud mich ein, ein paar Tage bei ihr zu wohnen. Wir führten lange Gespräche. Sie erklärte mir alles, was sich ereignet hat. Sie sagte, sie glaube nicht, daß Sie etwas dagegen hätten, daß sie mir die Geschichte von Ihnen und Amanda erzählt.«

»Nein«, sagte er, »ich habe nichts dagegen. Eigentlich bin

ich sehr froh, daß wir Sie gefunden haben, Sarah. Es bedeutet mir mehr, als Sie wissen können.«

Er sah Cat auf eine Weise an, daß ihr der Atem stockte. Er legte ihr den Arm um die Schultern und zog sie an sich.

Sarah mußte sich überflüssig vorgekommen sein. »Tja, ich denke, es wird jetzt Zeit für mich«, sagte sie mit einem wissenden Lächeln. »Dr. Spicer hat versprochen, mich auf seinem Weg in die Klinik auf dem Campus abzusetzen.«

Sie sah verlegen zu Alex. »Ich glaube, es war vorgezeichnet, daß wir uns begegnen, meinen Sie nicht auch?«

»Ganz sicher sogar.«

»Würde es Ihnen etwas ausmachen, wenn ich Ihnen ab und zu mal schreibe? Ich werde Sie auch nicht belästigen, das verspreche ich. Ich dachte nur –«

»Wenn wir nicht in Verbindung bleiben, werde ich schrecklich enttäuscht sein. Amanda wäre das sicherlich auch. Sie würde wollen, daß wir Freunde werden.«

Sarahs strahlendes Lächeln kam direkt aus dem Herzen.

Sie sahen ihr nach, wie sie die Treppe zum Balkon hinauflief, wo sie kurz innehielt, ehe sie das Haus betrat.

»Sie ist wundervoll«, sagte er.

»Ich dachte mir, daß du sie magst.«

»Es hört sich verrückt an, aber ich wünschte, Amanda könnte sie kennenlernen.«

»Das hört sich überhaupt nicht verrückt an.«

Er wandte sich zu ihr um, sah sie an und hielt sie an den Schultern fest. »Danke.«

»Ich habe es auch für mich getan, Alex. Ich mußte wissen, wen du wirklich liebst.«

»Du weißt, wen ich liebe«, flüsterte er.

Er küßte sie; sein Mund offen und warm, nehmend und gebend, voller Versprechen und Erwartung.

Als sie kurz innehielten, ehe sie sich erneut küßten, schaute sie ihn einen Moment an – die Züge seines Gesichts, sein ungebändigtes Haar, die Narbe an seiner Braue. Und in seinen Augen sah sie Liebe.

»Mein Dank gebührt Amanda«, sagte sie.

Er hob erstaunt den Kopf. »Aber sie hat nichts mit deinem Herzen zu tun.«

»Aber dafür einiges mit deinem.«

Danksagung

Bei den Recherchen zu diesem Buch und beim Schreiben konnte ich mich auf den Rat und die Unterstützung von Menschen verlassen, die allesamt – und das trotz übervoller Terminkalender – überaus liebenswürdig und hilfsbereit waren. Mein Dank gilt im besonderen Anne Wagner, zuständig für PR und Öffentlichkeitsfragen bei der Southwest Organ Bank; Nancy Johnson, Leiterin der Transplantationskoordination an der University of Texas Southwestern/St. Paul Medical Center; und John Criswell von KDFW-TV, Dallas, Texas.
Und nicht zuletzt ein Dankeschön an Louann, deren Offenheit nur noch von ihrem Mut übertroffen wird.

SANDRA BROWN